LIZ FENWICK

Ein Garten in Cornwall

GOLDMANN
Lesen erleben

Buch

Bitter enttäuscht von ihrem Freund lässt die junge Architektin Demi ihr Londoner Leben hinter sich und steigt in den Zug nach Cornwall. Dort hofft sie im Cottage ihres Großvaters unterzuschlüpfen. Doch diese Hoffnung zerschlägt sich. Stattdessen vererbt ihr ein gewisser Charles Lake völlig unerwartet einen Anteil an dem herrschaftlichen Anwesen Boscawen. Dessen Witwe Victoria ist alles andere als erfreut über diese Entwicklung. Sie war blutjung, als sie Charles geheiratet hat. Nun liegen lange Jahre in einer Ehe hinter ihr, die sie aus Vernunft, nicht aus Liebe eingegangen war. Nach Charles' tragischem Unfalltod hoffte sie, freie Hand über Boscawen und vor allem dessen wunderschönen und von ihr innig geliebten Garten zu haben. Als sich dann auch noch herausstellt, dass von Charles' Vermögen kaum genug Geld übrig ist, um das Landgut zu erhalten, müssen sich die beiden so unterschiedlichen Frauen zusammenraufen, um Boscawen vor dem Verkauf zu bewahren. Doch ein lange gehütetes schmerzliches Geheimnis liegt wie ein tiefer Graben zwischen ihnen. Und so muss sich jede für sich erst ihrer Vergangenheit stellen, bevor Demi und Victoria erkennen können, ob Boscawen ihnen beiden eine Zukunft bieten kann …

Weitere Informationen zu Liz Fenwick
sowie zu lieferbaren Titeln der Autorin
finden Sie am Ende des Buches.

Liz Fenwick

Ein Garten in Cornwall

Roman

Deutsch
von Kristina Lake-Zapp

GOLDMANN

Die Originalausgabe erschien 2015 unter dem Titel
»Under A Cornish Sky« bei Orion Books,
an imprint of The Orion Publishing Group, London

Der Abdruck der Passagen aus dem Gedicht »Der Köder« von John Donne geschieht mit freundlicher Genehmigung des Verlags Neue Kritik. John Donne, »Der Köder« aus *Hier lieg ich von der Lieb erschlagen. Lieder und Gedichte / Englisch – Deutsch*. Aus dem Englischen übersetzt und mit einem Nachwort versehen von Wolfgang Breitwieser. Verlag Neue Kritik, Frankfurt am Main, 1994.

Dieses Buch ist auch als E-Book erhältlich.

FSC
www.fsc.org
MIX
Papier aus verantwortungsvollen Quellen
FSC® C014496

Verlagsgruppe Random House FSC® N001967

1. Auflage
Taschenbuchausgabe Juli 2016

Umschlaggestaltung: UNO Werbeagentur, München
Umschlagmotiv: Copyright © Getty Images/David Clapp;
Getty Images/Adam Burton
Redaktion: Gabriele Zigldrum
An · Herstellung: Str.
Satz: omnisatz GmbH, Berlin
Druck und Bindung: GGP Media GmbH, Pößneck
Printed in Germany
ISBN: 978-3-442-48440-9
www.goldmann-verlag.de

Besuchen Sie den Goldmann Verlag im Netz

Für Andrew

Man schreit und springt nicht, man ruft nicht Hurra!, wenn man hört, dass man ein Vermögen bekommen hat. Man fängt an, die Verantwortlichkeiten zu erwägen und über Geschäftsangelegenheiten nachzudenken; auf einer Basis stetiger Zufriedenheit entstehen gewisse ernste Sorgen, und wir zeigen uns zurückhaltend und brüten mit feierlich besorgter Stirn über den uns zuteilgewordenen Segen.

Charlotte Brontë, *Jane Eyre*

Prolog

Kein Vermächtnis ist so reich als Ehrbarkeit.

Shakespeare, *Ende gut, alles gut*

Die Augen sehen sie an, und Demi lacht. Sie dreht sich zu dem Kind neben ihr um, dem Jungen, mit dem sie die ganze Woche über gespielt hat, aber er ist nicht da. Das Mädchen, das auf sie aufpasst, auch nicht. Sie ist allein mit dem Schmetterling und dem Sonnenschein. Der Schmetterling ist so schön. Sie tritt näher heran, und er fliegt davon, um auf einer Blüte zu landen. De und beschließt, ihm zu folgen. Er wird in die Richtung mi schaut sich um fliegen, in die die anderen gegangen sind. Vielleicht ist der Schmetterling in Wirklichkeit eine Fee oder ein kornischer Kobold. Mummy behauptet, Kobolde seien ungezogen, genau wie Demi, wenn sie ihre Karotten nicht isst.

Der Schmetterling verweilt einen kurzen Moment, doch im nächsten ist er schon wieder fort. Demi versucht, ihn zu fangen, aber das gelingt ihr nicht. Wenn sie wieder im Hotel ist, will sie den Schmetterling für Mummy malen.

Die lila Augen auf seinen Flügeln flattern, und er schwingt sich erneut in die Lüfte. Es muss eine Fee auf dem Rücken des Schmetterlings sitzen. Jetzt sinkt er wieder hinab, ruht sich aus, dann schwebt er taumelnd auf den Wald und die Blauglöckchen zu. Ihre Großmutter hat ihr alles über die Blauglöckchen erzählt. Dort, wo sie wachsen, wohnen die Feen, und sie darf niemals ohne Grannie oder Grandad einen Blauglöckchenwald betreten, sonst wird sie von den Feen in eine Falle gelockt. Die Großmutter hat ihr das vor langer Zeit erzählt, als sie noch sehr klein war. Aber der Schmetterling mit den lila Augen auf den Flügeln fliegt in den Wald, und Demi folgt ihm. Sie ist jetzt so groß, dass die Feen sie nicht fangen können, denn sie kann ganz schnell laufen.

Der Weg schlängelt sich durch die Bäume. Demi folgt ihm hüpfend und singt dabei ein Lied, das Grannie ihr beigebracht hat: »Blauglöckchen, Blauglöckchen, du bist wunderschön. Kannst du in die Zukunft seh'n? Blauglöckchen, Blauglöckchen, siehst du mich im Liebensreigen? Kannst du mir meinen Liebsten zeigen?« Sie bleibt stehen und lauscht. Werden die Blauglöckchen ihr verraten, wer sie liebt? Mummy liebt sie, Grannie liebt sie, Grandad liebt sie, und Charlie liebt sie. Das weiß sie auch ohne die Blauglöckchen.

Sonnenlicht fällt durch die Bäume und lässt den Grund blau und lila leuchten. Demi nimmt den Buntstift aus ihrer Tasche und tut so, als würde sie die Bäume und Blumen malen. Die Sonne steht hoch am Himmel. Ihr Magen knurrt, ihr Kopf tut weh. Sie wirbelt im Kreis, dreht sich und dreht sich, bis sie zu Boden fällt. Der Schmetterling verschwindet, und sie ist allein.

Sie ist im Feenwald, das weiß sie. Sie kann ihren Zauber spüren.

Ein Schmetterling schwebt in taumelndem Flug vor ihren Augen vorbei und teilt das Sonnenlicht für einen winzigen Augenblick in zwei Hälften. Eine Brise weht durch die Blauglöckchen. Demi schaudert. Werden sie läuten? Was hatte Grannie noch gleich gesagt? Wenn du die Blauglöckchen läuten hörst, stirbt jemand. Mummy hatte ihr verboten, Demi diese alten abergläubischen Geschichten zu erzählen. Demi legt die Hände über die Ohren, aber sie hört das Läuten trotzdem. Sie steht auf. Der Wind bläst nun kräftiger, und sie schaudert. Sie muss von hier fort. Ein Zweig knackt, und Demi schaut sich um. Sie kann nichts sehen außer Blumen und Bäumen. Sie läuft los und stolpert. Stürzt auf die ausgestreckten Hände. Schmerz. Blut. Tränen. Sie steht auf. Sie muss weiterlaufen, aber sie ist völlig außer Atem. »Mummy!«, schreit sie. Ihre Stimme wird vom Wind davongetragen. Mummy wird ihr Rufen nicht hören.

Ein Schatten verdunkelt den Weg. Demis Magen schnürt sich vor Angst zusammen. Es muss die *Kowres* sein, die furchteinflößende Riesin, von der Grannie erzählt hat. Sie wird sie fressen, wenn sie sich über das hintere Ende des Gartens hinauswagt. Die Großmutter hat ihr eine solche Riesin gezeigt, die sich auf dem Feld in Stein verwandelt hat, ganz in der Nähe, wo Grannie aufgewachsen ist.

Ihre Knie, die Hände und der Kopf tun weh, aber sie muss der *Kowres* entkommen. Sie wird sie fressen. Die Großmutter behauptet, die *Kowres* würde gerne Kinder verschlingen, die nicht tun, was man ihnen sagt.

Die steinerne Riesin ragt drohend vor ihr auf. Sie läuft darauf zu, weg von der anderen *Kowres* hinter ihr. Sie versucht, sich zu verstecken, aber die *Kowres* schnappt sie. Sie hat sie erwischt! Sie kann Ingwer riechen. Wird die *Kowres* sie fressen? Hat sie deshalb die Blauglöckchen läuten hören?

Frühling

Ein Sohn kann dem Verlust seines Vaters
mit Gleichmut begegnen,
der Verlust seines Erbes hingegen könnte
ihn in die Verzweiflung treiben.

Niccolò Machiavelli

Eins

Der Duft nach Geißblatt wehte durch das offene Fenster, Spätnachmittagssonnenschein fiel auf die zerwühlten Laken. Victoria lächelte. Der Duft von Adams Rasierwasser hing noch in der Luft. Sie zog die Decke über das Bett und schüttelte die Kissen auf. Es war schön und gut, einen trägen Nachmittag lang Sex mit ihrem jungen Geliebten zu haben, aber es wäre wirklich unangenehm, wenn Charles hereinspazierte und die Spuren dieses Nachmittags entdeckte. Vor ein paar Minuten hatte sie seinen Wagen die Auffahrt entlangkommen hören.

Sie nahm das grüne Seidenkleid vom Bügel und zog es sich über den Kopf. Was für ein wunderbares Gefühl, wenn der kühle Stoff über ihre Brustspitzen glitt! Sie schauderte. Es war eine Schande, dass sie zu dieser Party gehen mussten. Charles hätte genauso gut noch eine Weile in London bleiben können, dann hätte sie den ganzen Abend mit Adam genießen können, nicht nur den Nachmittag. Er machte sich ausgezeichnet, ganz zu ihrer Zufriedenheit. Besitz, alte Häuser und Sex … die absolute Wonne.

Victoria fuhr sich mit den Fingern durchs Haar. Obwohl es vor ein paar Jahren seine frühere Farbe verloren hatte, wirkte es nicht alt und grau, sondern glänzte wie polierter Stahl, auch die Struktur war nahezu unverändert. Sie legte Ohrringe an, dann griff sie nach ihrer Perlenkette. Charles hatte sie ihr zum fünfzigsten Geburtstag geschenkt. Natürlich hatte sie sie selbst ausgewählt und sie exakt auf ihren Teint abgestimmt. Perlen zauberten einen so wundervollen Schimmer auf das Gesicht! Sie berührte ihren Hals. Trotz jahrelanger Sonneneinstrahlung war ihre Haut gut. Nicht nötig, einen Chirurgen aufzusuchen.

Sie streckte den Rücken durch und versuchte, die Kette im Nacken zu schließen, aber nur durch Tasten ließ sich das nicht bewerkstelligen. »Wo ist meine Brille?«, fragte sie laut und ließ den Blick über die Ablageflächen in ihrem Schlafzimmer schweifen.

»Auf deinem Kopf.« Charles stand in der Tür. Er trug einen dunklen Anzug, der trotz des raffinierten Schnitts seinen Bauch nicht kaschierte.

»Danke. Warum der Anzug?«

»Geschäftlich.« Er trat von einem Fuß auf den anderen.

»Dann hast du dein Ausscheiden aus dem Berufsleben also rückgängig gemacht?« Das wäre in der Tat eine hervorragende Nachricht.

»Nein.« Er ging zu ihr und nahm ihr die Perlen aus der Hand. Sie ließ sie sich von ihm um den Hals legen, aber seine Finger kämpften ebenfalls mit dem Verschluss. Sein Aftershave lag in der Luft, und sie wünschte sich, er würde sparsamer damit umgehen. Nach vierzig Jahren reagierte ihre Nase äußerst sensibel auf diesen Geruch. Als die Perlen endlich gesichert waren, legte er seine Hände auf ihre Schultern und rieb sie sanft. Victoria versuchte, Gefallen daran zu finden, aber es gelang ihr nicht. Er küsste sie seitlich auf den Hals, und sie sah im Spiegel, wie sich Unmut auf ihrem Gesicht bemerkbar machte. Als Charles' blaue Augen aufblickten und die ihren suchten, änderte sie ihren Ausdruck rasch.

»Du siehst wie immer wunderschön aus, Tori.«

»Danke.« Sie drehte sich in seinen Armen um und richtete seine Krawatte. Er war eine gute Seele – das durfte sie nicht vergessen.

»Bitte hilf mir auf die Sprünge – aus welchem Anlass geben die Smiths diese Party?«

»Sie feiern die Verlobung ihrer Tochter.« Sie schluckte. Das war etwas, was sie nie würden feiern können.

»Ach ja.« Er wandte sich von ihr ab.

»Ich hasse es, wenn du so klingst.« Victoria knirschte mit den Zähnen. Selbst der Ausblick auf den Garten, den ihr Schlafzimmerfenster bot, konnte die Leere in ihr nicht füllen.

»Wovon redest du?« Er schüttelte den Kopf und atmete tief durch, bevor er sagte: »Ich muss etwas mit dir besprechen. Es ist wichtig.«

Sie wirbelte herum. »Du weißt genau, was ich meine.« Oh, sie verabscheute ihn. Die Traurigkeit in seiner Stimme verdross sie, und jetzt sah er aus wie ein verletzter Welpe. So sollte ein zweiundsechzig Jahre alter Mann unter keinen Umständen aussehen.

»Tori, ich muss wirklich etwas mit dir besprechen.«

Sie schaute zu ihm auf. Ihr Blick streifte den Wecker auf ihrem Nachttisch. »Geht das schnell? Wir sollten schon da sein. Gehst du in deinem Anzug hin?«

»Nein, das geht nicht schnell.« Er blickte an sich hinab auf seine Hose. »Soll ich mich umziehen?«

Victoria seufzte. »Nein. Lass uns aufbrechen.« Sie ging aus dem Schlafzimmer und blieb oben an der Treppe stehen. Von hier aus konnte sie bis hinunter ins Foyer schauen. Sie musste Charles für all das dankbar sein. Ohne sein Geld hätte sie niemals ihren Familiensitz zurückkaufen können, Boscawen. Sie hörte seine schweren Schritte hinter sich, drehte sich lächelnd um und streckte die Hand nach ihm aus. Beinahe auf den Tag genau einundvierzig

Jahre waren vergangen, seit sie am Abend ihrer eigenen Verlobungsfeier zusammen diese Stufen hinabgeschritten waren. Victoria schauderte, als sie an die erwartungsvollen Gesichter dachte, die sie unten erwartet hatten. Nur ein einziges Gesicht hatte nicht gelächelt.

»Tori, wo bist du?« Charles drückte ihre Hand.

»Entschuldige, hast du etwas gesagt?«

»Ja, etwas ziemlich Wichtiges. Jetzt behaupte nicht, dass du kein einziges Wort davon mitbekommen hast.« Er runzelte die Stirn, und sie sah, wie sich sein Doppelkinn weiter vervielfältigte, wie immer, wenn er finster dreinblickte.

»Es tut mir leid, ich habe gerade an unsere Verlobungsfeier gedacht.« Das wiederum brachte ihn zum Lächeln.

»Vierzig wundervolle gemeinsame Jahre.« Er küsste sie. »Ich danke dir, Liebling.«

»Es war mir ein Vergnügen«, log sie und nahm die Schlüssel zu seinem Wagen. Wenn sie jetzt nicht aufbrachen, würden sie sich ernsthaft verspäten, vor allem wenn sie das Pech hätten, hinter einem Traktor hängen zu bleiben.

Demi würde ihre Mutter nicht enttäuschen. Das war sie ihrem Andenken schuldig. Morwenna war so stolz auf sie gewesen und auf die Arbeit, die sie hier, bei Bottel & Lampard, geleistet hatte. Gerade heute hätte Demi Morwennas Glauben an ihre Fähigkeiten gebrauchen können. Der Tod ihrer Mutter war vollkommen überraschend gekommen. Wie hatte ihre gesunde, tüchtige Mutter einfach so sterben können? Demi hielt inne und drängte die Woge der Trauer zurück, die sie zu überwältigen drohte. Jetzt war nicht gerade der beste Zeitpunkt, um darüber nachzudenken. Jetzt waren positive Gedanken gefragt. Sie würde diesen Job bekommen. Sie hatte ihn verdient, hatte hart dafür gearbeitet, und natürlich liebte sie ihn auch.

Sie strich ihren Rock glatt und schlug die Knöchel übereinander. Dabei hörte sie die Stimme ihrer Mutter im Kopf, die sie daran erinnerte, beim Sitzen die Schultern zurückzunehmen und sich ja nicht zusammenzukauern, um zu verbergen, was Morwenna ihre Vorzüge genannt hatte. Wie Demi diese »Vorzüge« hasste! Nicht nur dass sie deswegen während der Schulzeit ständig von den Jungs aufgezogen worden war, sie würde damit auch niemals wirklich elegant wirken. Ihre »Vorzüge« zogen einfach zu große Aufmerksamkeit auf sich.

Josh saß ihr gegenüber und wirkte ganz entspannt. Anders als sie wurde er nicht von dem wässrig gleißenden Sonnenlicht geblendet, welches durch das schmutzige Fenster hereinfiel. Sie runzelte die Stirn. Der Architekt, der dieses Gebäude entworfen hatte, hatte nur an die Außenwirkung gedacht und nicht daran, dass man Fenster auch putzen und öffnen musste, um frische Luft hereinzulassen.

Vermutlich war er ein Mann wie Josh gewesen. Mit ihm zusammen hatte Demi ein einjähriges Praktikum absolviert und während dieser Zeit ständig seine Entwürfe verbessern müssen. Er hatte sie um Hilfe gebeten, und sie hatte ihn unterstützt – obwohl sie sich nun fragte, warum, denn am Ende des Jahres würde nur einer von ihnen eine feste Anstellung bekommen. Josh war ganz versessen auf das äußere Erscheinungsbild, die praktischen Aspekte interessierten ihn nicht. Genau deswegen sollte sie diesen Job bekommen, denn sie achtete auf beides, weshalb ihre Entwürfe in jeder Hinsicht stimmig waren. Das war es, was sie am Beruf eines Architekten liebte.

Er sah sie an, dann wandte er den Blick ab. Wer wusste schon, was er während ihres mehrwöchigen Trauerurlaubs getan hätte? Sie hoffte, er hatte sich als Desaster für die Firma entpuppt, weil dieser Job momentan eines ihrer aktuellen Hauptprobleme lösen würde: Geld. Obwohl sie während des Praktikums eine kleine Summe verdient hatte, hatte sie doch das meiste davon ihrer Mutter für die Lebenshaltungskosten gegeben. Die Aufwendungen für das Begräbnis hatten das Konto ihrer Mutter erschöpft. Vermutlich würde Morwennas Lebensversicherung dafür aufkommen, aber noch war diese nicht ausbezahlt worden. Demi holte tief Luft. Es kam ihr immer noch nicht real vor, dass ihre Mutter tot war, und sie wollte es auch nicht wahrhaben, aber so war es nun einmal. Sie konnte es sich im Augenblick nicht leisten, etwas anderes als eine gut bezahlte Vollzeitstelle anzutreten. Wäre nicht ihr Freund Matt, hätte sie nicht einmal ein Dach über dem Kopf. Demi biss sich auf die Lippe. Darüber nachzugrübeln, wie schrecklich die Dinge momentan für sie standen, brachte sie nicht gerade in die richtige Stimmung für das bevorstehende Einstellungsgespräch.

Ein Schweißtropfen lief ihr den Hals hinab, und sie sah, wie Josh ihm mit den Augen folgte, bis er unter dem Ausschnitt ihrer Bluse verschwand. Es war zu warm für den Blazer, den sie trug, aber wenn sie ihn auszog, würden doch nur alle auf ihr Dekolleté schielen, egal, wie brav ihre Bluse war. Sie würden nicht mit ihr, sondern mit ihrer Brust sprechen. Männer hatten es da leicht. Der schlimmste Fauxpas, den sie sich leisten konnten, war eine unpassende Krawatte – und Joshs Krawatte war ausgesprochen unpassend. Sie zeigte deutlich, dass er keinen Geschmack hatte. Sie würden den Job doch nicht etwa jemandem geben, der einen breiten Schlips mit rosa Punkten zu einem grün gestreiften Hemd und einem Glencheck-Anzug trug? Das wäre gleich aus verschiedenen Gründen ein Fehler.

Ihre eigene Kleidung war schon etwas älter, aber sie drückte eine unaufdringliche Eleganz aus – soweit ihre Kurven das zuließen, dachte sie trocken. Wäre sie diejenige, die die Entscheidung treffen dürfte, würde sie den Bewerber wählen, der die bessere Leistung bringen und dessen Kleidungsstil auf ein gewisses Grundverständnis von Farbe, Form und Design schließen lassen würde.

Draußen grollte Donner, und die Sonne verschwand in just dem Augenblick, in dem sich die Tür des Personalbüros öffnete. Sie konnte sich des Eindrucks nicht erwehren, dass dies kein gutes Vorzeichen war. Ihr Konkurrent lächelte in ihre Richtung, doch er vermied direkten Augenkontakt.

»Demi und Josh, bitte kommen Sie herein.« Demi stand auf und stellte sich vor, sie wäre größer als nur eins sechsundfünfzig. Je eher dieses Gespräch vorüber wäre und sie den Job in der Tasche hätte, desto besser.

»Nehmen Sie Platz.« Die Personalchefin, Ms. Jones, ging zu ihrem Schreibtisch. Demi setzte sich ein gutes Stück vom Fenster entfernt. Sie wollte nicht noch weiter zerfließen.

»Zunächst einmal möchte ich mich bei Ihnen bedanken. Sie haben beide während Ihres Praktikums ausgezeichnete Arbeit hier bei Bottel & Lampard geleistet.« Sie lächelte Josh und Demi nacheinander an. Demi legte ihre Hände flach auf ihren Rock. Das hier lief gar nicht gut. Josh hatte *keine* gute Arbeit geleistet; passabel vielleicht, aber nur, weil sie ihm geholfen hatte.

»Es war mir eine Ehre, Teil des Teams zu sein«, erklärte Josh.

Was für ein Schleimer! Er hatte nichts anderes getan als

sich zu beklagen, und ständig versucht, sie anzubaggern. Er war ein Arschloch, aber er war gerissen, das musste sie ihm zugestehen, aber auch nur das.

»Wie Sie wissen, können wir diesmal nur einen von Ihnen übernehmen, und die Entscheidung ist uns wirklich schwergefallen.« Ms. Jones verzog den Mund zu einem Lächeln, das ihre Augen nicht erreichte. Demi wusste, was sie sagen würde, als ihr Blick auf Demis linke Hand fiel. Ihr war entschlüpft, dass es ernst wurde mit Matt, und ja, das wurde es auch, dennoch hatte sie nicht vor, sofort eine Familie zu gründen.

»Nach einer ausführlichen Beratung mit dem gesamten Team haben wir daher beschlossen, Josh die Stelle anzubieten wegen der herausragenden Arbeit, die er mit den Entwürfen für die Badezimmer geleistet hat.«

»Aber …«, setzte Demi an, doch Josh erhob sich bereits.

»Wow, vielen Dank.« Er trat zwischen Demi und den Schreibtisch, sodass er der Personalchefin die Sicht verstellte.

Demi stand auf und versuchte, sich an ihm vorbeizudrängen. Das waren ihre Entwürfe, nicht seine. Das musste sie unbedingt klarstellen. Er gab ihre Arbeit als seine eigene aus. Sie konnte ihm diesen Diebstahl nicht durchgehen lassen. »Diese Entwürfe …« Sie trat an die Seite des Schreibtischs.

»Ach Demi, Ihre Arbeit war exzellenter Standard, aber leider haben wir nur einen Posten zu vergeben, und Josh passt in jeder Hinsicht zu unserer Firma. Selbstverständlich würden wir uns sehr freuen, wenn Sie weiterhin als Praktikantin für uns tätig sein möchten.« Erneut zuckten Ms. Jones' Mundwinkel in die Höhe, aber das war auch schon alles. »Außerdem werde ich Ihnen ein begeistertes

Empfehlungsschreiben ausstellen, sollten Sie beschließen, sich anderweitig umzuschauen.«

Einer der Firmenpartner kam herein. »Glückwunsch, Josh. Ausgezeichnete Arbeit.« Er wandte sich an Demi. »Es tut mir so leid, dass Sie uns verlassen.« Damit wandte er sich ab, und sie war entlassen. Dann begriff sie. »Josh passt in jeder Hinsicht zu unserer Firma.« Wie oft hatte man Demi eingeladen, nach der Arbeit mit ins Pub zu gehen, und sie hatte abgelehnt, um zu Hause bei Matt zu sein. Josh dagegen war jedes Mal mitgegangen. Sie kannten ihn – zumindest dachten sie das –, und sie war eine Idiotin allererster Güte, weil sie das Spiel nicht mitgespielt hatte.

Demi konnte sich nicht von der Stelle rühren. Josh schüttelte jetzt die Hand des Firmendirektors. Er sah Demi nicht an. Er war ein Dieb – aber was konnte sie tun? Hätte sie Einspruch erhoben, hätte sie wie eine schlechte Verliererin gewirkt, außerdem hätte sie trotzdem verloren …

Die restlichen Firmenpartner erschienen, eine Flasche Champagner wurde geöffnet. Niemand sah ihr in die Augen.

»Vielen Dank.« Sie würde das hier so würdevoll hinter sich bringen wie möglich. Ihre Mutter hätte gewollt, dass sie sich charmant und großmütig zeigte. Als der Champagner ausgeschenkt wurde, schlüpfte sie zur Tür hinaus.

Vor dem Personalbüro blieb sie stehen und lehnte sich gegen die Wand. Sie hatte zugelassen, dass jemand anders den Job bekam, der ihr zugestanden hätte. Zorn – auf sich selbst und auf Josh – stieg in ihr auf. Das hier war nicht die Probe für eine Schulaufführung. Das hier war das Leben. Das Überleben. Sollte sie wieder hineingehen und Josh mit seinem Betrug konfrontieren? Nein. Dafür war es zu spät. Hätte sie ihn gleich zur Rede gestellt, hätte es vielleicht funktioniert und nicht den Eindruck erweckt, sie würde aus Missgunst oder gar aus Neid handeln. Es war besser, es dabei zu belassen. Einfacher.

Die Empfangsdame kam den Gang entlang. »Demi, es tut mir so leid, dass man nicht Ihnen den Job angeboten hat.«

Demis Augen weiteten sich. Alle, nicht nur die Firmenpartner, wussten bereits davon. Selbst wenn sie tatsächlich hineinginge und ihnen die Wahrheit sagte, würden sie ihre Entscheidung nicht rückgängig machen. Sie würden wie Narren dastehen, und das wollte niemand, auch sie nicht.

Nicht Demi war die richtige Besetzung für diese Stelle, sondern ein Mann, der die Arbeit anderer als seine eigene ausgab? Mit gesenktem Kopf ging Demi zu ihrem Schreibtisch, um ihren Schirm und ihren Laptop zu holen. Die Sache war gelaufen, allerdings konnte sie sich des Gedankens nicht erwehren, dass das ihre eigene Schuld war. Ihre Mutter wäre enttäuscht. Vielleicht war es gut, dass sie das nicht mehr miterleben musste. Nein, das konnte nicht gut sein. Demi biss sich auf die Lippe, dann flüchtete sie, bevor sie mit weiterem Mitleid konfrontiert wurde.

Im Gedränge der U-Bahn-Station Westminster kämpfte Demi mit ihrem Schirm, aber er ließ sich nicht öffnen. Nach ein paar Versuchen warf sie ihn einfach in einen Mülleimer und trat hinaus in den Regen. Nutzloser Schirm. Genau dann, wenn sie ihn brauchte, verweigerte das verdammte Ding seine Arbeit. Der Regen peitschte aus allen Richtungen auf sie ein, als wollte er sie für ihre Dummheit bestrafen. Er schlug ihr ins Gesicht und durchnässte ihr Kostüm. Als sie die Mitte der Westminster Bridge erreichte, lehnte sie sich gegen die Mauer. Sie musste nachdenken, sich einen Plan zurechtlegen. Die

Regentropfen prasselten auf die Wasseroberfläche der Themse, und nach anfänglichem Widerstand verschmolzen sie friedlich mit dem Fluss, um das zu tun, was Flüsse taten – fließen. Sie hatte keinen Widerstand geleistet, war einfach verschwunden und hatte diesen Fiesling die Lorbeeren für ihre Arbeit einheimsen lassen. Jetzt hatte er einen Job, und das Beste, was Bottel & Lampard für sie einfiel, war ein weiteres Praktikum. Der Bastard hatte für sich beansprucht, was ihr gehörte, während sie ihre Mutter beerdigte. Und was hatte sie dazu gesagt? Was hatte sie dagegen unternommen? Nichts. Sie hatte nicht einmal versucht, Widerstand zu leisten, bevor sie sich unsichtbar gemacht hatte.

Nach einer Weile riss sie sich vom Fluss los und mischte sich unter die übrigen Pendler. Es würde ein nasser Spaziergang zu ihrem Freund werden, aber wenigstens würde dort Wein auf sie warten.

»Kopf hoch, meine Liebe, so schlimm kann es nicht sein«, sagte der Zeitungsverkäufer an der Ecke und reichte ihr eine Zeitung, die sie sich über den Kopf hielt, während sie sein Lächeln erwiderte. Er hatte Recht. So schlimm war es gar nicht. Immerhin hatte sie Matt.

Unterwegs konzentrierte sie sich auf Dinge, auf die sie sich freute, zum Beispiel darauf, offiziell bei ihrem Freund einzuziehen. Seit sie das Apartment ihrer Mutter an den Vermieter übergeben hatte, hatte sie inoffiziell bei Matt gewohnt. Sie schluckte. Nein, sie würde jetzt nicht an ihre Mum denken. Stattdessen wollte sie sich Matts Begeisterung ausmalen, wenn sie Ja zu seinem Angebot sagte, fest mit ihm zusammenzuleben, und sich überlegen, was sie mit seiner Wohnung anstellen würde. Im Augenblick wirkte sie noch ein bisschen fad und trostlos, trotz der Designer-Farbe – ein Lavendelton, der auf den nach

Norden gehenden Wänden grau wirkte. Die Einrichtung war wuchtig, schwarz und aus Leder, alles auf den gigantischen Fernseher ausgerichtet. Nicht einfach ein maskuliner Stil; nein, es fehlte die persönliche Note. Demi hatte nie verstanden, wie ein Mann, der sich so gut kleidete und eine solche Sorgfalt auf die Wahl seiner Garderobe legte, so wenig Mühe darauf verwenden konnte, seiner Wohnung einen persönlichen Touch zu verleihen.

Sie lächelte: All das würde sich jetzt ändern. Mit einer Schicht Farbe und ein paar Accessoires würde sie die Wohnung gemütlicher machen, damit sie sich mehr nach ihnen beiden anfühlte – leider hätte sie ja nun mehr als genug Zeit dafür. Matt würde die Veränderungen vermutlich nicht einmal bemerken. Er würde lediglich sein Filmstar-Grinsen aufsetzen, und sie würde dahinschmelzen.

Sie musste an den Blick denken, den die Personalchefin auf ihre linke Hand geworfen hatte, und fragte sich, warum in aller Welt sie verlauten lassen hatte, dass sich die Beziehung zwischen Matt und ihr festigte. Das bedeutete schließlich noch lange nicht, dass sie sofort heiraten und Kinder in die Welt setzen würde! Ihre Karriere war ihr wichtig, und sie war doch erst fünfundzwanzig.

Nass bis auf die Knochen und voller Sehnsucht nach einem Glas Wein und einer Umarmung blieb sie vor seiner Wohnung stehen. Hinter den Fenstern brannte Licht, was ungewöhnlich war, aber vielleicht war Matt früher nach Hause gekommen. Ob er eine Überraschungsfeier plante? Mein Gott, hatte sie wirklich geglaubt, sie würde den Job bekommen? Sie war ein solcher Dummkopf.

Nun, sie würden darüber lachen, was für ein Narr sie gewesen war. Sie hatte in letzter Zeit kaum noch gelacht, aus Gründen, die auf der Hand lagen. Ihre Freunde auf der Beerdigung ihrer Mutter wiederzutreffen hatte ihr gezeigt, wie sehr sie alle vermisste, genau wie den Spaß, den sie zusammen hatten. Matt mochte ihre Freunde nicht, was in Ordnung war – nun, mehr oder weniger –, trotzdem müsste sie mehr ausgehen. Sie liebte ihn, aber mitunter war er zu bestimmend. Die Musik, die sie vorgestern Abend gehört hatten, drang durch die geschlossene Tür. Demi runzelte die Stirn und zögerte. Sie hatten zu viel getrunken, und sie wollte lieber nicht daran denken, was sie an jenem Abend getan hatte …

Sie drehte den Schlüssel im Schloss und wäre beinahe hintenübergefallen ob der Wucht der Lautstärke, die ihr entgegenschlug. Jungs und ihre Spielzeuge – oder, in diesem Fall, ihre Surround-Anlage. Drinnen stellte sie ihre Tasche ab in der Hoffnung, dass ihr Computer trocken geblieben war, dann zog sie ihre Schuhe aus und schlich auf Zehenspitzen ins Wohnzimmer. Die Wände waren völlig nackt, was den riesigen Fernseher nur noch mehr in den Mittelpunkt rückte. Sie schloss die Lider und stellte sich vor, wie sie wohl mit ein paar gerahmten Kunstdrucken oder einem großen Ölgemälde aussehen mochten. Auf alle Fälle würde das dem Raum die persönliche Note geben, die er verdient hatte. Wenn die Lebensversicherung ihrer Mutter ausbezahlt war, könnte sie ihm vielleicht das Bild spendieren, das sie zusammen gesehen hatten. Es wäre so schön, sich für all seine Unterstützung zu bedanken. Er war ihr eine große Hilfe gewesen, als ihre Welt auseinanderbrach.

Stöhnen drang aus den Lautsprechern. Sie seufzte und öffnete die Augen. Matt schaute schon wieder einen Porno, was sie verabscheute. Auf sie hatte das nicht die Wirkung, die er sich erhoffte, eher war das Gegenteil der Fall. Pornos ließen ihr die Lust auf Sex vergehen. Beklommen trat sie hinter ihn und legte ihm die Hände auf die Schultern, doch als sie sich vorbeugte, um ihn auf den Kopf zu küssen, erstarrte sie plötzlich. Dort, auf dem Fünfzig-Zoll-Fernseher, war ihr nackter Körper zu sehen.

»Da bist du ja wieder, Demi.« Er nahm ihre Hand und zog sie zu sich.

Sie machte einen Schritt nach hinten und schauderte, als ihr Stöhnen von den kahlen Wänden widerhallte. Was hatte er getan?

»Lass mich los!«

Er ließ ihre Hand fallen und stand auf, wodurch er ihr die Sicht verstellte. Sie betrachtete sein gutaussehendes Gesicht. Das Lächeln, mit dem er sie immer herumgekriegt hatte, kam ihr auf einmal falsch vor.

»Was … was ist das?«

»Das sind wir, Demi. Verdammt sexy!«

Demi schloss die Augen. Sie fühlte sich schwach. Haltsuchend griff sie nach der Sofalehne und versuchte, etwas zu sagen, aber die Worte wollten ihr nicht über die Lippen kommen. Wie hatte er das tun können? Sie hatte Nein gesagt, als er sie darum gebeten hatte. »Wie …?«

»Mit meinem neuen Handy.«

Sie schüttelte den Kopf. »Wie konntest du?« Er hatte sie beim Sex gefilmt, obwohl sie ihm klipp und klar gesagt hatte, dass sie das nicht wollte. Dass ihr allein schon die Vorstellung zuwider war. Waren ihm ihre Gefühle denn völlig egal?

»Sei nicht so prüde. Das ist großartig – turnt mich total an!«

Sie schüttelte heftig den Kopf. »Nein!« Die Hände auf den Magen gedrückt, rannte sie ins Bad und übergab sich.

»Demi, jetzt sei doch nicht so! Du bist echt toll! Es gefällt dir nicht, wenn ich mir Filme mit anderen Frauen anschaue, also schaue ich nur dich an.« Seine Stimme, die durch die geschlossene Badezimmertür drang, klang seltsam fremd.

Sie antwortete nicht. Zitternd wusch sie sich das Gesicht. Er hatte gefragt. Sie hatte Nein gesagt. Und er hatte es trotzdem getan. Er war glücklich, angeturnt. Sie war angewidert, fühlte sich benutzt.

»Komm schon, Demi. Das ist doch bloß ein kleiner Spaß.«

Das kalte Wasser beruhigte ihre brennende Haut. Sie blickte in den Spiegel. Große, traurige Augen starrten ihr entgegen. Was sollte sie tun? Könnte sie bei jemandem bleiben, dem sie nicht vertrauen konnte? Er war enttäuscht gewesen, aber er hatte ihr versprochen, sie nicht zu filmen. Hatte sie gebeten, sich deswegen keine Sorgen zu machen, und das hatte sie auch nicht getan.

Sie öffnete die Tür, schob sich an ihm vorbei ins Wohnzimmer und stellte den Fernseher aus. Dann sah sie sich um und erkannte, was für ein seelenloser Ort das hier wirklich war. Sie wandte sich Matt zu. Er trug eine locker sitzende Baumwollhose und ein Designerhemd, und er lächelte trotz dem, was er getan hatte. Er hatte keine Ahnung, kein schlechtes Gewissen. Es gab nur eins, was sie tun konnte: gehen. Sie drehte sich um, trat in den Flur hinaus und griff nach ihrer Tasche und ihren Schuhen.

»Demi, warte!«

Sie warf ihm einen Blick zu. »Du kapierst es einfach nicht.«

»Nein, *du* kapierst es nicht.« Jetzt lächelte er nicht mehr. »Du solltest endlich erwachsen werden. Das macht mich nun mal an – und zwar richtig.«

»Ich habe Nein gesagt, Matt.« Sie zog ihre Schuhe an und rollte die Zehen ein, so nass waren sie auch von innen.

»Das hast du doch nicht so gemeint.«

»Doch. Natürlich habe ich das so gemeint.«

Er streckte die Hand nach ihr aus und bekam ihr Handgelenk zu fassen.

»Nein!« Sie befreite sich und verließ die Wohnung. Sie konnte hören, wie er ihren Namen rief, als sie auf die Straße floh und sich fragte, was sie jetzt tun sollte. Um die Ecke, auf halbem Weg zur U-Bahn-Station, suchte sie Zuflucht in einem Coffeeshop. Eine Tasse mit starkem Espresso würde ihr beim Nachdenken helfen. So viel zu der Umarmung, die sie erwartet hatte, so viel dazu, ihren Kummer in einem Glas Wein zu ertränken. Was nun? Sie scrollte durch die Kontaktliste in ihrem Handy und rief Sophie an.

»Hi, ich bin im Urlaub. Am einunddreißigsten könnt ihr wieder mit mir rechnen, gebräunt und entspannt. In dringenden Fällen hinterlasst mir bitte eine Nachricht oder schickt mir eine E-Mail.«

»Hi, Sophie. Ich werde dir eine E-Mail schicken, auch wenn ich nicht annehme, dass jemand deinen Schlüssel hat und ich ein paar Tage bei dir unterkommen kann?«

Als sie all ihre Freunde durchgegangen war und zwei Tassen Espresso getrunken hatte, machte der Coffeeshop zu. Jetzt stand sie auf dem Bürgersteig. Der Barista sperrte hinter ihr die Tür zu. Sie wollte nur noch nach Hause – aber sie hatte kein Zuhause. Die Anrufe, die sie getätigt hatte, zeigten ihr deutlich, dass eine Beziehungskrise ausgerechnet vor dem langen Bank-Holiday-Wochenende kein gutes Timing war. Sophie war verreist, Maia stand kurz vor der Geburt ihres Babys, und auch sonst schien niemand zu Hause zu sein. Demi ging erneut die Nummern durch. An wen könnte sie sich wenden? Sie wollte eigentlich nur zu ihrer Mum. Sie drängte die Tränen zurück, die angefangen hatten, sich mit dem Regen zu vermischen, der noch immer vom Himmel fiel.

Sie ging die Kontakte mit G durch, dann noch einmal. *Grandad*. Ihr Großvater. Sie drückte die Wahltaste und wartete. Das letzte Mal hatte sie ihn vor zwei Wochen gesehen, als sie ihn zum Bahnhof Paddington brachte, wo er den Zug zurück nach Cornwall nehmen wollte. Es brach ihr immer noch das Herz, wenn sie daran dachte, wie er ihr zum Abschied die Hand gedrückt hatte. Diese Geste war ihr in Erinnerung geblieben und kam jedes Mal wieder hoch, wenn sie von Trauer überwältigt wurde. Er hatte seine Frau verloren und nun auch noch sein einziges Kind. So sollte es im Leben eigentlich nicht laufen.

»Hallo?«

»Hi, Grandad, ich bin's, Demi.«

»Demi, mein Schätzchen. Wie schön, von dir zu hören.«

Die Tränen begannen nun richtig zu fließen, und sie konnte sie nicht aufhalten.

Victoria drehte den Knauf der Wohnzimmertür und wartete dann, bis Charles zu ihr aufschloss.

»Glaub nicht, dass ich dir auf einen Drink Gesellschaft leiste. Ich muss noch etwas am Computer erledigen«, sagte er und ging in sein Arbeitszimmer.

»Na schön.« Sie drehte sich nicht um, um ihm nachzusehen, aber sie lauschte auf seine schweren Schritte auf dem Steinfußboden. Ihre Schultern entspannten sich, als sie das Wohnzimmer betrat. Charles war den ganzen Abend über gereizt gewesen und hatte ihr ständig zugeflüstert, dass sie sich dringend zusammensetzen und etwas besprechen müssten, wofür die Autofahrt zu kurz sei. Und jetzt, als sie endlich Zeit hatten, stürzte er sich auf seinen Computer, also konnte das, worum auch immer es gehen mochte, wohl doch nicht so dringend oder wichtig sein.

Mit einem Seufzer der Erleichterung schlüpfte Victoria aus ihren Schuhen. Vor dem Getränkewagen blieb sie stehen und schenkte sich einen Whisky ein. Nun würde sie wenigstens in Ruhe die Tageszeitungen zu Ende lesen können. Vielleicht sollte sie sich mehr für das interessieren, was ihr Mann mit seiner Zeit und seinem Computer anfing, aber die schlichte Tatsache, dass er nicht ständig um sie herumschwirrte oder versuchte, sich in die Instandsetzung ihres Gartens einzumischen, war eine Erleichterung. Als er vor ein paar Jahren den Großteil seines Anlagevermögens verkauft hatte, war sie verzweifelt gewesen. Er hatte – abgesehen von Geschäftsangelegenheiten – keinerlei Hobbys oder Interessen. Das Geschäft oder sie – dabei wollte sie unbedingt vermeiden, dass er ihr noch mehr Aufmerksamkeit schenkte, als er es ohnehin schon tat. Wie hatte es Maryon Pearson formuliert? »Ich habe ihn geheiratet, um in guten wie in schlechten Zeiten an seiner Seite zu sein, aber nicht, um gemeinsam mit ihm zu Mittag zu essen.«

Sie öffnete die hohen Fenstertüren, die auf die Terrasse hinausführten, damit die abgestandene Luft der kühlen Abendbrise weichen konnte. Der Garten von Deborah Smith hatte heute Abend prächtig ausgesehen. Victoria war neidisch, aber jetzt, da der Garten von Boscawen wieder ihr gehörte, würde er bald so großartig sein wie früher. Das Anwesen war fast wieder komplett, mit Ausnahme von Dower House, des ehemaligen Witwenhauses. Victoria furchte die Brauen. Sie liebte das Haus. Leider würde Boscawen nie mehr so sein, wie es zu Zeiten ihrer Urgroßmutter oder selbst ihrer Großmutter gewesen war, weder Boscawen House noch das Grundstück. Sie wären niemals in der Lage, das ganze Land zurückzukaufen, aber wenigstens gehörten ihnen der Wald, die Obstwiesen und sämtliche Gärten. Sie war sich sicher, dass Charles auch noch die Felder für sie kaufen würde, sollte der Bauer sich davon trennen, aber bislang sah es nicht danach aus. Sie durfte nicht enttäuscht sein. Der Großteil des Anwesens befand sich wieder in ein und demselben Besitz – ihrem. Nun, um genau zu sein, gehörte Boscawen Charles und ihr zusammen, aber das war ein und dasselbe. Gleich zu Beginn ihrer Ehe hatte er verkündet, dass alles, was er besaß, auch ihres war.

Sie trat hinaus auf die Terrasse und atmete die moschusartige Süße des Rosenstocks mit dem klingenden Namen New Dawn ein – Anbruch von etwas Neuem, eines neuen Tages oder eines neuen Zeitalters zum Beispiel –, der gerade zu blühen begann. Es war richtig gewesen, sie anzupflanzen, auch wenn ihre Urgroßmutter diese Sorte nicht ausgewählt hatte. Sie war froh, auf ihren jungen Gärtner Sam gehört zu haben. Der Australier schien sich instinktiv auf das Gärtnern zu verstehen, was seinen Mangel an Erfahrung wettmachte. Er arbeitete seit zwei Jahren für sie, und sie waren viele Male aneinandergeraten, aber er war definitiv eine Bereicherung. Und er war ein Augenschmaus.

Sie ließ die Blüte los, nach der sie gegriffen hatte, nahm einen Schluck von ihrem Whisky und ließ die aromatische Flüssigkeit ihre Zunge umspielen, bevor sie sie schluckte. Seit seiner Ankunft hatte sie versucht, Sam zu verführen, aber bislang hatte er kein Interesse bekundet. Sie war es nicht gewöhnt, dass Männer sie abwiesen. Tatsache war, dass ihr nur einer einfiel, der das ebenfalls getan hatte. Sie schlenderte an den Rand der Terrasse.

Bald würde der Sommer kommen. Es war Ende Mai und der Donnerstag vor dem Feiertagswochenende. Die Straßen würden sich mit Kurzurlaubern füllen, und sie war froh, sich fernab dieses Trubels zu befinden. Obwohl wunderschön, lag das Dörfchen Helford an dem gleichnamigen Fluss doch abseits genug der Ströme von Touristen, die im restlichen Cornwall einfielen. Helford war ein Ort, in dem die Zeit stehen geblieben war, und genau das liebte sie von ganzer Seele. Sie holte tief Luft und stieß sie langsam wieder aus. Es hatte eine Weile gedauert, aber nun konnte sie nach vorne sehen.

Es war schon nach zehn. Sie schloss halb die Lider und sah im Dämmerlicht den Garten ihrer Kindheit vor sich. Die Anlage war noch zu erkennen, aber das war auch schon alles. Teils verwildert, teils völlig brach, war lediglich der kärgliche Rest einer einst überwältigenden Pracht geblieben. Sie schüttelte den Kopf. Was für eine Verschwendung. All die Arbeit der Vergangenheit – verloren durch Unfähigkeit, Ignoranz und Vulgarität.

Sie und Sam hatten begonnen, den herrlichen Garten von damals wieder in Ordnung zu bringen und zu neuem Leben zu erwecken. Zu seinen Glanzzeiten hatte der Garten von Boscawen in der gesamten Grafschaft für neidvolle Bewunderung gesorgt. Ihre Urgroßmutter Edith hatte exotische Pflanzen aus der ganzen Welt mitgebracht, die unter ihrer sorgfältigen Pflege hier in Cornwall gediehen. Bis zum heutigen Tag hatten einige von ihnen überlebt, aber viele andere waren derart verwildert, dass sie ihre Schönheit verloren hatten. Andere waren ganz verschwunden.

Jahrelang hatte Victoria tatenlos zusehen müssen, wie der Garten mehr und mehr verkam. Alles, was sie hatte haben wollen, wurde ihr verwehrt, bis der Besitzer vor zwei Jahren in finanzielle Schwierigkeiten geriet und Charles in der Lage war, ihm ein Angebot zu unterbreiten.

Jetzt war ihr Traum in unmittelbare Reichweite gerückt – würde Charles nur endlich den Geldhahn aufdrehen. Ihre Pläne allein mit Sam und gelegentlich ein paar Aushilfen zu erfüllen würde Jahre dauern. Das reichte ihr nicht. Charles hatte keine Ahnung, was dafür erforderlich war. Vermutlich hörte er ihr gar nicht richtig zu. Sie lachte bitter. Nun, sie hörte ihm ja auch nicht zu.

Victoria drehte sich zum Haus um. Es hatte sie gewaltige Anstrengung und eine Riesensumme gekostet, aber mit Hilfe einer kleinen Armee von Dekorateuren und Handwerkern war es ihr gelungen, die Schäden zu beheben, die es über die Jahre hinweg genommen hatte. Der größte Teil war kosmetischer Natur gewesen, und natürlich hatte sie nicht wiedergutmachen können, dass die Einrichtung vor fast dreißig Jahren verkauft worden war. Das würde Victoria ihrer Schwägerin niemals verzeihen. Perry, ihr Bruder, war kaum einen Tag unter der Erde gewesen, als Julia das Haus mitsamt Mobiliar bereits zum Verkauf angeboten hatte.

Leider waren Victoria die Hände gebunden gewesen, weil Charles damals gerade erst sein ganzes Geld in ein neues Unternehmen gesteckt hatte. Ohnmächtig hatte sie zusehen müssen, wie das Familienerbe der Tregans Stück für Stück verschwand. Jahrelang war Victoria durch Auktionsräume gestreift, und es war ihr tatsächlich gelungen, etwas davon zu retten, allerdings nur einen Bruchteil. Warum sie den Aufwand betrieb, wusste sie selbst nicht. Sentimentalität, nahm sie an, denn es gab niemanden, an den sie das Haus oder sonstige Erbstücke hätte weiterreichen können. Sie war die letzte Tregan von Boscawen. Ihr Bruder war ohne einen Nachkommen gestorben, und sie war unfruchtbar. Sie hatte versagt.

Victoria machte auf dem Absatz kehrt und ging hinein.

Es war am besten, die Vergangenheit ruhen zu lassen. Sie konnte sie ohnehin nicht ändern. Aber sie könnte dem Garten zu alter Pracht verhelfen, damit etwas Wertvolles blieb, wenn die letzte Tregan Boscawen für immer verließ.

Zwei

Der Lautsprecher dröhnte blechern. Demi stand auf und beobachtete die Leute, die ins lange Wochenende aufbrachen. Ein verstecktes Lächeln im Gesicht, wichen sie den Pfützen aus, die sich unter den undichten Stellen des Bahnhofsvordachs gebildet hatten. Natürlich regnete es – schließlich stand Bank Holiday unmittelbar bevor. Ihre Mutter und sie hatten geplant, am Samstag nach Polesden Lacey zu fahren, ein spektakuläres Herrenhaus in den North Downs, wenn Matt zu Besuch bei seinen Eltern wäre. Demi schluckte. Es war keine gute Idee, sich etwas auszumalen, was niemals stattfinden würde. Sie wollte nicht über das nachgrübeln, was hätte sein können. Sie würde sich in den Zug nach Cornwall setzen und bei ihrem Großvater bleiben. Das gäbe ihr ein paar Tage zum Nachdenken, in denen sie einen neuen Plan schmieden könnte. Der Schlafwagen war der einzige Zug, der um diese Uhrzeit fuhr, was ihr Problem löste, wo sie die Nacht verbringen sollte.

Der Schaffner pfiff, und Demi sprang mit ihrer Umhängetasche in den Zug. Mehr hatte sie nicht. Der Rest ihrer Sachen war entweder eingelagert oder bei Matt, und in seine Wohnung würde sie nie wieder einen Fuß setzen.

Sie starrte aus dem Fenster und sah, wie der Zug den Bahnhof verließ. Das alles fühlte sich so verkehrt an. Der Zug nahm an Fahrt auf, die Rückseiten der Gebäude zogen vorbei und boten wie ein Fernseher einen flüchtigen

Einblick in das Leben der anderen Menschen. Alles wirkte so normal und so meilenweit entfernt von ihrem eigenen Leben. Gott, wie sehr sie ihre Mum vermisste.

Den Kopf gegen die Scheibe gelehnt zog Demi ihren Blazer enger um sich und schloss die Augen. Sie war unterwegs nach Cornwall. Sie spürte, wie sie eine Gänsehaut bekam, und zwar nicht nur, weil ihr kalt und sie völlig erschöpft war. Heute war einer der schlimmsten Tage ihres Lebens gewesen. Noch schlimmer war nur der Tag vor sechs Wochen gewesen, als ihre Mutter, ohne jede Vorwarnung und ohne Abschied zu nehmen, gestorben war.

Morwenna war ihr mehr gewesen als eine Mutter; sie war ihre beste Freundin gewesen. Demi kamen die Tränen. Das Loch, das ihre Mutter in ihrem Leben hinterlassen hatte, war groß genug, um sie zu verschlingen. Wäre sie noch da, würde Demi nicht mitten in der Nacht in diesem Zug sitzen.

Der Zug fuhr sanft schaukelnd weiter. War die Situation, in der sie sich nun wiederfand, Matts Schuld oder ihre eigene? Er hatte ihr mitgeteilt, dass er tun wollte, was er getan hatte, und sie hatte Nein gesagt, aber hatte sie sich bestimmt genug ausgedrückt? Hatte er ihr wirklich zugehört? Sie hatte bei so vielen Dingen nachgegeben, zum Beispiel sich nicht mit ihren Freunden zu treffen. Zwei Abende zuvor hatte sie nachgegeben und so mit ihm geschlafen, wie er es sich wünschte und sie es nicht mochte, aber sie war eingelullt gewesen vom Champagner und getrieben von der Furcht, wenn sie Nein sagen würde, könnte er aufhören, sie zu begehren, vielleicht sogar sie zu lieben. Bei der Erinnerung daran wurde ihr übel. War sie einfach nur zu unterwürfig, zu naiv? Ihre Mutter würde behaupten, sie wäre schüchtern. Was um alles auf der Welt sollte sie ihrem Großvater erzählen? Die Wahrheit war schlichtweg zu bitter, um sie in Worte zu fassen.

Möwengeschrei drang durch den Frühnebel. Die Menschen verließen den Bahnsteig, und sehr schnell stand Demi allein da. Ihr Kostüm konnte die morgendliche Kühle nicht abhalten. Sie schauderte, als sie mit zusammengekniffenen Augen in die Ferne spähte, doch alles, was sie sehen konnte, war der leere Parkplatz. Sie würde nach dem Weg fragen müssen. Sie erinnerte sich nicht daran, schon einmal hier gewesen zu sein, was seltsam schien in Anbetracht der Tatsache, dass ihre Mutter hier aufgewachsen war. Ihre Großeltern waren immer nach London gekommen, nie andersherum. Allerdings hatte ihre Mutter den Großvater in letzter Zeit öfter besucht. Sie hatte behauptet, er habe gesundheitliche Probleme, es sei jedoch nichts Besorgniserregendes. Und erst vor zwei Wochen war Grandad bei Demi gewesen. Er hatte wie ein Fels in der Brandung gewirkt und sie wie ein Wrack. Es war ihr erstes Begräbnis gewesen. Zu der Beerdigung ihrer Großmutter vor acht Jahren war Demi nicht gekommen, weil ihre Mutter darauf bestanden hatte, dass sie während der Abschlussprüfungen in London blieb.

Sie schaute sich um. Am Telefon hatte er gesagt, vom Bahnhof aus wären es zu Fuß nur fünf Minuten. Ein Schild zum Meereskundemuseum war der einzige Hinweis, also ging sie in diese Richtung. Gestern Abend hatte ihr Großvater überrascht geklungen, aber er hatte sich gefreut, dass sie bei ihm Zuflucht suchte. Sie war sich sicher gewesen, dass er glaubte, die Tränen würden ihrer Mutter gelten, und das taten sie natürlich auch, aber es steckte noch so viel mehr dahinter – der Job, Matt und die Einsamkeit. Sie strich sich die Haare aus dem Gesicht hinters

Ohr. Es war ohnehin schon schwer genug, bei den Tränen, die ihr unweigerlich wieder in die Augen schossen, etwas zu erkennen.

Ein Auto hupte. Demi war auf die Straße getreten, blind. Mit einem entschuldigenden Winken hastete sie zurück auf den Gehweg. Sie konnte das Meer riechen, aber sehen konnte sie es nicht. Bestimmt käme bald ein Ort, an dem sie um Hilfe bitten konnte, ein schon geöffnetes Pub oder ein Laden vielleicht. Es war durchaus möglich, dass sie die völlig falsche Richtung eingeschlagen hatte. Sie seufzte. Genau so verlief im Augenblick ihr Leben, und natürlich war sie diejenige, die es dazu hatte kommen lassen, das wusste sie. Aber jetzt war es an der Zeit, für sich selbst einzustehen. Sie konnte sich nicht länger auf ihre Mutter verlassen.

Ein Mann kam ihr entgegen.

»Entschuldigen Sie bitte. Ich habe mich verlaufen. Können Sie mir sagen, wo ich die Marlborough Street finde?«, sprach Demi ihn an.

»Biegen Sie die nächste links ab und anschließend die zweite rechts, dann sind Sie auf der richtigen Straße.«

»Vielen Dank.« Der Mann setzte seinen Weg fort, und Demi versuchte, sich zu konzentrieren. Was hatte er noch gleich gesagt? Die nächste links und anschließend die zweite rechts. Sie durfte nicht ständig vor sich hin träumen. Mit Matt war es aus. Im Augenblick galt es nur, das Haus ihres Großvaters zu finden. Sie gähnte. Während der Zugfahrt hatte sie nicht gut geschlafen. Jedes Hüsteln, jeder Schnarcher von den Mitreisenden hatte sie aus ihrem leichten Schlaf gerissen. Sie sehnte sich nach einem Bad und einer Tasse mit heißem Tee.

Als Demi die Marlborough Street erreichte, überkam sie das merkwürdige, leicht unheimliche Gefühl eines Déjà-vus. Die Straße kam ihr bekannt vor. Sie drehte sich um, die Arme um sich selbst geschlungen. Die Marlborough Street wirkte wie ausgestorben, trotzdem hatte sie den Eindruck, sie würde beobachtet. Prüfend betrachtete sie die Häuser, doch keine der Gardinen bewegte sich. Albernerweise konnte sie das Gefühl dennoch nicht abschütteln, wofür wahrscheinlich ihre extreme Erschöpfung verantwortlich war. Dem Kostüm, das sie bei ihrem Einstellungsgespräch angehabt hatte, sah man an, dass sie darin geschlafen hatte. Inzwischen war es völlig zerknittert. Besser, sie fand Grandads Haus, bevor sie jemand in diesem Zustand erblickte.

Die Nummer zweiundfünfzig war bereits das übernächste Haus. Die blaue Haustür wirkte frisch gestrichen. Sie warf einen Blick auf ihre Armbanduhr. Es war jetzt Viertel nach acht, trotzdem zögerte Demi, bevor sie klingelte. Ihr Großvater hatte gesagt, er wäre schon wach, wenn sie einträfe, aber es kam ihr noch so früh vor, zumal sich gerade erst der Morgennebel lichtete. Drinnen hörte sie jemanden laut husten. Das musste ihr Großvater sein. Auf die Bitte ihrer Mutter hin hatte er letztes Jahr mit dem Rauchen aufgehört, aber der trockene Husten hatte sich dennoch nicht verbessert. Demi verstand nicht, was Morwenna erwartet hatte, schließlich hatte Grandad fünfundsechzig Jahre lang geraucht. Ihre Mutter war in solchen Dingen mitunter seltsam gewesen, so entschlossen in ihrem Bestreben, das Richtige zu tun. Dabei glaubte sie beinahe an Feengeschichten. Sie hatte sich so engagiert für die Obdachlosen eingesetzt. Demi war stets davon ausgegangen, dass ihre Mutter nach dem Tod von Demis Vater ihre ganze Liebe und Leidenschaft in ihren Beruf gesteckt hatte und natürlich in ihre Tochter. Schon wieder drohten sich die Schleusen zu öffnen, und sie zwang sich, schnell an etwas anderes zu denken. Aber die Richtung, die ihre Gedanken nun nahmen, war nicht gerade hilfreich. Sie führten ihr vor Augen, dass sie jetzt selbst obdachlos war und sich nichts mehr wünschte, als dass ihre Mutter für sie kämpfte. Nein, hier ging es nicht um Kampf – sie wollte in den Arm genommen, ermutigt werden.

Sie drückte auf die Klingel und wartete. Das Geräusch, das der Gehstock ihres Großvaters machte, wenn er auf den Fußboden traf, wurde lauter. Demi starrte auf die Palme im Vorgarten der Nachbarn. Die Gegend wirkte beinahe mediterran. Warum hatten sie hier nie Urlaub gemacht? Eine plötzliche Furcht ließ ihre Haut kribbeln, aber das ergab doch keinen Sinn …

Mit einem strahlenden Lächeln öffnete ihr Großvater die Tür. »Demelza.« Er musterte sie von Kopf bis Fuß, bemerkte ihr derangiertes Äußeres, sagte aber kein Wort. Ja, sie würde sich rasch etwas einfallen lassen müssen, hatte sie doch nicht einmal Kleidung zum Wechseln mitgebracht.

»Hallo.« Er streckte die Arme aus und umarmte sie. Sie entzog sich ihm und schaute zu ihm auf. Er war gealtert in der kurzen Zeit, seit sie ihn zum letzten Mal gesehen hatte. »Danke, dass du mich so umstandslos bei dir aufnimmst.«

»Du warst hier schon immer willkommen.« Noch immer schaute er sie an, als wartete er darauf, dass irgendetwas passierte. Mit gerunzelter Stirn folgte sie ihm durch den engen cremeweiß gestrichenen Flur und an der Treppe vorbei in die Küche. »Ich habe noch nicht gefrühstückt, weil ich dachte, du wärst nach der Fahrt vielleicht hungrig und wir könnten zusammen etwas essen.« Er lächelte.

Sie umarmte ihn noch einmal. »Das wäre wundervoll.«

»Gut. Ich habe eine Kanne Tee gekocht. Er steht draußen auf dem Gartentisch. Geh schon mal hinaus und setz dich, ich komme gleich zu dir.« Er stützte sich schwer auf seinen Gehstock. Ihr Blick fiel auf den Rollator in der Ecke. War der neu? In London hatte er nur seinen Gehstock benutzt.

»Bist du sicher, dass ich dir nicht helfen kann?« Demi sah sich in der Küche um. Den Laminatanrichten und dem alten Ofen nach zu urteilen war hier seit den 1970er-Jahren nichts mehr erneuert worden, aber die Wände waren sonnengelb gestrichen, was dem Raum ein fröhliches Aussehen verlieh. Im Geschirrschrank, der über eine ganze Wand reichte und viel zu groß war für die Küche, stand blaues und weißes Geschirr. Der Schrank musste aus einem Bauernhaus stammen und irgendwie seinen Weg in diese kleine Doppelhaushälfte gefunden haben.

»Du siehst aus, als hättest du kein Auge zugetan. Nun geh und tu, was Vater dir sagt.«

Vater? Demi furchte erstaunt die Brauen, dann schlüpfte sie durch die grobe Holztür hinaus in den kühlen Garten. Fröstelnd sah sie sich um. Der Garten kam ihr ebenfalls merkwürdig vertraut vor, doch das musste daran liegen, dass sie während ihres Studiums Tausende kleine Gärten gesehen hatte. Vielleicht lag es auch an den lebhaften Schilderungen ihrer Mutter nach ihren letzten Besuchen. Leider hatte Demi sie dabei nicht begleitet, da sie zu sehr von Matt in Anspruch genommen war. Bei dem Gedanken zuckte sie innerlich zusammen. Seinetwegen hatte sie ihre Freunde vernachlässigt und wertvolle Zeit mit ihrer Mutter versäumt. Und was hatte sie im Gegenzug erfahren? Einen tiefen Vertrauensbruch und Demütigung.

Als sie auf dem Kies das Knirschen von Reifen hörte, drehte sich Victoria auf die andere Seite und warf einen Blick auf ihre Nachttischuhr. Es war gerade einmal sechs, die Vögel sangen, und trotzdem war Charles schon unterwegs. Seltsam. Er war kein Frühaufsteher, und sie hatte ihn erst gegen halb drei in sein Zimmer gehen hören.

Sie streckte sich, schlüpfte aus dem Bett und trat ans Fenster, um hinaus in den Garten zu blicken. Dichter Nebel verhüllte alles, einschließlich des alten Eichenwäldchens. Gähnend griff sie nach ihrem Morgenmantel und zog ihn über, obwohl sie selbst nicht recht wusste, warum sie sich die Mühe machte. Sie war allein und hätte nackt durchs Haus streifen können, hätte sie Lust dazu verspürt. Sie bückte sich, um einen neuen blauen Fleck an ihrem Bein zu begutachten. Das passierte in letzter Zeit so leicht. Es musste geschehen sein, als sie mit Adam zusammen gewesen war – oder hatte sie sich das Bein im Garten gestoßen? Der Garten. Sie versuchte, sich zu erinnern, ob Sam heute oder morgen wiederkommen würde. Er war etwas vage in diesen Dingen. Vielleicht hatte sie ihm auch einfach nicht richtig zugehört. Sich ausgerechnet im Frühling freizunehmen, wenn die Arbeit am schwersten war, war nicht unbedingt ideal, aber das durfte sie nicht sagen. Sam war sein Gewicht in Gold wert, wenngleich einen Tick zu rechthaberisch.

Sie tappte in die Küche hinunter, um den Kessel aufzusetzen, und fand eine kryptische Nachricht von Charles vor.

Bin nach London gefahren, um eine Rechtsangelegenheit zu klären. Rufe später an.

Zweifelsohne ging es um eine der vielen Wohltätigkeitsorganisationen, die er unterstützte, nicht nur mit seinem Geld, sondern auch mit seiner Zeit. Um die Zeit tat es ihr nicht leid, wohl aber um das Geld, vor allem, da er sich ziemlich knauserig zeigte, wenn es um den Garten ging. Mit der Hälfte von dem, was er für Charity-Projekte hinauswarf, hätte sie zehn Sams engagieren und dem Garten in weniger als einem Jahrzehnt zu alter Pracht verhelfen können.

Sie nahm ihren Tee mit ins Schlafzimmer, wo sie eine Jeans und einen alten Pullover anzog. Es würde ein herrlicher Tag werden, allerdings war der Morgen noch frisch. Sie würde mit dem Küchengarten anfangen, das war ihr um einiges lieber als die Arbeit im Haus. Später käme ohnehin die Putzfrau. Im Vorbeigehen schloss sie die Tür von Charles' Schlafzimmer, noch immer verwundert über seinen frühmorgendlichen Aufbruch. Was konnte in London so dringend sein, dass er das Haus noch vor der Morgendämmerung verlassen hatte?

Sie stellte ihre Teetasse auf der Anrichte ab, dann ging sie ganz in Gedanken versunken nach draußen und zupfte etwas Unkraut aus dem Spinatbeet. Zum Frühstück würde sie sich ein Omelett mit Spinat, Bärlauch und Käse machen. Sie schlenderte weiter Richtung Schuppen, wo sie stehen blieb und sich ein Paar Gartenhandschuhe überstreifte, dann ging sie weiter, Richtung Wald, um Bärlauch zu holen.

Die Temperatur sank merklich, sobald sie unter das dichte Dach der Bäume trat. Der Eukalyptus, den ihre Urgroßmutter Edith gepflanzt hatte, markierte die offizielle Gartengrenze. Victoria folgte dem Pfad weiter in den alten Eichenwald, der bis zum Fluss hinunter reichte. Der Boden war feucht, die Luft roch süß und gleichzeitig stechend, nun, da die späten Blauglöckchen mit dem Bärlauch wetteiferten. Victoria blieb nicht stehen, um welchen zu pflücken, sondern spazierte weiter, getrieben von Erinnerungen. Als Kinder hatten Perry und sie diese Wälder so gut gekannt. Sie war die Feenkönigin gewesen und er der Elfenprinz, ihr untergeordnet, genau wie er es auch in Wirklichkeit hätte sein müssen. Sie war ein Jahr älter als er, aber sie war ein Mädchen, und niemand, schon gar nicht ihr Bruder oder ihr Vater, ließ sie das jemals vergessen. Sie hatte einen fest vorgegebenen Platz in der Welt und ganz bestimmt nicht das Sagen. Außer wenn sie im Wald waren. Als sie noch jünger waren, war sie größer und stärker gewesen als Perry, der an Asthma litt.

Hier, in diesem Wald, wirbelten all ihre Erinnerungen um sie herum, als würden die Bäume sie in ihren Zweigen tragen. Trotzdem war es ein friedlicher Ort, durchwabert von Nebelschwaden. So viel Geschichte war in diesen Wäldern eingeschlossen, so viel verloren … Sie streckte die Hand aus und strich über die Rinde einer Eiche. Was würden die Bäume ihr jetzt erzählen? Sie legte das Ohr an den Stamm und lauschte, doch sie konnte nur ihre eigenen reuevollen Gedanken und Seufzer hören. Die Wälder würden nicht mehr zu ihr sprechen. Sie hatten ihr nicht vergeben, genauso wenig wie sie sich selbst vergeben hatte. Victoria setzte ihren Weg fort und kam an der alten steinernen Kaimauer heraus. Einst war dies die Lebensader des Anwesens gewesen. Unzählige Schiffe hatten hier an- und abgelegt. Die Güter ließen sich damals so viel schneller auf dem Wasser transportieren, und der Helford war ein großer Handelsfluss mit der Ortschaft Gweek als Knotenpunkt für die zahlreichen einheimischen Minen, einschließlich der Minen der Tregans. Jetzt war all das fort, verschwunden auf die eine oder andere Weise. Sie wandte sich dem Fluss zu.

Er wirkte völlig reglos; fast sah es so aus, als hafteten tiefhängende Wolken an der Wasseroberfläche. Ein Fisch zerstörte diese Illusion, indem er die spiegelglatte Oberfläche durchbrach. Victoria betrachtete das sich kräuselnde Wasser. Es war Jahre her, dass sie morgens im Helford geschwommen war, aber heute lockte sie das kühle Nass. Zuerst zog sie die Schuhe aus, dann Pulli, Jeans und Unterwäsche und hängte alles ordentlich über das verrostete Eisengerüst des alten Bootshauses. Einst hatte es das Gebäude gestützt, das hier gestanden hatte, als ihre Urgroßmutter ihre botanischen Entdeckungen aus dem Nahen Osten, Australien und Afrika nach Boscawen gebracht hatte.

Victoria stand nackt auf der Kaimauer, die Zehen um die Granitsteine gekrümmt. Sie schätzte die Tiefe des Wassers ab, dann sprang sie hinein. Sämtliche Nerven in ihrem Körper zogen sich wie unter Protest zusammen, als das eisige Wasser sie umfing. Sie durchbrach die Oberfläche, schnappte nach Luft, doch es dauerte einige Sekunden, bis sich ihr Körper so weit entspannte, dass sie ihre Lungen wieder füllen konnte. In den wenigen Momenten unter Wasser hatte sie erkannt, wie es sich anfühlen musste zu ertrinken. Sie konnte das Licht über sich sehen, aber nicht erreichen.

Ihre Zähne klapperten, als sie anfing, mit vorsichtigen Brustzügen zur Mitte zu schwimmen. Die Strömung zum Meer war stark. Alles wirkte ruhig, allein ihre Bewegungen störten die reglose Glätte der Wasseroberfläche. Sie drehte sich auf den Rücken und blickte in den Nebel, der unmittelbar über ihr hing und die Ufer an beiden Seiten unsichtbar machte. Sie waren einfach fort. Die Welt war verschwunden. Es gab nur noch den Fluss und Victoria. Sie paddelte träge, auf dem Rücken treibend, drehte sich im Kreis, die Augen auf einen einzelnen Lichtstrahl geheftet, der den Nebel durchdrang und den Staub in der Luft einfing.

Nach einer Weile drehte sie sich um und durchschnitt mit kräftigen Zügen die Wasseroberfläche, während sie sich die Unterwasserflora und -fauna vorstellte, über die sie hinwegglitt. Ihre Haut war straff vor Kälte und kribbelte überall. Heute müsste sie sich unbedingt mit Adam treffen. Wenn sie Sex mit ihm hatte, fühlte sie sich lebendig. In seinen Armen – in den Armen egal welchen Mannes, mit Ausnahme von Charles – konnte sie vergessen, was sie versäumt hatte, und sich auf das Hier und Jetzt konzentrieren, auf die irdische Fülle der Lust. John Donnes Gedicht »Der Köder« kam ihr in den Sinn.

Komm, sei mein Lieb und leb mit mir,
Und neue Freuden kosten wir
An des Kristallbachs Uferbank
Mit Angelhaken silberblank

Leis flüsternd fließt der Bach davon …

Wie ging es weiter? Ihre Arme durchschnitten das Wasser. Etwas berührte ihre Hüfte, gerade als ihr ein weiterer Vers einfiel.

Verliebte Fischlein bleiben stehn
Und wolln von dir verführt sich sehn …

In ihrem Kopf hörte sie noch immer seine Stimme, die dieses Gedicht rezitierte. Der Hauch seines Atems ließ ihr einen Schauder den Nacken hinab und tiefer rieseln. Was hatte diese Erinnerung zutage gefördert? War es die Liebkosung ihres Körpers durch das Wasser? Die Schwerelosigkeit?

Du, du bedarfst nicht solcher List,
Da du dein eigner Köder bist.
Ein Fisch, der solchem Fang entwich,
wär schlauer, ach, beiweit als ich.

Sie schüttelte den Kopf, schob die Erinnerungen beiseite und machte kehrt. Sie war weiter geschwommen als beabsichtigt, verloren in der Vergangenheit, und nun konnte sie keins der beiden Ufer sehen. Ihre Orientierungspunkte – Kaimauer und Bootshaus – waren verschwunden. Panik stieg in ihr auf. Sie strampelte im Wasser und versuchte sich zurechtzufinden, aber sie konnte nichts erkennen. Würde sie etwa als eine der Flussnymphen enden, von denen ihre Großmutter ihr erzählt hatte? Oder würde sie an der falschen Seite des Helford landen, splitterfasernackt? Bei diesem Gedanken musste sie lachen. Sie hielt nach der Sonne Ausschau, die den Nebel durchbrach, und fing an, langsam nach links zu kraulen. Wer würde sie retten, wenn sie versehentlich am südlichen Ufer ankäme? Wie könnte sie das wiedergutmachen?

In Gedanken spielte sie verschiedene Szenarien durch, bevor die massiven Steine der Kaimauer vor ihr auftauchten. Ein frivoles Lächeln trat auf ihre Lippen; heute würden sich allerdings keine unsittlichen Szenen am Flussufer abspielen. Entschlossen rieb sie ihre Haut mit ihrem T-Shirt ab, dann schlüpfte sie in ihre Sachen. Sie musste das Frühstück zubereiten, dabei hatte sie Hunger auf so viel mehr. Es war eine Schande, dass Adam jetzt nicht greifbar war.

Einen Augenblick blieb sie stehen, schaute auf den Fluss hinaus und beobachtete, wie der Nebel immer höher stieg, je mehr sich die Luft durch den Sonnenschein erwärmte. Heute würde ein wunderschöner Tag werden. Sie wandte sich vom Wasser ab und ging zurück Richtung Wald. Hier verweilte der Nebel länger, und ihr fiel ein, dass sie früher gedacht hatte, die Bäume sähen aus wie Wesen, die auf sie zukommen und sie packen würden. Ihre Gedanken kehrten zu den vielen Kinderspielen zurück, die Perry und sie gespielt hatten. Es kam ihr so vor, als hätten sie, wenn sie nicht in der Schule waren, fast ihre ganze Zeit in diesen Wäldern verbracht, egal, ob es regnete oder die Sonne schien. Victoria bückte sich, um ein Blauglöckchen zu pflücken, und erfreute sich an seinem Duft und der leuchtenden Farbe. Ein weiteres Gedicht kam ihr in den Sinn.

Eine feine, leise Seele wohnt
In jeder kleinen Blüte …

Es war ein Gedicht, das Anne Brontë während ihrer Kindheit geschrieben und das ihr ihre Urgroßmutter nach ihren Waldspaziergängen vorgetragen hatte. Victoria konnte sich nicht an alles erinnern, nur an einzelne Teile. Den Blütenstiel in der Hand drehend rezitierte sie:

Oh, jene einsame Blume erinnerte mich
An die glücklichen Stunden meiner Kindheit
Als die Glockenblumen wie Feengaben schienen,
Ein Preis zwischen all den Blumen

Wieder atmete sie den Duft der kleinen Blüten. Nichts fing ihn ein. Er war so schwer zu fassen wie die Feen.

Damals wandelte ich nicht inmitten herzloser Massen,
Um zu verbringen ein Leben ohne Dank …

Ein Leben ohne Dank. Wie wahr sich diese Worte anfühlten. Einst hatte er ihr Blauglöckchen als Zeichen seiner ewig währenden Liebe geschenkt, ohne zu wissen, dass die Feen sie stehlen würden. Man konnte dem zauberhaften Völkchen oder aber der Welt die Schuld dafür geben. Wahre Liebe war verloren, genau wie der Wald – bis heute. Sie war stets diejenige gewesen, die die alten Wälder vor den angreifenden Mächten verteidigt hatte, und genau das tat sie jetzt wieder. Auch wenn sie weder eine Fee noch eine Prinzessin war. Sie würde sicherstellen, dass sie auch in Zukunft geschützt wären. Das Erbe der Tregans bliebe erhalten.

Perry hatte den Wald ebenfalls geliebt, aber er war eine ziemlich törichte Liebesehe eingegangen, anstatt seiner Pflicht nachzukommen. Ihr Vater war im Jahr zuvor verstorben und nicht mehr da, um Perry zur Vernunft zu bringen. Sie hatte es weiß Gott versucht, aber er hatte sich nicht umstimmen lassen. Woran sie natürlich gewohnt war. Ihr Vater hatte auch nicht auf sie gehört. Er hatte nicht einmal die Ungerechtigkeit gesehen, als er Boscawen Perry hinterließ, nur weil dieser männlich war. Die Logik ihres Vaters war nicht aufgegangen, und am Ende hatte Victoria Recht behalten. Sie hatte gut geheiratet, und hätte sie das Anwesen geerbt, wäre alles in Ordnung gewesen. Boscawen hätte nicht unter dem Einfluss von Fremden gelitten. Sie trat gegen einen Stein, der auf dem Weg lag, und sah zu, wie er zwischen den Farnen verschwand. Der strenge Knoblauchgeruch, den der Bärlauch verströmte, überlagerte den Duft der

Blauglöckchen. Ihr Magen knurrte vor Vorfreude, als sie ein paar Blätter für ihr Omelett pflückte.

Die neue Laube erschien im sich lichtenden Nebel. Victoria holte tief Luft. Sie war jetzt zu Hause, und sie hatte die Chance, zumindest ein paar Dinge wieder in Ordnung zu bringen. Anderes würde sich nie mehr richten lassen. Sie bückte sich, um an dem Geißblatt an der alten Mauer zu schnuppern, welche die kunstvoll angelegten Gärten umgab. Vergangenes war vergangen, sie musste in die Zukunft schauen, in Boscawens Zukunft.

Drei

Zwei leere Teller standen vor ihnen, dazu eine Kanne mit frisch aufgebrühtem Tee. Demi fühlte sich definitiv wieder mehr wie ein Mensch, und auch ihr Großvater sah besser aus.

»So, dann erzähl mir mal, was passiert ist.« Er sah sie über den Rand seiner Lesebrille hinweg an. »Nicht dass ich mich nicht freuen würde, dich zu sehen.«

Sie drehte die Teetasse in den Händen. »Ich bin ein Dummkopf.«

Er furchte die Brauen. »Das bezweifle ich. Im Gegenteil: Ich halte dich sogar für ziemlich clever.«

Sie lächelte verzagt. Als sie klein gewesen war, war ihr Großvater einmal im Monat nach London gekommen und hatte Stunden damit verbracht, ihr bei den Mathehausaufgaben zu helfen, obwohl das im Grunde gar nicht sein Fach war. Der Lehrer in ihm akzeptierte keine Niederlagen. Er hatte einen Weg gefunden, der ihr das Lernen erleichterte, und schließlich beherrschte sie die Mathematik, die zusammen mit Kunst ihr stärkstes Fach wurde.

»Danke, aber ich war in so vielen Dingen ein Dummkopf. Erstens war ich viel zu gutgläubig und zweitens einfach blöd.«

Er schüttelte den Kopf und streckte seine alte Hand nach ihrer aus.

Sie schluckte. »Kurz gesagt, Grandad, ich bin pleite, und ich habe keinen anderen Ort, an dem ich bleiben könnte.«

Er zog eine Augenbraue hoch. »Das ist sehr kurz gesagt und erklärt mir nicht, was ich wirklich wissen möchte.«

»Als Mum starb, habe ich mein Zuhause verloren. Und auch wenn irgendwann das Geld von der Lebensversicherung ausbezahlt werden wird, nutzt mir das im Augenblick gar nichts.« Demi schüttelte den Kopf. »Ich habe den Job, den ich nach meinem Praktikum antreten wollte, nicht bekommen, weil ...« Sie rieb sich die Schläfen. »Nun, wenn ich ehrlich bin, habe ich die Stelle nicht bekommen, weil ich zugelassen habe, dass mich jemand überrumpelt und meine Arbeit als seine ausgibt.«

»Verstehe. Was ist mit deinem Freund? Er machte bei der Beerdigung einen sehr hilfsbereiten Eindruck auf mich.« Sein verkniffener Gesichtsausdruck verriet, was er wirklich von Matt dachte.

Demi nickte. »Er ...« Sie zögerte. »Er hat sich als ... wenig vertrauenswürdig erwiesen.« Vor ihrem inneren Auge flackerte das Bild auf, wie er auf dem Ledersofa saß und Demi bei Dingen zuschaute, die sie am liebsten nicht getan hätte, schon gar nicht, wenn man sie dabei filmte. Bei der Vorstellung wurde ihr schlecht. Sie atmete tief aus. Auf keinen Fall wollte sie vor ihrem Großvater zusammenbrechen.

»Alles in Ordnung, mein Lämmchen?«

Demi lachte trocken. Ja, alles war in Ordnung, zumindest wie es bei einem Schwachkopf ihrer Güte sein konnte. »Ja.« Sie fuhr sich mit den Fingern durchs Haar.

»Sei nett zu dir selbst. Du hast so viel durchgemacht.«

Sie streckte ihre Hand nach seiner aus. Seit ihrem letzten Treffen bei Morwennas Beerdigung war er tatsächlich stark gealtert. »Das Gleiche gilt für dich.«

Er nickte. »Und das fordert seinen Tribut, meine Tochter.«

Sie setzte sich aufrecht und sah ihn prüfend an. Hatte sie ihn vielleicht missverstanden? Ihre Augen wanderten weiter zu der blühenden Glyzinie über ihnen. Wahrscheinlich. »Ich bin immer noch so wütend. Ist das normal?«

»Ja, Trauer nimmt viele Formen an«, sagte er und schenkte ihr Tee nach. »Dir bleibt keine andere Wahl, als sämtliche Stadien zu durchleben.«

Demi gab viel Milch in ihren Tee, dessen Farbe sich allerdings kaum änderte. »Ich wünschte, sie wäre fort.«

»Wünsch dir das nicht. Die Trauer gehört zu deinem Leben. Gib dir Zeit.« Er hob mit der Hand ihr Kinn. »Wie ich schon sagte: Sei gut zu dir selbst.«

Sie seufzte. Das war so schwer in Anbetracht dessen, dass sie so dumm gewesen war. Trotzdem brachte er es so rüber, als wäre das die folgerichtigste Sache der Welt. »Ich werde es versuchen.«

»Tu das. Und wenn dir das nicht dir zuliebe gelingt, dann tu es für mich.«

Sein schiefes Lächeln brach ihr fast das Herz.

Victoria schrubbte die Omelett-Pfanne. Was um alles in der Welt hatte Charles dazu bewegen können, so kurzfristig nach London zu fahren? Nicht dass sie sich Sorgen deswegen machte, natürlich nicht, dennoch war sie neugierig. Sie zog ihre Gummihandschuhe aus, trank mit kleinen Schlucken ihren Kaffee und stellte fest, dass die Blumen auf dem Küchentisch ersetzt werden mussten – die übrigen, die im Rest des Hauses verteilt waren, vermutlich ebenfalls. Ihre Großmutter Gladys hatte ausführlich festgehalten, welche Blumen wann und wo am besten im Haus zur Geltung kamen. Leider waren ihre Aufzeichnungen verloren gegangen, und Victoria musste sich auf ihre Erinnerung verlassen. Als Edith und Gladys zusammen im Witwenhaus gewohnt hatten, hatten sie sich wegen der Blumen gestritten. Gladys hatte sie stets geschnitten, während Edith endlos dagegenhielt, dass sie in den Garten gehörten und nicht ins Haus. Victoria lächelte. Die beiden Frauen waren in jeder Hinsicht verschieden gewesen. Edith war in London aufgewachsen und als gerade einmal achtzehnjährige Braut nach Boscawen gekommen. Sie hatte Victoria so oft erzählt, wie sie von ihren Flitterwochen in Paris zurückgekehrt und einen ersten Blick auf das herrschaftliche Haus geworfen hatte. Der Garten dagegen hatte damals noch brachgelegen. Sie hatte ihn erschaffen. Ihre Schwiegertochter Gladys stammte aus einer anderen alten kornischen Familie. Sie liebte den Garten, doch sie konnte nie verstehen, weshalb Edith die Welt auf der Suche nach Pflanzen durchstreifte. Gladys war der Ansicht, dass die, die sie hatten, gut genug waren, und wollte sich mit den ausländischen Importen nicht anfreunden. Glücklicherweise hatte Edith lange genug gelebt, um sicherzustellen, dass ihre Schwiegertochter den Garten, den sie geschaffen hatte, nicht zerstörte.

Gerade als Victoria in Richtung Blumenzimmer gehen wollte, hörte sie das Festnetztelefon klingeln. Adam konnte es nicht sein, er rief sie immer nur auf dem Handy an. Sie beschloss, das Klingeln zu ignorieren und den Anrufbeantworter drangehen zu lassen, am Ende allerdings siegte ihre Neugier.

»Hallo, Tori.«

Verflixt! »Audrey.«

»Ich bin so froh, dass ich dich erwischt habe. Du hast mich nicht zurückgerufen.«

Nein, das hatte sie in der Tat nicht, und wäre sie weniger neugierig, würde sie auch jetzt nicht mit Audrey sprechen. »Tut mir leid.«

»Macht nichts. Jetzt habe ich dich ja erreicht.«

Victoria nahm ihren Kaffee, den sie sich zum Frühstück aufgebrüht hatte, und setzte sich. Sie wusste, dass dies kein kurzes Telefonat werden würde.

»Nun, Tori, wie geht es dir?«

Victoria verdrehte die Augen. Sie hasste es, wenn Audrey sie »Tori« nannte. Es war schon schlimm genug, wenn Charles das tat. Bei Audrey allerdings implizierte es eine Vertrautheit, die Victoria nicht empfand, obwohl sie gemeinsam die Schule besucht hatten. »Gut. Und dir?«

»So einigermaßen. Ich brauche schon seit Ewigkeiten deinen Rat.«

Victoria presste die Lippen zu einer schmalen Linie zusammen. Das hier würde noch schlimmer werden, als sie befürchtet hatte. »Wie kann ich dir helfen?«

»Ich wusste, dass du die Richtige für dieses Gespräch bist.«

»Daran besteht kein Zweifel, schließlich hast du ständig versucht, mich zu erreichen, aber worum geht es eigentlich?« Sie runzelte die Stirn. Ihr Kaffee wurde kalt. Wenn dieses Gespräch so verlief wie die vorherigen, würde sie mindestens eine zweite Tasse brauchen. Victoria schaute auf ihre Armbanduhr und wünschte sich, Audrey würde endlich zum Punkt kommen. Ihr Blick schweifte zur geöffneten Küchentür hinaus zu den Bienen, die sich an den Blüten der Tomaten labten. Ihre Arbeit im Gemüsegarten fing an, sich bezahlt zu machen. Charles hatte einen Pool anlegen wollen, aber Victoria war strikt dagegen gewesen, obwohl sie so gerne schwamm. Der Pool hätte sie stets an das erinnert, was sie aufgegeben hatte.

»Tori, hast du gehört, was ich gesagt habe?«

»Nein, entschuldige. Was war das noch gleich?« Schwimmen. Sie hatte das Schwimmen im Fluss gelernt und in der Schule damit geglänzt.

»Unsere Reise nach Rom, zu unserem Hochzeitstag.«

Victoria furchte die Brauen. »Großer Gott, warum fragst du mich danach? Ich bin doch keine Reiseagentur.«

»Es geht nicht darum, wie wir dorthin kommen – aber du hast so viel Zeit in Rom verbracht. Es ist unser vierzigster Hochzeitstag, und ich möchte, dass er etwas ganz Besonderes wird.«

Victoria seufzte. »Ich war schon seit Jahren nicht mehr in Rom.«

»Rom ist die Ewige Stadt, die sich angeblich nie verändert.«

»Alles verändert sich.« Victoria holte tief Luft. Sie würde explodieren, wenn dieses Gespräch noch länger dauerte. »Audrey, lass Hal entscheiden. Er ist schon dort gewesen und möchte dich mitnehmen. Dem habe ich nichts hinzuzufügen.«

»Doch, das hast du, ganz bestimmt sogar. Du warst 1995 eine lange Zeit dort, es müssen Monate gewesen sein!«

»Ich habe an einem Seminar teilgenommen, und das vor zwanzig Jahren.«

»Du musst dich doch noch daran erinnern, damals warst du so erfüllt davon. Erzähl mir nicht, du wirst langsam vergesslich!«

Victoria schnaubte.

»Entschuldige, Tori, ich habe dich wütend gemacht. Das wollte ich nicht, aber wir kommen nun mal alle in ein Alter, wo die Dinge nicht so funktionieren, wie wir es gewohnt sind.«

»Hör auf, von dir auf andere zu schließen.«

»Ich weiß, dass du in fantastischer Form bist, aber gib's zu, selbst du hast eine Lesebrille.«

Das konnte sie nicht leugnen. Sie hatte schon darüber nachgedacht, ob sie sich die Augen lasern lassen sollte. »Und was willst du jetzt damit sagen?«

»Vergiss es.«

»Hör mal, Audrey, der Gärtner ist gerade eingetroffen. Ich muss auflegen.« Victoria beendete das Telefonat, noch bevor Audrey weiterplappern konnte. Die Frau konnte stundenlang schwafeln, ohne auch nur ansatzweise etwas zu sagen.

Victoria griff erneut nach dem Hörer und wählte Adams Nummer. »Hallo, du Prachtkerl.«

»Victoria. Ich habe gerade an dich gedacht.«

»Ausgezeichnet.«

»Nicht so, wie du denkst.«

Sie furchte die Brauen. »Warum nicht?«

»Weil ich gerade erfahren habe, dass Nansennen womöglich auf den Markt kommt, und ich wollte mich bei dir danach erkundigen.«

»Nun, dann sei dir für dieses Mal vergeben. Nansennen ist ein fantastisches Anwesen. Ich erinnere mich an eine Neujahrsparty, die dort vor vielen Jahren stattgefunden hat. Was willst du wissen?« Sie war achtzehn und verliebt gewesen. Es war ein zauberhafter Abend gewesen, was vor allem an der mit Raureif bedeckten Landschaft lag. Leider hatte es keine Zentralheizung gegeben. Es war so kalt, dass sie lange Unterwäsche zu ihrer schulterfreien Robe trug. Er hatte göttlich ausgesehen in seinem Smoking. Als sie sich hinaus auf die Terrasse gestohlen hatten, um sich im Mondlicht ein gutes neues Jahr zu wünschen, hatte er ihr die Jacke um die Schultern gelegt. In seiner Gegenwart fühlte sich sogar der kratzige Wollstoff sexy an, doch die Hoffnungen und Träume jener Nacht waren verschwunden … wie der Frost. Sie schauderte.

»Nun, wie ich schon sagte: Es kommt vielleicht auf den Markt.«

»Geht es den Besitzern nicht gut, oder ist Nansennen einfach zu groß für sie geworden?« Häuser von dieser Größenordnung instand zu halten war ein gewaltiger Aufwand.

»Das kann ich dir noch nicht sagen.«

»Also soll ich dir einfach nur etwas über das Anwesen erzählen?«

»So in etwa.«

Sie lächelte.

»Alles, was dir so einfällt.«

»Und was bekomme ich dafür?« Sie strich mit dem Finger über den Rand ihrer Kaffeetasse.

»Das wirst du schon sehen.«

»Scherzkeks.« Sie lachte und fing an, sich auf den Abend zu freuen.

Demi ging die Church Street entlang und betrachtete die Schaufenster. Zuerst würde sie bei Marks & Spencer vorbeischauen, um das Nötigste zu besorgen. Sie konnte es kaum fassen, dass sie sich tatsächlich bei ihrem Großvater Geld für Kleidung geborgt hatte, aber es gab kaum eine Alternative, es sei denn, sie wollte ihr Konto noch mehr überziehen. In ein paar Tagen würde ihr das letzte Praktikantengehalt von Bottel & Lampard überwiesen werden, und sie wäre in der Lage, ihm das Geld zurückzuzahlen. Sie schlenderte an einem Second-Hand-Laden vorbei, machte kehrt und ging hinein in der Hoffnung, sie würde ein paar Sachen in ihrer Größe finden. Die fünfzig Pfund von ihrem Großvater würden nicht weit reichen, zumal sie alles brauchte – von Unterwäsche bis hin zu Schuhen. Zum Glück war sie ziemlich klein, abgesehen von einer ganz bestimmten Körperstelle, sodass sie viele Sachen in der Kinderabteilung bekäme, was ebenfalls Geld sparte.

Sie ging die Regale durch auf der Suche nach etwas Passendem, aber allzu optimistisch war sie nicht. Annehmbare Kleidung schien es nur für große Frauen mit flachen Brüsten zu geben.

»Kann ich helfen?« Eine junge Frau mit einem Nasenpiercing trat zu Demi. Sie sah bloß ein, zwei Jahre jünger aus als sie selbst, aber sie wirkte wesentlich cooler mit ihrem Batikshirt und der zerrissenen Jeans.

»Ich nehme nicht an, dass ihr etwas habt, was mir passen könnte?«

Das Mädchen musterte sie von oben bis unten. »Doch, ich glaube schon. Heute Morgen sind ein paar Klamotten reingekommen, die gehen müssten. Sogar die Farben könnten dir stehen.«

Demi lächelte. Vielleicht nahm ihr Glück eine Wende. Nun, es bestand immerhin Hoffnung.

»Hier.« Die freundliche Verkäuferin reichte ihr einen Armvoll Sachen. »Die Umkleide ist gleich da drüben. Ruf mich, wenn du Hilfe oder eine zweite Meinung brauchst, aber ich glaube, das lila Oberteil und das blaue passen gut zu deinem Teint.«

»Danke.« In der Umkleide legte Demi die Sachen auf einen Stuhl und fragte sich, womit sie anfangen sollte. Sie zog sich bis auf BH und Unterwäsche aus, wobei sie es vermied, in den Spiegel zu blicken. Auf Matts Breitbildfernseher hatte sie mehr als genug von sich gesehen. Sie schloss die Augen und versuchte, die in ihr aufsteigenden Bilder zu verdrängen, während sie nach dem erstbesten

Kleidungsstück griff. Es war ein hübsches Wickelkleid in sanften Grüntönen – genau das, was sie bei ihrer Figur brauchte. Sie schlüpfte hinein. Abgesehen vom Saum, der hochgenäht werden musste, war es ein Treffer. Aber es hing kein Preisschild daran. Sie runzelte die Stirn und hoffte, dass es nicht zu teuer war. Sie musste noch Geld für die Sachen bei Marks & Spencer übrig behalten.

Sie probierte die nächsten Kleidungsstücke. Zu ihrer Überraschung passte alles.

»Alles klar da drinnen?«

Demi zog gerade wieder ihr schwarzes Kostüm an. »Ja, alles wunderbar. Die Sachen passen, sogar die Jeans, was ein Wunder ist. Ich finde nie einen ordentlichen Schnitt.« Doch trotz ihrer Worte gab sie der Verkäuferin zwei Pullover zurück.

»Super. Normalerweise habe ich ein Auge für so was.« Sie hielt die Pullis hoch. »Was ist mit den beiden? Die Farbe ist perfekt für dich, genau wie der V-Ausschnitt.«

»Die Ärmel sind ein bisschen zu eng.« Demi betrachtete mit finsterem Blick die Klamottenstapel auf dem Verkaufstisch, dann wanderten ihre Augen weiter zu den Schuhen. Bei den Kindersachen stand ein Paar alte Converse-Turnschuhe, das so aussah, als würde es ihr passen.

»Stimmt etwas nicht?«

Demi sah auf. »Nein, vielen Dank.« Die Dinge könnten wesentlich schlechter stehen, das wusste sie.

»Probier die Turnschuhe an. Auf dem Regal daneben ist noch ein super Paar Ballerinas. Ich packe inzwischen die Sachen für dich ein.«

»Warte besser noch. Ich bin mir nicht sicher, ob ich mir alles leisten kann.«

Das Mädchen sah sie an. Demi war klar, dass sie bemerkte, wie zerknittert ihr Kostüm war. »Nimm die

Schuhe, und dann bezahl mir, was du kannst, egal, ob es ein Fünfer ist oder mehr.«

Demi klappte der Mund auf. Sie musste schlimmer aussehen, als sie dachte. »Bist du dir sicher?«

»Ja. Die Sachen sind noch nicht ausgezeichnet, aber sie wurden gespendet, um Menschen zu helfen. Du brauchst Hilfe, das spüre ich. Das ist so eine Karma-Sache. Wenn du kannst, gibst du das Karma weiter. So, passen die Schuhe?«

Demi nickte.

»Da hast du Glück. Ich bin mit Schuhgröße dreiundvierzig geschlagen, da gibt niemand ein brauchbares Paar ab.«

Demi öffnete ihre Handtasche und zog die zehn Fünf-Pfund-Noten heraus, die sie hatte. Sie nahm zwei davon.

»Gib mir bloß fünf Pfund. Die Dinge können nicht gut stehen.«

Demi schüttelte den Kopf. War diese junge Frau eine Hellseherin?

»Das bin ich in der Tat, aber verrat's keinem.«

Demi riss die Augen auf. Hatte sie etwa laut gesprochen?

»Mein Name ist Peta Rowse. Und wer bist du?«

»Ich bin Demi Williams.«

Peta runzelte die Stirn, doch dann lächelte sie. »Willkommen in Falmouth. Bist du mit den Williams verwandt, die in der Penrose Road wohnen? Gott, in der sechsten Klasse stand ich total auf einen von den Jungs.«

Demi lächelte. »Keine Ahnung. Im Augenblick lebe ich bei meinem Großvater.«

»Doch nicht etwa bei dem alten Mr. Williams, dem Englischlehrer?«

»Doch.«

»Ich kenne ihn. Ein verdammt brillanter Kerl, der alte Knacker. Hat uns echt hart rangenommen.«

Demi sah sie verwundert an. Ihr Großvater war schon vor Jahren in den Ruhestand gegangen. Wie konnte es möglich sein, dass er Peta unterrichtet hatte?

»Er ist für unseren Lehrer eingesprungen, als dieser an Krebs erkrankte, und irgendwie hat er es geschafft, uns durchs Abitur zu schleusen.« Sie stützte sich auf den Verkaufstresen und schaute durchs Fenster hinaus auf die Passanten, die geschäftig durch die Straße eilten.

»Was machst du jetzt?« Demi sah Peta mit den Dreadlocks und dem ungeschminkten Gesicht fragend an.

»Abgesehen davon, hier ehrenamtlich zu arbeiten? Ich jobbe an drei Abenden die Woche in einem Pub und mache meinen Abschluss in Modedesign.«

»Das erklärt dein Verständnis für Farben und Größen.«

»Nicht wirklich; das ist mehr so ein Gefühl.«

Demi runzelte die Stirn. »Wenn du das sagst.«

»Das tue ich.«

Demi lächelte. »Danke für deine Hilfe.«

»Kein Problem. Dein Schicksal wird sich wenden, ganz bestimmt.« Sie trat auf Demi zu und sah sie durchdringend an. »Es wird sich wenden, und zwar schneller als du denkst. Du solltest bloß die Ruhe bewahren.«

»Okay.« Ihre Gedanken schwirrten wild durcheinander, als sie das Geschäft verließ. Peta war offenbar verrückt, aber nichtsdestotrotz hatte sie ihr so sehr geholfen. Nun hatte sie noch genug Geld für einen anständigen BH. Am besten einen, der ihren Vorbau komplett einrüstete.

Victoria blätterte den Saatgut-Katalog durch. Sie hatte nicht das Glück, das zu finden, was sie suchte, weil so viele Pflanzen aus der Mode gekommen waren. Sie würde sich Charles' vermaledeiten Computer ausleihen und online recherchieren müssen. Mit dem Zeigefinger fuhr sie Ediths Pflanzenverzeichnis entlang. Sie war so froh, dass sie im Besitz dieser Aufzeichnungen war. Als Edith gestorben war und die Erbschaftssteuer fällig wurde, hatten sie das Witwenhaus verkauft und ihre Unterlagen zusammen mit anderen Habseligkeiten in einem entlegenen Winkel auf dem Dachboden von Boscawen House verstaut, während Gladys ins Torhaus eingezogen war. Die arme Frau hatte sich nicht beschwert, zumindest nicht bei Victorias Vater. Sie war glücklich gewesen, dort zu wohnen und das Kommen und Gehen ihrer Familie zu beobachten.

Glücklicherweise war keiner der Zwischenbesitzer von Boscawen je bis in diesen Winkel des Dachbodens vorgedrungen. Heutzutage machten sich die Menschen nicht die Mühe, alles zu Papier zu bringen, aber die Vergangenheit war auf verblassten Seiten bewahrt. Victoria schrieb all ihre Notizen auf Papier und weigerte sich, mehr als unbedingt nötig auf ihrem Handy oder per Computer zu erledigen. Charles tätigte sämtliche Bankgeschäfte online. Immer wieder redete er auf sie ein, sie müsse die neue Technik annehmen, aber sie konnte keinen Vorteil darin entdecken. Sie zog es vor, ihre Ausgaben per Scheck zu begleichen. Ging es bei privaten Bankgeschäften nicht genau darum? Sie nahm sich den Katalog mit den Obstbäumen vor. Im Herbst würden sie den Obstgarten aufstocken müssen. Manche der Bäume waren noch da, aber zwei Apfelhaine hatte man komplett umgegraben. Ihrer Meinung nach gab es nichts Traurigeres, als ertragreiche Bäume zu zerstören.

Victoria war von Ediths Reisen fasziniert. Liebe, Pflicht und geteilte Leidenschaft hatten Edith und Arthur Tregan auf der Suche nach neuen Pflanzen für ihren gemeinsamen Garten in den Fernen Osten geführt. Victoria seufzte. Das war eine fruchtbare Verbindung gewesen. Bevor sie nach China, Indien und Australien aufgebrochen waren, hatte Edith vier Kinder zur Welt gebracht – drei Jungen und ein Mädchen. Sie hatte mehr als ihre Pflicht getan. Victoria runzelte die Stirn. Wie konnte sie Ediths Blut in sich haben und gleichzeitig unfruchtbar sein? Sogar Victorias Mutter hatte zwei lebende Kinder geboren und unzählige Fehlgeburten erlitten. Victoria hatte nicht einmal eine Fehlgeburt gehabt. Es war, als wäre sie falsch programmiert. Was man während ihrer zahlreichen demütigenden Versuche, ein Kind zu bekommen, einen Erben, den heiligen Gral, genauestens überprüft hatte.

Victoria nahm ihre Handschuhe und ging zur Tür hinaus. Sie würde in dem Beet an der Südwestmauer Unkraut zupfen, wo die Schmucklilien die Spitzen ihrer fest umhüllten Blütenköpfe aus der Erde streckten. Es sah jetzt schon so aus, als würde es ein gutes Jahr für die Schmucklilien werden. Vielleicht sollte sie sich für die Blumen- und Gartenschau in Constantine anmelden. Immerhin lebte sie schon seit zwei Jahren wieder in Boscawen, und langsam wurde es Zeit, wieder Teil der Gemeinde zu werden.

Gerade als sie zur Hintertür hinaustrat, klingelte das Festnetztelefon. Victoria zögerte. Was, wenn es wieder Audrey wäre? Sie hatte keine Lust, noch einmal so lange mit ihr zu plaudern. Ach, sollte einfach der Anrufbeantworter drangehen. Auf der Schwelle verharrend betrachtete sie das Unkraut im Zucchini-Beet, während sie auf die Nachricht auf dem Band wartete. Sie hörte Charles' Stimme. Er murmelte etwas davon, dass er über Nacht in London bleiben und mit Sebastian zu Abend essen würde. Er hoffte, das sei für sie in Ordnung. Es war mehr als in Ordnung. Lächelnd zog sie ihr Handy aus der Tasche und schickte Adam eine SMS. Nun würde er die Nacht bei ihr verbringen können.

Vier

Demi saß in einem Coffeeshop, nippte an ihrem Tee und nutzte das kostenlose WLAN. Als Erstes schickte sie ihrer Freundin Maia ihre herzlichsten Glückwünsche zur Geburt von deren Tochter. Die Fotos auf Facebook waren zum Anbeten, wenn man das über Neugeborene so sagen konnte. Nein, was wirklich wundervoll war, war das strahlende Glück auf den Gesichtern von Maia und ihrem Ehemann. Und Demi hatte gedacht, sie würde ein solches Glück mit Matt finden! Offenbar war sie die Frau mit der schlechtesten Menschenkenntnis auf dem ganzen Planeten. Sie gab sich alle Mühe, nicht an Matt zu denken, während sie durch die Status-Updates scrollte und hier und da ein Like abgab, doch plötzlich erstarrte sie, als sie auf ein Posting von Matt stieß – ein Foto von ihr, das er letzte Woche aufgenommen hatte. Sie lächelte und hielt ein Glas in die Höhe, als wollte sie »Prost« sagen. Wie um alles auf der Welt konnte er noch immer Fotos von ihr posten? Sie wollte es von seiner Seite löschen, aber er hatte sie nicht getaggt, weshalb sie wenig tun konnte. Wenn sie ihn als Freund löschte, wüsste sie nicht, was er tun würde. Sie ließ den Kopf in ihre Hände sinken.

Jetzt war positives Handeln gefordert, deshalb schickte sie E-Mails sowohl an die Versicherungsgesellschaft als auch an den Anwalt, der sich mit dem befasste, was er das Vermögen ihrer Mutter nannte. In Wirklichkeit war es alles andere als ein Vermögen, und noch während sie tippte, wusste sie, dass sie Matt irgendwann gegenübertreten musste. All ihre Habseligkeiten, inklusive ihres Laptops, befanden sich im Gästezimmer seiner Wohnung. Sosehr sie sich innerlich auch sträubte, sie würde sich mit ihm verabreden müssen, um sie abzuholen. Die Vorstellung, noch einmal neu zu beginnen, komplett befreit von der Vergangenheit, hatte etwas Verlockendes, trotzdem würde sie ihre Sachen brauchen. Allein die Anschaffung eines neuen Computers wäre viel zu teuer, und auch die wenigen Schmuckstücke ihrer Mutter lagen in Matts Gästezimmer. Solange sie ihn nicht kontaktierte, besaß sie gar nichts – weder die Sachen ihrer Mum noch ihren Laptop noch ihre persönlichen Unterlagen.

Demi machte sich daran, eine E-Mail zu verfassen. Sie würde zwei schreiben – als Erstes einen schleimigen Brief an Bottel & Lampard, in dem sie sich für die wundervolle Gelegenheit bedankte, die man ihr geboten hatte. Damit würde sie sich ein Türchen offenhalten, auch wenn sie das im Grunde gar nicht wollte. Tatsächlich würde sie ihnen am liebsten ihre Entwürfe schicken, damit sie beweisen konnte, dass die Arbeit, mit der Josh das Rennen gemacht hatte, in Wirklichkeit von ihr stammte. Sie glaubte nicht, dass ihr das etwas nutzen würde, aber vielleicht ginge es ihr dann besser. Nichts, was sie seit dem Tod ihrer Mutter getan hatte, war richtig gewesen. Morwenna konnte nicht in Frieden ruhen. Sie seufzte. Etwas Positives tun. Den Brief an Bottel & Lampard schreiben.

Sehr geehrte Ms. Jones,
aufgrund unglücklicher Umstände und der blanken Dummheit, einem Bastard mit einem verqueren Sinn für das, was sexy und richtig ist, zu vertrauen, bin ich nun mittellos und würde dringend den Job

brauchen, den Sie nicht mir, sondern stattdessen einem diebischen Scheißkerl gegeben haben.

Demi lehnte sich zurück und nippte an ihrem Tee. Mein Gott, würde das guttun, eine so ehrliche E-Mail abzuschicken. Ihre Mutter hatte sie ermutigt, niemals zu lügen, und nun sagte sie die Wahrheit. Wenn auch nicht ganz. Demi hatte durchaus ihren Teil zu ihrem Niedergang beigetragen.

Ich war zu sehr geblendet von seinem guten Aussehen und seinem Geld, um zu begreifen, was für ein Schweinehund er ist. Ich hätte dem Instinkt meiner Mutter trauen sollen und nicht meinem eigenen. Ich hätte von Anfang an wissen müssen, dass er ein Widerling ist. Doch nach außen hin wirkte er so überzeugend – er sah gut aus, hatte einen tollen Job und war clever. Zu erkennen, dass er in Wirklichkeit pervers ist, war nicht leicht.

Nachdem meine Mutter gestorben war, dachte er, ich würde meinen »Hang zur Frigidität« überwinden, dachte, ich würde enthemmter werden. Ha! Ich habe Nein zu flotten Dreiern und anderem gesagt. Es war schon schwer genug, ihm meinen Körper zu zeigen, da brauchte ich nicht noch andere, die mich anstarrten, und jetzt hat er uns gefilmt – genauer gesagt, mich –, als wir Sex hatten. Und zwar keinen Blümchensex. Ich hatte seinem ständigen Drängen nachgegeben und …

Während sie die Worte eintippte, spürte Demi, wie ihr Stresspegel permanent anstieg. Sie begriff, wie dumm sie wirklich gewesen war. Wie oft hatte sie den Satz »Tu nie etwas, was dir nicht behagt« gehört? Nun, bei Matt hatte sie diesen Rat ziemlich schnell über Bord geworfen. Er gab sich mit normalem Sex nicht zufrieden, wollte alles ausprobieren, was er in seinen Pornos sah. Er hatte ihr gesagt, sie wäre albern, weil sie sich für ihren kurvigen Körper schämte. Tatsächlich, so wurde ihr jetzt klar, hatte er sie fast von Anfang an behandelt wie ein Sexspielzeug. Es war kein Wunder, dass ihr das nicht gefallen hatte.

Sie löschte alles, was sie geschrieben hatte, bis auf die Anrede, dann tippte sie:

ich schreibe Ihnen, um mich für die wundervolle Gelegenheit zu bedanken, bei Bottel & Lampard mit einem derart talentierten Team zusammenzuarbeiten.

Bitte behalten Sie mich im Hinterkopf, falls Sie in naher Zukunft eine weitere Architektenstelle zu besetzen haben.

Mit besten Grüßen
Demi Williams

Sie bevorzugte definitiv die erste Version, aber sie konnte sich bereits das Gesicht der Personalchefin vorstellen, wenn diese ihre Zeilen las. Das Teufelchen in ihr dachte, dass sie der Frau damit den Tag versüßte, aber dann meldete sich die vernünftige Demi zu Wort und schickte die überarbeitete E-Mail ab. Anschließend überlegte sie, was sie Matt sagen sollte. Dass sie nicht einfach so zurück nach London fahren und ihre Sachen abholen konnte, war klar, schließlich war sie gerade erst angekommen.

Und natürlich gab es da noch ein anderes, nicht ganz unbedeutendes Problem. Sie hatte nach ihrem Kleiderkauf und der Tasse Tee noch vier Pfund fünfzig übrig.

Damit würde sie nicht weit kommen, weshalb sie sich morgen nach einer Arbeit umschauen wollte. Hier sollte es doch genügend Sommerjobs geben, mit denen sie sich über Wasser halten konnte, während sie ihr Leben ordnete und auf die Ausbezahlung von Morwennas Lebensversicherung wartete. Als sie auf Instagram nachsah, was ihre Freunde so trieben, wurde ihr bewusst, dass das inzwischen die einzige Möglichkeit war, an deren Leben teilzuhaben, so sehr war sie von Matt vereinnahmt gewesen. Vermissten ihre Freunde sie? Zumindest hatten sie das auf der Beerdigung behauptet.

Demi holte tief Luft und fing an, eine E-Mail an Matt zu schreiben.

Matt,
ich werde mich nicht darüber auslassen, wie sehr ich mich hintergangen fühle, das kannst du dir sicher selbst ausmalen.

Jetzt muss ich eine Möglichkeit finden, meine Sachen abzuholen. Ich nehme an, dass du sie ebenfalls so rasch wie möglich aus der Wohnung haben willst, doch im Augenblick bin ich in Cornwall bei meinem Großvater.

Demi hielt inne und stellte sich Matt vor, der auf dem Sofa saß und sie bei abscheulichen Dingen auf seinem Breitbildfernseher beobachtete. Sie schauderte.

Ich möchte dich wirklich niemals wiedersehen. Du bist ein absolut niederträchtiger Mensch. Wie konntest du mich nur ohne mein Einverständnis filmen?

Erneut hielt sie inne und löschte den letzten Absatz. Das würde sie auch nicht weiterbringen.

Ich wäre dir daher dankbar, wenn meine Sachen noch eine kurze Zeit bei dir bleiben könnten, bis ich jemanden organisiert habe, der sie für mich abholt.
Demi

Sie fuhr sich mit den Händen durchs Haar und fragte sich, ob Sophie sie für sie abholen könnte, wenn sie aus Griechenland zurück wäre. Sie schickte die Mail ab und überprüfte noch einmal ihren Posteingang. Nichts, bloß eine Abwesenheitsnotiz von Matt. Demi holte tief Luft, nahm ihre Taschen, lächelte die Frau hinter dem Tresen an und machte sich auf zum Haus ihres Großvaters.

Victoria rieb sich den Nacken und richtete sich von den Knien auf, gerade rechtzeitig, um zu sehen, wie Sam sein Hemd auszog. Sie schluckte. Er war einfach umwerfend. Die Gartenarbeit und seine Liebe zum Segeln hielten ihn in Topform, die Sonne, die auf seinen Rücken schien, brachte seine Muskeln perfekt zur Geltung. Sie musste unbedingt einen Weg finden, ihn zu verführen. So ein Prachtexemplar konnte sie sich nicht entgehen lassen! Wie dem auch sei, es war fast sechs, und Adam würde bald hier sein, also müsste sie noch einen Tag warten, bis sie ihren Plan, Sam Stuart in ihr Bett zu locken, in die Tat umsetzte.

Sie ging zu ihm hinüber. Er grub um, was einst eines von vielen Rosenbeeten gewesen war. Das machte ihm besonderen Spaß. Er wollte einfach nicht akzeptieren, dass man in Cornwall keine Rosen ziehen konnte, weshalb er sich lang und breit über diverse Düngemittel ausgelassen hatte. Sie war bereit, ihn aus seinen Fehlern lernen zu lassen, denn einst war hier tatsächlich ein Rosenbeet gewesen. Allerdings würde sie sich querstellen, wenn er darauf bestand, wurzelnackte Rosen zu kaufen. Wenn sie die Rose schon nicht kannte, dann wollte sie sie doch in Blüte sehen und ihren Duft riechen. Es genügte ihr nicht, sich auf Bilder und Beschreibungen zu verlassen, die nicht selten trügerisch waren. Im vergangenen Jahr hatten Sternrußtau und Blattläuse sämtliche Rosen vernichtet, die sie angepflanzt hatten. Aber Sam gab nicht auf. Wenn er etwas hatte, dann war es Ausdauer – und das vermutlich nicht nur bei der Gartenarbeit.

In den vergangenen zwanzig Jahren hatte das Beet brachgelegen, zudem hatte der hiesige Bauer gelegentlich seine Schafe in diesen Teil des Gartens geschickt. Kopfschüttelnd dachte sie an die Pflanzenpracht während ihrer Kindheit, die komplett verloren gegangen war. Die Leute, die das Anwesen nach Perrys Tod gekauft hatten, hatten der Gartenarbeit nichts abgewinnen können, sie wollten bloß das Haus und den Kai. Allein der Rasen und die Rabatten unmittelbar am Haus wurden gepflegt, und als Boscawen wieder auf den Markt kam, hatten sie bereits einen Großteil des Grundstücks veräußert. Victoria fehlten noch zwei Bauernhöfe und Dower House, dann wäre Boscawen wieder komplett. Allerdings bezweifelte sie, dass das Witwenhaus noch zu ihren Lebzeiten zum Verkauf ausgeschrieben werden würde. Sie hatte ihr Bestes getan, und nun hatte sie mit der eigentlichen Arbeit begonnen.

»Sam.«

Er hielt inne und richtete sich auf, sodass er sie um einiges überragte. Sie mochte es, wenn sie sich neben einem Mann klein vorkam. Bei Charles war das nicht der Fall.

Er war bloß eins neunundsiebzig, gerade mal drei Zentimeter größer als sie. Sam dagegen musste mindestens eins neunundachtzig sein. »Mrs. Lake.«

Sie runzelte die Stirn. Egal, wie oft sie ihn darum gebeten hatte – er weigerte sich, sie bei ihrem Vornamen zu nennen. »Mrs. Lake« erinnerte sie unweigerlich an ihre Schwiegermutter, und das war kein schöner Gedanke. Sie hoffte, die Frau würde unter der Erde verrotten und das Gras über ihrem Grab düngen. »Ich habe den Dünger ausgebracht, wir sollten also am Dienstag die erste Rosenreihe setzen können.«

»Wunderbar.« Sie ließ den Blick auf seinem flachen Bauch verweilen. Sie würde Adam dazu bringen müssen, ein bisschen mehr zu trainieren, um seine Muskulatur aufzubauen. Victoria räusperte sich. »Wie war's in London?«

»Großartig. Es war schön, meinen Kumpel wiederzusehen, und in London ist es immer lustig.«

»Das stimmt.« Victoria betrachtete sein Gesicht mit den hohen Wangenknochen und den vollen Lippen. »Übrigens, warum haben Sie diese neumodischen Apfelbäume im Katalog markiert, Sam?«

»Sortenvielfalt.« Er steckte die Hände in die Taschen.

»Sortenvielfalt? Was sind wir, eine Firma?« Sie verzog die Lippen zu einem verächtlichen Lächeln.

»Nein, aber wir haben bereits eine Auswahl verschiedener älterer Sorten, die überlebt haben. Sie müssen variieren, damit sie nicht alle gleichzeitig blühen und Früchte tragen. Außerdem ist das auch besser für die Insekten.«

»Ich will den Garten so, wie er früher war.« Sie verschränkte die Arme vor der Brust.

»Das ist ja alles schön und gut, aber in der Vergangenheit hat der Garten fast ein ganzes Dorf ernährt, und alles wurde verwendet. Haben Sie vor, die Äpfel zu verkaufen oder Apfelwein herzustellen?«

Victorias Mund wurde zu einer schmalen Linie. Er hatte Recht. Nicht dass sie das zugeben würde, aber sie würde darüber nachdenken. »Na schön, wir reden später darüber, bevor ich die Bestellung aufgebe. Ich muss zunächst die Kosten mit Charles besprechen.« Sie musterte ihn durchdringend. »Sie haben noch nicht mit ihm geredet, oder?«

»Nein.« Er hob seine schmutzige Hand, um seine Augen zu beschatten. »Er sagt, der Garten sei Ihre Domäne.«

»Das ist wahr. Die Rechnungen allerdings sind seine.« Victoria seufzte. »Egal.«

»Mrs. Lake?«

»Ja?«

»Ich habe vorhin nachgeschaut, ob schon genug Holunder blüht, um Holunderblütensekt zu machen.« Seine Mundwinkel hoben sich zu einem verlegenen Grinsen. Victoria musste lächeln. Perry und sie hatten jeden Sommer Holunderblütensekt gemacht, und in der letzten Zeit war es recht warm gewesen, sodass der Holunder bereits zu blühen begonnen hatte.

»Mir ist aufgefallen, dass ein paar der Bäume über die Mauer zum Küchengarten wuchern. Sie versperren bald den Weg, deshalb dachte ich, ich schneide sie lieber ein bisschen zurück, anstatt das neue Beet im Senkgarten auszuheben, wenn das für Sie in Ordnung ist.«

»Kommen Sie mit mir.« Er rammte den Spaten in die Erde, griff nach seinen Handschuhen und folgte ihr. Normalerweise schwang sie die Hüften, wenn ein begehrenswerter Mann hinter ihr herging, aber ihre Gedanken an Perry und Boscawen hielt sie davon ab. »Sam, ich weiß, dass wir ein wenig über die Geschichte dieses Anwesens gesprochen haben, aber vielleicht nicht genug.« Sie gelangten an die Ostseite des Hauses, wo sie augenblicklich sah, dass er Recht hatte. Ohne einen radikalen Schnitt würde der Holunder übermächtig werden. »Boscawen besteht aus den kornischen Wörtern *bod* – Gehöft – und *skawenn* – alter Baum –, es bedeutet also so viel wie ›Wohnstätte des Baums‹, womit in diesem Fall ein Holunder gemeint ist. Genau genommen geht es um den Baum dort drüben, auch wenn es nicht der ursprüngliche ist.«

Sam runzelte die Stirn. »So lange leben Holunderbäume doch gar nicht, und wurde das Haus nicht im sechzehnten Jahrhundert erbaut?«

»Das ist richtig, aber es hat immer ein Holunderbaum an dieser Seite des Hauses gestanden.«

»Schön und gut, es sind einheimische Bäume, die leicht wachsen.«

Victoria wandte sich zu ihm um. Weshalb nur glaubte die Jugend stets, alles zu wissen? »Das hier ist Cornwall, Sam, und hier respektieren wir das Land und seine Legenden.«

Er legte den Kopf zur Seite, und sie konnte ein Schmunzeln in seinen blauen Augen erkennen. Mochte er ruhig über sie lachen, sie meinte es todernst. »Man schneidet keinen Holunderbaum, ohne ihn vorher um Erlaubnis zu bitten.«

»Wie bitte?« Sein Gesichtsausdruck sagte alles. Er hielt sie für verrückt.

»Man muss den Baum streicheln und sagen: ›Holunder, Holunder, darf ich deine Zweige schneiden?‹«

»Wenn Sie darauf bestehen.« Er zuckte die Achseln. Vielleicht war sie tatsächlich verrückt, aber es lag auf der Hand, dass sie nicht nachgeben würde.

»Das tue ich.« Sie schlenderte auf den Baum zu und

strich über seine Äste, dann sagte sie über die Schulter: »Das ist wichtiger, als Sie ahnen.« Ihre Hand erstarrte, als sie einen Schnitt entdeckte. »Sie haben ja schon angefangen!« Sie wirbelte zu ihm herum.

»Noch nicht richtig.« Sam machte einen Schritt von ihr weg und deutete an den Rand des Weges. Victoria konnte einen Ast sehen, der abgebrochen war. Sam hatte einen sauberen Schnitt gemacht, zweifelsohne, um den Baum vor einem weiteren Trauma zu bewahren. Sie schloss die Augen und betete, dass es noch nicht zu spät war.

Fünf

Die Sonne brannte heiß auf ihren Rücken, als sie durch die Straßen lief in dem Versuch, zum Haus ihres Großvaters zurückzufinden. Der Himmel leuchtete strahlend blau, die Gärten, die zur Straße hinausgingen, waren voller Rosen in prächtiger Blüte. Möwenschreie hallten durch die Luft. Hinter jeder Ecke hatte man Aussicht auf den Hafen, und sie fragte sich wieder, warum sie nie hierhergekommen waren, warum ihre Großeltern sie immer in London besucht hatten. Sie würde ihren Großvater danach fragen, sobald sie sein Haus wiedergefunden hätte. Wie konnte sie sich in einer so kleinen Stadt bloß derart verlaufen? In London hätte sie das verstanden, auch in Bristol, aber doch nicht in Falmouth.

An einer Kreuzung blieb sie stehen. Sie hatte keinen blassen Schimmer, wo sie war. Nichts kam ihr bekannt vor. Da sämtliche Straßen zum Hafen zu führen schienen, würde sie den Weg womöglich aufs Neue antreten müssen, wenn sie einfach weiterging. Die Plastiktüten schnitten in ihre schweißfeuchten Handflächen. Sie gelangte in eine Sackgasse und wollte gerade umkehren, als ihr Blick auf eine schmale Gasse fiel, nicht mehr als ein enger Durchgang. Sie schaute sich um und beschloss, es zu wagen.

Die Sonne stand in einem Winkel, der die Gasse in tiefen Schatten hüllte. Sobald sie den Durchgang betreten hatte, begann sie zu frösteln. Heftig. Etwa zweihundert

Meter vor sich sah sie die Sonne scheinen, aber sie fühlte sich wie festgefroren. Angst. Panik. Sie setzte sich in Bewegung und rannte in Richtung Sonne, wobei sie beinahe eine Frau mit einem Kinderwagen umgestoßen hätte. »Entschuldigung.«

»Kein Problem.« Die Frau sah nach dem Kind.

»Ich habe mich verlaufen.«

»Ich kann Ihnen leider nicht helfen. Ich wohne in dem Hotel dort drüben.« Die Frau deutete auf ein heruntergekommen wirkendes Gebäude. Einst musste es todschick gewesen sein, aber es hatte seine Glanzzeiten längst hinter sich. Demi fröstelte und sah vor ihrem inneren Auge einen Tisch voller Kuchen.

»Alles in Ordnung?« Die Frau legte eine Hand auf Demis Handgelenk. Demi taumelte zurück. Die Frau sah das Baby an und sagte: »Uns geht es gut, aber Sie müssen sich ziemlich erschrocken haben!«

»Ja, danke und noch einmal Entschuldigung.« Demi warf einen letzten Blick auf das Gebäude, bevor sie hügelabwärts hastete. Sie blieb erst stehen, als sie Peta aus dem Second-Hand-Laden erkannte.

»Hallo«, sagte Peta lächelnd. »Wohin willst du so eilig?«

»Ich habe mich leider verlaufen.« Demi schüttelte den Kopf. »Ich bin wirklich ein trauriger Fall.«

»Tja, aber ich kann dir helfen. Nenn mich einfach deinen Schutzengel.« Sie streckte die Hand nach einer von Demis Tüten aus. »Er wohnt in der Marlborough Street, oder?«

Demi nickte.

»Das ist nicht weit, wenn man den Weg kennt.« Sie führte Demi durch eine kleine Gasse auf eine Straße mit hohen Reihenhäusern, dann eine weitere Gasse entlang. Jetzt wusste Demi, wo sie war.

»Danke. Ohne dich würde ich noch immer in der Stadt herumirren.«

»Ja, das würdest du wohl.«

»Peta.« Demi hielt inne, doch dann beschloss sie, einfach zu fragen. »Dort hinten ist ein altes Hotel.« Sie deutete in die entsprechende Richtung. »Weißt du etwas darüber?«

»Was hast du denn da gemacht? Da warst du ja komplett am falschen Ende der Stadt.« Sie sah Demi mit zusammengekniffenen Augen an. Diese fühlte sich unbehaglich und fragte sich, ob ihr die Angst, die sie empfunden hatte, noch anzumerken war. »Hmm«, sagte Peta. »Das ist schon seit Jahren vom Glück verlassen.« Sie schob ihre große Sonnenbrille auf ihren Kopf. »Geschmäcker ändern sich, und die Menschen wollen nicht mehr dasselbe. Wenn sie Luxus suchen, buchen sie heute Boutique-Hotels wie das in St. Mawes.«

»Danke.«

»Gern geschehen.« Peta blieb stehen und reichte ihr ihre Tüte mit Klamotten. »Pass auf dich auf; besorg dir einen Stadtplan und grüß deinen Großvater von mir.« Sie zögerte kurz, dann fügte sie hinzu: »Ich gebe dir lieber mal meine Nummer, nur für alle Fälle.«

»Danke.« Demi tippte die Nummer in ihr Handy. »Ich habe nicht vor, mich noch einmal zu verlaufen.«

»Das hat niemand vor.« Peta lächelte und winkte Demi im Davongehen.

Der Anrufbeantworter blinkte, als Victoria die Küche betrat. War das Charles' Nachricht von zuvor, oder hatte jemand anders angerufen? Sie drückte auf die Abspieltaste.

»Hi, Tori. Ich bin's. Du bist vermutlich immer noch im Garten. Übertreib's nicht. Wir müssen doch morgen Abend zu dieser Party, wo wir wieder stundenlang herumstehen werden. Wie dem auch sei. Ich rufe bloß an, um dir zu sagen, dass ich dich liebe. Meine Aufgabe hier ist erledigt, und ich werde mich morgen schon ganz früh auf den Weg machen, um dem Verkehr auszuweichen. Ich werde Seb herzliche Grüße von dir ausrichten.«

Seb.

Sie schloss die Augen. *Komm, sei mein Lieb und leb mit mir.* Victoria kreiste die Schultern und verdrängte die Stimme aus ihrem Kopf. Sie hatte den Wohltätigkeitsumtrunk in Truro vergessen. Na schön, würde sie eben ein bisschen nette Musik hören. Für den Empfang hatte man ein gutes Quartett engagiert. Sie stellte das Radio an. Mozart erfüllte die Küche, als sie den Gin aus dem Kühlschrank nahm und sich einen ordentlichen Schluck einschenkte. Anschließend fügte sie eine Zitronenscheibe und einen Schuss Tonic hinzu. Ein Eiswürfel, und fertig. Ein erster Schluck bestätigte ihr, dass die Mischung perfekt war. Das Glas in der Hand, ging sie hinauf, um zu duschen. Trotz des Zwischenfalls mit dem Holunderbaum war es ein guter Tag im Garten gewesen. Sie wusste, dass sie zu abergläubisch war, aber das passierte nun einmal, wenn man in einem Haus wie Boscawen aufwuchs. Eine Nacht mit Adam würde ihre Welt wieder ins Gleichgewicht bringen.

Sie stellte ihren Drink neben dem Waschbecken ab, dann drehte sie die Wasserhähne auf und trat unter die Dusche. Als sie das Haus gekauft hatten, hatte Charles darauf bestanden, sofort die Bäder zu sanieren, was richtig gewesen war. Sie auf einen modernen Standard zu bringen hatte den Komfort entscheidend verbessert, ohne dem Haus etwas von seinem ursprünglichen Charakter zu nehmen. Bei der Küche dagegen hatte sie sich quergestellt. Er hatte sich alles elegant und modern gewünscht, aber für sie war die Küche ein Teil des Hauses, der so erhalten bleiben sollte wie früher. Genau genommen galt das auch für den Rest von Boscawen House.

Sie ließ ihre Kleidung in den Wäschekorb fallen und stellte sich ans Fenster, um in den Garten hinauszublicken. Sam zupfte noch immer Unkraut im Blumenbeet. Er war genauso unermüdlich wie sie, wenn es um den Garten ging. Er hatte genau die richtige Einstellung. Abgesehen davon, dass er die Dinge zu sehr modernisieren wollte.

Er drehte sich um und schaute zum Haus. Victoria blieb nackt am Fenster stehen, in der Hoffnung, er würde zu ihr hinaufblicken. Dank der vielen Gartenarbeit war sie nach wie vor in bemerkenswerter Form, und obwohl sie vor zwei Monaten ihren sechzigsten Geburtstag gefeiert hatte, sah sie besser aus als die meisten Vierzigjährigen. Sie hob den Arm, um ihm zuzuwinken, und genoss das Gefühl, wie sich ihre Brust hob und straffte, doch leider hatte er sich bereits abgewandt.

Victoria trat unter die Dusche, schloss die Augen und ließ das Wasser den Schmutz des Tages und den Schmerz in den Muskeln davonspülen. Als sie ihre Haare wusch, dachte sie voller Sehnsucht an Adam, nur um die Augen zu öffnen und festzustellen, dass er im Badezimmer stand, bereit, sich zu ihr zu gesellen. Kurz darauf taumelten sie nackt aus der Dusche, stießen den Wäschekorb um und hätten beinahe ihren Gin umgeworfen. Als sie endlich das Schlafzimmer erreichten, war der Fußboden voller Gegenstände, die sie von den Ablagen gefegt hatten.

»Verflixt!« Er humpelte, dann ließ er sich mit ihr zusammen aufs Bett fallen.

»Was ist los?«

»Ich bin gerade gegen ein Handy getreten – aber lenk mich jetzt nicht ab.«

Sie rollte sich auf ihn und spreizte die Beine. »Ich dich ablenken? Ach Adam, genau das habe ich vor.«

»Hallo, Lämmchen. Du warst länger weg, als ich dachte.« Grandad sah sie prüfend an. »Du bist ja völlig abgekämpft. Tee?«

»Das wäre wunderbar. Danke.«

»Sieht aus, als hättest du zu viel Sonne abbekommen.«

Demi blickte auf ihre Brust hinab. Die Haut war im V-Ausschnitt ihrer Bluse deutlich gerötet. Sie hatte nicht den Teint ihrer Mutter geerbt. Morwenna hatte genauso ausgesehen wie ihre Eltern, groß und dunkel, wohingegen Demi klein und blond war. Sie nahm an, dass sie ihrem Vater ähnelte, doch darüber hatte ihre Mutter nie gesprochen. Überhaupt hatte sie nie ein Wort über Demis Vater verloren. Als Demi sechzehn war, hatte sie aufgegeben, sich nach ihm zu erkundigen. Vielleicht, dachte sie nun, würde ihr Großvater etwas über ihn erzählen.

Sie stellte die Taschen in ihrem Schlafzimmer ab und schaute sehnsüchtig auf die Badewanne, als sie am Bad vorbeikam. Sobald sie ihren Tee getrunken hatte, würde sie sich ins warme Wasser legen. Sie war total erschöpft und spürte ihren Körper an Stellen, auf die sie niemals gekommen wäre.

»Da bist du ja, Liebes. Ich habe uns Kuchen gebacken. Der sollte dich wieder munter machen.«

Die Glyzinien hatten ihre Blüten in der heißen Sonne ganz geöffnet, süßer Duft umfing sie. »Danke.« Demi sank auf den Gartenstuhl und dachte, sie sollte ihn bedienen, nicht umgekehrt. Sein Hinken war ausgeprägter denn je, und er zuckte immer wieder vor Schmerz zusammen.

»Wie ist es dir ergangen?« Er setzte sich.

»Nun, ich bin einer deiner ehemaligen Schülerinnen begegnet, einer gewissen Peta Rowse. Sie lässt dich grüßen.«

Ihr Großvater runzelte die Stirn, doch dann breitete sich ein Lächeln auf seinem Gesicht aus. »Ach ja, sie gehörte zu den Abiturienten, die ich ein Jahr lang als Aushilfslehrer betreut habe. Wenn ich mich recht erinnere, hatte sie alle möglichen Piercings.«

»Ja, das hat sie. Das ist Peta.«

»Eine gute Schülerin, wenn auch ein bisschen unkonventionell.« Er verstummte. Sein Blick schweifte durch den Garten. »Schien eine Art siebten Sinn zu besitzen.« Er verlagerte sein Gewicht auf dem Stuhl und rieb sich die Hüfte.

»Ja. Sie arbeitet ehrenamtlich in einem Second-Hand-Laden und war mir eine großartige Hilfe. Ich bin mit einer komplett neuen – nun, alten – Garderobe hinausgegangen.«

»Das ist ja ausgezeichnet.« Er nahm einen Schluck Tee. »Dreh ein bisschen deinen Stuhl – du sitzt immer noch in der Sonne. Du solltest aufpassen mit deiner hellen Haut.«

Demi rückte in den Schatten. »Grandad, war mein Vater blond?«

Ihr Großvater sah von dem Stück Kuchen auf, das er gerade in den Mund schieben wollte. »Das weißt du nicht?«

»Mum hat nie über ihn gesprochen.«

Er legte die Gabel nieder. »Nun, das überrascht mich nicht.«

»Warum nicht?«

Der alte Mann nahm einen weiteren Schluck Tee. »Hat sie dir überhaupt etwas erzählt?«

»Sie sagte, er sei tot.«

Er zog seine buschigen Augenbrauen in die Höhe. »Nun, das ist er nicht.«

»Wie bitte?« Demi stellte ihre Tasse ab. Sie hatte nie bezweifelt, dass ihr Vater nicht mehr lebte. Warum hätte ihre Mutter sie belügen sollen? Immer wieder hatte sie betont, welch großen Wert sie auf Ehrlichkeit legte.

»Sie mag dir das erzählt haben, aber ich habe ihn erst vor zwei Wochen gesehen.«

Demis Hand zitterte, als sie ihrem Großvater Tee nachschenkte. Ihr Vater war nicht tot. Er war am Leben.

»Erinnerst du dich denn gar nicht an ihn?« Er musterte sie prüfend.

Demi kniff die Augen gegen die Sonne zusammen, die ein Stück weiter in die Richtung ihres Großvaters gewandert war. »Kannte ich ihn?«

»Ja, aber vielleicht wusstest du nicht, dass er dein Vater ist.«

»Das klingt sehr merkwürdig.«

Ihr Großvater stand auf und stemmte sich die Hände ins Kreuz. »Es war merkwürdig, und es war gewiss nicht das, was wir uns für unser einziges Kind gewünscht hatten. Wenna war immer schon eigensinnig gewesen und entschlossen, nach ihren eigenen Regeln zu leben.«

Demi lachte angespannt, als sie an die Regeln ihrer Mutter dachte. Es waren gute Regeln, und sie dienten ausschließlich Demis Sicherheit. Tatsächlich hatten sie ihren Zweck erfüllt. Ein paarmal war sie ihren eigenen Weg gegangen, und sie hatte stets die Erfahrung machen müssen, dass das nicht funktionierte, also war sie froh gewesen, nach den Regeln ihrer Mutter leben zu können.

»Deine Großmutter und ich waren nicht allzu erfreut, als wir herausfanden, wer ihr Freund war, aber sie war fünfunddreißig. Da gab es nicht viel zu sagen – nein, das stimmt nicht, es gab jede Menge zu sagen, aber sie hätte ohnehin nicht darauf gehört.« Er seufzte. »Wenna hatte sich mit einem verheirateten Mann eingelassen.«

Das Telefon klingelte, und er sah sie liebevoll an. »Da muss ich drangehen. Ich erwarte einen Anruf von meinem Hausarzt.«

Demi zog die Augenbrauen zusammen. Warum erwartete er einen Anruf von seinem Hausarzt, und warum hatte ihre Mutter ihr nicht erzählt, dass ihr Vater noch am Leben war? Sie rieb sich die Schläfen. Das ließ nur einen Schluss zu: Ihr Vater hatte nichts mit ihr zu tun haben wollen, und ihre Mutter hatte sie vor diesem Schmerz schützen wollen. Erschöpft schloss sie die Augen.

Sechs

Ihr Großvater kehrte in den Garten zurück, blass und um Jahre gealtert, seit er hineingegangen war, um den Anruf entgegenzunehmen. Er setzte sich, und Demi streckte die Hand nach ihm aus, sämtliche Fragen beiseiteschiebend, die ihr durch den Kopf schossen. »Grandad? Stimmt etwas nicht?«

»Das war zu erwarten.«

»Was denn?«

»Meine Hüftoperation wurde verschoben.«

Sie sprang auf und ging vor ihm auf die Knie. »Nein, du brauchst die OP.«

Ihr Großvater legte ihr eine Hand auf die Schulter. »Ich bin alt, bald werde ich fünfundachtzig. Manche Dinge sind unvermeidbar, und aufgeschobene Operationen scheinen dazuzugehören.« Er hustete. »Natürlich ist es nicht gerade von Vorteil, dass ich die erste versäumt habe.«

»Wie bitte?«

»Ja, das ist traurig, aber wahr. An manchen Tagen lässt mich mein Gedächtnis im Stich. An anderen funktioniert es wunderbar.«

»Nein.«

»O doch, es gibt nichts, was ich dagegen tun könnte, also macht es keinen Sinn, sich darüber aufzuregen.«

Sie dachte an ihre Mutter. Deshalb also hatte sie ihn in der letzten Zeit so häufig besucht.

»Drück deinen Großvater doch mal kräftig.«

Sie schloss ihn fest in die Arme, dann löste sie sich und fragte: »Und wie soll es jetzt weitergehen?«

»Man wird mir einen neuen Termin geben. Meine OP hat keine hohe Priorität.«

»Aber das ist doch nicht fair!« Es war offensichtlich, dass er eine neue Hüfte brauchte.

»Das mag schon sein, aber so ist es nun einmal.«

Sie drückte ihn erneut.

»So, mein Lämmchen«, sagte er, »jetzt müssen wir aber das Abendessen zubereiten, sonst gibt's heute Abend nur Bohnen mit Toast.«

Demi lächelte. »Was kann ich tun?«

»Du schälst die Kartoffeln, und ich schiebe das Hähnchen in den Ofen.« Er stand auf, doch er hielt ihre Hand fest. »Ich bin froh, dass du hier bist.«

»Ich bin auch froh, dass ich hier bin.« Sie legte die Stirn in Falten. Er musste ziemlich einsam sein.

»Lass uns das Essen fertig machen, dann können wir uns unterhalten.«

Aus jahrelanger Erfahrung wusste sie, dass er nicht reden würde, bevor er alles erledigt hatte, also ging sie in die Küche und schälte die Kartoffeln so energisch, dass sie sich fast die Fingernägel abgeschnitten hätte. Unterdessen würzte ihr Großvater das Hähnchen und schob es in den Ofen. Sie brauchte länger, deshalb bereitete er schweigend das restliche Gemüse zu. Ihre Schultermuskulatur wurde immer angespannter. Ihr Vater war am Leben.

Endlich setzte sie die Kartoffeln auf und machte sich auf die Suche nach ihrem Großvater, der die Küche längst verlassen hatte. Er saß im Wohnzimmer, ein Fotoalbum auf dem Schoß. Sie knipste die Deckenbeleuchtung an. Die Sonne war nach Westen weitergewandert, sodass es bereits dämmrig im Raum war, der durch die dunkle Tapete noch düsterer wirkte. Eine frische Schicht weiße Farbe würde dem Wohnzimmer guttun, etwas anderes müsste nicht verändert werden, außer vielleicht die dunklen Samtkissen.

Er klopfte auf den Platz neben sich, und sie setzte sich. Ihr Mund war trocken, was sich auch nicht besserte, als sie schluckte.

»Deine Mutter wusste nicht, dass wir das hier hatten.« Er atmete tief aus. »Deine Großmutter, Gott hab sie selig, hatte das Gefühl, dass du es eines Tages wissen müsstest oder wolltest.« Er schüttelte den Kopf. »Sie war anderer Meinung als deine Mutter, und nach deinem letzten Besuch …« Er hustete. »Nun, danach haben wir dich auf Wennas Geheiß hin immer in London besucht.«

Demi biss die Zähne zusammen. »Das verstehe ich nicht.«

»Ich bin mir nicht mal sicher, ob ich es verstehe.« Er zuckte die Achseln und wandte sich wieder der ersten Seite des Fotoalbums zu. Darauf klebte ein Foto von der neugeborenen Demi, knuffig, rotgesichtig und mit einem dichten schwarzen Schopf. Er blätterte um. Auf dem nächsten Foto musste sie etwa ein Jahr alt sein. Sie trug ein Taufkleid, und ihr Haar war nicht mehr schwarz, sondern hellblond. Ihre Mutter hielt sie im Arm, mehrere Leute standen um sie herum. Demi erkannte nur ihre Mutter und ihre Großeltern. Die übrigen Personen waren Fremde für sie.

»Wer ist das auf dem Foto?«

»Dein Vater und deine Paten.«

Sie musterte noch einmal die Gesichter, dann erstarrte sie. Wieso war ihr das nicht auf den ersten Blick aufgefallen? Das da war ihr Vater. Sie sah ihm so ähnlich. Seine Augen waren auf sie gerichtet; er wirkte glücklich. Sie deutete mit dem Finger auf ihn, und ihr Großvater nickte.

»Dann kanntest du ihn also?«

»So weit würde ich nicht gehen. Ich bin ihm bei verschiedenen Gelegenheiten begegnet. Wenna hat dich ein paarmal bei uns gelassen, und er hat sie von hier abgeholt.«

Demi versuchte, den Gesichtsausdruck ihres Großvaters zu deuten. »Warum haben sie nicht geheiratet?«

Ihr Großvater lehnte sich auf dem Sofa zurück. »Deine Großmutter wusste mehr über diese Beziehung als ich.« Er streckte die Hand aus und berührte das Foto seiner Frau auf dem Beistelltisch.

»Warum hat er seine Frau nicht verlassen, wenn er Mum und mich liebte?«

»Deine Großmutter nahm an, weil er katholisch war.«

»Das erklärt, warum sie nicht geheiratet haben.«

»Wenna war ...« Der alte Mann zögerte. »... nun, sie war sehr unabhängig. Sie musste ihren eigenen Weg finden. Das müssen wir alle.« Er lächelte. »Kinder müssen ihrem eigenen Weg folgen. Man darf ihnen nicht sagen, wann sie Fehler machen, selbst wenn man sie vorhersieht.« Er schüttelte den Kopf. »Als Lehrer wusste ich das nur allzu gut – aber es ist schwer, das bei seinem eigenen Kind zu erleben.«

Sie lehnte sich zu ihrem Großvater hinüber und schlug die nächste Seite auf. Auf dem Foto musste sie ungefähr drei Jahre alt sein. Sie war am Strand, saß vor einer Sandburg, die sie mit Sicherheit nicht selbst gebaut hatte. Auf einem anderen Foto auf derselben Seite sah sie ihren Vater, der sie an der Hand hielt und mit ihr ins Meer ging. Da war sie, lächelnd in den Armen ihres Vaters. Beide trugen Hüte und hatten leuchtend rosa Nasen. Er war ihr so ähnlich. Nein, umgekehrt: Sie war ihm so ähnlich. Mit den Fingerspitzen strich sie über sein Gesicht auf dem Foto.

Die nächste Seite war voller Bilder, die sie kannte. Ihr Vater war darauf nicht mehr zu sehen, als wäre er urplötzlich verschwunden.

»Was ist zwischen Mum und meinem Vater passiert?«

Ihr Großvater seufzte. »Sie hielten ihre Beziehung lange Zeit aufrecht.«

»Und was geschah dann?«

»Das weiß ich nicht genau.« Er putzte seine Brille mit einem Taschentuch. »Deine Großmutter wusste mehr.«

»Das verstehe ich nicht.«

»Ich auch nicht. Ich weiß nur, dass alles aus war, als du …« Er hielt inne und blickte mit zusammengekniffenen Augen aus dem Fenster. »Als du sechs Jahre alt warst, glaube ich.« Er sah sie an. »Ungefähr zu der Zeit, als du den Blinddarmdurchbruch hattest.«

Sie wusste alles darüber, weil ihre Mutter ihr davon erzählt hatte, allerdings konnte sie sich nicht selbst daran erinnern. »Aber das hängt damit doch nicht zusammen, oder?«

»Es tut mir leid, Lämmchen, das geht in meinem Kopf völlig durcheinander. Obwohl ich mich daran erinnere, dass du im Krankenhaus lagst und so schrecklich krank warst. Wir hätten dich beinahe verloren.«

Die Küchenuhr schrillte. Demi hätte schreien können vor Frust. Ihr Großvater schob das Album auf ihren Schoß, dann stand er auf und humpelte in die Küche. Langsam blätterte sie durch die Seiten und sah ihre Vergangenheit plötzlich in einem vollkommen anderen Licht. Sie erinnerte sich an nichts, was auf den frühen Fotos zu sehen war. Eigentlich, dachte sie, als sie eine Seite aufschlug, auf der sie ungefähr fünf war, musste sie sich doch erinnern können, wenn schon nicht an ihren Vater, dann doch wenigstens an den Urlaub am Strand. Sie schloss die

Augen und durchforstete ihr Gedächtnis nach Erinnerungen und wiederkehrenden Träumen, aber darin kam kein blonder Mann vor und auch kein Urlaub am Strand. Nun, da sie den Beweis in den Händen hielt, erschien es ihr noch merkwürdiger, dass sie sich nicht erinnern konnte.

Demi blätterte weiter um, betrachtete Foto für Foto, doch sie hatte kein Glück. Es war, als wäre sie hypnotisiert worden, damit sie ihre frühe Kindheit vergaß. Sie erinnerte sich an Dinge aus ihrem Leben in London, an Ausflüge in den Zoo und in verschiedene Museen, obwohl sie nie ein Foto davon gesehen hatte. Hätte sie jetzt nicht dieses Album vor sich auf dem Schoß, hätte sie niemals geglaubt, dass sie je in Cornwall gewesen war.

Bei einer Seite hielt sie inne. Ihr Haar war zu Zöpfen geflochten, und sie trug ein hübsches Kleid. Ihr Vater hielt sie an der Hand, und sie lachten beide. Ihre Körpersprache zeigte deutlich, dass sie ihn gut kannte und sich wohl bei ihm fühlte. Wie hatte sie ihn genannt? Wusste sie, dass er ihr Vater war? Wenn ja, wie konnte sie das vergessen? Sie schaute auf das Datum unten auf der Seite. April 1995. Sie war sechs, fast sieben Jahre alt. Da müsste sie sich doch erinnern. Aber da war nichts.

Die restlichen Bilder zeigten nur sie und ihre Mutter; auf keinem davon war ihr Vater zu sehen, keins war in Cornwall aufgenommen. Sie klappte das Album zu und ging in die Küche. Ihr Großvater musste doch zumindest einige Antworten auf ihre Fragen haben.

Gegen die Anrichte gelehnt stampfte er die Kartoffeln. Kartoffeln hatte sie sich schon seit Jahren nicht mehr zugestanden. Sie blickte auf ihre Taille hinab, die ihr am besten an ihr gefiel, dann beschloss sie, dass eine Portion Stampfkartoffeln nicht allzu viel Unheil anrichten würde.

»Warum deckst du nicht schon mal den Tisch? Ich bin

gleich fertig hiermit.« Er verzog das Gesicht zu einer Grimasse und streckte die Hand nach seinem Rollator aus.

»Lass mich das machen. Du setzt dich hin.«

»Du warst immer schon herrisch, Wenna.« Er schlurfte durch die Küche, um den Tisch zu decken. Demi starrte ihn verblüfft an. Wusste er, dass er sie »Wenna« genannt hatte? Sie dachte an den Tag der Beerdigung. Falls er sich da einen Schnitzer geleistet hatte, hatte sie ihn nicht bemerkt – was keine Überraschung war. Sie waren beide in ihren Kummer versunken gewesen.

Kurz darauf saßen sie am Tisch. Demi lächelte, als sie sah, wie glücklich ihr Großvater wirkte.

»Es ist so schön, dich wieder hier zu haben.«

»Vielen Dank«, erwiderte sie, obwohl sie es nicht unbedingt als »schön« bezeichnen würde. Eher als seltsam. Sie war hier gewesen, doch sie hatte keine Erinnerung daran. Warum, konnte sie nicht sagen, allerdings war sie sich sicher, dass das mit ihrem Vater zusammenhing.

Augen. Riesin. Die *Kowres.* Sie schauderte, als sich plötzlich Bilder eines immer wiederkehrenden Albtraums in ihr Bewusstsein drängten.

»Wo ist mein Vater jetzt? Du sagtest, du hättest ihn vor zwei Wochen noch gesehen.« Warum hatte er sie all die Jahre über nicht besucht? Zumal aus den Fotos klar hervorging, dass er sie geliebt hatte.

Ihr Großvater warf ihr einen wachsamen Blick unter den buschigen Augenbrauen zu.

Und plötzlich wusste sie es. Ihr rutschte förmlich das Herz in die Hose. Vor zwei Wochen war die Beerdigung ihrer Mutter gewesen.

»Er war auf dem Begräbnis.« Ihr Großvater beugte sich über den Tisch und berührte ihre Hand. »Es tut mir leid. Ich hätte etwas sagen sollen.« Er schüttelte bedächtig den

Kopf. »Ich wusste bloß nicht, wie, und ich habe mich gefragt, ob du ihn nicht selbst erkennen würdest, aber jetzt ist mir klar, dass das nicht der Fall war.«

Sie zwang sich zu einem Lächeln. »Ist schon in Ordnung. Das hat wohl etwas zu bedeuten, auch wenn ich nicht weiß, was.«

»Wenna, ich habe gehört, dass er jetzt ein großes Haus am Helford River besitzt.«

Sie runzelte die Stirn, als er sie wieder beim Namen ihrer Mutter nannte. »Wie heißt er?« Ihr Vater lebte ganz in der Nähe! Sollte sie losziehen und ihn suchen? Bei dem Gedanken wurde ihr beinahe übel vor Aufregung.

»Charles Lake.«

Sieben

Ein Klingeln weckte Victoria aus dem Schlaf. Sie drehte sich auf die andere Seite, aber es hörte nicht auf. Wer zum Teufel rief mitten in der Nacht an? Sie setzte sich auf. Irgendetwas stimmte nicht, das spürte sie. Noch nicht einmal die Vögel waren wach. Sie schlüpfte aus dem Bett und ging zum Telefon, das auf der anderen Seite stand. Adam schlief tief und fest.

»Hallo?«

»Spricht dort Victoria Lake?«

»Ja, und wer sind Sie?«

»Sergeant Simon Glass von der Polizei. Könnten Sie bitte die Haustür öffnen?«

Victoria zog sich der Magen zusammen. Die Polizei vor der Haustür, und das zu dieser unchristlichen Stunde – das konnte nichts Gutes bedeuten. Eher etwas Schlechtes, um nicht zu sagen, etwas sehr Schlechtes. »Ich bin gleich unten.« Sie griff nach ihrem Morgenmantel und schnürte ihn in der Taille fest zusammen, dann eilte sie die Treppe hinunter.

Mondlicht fiel durch die hohen Fenster rechts und links der Tür auf den Schieferboden. Sie drehte den großen Schlüssel um, schob die beiden Sicherheitsriegel zurück und zog die Tür auf. Zwei uniformierte Polizisten standen auf ihrer Schwelle. Nein, das verhieß definitiv nichts Gutes.

»Mrs. Victoria Lake? Ich bin Sergeant Glass, und das hier ist Constable Billings.«

»Kommen Sie herein.« Victoria führte die beiden ins Wohnzimmer und knipste auf dem Weg dorthin die Lichter an. Ein Blick auf ihre Armbanduhr sagte ihr, dass es drei Uhr morgens war. Zu dieser Zeit brachen in London bevorzugt Diebe in Fahrzeuge oder Gebäude ein. Sie schauderte. »Bitte nehmen Sie Platz.« Sie ließ sich auf ihren Lieblingsohrensessel sinken und überkreuzte die Knöchel, wohlwissend, dass sie nichts unter ihrem Morgenmantel trug.

»Wie kann ich Ihnen helfen, Sergeant Glass?«

»Es tut mir leid, Ihnen mitteilen zu müssen, dass Ihr Ehemann, Charles Lake, tot ist.«

Sämtliche Luft wich aus Victorias Lunge. Sie hatte es gewusst, natürlich, warum sonst sollte die Polizei um diese Uhrzeit hier auftauchen?

»Wie ist es passiert?«, fragte sie mit ruhiger Stimme.

»Ein Unfall auf der M5.«

»Aber er wollte doch erst morgen zurückkommen.«

»Das mag sein, dennoch ist er bei einer Massenkarambolage auf der M5 zwischen Bridgewater und Taunton ums Leben gekommen. Es tut mir leid.«

Sie schloss die Augen. Charles war tot. Ihr wurde eng um die Brust.

»Victoria, warum sind denn sämtliche Lichter an?« Adam spazierte nackt ins Wohnzimmer. »Wenn du nicht schlafen kannst, hätte ich eine Idee, wie ich dir helfen kann.«

Sie stand auf. »Adam, lass mich dir Sergeant Glass und Constable Billings vorstellen.« Victoria sah, wie der Constable Adams Gemächt anstarrte. Es war in der Tat bemerkenswert.

»Ich ziehe mir nur schnell etwas über.« Rasch bedeckte Adam die entsprechenden Teile mit den Händen.

»Bitte sehr.« Mit hochgezogener Braue sah der Constable ihm nach, dann wanderte sein Blick zwischen Victoria und Adams Kehrseite hin und her.

»Und Adam ist …?«, fragte der Sergeant.

Ihr war klar, dass es ihn störte, dass Adam sechsundzwanzig war und sie sechzig. »Mein Liebhaber.« Victoria wandte ihm den Rücken zu, schenkte sich einen Cognac ein und stürzte ihn in einem Zug hinunter. Noch während die Flüssigkeit brennend ihre Kehle hinabrann, hörte sie Charles' Stimme sagen, dass das eine reine Verschwendung sei. Der gute Cognac. Sie füllte ihr Glas erneut.

»Wir möchten Sie bitten, später nach Taunton zu kommen, um Ihren Ehemann zu identifizieren. Er wurde ins Musgrove Park Hospital gebracht.« Die Stimme des Sergeants klang bedacht neutral.

Sie nickte, ohne sich umzuwenden, und wiegte den Bleikristallschwenker in den Händen. »Ja.«

»Vielleicht könnte Ihr, ähm, Adam …« – der Sergeant sprach den Namen besonders betont aus – »… Sie begleiten, damit Sie nicht fahren müssen, für den Fall, dass Sie zu erschüttert sind.«

»Vielen Dank, Sergeant Glass.«

»Hier ist meine Karte, sollten Sie noch Fragen haben.« Glass streckte Victoria die Karte entgegen, die sich nun doch umdrehte und sie ihm aus der Hand nahm. »Wir möchten uns hiermit verabschieden.«

»Wurde sonst noch jemand getötet? Trug mein Mann die Schuld an dem Unfall?«

»Ja, es gibt ein weiteres Todesopfer; ob ihr Mann die Schuld an dem Unfall trägt, können wir allerdings nicht sagen. Der Fall wird noch untersucht. Wir werden Sie informieren, sobald uns Näheres bekannt ist.«

»Danke.«

Damit verließen die beiden Polizisten das Wohnzimmer. Victoria hörte, wie sie im Foyer mit Adam sprachen. Sie hoffte nur, dass Charles nicht der Unfallverursacher war. Er hätte sich niemals vergeben, für den Tod eines anderen Menschen verantwortlich zu sein. Er war ein guter Mann gewesen, und ja, sie würde ihn vermissen, was seltsam genug war. Während der Nacht hatte der Wind aufgefrischt, und sie lauschte auf die rauschenden Blätter. Dann stockte ihr plötzlich der Atem. Der Holunder hatte Boscawen eine weitere Menschenseele genommen.

Victoria wollte gerade ihr Handy, das sie partout nicht finden konnte, über das Festnetztelefon anrufen, als dieses zu klingeln begann. Sie runzelte die Stirn. Es war sieben Uhr dreißig am Morgen. Sie konnte nicht noch mehr schlechte Nachrichten gebrauchen.

»Hallo.« Victoria schaute zur Küchentür hinaus. Sam ging gerade auf einen der Schuppen zu. Bald wäre Zahltag. Wurde das Geld von einem der Gemeinschaftskonten überwiesen, oder stammte es aus Charles' Privatvermögen? Sie nahm an, dass man seine Konten vorerst einfrieren würde.

»Tori. Hier spricht Seb. Ist Charles bei dir? Er sollte mich anrufen, sobald er in Cornwall eintrifft.«

»Ach Gott, Sebastian, warum zum Teufel ist er nicht in London geblieben?« Victoria sackte gegen den Tisch.

»Ich weiß, dass du deine Rendezvous schätzt, aber im Ernst, wie willst du einen Mann von seinem eigenen Zuhause fernhalten?«

»Verdammt noch mal, Sebastian, darum geht es doch gar nicht.« Victoria holte tief Luft. »Du weißt es nicht.« Charles und Sebastian waren beste Freunde.

»Was weiß ich nicht? Ich weiß, dass Charles mich in

letzter Minute wegen eines Meetings versetzt hat, und dann wollte er auch noch gleich anschließend nach Cornwall zurückkehren.«

Sie schloss die Augen. Vermutlich wäre es das Beste, er würde es von ihr erfahren und nicht von irgendwem, aber wie sollte sie es ihm beibringen? Das würde nicht leicht werden. »Er ist tot, Seb.« Victoria schüttelte den Kopf, als sie hörte, wie er scharf die Luft einzog. »Auf der M5 ist es zu einer Massenkarambolage gekommen. Er ist tödlich verunglückt.«

»Allmächtiger. Möge er in Frieden ruhen.«

»Ja.« Victoria seufzte. Was konnte sie sagen? Nichts würde die Situation besser machen. »Sebastian …«

»Er war der Beste von uns. Ich kann nicht glauben, dass er tot ist.«

»Ich auch nicht.« Das entsprach der Wahrheit. Es kam ihr irreal vor, wenn nicht gar surreal.

»Alles in Ordnung mit dir?«

»Das ist eine gute Frage. Ich weiß es nicht.« Sie holte tief Luft. »Ich rufe dich später an, sobald ich in Taunton gewesen bin, um ihn offiziell zu identifizieren. Es gibt so viel zu tun.« Sie blickte auf die Liste, die sie in der anderen Hand hielt. Als Erstes musste sie ihr Handy finden. Darin hatte sie sämtliche Nummern gespeichert.

»Das schaffst du nicht alleine, Tori. Ich treffe dich in Taunton.«

»Das schaffe ich alleine.«

»Sei nicht so störrisch. Du brauchst Hilfe. Ich schaufele mir Zeit frei und treffe dich dort um wie viel Uhr?«

Victoria seufzte. Sie würde sich deswegen nicht mit ihm streiten. »Sagen wir gegen vier? Das gibt uns beiden ein wenig Zeit, uns zu sammeln, bevor wir losfahren.«

»Ich werde den Zug nehmen, damit ich dich zurück

nach Boscawen fahren kann. Hol mich am Bahnhof ab. Ich schicke dir eine SMS mit der Ankunftszeit.«

»Okay.« Victoria musste ihr verflixtes Handy finden. Unbedingt.

»Ruf irgendwen an, damit er dir Gesellschaft leistet. Du solltest jetzt nicht allein sein.«

Victoria sah wieder hinaus zu der Stelle, an der Sam zuletzt gearbeitet hatte. Er war fort. Oben schlief Adam tief und fest. »Das werde ich. Bis später.«

Sie wählte ihr Handy an und lauschte auf das Klingeln. Nichts. Im Erdgeschoss war es nicht. Sie legte auf und ging nach oben. Sie musste duschen und einen klaren Kopf bekommen. Duschen war leicht, der klare Kopf schwieriger. Obwohl sie noch einmal ins Bett gekrochen war, nachdem die Polizei gegangen war, hatte sie nicht schlafen können. Zu viele Gedanken waren ihr in den Sinn gekommen, Trauer und Euphorie hatten miteinander gerungen. Am Treppenabsatz blieb sie stehen und blickte hinunter ins Foyer. Endlich gehörte all das ihr, und sie musste es mit niemandem teilen. Warum ging es ihr dann nicht besser?

Victoria schlang den Gürtel um das blaue Seidenkleid. Schuhe und Handtasche lagen auf der Fußbank am Bett. Sie warf einen Blick in den Spiegel, dann nahm sie zwei Taschentücher aus der Schublade. Sie hatte keine Ahnung, wie sie reagieren würde. Wie sollte man sich in Anbetracht solcher Umstände benehmen? Kein noch so umfangreiches Training sozialer Umgangsformen bereitete einen darauf vor, den eigenen Ehemann im Leichenschauhaus zu identifizieren.

Ihr Gesicht kam ihr sehr blass vor. Ein bisschen Lippenstift würde helfen. Ihre Perlen lagen auf dem Frisiertisch. Nein, sie würde sie heute nicht tragen. Ohne Charles könnte sie sie nicht anlegen. Sie spürte einen Kloß im Hals. Sie sollte frohlocken, dass sie endlich frei war, aber im Augenblick empfand sie etwas ganz anderes.

Sie sah sich noch einmal im Zimmer um, dann ließ sie den Lippenstift in ihre Handtasche fallen. Heute früh hatte sie das Chaos beseitigt, das Adam und sie angerichtet hatten. Es hatte ausgesehen, als wäre eine Rinderherde durchs Zimmer getrampelt. Sie stellte ihre Schuhe auf den Fußboden und zog sie an. Als sie mit den Händen ihr Kleid glatt strich, sah sie das Handy unter dem Bett hervorschauen. Wie war es dort hingekommen? Und warum hatte Adam es nicht gehört, als sie es heute Morgen angerufen hatte?

Sie hob es auf und blickte aufs Display. Der Akku war leer, also würde sie ihn im Wagen auf dem Weg nach Taunton aufladen. Sebastian war bereits via Festnetz informiert, dass sie momentan ohne Handy war, weshalb sie ihn nicht noch einmal anrufen müsste. Er hatte ihr mitgeteilt, dass er um vierzehn Uhr fünfundfünfzig in Taunton eintreffen würde.

Ein letzter Blick in den Spiegel, dann brach sie auf. Was für ein herrlicher, perfekter Frühlingstag und wie schade, dass sie ihn so vergeuden musste. Sie hätte mit Sam im Garten arbeiten sollen, anstatt Telefonate zu führen. Im Grunde war das eher mühsam als herzzerreißend gewesen. Es gab wenig Schlimmeres, als ein und dasselbe Gespräch zwanzigmal zu führen, und was sie am meisten gestört hatte, war die Sorge, die sich die Leute um sie machten. Wie konnten sie sich anmaßen, ihr Gefühle zu unterstellen, die sie womöglich gar nicht hatte?

Sie vergewisserte sich, dass die Haustür abgeschlossen war, und griff nach ihrer Sonnenbrille, bevor sie zur Garage hinüberging. Als sie im Wagen saß, ließ ein Klopfen an der Scheibe sie aufschrecken. Fast wäre ihr das Handy aus der Hand geglitten, das sie eben ans Ladekabel hängen wollte. Sie ließ die Scheibe hinab. »Sam. Was kann ich für Sie tun?« Sie hatte ihm die Neuigkeiten, Charles betreffend, schon früher mitgeteilt.

»Nichts. Ich wollte mich nur erkundigen, ob ich Sie nicht besser fahren soll? Ich kann mir nicht vorstellen, dass Sie viel Schlaf bekommen haben. Sie müssen erschöpft sein.«

Lächelnd streckte Victoria die Hand aus dem Fenster und legte sie ihm auf den Arm. »Mir geht es gut, zumindest soweit es die Umstände zulassen. Die Fahrt wird mir Zeit zum Nachdenken geben.«

»Sind Sie sicher?« Er runzelte die Stirn.

»Ja. Ich treffe mich dort mit Sebastian, also bin ich auf der Rückfahrt nicht allein.«

»In Ordnung.« Er trat vom Wagen zurück. »Es tut mir so leid.«

»Ich weiß, vielen Dank. Bis morgen dann.« Victoria fuhr den Allradwagen rückwärts aus der Garage und hoffte, der heutige Tag würde nicht noch bizarrer werden.

Es herrschte starker Verkehr, sodass Victoria keine Gelegenheit hatte, auf der Fahrt Richtung Norden anzuhalten, wenn sie rechtzeitig kommen wollte. Sebastian stand bereits auf dem Gehsteig. Er sah aus wie immer – ein schneidiger Kerl mit einer Reisetasche in der einen und einem Aktenkoffer in der anderen Hand. Obwohl er älter geworden und sein Haar mit silbernen Strähnen durchzogen war, hatte er noch immer das gewisse Etwas.

»Hallo.« Sebastian legte seine Taschen in den Kofferraum, dann kletterte er auf den Beifahrersitz. Bevor sie losfuhr, beugte er sich zu ihr und küsste sie auf die Wange. Dabei legte er seine Hand auf die ihre und drückte sie leicht, dann ließ er wieder los, damit sie sich aufs Fahren konzentrieren konnte. Sie lavierte den Wagen durch den dichten Verkehr zum Krankenhaus. Victoria wusste seine Rücksichtnahme zu schätzen, wenngleich sie die beruhigende Berührung vermisste, als sie weiter den Anweisungen des Navigationssystems folgte. Sie spürte seinen prüfenden Blick, worüber sie nicht überrascht war. Sie kannten einander seit über vierzig Jahren, und zwischen ihnen war viel geschehen, auch wenn inzwischen Gras darüber gewachsen war.

Als sie auf den Krankenhausparkplatz eingebogen war, wandte sie sich ihm zu. »Danke, dass du gekommen bist.« Sie zögerte, dann fuhr sie fort: »Das hier ist härter, als ich dachte.«

»Das war mir klar.« Er stieg aus, ging um den Wagen herum zu ihrer Seite und öffnete die Fahrertür für sie.

»Stets der Gentleman.« Sie lächelte, als er die Hand ausstreckte, um ihr behilflich zu sein.

»Manche Dinge sind es wert, erhalten zu werden. Wollen wir?« Er übernahm die Führung. Victoria schnürte sich der Magen zusammen, als sie nach der Leichenhalle fragte. Im Flur legte Sebastian ihr eine Hand auf den Arm. Wieder hielt er ihr die Tür auf, und Victoria betrat den Warteraum und warf einen Blick auf die dort sitzenden Leute. Waren sie ebenfalls wegen des Autounfalls hier? Alle blickten finster drein, aber das war keine Überraschung. Der Tod war selten eine fröhliche Angelegenheit. Obwohl er es in ihrem Fall sein sollte. Sie war frei von der Ehe, die sie nie gewollt hatte und die nicht zu dem gewünschten Ergebnis geführt hatte …

Die Frau am Empfang sah auf. »Kann ich Ihnen helfen?«

»Ja, ich bin Victoria Lake, und ich bin hier, um …« Die Worte ließen sie im Stich.

»Wir haben Sie erwartet. Nehmen Sie Platz, es wird gleich jemand bei Ihnen sein.«

Victoria nickte und sah sich nach zwei nebeneinanderliegenden Plätzen um. Sie hatte nicht das Gefühl, diese Situation unter Kontrolle zu haben. Zeit ihres Lebens war sie darauf trainiert worden, wie sie sich quasi in jeder erdenklichen Situation zu benehmen hatte, doch nun tat sich vor ihr eine klaffende Lücke auf, versehen mit der Bezeichnung »trauernde Witwe«. Sie wusste, dass es einst klar definierte Regeln gab, doch jetzt waren diese Regeln so klar wie das alte Glas im Gewächshaus.

»Atme, Tori.«

Sie wandte sich Seb zu. Er nahm ihre Hand und führte sie zu einem Sitzplatz. Wie lange hatte sie mitten im Raum gestanden? Sie setzte sich, während er zum Wasserkühler hinüberging. Ihr fiel auf, wie selbstbewusst er sich bewegte. Zweifelsohne erfüllte er heute die Rolle des besten Freundes, gab den Fels in der Brandung, der immer dann erschien, wenn es hart auf hart kam, den Mann der Stunde. Lächelnd kehrte er zu ihr zurück, zwei windige Plastikbecher in der Hand. Wann hatte er es zu derartiger Vollkommenheit gebracht? Er war bei Weitem nicht immer so gewesen. Als sie ihm das erste Mal begegnet war, war sein Gesicht voller Pickel gewesen, und seine Stimme schwankte zwischen Tenor und Bass.

»Trink das.« Er reichte ihr einen Becher.

»Danke.«

»Ich kann das für dich übernehmen.« Seine grauen Augen blickten so ernst, über seinen Brauen hatten sich tiefe Furchen eingegraben.

»Danke, aber ich muss das tun; das bin ich ihm schuldig.«

»Dem möchte ich nicht widersprechen, aber ich halte das nicht zwingend für deine Pflicht. Ich bin einer seiner zahlreichen Rechtsanwälte, weshalb ich befugt bin, dich zu vertreten.«

»Ich weiß.« Sie nahm einen Schluck von dem kühlen Wasser.

»Mrs. Victoria Lake?« Ein Mann mit einem Klemmbrett in der Hand trat an den Empfang.

Victoria stand auf. Alles in ihr war angespannt. Sie hatte das Gefühl, in Millionen Stücke zu bersten, gleich hier, auf dem nach Desinfektionsmittel riechenden Fußboden, sollte sie jemand berühren. Der Mann öffnete eine Tür. »Hier durch, bitte.«

Victoria fröstelte. Der dünne Seidenjersey ihres Wickelkleids war passend für einen Frühlingstag und nicht für die arktischen Temperaturen, die man brauchte, um einen Körper vor dem Verfall zu bewahren. Vor ihr auf einem Metalltisch lag eine massige Gestalt, mit einem Leintuch bedeckt. Sie erkannte ihren Ehemann, ohne dass es angehoben werden musste. Seit sie zwanzig war, hatte sie diesen Umriss unter der Bettdecke gesehen. Er hatte sich nicht viel verändert.

Der Mann legte sein Klemmbrett ab und trat an den Tisch. Sie folgte ihm mit bleiernen Beinen.

»Bevor ich das Laken entferne, muss ich Ihnen mitteilen, dass das Gesicht umfangreiche Verletzungen aufweist.«

Mit gerunzelter Stirn griff Victoria nach Sebs Hand, als das Laken zurückgezogen wurde. Charles' dünner werdendes Haar war blutverkrustet. Seine Nase war zerschnitten und gebrochen, seine vollen Lippen waren blutleer und übersät von Schnitten. Seine Haut wirkte merkwürdig aufgeschwemmt, die Falten, die normalerweise seine Stirn furchten, waren verschwunden.

»Ist das Ihr Ehemann, Charles Lake?«

Victoria biss sich auf die Unterlippe. War das Charles? Nein, das war nicht der Charles, den sie kannte. Seb drückte ihre Hand. »Ja, das ist Charles Lake, mein Ehemann.«

Der Mann zog das Laken wieder über Charles' Kopf. »Danke. Würden Sie bitte am Empfang die entsprechenden Formulare unterschreiben, damit der Leichnam zu gegebener Zeit überstellt werden kann?«

Das war's. Als sie durch den Flur zurück zum Parkplatz gingen, hielt Victoria noch immer Sebastians Hand umklammert. Das war nicht das Ende, das Charles verdient hatte. Er hätte es verdient gehabt, friedlich in seinem eigenen Bett zu sterben. Er hatte anderen Menschen so viel Unterstützung zuteilwerden lassen. Das Leben war alles andere als fair zu ihm gewesen.

Acht

Seb tigerte auf der Terrasse auf und ab und telefonierte, während Victoria ihnen beiden einen Whisky einschenkte. Schweigend waren sie durch den dichten Urlaubsverkehr zurückgefahren, Sebastian am Steuer. Sie war unterwegs eingenickt und erst aufgewacht, als sie an den Toren von Boscawen ankamen. Das Bild von Charles' zerschmettertem Gesicht war das Erste, was ihr vor Augen kam, als sie das Haus erblickte. Schaudernd griff sie nach ihrem Telefon, da ihr plötzlich einfiel, dass sie versprochen hatte, Adam eine SMS zu schicken, sobald sie wieder zu Hause war. Auch er hatte sich Sorgen wegen der Fahrt gemacht. Sam hatte zusammen mit ein paar Leuten vorm Torhaus gestanden, als sie in die Zufahrt eingebogen waren. Es sah aus, als wollten sie gerade Feierabend machen. Er hatte sich gut in die Gemeinschaft eingefügt. Anfangs hatte sie sich seinetwegen Gedanken gemacht, aber das war gar nicht nötig gewesen.

Bin zu Hause. Kuss V.

Sie drückte auf Senden, dann ging sie die eingegangenen Nachrichten durch. Es waren ziemlich viele, und in allen stand das Gleiche. Wie leid es ihnen tat und dass Charles viel zu früh aus dem Leben gerissen worden war. Eine Tragödie. Was es aus der Perspektive der anderen sicher, aus ihrer dagegen ganz bestimmt nicht war. Sie würde ihn auf ihre Weise vermissen, aber jetzt war sie frei, das zu tun, was sie wollte – und zwar in jeder Hinsicht. Lächelnd fuhr sie fort, durch ihre Nachrichten zu scrollen. Sie hatte erwartet, von der Baumschule Peter zu hören wegen einer Pflanze, nach der sie suchte. Nun, vielleicht hatte die Mitarbeiterin heute Morgen angerufen und ihr auf den Anrufbeantworter gesprochen.

Sie sah, dass mehrere Anrufe in Abwesenheit eingegangen waren, und dann blieb ihr plötzlich fast das Herz stehen. Der letzte Anruf, den sie getätigt hatte, hatte fast eine Stunde gedauert. Gestern Abend um achtzehn Uhr dreißig war sie mit Charles' Nummer verbunden worden, dabei hatte sie ihn doch gar nicht angerufen! Konnte ihn nicht angerufen haben, denn zu diesem Zeitpunkt war sie mit Adam im Schlafzimmer gewesen.

Sie sank auf einen Sessel. Irgendwie mussten sie während ihres Liebesspiels an die Tasten gekommen sein und die zuletzt angerufene Nummer angewählt haben – die von Charles. Du lieber Gott, er hatte sie gehört, seine Pläne geändert und sich auf den Weg nach Hause gemacht. Sie schloss die Augen und versuchte, sich vorzustellen, was er empfunden haben musste.

»Geht es dir gut, Tori? Du bist weiß wie ein Laken.« Seb trat durch die Terrassentür ins Wohnzimmer, steckte sein Handy in die Tasche und nahm den Drink, den sie ihm eingeschenkt hatte.

Sie richtete den Blick auf Sebastian. Mit Sicherheit hatte Charles ihnen nicht zugehört. Er würde einfach aufgelegt haben – obwohl, hätte er das getan, hätte das Telefonat nicht so lange gedauert. Was hatten Adam und sie gesagt? Wie ungeheuer grauenhaft für Charles. »Um wie viel Uhr hat Charles dich angerufen, um eure Verabredung abzusagen?«

»Das war gegen acht, glaube ich.« Er nahm ihr gegenüber Platz und seufzte. »Ich habe gerade eben einen Anruf von einem meiner Partner bekommen. Charles war gestern Abend bis nach zehn bei ihm und ist anschließend aufgebrochen. Er muss völlig erschöpft gewesen sein, gerade in Anbetracht seiner frühmorgendlichen Fahrt nach London. Sich so müde hinters Lenkrad zu setzen war glatter Selbstmord.« Sebastian ließ den Eiswürfel in seinem Glas kreisen. »Was hat er sich bloß dabei gedacht?«

Victorias Herz raste. Sie wusste genau, was er gedacht hatte – an sie und Adam. Wenn Charles jemals der Verdacht gekommen war, dass sie ihn betrog, dann hatte er es dank jenes Anrufs zweifelsfrei bestätigt bekommen.

»Tori, ist alles in Ordnung? Ich weiß, dass das ein ganz schöner Brocken ist.«

»Ach Sebastian, du hast ja keine Ahnung. Absolut keine Ahnung.«

Ihr Großvater saß schlafend in seinem Sessel, die Zeitung auf dem Schoß. Der Fernseher lief. Demi ging hinauf auf den Dachboden, wo sie Handyempfang hatte. Sie schaute zu, wie ihre E-Mails luden. Im Stillen betete sie, dass etwas Gutes darunter wäre – zum Beispiel ein Jobangebot oder vielleicht ein Lotteriegewinn. Obwohl sie natürlich erst einmal Lotto spielen müsste, um etwas zu gewinnen.

Als sie die Unterlagen ihrer Mutter durchgegangen war, hatte sie weder ihre Geburtsurkunde noch eine Heiratsurkunde gefunden, und nun kannte sie den Grund für Letzteres: Eine Heiratsurkunde hatte nie existiert, weil ihre Mutter nie verheiratet gewesen war. Ihre Geburtsurkunde dagegen musste irgendwo sein, zumindest beim Standesamt würde eine Kopie davon zu finden sein.

Sie tippte »Charles Lake« ins Suchfeld ein. Er hatte einen Eintrag bei Wikipedia, beeindruckend, angefangen bei der Liste von Schulen, die er besucht hatte, bis hin zu seinem Abschluss an der Durham University, außerdem schien er jede Menge Wohltätigkeitsarbeit zu leisten. Sie furchte die Brauen. Was war zwischen ihren Eltern passiert? Regen begann, aufs Dach zu trommeln. Demi schaute sich um und entdeckte mehrere schöne Möbel, darunter zwei alte Windsor-Stühle und eine Holztruhe. Sie passten nicht zum Rest der Möbel im Haus, lediglich zu dem Geschirrschrank in der Küche. Die Stücke zeugten von einer vergangenen Zeit in einem größeren Haus.

Ein »Ping!« kündigte den Eingang einer SMS an. Demi ließ die E-Mails weiter laden und las die Nachricht.

Hi, Demi. Hab deinen Anruf verpasst, sorry. Gib mir Bescheid, wenn du den Schlüssel noch brauchst. Sophie

Nun, es wäre durchaus möglich, dass sie Sophies Wohnungsschlüssel noch brauchen würde, sobald sie eine Entscheidung getroffen hätte, wie es weitergehen sollte, doch jetzt war erst einmal langes Wochenende, und das wollte sie mit ihrem Großvater verbringen. Seine Gedächtnisschwäche bereitete ihr Sorgen. Dank Matt hatte sie ihn in diesem Jahr nicht oft gesehen, daher wusste sie nicht, ob die Ausfälle erst kürzlich aufgetreten waren. Ihre Mutter hätte es gewusst. Sie rieb sich die Schläfen und versuchte sich zu erinnern, ob Morwenna diesbezüglich etwas erwähnt hatte. Es war seltsam, wenn ihr Großvater sie »Wenna« nannte. Er hatte das noch nie zuvor getan, und sie sah ihrer Mutter nicht einmal ähnlich.

Sie wandte sich ihren E-Mails zu. Ihr Herz blieb stehen, als sie Matts Namen entdeckte. Gleich darunter stand der von Ms. Jones, der Personalchefin. Ihr Finger schwankte zwischen diesen beiden Nachrichten hin und her. Sie wusste, dass darin Dinge stünden, die sie lieber nicht sehen wollte. Sie öffnete die, bei der sie noch ein Fünkchen Hoffnung verspürte, und fing an zu lesen.

Liebe Demi,
vielen Dank für Ihre E-Mail. Wir werden Ihre Unterlagen auf jeden Fall in unseren Akten behalten.

Obwohl es schmerzte, diese Worte zu lesen, waren sie keine wirkliche Überraschung. Bottel & Lampart würde ihr keinen Job anbieten. Morgen würde sie sich ernsthaft auf Arbeitssuche begeben.

Ihr Finger schwebte über Matts E-Mail. Sie wollte sie nicht lesen, aber es blieb ihr nichts anderes übrig.

Demi,
ich habe keine Ahnung, warum du so ausflippst. Du weißt, worauf ich stehe, und du bist einfach nur prüde, um nicht zu sagen frigide. Werde endlich erwachsen! Ich dachte, der Tod deiner Mutter hätte dazu beigetragen, aber das war offensichtlich ein Irrtum.

Ich habe deine Sachen zusammengepackt. Ich wollte schon alles in einen Second-Hand-Laden bringen, aber du hast dich gerade noch rechtzeitig gemeldet. Ich behalte dein Zeug genau eine Woche, aber keinen Tag länger. Gib mir innerhalb von vierundzwanzig Stunden Bescheid, wann du den Kram abholen willst.

Matt

Demi fing an zu zittern; sie konnte seinen Zorn förmlich spüren. Nichts, was in der E-Mail stand, überraschte sie, dennoch hatte sie unterschwellig gehofft, dass er sich für seinen Verrat entschuldigen würde, dafür dass er einen so großen Vertrauensbruch begangen hatte und noch vieles mehr. Aber das hatte er nicht getan.

Demi wandte sich von den Dachbodenfenstern ab und setzte sich im Schneidersitz auf den Holzboden. Staub wirbelte um sie herum auf. Sie nieste. Was zum Teufel sollte sie tun? Sie scrollte durch die anderen E-Mails, ob ein Schreiben von der Versicherungsgesellschaft oder dem Vermögensanwalt eingegangen war. Ohne Geld saß sie in der Falle. Kommende Woche müsste sie irgendwie nach London gelangen. Leider sah sie keine andere Möglichkeit, als sich noch einmal Geld von ihrem Großvater zu leihen. Sie hasste das, aber sie musste ihre Sachen abholen. Unbedingt. Sie brauchte ihr Portfolio. Ohne würde sie sich nicht um eine »ordentliche« Stelle bewerben können. Irgendwie biss sich die Katze in den Schwanz – alles drehte sich um Geld beziehungsweise kein Geld und ihre eigene Dummheit.

Demi köpfte ihr gekochtes Ei. Sie konnte sich nicht daran erinnern, wann sie das letzte Mal derart geregelte Mahlzeiten zu sich genommen hatte. Aß ihr Großvater immer so, oder tat er das bloß ihr zuliebe? Als sie gestern Abend nach unten gekommen war, war er in seinem Sessel eingeschlafen. Sie hatte ihn auf die Stirn geküsst und war zu Bett gegangen, nachdem sie eine Häkeldecke über ihn gebreitet hatte. Sie fragte sich, ob er die ganze Nacht in dem Sessel verbracht hatte, aber er sah heute früh frisch aus, mit Sicherheit besser als sie selbst. Sie hatte dunkle Ringe unter den Augen, nachdem sie sich die ganze Nacht schlaflos im Bett gewälzt und darüber nachgedacht hatte, was sie tun sollte.

»Noch etwas Tee?« Ihr Großvater hielt die Kanne hoch.

»Ja, bitte.« Sie sah sich in der Küche um. Es würde Spaß machen, das Haus ihres Großvaters neu zu gestalten. Sie war sich sicher, dass er seine Umgebung nicht einmal bewusst wahrnahm, solange alles sauber war und funktionierte. Nach dem Frühstück wollte sie ein paar Blumen schneiden und sie ins Wohnzimmer stellen, was dieses mit Sicherheit ein wenig freundlicher machen würde. An und für sich war der Raum gut geschnitten, aber die dunklen Wände und das Mobiliar ließen ihn nicht wirklich zur Geltung kommen.

»Du siehst so aus, als würdest du dir Sorgen machen.«

Sie sah ihm in die Augen und überlegte, ob sie ihm etwas vormachen sollte. »Das tue ich auch.«

»Geteilte Sorgen sind halbe Sorgen.«

»Mag sein.«

Er reichte ihr eine weitere Scheibe Toast. Sie schaute auf seine knorrigen Finger und hätte sie am liebsten gezeichnet. Wie gerne hätte sie sich eine Weile in diese kreative Aufgabe vertieft!

»Ich mache mir Sorgen ums Geld. Ich mache mir Sorgen, weil ich keinen Job habe, und ich mache mir Sorgen …« Demi verstummte. Sie machte sich Sorgen, was Matt mit diesem Video anstellen würde.

»Ich war immer der Meinung, du hättest Kunst im Hauptfach studieren sollen, nicht Architektur.«

»Auch darin waren Mum und du unterschiedlicher Meinung. Sie war der Ansicht, ich würde etwas Handfestes brauchen.«

Er köpfte sein zweites Frühstücksei. »Sie hatte sicher nicht Unrecht, trotzdem hättest du Kunst studieren und

Lehrerin werden können, dann hättest du etwas Handfestes erlernt und etwas, dem deine Leidenschaft gilt.«

»Ich glaube nicht, dass sie dir zugestimmt hätte.«

»Sie hat bloß versucht, dich zu schützen, wollte sichergehen, dass du dich auf eigene Faust durchschlagen kannst.«

»Ich verstehe nicht …«

»Deine Mutter wollte immer mehr. In der Schule war sie stets die Beste.«

Demi sah die Mutter vor Augen, die sie gekannt hatte. Dass sie mehr gewollt hatte, passte nicht in ihr Bild. Ihr fielen die Kostüme und Hosenanzüge ein, die sie in den Second-Hand-Shop gebracht hatte und die bestimmt einmal teuer gewesen, inzwischen aber ziemlich alt waren. »Und warum hat sie sich so verändert?«, fragte Demi, aber sie wusste bereits, was kommen würde.

»Deinetwegen. Wegen des Skandals, den sie vielleicht heraufbeschworen hätte.«

»Welcher Skandal? Wir reden doch nicht über die Fünfziger! Ich bin in den Neunzigerjahren zur Welt gekommen!«

»Es gibt immer einen Skandal, wenn es um Ehebruch geht.«

Demis Protest erstickte. Er hatte Recht, natürlich. Ihr Vater war verheiratet. Sie bemühte sich noch immer, die Tatsache zu verdauen, dass ihr Vater am Leben war und ganz in der Nähe wohnte. Sie könnte ihm in Falmouth jederzeit begegnen. Würde sie ihn erkennen? Ja. Sie müsste nur nach einer männlichen Version ihrer selbst Ausschau halten.

Auch er würde sie erkennen, ganz bestimmt. Er hatte sie auf der Beerdigung gesehen. Sie spielte mit den Eierschalenstückchen auf ihrem Teller. Er war zum Begräbnis gekommen, aber er hatte nicht mit ihr geredet. Im Kopf ging sie die Zeremonie noch einmal durch, doch sie hatte ihn nur gesehen, als sie die Kirche verlassen hatte. Er hatte sie angeschaut. Warum hatte er sie nicht angesprochen? Egal, wie sehr sie sich bemühte, die Puzzleteile ließen sich einfach nicht zusammenfügen.

»Genug von deiner Mutter. Wie kann ich dir helfen? Ich kann dir noch etwas Geld geben, wenn es das ist, was du brauchst, und natürlich ein Zuhause.« Er runzelte die Stirn. »Obwohl das mit dem Zuhause vielleicht nicht mehr lange zutreffen wird. Leider.«

»Warum nicht?«

»In Anbetracht meiner Hüfte, der Treppen und verschiedener anderer Dinge werde ich wohl in ein Pflegeheim gehen müssen. Ich weiß nur noch nicht genau, wann.«

»Verstehe.« Sie trug ihren Teller zur Spüle, dann ging sie vor ihrem Großvater in die Hocke. »Danke für das Angebot. Ende nächster Woche sollte mein letztes Praktikumsgehalt auf dem Konto sein. Ich werde dir alles zurückbezahlen, ganz bestimmt.« Sie holte tief Luft. »Egal, was kommt, als Erstes muss ich nach London fahren und meine Sachen von meinem Ex abholen. Deshalb muss ich mir tatsächlich noch einmal Geld von dir leihen.«

»Möchtest du darüber reden?«

Sie ließ sich auf den Stuhl ihm gegenüber sinken. »Nein, solange es nicht unbedingt sein muss.«

»Ich würde dich niemals zwingen, dass du dich mir anvertraust, aber denk daran: Nichts ist so schlimm, wie es auf den ersten Blick scheint.«

Demi lächelte ihn an und wünschte sich inständig, er hätte Recht, aber sie konnte dieser Situation einfach nichts Positives abgewinnen.

Victoria ging in die Küche und blieb stehen, als sie Sebastian dort sitzen und an seinem Laptop arbeiten sah. Er trug einen grauen Kaschmirpulli über einem weißen Shirt, Bartstoppeln in Salz- und Pfeffertönen bedeckten sein Kinn, und sein Haar sah aus, als wäre er wiederholt mit den Fingern hindurchgefahren – kurz: Er sah verdammt gut aus.

»Guten Morgen«, grüßte Victoria und ging zur Anrichte.

»Fürwahr.« Er klappte den Deckel seines Laptops herunter und stand auf. Wohldefinierte Muskeln zeichneten sich unter dem weichen Garn ab, und plötzlich fragte sie sich, ob er viel für seine Fitness tat oder ob das einfach in seinen Genen lag.

»Bist du schon länger auf?« Sie bemerkte die leere Cafetière auf der Anrichte.

»Ja. Mein Handy hatte auf wundersame Weise Empfang und hat mir gegen vier lautstark den Eingang von E-Mails verkündet.«

Victoria lachte. »Noch Kaffee?«

»Unbedingt.«

Aus dem Augenwinkel sah sie, wie er seinen Computer in den Aktenkoffer steckte, zusammen mit einem Block, auf dem er sich Notizen gemacht hatte. Er blickte unbehaglich drein, als hätte sie ihn bei etwas Unanständigem ertappt. Victoria lächelte. Bis Charles in den Ruhestand gegangen war, war er immer frühmorgens aufgestanden und hatte oft bis spät in die Nacht hinein gearbeitet, doch bei Sebastian hatte sie diese Arbeitsbesessenheit bislang nicht bemerkt. Er hatte nie Arbeit mitgebracht, wenn er in den vergangenen Jahren für ein langes Wochenende zu ihnen zu Besuch gekommen war. Aber jetzt war er hier als Freund und als Verwalter von Charles' Nachlass – des

Nachlasses, der nun ihr gehörte. Sie füllte die Cafetière und fing an, im Geiste Pläne zu schmieden, welche zusätzlichen Hilfskräfte sie für die Gartenarbeit engagieren würde.

»Wie geht es dir heute Morgen?« Sebastian ging zu ihr hinüber.

Sie lachte trocken. »Ich habe schon besser geschlafen. Die ganze Nacht dachte ich, ich würde das Telefon läuten hören. Ich habe sämtliche Gespräche von gestern Abend noch einmal geführt!«

Er berührte ihre Finger, als sie ihm eine Tasse reichte. »Es tut mir so leid.«

»Ach, Sebastian, das muss es nicht. Wir beide wissen, dass die Dinge zwischen Charles und mir schon lange nicht mehr gut standen.« Sie blies auf ihren heißen Kaffee und sah, wie sich die Oberfläche kräuselte. »Wenn sie das überhaupt je taten. Dennoch waren wir eine ungeheuer lange Zeit zusammen.«

Er trat einen Schritt von ihr weg. Er wusste all das, weshalb hatte sie es dann überhaupt gesagt?

»Ich dachte, ich gehe mit deinem Einverständnis Charles' Arbeitszimmer durch und sortiere die Unterlagen.«

»Selbstverständlich.« Sie drehte sich zu ihm um. »Hör mal, Seb, ich weiß, dass ich ein Biest bin und Charles nicht verdient hatte, aber ich habe ihn auf meine Weise geliebt.«

Er sah sie an, als könnte er direkt in ihr Herz blicken, weshalb sie sich schnell wieder abwandte. Es war so vieles darin, das sie niemanden sehen lassen wollte.

»Tori, er hat dich mehr geliebt, als du ahnst.«

Sie wandte sich ihm zu und sah, wie ein Schatten über seine Augen fiel. Er verbarg etwas. Dessen war sie sich sicher. Sie hätte zu gerne gewusst, was. Einst hatte sie seinen Gesichtsausdruck lesen können wie die Schlagzeilen einer Zeitung, aber jetzt, nach jahrelanger Tätigkeit als Anwalt, hatte auch er gelernt, sich ein Pokerface zuzulegen. Im Moment blickten seine grauen Augen ernst. Der Schalk, der für gewöhnlich darin tanzte, war völlig verschwunden, doch das überraschte sie nicht. Sein bester Freund hatte sich umgebracht, als er zurück nach Cornwall gefahren war, um seine treulose Ehefrau zur Rede zu stellen. Obwohl Sebastian nicht die ganze Geschichte kannte, denn die kannte nur sie.

Ein Tablett in den Händen, lehnte sich Victoria gegen den Rahmen der Arbeitszimmertür. Seb telefonierte.

»Ja, ich werde am Dienstag wieder in London sein. Tun Sie, was nötig ist, aber bitte diskret.« Er legte den Hörer auf.

»Diskret? Wie interessant.« Sie lächelte. »Komm, lass uns die Sandwiches im Garten verspeisen. Es ist eine Schande, an einem so herrlichen Frühlingstag in einem finsteren Arbeitszimmer zu hocken.«

Er stand auf, und als sie sicher war, dass er ihr folgen würde, stieß sie sich vom Türrahmen ab und ging quer durchs Wohnzimmer zur Terrasse. Die Glyzinie war in den vergangenen Tagen zu voller Pracht erblüht, und als sie darunter trat, umflutete sie der süße Duft, betörend und glückversprechend. Wenn sie nur an das Glück glauben würde! Dafür war sie im Grunde ein viel zu praktisch veranlagter Mensch. Das Leben war ein Kompromiss, wie sie schon früh erfahren hatte.

Sie stellte das Tablett ab, dann setzte sie ihre Sonnenbrille auf. Es konnte kaum einen schöneren Tag geben als diesen. Es war eine Schande, dass sie nachher ins Haus zurückkehren und sich um die Beerdigung kümmern müsste. Das Begräbnis würde in London stattfinden. Das wäre sehr viel einfacher in Anbetracht der Vielzahl von Leuten, die daran teilnehmen würden, da Charles und sie den Großteil ihres Lebens in der Stadt verbracht hatten. Victoria seufzte. Nun, früher oder später würde sie dorthin fahren müssen, um Charles' möbliertes Apartment aufzulösen. Der Mietvertrag musste gekündigt, seine persönlichen Habseligkeiten entsorgt werden. Ein Second-Hand-Laden würde sich sicher sehr über eine Spende dieser Größenordnung freuen, denn Charles war eine wahre Modepuppe gewesen.

»Ist es nicht herrlich?«, fragte sie, als Sebastian sich zu ihr gesellte und sie gemeinsam den Garten betrachteten. Aus der Ferne drang das Brummen eines Rasenmähers zu ihnen herüber. »Sobald alles geregelt ist, werde ich als Erstes weitere Kräfte für den Garten einstellen.«

Sebastian schwieg, die Brauen gefurcht. »Bedeutet dir das immer noch so viel, Tori?«

Mit zusammengekniffenen Augen betrachtete sie sein Gesicht, auf der Suche nach einem Hinweis, warum er diese Frage gestellt hatte. Sie fand keinen. »Ja, es hat mir von jeher viel bedeutet, und das wird immer so bleiben.«

»Es ist genau wie alles andere – vergänglich.« Er zuckte die Achseln.

»Es ist beständiger als alles andere. Das Haus steht schon seit Hunderten von Jahren an dieser Stelle.«

»Willst du wirklich deine ganze Zeit und Energie dafür opfern?« Sein Blick schweifte über die ausgedehnten Rasenflächen vor ihnen in die Ferne, wo die Felder begannen.

Victorias Brust schnürte sich zusammen. Sie riss sich vom Garten los und wandte sich Sebastian zu. »Was habe ich denn sonst noch?«

»Tori, du bist erst sechzig. Du könntest dich verlieben oder dein Talent und deine Kraft in ein Wohltätigkeitsprojekt stecken.«

»Pah!« Sie setzte sich an den Tisch, auf dem die Sandwiches warteten. »Ich liebe dieses Haus und den Garten. Sie brauchen mich.«

Er setzte sich ebenfalls. »Stein und Grünzeug, mehr ist das nicht – dabei hast du so viel zu geben.«

Sie lachte. »Ich liebe es, dass du selbst nach all dieser Zeit denkst, ich hätte irgendetwas zu geben. Gerade du solltest doch ausschließlich das Schlechteste von mir denken.«

»Das habe ich nie getan, und das werde ich auch niemals tun.«

»Das klingt ja fast wie eine Herausforderung. Ich liebe Herausforderungen. Wie oft kann ich dich wohl noch enttäuschen?« Sie machte eine Pause, dann fuhr sie fort: »Ich scheine mir noch mehr Mühe damit geben zu müssen.« Sie lachte traurig. »Lass uns etwas essen, und anschließend überlegen wir uns einen Tag für die Beerdigung.«

»Nun sei doch nicht so. Ich weiß, wer du wirklich bist, selbst wenn du das vor allen anderen verbirgst.«

Sie seufzte. »Sebastian, das Mädchen, das du kanntest, gibt es schon lange nicht mehr.«

Neun

Über eine Woche war seit jenem grauenvollen Tag vergangen, und jetzt stand Demi wieder auf dem Gehsteig vor Matts Wohnung. Sie holte tief Luft, wohlwissend, dass sie hiervor nicht davonlaufen konnte, dass sie stark sein musste. In ein paar Minuten würde er da sein. Sie hatte noch einen Schlüssel, sodass sie eigentlich hätte hineingehen und wieder verschwinden können, bevor er eintraf, aber er hatte klar und deutlich gesagt, dass er mit ihr reden wollte, auch wenn ihr so gar nicht der Sinn danach stand.

Sie warf einen Blick auf ihr Handydisplay, und ihr fiel ein, dass sie Sophie eine SMS schicken musste, dass sie über Nacht bei ihr blieb. Als sie am Bahnhof Paddington angekommen war, hatte sie kurz mit ihrem Großvater telefoniert. Gott sei Dank war er am Telefon nie sehr gesprächig. Eine Taube trippelte auf sie zu, und sie sah das opalene Schimmern des Sonnenlichts, das sich in ihrem Gefieder fing.

»Demi.«

Matts Stimme ließ sie herumwirbeln. Ihre Hände zitterten. Sei vernünftig. Bleib ruhig. Lass dich nicht von ihm manipulieren, betete sie sich vor wie ein Mantra.

»Matt.« Ihre Haut fing an zu kribbeln. Wie hatte sie bloß glauben können, sie würde ihn lieben?

»Du hast gewartet.«

»Du hattest mich darum gebeten.« Sie sah ihm kurz in

die Augen, dann wandte sie den Blick ab. Sie wollte gar nicht wissen, was er dachte.

»Ich habe dich um viele Dinge gebeten, die du nicht getan hast.« Er stand vor ihr, die Arme verschränkt, die Beine weit gespreizt, bereit, einen Streit vom Zaun zu brechen.

»Lass uns nicht davon anfangen, Matt.«

Er trat dicht vor sie, und sie musste sich alle Mühe geben, nicht zurückzuweichen. Sie konnte stark sein. Als sie sich nicht vom Fleck rührte, ging er die Treppe hinauf. Sie folgte ihm, wobei sie sich immer wieder vorsagte, dass sie nicht sein Fußabstreifer war. Er war ein manipulativer Scheißkerl, der ihr Vertrauen aufs Gröbste missbraucht hatte.

In der Wohnung angekommen ließ Matt seine Computertasche aufs Sofa fallen. »Wir müssen reden.«

»Ach ja?« Demi blieb abwartend stehen. Das konnte vieles bedeuten, doch für gewöhnlich hieß es nur, dass er all seine Überredungskünste einsetzen würde, um sie dazu zu bringen, ihre Meinung zu ändern.

»Ja. Das müssen wir. Du bist ja völlig von der Rolle.«

»Ich?« Demi hörte ihre piepsige Stimme und zuckte innerlich zusammen. Das würde Matt verraten, wie verletzlich sie war, und dabei kannte er nicht mal die halbe Wahrheit. Was hätte ihr ihre Mutter in dieser Situation geraten? Ergreif die Initiative. Jetzt kam es darauf an, entschlossen aufzutreten. »Du bist derjenige, der eine Grenze überschritten hat. Uns zu filmen – mich zu filmen –, und das ohne mein Einverständnis!« Obwohl sie sich alle Mühe gab, schrillte ihre Stimme immer mehr in die Höhe. »Das ist einfach nicht richtig.«

»Nein, das stimmt nicht, und genau das habe ich dir zu zeigen versucht.«

»Du hast uns gefilmt.« Ihr Magen grummelte voller Unbehagen. »Du hast uns gefilmt, obwohl ich Nein dazu gesagt hatte.«

»Du hättest eben einverstanden sein sollen. Du bist so bieder, fast frigide.«

»Ich und frigide? Nun, so sehe ich auf deinem Fünfzig-Zoll-Fernseher aber gar nicht aus. Im Gegenteil. Wie konntest du nur?«

»Weil ich dich liebe, und weil mich das anmacht.«

Sie schüttelte den Kopf. »Warum? Warum musst du auf einen Flachbildschirm schauen, wenn ich in 3D neben dir stehe?« Ihr Gesicht glühte. »Das, was du für sexy hältst, ist so verzerrt von dem, was dir der Fernseher vorgibt, dass du uns zu einem Teil davon machen willst.«

»Nein, darum geht es mir nicht. Du hast solche Komplexe wegen deines Körpers, dass du dich nicht mal mir nackt zeigen willst. Ich musste dir zeigen, wie schön du bist.«

»Ich hatte Angst, mich dir nackt zu zeigen, weil du mir ein unbehagliches Gefühl vermittelt hast. Du warst auf Teile von mir fixiert und nicht auf mich als Ganzes.«

»Ich liebe dich.« Er ließ sich aufs Sofa fallen.

»Das tust du nicht.« Sie zitterte. »Du liebst den Entwurf, den du dir von mir gemacht hast, aber das bin ich nicht. Wenn du dachtest, ich wäre jemals einverstanden mit dem, was du getan hast, dann kanntest du mich nicht einmal ansatzweise.« Wie konnte sie nur zwei Jahre mit ihm zusammen gewesen sein, mit ihm geschlafen und sogar erwogen haben, ihn zu heiraten? Er hatte nie ihr wahres Ich gesehen, was umgekehrt genauso zutraf: Auch sie hatte sein wahres Ich nicht erkannt. Er hatte ihren Körper geliebt, zumindest Teile davon. Was sie geliebt hatte, war ihre Vorstellung von ihm …

»Ich will, dass du das Video löschst.« Sie sah ihn fest an, ohne zu blinzeln.

»Ich wusste, dass du das verlangen würdest. Gönnst du mir denn kein einziges Andenken? Noch besser allerdings wäre, du würdest deine Meinung ändern und bleiben.« Er machte einen Schritt auf sie zu.

Sie erstarrte. Irgendwie wäre es so einfach zu bleiben. Für den Augenblick würde das all ihre Probleme lösen. Er wirkte aufgeregt, fast begeistert. Demis Magen drehte sich um, als sie feststellte, wohin sein Blick wirklich gerichtet war: nicht auf ihr Gesicht, sondern auf ihre Brust. Das hier lief völlig falsch. Er umfasste ihr Handgelenk, und sie spürte, wie Panik in ihr aufstieg. Sie entwand sich seinem Griff und sagte zitternd: »Lösch das Video und alle anderen, die du vermutlich gemacht hast, ebenfalls.« Damit ging sie um ihn herum zu seiner Computertasche, die neben ihm auf dem Sofa lag.

»Okay, okay, ich mach's ja.« Er nahm den Laptop heraus und klappte ihn auf. Das Hintergrundbild, das sie im Bikini zeigte, kam ihr plötzlich schmutzig vor. Warum hatte sie zuvor nie bemerkt, wie sehr er sie zum reinen Objekt degradierte? Er hatte ihr den Bikini geschenkt und ihr so lange zugesetzt, bis sie ihn für ihn trug. Sie sah zu, wie er sein Passwort eintippte und dann die Videos aufrief. Je mehr sie darüber nachdachte, desto schrecklicher fand sie es, dass er so etwas auf seinem Computer hatte, den er auch für die Arbeit benutzte. Dort war es alles andere als privat.

Er klickte den entsprechenden Ordner an. »Schau doch mal, dann siehst du, was ich meine.«

»Nein.« Sie schauderte. »Ist das das einzige?«

»Ja. Ich hatte mir das neue Handy erst einen Tag vorher besorgt.«

Demi hatte den Abend lebhaft vor Augen. Er hatte Champagner gekauft und ein wundervolles Essen zubereitet. Er hatte ihr eine Falle gestellt. Sie hatte geglaubt, er hätte ihr nach dem Verlust ihrer Mum etwas Gutes tun wollen, aber nein. Der Champagner war dazu gedacht gewesen, ihre Hemmschwelle zu senken. Sie krümmte sich innerlich. Sie hatte ihm nie vollends vertraut, hatte tief im Herzen gewusst, dass sie bei ihm nie wirklich sie selbst sein könnte – warum sonst hatte sie ihre Freunde außen vor gelassen, ihre Mutter? –, auch wenn sie selbst nicht genau sagen konnte, warum.

»Lösch es, jetzt.«

Er drückte auf Löschen und sah zu ihr auf, als wollte er sagen: So, jetzt hast du, was du wolltest.

»Und jetzt leer den Papierkorb.«

»Du vertraust mir nicht.«

Sie ballte die Hände zu Fäusten und stemmte sie in die Hüften. »Nein.«

Er leerte den Papierkorb.

»Und jetzt fahr den Computer neu hoch.« Sie hatte sich über die notwendigen technischen Schritte genau informiert. Auch wenn sie wusste, dass das Video für immer irgendwo auf der Festplatte wäre, würde es doch ein ziemlicher Aufwand sein, es wiederherzustellen, und so firm in solchen Dingen war er nun auch wieder nicht.

»Ernsthaft?«

»Ich habe nie etwas ernster gemeint.«

»Demi ...«

»Tu's einfach!«

Er tat es. Das war ja beinahe zu einfach, dachte sie. »Jetzt dein Handy.«

»Ach komm schon, warum sollte ich das Video auf meinem Handy lassen?«

»Weil du es damit aufgenommen hast? Hast du es sonst noch irgendwo hochgeladen?« Bei der Vorstellung fing ihr Herz an zu rasen.

»Nein!«

Sie glaubte ihm. In seinem Job konnte er es sich nicht leisten, öffentlich seine Kehrseite zur Schau zu stellen. Allerdings hatte er die Aufnahmen bestimmt gesichert, weshalb sie nun an seinen Schreibtisch trat und einen USB-Stick und die externe Festplatte aus der Schublade nahm. Vielleicht war er noch nicht dazu gekommen, die Daten darauf zu kopieren, aber sie musste auf Nummer sicher gehen. Währenddessen machte er sich an seinem Handy zu schaffen. Nachdem er das Passwort eingegeben hatte, nahm sie es ihm aus den Händen, hatte den Film binnen Sekunden gefunden und gelöscht.

»So hast du dich ja noch nie aufgeführt.«

»Ich habe mich auch noch nie so aufführen müssen.« Sie reichte ihm das Handy und anschließend die Festplatte. Sobald auch das erledigt war, würde sie ihre Sachen packen, ein Taxi rufen und zusehen, dass sie von hier wegkam.

Victoria stellte Koffer und Kleidertasche neben der Hintertür ab. Der Tag war bewölkt, ansonsten aber schön. Das würde die Fahrt leichter machen. Drei Wochen waren seit Charles' Tod vergangen, und sie hatte mit ihrem Aufbruch nach London bis zur allerletzten Minute gewartet. Morgen würde das Begräbnis stattfinden. Es hatte alles sehr viel länger gedauert, als sie erwartet hatte, erst die gerichtsmedizinische Untersuchung, dann die Organisation der Beerdigung, an der so viele Leute teilnehmen wollten, obwohl sie so viel wie möglich delegiert hatte.

Sie strich mit dem Finger über die Gartenpläne auf dem

Küchentisch. Es wurde Zeit, dass sie die Beerdigung endlich hinter sich brachte, damit sie sich voll und ganz ihren Herzensangelegenheiten widmen konnte.

»Alles bereit?« Sam kam zur Küchentür herein.

»Ja, danke.«

»Ich werde dafür sorgen, dass hier alles läuft. Fühlen Sie sich nicht unter Druck gesetzt, so schnell wie möglich wieder hier zu sein.«

Victoria lächelte. »Ich hasse es grundsätzlich, von meinem Garten getrennt zu sein, aber dies ist wirklich ein denkbar ungünstiger Zeitpunkt.«

»Ich könnte Ihnen Fotos schicken.«

Sie lachte leise. »Das ist allerdings nicht dasselbe wie der echte Garten, stimmt's?«

»Ganz und gar nicht, aber wenn Sie den echten Garten nicht haben können, ist es vielleicht besser als nichts.« Sie sah, wie er auf das Bestellformular blickte. »Ich dachte, ich hätte Ihnen zu verschiedenen Apfelsorten geraten.«

»Das haben Sie, aber ich bin der Ansicht, dass Sie falsch liegen.«

Sam steckte die Hände in die Hosentaschen. »Hören Sie, Mrs. Lake, ich weiß, dass Sie den Garten so wiederherstellen möchten, wie er früher war, dennoch sollten Sie das dringend aus einer anderen Perspektive betrachten.«

Sie wollte ihm ins Wort fallen, doch er fuhr bereits fort. »Dieses Anwesen hat einst beinahe hundert Menschen beherbergt und ernährt. Im Augenblick gibt es hier allerdings nur uns zwei. Sollten Sie also nicht vorhaben, auf Boscawen Apfelwein umzustellen oder etwas Entsprechendes, müssen Sie unbedingt noch einmal über die Obstbäume nachdenken, vor allem über eine größere Vielfalt.« Er lehnte sich gegen den alten Herd. »Im Augenblick besitzen Sie fünf Obstwiesen, grob geschätzt zwanzig Hektar, allerdings nicht in bestem Zustand. Im letzten Jahr ist ein Großteil der Ernte einfach zu Boden gefallen. Die Bäume tragen fast alle gleichzeitig. Wenn Sie ein paar neue Sorten einführen würden, selbst andere einheimische Bäume, wäre allein das eine große Hilfe.« Er deutete auf das Formular. »Die Mehrheit der Obstwiese besteht bereits aus Cornish Giant und Cornish Gillyflower, hervorragende Sorten, doch mit einer größeren Vielfalt würde sich die Ernte besser verteilen. Trotzdem komme ich nicht umhin, mich zu fragen: Wozu um alles auf der Welt brauchen Sie eine ganze Obstplantage?«

Victoria richtete sich zu voller Größe auf. Sosehr er mit seinen Einwänden Recht hatte – sie würde nicht auf ihn hören. Das hier waren ihr Garten und ihr Geld. Sie würde den Garten, den ihre Urgroßmutter geschaffen und ihre Großmutter geliebt hatte, genauso wiederherstellen, wie er einst gewesen war.

»Überlegen Sie gut, bevor Sie eine Entscheidung treffen. Die Erntezeit auszudehnen ist eine gute Sache. Neue Sorten stärken die bereits bestehenden Bäume. Es ist immer besser, für Artenvielfalt zu sorgen, anstatt auf Monokultur zu setzen. Außerdem ist es gut für die Bienen, die wir zur Bestäubung brauchen.«

Victoria warf einen Blick auf ihre Armbanduhr. »Und was schlagen Sie vor?«

»Ordern Sie nur die Hälfte der Bestellung und fügen Sie stattdessen andere Sorten hinzu. Sie haben keine Vorstellung, welche Mengen an Äpfeln Sie produzieren, wenn Sie so viele Bäume pflanzen, zumal Sie nicht einmal die nutzen, die Sie schon haben.«

»Ich möchte den Garten so, wie er früher war«, beharrte sie.

»Gärten verändern sich, Mrs. Lake. Wären Ihre Vorfahren heute hier, würden sie zweifelsohne neue Sorten einführen. Schauen Sie sich nur einmal all die Arten an, die Ihre Urgroßmutter gepflanzt hat – viele davon stammen nicht einmal aus diesem Land, ganz zu schweigen von dem ursprünglichen Garten! Mrs. Tregan war eine große Pflanzenkennerin und Wegbereiterin.«

Victoria schürzte die Lippen. Seltsam, dass er das wusste, aber vielleicht hatte er das dem entnommen, was vom ursprünglichen Garten überlebt hatte. »Sie haben Recht. Sobald ich zurück bin, werde ich mir das noch einmal in Ruhe durch den Kopf gehen lassen.«

»Danke, dass Sie mir zugehört haben. Die alten Bäume sind gut, aber die neuen haben sehr viel zu bieten. Außerdem denke ich, Sie sollten noch ein paar Birnbäume pflanzen.«

»Walnussbaum und Birnenstamm pflanzt man für die Erben an«, murmelte sie leise. An diese Redewendung hatte sie schon seit Jahren nicht mehr gedacht. Ihre Urgroßmutter hatte sie oft zitiert, wenn sie durch die Obstgärten spaziert waren. »Sie wissen weniger über den Gartenbau als ich, Sam.« Victoria sah ihn durchdringend an. Er senkte den Blick auf die Pläne, die ausgebreitet auf dem Küchentisch lagen. »Wir sehen uns in ein paar Tagen. Rufen Sie mich an, falls Sie mich brauchen.«

»Es wird schon alles laufen«, versicherte er ihr und schaute auf. »Es tut mir so leid wegen Mr. Lake. Er war ein guter Mann.«

»Danke.« Victoria griff schon nach den Wagenschlüsseln, als ihr noch etwas einfiel. »Und Sam, versprechen Sie mir bitte, dass Sie die Holunderbäume nicht schneiden, ohne sie zuvor um ihre Erlaubnis gebeten zu haben.«

Er legte die Stirn in Falten. »Daran glauben Sie doch nicht wirklich, oder?«

Sie seufzte. »Einst habe ich das für einen Aberglauben gehalten, aber zweimal in meinem Leben habe ich nun schon erlebt, was passiert, wenn man ihre Erlaubnis nicht einholt.« Sie schaute aus dem Fenster. Die Auseinandersetzung, die sie mit Perrys Frau Julia geführt hatte, kam ihr in den Sinn. Victoria hatte lediglich versucht, das Wissen weiterzureichen, das Edith und Gladys ihr vermittelt hatten. »Beide Male kam ein Mensch bei einem Autounfall ums Leben. Für meinen Geschmack ist das ein etwas zu großer Zufall.«

Er warf ihr einen verstohlenen Seitenblick zu, doch Victoria wusste, dass sie nicht verrückt war. Außerdem wusste sie, dass sie selbst diejenige war, die die Schuld an Charles' Tod trug, wenn man denn überhaupt von Schuld sprechen konnte. Trotzdem ging ihr das Ganze an die Nieren.

»Ich verspreche Ihnen, den Holunder nicht anzurühren, wenn Sie das glücklich macht, dennoch glaube ich nicht, dass Bäume auf irgendeine Art und Weise böse sein können.«

»Dem stimme ich zu, trotzdem ist das beim Holunder eine heikle Sache.« Sie erinnerte die Warnungen ihrer Großmutter Gladys und wie ihre Urgroßmutter ihr beigepflichtet hatte.

»Kommen Sie gut an.« Er lächelte.

Sie nahm ihr Gepäck und das Bestellformular. »Das habe ich vor. Ach ja, danke, Sam, für Ihre Unterstützung.«

Victoria verließ die Küche und ließ Sam mit den Plänen für den Garten allein. Apfelbäume. Warum wollte sie unbedingt die Obstgärten in ihren alten Zustand versetzen? Obwohl – brauchte sie dazu einen Grund?

Zehn

Victoria setzte sich aufrecht, schlug die Knöchel übereinander und bewegte die Hüften, sodass sie auf ihrem Drehstuhl in kleinen Halbkreisen von rechts nach links und wieder zurück schwenkte. Der marineblaue Rock ihres Kostüms endete ein paar Zentimeter über ihren Knien. Sie hatte immer noch schöne Knie. Es war nicht nötig, diese mit langen Röcken zu bedecken, wie so viele Frauen es tun mussten. Sonnenlicht fiel durch die hohen georgianischen Fenster auf ihren Rock und unterstrich die exquisite Zartheit des Gewebes. Heute zeigte sich London von seiner besten Seite, was es bei dem verregneten Begräbnis gestern nicht gerade getan hatte.

Sie spürte immer noch die neugierigen Blicke der Trauergäste auf sich, so deutlich, als würden sie hier, im Besprechungszimmer der Kanzlei, in dem Charles' Testament verlesen werden sollte, bei ihr sein. Ihre Gesichtsmuskeln schmerzten, so oft hatte sie von einem Lächeln auf einen traurigen, verlorenen Ausdruck und wieder zurück umschalten müssen. Sie hatte ihr Bestes gegeben, die trauernde Witwe zu mimen, und um die Wahrheit zu sagen: Sie war traurig. Man konnte nicht so viele Jahre mit einem anderen Menschen verbringen, ohne ihm eine gewisse Zuneigung entgegenzubringen. Nun, man konnte schon, aber Charles und sie waren ganz gut miteinander ausgekommen, nachdem sie das Thema Nachwuchs hinter sich gelassen hatten. Wenn sie daran dachte, was sie alles auf sich genommen hatten, um Kinder zu bekommen, war es ein Wunder, dass sie einander überhaupt noch ansehen, geschweige denn einander zugetan sein konnten. Die gegenseitigen Vorwürfe belasteten sie noch immer. Sie war unfruchtbar. Geschlechtsverkehr ohne zu verhüten mit zahllosen anderen Männern bewies das. Charles hingegen hatte eine niedrige Spermienzahl, aber man konnte ihm unmöglich die alleinige Schuld zuweisen. Victoria war sich sicher, dass nicht sämtliche Männer, mit denen sie ins Bett gegangen war, mit demselben Problem behaftet waren, und sie hatte darauf geachtet, stets um die Zeit ihres Eisprungs mit ihnen Sex zu haben. Es hatte Spaß gemacht – zum Erfolg geführt hatte es allerdings nie.

Vor ihrem inneren Auge sah sie nun, wie der Sarg durch den Mittelgang der Kapelle getragen wurde. Die Orgel hatte ein trauriges Stück gespielt, das sie nicht kannte. Mit Sicherheit war es nicht das, was Charles sich gewünscht hätte. Er hätte eine mitreißende Hymne bevorzugt. Vielleicht hätte sie der Musikauswahl mehr Aufmerksamkeit schenken sollen. Die Blumen hatten wundervoll ausgesehen, aber Charles hätte sich ohnehin nicht viel daraus gemacht. Im Gegenteil – er hätte die Kosten gescheut und das Geld lieber in Wohltätigkeit investiert.

Wäre das Geld erst einmal in ihren Händen und diese Farce von Testamentsverlesung vorüber, könnte sie endlich das Leben führen, das sie sich gewünscht hatte. Ihre Seitensprünge mit der erforderlichen Diskretion zu begehen war amüsant gewesen und hatte ihren Liaisons anfangs die richtige Würze gegeben, allerdings war ihr das bald langweilig geworden. Sie sehnte sich danach, den Nachlass endlich in trockene Tücher zu bringen und die Spuren ihrer nächtlichen Eskapaden nicht länger verwischen zu müssen.

Demi stand vor den Büroräumen der Kanzlei Crowther, Dunn & Roberts am Manchester Square und zupfte am Saum ihres Blazers, der sich nicht ganz von dem kräftigen Regen und der Nacht im Zug erholt hatte. Vor diesem beeindruckenden Gebäude mit seinen eleganten hohen Fenstern sah sie aus wie eine Stadtstreicherin. Sie schluckte, aber die Trockenheit in ihrem Mund wollte nicht weichen. Noch einmal faltete sie den Brief auseinander und überflog ihn, um sicherzugehen, dass sie hier erwartet wurde und dass ihr Vater tot war – wirklich tot, nicht nur angeblich, wie ihre Mutter ihr das all die Jahre weisgemacht hatte.

Die ganze Zeit über hatte er gewusst, dass es sie gab, und doch trat er erst mit ihr in Kontakt, als er bereits unter der Erde lag – über den förmlichen Brief eines Anwalts, der sie zu Charles Lakes' Testamentsverlesung an diesem dafür festgelegten Tag einbestellte. Es war Zufall, dass sie das Schreiben erhalten hatte, da es an die Adresse ihrer Mutter gegangen war. Zum Glück hatte Demi dort vorbeigeschaut, um eine ältere Nachbarin zu besuchen, die die Post für sie eingesammelt hatte.

Warum hatte er nicht nach dem Begräbnis ihrer Mutter mit ihr gesprochen? Nun, vielleicht nicht unbedingt dort, aber doch ein paar Tage später, wenn sie nicht mehr so unter Schock gestanden hätte. So oft hatte sie in den vergangenen Tagen erwogen, den heutigen Termin verstreichen zu lassen, aber am Ende hatte ihre Neugier über das Bedürfnis gesiegt, ihm oder vielmehr seinem Anwalt mitzuteilen, er könne ihr mal den Buckel runterrutschen. All die Jahre hatte er sich nicht um sie gekümmert, warum sollte sie jetzt seiner Aufforderung Folge leisten?

Allerdings war nur noch wenig Geld von ihrem letzten Gehaltsscheck übrig. Sie hatte keine Arbeit gefunden und schlief auf dem Fußboden von Sophies Apartment in Earl's Court. Würde dieser Zustand noch länger andauern, müsste sie dort ihren Wohnsitz anmelden. Vielleicht hatte ihr ihr toter Vater ja etwas Nützliches hinterlassen. Allem Anschein nach war er nahezu unanständig reich gewesen. Sie hatte online die Todesanzeigen gelesen, die einem das Gefühl vermittelten, er sei ein gottverdammter Heiliger gewesen. Das außereheliche Kind war selbstverständlich nicht erwähnt.

Sie faltete den Brief zusammen und steckte ihn in ihre Tasche, dann holte sie tief Luft und ging die Stufen zu der glänzenden schwarzen Tür hinauf. Die Farbe war so perfekt aufgetragen, dass sie das Grün der Bäume hinter ihr reflektierte. Sie drückte auf die Klingel und wartete. Sie würde das schaffen, ganz bestimmt. Aufgerichtet zu ihrer vollen Größe von einem Meter vierundsechzig – die sie allerdings nur erreichte, wenn sie hohe Absätze trug, denn eigentlich maß sie nur eins sechsundfünfzig – blickte sie in die Kamera, als eine Frauenstimme sie über die Sprechanlage nach ihrem Namen fragte.

»Demelza Williams.«

»Bitte kommen Sie herein.«

Ein Summer ertönte, und Demi drückte fest gegen die Tür, die sich erstaunlich leicht öffnen ließ. Beinahe wäre sie hineingestolpert. Die Rezeptionistin empfing sie lächelnd, während sie noch versuchte, ihre Balance wiederzufinden.

»Miss Williams, darf ich Sie ins Besprechungszimmer begleiten?« Die tadellos gekleidete Frau stand auf und kam auf High Heels, die so hoch waren, dass Demi sich fragte, wie sie darin stehen, geschweige denn laufen konnte, hinter ihrem Schreibtisch hervor. Demi schaute auf ihre eigenen Schuhe hinab. Es waren ihre besten, das Paar, das sie bei Bewerbungsgesprächen trug, aber sie wirkten so schäbig, dass sie sich so schnell wie möglich hinsetzen und ihre Füße verstecken wollte. Je eher, desto besser. Doch allein die Vorstellung, dass sie gleich mit zahlreichen Personen an einem großen Tisch sitzen würde, ließ ihr die Farbe aus dem Gesicht weichen. Sie hoffte, es würde keinerlei Konfrontationen geben und alles wäre ganz einfach.

Sie gingen vier flache Stufen hinauf. Die klaren Linien und die warmen Farben wirkten entspannend, was natürlich beabsichtigt war. Alles war neutral, aber durchaus nicht langweilig. Teure Zeichnungen in Tusche und Aquarell hinter schlichten Rahmen. Die Rezeptionistin und Demi gelangten zu einer weiß gestrichenen Flügeltür mit geschnitzten Vertäfelungen. Obwohl alles darauf ausgerichtet war, die Klienten zu beruhigen, waren Demis Handflächen verschwitzt. Das Klingeln des Telefons ließ die Rezeptionistin stocken, Demis Herz ebenfalls. Sie schob den Riemen ihrer Tasche höher auf die Schulter.

»Wenn Sie hier bitte einen Moment warten würden?«

Demi nickte und blieb wie angewurzelt stehen. Sie schaute zu der Flügeltür hinüber, dann Richtung Eingang, wo sie den Türöffner entdeckte. Flucht war immer noch möglich. Sie könnte wieder gehen, bei ihrem Großvater wohnen und in irgendeinem Pub Bier zapfen. Aber sie wusste, dass ein solches Arrangement nicht von langer Dauer wäre. Er würde bald in ein Pflegeheim umziehen. Vielleicht sollte sie hier in London Bier zapfen, aber dafür brauchte sie einen festen Wohnsitz, den sie nicht hatte. Sophies Fußboden war eine äußerst befristete Lösung. Sie hatte ihre Bewerbungsunterlagen an fünf Architekturbüros geschickt, in der Hoffnung, eine Stelle zu finden, aber bislang hatte sie kein Glück, war nicht einmal zu einem

Bewerbungsgespräch eingeladen worden. Aber es war ja noch nicht viel Zeit vergangen.

»Entschuldigen Sie. Ich bringe Sie jetzt hinein.« Die Rezeptionistin war zurückgekehrt und stieß nun beide Hälften der Flügeltür auf. Das Gespräch im Raum verstummte schlagartig.

»Sebastian, das hier ist Demelza Williams. Frater Paul hat gerade angerufen – er steckt im Stau und wird in etwa zehn Minuten hier sein.« Sie wandte sich an Demi. »Darf ich Ihnen einen Kaffee oder Tee anbieten?«

Demi, der die unverhohlen neugierigen Blicke der Anwesenden nicht entgingen, hätte einen doppelten Wodka bevorzugt, aber das war wohl nicht angemessen. »Kaffee, bitte, schwarz.« Sie sank auf den nächsten freien Stuhl an dem großen ovalen Tisch, bevor man sie noch weiter mustern konnte.

Victoria tippte mit ihren Fingernägeln auf den Tisch. Sie wusste selbst nicht, warum sie so früh gekommen war. Sebastian machte eine Riesensache aus dieser Testamentsverlesung, dabei war doch alles ganz einfach. Charles hatte alles ihr hinterlassen, abgesehen von etwas Geld für seine Wohltätigkeitsprojekte. Mit Sicherheit würde ein Gemälde oder sonst etwas an seinen Neffen Edward gehen, vielleicht ein Teil von seinem Wein an Sebastian und sein Oldtimer, ein Aston, an den Geistlichen, der diesen vermutlich verkaufen und den Erlös wohltätigen Zwecken zukommen lassen würde. Schade um das schöne Auto, aber sie würde sich deswegen keine Gedanken machen, zumal sie voller Ideen für Boscawen steckte.

Sie betrachtete die Anwesenden, die sich momentan im Besprechungszimmer befanden. Der Geistliche kam wie immer zu spät, zweifelsohne war er wieder einmal aufgehalten worden, um jemandes Seele zu retten. Sie schüttelte den Kopf. Ihr Blick fiel auf den dicken Bauch des Mannes, der einem der Wohltätigkeitsprojekte vorstand, in die Charles jede Menge Geld pumpte. Offenbar konnte er sich ausgesprochen gut von seiner Tätigkeit ernähren. Er sollte besser Hemden kaufen, die seine gewaltige Wampe verbargen, dann bliebe dem Rest der Welt der Anblick des behaarten Fleisches erspart, das sich durch die klaffenden Lücken zwischen den Knöpfen des jetzigen Hemdes drückte.

Die anderen waren zwar nicht so fett, sahen aber auch nicht viel besser aus.

Sebastian stand vor den großen Fenstern, die auf die Außenanlagen hinausgingen, und telefonierte. Selbst nach all den Jahren war der Garten noch intakt. Sie hatte ihn vor dreißig Jahren für ihn geplant und angelegt, als er und seine Partner das Gebäude gekauft hatten. Ihn jetzt zu betrachten machte ihr ihre Abwesenheit von ihrem eigenen Garten in Boscawen noch schmerzlicher bewusst. Sie musste dort endlich richtig mit ihrer Arbeit loslegen. Gestern Abend hatte sie im Bett gesessen und bis nach Mitternacht Pläne gezeichnet.

Jetzt legte ihr Seb eine Hand auf die Schulter. Sie schaute auf, und er schenkte ihr ein ihrer Meinung nach ermutigendes Lächeln, wenngleich es dafür absolut keinen Grund gab. Alles würde sich von selbst ergeben. Heute Abend würde sie wieder in ihrem Bett in Boscawen House liegen, und morgen würde sie damit beginnen, ihre Pläne in die Tat umzusetzen.

Die Flügeltür schwang auf, und Sebs übereffiziente Rezeptionistin führte eine derangiert aussehende junge Frau ins Besprechungszimmer. Sie erinnerte Victoria an jemanden, aber sie konnte sie nicht recht zuordnen. Das Mädchen musste etwas mit einem von Charles' Wohltätigkeitsprojekten zu tun haben. Victoria sah Sebastian an, der die schäbig gekleidete Blondine anlächelte.

Die Hände in den Schoß gelegt musterte sie die Gesichter der Anwesenden, vor allem das der Fremden. Victoria erkannte Erwartung darin, aber natürlich kannte niemand von ihnen Charles' letzten Willen, nur sie und Sebastian wussten Bescheid. Sie würden nicht allzu viel erben. Obwohl Charles in letzter Zeit erwähnt hatte, er wollte sein Testament ändern, hatte sich das vermutlich nur darauf bezogen, nach einem unerwarteten Gewinn bei einem seiner Investmentgeschäfte den Anteil für sein Lieblingswohltätigkeitsprojekt zu erhöhen.

Victoria wandte sich Sebastian zu in der Hoffnung, er würde endlich mit dieser absurden Verlesung beginnen. All das hätte wahrlich per Brief, E-Mail oder gar mit ein, zwei Anrufen erledigt werden können. Die ganze Veranstaltung wirklich fürchterlich dramatisch.

»So. Während Frater Paul noch unterwegs ist, möchte ich Ihnen schon einmal für Ihr Erscheinen danken.« Sebastian beugte sich vor und legte seine Hände auf den Tisch. Sie hatten sich während all der Jahre bis auf ein paar Altersflecken nicht groß verändert und waren noch gebräunt von den Tagen, die er während der letzten Wochen in Boscawen verbracht hatte.

»Wird das lange dauern?«, fragte der fette Mann.

»Sobald wir beginnen können, nicht länger als eine Stunde.«

»Dann lass uns doch endlich anfangen, Sebastian. Ich bin mir sicher, Paul kann einfach dazustoßen, und ich kenne den Inhalt des Testaments ohnehin.« Victoria seufzte. »Im Augenblick komme ich mir vor wie in einer dieser grauenhaften Krimisendungen, in denen jeden Moment ein schlecht gekleideter Inspektor hereinspazieren wird.«

Sebastian wandte sich ihr zu. Seine grauen Augen wirkten erschöpft. »Das Testament wurde geändert, Tori, und es ist wichtig, dass sämtliche darin aufgeführten Parteien anwesend sind.«

Ihr Magen zog sich zusammen. Das klang ja gar nicht gut. Charles hätte doch niemals größere Änderungen im Testament vornehmen lassen, ohne sie davon in Kenntnis zu setzen. Es musste sich daher um unbedeutende Kleinigkeiten handeln. »Unsinn. Das hätte Charles doch erwähnt.«

Sebastian runzelte die Stirn. »Ich sage nicht mehr, als dass die Änderungen erst kürzlich erfolgten.«

Demi nahm der Rezeptionistin den Kaffee ab, dankbar dafür, dass sie ihre Hände beschäftigen konnte, während sie die überhebliche Dame beobachtete, die mit dem Anwalt stritt. Seine Augen blickten freundlich, allerdings sah er aus, als bringe ihn diese Frau zur Verzweiflung. Sie wusste, dass das die Witwe ihres Vaters war, die Frau, die er nicht verlassen wollte, die Frau, derentwegen er sie im Stich gelassen hatte. Victoria Lake war eine durch und durch elegante Erscheinung, angefangen bei dem schicken Bob, zu dem ihr silbergraues Haar geschnitten war, bis hin zu ihrem marineblauen Chanel-Kostüm. Alles an ihr sah teuer aus. Demi blickte auf ihre eigenen Klamotten hinunter und rückte ein Stück näher an den Tisch heran.

Die Flügeltür öffnete sich erneut, und ein Geistlicher trat ein. »Es tut mir aufrichtig leid, dass ich zu spät komme, aber der Verkehr war einfach fürchterlich.« Er blickte lächelnd in die Runde. Die Spannung bei den Anwesenden im Besprechungsraum legte sich, nur nicht bei Victoria Lake. Sie funkelte den Neuankömmling erbost an, der zu ihr hinüberging und sie auf die Wange küsste. Offenbar hatte er ihr etwas ins Ohr geflüstert, denn sie schürzte verächtlich die Lippen. Der Geistliche richtete sich wieder auf und nahm auf dem leeren Stuhl neben Demi Platz.

Er streckte ihr die Hand entgegen. »Ich bin Frater Paul, und Sie müssen Demelza sein.«

Blinzelnd schüttelte Demi seine Hand. Woher wusste er ihren Namen? Sie kannte doch niemanden in diesem Raum.

»Jetzt, da wir vollzählig versammelt sind, können wir beginnen.« Der Anwalt nahm neben Victoria Platz. »Für diejenigen unter Ihnen, die mich nicht kennen: Mein Name ist Sebastian Roberts. Ich war dreißig Jahre lang der Anwalt von Charles Lake, und jetzt bin ich einer der Testamentsvollstrecker.« Er hielt inne und betrachtete der Reihe nach die Leute, die um den Tisch herum saßen. Alle hatten die Augen auf ihn gerichtet und hörten aufmerksam zu. Obwohl er noch seine Krawatte trug, hatte er sein Jackett ausgezogen und die Ärmel aufgekrempelt, bevor er Platz genommen hatte. Das entsprach nicht dem, was Demi sich unter einer Testamentseröffnung vorstellte. Andererseits: Was stellte sie sich konkret vor? Sie hoffte, dass sie etwas Nützliches erben würde, Geld zum Beispiel. Ja, das könnte sie im Augenblick wirklich gut gebrauchen, denn die Lebensversicherung war immer noch nicht ausbezahlt worden, angeblich wurde der Antrag noch bearbeitet. In der Zwischenzeit wuchsen die Schulden bei ihrem Großvater.

»Charles Lake war ein wohlhabender Mann, der hart für sein Vermögen arbeitete, und er war großzügig denjenigen gegenüber, die nichts hatten.«

Demi zog eine Augenbraue hoch. Wie bitte? Ihre Mutter und sie hatten praktisch von der Hand in den Mund gelebt. Es hatte nie irgendwelche Extras gegeben. Ja, sie hatten in einer hübschen Mietwohnung gewohnt, und es hatte ihr nie an Kleidung oder Essen gemangelt, aber allein um ihren Computer zusammenzusparen, hatte sie während ihres Studiums zwei Jahre lang am Wochenende Supermarktregale auffüllen müssen. Ihnen gegenüber hatte er sich nicht als großzügig erwiesen. Sie betrachtete seine kostenintensive Ehefrau. Mit ihr war er zusammen gewesen. Victorias Mund war immer noch zu einem verächtlichen Schmollen verzogen, und Demi begriff, dass sie Charles' Freigebigkeit nicht gutgeheißen hatte. Wenn Charles ein so guter Mensch gewesen war, was hatte er dann in dieser Frau gesehen?

»Lassen Sie uns mit der ›Bildung für Begabte‹-Stiftung beginnen, die er gegründet hat, um den Bildungsstandard für begabte, aber ärmere Schüler und Studenten in Cornwall zu sichern.« Der Anwalt nickte dem fetten Mann auf der anderen Seite des Tisches zu. »Charles hat der Stiftung weitere drei Millionen Pfund für Schulgebühren zur Verfügung gestellt.«

»Wie großzügig.« Der Mann lächelte.

Demis Augen weiteten sich. Sie warf Victoria einen Blick zu, um zu sehen, wie sie dies auffassen würde, aber Charles' Witwe betrachtete den großen Rubin an ihrem Ringfinger. Der Stein fing das durchs Fenster einfallende Licht ein und schickte hüpfende rote Strahlen durch den Raum. Demi verfolgte das Spiel der Schattierungen an den Wänden, während riesige Geldsummen verteilt wurden. Wenn sie auch nur einen Bruchteil davon erhielte, hätte sie bis ans Lebensende ausgesorgt. Die anderen Leute saßen erwartungsvoll da, und die Beträge, die der Anwalt vorlas, ließen ihnen die Kinnlade hinabsacken. Alle waren erfreut, mit Ausnahme von Victoria Lake, deren Stirnrunzeln sich mit jeder weiteren Summe vertiefte.

»Diese Veränderungen am Testament wurden ordnungsgemäß vorgenommen und beglaubigt am Freitag, dem dreiundzwanzigsten Mai 2014.« Der Anwalt stand auf und ließ die Schultern kreisen. Victoria Lake blieb ausgesprochen ruhig. »Jetzt, da wir zum persönlicheren Teil des Testaments kommen, darf ich Frater Paul, Demelza Williams, Edward und Victoria Lake bitten zu bleiben, während die übrigen Anwesenden gehen dürfen.«

Eine höfliche Aufforderung, der die Vertreter der verschiedenen Initiativen und Stiftungen unverzüglich Folge leisteten. Mit zufriedenen Gesichtern verabschiedeten sie sich, einer von ihnen schüttelte die Hand des Anwalts so kräftig, dass Demi dachte, er würde ihm die Schulter auskugeln. Wie aufs Stichwort erschien die Rezeptionistin und öffnete beide Hälften der Flügeltür, um sie hinauszugeleiten.

Als sie fort waren, brachte sie frischen Tee und Kaffee, und Demi fragte sich, was nun passieren würde. Sie schenkte sich Kaffee nach und spürte, wie die Anspannung stieg, vor allem bei Sebastian. Er hörte nicht auf, mit den Schultern zu kreisen.

»Können wir jetzt anfangen?« Victoria warf einen Blick auf ihre Armbanduhr. Auf die Schnelle hatte sie überschlagen, dass Charles' Großzügigkeit das Vermögen um zusätzliche zehn Millionen vermindert hatte. Wenn er auch die anderen noch Anwesenden anders bedacht hatte als angenommen, würde sie einige ihrer ursprünglichen Pläne überdenken müssen. Sie wusste, dass Paul nur eine kleine Summe erhalten würde, da dieser ein Armutsgelübde abgelegt hatte, und selbst das Geld würde er wohl der Kirche überlassen. Bei Edward dagegen mochte die Sache anders aussehen. In der Vergangenheit hatte Charles wiederholt betont, dass eigentlich sein Neffe der Haupterbe sei, doch schließlich hatte er damit aufgehört, und als sie vor fünf Jahren zum letzten Mal ihre Testamente durchgesehen hatten, war das Vermögen – zumindest der allergrößte Teil davon – für den überlebenden Ehegatten bestimmt gewesen. Selbst wenn er Edwards Anteil vergrößert hätte, würde es ihr und Boscawen gutgehen.

»Selbstverständlich.« Sebastian füllte seine Kaffeetasse und fügte einen Löffel Zucker hinzu. In dem Augenblick wusste Victoria, dass etwas nicht stimmte. Sebastian nahm niemals Zucker.

»Als Charles vor drei Wochen auf tragische Art und Weise ums Leben kam, hatte er gerade erst seinen letzten Willen überarbeitet und war zu einer neuen, endgültigen Fassung gelangt. Am Abend seines Todes hatte er bis spät mit einem Mitarbeiter meiner Kanzlei zusammengesessen, und was ich Ihnen nun vorlese, ist das Resultat jener spätabendlichen Arbeit.« Sebastian sah Victoria an. »Bevor wir beginnen, möchte ich klarstellen, dass sämtliche Änderungen ordnungsgemäß zum Abschluss gebracht wurden. Ich möchte außerdem betonen, dass es bei einem Vermögen dieser Größenordnung nicht zu einer schnellen Vollstreckung kommen wird. Die Auflistung des Einzelvermögens wird einige Zeit in Anspruch nehmen, erst wenn dies geschehen ist, lässt sich herausfinden, wie hoch die zu entrichtende Erbschaftssteuer sein wird.« Er sah den am Tisch Versammelten der Reihe nach in die Augen. »Beginnen wir mit dem Vermächtnis an Frater Paul.«

»Schön.« Paul lächelte. Obwohl Victoria ihn schon seit ihrer Teenagerzeit kannte, genau wie Sebastian, war er ihr nach wie vor ein Rätsel.

»Charles hat dir seinen Aston und die Summe von einhunderttausend Pfund zu dessen Pflege und Instandhaltung hinterlassen, außerdem die kleine Venedig-Studie von Constable. Sie werden dir sozusagen in Verwahrung gegeben und können bis zu deinem Tod nicht verkauft werden.«

Paul lachte leise. Victoria runzelte wieder die Stirn. Sie mochte das kleine Gemälde sehr gern.

»Mir hat Charles die ›Madonna mit Kind‹ hinterlassen, ein altes italienisches Meisterwerk der Renaissance, außerdem eine Kiste mit Portwein von 1960«, fuhr Sebastian fort.

Victoria lächelte süffisant. Daran hatte sich nichts geändert. Aus irgendeinem Grund hatte sie angenommen, Charles hätte seinem besten Freund mehr hinterlassen, doch andererseits: Was brauchte Sebastian schon? Nichts.

Victoria wandte sich der grauen Maus in dem schäbigen Kostüm zu. Warum war sie immer noch hier? Zählte sie etwa nicht zu einem von Charles' Wohltätigkeitsfällen?

»Seinem Neffen Edward Lake vermacht Charles die Summe von einer Million Pfund und die goldene Taschenuhr seines Großvaters.«

Entspannt lehnte sich Victoria auf ihrem Stuhl zurück. Ihre größte Furcht, er würde Edward einen Teil von Boscawen vererben, hatte sich als unbegründet erwiesen. Sie sah Sebastian an. Seine Finger krampften sich um den schwarzen Füllfederhalter in seiner Hand. Sie hatte gesehen, wie er damit die vor ihm liegende Liste abhakte. Was darauf stand, konnte sie aus diesem Blickwinkel nicht erkennen, nur, dass nur noch ein Punkt übrig war. Das wäre dann wohl ihr Erbe, dachte sie, allerdings war da noch immer diese Demelza Williams, die an der gegenüberliegenden Seite des Tisches saß.

»Kommen wir schlussendlich zum Rest von Charles' Vermögen, welches nach Abzug der Erbschaftssteuern ungefähr vier Millionen Pfund in diversen Kapitalanlagen und Bargeld beträgt, außerdem zu Boscawen.«

Victoria zog fragend die Augenbrauen hoch. Wo war der Rest des Geldes? Bei der letzten Durchsicht des Testaments vor fünf Jahren waren mindestens zwanzig Millionen Pfund da gewesen, nachdem er seine Wohltätigkeitsorganisationen bedacht hatte. Nur vier Millionen Pfund in Kapitalanlagen und Bargeld? Die Zinsen würden kaum die laufenden Ausgaben für Boscawen decken.

»Dieses wird zu gleichen Teilen an seine Frau, Victoria Lake, sowie an seine Tochter, Demelza Williams, gehen.«

Victoria konnte kaum atmen, geschweige denn sprechen. »Seine was?« Ihre Stimme erstarb. Charles hatte keine Kinder, genauso wenig wie sie, wenngleich sie alles Menschenmögliche – und mitunter weit mehr – getan hatten, um Nachwuchs zu bekommen. Wann? Wie? Wer? Charles hatte sie betrogen? Oder hatte er die graue Maus adoptiert? Victoria fasste Demelza Williams näher ins Auge und stellte fest, dass dieses Kind nicht adoptiert war. Nein, das Mädchen stammte eindeutig von Charles ab. Das Haar war genauso hellblond wie bei ihm, als er in ihrem Alter gewesen war, die Lippen voll und leicht schmollend, die Haut unnatürlich blass. Genau genommen wunderte es sie, warum sie die Ähnlichkeit nicht gleich bemerkt hatte, als die junge Frau zur Tür hereinspaziert war.

Charles hatte sie betrogen, hatte sein Ehegelübde gebrochen, und jetzt vererbte er Boscawen – oder zumindest die Hälfte davon – seinem Bastard. Das war zu viel.

Victoria stand auf und tat das Einzige, was sie tun konnte. »Ich fechte das Testament an!«

Elf

Sebastian sah sie mit müden Augen an. »Charles hatte erwartet, dass du das tun würdest.«

»Was zum Teufel hat er sich dabei gedacht?« Victoria funkelte dieses Hurenkind, diese Demelza Williams, empört an. Mit ihr sollte sie Boscawen teilen? Auf keinen Fall würde sie zulassen, dass diese Frau auch nur einen Fuß auf den Grund und Boden von Boscawen setzte.

Sie wandte sich von Demelza ab und Sebastian zu. Er hatte gewusst, was kommen würde, und er hatte gewusst, dass Charles sie betrogen hatte. »Was ist mit dem ganzen Geld passiert, Sebastian?«

»Es sieht so aus, als hätte er im letzten Jahr ein paar Fehlinvestitionen getätigt, was bei ihm äußerst selten vorkam, und vor rund einem Monat hat er eine sehr große Summe an die Obdachlosenhilfe gespendet.«

»An die was?«

»An eine Hilfsorganisation für Obdachlose.« Seb seufzte. Sie konnte dunkle Ringe unter seinen Augen erkennen, die vor zwei Tagen noch nicht dort gewesen waren.

»Wie viel?«

»Fünf Millionen.«

Victoria stellte im Geiste ein paar rasche Kalkulationen an, dann sackte sie zurück auf ihren Stuhl. »Hat irgendwer eine ärztliche Feststellung bezüglich Charles' Testierfähigkeit verlangt?«

»Ja, das haben wir getan. Er hat Ende April seinen Arzt aufgesucht, welcher ihm bescheinigte, dass er, abgesehen von seinem gut dokumentierten hohen Blutdruck, kerngesund war.«

Victoria dachte an die Tabletten, die er jeden Tag eingenommen hatte. Hatten sie Nebenwirkungen auf seine Zurechnungsfähigkeit? Ganz offensichtlich war Charles verrückt geworden, völlig durchgedreht. Selbst wenn er nicht die Hälfte ihres Zuhauses diesem Bastard vermacht hätte, hätte sie kaum leben können von dem, was übrig war. Weshalb nur hatte er so viel Geld an diese bescheuerten Wohltätigkeitsinstitutionen verschleudert? Das Geld würde sie sich zurückerkämpfen müssen. Sie, die vierzig Jahre seine Ehefrau gewesen war, hatte ein Anrecht auf sein Geld und ein komfortables Leben. Sie hatte nicht so lange mit ihm zusammengelebt, mit ihm geschlafen und für ihn gekocht, um die Hälfte eines Topfes zu erhalten, der so vermindert war, dass sie es kaum fassen konnte.

Sie wandte sich der grauen Maus zu, die, wenn überhaupt möglich, noch blasser geworden war als zuvor. Offensichtlich war das Ganze für sie eine genauso große Überraschung wie für Victoria. Es sei denn natürlich, ihre Überraschung war nur gespielt. Victoria musterte Demelza mit zusammengekniffenen Augen. Wie viel Arglist lauerte hinter dieser farblosen Erscheinung?

»Ich weiß, dass all diese Informationen erdrückend sind, daher schlage ich vor, dass wir sie erst einmal sacken lassen, bevor wir irgendwelche Schritte unternehmen.«

Victoria funkelte Sebastian an. »Wie bitte?«

Er hob die Hand. »Paul, warum gehst du nicht mit Demelza ins Pub, und Edward, du weißt, wie du mich erreichen kannst, solltest du irgendwelche Fragen haben.« Er zögerte. »Ich möchte nur jeden der hier Anwesenden noch einmal darauf hinweisen, dass all dies selbstverständlich noch nicht abgeschlossen ist. Bis zur Vollstreckung kann es bei einem Vermögen dieser Größenordnung eine Weile dauern.«

Victoria warf Edward einen zornigen Blick zu. Charles' Neffe sah aus wie die Katze, die gerade einen Topf Sahne geschleckt hatte. Eine Million Pfund und eine gottverdammte goldene Taschenuhr.

»Tante Tori, ich möchte dir noch einmal mein aufrichtiges Beileid zum Tod von Onkel Charles aussprechen.«

Victoria biss sich auf die Zunge und nickte. Ihr fiel nichts ein, was sie diesem windigen Wicht von Neffen hätte sagen können. Allein sein Anblick ließ ihre Haut kribbeln. Würde sie ihm seine Million streitig machen können? Vielleicht.

»Ich werde dich morgen anrufen, Tante Tori. Der Schmerz kann einen auf so vielfältige Weise treffen«, sagte Edward und verließ den Besprechungsraum.

Sie sah, wie Paul das Problem namens Demelza Williams hinausführte. Wann hatte Charles sie betrogen? Demelza sah aus, als wäre sie Anfang zwanzig, vielleicht ein bisschen älter. Sie drehte sich zu Sebastian um. Sie waren jetzt allein.

»Wie konntest du mir das bloß vorenthalten?« Victoria stand auf und stellte fest, wie müde Sebastian aussah. Unter der Sonnenbräune war er blass, seine Augen hatten ihr Funkeln verloren. Erinnerungen an eine andere Zeit stiegen in ihr auf, Erinnerungen an Enttäuschung und Verlust.

»Ich musste das tun.«

»Ich kenne dich, seit ich zwölf bin.«

»Ich weiß.« Er fuhr sich mit den Händen durchs Haar und schaute sie an. In seinen grauen Augen stand Trauer, mehr, als sie seit Jahren darin gesehen hatte. »Das ist mein Job, und es war meine Pflicht sicherzustellen, dass rein rechtlich alles Hand und Fuß hat. Ich bin Vermögensanwalt. Ich bin an das Gesetz gebunden.«

»An das Gesetz gebunden«, höhnte Victoria. »Da könnten wir genauso gut Freundschaft und so etwas Lächerliches wie Loyalität hinzufügen.« Sie trat ans Fenster und schaute hinaus in den Garten. Was zum Teufel sollte sie tun? Wo sollte sie anfangen? »Wann hast du von dem Bastard erfahren?«

Schweigen.

»Lieber Gott, du weißt es also schon so lange?« Sie tastete nach den Perlen an ihrem Hals. Audrey, deren Gastfreundschaft sie während ihres London-Aufenthaltes genoss, hatte ihr helfen müssen, sie anzulegen. »Gibt es noch andere?«

»Nein.«

»Wie alt ist diese Demelza?«

»Fünfundzwanzig.«

Victoria schloss die Augen. Zu jener Zeit hatte sie Charles zu einer weiteren Fruchtbarkeitsbehandlung gezwungen, ansonsten hatten sie kaum noch miteinander gesprochen. Sie hatte ihren vierzigsten Geburtstag drohend näher rücken gesehen und gewusst, dass ihr langsam, aber sicher die Zeit ausging. Ihr Körper, so durchtrainiert und vital er auch wirkte, wurde zu alt für eine Schwangerschaft. Der Körper, mit dem sie es zu einer Olympiaschwimmerin hätte bringen können, hätte ihr Vater nicht behauptet, das sei reine Zeitverschwendung und gezieme sich nicht für seine Tochter. Wäre Perry so sportlich gewesen wie sie und in derselben Situation, hätte er ihn ermutigt. Aber sie war dazu geboren, Kinder zur Welt zu bringen, dabei war genau das das Einzige, was sie nicht konnte.

»Wer ist die Mutter?«

»Eine Frau namens Morwenna Williams.« Er schüttelte den Kopf. »Es tut mir so leid.« Sebastian streckte die Hand aus, um ihre Schulter zu streicheln, aber Victoria riss die Augen wieder auf und zuckte zurück.

»Es ist schlimm genug zu wissen, dass der heilige Charles sein Ehegelübde gebrochen und sich eine Geliebte genommen hat, aber dass du, Sebastian John Andrew Roberts, davon wusstest ...« Sie lachte bitter. »Dein Verrat ist fast noch schlimmer, allerdings bist du vermutlich der Ansicht, ich hätte beides verdient.« Sie wandte sich ab und setzte sich wieder an den Tisch, um den Ausdruck auf seinem Gesicht nicht sehen zu müssen. Die Ellbogen auf die Tischplatte gestützt legte sie den Kopf in die Hände und versuchte, klar zu denken. Das Gesetz wäre mit Sicherheit auf ihrer Seite. Aber selbst wenn sie den Anteil von dieser Demelza Williams zurückerstritt, vorausgesetzt, das würde ihr überhaupt gelingen, würde das Geld dann reichen?

»Steckte diese Frau hinter den Änderungen in Charles' Testament?«

»Möglich.«

»Dieses Miststück.« Victoria setzte sich auf. »Wo ist sie jetzt? Hat er sie jedes Mal getroffen, wenn er nach London gereist ist?«

»Nein.« Sebastian setzte sich neben sie. »Das war schon seit Jahren vorbei.«

»Wenn das stimmt, wieso könnte sie dann trotzdem etwas damit zu tun haben?«

»Sie ist vor zwei Monaten gestorben.«

Was sollte sie tun? Wieder einmal blieb Victoria mit dem Gefühl völliger Machtlosigkeit zurück. Galle stieg in ihrer Kehle auf. Gott, sie hasste ihren Vater noch immer. Aber Charles hasste sie noch mehr als ihn. Jeder Mann, den sie in ihrem Leben geliebt hatte, hatte sie betrogen, und jetzt auch noch Sebastian.

Das war ein Traum, und Demi würde ganz bestimmt aufwachen und feststellen, dass sie nach wie vor pleite war und Matt ein Video von ihnen beiden beim Sex ins Internet gestellt hatte. Das war die Realität. Eine vermögende Erbin zu sein dagegen nicht. Der Geistliche war ausgesprochen nett zu ihr gewesen, doch er hatte einen Anruf bekommen und aufbrechen müssen. Er hatte sie gebeten, hier zu warten. Sebastian Roberts würde in Kürze zu ihr stoßen. Ihre Gedanken drehten sich im Kreis. Sie besaß ein halbes Anwesen und über zwei Millionen Pfund. Zwei Millionen Pfund! Und sie hatte die zehntausend Pfund aus der Lebensversicherung ihrer Mutter für ein Vermögen gehalten.

Nichtsdestotrotz hatte sie den Eindruck, dass in allem, was bei der Testamentseröffnung gesagt worden war, verschlüsselte Botschaften steckten. Alle außer ihr hatten diese verschlüsselten Botschaften verstanden, zum Beispiel warum Charles ihr die Hälfte des Hauses vererbt hatte. Warum hatte er ihr nicht nur Geld hinterlassen können wie seinem Neffen? Stattdessen müsste sie sich jetzt mit seiner Frau auseinandersetzen, und das, so viel war Demi klar, würde ein Problem werden.

Ihr Handy meldete den Eingang einer SMS. Sie kam von Sophie.

Wie läuft's? Hat er dir irgendetwas Lohnendes hinterlassen, zum Beispiel Geld? S.

Was sollte sie darauf antworten?

Ja. Erzähle dir heute Abend mehr. D.

Demi schaute in Richtung Bar, um festzustellen, woher plötzlich das dröhnende Gelächter kam. Sie war eine Außenstehende, dennoch hatte sie das Gefühl, in einen Strudel zu geraten, der sie genauso mitriss wie alle anderen. Diese Erbschaft war nicht so wundervoll, wie sie auf den ersten Blick aussah. Sie war behaftet mit Problemen, welche sie immer tiefer in jenen Strudel hineinzuziehen drohten, und das war das Letzte, was sie jetzt brauchte.

Der Anwalt kam herein und blieb an der Bar stehen. Er nahm zwei Speisekarten und gesellte sich zu ihr. »Aus zuverlässiger Quelle weiß ich, dass das Beste auf der Tageskarte die Würstchen mit Kartoffelbrei sind, allerdings wird das meiner Linie gar nicht bekommen.« Er klopfte auf seinen flachen Bauch. »Nun, Demelza, ich kann mir vorstellen, dass Sie jede Menge Fragen haben, aber vielleicht sollten wir zuerst das Mittagessen bestellen?«

Sie nickte. »Bitte sagen Sie Demi zu mir.«

Er runzelte die Stirn. »Haben Sie sich entschieden, Demi? Was darf es sein – Würstchen mit Kartoffelbrei oder Würstchen im Teig?«

Sie mochte beides nicht besonders gerne. »Ein Sandwich mit Cheddar und Salat, bitte.«

»Gute Wahl. Ich gehe nur schnell an die Bar und bestelle.« Er lächelte sie an. »Ein Glas Wein dazu?«

Sie nickte. Wein würde ihr vielleicht beim Denken helfen.

»Weiß oder rot?«

»Weiß und trocken, bitte.« Er nickte und ging zur Bar. Womit sollte sie anfangen? Sollte sie ihm Fragen über ihren Vater stellen? Was sie heute über ihn erfahren hatte, passte nicht in das Bild, das ihr ihre Lebensrealität vermittelt hatte. Doch einmal abgesehen von ihrem Vater wusste sie nicht recht, was sie von dem Erbe halten sollte.

»Das wäre erledigt. So, wo wollen wir anfangen?«

Demi räusperte sich. »Das habe ich mich auch gerade gefragt.«

»Was ist das größte Fragezeichen in Ihrem Kopf?« Sebastian Roberts lehnte sich zurück und musterte sie prüfend.

Sie öffnete gerade den Mund, um ihm die Frage zu stellen, die sie am meisten beschäftigte: War Victoria Lake tatsächlich ein solches Miststück, wie es auf den ersten Blick erschien?, doch dann überlegte sie es sich anders und bat ihn stattdessen: »Erzählen Sie mir von Charles Lake.«

»Das ist leicht.« Er lächelte. »Ich habe Charles kennengelernt, als ich sechs war. Wir sind zusammen auf die Grundschule gegangen, und er hat mich vor einem Trupp von Raufbolden verteidigt. Charles war damals groß und kräftig für sein Alter. Er hat einem der Rüpel eins auf die Nase gegeben. Der ist dann mit blutüberströmtem Gesicht zum Lehrer gerannt.« Er schüttelte den Kopf. »Der Lehrer hat sich eingeschaltet, und ich habe versucht, die Schuld auf mich zu nehmen, aber das hat Charles nicht zugelassen, und er hat dem Lehrer auch nicht verraten, warum er den Jungen gehauen hatte. Charles wurde zum Rektor geschickt und hat sich ohne ein Wort zum Nachsitzen verdonnern lassen.« Er nahm einen Schluck von seinem Wein. »So ist er zu dem Mann geworden, der er war: gnadenlos, wenn es ums Geschäft ging, aber stets fair, und dabei hat er sich immer um die weniger Glücklichen gekümmert.«

Demi beugte sich vor. »Das passt nicht zusammen.« Sie hielt inne und fragte sich, ob sie aussprechen sollte, was ihr durch den Sinn ging. Sein Lächeln entmutigte sie. »Er war ein Mann, der seine Frau betrogen und anschließend nicht für sein Kind gesorgt hat.« Und der sie nicht geliebt hatte, fügte sie stumm hinzu. Sie sah, wie Sebastian diese Bemerkung verdaute, und ihr war klar, dass er sich eine typische Anwaltserwiderung zurechtlegte, die im Grunde gar nichts aussagen würde.

»Nun ja, oberflächlich betrachtet mag das durchaus zutreffen, doch im Laufe des Lebens habe ich gelernt, dass die Dinge nicht so sind, wie sie auf den ersten Blick erscheinen. Das gilt auf eine gewisse Art und Weise auch für die Geschichte, die ich Ihnen soeben erzählt habe. Charles wurde von seinem Lehrer und dem Rektor als Raufbold bezeichnet – dabei entsprach das ganz und gar nicht der Wahrheit. Er war ein Verteidiger, kein Angreifer.«

Demi blinzelte. »Alles hängt von der Perspektive des Betrachters ab. Wir hatten finanzielle Sorgen, ich habe nie die Liebe eines Vaters erfahren, und Victorias Ehemann war untreu. Das sind ebenfalls Fakten.«

Sebastian Roberts lächelte. »Ja, die Welt ist überwiegend grau. Aber eine Sache muss ich korrigieren: Ihr Vater hat Sie geliebt. Daran müssten Sie sich doch erinnern.«

»Ich habe überhaupt keine Erinnerung an ihn.« Während sie diese Worte aussprach, dachte sie an die Fotos im Album ihres Großvaters.

»Ich kann Ihnen versichern, dass er stets an Sie gedacht hat und dass der Schmerz über den Verlust ihn unablässig quälte.«

»Allerdings nicht genug, um etwas dagegen zu unternehmen.«

Sebastian lachte trocken. »Das sieht zwar so aus, allerdings hat er lediglich den Wunsch Ihrer Mutter respektiert.«

Demi zog die Brauen zusammen. »Den Wunsch meiner Mutter?«

»Ja. Es war ihre Entscheidung, dass Charles nichts mehr mit Ihrem Leben zu tun hatte. Charles musste das respektieren, denn er hatte sich gegen eine Trennung von Victoria entschieden.«

Und genau darin liegt das Problem, dachte Demi. Victoria hatte Charles anscheinend gnadenlos unter ihrer Fuchtel gehabt.

Sommer

Sage nicht, du kennst einen Menschen, bevor du nicht ein Erbe mit ihm geteilt hast.

Johann Caspar Lavater

Zwölf

Auf seine Krücke gestützt wartete ihr Großvater am Bahnsteig. Ein Lächeln breitete sich auf seinem Gesicht aus, als Demi aus dem Waggon stieg. Ein freundlicher Mann half ihr, ihr umfangreiches Gepäck aus dem Zug zu schaffen. Am Ende standen zwei große Koffer und drei Müllsäcke voller Sachen plus Zeichenmappe und Computer auf dem Bahnsteig. Das, zusammen mit der Laptop-Tasche, die sie über der Schulter trug, war ihr Leben. Nichts war in London zurückgeblieben.

»Hallo, mein Mädchen. Ich bin mit dem Auto gekommen. Ich dachte, das könnten wir gebrauchen, und ich stelle fest, dass ich Recht hatte!«

»Es tut mir leid.«

»Aber wieso denn? Es muss dir nicht leidtun. Ich kann einen Koffer nehmen, aber ich glaube, wir müssen ein paarmal hin- und herlaufen.«

»Du sollst gar nichts tragen!«

»Unsinn. Ich mag zwar in ein Altenheim umziehen, aber noch bin ich kein Invalide.«

Demi wollte schon widersprechen, doch da bemerkte sie seinen Gesichtsausdruck und reichte ihm schnell den leichtesten der drei Müllsäcke. Der Bahnhof war inzwischen menschenleer, sodass sie keinerlei Bedenken hatte, ihre Habseligkeiten am Bahnsteig zurückzulassen. Zusammen mit ihrem Großvater ging sie zum Wagen und bat ihn, dort auf sie zu warten, während sie zurückkehrte, um einen weiteren Teil ihrer Sachen zu holen. Am Ende war für sie kein Platz mehr im Wagen, sodass sie zu Fuß zum Haus ihres Großvaters ging, nachdem sie ihm das Versprechen abgenommen hatte, dass er ihr Gepäck nicht ohne sie auslud. Es war offensichtlich, dass sein Hüftleiden in den drei Wochen, die sie in London verbracht hatte, noch schlimmer geworden war.

Sie war froh, dass er so gut zurechtkam, doch ihr Umzug hierher war zu spät erfolgt, um seine Unterbringung im Pflegeheim aufzuhalten. Wäre sie vor zwei Monaten bei ihm hereingeschneit, hätte er vielleicht in seinem eigenen Haus bleiben können. Aber die Räder waren bereits in Gang gekommen und ließen sich nicht mehr aufhalten. Und in jedem Fall waren da auch noch seine Gedächtnislücken. Sie wusste nicht, ob diese einfach nur auf sein Alter zurückzuführen waren oder der Hinweis auf etwas Ernsteres. Wäre Letzteres der Fall, käme er um professionelle Pflege nicht umhin. Und dann war da auch noch die Tatsache, dass der Vermieter das Haus bereits weitervermietet hatte. Schon übernächste Woche sollten die neuen Mieter einziehen.

Entgegen seinem Versprechen versuchte ihr Großvater soeben, einen Sack aus dem Kofferraum zu zerren, als sie bei ihm eintraf. »Stopp!« Demi rannte die letzten Meter. »Du hast es mir versprochen!«

»Ich konnte nicht anders – und wenn ich den Sack nicht hochheben kann, wie willst du das erst schaffen?« Er trat einen Schritt zurück, als Demi keuchend neben ihm stehen blieb.

»Gute Frage – aber ich kann es.« Sie ging in die Hocke und hievte sich den größten Koffer auf den Rücken.

»Ich könnte ihn zur Treppe rollen.« Er blickte Demi verzagt an, die ihn am liebsten umarmt hätte. Er liebte sie. Er versuchte, ihr zu helfen. Gott sei Dank, dass er da war. Anderenfalls wäre sie obdachlos gewesen. Sie war ein solcher Dummkopf, aber jetzt war nicht die Zeit, darüber nachzugrübeln. Ein Dummkopf zu sein hieß ja nicht, dass man für alle Zeit ein Dummkopf bleiben musste. Sie könnte und sie würde aus ihren Fehlern lernen. Sie würde niemandem mehr trauen, und letztendlich würde alles gut werden.

Doch im Augenblick musste sie erst einmal die Sachen aus dem Auto ihres Großvaters laden. Dann würde sie überlegen, wie es weitergehen sollte. Wer wusste schon, wann sie das Erbe ihres Vaters würde antreten können, und die Versicherungsgesellschaft ließ sich nach wie vor Zeit. Sebastian hatte sie um ein Treffen in zwei Tagen gebeten, in Boscawen House. Er schien zu glauben, dass eine Begegnung mit Victoria vor Ort hilfreich wäre, doch Demi sah beim besten Willen nicht, was sich dadurch ändern sollte. Victoria hasste sie, was ihrer Ansicht nach nur allzu verständlich war.

Weit mehr Sorgen als das bereiteten ihr der Gesundheitszustand ihres Großvaters und sein unmittelbar bevorstehender Umzug ins Pflegeheim. Sie durfte gar nicht darüber nachdenken, wo sie leben würde, wenn sie aus dem Haus ausziehen müsste, damit es für die neuen Mieter hergerichtet werden könnte.

»Iss, Kind.« Ihr Großvater schaute auf das Essen auf ihrem Teller und dann auf Demi.

»Es tut mir leid, ich bin ein bisschen zerstreut.«

»Das sehe ich, aber jetzt iss dein Abendessen und lass mich meine letzte Nacht in diesem Haus in guter Erinnerung behalten.« Er lächelte.

»Es tut mir so leid.«

»Das muss es nicht. Obwohl der Zeitpunkt für diesen

Schritt ein besserer hätte sein können.« Er reichte ihr die Schüssel mit Erbsen, und Demi lud sich pflichtbewusst einen Löffel davon auf den Teller. Die Mahlzeit war köstlich – Lammbraten, Bratkartoffeln und Erbsen, auf der Anrichte wartete ein Trifle. Sie musste dem Essen unbedingt kräftig zusprechen und es nicht bloß auf dem Teller herumschieben. Er hatte sich so große Mühe gegeben, diesen Abend zu einem besonderen zu machen.

»Das schmeckt absolut hervorragend. Von wem hast du das Kochen gelernt?«

Er lachte. »Nicht von deiner Großmutter, so viel steht fest.« Er warf einen Blick auf den Geschirrschrank. »Meine Mutter war eine fantastische Köchin, und sie hat als Köchin gearbeitet. Ich habe das Kochen von ihr gelernt.«

»Stammt der Geschirrschrank aus jener Zeit?«

»Nein, deine Urgroßeltern waren Bauern. Sie bewirtschafteten einen Hof nicht weit von hier entfernt.« Er sah durch die Küchentür hinaus in den Garten. »Als deine Großmutter und ich heirateten, haben sie uns die Möbel überlassen.«

»Was für ein schönes Geschenk.«

»Das war es in der Tat. Damals lebten wir in einem größeren Haus, und ich unterrichtete in Nord-Cornwall, aber als deine Mutter geboren wurde, sind wir nach Falmouth gezogen und haben uns verkleinert.« Er nickte in Richtung Geschirrschrank. »Wie du sehen kannst, ist er ein bisschen wuchtig.«

»Und trotzdem schön.«

»Deine Großmutter hatte gehofft, sie könnte den Schrank eines Tages an deine Mutter weiterreichen, aber Wenna hatte ihre eigenen Vorstellungen.«

»Das stimmt. Er hätte allerdings auch nicht in unsere Wohnung gepasst.«

Er lachte. »Nein, wahrhaftig nicht. Ich bin mir nicht sicher, was ich damit machen soll. Ich kann wohl nicht davon ausgehen, dass du ihn haben möchtest?«

»Ich würde ihn liebend gern nehmen, aber ich habe im Augenblick keinen Platz dafür.«

Er lächelte. »Ich hatte gehofft, dass du das sagen würdest. Deshalb habe ich mit einem meiner ehemaligen Schüler gesprochen. Er würde ihn in seiner Garage unterstellen, zusammen mit den Stühlen vom Dachboden, wenn du die auch haben möchtest. Ein paar Sachen kann ich ins Pflegeheim mitnehmen, um mir mein Zimmer ein bisschen persönlicher einzurichten, den Rest habe ich an den Vermieter veräußert.«

Er holte tief Luft. »Es tut mir bloß leid, dass ich meinem Nachbarn schon versprochen hatte, ihm den Wagen zu verkaufen.«

»Das ist schon in Ordnung.« Sie berührte seine Hand.

Sein Gesicht wurde traurig, als er in den Garten hinausschaute. Alles stand in voller Blüte. Sie schloss die Finger um seine.

»Ich bin mir sicher, die Familie, die hier einzieht, wird sich um den Garten kümmern.«

»Es ist albern, so sehr an einem kleinen Garten zu hängen, aber ich liebe ihn nun einmal.«

Demi seufzte und wünschte sich, ihre Mutter wäre hier, und sie würden eine Möglichkeit finden, dass ihr Großvater in dem Haus bleiben könnte, das er so lange sein Zuhause genannt hatte.

Er stand auf, dann hielt er inne und schaute Demi an. »Nicht dass es von Bedeutung ist, aber deine Urgroßmutter war Köchin in Boscawen. Ich habe oft meine Sommerferien dort verbracht, um ihr in der Küche zu helfen.«

»Dann kennst du Boscawen also?«

Er nickte. »Das ist ein ganz besonderer Ort.«

»Erzählst du mir etwas darüber?« Sie legte die Gabel auf den Tisch und musterte ihren Großvater interessiert.

»Nun, das Anwesen ist alt. Teile davon lassen sich bis ins sechzehnte Jahrhundert zurückdatieren, und manche davon sind sehr beeindruckend.« Er legte die Stirn in Falten. »Ich habe den Großteil meiner Zeit dort in der Küche verbracht, die dringend hätte modernisiert werden müssen.« Er lächelte. »Du wirst mir erzählen müssen, was sie dort gemacht haben, vor allem im Garten. Ich habe ihn geliebt. Er war ein wahrhaft magischer Ort.«

»Das werde ich.« Sie aß einen Bissen Lamm. »Was glaubst du, warum hat mir mein Vater die Hälfte von Boscawen hinterlassen?«

»Erst dachte ich, er hätte aus Schuldgefühl heraus gehandelt, aber vielleicht hat der Besitz deiner Mutter und ihm aus irgendeinem Grund etwas bedeutet.«

Demi furchte die Augenbrauen. »Hat er das Anwesen denn schon damals besessen?«

Ihr Großvater schüttelte den Kopf. »Nach dem Tod von Peregrine Tregan in den 1980er-Jahren wurde es an einen Fremden verkauft.« Er seufzte. »Komisch, dass ich mich an manche Dinge so gut erinnern kann, an andere dagegen gar nicht – zum Beispiel daran, was ich zum Frühstück gegessen habe.«

Sie stand ebenfalls auf und schlang die Arme um ihn. »Wir haben zusammen im Garten Porridge gegessen.« Sie küsste ihn auf die Wange. Vielleicht war das Pflegeheim das Beste für ihren Großvater, zumindest so lange, bis sie das Geld von ihrem Vater hatte und einen Ort suchen konnte, an dem sie gemeinsam leben konnten.

Dreizehn

Aufgewühlt ging Victoria in der Küche auf und ab. Sie konnte es nicht fassen, dass sie sich auf ein Treffen mit Charles' Tochter eingelassen hatte. Noch immer war sie völlig aus der Bahn geworfen von der Summe, die sie laut der von ihr eingeschalteten Anwälte benötigen würde, um das Testament in so vielen Punkten anzufechten. Bevor sie diesen Weg tatsächlich einschlug, würde sie daher versuchen, an den Gerechtigkeitssinn der jeweiligen Begünstigten zu appellieren. Es war ganz und gar nicht richtig, dass sie, Charles' Witwe, sich mit so wenig begnügen musste. Wenn sie die aufgestockte Summe von den Wohltätigkeitsorganisationen zurückbekäme, könnte sie dem Hurenkind seinen Anteil an Boscawen ausbezahlen. Natürlich bestünde dann nach wie vor das Problem, dass nicht genügend Geldmittel für die Ausführung ihrer Gartenpläne zur Verfügung standen, zumindest nicht sofort.

Durchs Fenster sah sie, wie Sam den Küchengarten verließ und nach links abbog. Victoria blieb stehen, dankbar, dass sie zumindest genug Geld hatte, um ihn weiterhin zu beschäftigen. Ein genauerer Blick auf die Kontoauszüge hatte ihr gezeigt, dass sie gerade die Kosten für das Haus und die Reinigungskraft aufbringen konnte. Extras könnte sie sich nicht leisten. Sie hätte genug zu essen, das ja, allerdings war das momentan ihre geringste Sorge. Boscawen war nicht billig, und sie war sich nicht sicher, ob sie die zusätzlichen Hilfskräfte für den Garten behalten konnte, zwei Jungs, die sie kürzlich ohne Versicherung eingestellt hatte. Sie rieb sich die Schläfen. Warum sollte sie jetzt dieses Treffen abhalten, bevor sie mit den Wohltätigkeitsorganisationen gesprochen hatte?

Als sie Reifen auf dem Kies der Auffahrt knirschen hörte, strich sie ihr Haar glatt und machte sich auf den Weg zur Haustür. Sie musste dieser Demelza das unangenehme Gefühl vermitteln, hier in Boscawen absolut unwillkommen zu sein. Nein, sie sollte sich nicht nur unwohl fühlen, sondern schuldig. Demelza hatte kein Anrecht auf Boscawen, obwohl Victoria ihr zugestehen musste, durchaus ein Anrecht auf noch etwas anderes als auf die Gene ihres Vaters zu haben. Sie runzelte die Stirn. Laut Sebastian hatte Charles keinen Unterhalt für das Mädchen bezahlt, was nicht zu dem Mann passte, den sie gekannt hatte. Schließlich hatte der heilige Charles die Kosten für die Ausbildung fast jedes klugen, aber armen Kindes hier in Cornwall übernommen, und als die ärmste Grafschaft im gesamten Vereinigten Königreich hatte das einen beträchtlichen Teil seines Vermögens verschlungen. Cornwall war einst die reichste Grafschaft in ganz Großbritannien gewesen, doch jetzt war diese, genau wie Victoria selbst, am Boden. Wie hatte er ihr das nur antun können?

Sie öffnete die Haustür. Sonnenlicht strömte herein, und sie wusste, dass sie alles daran setzen müsste, Boscawen zu retten. Auch wenn sie im Grunde gar nicht wusste, warum. Victoria hatte niemanden, dem sie das Anwesen hinterlassen konnte, dennoch war es ihr Vermächtnis. Der Garten, angelegt und geliebt von ihrer Urgroßmutter, war das, was sie der Welt hinterlassen würde. Der Name Tregan würde für immer mit den besten aller Gärten in Verbindung gebracht werden – den kornischen Gärten.

Das war es, was sie Charles hatte vorschlagen wollen – dass sie das Anwesen dem National Trust hinterlassen sollten, der britischen Organisation für Denkmalpflege und Naturschutz, damit es dem Wohle aller zugutekäme. Er hätte diesem Vorhaben mit Sicherheit zugestimmt, immerhin ging es hierbei ebenfalls um eine Art Wohltätigkeitsprojekt. Warum hatte sie bloß versäumt, das mit ihm zu besprechen? Sie seufzte. Jetzt war nicht die Zeit, über die Vergangenheit nachzugrübeln. Jetzt ging es darum, die Zukunft zu sichern.

Sie setzte ein Lächeln auf und trat aus dem Schatten des Hausinnern vor die Tür, um die Tochter ihres Ehemannes und Mitbesitzerin von Boscawen zu begrüßen. Bei dieser Vorstellung wurde ihr eiskalt ums Herz, dennoch ging sie weiter auf den Wagen in der Auffahrt zu. Sebastian stieg aus dem Jaguar.

»Guten Tag, Tori.« Er beschattete mit der Hand die Augen und schaute sich um. Victoria sah Sam neben einer Schubkarre stehen. Er säuberte das Beet unter den Pflaumenbäumen, die an Spalieren entlang einer der Hauswände wuchsen, und hatte sich aufgerichtet, um einen Blick auf den Neuankömmling zu werfen, der soeben aus dem Wagen stieg.

Victorias Blick wanderte von Sam zu Demelza. Sie war so blass, beinahe unnatürlich bleich. Selbst Charles mit seiner teigigen Haut hatte mehr Farbe gehabt als sie. Ging sie denn niemals vor die Tür? Der Mund von Charles' Tochter rundete sich zu einem O, dann stürzte sie zu Boden, und Sam eilte herbei, um sie aufzuheben.

»Großer Gott, was hat sie denn?« Victoria starrte auf den schlaffen Körper in Sams Armen, als dieser das bewusstlose Mädchen in den Salon trug. Sie wusste, dass Boscawen beeindruckend war, aber so beeindruckend doch auch wieder nicht. Natürlich wirkte das alte Herrenhaus überwältigend auf jemanden, der nicht mit so etwas groß geworden war – ein weiterer Grund, warum Demelza Williams auf keinen Fall die Hälfte davon besitzen sollte.

Demi zitterte unter der weichen Decke, die man über sie gebreitet hatte. Bilder schossen ihr durch den Kopf – Riesen und Augen –, und sie hatte den Geschmack von altbackenen Ingwerplätzchen im Mund. Schon seit Jahren hatte sie jenen Albtraum nicht mehr gehabt, auch wenn sie hier in Cornwall immer wieder an die schrecklichen Bilder denken musste. Aber es waren nicht die Riesen oder die Augen gewesen, die sie umgeworfen hatten. Es war die Tür. Sie kannte diese Tür.

Als sie klein war, war sie um Hilfe schreiend aus diesem Albtraum erwacht. Ihre Mutter hatte ihr weisgemacht, der Traum stamme aus der Zeit ihres Blinddarmdurchbruchs. Laut Morwenna hatte sie fürchterlich unter den Nebenwirkungen der Narkose und eines Antibiotikums gelitten und während dieser Zeit offenbar Bilder aus Filmen und Büchern mit der Realität vermischt. Diese Bilder hatten sich zu einem immer wiederkehrenden Albtraum ausgewachsen.

Nun aber wusste Demi, dass nicht alles, was sie darin sah, ihrer durch Medikamente beeinflussten Einbildungskraft geschuldet war. Die Albträume hingen mit der Eingangstür von Boscawen zusammen. Sie hatte keinen blassen Schimmer, woher sie diese Tür kannte oder was die Riesen und die Augen mit dem Anwesen zu tun hatten, aber ihr Bewusstsein hatte Verbindungen hergestellt, und der Schrecken, den sie damals erfahren hatte, kam ihr immer noch real vor.

Eine kühle Hand berührte ihre Stirn. Demi schlug die Augen auf.

»Hi. Wie geht es dir jetzt?«, fragte eine tiefe Stimme.

Demi blinzelte, dann blickte sie in die wohl schönsten blauen Augen, die sie je gesehen hatte. »Ähm, ich weiß nicht so recht.«

»War das ein Auftritt!« Sein australischer Akzent brachte sie zum Lächeln.

»Wenn auch nicht beabsichtigt.«

»Ich bin übrigens Sam.« Seine Augen funkelten amüsiert.

»Demi.«

»Ich weiß. Du siehst aus wie dein Vater.« Er legte den Kopf schräg. »Und du bist der Grund dieses ganzen Dramas.«

Sie runzelte die Stirn.

»Ich mache bloß Spaß. Tut mir leid. Schlechte Zeit für Scherze.«

Sie lächelte über seinen reumütigen Gesichtsausdruck. »Das ist richtig, aber ich werde dir dieses Mal verzeihen.«

»Freut mich. Lass mich noch mal von vorne anfangen.« Er grinste. »Legst du jedes Mal einen solchen Auftritt hin, oder waren das die Nerven?«

Sie schluckte. Ihr Mund war trocken und schmeckte noch immer nach Ingwer. »Zum Glück bloß die Nerven.« Und die Erkenntnis, dass sie schon einmal in Boscawen gewesen war.

»Was hast du dir bloß dabei gedacht, sie hierher zu bringen?« Victoria stand im Foyer und funkelte Sebastian an.

»Es gehört jetzt auch ihr.«

Sie verschränkte die Arme vor der Brust – für sie im Augenblick die einzige Möglichkeit, ihm nicht ins Gesicht zu schlagen. »Mach dich nicht lächerlich! Boscawen kann niemals ihr gehören!«

»Tori, dein Verhalten ist ungebührlich, außerdem hast du keinerlei rechtliche Handhabe.«

»Warum hast du das zugelassen?«, fragte sie zähneknirschend. »Du weißt, was Boscawen mir bedeutet.«

»Er konnte damit tun, was er wollte, und er hat dich abgesichert.«

Sie wandte sich ab, konnte den ach-so-anständigen Ausdruck in seinen Augen nicht länger ertragen. Sollte er ruhig auf dem hohen Ross sitzen. Er hatte ja immer das Richtige getan. Hatte einen Rückzieher gemacht, wenn sie ihn darum gebeten hatte zu kämpfen. Stets war er der bessere Mann, der bessere Mensch gewesen. Je mehr sie darüber nachdachte, desto mehr glaubte sie den Grund zu kennen, weshalb Charles so viel Geld für wohltätige Zwecke ausgegeben hatte: Er hatte so sein wollen wie Sebastian. Charles hatte natürlich gewusst, wo ihr Herz all die Jahre über verblieben war, und siehe da, wohin das geführt hatte – dazu, dass sie nun ihr Zuhause mit Charles' unehelichem Kind teilen musste.

»Sebastian, du weißt genauso gut wie ich, dass es niemals funktionieren wird, das Anwesen miteinander zu teilen, und Charles hat mir nicht genug Geld hinterlassen, um sie auszubezahlen.«

»Sie hat einen Namen, Tori. Sie heißt Demelza oder Demi, wie sie genannt werden möchte. Sie ist ein anständiges Mädchen.«

»Sie ist kein Mädchen, sondern eine erwachsene Frau. Eine Frau, die sogar Sam dazu gebracht hat, ihr aus der Hand zu fressen.« Victoria wandte sich um und warf einen Blick durchs Foyer in den Salon.

Seb grinste. »Eifersüchtig?«

Ohne auf ihn einzugehen, kniff Victoria die Augen zusammen und versuchte, Sams Körpersprache zu deuten. Sam kniete neben dem Bastard, den er vorsichtig in Victorias Lieblingssessel gesetzt hatte. Sie hatte seinen Gesichtsausdruck bemerkt, als er sie hochgehoben hatte. Es hatte ihn erwischt. Wie hatte das so blitzschnell geschehen können? Ihres Wissens war er während der zwei Jahre, die er jetzt in Cornwall lebte, nie mit einer Frau zusammen gewesen. Nicht dass er kein Sozialleben hatte, aber es hatte da keine bestimmte Person gegeben. Sie hatte aufmerksam auf Klatsch und Tratsch gelauscht, doch diesbezüglich war ihr nichts zu Ohren gekommen. Und trotzdem war es offensichtlich, dass das Hurenkind ihn in seinen Bann gezogen hatte.

»Tori.«

»Tori, Tori! Hör auf damit, mich zur Vernunft bringen zu wollen! Charles hatte kein Recht, mir mein Zuhause zu nehmen, geschweige denn, mich in diese prekäre Situation zu bringen.«

»Du könntest verkaufen und nach London ziehen.«

Die Fäuste in die Hüften gestemmt, wirbelte sie zu ihm herum. »Mein ganzes Leben habe ich getan, was man von mir erwartet hat. Habe gelebt, wo andere es wollten, habe den Ort verlassen, den ich liebte, weil ich kein Anrecht darauf hatte, und jetzt willst du, dass ich das Einzige aufgebe, was ich mir je gewünscht habe?«

»Ich habe nur ein einziges Mal etwas von dir gewollt.«

»Das ist nicht fair.« Sie löste die Fäuste. »Du bist gegangen.«

»Nicht für immer. Das wusstest du.«

Victoria seufzte. »Das ist die Vergangenheit, und das hier ist das Jetzt; das hier gehört jetzt mir.« Erneut sah sie hinüber in Richtung Salon. Sam und das Hurenkind sprachen miteinander. Victoria war klar, dass sie Demelza nicht länger so bezeichnen durfte, wenngleich sich alles in ihr dagegen sträubte. »Charles hat mich nie verstanden, aber ich hatte gedacht, er habe begriffen, was Boscawen mir bedeutet. Anscheinend habe ich mich da gründlich getäuscht.« Ihre Schultern sackten herab, Erschöpfung durchflutete sie. Sie sah wieder zu Sam, der noch immer an der Seite des Mädchens hockte. Er war jung genug, um Victorias Sohn zu sein, das Kind, das sie nie bekommen hatte. Das Mädchen genauso.

»Lass uns dieses vermaledeite Treffen hinter uns bringen.« Entschlossen marschierte Victoria auf den Salon zu.

Demi setzte sich im Sessel auf. »Wer bist du, Sam?« Sie musterte ihn, bemerkte, wie braungebrannt er war. Seine Hände waren rau, an seinen Unterarmen klebte Erde. Als sie aufblickte, bemerkte sie einen Zweig in seinen braunen Haaren. Sie lächelte.

»Der Gärtner.«

Das erklärte den Zweig. »Gefällt es dir hier?«

Er nickte. »Es ist ein schöner Ort.«

Demi schaute sich im Zimmer um und schob das Déjà-vu-Gefühl beiseite, dass hier etwas Schreckliches geschehen war. Sie rieb sich die Schläfen. Nichts ergab Sinn, und sie musste einen klaren Kopf bekommen. Sebastian hatte ihr erzählt, dass Victoria ihr feindlich gesinnt war – eine überflüssige Bestätigung dessen, was sie längst wusste –, und er hatte auf der Fahrt nach Boscawen in groben Zügen ihre Möglichkeiten umrissen.

Im Foyer sah sie Victoria und Sebastian miteinander reden. Sie hatten die Stimme gesenkt, sodass sie nichts von dem verstand, was gesagt wurde, aber die Körpersprache der beiden war verwirrend. Im einen Moment gingen sie ausgesprochen formal miteinander um, im anderen rückten sie nahe zusammen. Einer machte einen Schritt nach vorn, und der andere machte einen Schritt zurück, aber nicht ganz, fast so, als würden sie miteinander tanzen. Was mochte das wohl bedeuten?

Plötzlich drehte sich Victoria in ihre Richtung und fing Demis Blick auf. Diese erstarrte wie ein Reh im Scheinwerferlicht – obwohl, das hier war schlimmer. Der Hass in Victorias Augen war tödlich. Demi holte tief Luft. Ihr stand ein gnadenloser Kampf bevor, und sie würde stark sein müssen. Unwillkürlich fing sie an, leise zu lachen.

»Alles in Ordnung?« Sam legte eine Hand auf ihren Arm. Der Kontrast der beiden Hauttöne war verblüffend.

Demi riss den Blick los von dunkel und blass. »Ja, ich denke schon. Wie ist sie so?«

»Mrs. Lake?«

Sie nickte.

»Sie ist ein sehr zielstrebiger Mensch und eine großartige Chefin.«

Zielstrebig. Hm. Das war offensichtlich, als Sebastian und Victoria das Foyer verließen und auf sie zukamen. Demi wandte den Blick ab und ließ ihn stattdessen durch den Salon schweifen. Er war groß. Vier hohe Glastüren gingen auf eine Terrasse hinaus und füllten den Raum mit Licht. Allerdings wurden sie von schweren Samtvorhängen erdrückt, und während die Möbel ansprechend waren, waren die Stoffe nichtssagend. Gute Qualität, aber kein Schwung. Verschiedene Stilrichtungen hätten dem Raum etwas Besonderes verleihen können, stattdessen traf hier Landhaus auf die Siebzigerjahre. Als sie Victorias Chanel-Kostüm gesehen hatte, hatte sie ein Haus erwartet, das dem entspräche, doch Boscawen House, zumindest dieses Zimmer, wirkte langweilig. Mit Sicherheit hatten ihr Vater und seine Frau das Geld für einen Dekorateur besessen, wenn das schon nicht Victorias Sache war.

»Wie geht es Ihnen jetzt?« Sebastian nahm auf dem Sofa Platz.

»Besser, danke.« Sie sah von ihm zu Victoria. Ihr Gesicht war eine Maske der Beherrschung. Der Hass, den sie noch vor wenigen Momenten darin erblickt hatte, war nicht mehr zu erkennen.

»Gut, denn wenn Tori sich setzen und Sam …« Er lächelte den Gärtner an. »Wenn Sie uns bitte entschuldigen würden.«

»Selbstverständlich.« Sam warf Demi einen aufmunternden Blick zu, dann nickte er in Richtung Victoria und verließ den Salon.

Demi sah ihn zur Tür hinausgehen und fragte sich, was wohl als Nächstes käme.

Victoria setzte sich in den Lehnsessel. Er war genauso, wie der ihres Vaters gewesen war, bis hin zu dem braunen Samtbezug. Sie strich mit der Hand über den weichen Stoff. Das hier war ihr Haus. Es würde Demelza niemals gehören. Sie biss die Zähne zusammen bei dem Gedanken an Charles und das, was er getan hatte – ihr seine Tochter aufzudrücken! Wann hatte er diese Entscheidung getroffen? Sie hatte Sebastian gefragt, doch der hatte schlicht erwidert, Charles habe bis unmittelbar vor seiner Abreise aus London Änderungen am Testament vornehmen lassen. Hatte er das getan, weil er Adam und sie am Telefon gehört hatte? Waren diese Änderungen neu oder schon älter?

»Sie, Demi, und du, Victoria, hattet inzwischen Gelegenheit, Charles' letzten Willen noch einmal in aller Ruhe durchzugehen.« Sebastian schaute Demelza an, dann wandte er sich Victoria zu. Diese war das Testament nicht nur durchgegangen, sie hatte es förmlich auseinandergenommen, um festzustellen, ob es irgendwo brüchige Stellen aufwies, an denen sie einhaken konnte. Als sie keine gefunden hatte, hatte sie versucht, Sebastian irgendwelche Schlupflöcher aus dem Kreuz zu leiern, und als auch das nichts brachte, hatte sie einen Anwalt eingeschaltet, den Audrey ihr empfohlen hatte und der sie ein kleines Vermögen kostete.

»Es war seine Absicht, dass ihr euch Boscawen teilt, deshalb hat er entsprechende Anweisungen hinterlassen.« Sebastian hielt inne, und Victoria schnitt eine Grimasse, als seine Worte einsackten. Zu diesen Anweisungen musste sie ihm unbedingt noch ein paar Fragen stellen.

»Ich bin mir darüber im Klaren, dass das nicht dem entspricht, was ihr beide euch gewünscht habt.«

Victoria sah in Demelzas blasses Gesicht. Sie sah nicht aus, als sei sie auch nur im Mindesten an Boscawen interessiert. Ihr voller Mund war zu ebenjenem Schmollen verzogen, das Charles zur Schau getragen hatte, wenn ihm etwas missfiel. Dass sie das einst niedlich gefunden hatte! Jetzt hätte sie deswegen schreien mögen.

»Ich bin mir sicher, ihr beide wisst, dass euch nur zwei Möglichkeiten bleiben.« Wieder schaute er erst Demi, dann Victoria an. Victoria musterte Demi, die die Schultern straffte. »Entweder ihr behaltet das Anwesen und führt es gemeinsam, oder ihr verkauft es.«

Victoria sah dem Mädchen an, dass es am liebsten die Flinte ins Korn geworfen und die Flucht ergriffen hätte. Genau das hätte Victoria an Demis Stelle getan. Es machte sie wütend, dass sie, sollte sie Boscawen behalten wollen, diesen Affront gegen ihre Ehe, gegen ihre Person, ja gegen ihr Herz akzeptieren müsste. Denn egal, wie Victoria über den Zahlen brütete, sie könnte Demelza nicht ausbezahlen. Selbst wenn sie das Anwesen komplett geerbt hätte und die vier Millionen Pfund noch dazu, wäre es schwierig gewesen, die Kosten zu decken, die es verschlang.

»Egal, wofür ihr euch entscheidet, es dauert mindestens sechs Monate, vielleicht sogar ein Jahr, bis das Testament endgültig vollstreckt werden kann.« Er stand auf und trat ans nächste Fenster. »Ob ihr euch nun für oder gegen Boscawen, für oder gegen eine Zusammenarbeit entscheidet, ihr werdet euer Bestes geben müssen, das Anwesen attraktiv für potenzielle Käufer zu gestalten. Besitz dieser Größenordnung stößt an gewisse Grenzen. Obwohl das Grundstück bis zum Fluss hinunter reicht, kann man dort zum Beispiel nicht bauen, weil der Wald unter Naturschutz steht.« Er drehte sich um und sah die beiden Frauen an. »Das mindert den Wert beträchtlich. Ihr könntet euch für den Anfang den Zugang zum Kai vornehmen, und wenn der wieder frei ist, die Baugenehmigung für die Wiedererrichtung und Vergrößerung des ehemaligen Bootshauses beantragen.«

»Verflucht, Sebastian!« Victoria sprang auf und funkelte Demelza an, die jetzt dasaß wie ein verschreckter Hase. »Das ist absolut unvertretbar!«

»Was möchten Sie tun?« Demelza stand ebenfalls auf.

Mit einer Stimme, die so tief und heiser war, dass sie Victoria selbst überraschte, antwortete sie: »Ich will Boscawen. Ich dachte, das läge auf der Hand.«

»Ohne mich.«

»Selbstverständlich.« Victoria zwang ihre Lippen zu einem freundlichen Lächeln. Vielleicht könnte sie Charles' Tochter dazu überreden, ihr ihren Anteil zu überlassen, ihr Schuldgefühle einimpfen, dass sie etwas bekam, auf das sie keinerlei Anspruch hatte. Victorias Nase zuckte. Es mochte vielleicht nicht funktionieren, aber es war einen Versuch wert.

»Ich möchte Boscawen nicht.« Demis Stimme zitterte leicht.

»Ausgezeichnet.« Victorias Lächeln wurde breiter. Das würde leicht werden.

»Bezahlen Sie mich aus.«

»Bevor ihr zwei weiterredet: Ihr vergesst, dass bis zur endgültigen Vollstreckung und Entrichtung der Erbschaftssteuer nichts dergleichen unternommen werden kann, deshalb besteht auch kein Grund, diese Diskussion jetzt zu führen. Heute geht es darum, ein Gespräch zu beginnen.«

Demi sah Sebastian an. Er hatte freundlich gesprochen, aber er täuschte sich, wenn er glaubte, es bestünde tatsächlich die Möglichkeit, dass Victoria und sie sich das Anwesen teilten. Ein kurzer Blick auf die Grundstückspreise in Cornwall hatte ihr gezeigt, dass Boscawen mindestens fünf Millionen Pfund wert war. Ihr Anteil betrug die Hälfte plus die beiden Millionen in bar, abzüglich der Erbschaftssteuer. Wie hoch diese ausfallen würde, wusste sie nicht.

Das war mehr Geld, als sie sich jemals erträumt hatte, außer ein einziges Mal, als sie einen Lottoschein ausgefüllt hatte. Jetzt hatte sie den Jackpot geknackt, obwohl sie gar nicht gespielt hatte. Victoria dagegen fühlte sich zweifelsohne beraubt. Doch auch Demi war beraubt worden, nämlich ihres Vaters, der Zeit mit ihm und seiner Unterstützung, während sie aufwuchs. Morwenna war ihr eine wunderbare Mutter gewesen, das stand außer Frage, doch Demi hatte all die Jahre geglaubt, ihr Vater sei tot, dabei hatte er nicht weit von ihnen entfernt in London gelebt – und das tat weh.

»Entschuldigen Sie die Störung, Mrs. Lake.« Sam stand draußen auf der Terrasse. »Die Baumlieferung ist eingetroffen.«

»Bäume?« Victoria runzelte die Stirn.

»Die Apfelbäume, die Sie bestellt haben.«

»Verflixt!«

Demis Augen weiteten sich. Apfelbäume? In den Unterlagen stand, dass es bereits fünf Obstgärten gab. Wozu um alles auf der Welt brauchte Victoria noch mehr Äpfel?

»Was soll ich den Lieferanten sagen?«

Demi sah, wie Victoria rot anlief. Sie hüstelte, bevor sie antwortete. »Sie sollen sie neben der Scheune abstellen. Wir können uns später damit befassen.«

»Hier sind die Lieferpapiere.« Sam reichte ihr die Blätter zusammen mit einem Kugelschreiber durch die offene Fenstertür herein. Aus Victorias Gesicht wich die Farbe. Demi fragte sich, was die Bäume wohl kosten mochten. Warum kaufte die Witwe ihres Vaters Apfelbäume, wo sie laut Sebastian vermutlich nicht einmal in der Lage war, Demi auszubezahlen?

Sebastian hatte ihr vorgeschlagen, dass sie einstweilen in das alte Herrenhaus einziehen sollte. Unentschlossen hatte Demi eine kleine Reisetasche mitgebracht, den Rest ihrer Sachen hatte sie zusammen mit dem Geschirrschrank und den Stühlen in der Garage von Großvaters ehemaligem Schüler gelassen. Sollte sie wirklich beim Teufel Unterschlupf suchen? Mit Victoria zusammenzuleben wäre ähnlich, wie sich den Käfig mit einem wütenden Tiger zu teilen. Wenn sie sich allerdings dagegen entschied, müsste sie sich schnellstmöglich eine Bleibe für die Nacht suchen.

»Ich bin mit der Auswahl der Bäume übrigens voll und

ganz einverstanden. Danke, dass Sie meine Meinung ernst genommen haben.« Sam lächelte Victoria an. Diese gab ihm die Lieferpapiere zurück, und Demi hatte den Eindruck, sie hätte ihm am liebsten den Kopf abgerissen.

Sam verließ die Terrasse, und Victoria wirbelte herum. Ihre Augen glitzerten zornig. »Demelza, warum sind Sie hier? Sie gehören nicht an diesen Ort. Boscawen ist das Haus meiner Familie, und Sie haben damit nichts zu tun.«

Demi griff Halt suchend nach der Stuhllehne. Die Gehässigkeit, die in diesen Worten lag, sagte so viel mehr als die schlichte Aufforderung zu verschwinden. Sie hatte sich darauf eingestellt, den Rückzug anzutreten, aber Victorias Worte erweckten den Eindruck, als sei es Demi gar nicht wert, dass man ihre Wünsche berücksichtigte, als könnte man sich einfach über sie hinwegsetzen. Trotz stieg in ihr auf.

»Charles Lake – *mein Vater* – hat mir die Hälfte dieses Anwesens hinterlassen, und ich habe jedes Recht, hier zu sein.«

»Er hatte kein Recht dazu! Genauso wenig wie ein Bastard das Recht hat zu erben. Das war schon immer so!«

»Tori, du vergisst dich – und du liegst falsch, juristisch betrachtet.«

»Ach, lass mich doch in Ruhe, Sebastian.« Damit fegte Victoria durch die offene Fenstertür hinaus in den Garten.

Demi sackte zusammen. Es würde ihr vermutlich kaum etwas anderes übrig bleiben, als eine Zeit lang hier zu wohnen, aber es sah nicht danach aus, als würde das besonders spaßig werden.

Vierzehn

Die Sonne schien heiß auf ihren Rücken, als Victoria auf die Scheune zuschritt. Hoffentlich hatte Sam gewusst, welches der zahlreichen Nebengebäude sie meinte. Nur ein einziges hatte einen vernünftigen Wasseranschluss, und diese jungen Bäume würden viel Wasser brauchen. Was hatte sie sich nur dabei gedacht, als sie sie bestellt hatte? War das eine Art Trotzreaktion gewesen?

Sie bog um die Ecke und ging den Pfad zwischen Haus, Küchengarten und den Holunderbäumen entlang. Es war klar zu erkennen, wo Sam die Bäume zurückgeschnitten hatte. Das Wäldchen hatte immer in der Nähe des Hauses gestanden und diesem über die Jahrhunderte hinweg Glück gebracht. Sämtliche Tregans waren nahezu fanatisch gewesen, was den Holunder anbelangte – mit Ausnahme von Perrys Frau Julia. Sie hatte die Zweige geschnitten und damit den Pakt zwischen den Bäumen und den Tregans gebrochen. Selbst Edith und Gladys hatten darin übereingestimmt, dass der Holunder entscheidend für das Wohlergehen von Boscawen war, und sie waren nicht gerade in vielen Dingen einer Meinung gewesen. Victorias Lippen zuckten, als sie an die beiden Zankhennen dachte. Jede hatte ihr unterschiedliche Geschichten erzählt, aber am Ende war es immer darum gegangen, die Familie und Boscawen zu erhalten.

Die Luft war kühler im Schutz der Bäume. Trotz des trockenen Wetters konnte sie noch immer die feuchte

Erde riechen. Sonnenlicht fiel ins Wäldchen und fing mit einem Strahl einen Schmetterling ein. Er flog über die Farne hinweg, die den Boden bedeckten. Warum hatte sie dreihundert zwei Jahre alte Apfelbäume zum Preis von je zwanzig Pfund gekauft? Sechstausend Pfund. Noch vor einer Woche hätte sie sich nichts dabei gedacht, eine solche Summe auszugeben, doch nun erschien ihr das als ein gewaltiger Betrag, und das war erst der Anfang. Sie würde weitere Helfer engagieren müssen, um die Bäume zu pflanzen. Für zwei Personen wäre das eine rückenruinierende Aufgabe.

Sie grinste, als sie an Sams Gesichtsausdruck dachte. Er war erfreut, dass sie auf ihn gehört und seinem Urteilsvermögen vertraut hatte. Gleichzeitig hatte er die Situation erahnt, in der sie sich nun befand. In der Vergangenheit wäre sie die Witwe gewesen, die man ins Witwenhaus verfrachtet hätte, genau wie ihre Urgroßmutter und Großmutter, während sich der Erbe im Haupthaus einrichtete. Nun gehörte Dower House einer anderen Familie, und sie musste sich Boscawen mit der Erbin teilen. Es war grotesk, dass man von ihr erwartete, mit der Tochter ihres Ehemannes zusammenzuleben – Tag für Tag mit der Personifikation seiner Untreue konfrontiert zu sein. Sie mochte ja mit unzähligen Männern geschlafen haben, aber sie hatte keinen von ihnen geliebt. In dieser Hinsicht hatte sie Charles nie betrogen. Sie hatte ihn geliebt – so gut es ihr unter den gegebenen Umständen möglich war.

Sie lachte. Sie hätte sich von ihm scheiden lassen sollen, als klar war, dass sie keine Kinder bekommen würden. Aber Charles war katholisch – sie ebenfalls, aber das bedeutete ihr nicht dasselbe wie ihm. Sie war zum katholischen Glauben konvertiert, um ihn zu heiraten – um sein Geld zu heiraten. Sie hatte die dafür erforderlichen

Worte ausgesprochen, und das war's. Eine Scheidung war für Charles nicht in Frage gekommen. Als treuer Katholik glaubte er an sein Eheversprechen. Trotzdem hatte er eine Affäre gehabt, eine Affäre, aus der Demelza hervorgegangen war.

Sie hätten versuchen sollen, ihre Ehe annullieren zu lassen, dachte Victoria rückblickend. Sie meinte, gelesen zu haben, Kinderlosigkeit sei durchaus ein Grund für einen solchen Schritt. Entgegen seiner Überzeugung hatte er sich gemeinsam mit ihr allen möglichen Fruchtbarkeitsbehandlungen unterzogen, und diese demoralisierende Erfahrung war es gewesen, die sie schlussendlich auseinandergebracht hatte.

Sam stand vor der Scheune, dreihundert junge Apfelbäume mit Ballen neben sich, und versuchte, eine Art Sprinkler zu basteln. Wenn sie nicht schnell handelten, könnten sie das Geld in den Wind schreiben, der gerade auffrischte und die Blätter der Bäume im angrenzenden Obstgarten rascheln ließ. Auch das Feld zur Linken war früher eine Obstwiese gewesen, doch nach dem Zweiten Weltkrieg war diese umgegraben worden. Die Bäume waren alt, und es gab keinen Abnehmer für das Obst. Als die Sechzigerjahre über das Land hinwegrollten, hatte man einen weiteren Obstgarten zerstört. Alles hatte sich verändert.

»Mrs. Lake«, sagte Sam, »ich muss morgen früh nach Falmouth fahren, um Zubehör für ein Bewässerungssystem zu besorgen. Heute werde ich jeden Ballen von Hand gießen, aber selbst wenn die Bäume in der Erde sind, müssen sie jeden Tag gewässert werden.« Er sah ihr in die Augen. »Ich dachte, Sie würden die Lieferung zum Winter hin bestellen.«

Sie hörte den Vorwurf in seinen Worten. Ja, er hatte

Recht. Das hätte sehr viel mehr Sinn ergeben. Im Winter hatten sie weniger zu tun. Ende Juni, wenn sich der Garten in vollem Wachstum befand, war eine solche Zusatzaufgabe einfach verrückt. Doch momentan schien sie viele verrückte Dinge zu tun. »Ich weiß. Ich war in letzter Zeit nicht ich selbst.«

»Das wird wohl noch länger so sein.« Mit zusammengekniffenen Augen blickte er hinaus aufs Feld. »Haben Sie Adam angerufen?«

Sie schüttelte den Kopf. Ihr Körper spannte sich an bei dem Gedanken an ihren jungen Geliebten.

»Er ist gestern vorbeigekommen; Sie haben seine Anrufe nicht erwidert, offenbar macht er sich Sorgen.«

Hörte sie etwa einen Tadel in seiner Stimme? Sie lachte. Der Gärtner erteilte ihr einen Rüffel. »Vielen Dank fürs Ausrichten«, sagte sie lächelnd, dann drehte sie sich um, warf einen letzten Blick auf das Zeugnis ihrer Torheit, und ging davon.

Seltsame Geräusche drangen aus Victorias ehemaligem Zimmer, welches sie während ihrer Kindheit und Jugend in Boscawen House bewohnt hatte. Was zum Teufel ging hier vor? Mit gerunzelter Stirn schritt sie den Flur entlang und wollte gerade die Tür aufstoßen, als sich diese öffnete. Victoria, die einen Schritt nach vorn gemacht hatte, prallte gegen Sebastian, der nach hinten stolperte und mit ihr zusammen aufs Bett fiel.

»Hatten wir das nicht schon einmal?« Victoria rollte von ihm hinunter und rappelte sich hoch, doch sie blieb auf der Bettkante sitzen.

»Wo du Recht hast, hast du Recht.« Auch er richtete sich auf und schaute zum Fenster hinüber.

»Ja, dadurch bist du mehr als ein paarmal hineingeklettert.« Sie lächelte. »Leider gibt es die Glyzinie, an der du dich festgehalten hast, nicht mehr.«

»Schöne Erinnerungen.«

»Hm. Was machst du eigentlich hier drinnen?« Plötzlich bemerkte sie, dass das Bett, auf dem sie saß, bezogen war. Sie stand auf. »Was fällt dir ein?« Victoria sprang auf.

»Ich bereite das Zimmer für Demi vor.«

Sie standen einander gegenüber, das Bett zwischen sich. Victoria hätte beinahe gelacht. Das letzte Mal, dass sie mit ihm in einem Schlafzimmer gewesen war, lag Jahre zurück. Sie war betrunken gewesen und hatte versucht, ihn zu verführen. Er hatte ihr widerstanden. Nun hatte er ein Bett für Demelza hergerichtet. Als würde sie zulassen, dass diese Frau in ihrem Haus blieb!

»Vergiss es, Seb. Das wird nicht passieren.« Sie stolzierte aus dem Zimmer und knallte die Tür hinter sich zu.

»Sebastian, mir ist gar nicht wohl dabei hierzubleiben.« Demi strich sich eine Haarsträhne hinters Ohr. Sie fühlte sich in vielerlei Hinsicht unwohl. Sie wusste, dass sie schon einmal in diesem Haus gewesen war, doch wie sollte sie Sebastian das sagen? Sie musste damals noch sehr jung gewesen sein. Hatte Charles sie hierhergebracht? Warum kam dieser Ort in ihrem immer wiederkehrenden Albtraum vor?

»Das kann ich verstehen. Aber Tori bellt eher, als dass sie beißt.«

Demi zog eine Augenbraue hoch.

»Glauben Sie mir, ich kenne sie.« Er schenkte Demi ein betrübtes Lächeln.

»Wie lange hat Charles dieses Haus besessen?«

»Nur knapp über zwei Jahre. Warum fragen Sie?«

»Ich wüsste gern, warum Victoria derart daran hängt.«

»Ach, Boscawen gehörte über Generationen hinweg ihrer Familie, bis es 1984 nach dem Tod ihres Bruders verkauft wurde.« Er trug ihre Reisetasche die breite Treppe hinauf. Das erklärte nicht, wieso Demi schon einmal hier gewesen war, aber es erklärte Victorias Entschlossenheit. Und es bedeutete, dass Demis Urgroßmutter für Victorias Familie gearbeitet hatte. Sie fragte sich, ob Victoria diese Verbindung bekannt war.

Als sie Sebastian die Stufen hinauf folgte, stellte sie fest, von welch gewaltigem Ausmaß das Foyer war. Genau wie der Salon ging es nach Westen und fing die Nachmittagssonne ein. Bestimmt wären die großen Bodenfliesen warm, wenn sie die Schuhe auszog und barfuß darüber ging. Die Haustür war noch immer einladend geöffnet, aber Demi wusste, dass sie hier nicht willkommen war. Niemals willkommen gewesen war.

»Alles in Ordnung?« Sebastian blieb auf halber Höhe der Treppe stehen.

Ihre Haut kribbelte, Panik und Schmerz stiegen in ihr auf. Sie drückte die Hände gegen die Schläfen.

Sebastian berührte sie am Arm. »Geht es Ihnen noch nicht besser? Sie mussten in letzter Zeit so viele Veränderungen durchmachen.«

»Das ist es nicht.« Sie holte tief Luft. »Nun, vielleicht mag es dazu beisteuern, aber«, sie zögerte, »es ist ausgeschlossen, dass ich schon einmal hier war, oder?«

»Wie ich schon sagte – das Haus befand sich zwischenzeitlich in fremdem Besitz.«

»Natürlich.« Sie versuchte zu lächeln. Anscheinend bildete sie sich Dinge ein. Vielleicht hatte ihre Mutter Recht gehabt, ihre Albträume betreffend, und sie hatte etwas über einen Ort wie diesen gelesen. »Eine weitere Frage, Sebastian. Warum wollte mein Vater mich nicht?«

»Ach, Demi, er hat Sie mehr geliebt, als ich Ihnen vermitteln kann, aber das Leben ist nun mal nicht einfach.« Er zuckte die Achseln und führte sie weiter die Treppe hinauf. Als sie den oberen Absatz erreichten, blieb Demi stehen und schaute noch einmal hinunter. Die Wände mit ihrem düsteren, burgunderroten Anstrich waren im viktorianischen Zeitalter gefangen. Um diese Tageszeit war das Foyer zwar hell genug, doch am Abend mochte es erschlagend wirken.

»Wussten Sie, dass Charles zur Beerdigung meiner Mutter gekommen ist?«

Wieder blieb er stehen. »Ja.«

»Und wissen Sie auch, warum er nicht mit mir gesprochen hat?«

»Ich ...« Er sah hinab. Victoria hatte das Foyer betreten und streifte sich die Schuhe ab. Demi sah, wie sie eine verwelkte Blume aus dem Arrangement auf dem Konsolentisch zupfte. Tiefvioletter Sommerflieder ragte aus sattem Lorbeergrün, doch die Schönheit verlor sich vor dem dunklen Burgunder der Wände.

»Ich weiß, dass er vorhatte, mit Ihnen zu reden, aber es erschien ihm nicht als der richtige Zeitpunkt.«

»Oh.«

»Sebastian, was machst du da?«, drang Victorias schneidende Stimme zu ihnen nach oben.

»Ich bringe Demi auf ihr Zimmer.«

Victoria strebte die ersten Stufen der Treppe hinauf, doch dann blieb sie stehen und stemmte die Hände in die Hüften. »Hatte ich nicht Nein gesagt?«

»Victoria, du hast zehn Schlafzimmer.«

»Nein.«

»Gut, aber sie wird über Nacht bleiben.« Sebastian seufzte.

»Nein.« Victoria verschränkte die Arme vor der Brust.

»Du führst dich auf wie ein Kleinkind.«

Victoria ließ sich nicht beirren und funkelte Sebastian so wütend an, dass dieser den Blick abwandte. Es war nicht Demis Absicht, sie zu verärgern, aber das tat sie bereits durch ihre bloße Existenz. »Das hier ist mein Zuhause, und ich will sie nicht hier haben.«

Demi trat an Sebastian heran und flüsterte: »Ich würde liebend gern verschwinden und mir für die Nacht ein Bed & Breakfast suchen.«

»Überlassen Sie das mir. Warum gehen Sie nicht ein bisschen im Garten spazieren? Er ist wirklich ausgesprochen schön.«

Zusammen mit Demi ging Sebastian die Treppe hinunter, wobei er sie mit seinem Körper vor Victorias tödlichen Blicken abschirmte, und Demi schlüpfte zur Tür hinaus in ein duftendes Paradies.

Ein Beet voller Rosen zog sich an einer hohen Steinmauer entlang. Nah am Haus waren sie tiefrot; je weiter das Beet vom Haus wegführte, desto heller wurden die Farben, über Pink und Rosé bis hin zu Weiß. Sie trat näher und bückte sich, um den Duft einzuatmen, doch dann hielt sie inne und drehte sich um, um zu sehen, ob sie beobachtet wurde. Es war so seltsam, die Tür, die ihr so viele Jahre in ihren Albträumen erschienen war, in goldenen Glanz getaucht zu sehen. Ein schöner Anblick, ganz und gar nicht der Eingang zu einem Haus des Schreckens. Sie musste das Haus irgendwo gesehen haben, und nun musste sie einen Weg finden, die Furcht und das Entsetzen, die damit verbunden waren, von der Realität zu unterscheiden.

Es war ein herrlicher Juniabend. Sie schlenderte die Zufahrt entlang und sah plötzlich etwas Blaues in dem ein

Stück vom Haus entfernten Wald aufleuchten. Sie hielt den Atem an, als ihr die Warnung ihrer Großmutter einfiel, sie dürfe niemals ein Blauglöckchen pflücken, da sie sonst von den Feen entführt würde. Augen. Wald. Angst. Ihr Mund wurde trocken.

Sie rannte über die Zufahrt, weg vom Haus, als wollte sie davor fliehen, bis sie an einen Pfad gelangte. Das Geräusch plätschernden Wassers drang zu ihr, begleitet von schrägem Gesang. Jemand trällerte einen Beatles-Song, und Demi war sich ziemlich sicher, dass dieser Jemand Sam war. Sie konnte deutlich seinen näselnden australischen Akzent heraushören.

Sie folgte dem Pfad, bis sie ihn neben einer Scheune erblickte, wo er Victorias Apfelbäume Ballen für Ballen wässerte. Das Feld zu ihrer Linken stand bereits voller Obstbäume. Warum um alles in der Welt wollte Victoria noch mehr davon pflanzen?

»Hi.« Sam winkte ihr zu.

»Puh, das wird ja einige Zeit in Anspruch nehmen.«

»Das kannst du laut sagen.« Er verdrehte die Augen. »Magst du mir helfen?«

»Sicher.«

»Du könntest schon einmal den nächsten Eimer füllen.«

Sie nickte und machte sich an die Arbeit, wobei sie sich alle Mühe gab, sich nicht von seinen kräftigen Armmuskeln ablenken zu lassen. Er war so durchtrainiert! Matt, der stets von sich behauptete, ganz ausgezeichnet in Form zu sein, schnitt schwach ab im Vergleich zu Sam. Er sah so gut aus mit seiner tief gebräunten Haut und den Augen, die von dem gleichen Blau waren wie die Blauglöckchen, die sie gerade gesehen hatte. Sam sah, nun ja, wie sollte sie es sagen? Er sah einfach gesund aus. Demi schluckte.

Sie war sich nicht sicher, ob es gut war, dass sie ihn so bewundernd anstarrte, aber er war einfach umwerfend, und sie würde ja wohl noch schauen dürfen.

Wasser schwappte über den Rand des Eimers, den sie gerade füllte.

»Hast du jetzt schon keine Lust mehr?« Er nahm ihr den vollen Eimer ab. Demi lachte.

»Tut mir leid, Boss.«

»Dann bist du also die Erbin?«

Demi richtete den Schlauch in einen weiteren Eimer. Als sie sich aufrichtete, um den Rücken durchzustrecken, glitt er ihr aus der Hand und bespritzte sie beide mit Wasser.

Er lachte. »He, das sagt alles.«

»Nein, so ist das nicht. Ich habe noch nicht viel darüber nachgedacht.« Sie zog die Nase kraus. »Nun, das ist nicht ganz richtig. Es ist alles so kompliziert, und ich glaube nicht, dass es dabei bleibt. Victoria wird das Testament anfechten.«

»Hm. Kanntest du Charles?«

»Nein.« Demi griff nach dem Schlauch, wobei sie darauf achtete, dass er ihr nicht wieder aus der Hand rutschte, und füllte den nächsten Eimer. »Obwohl auch das nicht ganz richtig ist. Man hat mir erzählt, ich hätte ihn sehr wohl gekannt, als ich klein war, aber ich kann mich nicht an ihn erinnern.«

»Das ist schade. Mr. Lake war ein toller Mann.« Sam wässerte den nächsten Ballen. Demi steckte den Schlauch in den leeren Eimer und reichte Sam einen vollen.

»Danke.«

»Das dauert ja ewig! Musst du das jeden Tag machen?«

»Ja, aber morgen kaufe ich ein paar Sachen, um ein Bewässerungssystem zu bauen, egal, ob ein Sprinkler dabei herauskommt oder ein zerlöcherter Schlauch.« Er legte den Kopf schräg und grinste.

»Ein zerlöcherter Schlauch? Ist das die neueste Technik?«

»Ausgesprochen effektiv, wenngleich primitiv. Ich überlege schon den ganzen Nachmittag, wie ich das am besten anstelle. Ich weiß nicht, was sich Mrs. Lake bei dem Liefertermin für die Bäume gedacht hat. Wir hatten über November oder Dezember gesprochen.«

Demi bückte sich und las die Beschreibung, die an einem der Ballen haftete. Darauf stand, dass die Äpfel große Mengen an Saft ergeben würden. »Apfelsaft?«

»Eher Apfelwein.« Er schaute auf die Obstwiese hinter ihnen. »In Boscawen wurde einst guter Cider hergestellt, und zwar bis zum Zweiten Weltkrieg.«

»Tatsächlich?« Demi betrachtete die Bäume, die nicht in geraden Reihen, sondern eher planlos auf der Wiese standen.

»Ja, genau genommen hat man ganz früher die Arbeiter sogar zum Teil mit Apfelwein bezahlt.«

Demi lächelte. »Du weißt viel darüber.«

»Nicht wirklich, aber ich finde das interessant.«

»Die Geschichte oder den Apfelwein?«

»Beides.« Er lächelte. »Die Geschichte des Ortes trägt zu seinem Reiz bei.«

»Wenn sie bereits all diese Bäume besitzt, wozu braucht sie dann noch mehr?«

Sam zuckte die Achseln. »Keine Ahnung. Ich weiß nur, dass sie den Garten in seinen ursprünglichen Zustand zurückversetzen will.«

»Aber das ist nicht der Garten.«

»Richtig, doch Mrs. Lake hängt sehr an Boscawen.«

»Das kann man wohl sagen.« Demi verdrehte die Augen. »Aber so viele weitere Bäume werden so viele weitere Äpfel hervorbringen.«

»Diese Bäume werden die ersten Jahre nicht so viele Früchte tragen. Und die, die sie hat, genügen nicht, um kommerziellen Gewinn damit zu erzielen.«

»Glaubst du, sie will Geschäfte damit machen?«

»Gute Frage.« Sam marschierte mit zwei vollen Eimern von dannen, während sich Demi daran machte, die leeren nachzufüllen. Es dauerte nicht lange, und sie hatten es geschafft.

»Danke für deine Hilfe.«

Sie lächelte. »Es hat mir gutgetan, etwas zu tun. Ich sollte jetzt besser zum Haus zurückgehen, um herauszufinden, ob sie sich gegenseitig umgebracht haben und ich mir für heute Nacht ein Bed & Breakfast suchen muss.«

»Das musst du nicht. Du kannst bei mir übernachten.«

Demi machte einen Schritt zurück. Sie war es nicht gewohnt, dass ihr jemand so bereitwillig seine Hilfe anbot, ohne dass irgendwelche Bedingungen daran geknüpft waren.

»Im Torhaus gibt es zwei Schlafzimmer«, fuhr er fort. »Ich habe jede Menge Platz.«

Hatte er ein verstecktes Motiv? Nein, das glaubte sie nicht. Er war einfach ein echt netter Kerl. »Das ist sehr nett von dir, Sam. Danke.«

»Nun, das Haus gehört dir ja sowieso.« Er grinste, und sie lachte. Vermutlich hatte er Recht.

»Dann mal los, lass uns deine Sachen holen.« Er prüfte, ob der Wasserhahn fest zugedreht war, dann ging er ihr voran den Pfad entlang. Demi folgte ein paar Schritte hinter ihm und fragte sich, was wohl Victoria zu diesem neuen Arrangement sagen würde.

»Was spielst du, Seb?«, fragte Victoria mit finsterer Miene. Er besaß tatsächlich die Dreistigkeit zu glauben, sie würde zulassen, dass Demelza in diesem Haus blieb.

Er stellte Demis kleine Reisetasche ab. »Ich spiele nicht. Sie hat jedes Recht hierzubleiben.«

»Nein, das ist falsch, und zwar in vielerlei Hinsicht.« Victoria versuchte in seinem Gesicht zu lesen, doch er trug sein Pokerface, sodass sie nicht erkennen konnte, was er wirklich dachte. »Versuchst du, mich zu verletzen?«

»Das würde ich niemals tun. Ich tue lediglich das, was ich für richtig halte. Demi ist Charles' Tochter, und es war sein eindeutiger Wunsch, dass ihr zwei dieses Haus miteinander teilt.«

»Warum?« Ihre Schultern sackten herab, dann straffte sie sie wieder. »Er wollte mich verletzen. Er wollte mir die Tatsache unter die Nase reiben, dass ich diejenige von uns beiden war, die keine Kinder bekommen konnte.«

Sie wandte sich dem Blumenarrangement auf dem Konsolentisch zu. Heute Morgen noch hatte sie sich daran erfreut, jetzt wollte sie es am liebsten gegen die blutroten Wände schleudern. Sie hatte die Wände weiß streichen wollen, aber obwohl sonst eher Charles für helle Farben plädierte, hatte er ausnahmsweise darauf bestanden, dass das Foyer genauso aussehen musste wie bei jenem ersten Mal, als er nach Boscawen gekommen war, um seinen jüngeren Bruder abzuholen, Perrys Freund. Jener erste Besuch hatte ihre Welt verändert und offenbar auch seine.

»Ich glaube nicht, dass das seine Absicht war. Charles war niemals rachsüchtig, das weißt du.«

»Pah. Vielleicht hat sich das auf seine alten Tage geändert.« Sie schob die Hand in die Tasche und spielte mit ihrem Handy. Was hatte Charles gehört? Hatte ihn das dazu bewegt, sein Testament zu ändern? Adam war gegen halb sieben bei ihr eingetroffen. Charles hatte seine Verabredung mit Sebastian abgesagt und weiter mit einem von dessen Mitarbeitern an seinem Testament gearbeitet, dann war er aufgebrochen.

»Welche Änderungen hat er zuletzt am Testament vorgenommen?« War es tatsächlich möglich, dass Charles ihr Boscawen im Zorn entrissen hatte? Er hatte mit Sicherheit von ihren Affären gewusst. Zu Beginn war sie diskret gewesen, aber im Laufe der Zeit war sie nachlässig geworden, hatte sich nicht darum geschert, wer davon wusste. Doch so sehr hatte sie Charles ganz bestimmt nicht verletzen wollen.

»Wieso stellst du mir diese Frage?«

»Nun, ich habe sein Testament vor fünf Jahren gesehen. Darin war seine Tochter nicht erwähnt.«

»Es bestand immer eine Absicherung für sie.«

Victoria wirbelte mit offenem Mund herum, doch dann klappte sie ihn wieder zu. Natürlich hatte Charles Vorkehrungen für sein Kind getroffen. »Das hat er mir verheimlicht. Darfst du mir sagen, wie diese Absicherung aussah?«

»Nein.«

Sie ballte die Hände zu Fäusten. Vor fünf Jahren hatten sie Boscawen noch nicht besessen. »Du hast erwähnt, er habe dir Anweisungen erteilt. Wie sehen diese aus?«

»Tut mir leid, Schweigepflicht.«

»Er ist tot.« Sie zog die Augenbrauen in die Höhe.

»Das ändert nichts.«

»Es ändert verdammt noch mal alles!« Es war einfach zu frustrierend, mit diesem Mann zu reden, der dort stand und über all die Informationen verfügte, die sie so dringend brauchte. Er spielte einfach nicht mit. Im Grund hatte er noch nie mitgespielt, nicht ein einziges Mal in einundvierzig Jahren.

Fünfzehn

Sam bestand darauf, ihre Tasche für sie zu tragen, als sie die Zufahrt zum Torhaus hinuntergingen. Demi fröstelte. Die üppigen Rhododendren waren zum größten Teil verblüht, aber einige leuchtend rote Blüten waren noch da.

»Alles okay?« Sams blaue Augen blickten besorgt drein. »Du frierst.«

»Es ist kühler, als ich nach diesem heißen Tag erwartet hatte.«

»Ja, die Feuchtigkeit steigt auf, und es fühlt sich kälter an, als es ist. Es ist nicht mehr weit bis zum Torhaus.«

Demi sah sich vorsichtig um, um sich zu vergewissern, dass niemand sie beobachtete. War Victoria ihnen die Zufahrt hinunter gefolgt, um sicherzugehen, dass Demi so weit weg wie möglich war? Die Frau war ein Biest. Sie hatte allen Grund, verärgert zu sein, aber musste sie sich deshalb gleich so scheußlich benehmen? Es war wohl kaum Demis Schuld, dass sich die Dinge so entwickelt hatten.

»Ist sie immer so?«

»Wer? Mrs. Lake?«

Demi nickte. Ihr Blick fiel auf einige Fingerhüte bei den Eichen, die den kleinen Garten an der Rückseite des Torhauses begrenzten.

»Nein. Sie ist zwar ziemlich ausgebufft und ein ganz schöner Dickkopf, aber wirklich fies ist sie eigentlich nicht.« Sam griff in seine Tasche und zog einen großen Schlüssel heraus. Auf Demi machte er den Eindruck, als würde er noch in das Originalschloss passen, dabei musste das Haus, den neugotischen Fenstern und üppigen Verzierungen nach zu urteilen, aus dem neunzehnten Jahrhundert stammen.

»Da sind wir.« Er hielt ihr die Tür auf, und ihr fiel vor Verwunderung die Kinnlade herunter. Innen war das Torhaus hell, nüchtern, beinahe karg mit seinen weißen Wänden, doch sorgfältig auf Hochglanz gebrachte antike Eichenmöbel setzten lebhafte Akzente. Auf dem runden Tisch im Eingangsbereich stand ein fröhlich wirkender Strauß Vergissmeinnicht, aus dem einzelne Blauglöckchen herausragten. Demi blieb stehen und starrte die Blumen an.

»Ich dachte, Blauglöckchen stünden unter Naturschutz.«

»Das tun sie auch, aber diese Spätblüher sind unter den Rasenmäher eines der Jungs, die hier aushelfen, geraten, und ich habe es nicht über mich gebracht, sie einfach am Boden liegen zu lassen.« Er berührte einen der duftenden Stiele, und es gelang ihm, ein Glöckchen von innen nach außen zu stülpen, ohne es zu beschädigen.

»Wow.« Wieder einmal war sie beeindruckt, wie exakt die Farbe der Blume mit der seiner Augen übereinstimmte, ein intensives Blau mit einem leichten Stich ins Violett.

»Das hat mir meine Großmutter beigebracht.«

Demi sah ihn fragend an.

»Sie vermisste ihre Heimat England, weshalb sie Blauglöckchen in ihren Garten in Perth pflanzte. Als ich klein war, erzählte sie mir, dass man das Herz eines Menschen, den man liebt, gewinnen kann, wenn es einem gelingt, ein Blauglöckchen von innen nach außen zu stülpen, ohne es zu beschädigen.« Er warf ihr ein schiefes Grinsen zu. »Ich habe noch Hoffnung, doch bislang ist das nicht passiert.«

Demi lächelte. »Mich hat man vor den Blauglöckchen gewarnt, weil sie die Blumen der Feen sind. Wenn du eine pflückst, stehlen sie dich.« Während sie sprach, rieselte ihr ein kalter Schauder den Nacken hinab.

»Jetzt komm mal richtig rein. Du frierst doch.« Sie gingen ins Wohnzimmer.

»Oh, ist das hübsch.« Sie sah sich um. Ihre Augen wanderten über den Kiefernholzboden, auf dem alte Teppiche in gedämpften Tönen lagen.

»Danke.«

Beistelltische und Schreibtisch glänzten im Abendlicht, das durch die Westfenster hereinfiel. »Antiquitäten?«

»Ja, ich habe sie auf dem Dachboden des Haupthauses gefunden, und Mrs. Lake hat mir erlaubt, mir zu nehmen, was ich gebrauchen kann.«

Wieder ließ Demi den Blick durchs Zimmer schweifen, dann wandte sie sich ihm zu. »Ich bin beeindruckt. Du hast einen guten Geschmack.«

»Ich bin mir nicht sicher, ob ich mich gekränkt oder geehrt fühlen soll.« Er legte den Kopf schräg. »Bedeutet deine Überraschung, dass du davon ausgegangen bist, ich hätte einen schlechten oder gar keinen Geschmack, oder hattest du mir nur einen anderen Stil zugeordnet?«

Sie grinste. »Letzteres.«

»Hm. Lass mich nachdenken.« Er rieb sich übertrieben das Kinn und musterte sie prüfend. »Ich glaube, du dachtest, ich würde in den Resten meiner Studentenbude leben, Uni-Chic, in Ermangelung einer besseren Bezeichnung.«

»Und was genau soll das sein?«

»Eingerissene Che-Guevara-Poster und Bretter auf Backsteinen.«

»Das kann gut aussehen.«

»Kann es, wenn man achtzehn ist, mit achtundzwanzig ist es allerdings nicht mehr so toll.«

Sie lachte und betrachtete die Blumensträuße, die in Marmeladengläsern und Kaffeedosen im Wohnzimmer verteilt waren. Der Effekt war einfach perfekt – eine lässige Eleganz.

Über dem Kamin hing der alte Farbdruck eines Schoners, der einen Fluss hinunterschipperte. Die Landschaft wirkte kornisch, die verblichenen Farben bildeten einen wundervollen Kontrast zu dem klobigen dunklen Rahmen. Der Raum erinnerte an den Kolonialstil, aber etwas war anders. Die Möbel. Sie ähnelten sehr den Stücken, die bei ihrem Großvater auf dem Dachboden verstaut gewesen waren. Grundsolide Landhausmöbel, wenngleich eleganter als für den Landhausstil üblich.

»Dann zeige ich dir mal dein Zimmer.« Sam wandte sich nach links und öffnete die Tür zu einem kleinen hübschen Zimmer mit einem Einzelbett. Anders als im Wohnzimmer waren die Wände hier mit einer Tapete im Zentifolienmuster beklebt – eine alte Sorte gefüllter Rosen, auch Provence-Rosen genannt. Es sah hinreißend aus. Sie hätte nie gedacht, dass eine solche Tapete in einem so kleinen Zimmer derart gut zur Geltung käme, aber das tat sie.

»Heftig, nicht wahr?«

»Ja.« Sie streckte die Hand aus und strich über die strukturierte Oberfläche.

»Alle sagen, ich soll die Tapete überstreichen, aber das kann ich nicht.«

»Du hast Recht.« Sie lächelte ihn an. »Die anderen nicht.«

»Ich lasse dich dann mal allein, damit du auspacken kannst, und anschließend sollten wir ins Pub gehen. Wir haben uns beide einen Drink verdient.«

»Klingt großartig.« Sie sah, wie er die Tür hinter sich zuzog, dann schaute sie nach, ob sich ein Schloss darin befand. Ja, es gab eins. Sie war nicht misstrauisch, aber sie kannte Sam ja kaum.

»Du weißt, dass du in dieser Sache früher oder später zur Vernunft kommen musst, Tori.« Sebastian schenkte einen Gin ein.

»Nein.« Victoria nahm den Drink, den er ihr reichte. »Nein, das muss ich nicht. Warum sollte ich das einfach so hinnehmen?«

»Weil das Testament hieb- und stichfest ist. Charles wusste, was er tat.«

Victoria presste die Finger gegen den geschliffenen Rand des Bleikristallglases, bis ihre Fingerkuppen schmerzten. Als sie den Druck verminderte, strömte das Blut zurück in die Spitzen. Sie wusste, dass das Testament hieb- und stichfest war, das war typisch für Charles, aber das bedeutete noch lange nicht, dass sie es annehmen musste. Das einzige Problem waren die Kosten, wenn sie sich dafür entschied, es anzufechten. Allein einen Anwalt zu Rate zu ziehen, damit dieser ihr eine einzige Frage beantwortete, hatte sie ein Vermögen gekostet. Außerdem war Sebastian einer der besten Fachanwälte, und er betonte immer wieder, dass sie auf verlorenem Posten kämpfte.

»Vertrau mir.«

»Pah.« Sie schlenderte hinaus auf die Terrasse. Vielleicht hätte sie nachgeben und Demelza hier übernachten lassen sollen. Nun hatte sie es ihrer eigenen Sturheit zu verdanken, dass Charles' Tochter bei Sam im Torhaus war, und Victoria war keineswegs entgangen, wie dieser sie angeschaut hatte. Wie lange würde es dauern, bis etwas zwischen den beiden lief, wenn diese Demelza dort blieb?

In Anbetracht der jugendlichen Hormone wäre dies nur eine Frage von Tagen.

»Was macht dir so zu schaffen?«, hörte sie Sebastians Stimme hinter sich.

Der Mangel an gutem Sex, dachte sie, wandte sich zu ihm um und antwortete stattdessen: »Warum hat er das getan? Er hätte ihr einen Batzen Geld vererben und nicht so viel an die Wohltätigkeitsorganisationen verschenken können.« Sie schüttelte den Kopf. »Ich weiß, dass du es weißt, Sebastian. Und wenn wir schon beim Thema sind – was ist mit seinen Anlagen passiert? Es passt nicht zu Charles, so viel Geld in den Sand zu setzen. Er war wie Midas – alles, was er in die Hand nahm, machte er zu Gold.«

»Ich muss zugeben, dass mir das ebenfalls Kopfzerbrechen bereitet hat.« Er lehnte sich gegen die Hauswand. Goldenes Licht fiel auch jetzt noch auf die Fenster im ersten Stock. Das Haus war ausgesprochen gut in Schuss. Gott sei Dank waren die Hauptarbeiten daran getätigt worden, als Charles noch Geld hatte. Wie sollte Victoria die Kosten für die Instandhaltung aufbringen?

»Ich habe seinen Vermögensberater um eine Art Wirtschaftsbericht gebeten.«

»Und?«

»Nun, das ist das Merkwürdige. Er konnte keine konkreten Angaben machen und behauptete, Charles habe im vergangenen Jahr abgelenkt gewirkt, zerstreut.« Sebastian seufzte. »Ich habe seine Anlagen überprüft. Alles in Ordnung, aber es sieht so aus, als hätte er im April einige Risikoinvestitionen getätigt.« Er machte eine kurze Pause, dann fuhr er fort: »Offensichtlich hat er den Fokus verloren.«

»Weißt du, warum?«

Er sah sie an. »Ich habe da so eine Ahnung.«

Sie biss die Zähne zusammen. Typisch Seb, einfach nur zu schweigen. Dabei hätte er schon vor Jahren um sie kämpfen sollen. Das war alles, was sie sich je gewünscht hatte. Das und Boscawen.

Sie durchforstete ihre Erinnerungen an das vergangene Jahr. War Charles irgendwie anders gewesen? Wenn ja, wäre ihr das aufgefallen? Vermutlich nicht, was mehr über das Verhältnis zu ihrem Ehemann aussagte als ihr gefiel. Trotzdem hatte sie alles getan, was von ihr verlangt wurde. Sie war sogar mit ihm ins Bett gegangen, wenn er Interesse bekundet hatte, was in letzter Zeit allerdings nicht sehr häufig vorgekommen war. Das letzte Mal, dass sie mit ihm hatte schlafen wollen, lag schon Jahre zurück. »Die Testamentsänderungen, die das Haus betreffen, hatte er an jenem späten Freitagabend von deinem Mitarbeiter vornehmen lassen, ist das richtig?«

»Tori, das darf ich dir nicht sagen.« Er schaute von ihr weg Richtung Felder. Ihr war klar, dass er sehr viel mehr wusste, als er ihr sagte, und sie musste unbedingt herausfinden, was er ihr verschwieg.

»Der stets loyale Freund, selbst jetzt noch?«

»Kein Kommentar.«

»Sebastian, dieser ganze Freundschaftsquatsch muss doch nicht über den Tod hinausreichen.«

Er lachte. »Die anwaltliche Schweigepflicht schon.«

»Immer auf der Seite des Gesetzes.« Irgendwie musste sie herausfinden, ob die Teilung des Anwesens tatsächlich Charles' Rache war, weil er sie mit Adam gehört hatte.

»Ich tue mein Bestes.«

»Stets der Ritter, der für Recht und Anstand kämpft. Bist du nie in Versuchung geraten, auch einmal die finster-verlockende Kehrseite zu betreten?«

»Oh, in Versuchung geraten bin ich durchaus.« Seine grauen Augen hielten ihren Blick fest, und Victoria spürte, wie eine Woge erinnerter Leidenschaft in ihr aufwallte.

Demis Muskeln fingen jetzt schon an zu schmerzen. Nachdem sie Sam beim Wässern der Apfelbaumballen geholfen hatte, wusste sie, warum er so fit war. Gärtnern war harte Arbeit. Vielleicht war es doch keine so gute Idee, ins Pub zu gehen, aber Sam sagte, es wäre kein weiter Weg, außerdem war es ein wunderschöner Abend. Sie sah zu ihm auf. Er schien in Gedanken versunken. »Wie lange arbeitest du hier schon?«

»Fast zwei Jahre.«

»Was macht ein Australier im tiefsten Cornwall?«

»Ich hatte keinen Job und wusste nicht recht etwas mit mir anzufangen, außerdem kann man hier gut segeln.« Er verlangsamte seinen Schritt und passte sich ihrem an.

Zum Segeln konnte sie nichts sagen, aber sie wusste genau, wie es sich anfühlte, arbeitslos zu sein und nicht zu wissen, was man tun sollte. Alles, was einem vorschwebte, war außerhalb der Reichweite. »Hast du in Australien als Gärtner gearbeitet?«

»Nein.« Er schaute über die Hecke entlang der Straße. Sie fragte sich, was er dort sehen mochte, denn sie erblickte nichts als Grün mit Fingerhut davor.

Lächelnd wandte er sich ihr zu. »Wie steht's mit dir? Was machst du so, abgesehen davon, Erbin zu sein?«

Sie lachte. »Was die Erbin anbelangt – da bin ich mir wie gesagt noch gar nicht so sicher, aber ich nehme an, dass du Recht hast. Momentan bin ich arbeitslos …«

Sein Handy klingelte, und er drosselte sein Tempo. »Entschuldige, das ist meine Mum.«

Demi versuchte, nicht zuzuhören, dennoch bekam sie

mit, dass es um Obstbäume ging. Gerade als er auflegte, kamen sie an eine Kreuzung. Demi schaute auf den Wegweiser.

»Alles okay? Sorry.« Er ließ das Handy in die Tasche gleiten.

»Kein Problem – ich habe übrigens das seltsame Gefühl, dass ich hier schon einmal gewesen bin.«

»Vielleicht bist du das ja.«

Sie runzelte die Stirn. Er hatte Recht. Ihre Mutter stammte aus der Gegend, und es war durchaus möglich, dass sie mit ihr hier entlanggekommen war, bevor Charles und sie sich getrennt hatten. Vielleicht war Demi auch mit ihren Großeltern hier gewesen. Interpretierte sie zu viel in diese Sache hinein? Als Kind hatte sie Cornwall besucht, auch wenn sie sich nicht daran erinnerte. Möglicherweise war ihre Mutter so außer sich über die Trennung von Charles gewesen, dass sie die Erinnerung an alles, was mit ihm zusammenhing, aus ihrem Gedächtnis getilgt hatte und aus Demis gleich dazu.

»Jetzt ist es nicht mehr weit.«

»Gut.« Ihr Handy summte, und sie zog es aus der Tasche. Matts Name erschien auf dem Display.

Ich sehne mich so sehr nach dir, dass es wehtut. Komm zurück. Ich verzeihe dir alles. Wir können es schaffen.

Ihr Magen zog sich unangenehm zusammen. Warum konnte er sie nicht einfach in Ruhe lassen?

Sam warf ihr einen Blick zu. »Du siehst ein bisschen blass aus. Alles in Ordnung?«

»Alles okay, ich bin es nur nicht gewöhnt, so viel zu laufen«, schwindelte sie.

»Du wirst dich an das Leben auf dem Land gewöhnen

müssen. Da gibt es nichts, was direkt vor deiner Haustür liegt.«

»Nun, mal sehen, wie lange ich hierbleibe.«

»Eine ganze Weile, hoffe ich.« Er lächelte wieder, dann streckte er den Arm aus und deutete nach vorne. »Dort drüben ist das Pub.«

»Keine Sekunde zu früh für meine Füße.«

Er lachte. »Ich werde versuchen, dass uns auf dem Rückweg jemand mitnimmt.«

Die Tische draußen waren besetzt. Demis Laune hob sich, als sie hineingingen.

»He, Sam«, wurde er lautstark empfangen. »Wir hätten nicht gedacht, dass du es noch schaffst.«

»Ich und das Dartspiel verpassen? Keine Chance.« Er verdrehte die Augen und wandte sich zu ihr um. »Als ich hierhergekommen bin, hatte ich noch nie Darts gespielt, und jetzt bin ich seit einem Monat im Team.«

Ein großer blonder Mann kam auf sie zu. »Hallo, Schönheit, ich bin Tom. Du willst deine Zeit doch sicher nicht mit ihm verschwenden. Er ist Australier und ein grauenvoller Dartspieler. Ich dagegen bin einfach wundervoll.« Er grinste.

Demi brach in Lachen aus.

»Was darf ich dir bringen?« Sam warf seinem Freund einen finsteren Blick zu, der ihm allerdings nicht besonders gut gelang.

»Ich hätte gern ein Glas Weißwein, vielen Dank.«

»Was für einen?«

Demi wandte sich von Tom ab. »Irgendeinen trockenen.«

»Okay.« Sam ging zur Bar. »He, Jamie, verkaufst du den Sauvignon blanc auch im Glas?«

»Wie heißt du?« Tom trat näher. Demi machte einen

Schritt zurück und beschloss, das Ganze als harmlosen Spaß aufzufassen.

»Demi.«

»Demi wie die Schauspielerin?«

»Nein, Demi als Abkürzung für Demelza.«

»Dann bist du aus Cornwall?« Er grinste.

»Meine Mutter stammte aus der Gegend.«

»Cool.«

Eine Gruppe neuer Gäste kam herein, angeführt von Peta, wie Demi überrascht feststellte.

Tom beugte sich zu ihr und sagte: »Die Herausforderer sind da.«

»Demi, wie schön, dich hier zu sehen.« Peta kam schnurstracks auf sie zu und küsste sie auf die Wange. »Dein Schicksal hat sich gewendet.« Peta musterte sie prüfend. Demi errötete. »Jetzt mach nicht so ein erstauntes Gesicht! Du hast es mit deiner Erbschaft bis in die Lokalpresse geschafft!« Sie grinste. »Ich bin zwar gut, aber so gut nun auch wieder nicht. So, und wo ist nun dieses angeblich so hammermäßige Team, das wir auseinandernehmen werden?« Sie sah sich suchend um, dann wandte sie sich wieder Demi zu und sagte: »Ich wünschte nur, dass ich meine hellseherischen Fähigkeiten einsetzen könnte, um vorherzusagen, wer welches Spiel gewinnt und Ähnliches. Damit könnte ich steinreich werden!«

Sam trat zu ihnen, ein Bier und Demis Wein in den Händen. Er reichte ihr das Glas und stellte sich zwischen sie und Tom.

»Hi, ich bin Peta.«

»Sam.«

Peta sah von Sam zu Demi und wieder zurück. »Hallo, Fremder, bist du der Betrüger, den sie aus Australien eingeschleust haben?«

»Haha.« Er zuckte die Achseln.

»Hab ich's doch geahnt. Wahrscheinlich spielt er dort in der Profi-Liga und tut nur so, als wäre er ein Neuling. Wartet kurz auf mich, ich hole mir schnell einen Cider, schließlich muss ich heute nicht fahren.« Sie ging zur Bar hinüber. »Was für Apfelweine habt ihr?« Der Barmann zählte ihr die Sorten auf. Peta schaute ihn mit gerunzelter Stirn an, dann sagte sie: »Vielleicht sollte ich mich genauer ausdrücken. Ich meinte, welche Apfelweine aus Cornwall bietet ihr an?«

Demi bemerkte, dass Sam dem Gespräch aufmerksam folgte. Peta war so hübsch, so exzentrisch. Sie würden ein interessantes Paar abgeben.

»He, Sam, du wirst unserer Rivalin doch nicht etwa etwas zu trinken spendieren? Je mehr sie trinkt, desto besser wird sie!«, tönte Tom lauthals.

»Danke für die Warnung.« Sam rückte näher an Demi heran. »Komm, ich stelle dich dem Rest der Truppe vor.« Er setzte sich in Bewegung, doch auf halbem Wege blieb er stehen. »Hi, Kumpel.«

»Sam.«

»Demi, darf ich dir Adam vorstellen. Er ist …« Sam zögerte, dann fuhr er fort: »Er ist ein regelmäßiger Gast in Boscawen.«

»Hallo, Adam.« Demi lächelte ihn an. Adam schien sich ein wenig abseits der anderen zu halten.

Sam nahm ihre Hand und zog sie zu seinem Team, das sich vor den Dart-Scheiben versammelte. »Ich nehme nicht an, dass du spielst?«

»Nein, das habe ich noch nie versucht.«

»Nun, es gibt bei allem ein erstes Mal«, flüsterte er ihr ins Ohr.

Sechzehn

Guten Morgen, Schlafmütze.« Eine Stimme ertönte auf der anderen Seite der Tür. Demi blinzelte und versuchte, sich zu erinnern, wo sie war. Bunte Kreise rückten in ihr Blickfeld. Die Tapete mit den Provence-Rosen. Sie war bei Sam.

»Guten Morgen.« Ihre Stimme klang heiser.

»Ich dachte, du würdest den Tag nicht verschlafen wollen, und ich muss los nach Falmouth.« Die Klinke bewegte sich. »Ich habe eine Tasse Tee für dich.«

Demi sprang aus dem Bett und schloss die Tür auf, dann öffnete sie sie einen Spaltbreit und streckte Kopf und Hand so hinaus, dass er ihren Körper nicht sah. Sie trug nur ein altes T-Shirt.

»Du musst die Tür nicht abschließen. Ich bin weder Schlafwandler, noch betrete ich unaufgefordert das Schlafzimmer einer Dame.« Er legte den Kopf schräg und blickte sie mit zusammengekniffenen Lippen an, aber seine Augen funkelten amüsiert.

»Gut zu wissen.« Demi lachte über seinen Versuch, einen entrüsteten Eindruck zu erwecken, doch trotz seiner Worte und trotz seines Charmes würde sie die Tür weiterhin abschließen. »Kann ich dich nach Falmouth begleiten?«

»Ich hatte gehofft, dass du mich das fragen würdest. Wie lange brauchst du?«

Sie fuhr sich mit der Hand durchs Haar. Es fühlte sich nicht allzu schlecht an. »Gib mir zehn Minuten.«

»Soll ich dir ein paar Scheiben Toast machen?«

»Ich bin noch nicht wirklich hungrig.«

»Sicher?« Er zog skeptisch die Augenbrauen zusammen. »Manche behaupten, das Frühstück wäre die wichtigste Mahlzeit des Tages.«

»Das glaube ich gern, aber ich bin mir sicher.« Demi schloss ihre Zimmertür und nahm einen Schluck Tee. In Falmouth hätte sie einen weit besseren Handyempfang als hier. Sie könnte ihrem Großvater einen Besuch im Pflegeheim abstatten und sich anschließend mit der Versicherungsgesellschaft auseinandersetzen. Sie brauchte eigenes Geld. Auf dem Papier war sie steinreich, doch die Realität sah anders aus: Sie besaß noch ganze zehn Pfund, und sie musste unbedingt ihr Handyguthaben aufstocken. Vielleicht könnte sie ihr Erbe beleihen oder eine Hypothek auf das Anwesen aufnehmen. Sie würde Sebastian danach fragen.

Nach einer schnellen Dusche ging sie den Kleiderschrank durch, in den sie ihre wenigen Habseligkeiten gehängt hatte, und entschied sich für ein Sommerkleid. Ein Blick aus dem Fenster bestätigte ihr, dass der Wetterbericht Recht behalten hatte. Es war tatsächlich kein Wölkchen am Himmel zu sehen. Rasch drehte sie ihr Haar zu einem Knoten, dann gesellte sie sich zu Sam, der bereits an der Haustür auf sie wartete.

»Nochmals guten Morgen.« Er reichte ihr einen Schlüssel.

»Was ist das?«

»Ein Schlüssel für das Torhaus. Wir werden ja nicht die ganze Zeit über zusammen sein, und ich möchte, dass du das Gefühl hast, kommen und gehen zu können, wann du möchtest.«

»Danke.« Demi schluckte. Das war ausgesprochen nett

von ihm. »Ich habe nicht vor, deine Gastfreundschaft für immer zu strapazieren.«

»Keine Sorge. Du bist hier die Erbin, früher oder später wirst du mich für irgendeinen reichen Typen verlassen.«

Sie lachte. »Aber sicher doch. Meine Zukunft besteht aus nichts als schnellen Autos und schicken Jachten.«

»Nun, meine Dame, Ihr Wagen steht bereit.« Er deutete auf einen alten, zerbeulten Geländewagen, der definitiv schon bessere Tage gesehen hatte.

In Falmouth trennte sich Demi von Sam und machte sich auf den Weg ins Pflegeheim. Nach nur einer Nacht im Torhaus von Boscawen fühlte sie sich wie abgeschnitten von der Welt. Konnte es wirklich sein, dass ihr Großvater erst vor zwei Tagen hier eingezogen war? Sie erkundigte sich bei der Frau am Empfang, ob er auf seinem Zimmer war.

»Nein, er ist im Garten und genießt den herrlichen Junisonnenschein.« Sie deutete auf eine Tür, und Demi ging hinaus zu ihrem Großvater, der im Schatten eines Baumes saß und las.

»Hallo.« Sie bückte sich und gab ihm einen Kuss.

»Wenna, wie schön, dich zu sehen.« Er klappte das Buch zu. »Ich habe nur ein bisschen Dickens gelesen.«

Demi setzte sich neben ihn auf die Bank und stellte fest, dass es sich bei dem Buch um *Große Erwartungen* handelte. »Und, wie gefällt es dir hier, Grandad?«

»Lustig, ich wollte dich gerade dasselbe fragen.« Er lächelte. »Es ist nicht schlecht, bloß das Essen ist nicht so gut wie meins.«

»Das hinzukriegen dürfte auch schwierig sein.«

»Da hast du Recht.« Er sah ihr prüfend ins Gesicht. »Du siehst ein bisschen müde aus. Gefällt dir das große Haus nicht?«

»Ich bin gar nicht dortgeblieben.« Sie schnitt eine Grimasse, als ihr Victorias gestriges Benehmen in den Sinn kam.

»Es hat dir also nicht gefallen …«

»Nein, das ist es nicht. Das Anwesen ist schön, aber Victoria ist …« Sie zögerte und dachte nach, um das richtige Wort zu finden, »… schwierig. Ja, das ist, glaube ich, eine höfliche Art und Weise, sie zu beschreiben.«

»Dann hat sie ein bisschen was von ihrer Urgroßmutter an sich.«

»Du kanntest Victorias Urgroßmutter?« Demi schüttelte den Kopf. »Aber sicher, du musst sie ja gekannt haben.«

»Ich habe dir doch erzählt, dass meine Familie den Hof ganz in der Nähe von Dower House bewirtschaftet hat. Edith Tregan war eine gute, aber ausgesprochen willensstarke Frau.«

Demi krauste die Nase. Die Bezeichnung »gut« traf ihrer Meinung nach nicht auf Victoria zu. »Ich verstehe noch immer nicht, warum mir mein Vater die Hälfte von Boscawen hinterlassen hat. Er muss doch gewusst haben, wie sehr das seine Frau aus der Fassung bringen würde.«

Ihr Großvater legte die Stirn in Falten. »Tja, wenn ich mich recht erinnere, hieß es, sie seien kinderlos geblieben.« Er drehte das Buch in seinen Händen. »Er war total vernarrt in dich.«

»Tatsächlich?« Die Fotos schienen für diese Behauptung zu sprechen, doch warum hatte ihr Vater achtzehn Jahre nichts von sich hören lassen?

»Absolut.«

»Mr. Williams, der Physiotherapeut wartet auf Sie.« Eine Pflegerin trat zu ihnen und streckte Demis Großvater hilfsbereit den Arm entgegen.

»Entschuldige, meine Liebe, ich muss mich beeilen.« Er lächelte. »Besuchst du mich bald wieder?«

»Aber sicher doch.« Sie küsste ihn auf die Wange, dann spazierte sie zum Eingang, wo Sam sie abholen wollte. Während sie auf ihn wartete, ging sie ihre Nachrichten durch und warf einen Blick auf Facebook. Maia hatte weitere Fotos von ihrer kleinen Tochter gepostet. Auf Matts Seite stand, dass sie noch immer zusammen waren, obwohl sie ihren Status längst in Single geändert hatte.

Victoria warf einen Blick in Charles' Arbeitszimmer. »Seb, warum bist du denn noch hier? Hast du nicht Arbeit zu erledigen?« Es hatte Tage gedauert, aber er hatte die Schreibtischplatte geleert. Nun türmten sich auf dem großen Ledersofa daneben reihenweise ordentliche Papierstapel.

»Ich kann mir nicht vorstellen, dass du dir die Zeit nimmst, all das durchzugehen.« Er blickte lächelnd zu ihr auf. Ihr Herzschlag beruhigte sich. Selbst jetzt noch, nach all dieser Zeit, berührte sie dieses Lächeln. Wenn sie ihn vor vierzig Jahren geheiratet hätte, würde sie dann immer noch so empfinden? Oder hätte das tägliche Einerlei der Ehe den Funken zum Erlöschen gebracht? Vermutlich.

Sie stellte eine Tasse Kaffee auf einen Untersetzer, ohne zu wissen, warum sie sich die Mühe machte. Die lederne Schreibtischunterlage war so voller Ringe, dass man kaum noch das Leder erkannte. »Das Zeug würde ein hübsches Feuerchen ergeben.«

Sebastian lehnte sich zurück. »Vieles davon schon, aber ich muss mich vergewissern, dass sich nichts Wertvolles darunter befindet.«

»Sollte das nicht einer deiner Juniorpartner erledigen?« Sie lehnte sich mit der Hüfte gegen den Schreibtisch.

»Vermutlich, aber es käme mir vor wie Betrug an einem alten Freund.«

»Du und deine verfluchte Loyalität. Was hat sie dir je gebracht?«

»Dich auf jeden Fall nicht.«

»Das ist Geschichte.«

»Ja, unsere.« Er stand auf und trat so dicht an sie heran, dass er fast ihre Hand streifte. Erinnerungen … Einst war ihre ganze Welt stehen geblieben – für ihn. Dann war er nach Afrika aufgebrochen, um seinen Beitrag für die Armen zu leisten, und sie war weitergezogen, aber wohin hatte sie das geführt?

Ihr Handy klingelte. Sie rückte von Sebastian ab und warf einen Blick auf die Nummer. Es war Adam. Sie konnte seine Anrufe nicht länger ablehnen, zumal sie sich nach seinem Körper sehnte. Selbst sie wusste, dass das Leben so nicht funktionierte. Sie drückte auf die Annahmetaste. »Adam.«

Die Kaffeetasse in der Hand, schlenderte Sebastian hinüber zu den hohen Fenstertüren. Victoria lauschte Adams Beileidsbekundungen und sah Sebastian hinterher, der in den Garten hinaustrat und aus ihrem Blickfeld verschwand.

Sam und Demi hatten etwa zwanzig Holunderblütenköpfe in einem Korb gesammelt und waren nun auf dem Rückweg zum Torhaus. »Dann ist das also dein zweiter Versuch?«, fragte Demi.

»Ja, beim ersten war ich zu eifrig und habe den Holunderblütensekt zu schnell in Flaschen abgefüllt – eine der Flaschen ist explodiert.« Sam nahm ihr den Korb ab.

Demi zog die Nase kraus. »Das muss ja ein Spaß gewesen sein!«

»So kann man es auch sehen.« Am Haus angekommen zog er einen Schlüssel unter einem Geranientopf hervor und schloss die Küchentür auf. »Allerdings ist es eine ziemliche Sauerei. Alles klebte, einschließlich der Decke.«

»Nett.« Sie folgte ihm in die Küche und ließ den Blick über die Anrichte schweifen, auf der allerhand Dinge standen. »Für schlichten Holunderblütensekt sieht das aber hochkompliziert aus.«

»Hier geht es ja auch nicht um irgendeinen Holunderblütensekt – es geht um meinen.«

»Den explosiven.« Sie grinste.

»Sehr komisch.« Er griff nach einigen Schüsseln, die er heute Morgen sterilisiert hatte.

»Kann ich dir helfen?«

»Du kannst mit einer Gabel die Blüten abstreifen, sobald ich den Zucker abgemessen habe.«

»Mit der Gabel?« Sie blickte ihn fragend an, die Augen skeptisch zusammengekniffen.

»Ja, nimm eine Gabel, damit bloß die Blüten in der Schüssel landen, nicht die Stiele.«

»Warum?«

»Die Stiele schmecken bitter.«

»Das ist in der Tat um einiges komplizierter als der Holunderblütensekt, den Mum und ich gemacht haben.« Wenn sie beide Holunderblütensekt angesetzt hatten, war jedes Mal etwas anderes dabei herausgekommen. In einem Jahr war das Gebräu komplett ungenießbar gewesen. Wie sie darüber gelacht hatten!

Er lächelte. »Davon bin ich überzeugt.«

Er wandte sich wieder seiner Aufgabe zu, und sie trennte die Blüten von den Stielen, wobei sie darauf achtete, sie nicht zu beschädigen. »Ich nehme an, du willst auch Holunderwein machen?«

Sams Kopf fuhr in die Höhe. »Woher weißt du das?«

Sie schürzte die Lippen. »Keine Ahnung … vielleicht wegen deiner Detailbesessenheit?«

»Ja, mag sein, dass das alles vergebene Liebesmüh ist.«

»Macht es wirklich einen so großen Unterschied beim Geschmack, wenn man die Blüten von den Stielen trennt oder etwas mehr oder weniger Zucker hinzufügt?«

Er streckte sich. »Ja. Die kleinste Abweichung kann große Veränderungen bewirken.« Er nahm eine Gabel und einen Blütenkopf. »Schau, so musst du das machen.«

Demi holte tief Luft. Die Worte erinnerten sie etwas zu sehr an die, die Matt so oft zu ihr gesagt hatte.

»Entschuldige, ich habe vergessen, bitte zu sagen.«

Sie lächelte und fing an, die Blüten abzustreifen. Es dauerte nicht lange, und sie waren fertig. »Was jetzt?«

Er deckte die Schüsseln mit sauberen Geschirrtüchern ab. »Jetzt lassen wir sie drei Stunden stehen, dann fügen wir die restlichen Zutaten hinzu.«

»Okay.«

»Hast du in der Zwischenzeit Lust auf einen Spaziergang auf deinem Anwesen?«

»Ich habe nicht den Eindruck, als würde es mir gehören. Victoria lässt mich ja nicht einmal ins Haus«, bemerkte Demi lachend.

»Ich werde dafür sorgen, dass sie uns nicht sieht, wenn dich das glücklich macht.«

Demi grinste. »Ich habe nur ein kleines bisschen Angst vor ihr.«

Ebenfalls grinsend schloss er die Küchentür hinter ihnen ab. »Ich habe gerade gar keine Angst vor ihr.«

Victoria ließ das Handy sinken und kehrte aus dem Garten ins Haus zurück. Die Kosten für ihren Versuch, das Testament anzufechten, schienen ins Unermessliche zu steigen, und es sah so aus, als würde es sich dabei keineswegs um eine lohnende Investition handeln. Seufzend blieb sie im Foyer stehen. Vorhin hatte sie Sam und Demelza am Haus vorbei über ein Feld spazieren sehen. Gott, die Situation war wahrhaft unerträglich. Boscawen gehörte ihr! Sie würde versuchen, einen neuen Plan zu schmieden. Es musste einen Weg geben, den Besitz zurückzuerstreiten, doch der Anwalt hatte ihr deutlich zu verstehen gegeben, dass wohl kaum jemand der Ansicht sein würde, sie wäre mit etwa fünf Millionen Pfund zu knapp abgespeist, geschweige denn ungerecht behandelt worden.

Wenn sie die Zahlen betrachtete, war ihr klar, dass er nicht ganz Unrecht hatte, bedachte man allerdings, dass ihr in dem Testament vor fünf Jahren mehr als das Doppelte zugedacht gewesen war …

Seb kam aus der Küche geschlendert.

»Du.« Sie presste die Kiefer zusammen. Er hatte Antworten auf ihre Fragen, doch er wollte sie ihr nicht mitteilen.

»Dir auch hallo.« Er schenkte ihr ein schiefes Lächeln. »Ich habe Demi gebeten, zum Mittagessen vorbeizukommen.«

»Du hast was?«

»Ich habe Charles' Tochter zum Mittagessen eingeladen.«

»Du glaubst doch nicht im Ernst, dass ich etwas zu essen für sie mache?« Vor Anspannung fingen ihre Zehen an zu kribbeln, ein Kribbeln, das sich im ganzen Körper fortsetzte.

»Nein, davon bin ich selbstverständlich nicht ausgegangen.« Er lachte leise und kehrte in die Küche zurück.

»Ich werde sie nicht in dieses Haus lassen.«

»Zu spät.« Sam erschien im Foyer. »Sie ist schon mit mir hier.«

»Nein!«

Seb schaute zur Küchentür hinaus. »Ich mache nur schnell ein paar Sandwiches. Sam, warum bringen Sie Demi nicht hinaus auf die Südterrasse? Ich stoße dann in einer Minute zu Ihnen.«

Er war immer so verdammt vernünftig, und im Augenblick benutzte er seinen Anwaltscharme und tat so, als befolgte er ihre Wünsche, dabei tat er das genaue Gegenteil. Victoria ballte die Hände zu Fäusten. »Schaff sie aus meinem Haus, Sebastian, und runter von meinem Grund und Boden!«

Seb machte einen Schritt auf sie zu und berührte sie an der Schulter. Victoria schüttelte ihn ab. »Sofort!«

Sie sah, wie er Sam einen Blick zuwarf, dann nahm er ihre Fäuste in seine Hände. »Ich weiß, dass du außer dir bist.«

»Verschwinde!«

»Nein, es ist Zeit, dass du erwachsen wirst, Victoria Rose Lake. Zeit, Unmut und Kummer der Vergangenheit hinter dir zu lassen und die Zukunft anzunehmen.«

Sie wollte sich seinem Griff entziehen, aber er hielt sie fest und sah ihr in die Augen, ohne mit der Wimper zu zucken.

»Du musst die Situation akzeptieren, in der du dich befindest, und das Beste daraus machen.« Endlich ließ er sie los. »All dein Zorn bewirkt nur, dass du dich zum Narren machst.« Damit drehte er sich um und marschierte in die Küche zurück. Zitternd blieb sie stehen. Hatte er sie gerade erneut verlassen?

Siebzehn

Nach dem gestrigen Ausbruch war Demi erstaunt, dass sie heute in der Küche von Boscawen saß. Ihr Großvater hatte Recht gehabt mit seiner Vermutung, dass sich hier nicht viel verändert hatte – außer der Atmosphäre. Sie bezweifelte, dass eine derartige Anspannung geherrscht hatte, als ihre Urgroßmutter hier ihren Dienst als Köchin versah. Demi schaute auf die Oberfläche ihres schwarzen Kaffees. Obwohl die Küche einen heiteren, behaglichen Eindruck auf sie machte, kroch Furcht ihr Rückgrat hinauf. Sie konnte sich nicht erklären, warum, aber vielleicht lag es einfach an Charles' Witwe. Jedes Mal wenn Demi aufschaute, durchbohrte sie Victorias anklagender Blick. Dennoch – die Küche war in der Tat wundervoll. Der blank gescheuerte Kiefernholztisch, an dem sie saß und ihre Kaffeetasse umklammerte, als hinge ihr Leben davon ab, bot ihr ein wenig Ablenkung. Die Architektin in ihr hätte liebend gern die Ausstattung der Küche und deren Besonderheiten genauer ins Auge gefasst, angefangen bei dem riesigen Granitsturz über dem Herd bis hin zu der Reihe von Keramikspülbecken, doch sobald sie nach links schaute, spürte sie einen Luftzug an den Beinen und bekam am ganzen Körper eine Gänsehaut. Ihre Nase zuckte. Sie konnte Ingwer riechen.

Sam erschien an der Tür und brachte den Duft von frisch geschnittenem Gras herein. Victoria runzelte die Stirn, und Demi richtete den Blick schnell wieder auf ihren Kaffee, doch zuvor fing sie noch sein Lächeln auf. Es gab an diesem Ort tatsächlich jemanden, der sie aufrichtig mochte und sie gern um sich hatte.

»Gut. Nehmen Sie Platz, Sam.« Sebastian schaute von seinem Laptop auf. »Victoria, setz dich. Es hilft niemandem, wenn du ständig um den Tisch herumtigerst.«

Victoria wählte den Stuhl Demi gegenüber, sodass die beiden Frauen nun direkt vis-à-vis saßen – ein eindeutiger Einschüchterungsversuch, aber Demi würde sich davon nicht beeindrucken lassen, egal, wie sehr Victoria es darauf anlegte. Dabei konnte sie Victorias Sicht der Dinge durchaus nachvollziehen.

»Ich habe die vergangenen Tage damit verbracht, mir ein Bild von der hiesigen Situation zu verschaffen und zu überlegen, wie ihr, wenn überhaupt, damit umgehen könnt.« Sebastian zog ein Notizbuch hervor. »Und ich habe mich mit Sam beraten.«

»Wie bitte?« Victoria fuhr von ihrem Stuhl hoch. Sie erinnerte Demi an einen nervösen Schachtelteufel. »Entschuldigen Sie, Sam, Sie sind ein hervorragender Gärtner – aber was hat er mit dieser Sache zu tun, Seb? Es ist schlimm genug, dass ich mich mit Demelza absprechen muss.«

Demi umschloss ihre Tasse so fest mit den Händen, dass die Knöchel weiß hervortraten, und räusperte sich. So wie Victoria ihren Namen aussprach, erinnerte er an eine üble Krankheit.

Victoria sah sie an. »Ja?«

»Nennen Sie mich bitte Demi.«

»Demi? Warum? Sind Sie nicht nur körperlich so klein und mickrig, dass Sie sich halbieren müssen?«

»Tori.« Sebastians Stimme klang ruhig, doch die Drohung war deutlich herauszuhören.

»Demi ist kein Name. Demelza ist ein Name, der Name eines kornischen Dorfes. Hätte Ihre Mutter Sie Demetra genannt, nach der griechischen Muttergöttin, die zuständig ist für die Fruchtbarkeit der Erde …« Ihr Mund verzog sich zu einem schiefen Lächeln. »Das wäre auf eine verquere Art und Weise amüsant gewesen.«

»Setz dich, Tori«, blaffte Sebastian. »Du benimmst dich unmöglich.«

Sie funkelte erst ihn an, dann Demi, aber sie ließ sich tatsächlich auf ihren Stuhl fallen.

»Sämtliche Optionen bezüglich der gegebenen Umstände setzen Kooperation voraus, daher erwarte ich von allen Beteiligten, dass sie sich benehmen wie Erwachsene.« Sebastian schaute Victoria an, die finster die Brauen furchte.

»Option eins ist der Verkauf des Anwesens. Es könnte jederzeit zum Verkauf angeboten werden, allerdings halte ich das kommende Frühjahr für den geeignetsten Zeitpunkt. Wir könnten jedoch schon einmal die Fühler ausstrecken.«

»Nein!«, stieß Victoria hervor. »Ich habe jahrelang darauf gewartet, dieses Haus zurückzubekommen, und ich werde es nicht verkaufen.«

Sebastian ignorierte sie. »Ich habe mit sämtlichen großen Immobilienagenturen gesprochen, sie schätzen den Wert grob auf fünfeinhalb Millionen Pfund. Würden wir das Grundstück aufteilen und das Torhaus, die Remise und die diversen Landwirtschaftsgebäude separat veräußern, wäre noch mehr herauszuholen.«

Demi blickte Victoria verstohlen an. Charles' Witwe kochte vor Wut. Sie wartete nur darauf, dass sie in die Luft ging und explodierte.

»Die Makler gehen davon aus, dass das den Wert von

Boscawen um etwa eine Million in die Höhe treiben würde. Natürlich könnte das ein langwieriger Prozess werden, da der Markt für Objekte einer solchen Größenordnung viel Spielraum lässt.« Er hielt inne, als wartete er auf einen weiteren Ausbruch von Victoria. Als nichts geschah, fuhr er fort: »Sie glauben, dass sich eher Interessenten mit kommerziellen Absichten als Privatpersonen für das Anwesen finden. Einer der Makler meinte, Boscawen House gäbe ein hervorragendes Luxushotel ab, da die dazugehörigen Ländereien genügend Platz für einen Golfplatz, einen Wellnesstempel und Luxus-Cottages für Selbstversorger böten.«

Demi lehnte sich auf ihrem Stuhl zurück. Victoria hatte ihr nicht gestattet, das Haus zu besichtigen, doch das, was sie bisher gesehen hatte, ließe sich mühelos in ein fabelhaftes kleines Boutique-Hotel umwandeln. Natürlich müsste es zunächst einmal ein ordentliches Facelifting bekommen – mit dem Mobiliar den Geist der Vergangenheit heraufzubeschwören war ja schön und gut, aber mit all den düsteren Farben und dem spärlichen Licht würde niemand viel Geld dafür ausgeben, hier Urlaub zu machen. Während ihres ersten Praktikums hatte sie mit einem Architekten zusammengearbeitet, der den Auftrag hatte, ein entsprechendes Haus in den Cotswolds neuer, moderner zu gestalten, ohne ihm den alten Charme zu nehmen. Damals hatte Demi erkannt, wie sehr sie das Zusammenspiel von Bauplanung und Innenarchitektur liebte. Könnte sie ihren Traumjob wählen, würde er genau so aussehen.

»Option zwei besteht darin, dass ihr das Ganze selbst in die Hand nehmt.«

»Wie meinst du das?« Ein Klingeln ertönte. Victoria stand auf und ging zum Ofen hinüber, um ein Blech herauszuziehen. Der Duft warmen Ingwers füllte den Raum.

Demi drehte sich der Magen um. Warum hatte Victoria ausgerechnet Ingwerplätzchen gebacken? Fast konnte man meinen, sie wüsste, dass Demi diese Sorte hasste.

»Du willst den Garten erweitern und wieder herrichten, was Teil eines solchen Projekts sein könnte.« Sebastian lächelte Victoria an, die die Plätzchen zum Abkühlen auf einen Rost gleiten ließ. »Das Haus hat dich nie interessiert, es ging dir stets um den Garten und die Wälder.«

»Das klingt ja schön und gut, aber wir haben kein Geld.« Sie warf Demi einen bösen Blick zu. »Selbst wenn mir auch Demelzas Erbteil gehörte, würde es nicht reichen. Du sprichst von einer gewaltigen Investition.«

»Das tue ich. Ein solches Projekt würde voraussetzen, dass ihr zwei euch als Partner zusammentut, außerdem braucht ihr umfangreiches Kapital von einer Bank, oder ihr nehmt weitere Partner mit an Bord.«

»Das würde die Kommune niemals genehmigen.«

»Ich glaube, da täuschen Sie sich«, ließ sich Sam mit ruhiger Stimme vernehmen. »In dieser Gegend werden verzweifelt Arbeitsplätze gesucht. Ein solches Projekt würde eine Menge Jobs schaffen, vor allem, wenn Sie gleichzeitig in die Produktion von Cider einsteigen und das Ganze so biologisch und umweltfreundlich wie möglich gestalten.«

»Cider?«, fragte Sebastian.

»Ja. Momentan gibt es auf dem Gelände fünf Obstwiesen. Die Bäume sind alt, aber sie tragen noch immer reichlich Früchte, obwohl sie dringend geschnitten werden müssten. Seit Jahren wurde nicht mehr geerntet, außer von ein paar Einheimischen, die das Obst klauten.« Sam sah alle am Tisch Versammelten nacheinander an, und Demi fiel auf, wie engagiert er war. »Dieses Jahr werden wir aller Voraussicht nach genügend Äpfel ernten, um mit der Produktion zu beginnen.«

Victoria umfasste die Stuhllehne. »Was verstehen Sie denn schon von Cider?«

»Was ich von Cider verstehe? Nun, ich weiß, dass es auf den Verschnitt der verschiedenen Apfelsorten ankommt, auf das richtige Blending, aber leider verstehe ich nicht so viel davon, wie ich gern wollte.« Er holte tief Luft. »Ich bin in einem Weinland aufgewachsen und habe auf Weingütern gearbeitet.« Er wich Victorias fragendem Blick aus.

»Das stand gar nicht in Ihrem Lebenslauf.« Victoria zögerte, dann fuhr sie fort: »Im Grunde stand kaum etwas darin, nur dass Sie gerne segeln und surfen.«

»Ich dachte, ich würde in einem Surfshop arbeiten oder bei einem Schiffsausrüster, aber dann habe ich gehört, dass Sie einen Gärtner suchen.«

Victoria kniff die Augen zusammen.

»Ich liebe die Landarbeit, egal, welcher Art.« Sam zuckte die Achseln.

»Dann haben Sie also Erfahrung?«, erkundigte sich Sebastian.

»Ja, mit der Weinherstellung bin ich vertraut. Ich bin in Margaret River aufgewachsen.« Er sah rasch zwischen Sebastian und Victoria hin und her, doch er mied Demis Blick. Sie fragte sich, welche Überraschungen er noch für sich behielt. Die Weinproduktion hatte er ihr gegenüber nicht erwähnt, aber sie kannte sein Interesse für die Herstellung von Cider. Und natürlich passte das zu seinem akribischen Vorgehen beim Ansetzen des Holunderblütensektes.

Sebastian beugte sich vor. »Wie könnte man daraus ein rentables Geschäft machen?«

»Ich habe mir erlaubt, ein Unternehmenskonzept zu erstellen.«

Victoria zog eine Augenbraue hoch.

»Und ich glaube, es würde schon in drei Jahren Profit abwerfen. Momentan herrscht ein gewaltiger Ansturm auf einheimische Produkte, und wenn man dazu ein Hotel und Selbstversorgerunterkünfte aufzieht, findet man auf jeden Fall gute Abnehmer. Die Gäste werden ein Stück Boscawen, besser gesagt Cornwall, mit heimnehmen wollen, und das wird helfen, per Mundpropaganda weitere Käufer aufzutun.«

»Könnte ich das Konzept einsehen?«, fragte Sebastian und machte sich ein paar Notizen.

»Sicher, es befindet sich auf meinem Computer.«

»Keine Bank wird in ein solches Projekt investieren.« Victoria nahm sich ein Plätzchen und biss hinein.

»Das kannst du doch gar nicht wissen, du hast es ja nicht einmal versucht oder dich um Investoren bemüht.« Sebastian wandte sich an Demi. »Sie sind ziemlich still.«

Demi zuckte innerlich zusammen.

»Sie wird Nein sagen. Sie will bloß das Geld haben. Mit Boscawen verbindet sie nichts.« Victoria trat an eines der Spülbecken und wischte sich die Krümel von den Fingern.

»Ich bin hier, Victoria, also hören Sie bitte auf, so zu tun, als wäre ich nicht anwesend oder ein Kind. Sie kennen mich doch gar nicht. Wenn Sie irgendetwas vorantreiben möchten, sollten Sie ernsthaft über Ihre Einstellung nachdenken.« Demi stand auf und verließ die Küche. Im Foyer blieb sie stehen. Es war an der Zeit, dass sie aufhörte, freundlich zu sein und sich zu bemühen, die Gefühle dieser vermaledeiten Mrs. Lake zu respektieren. Die Frau hatte keine Gefühle – und der Innenausstattung des Hauses nach zu urteilen auch keinen Geschmack, außer wenn es um die Blumenarrangements ging. In jedem Zimmer, das Demi bislang betreten hatte, standen wunderschöne Sträuße.

Die Bibliothek musste ihrem Vater als Arbeitszimmer gedient haben, und obwohl sie keinerlei Erinnerungen an ihn hatte, konnte sie sich ihn dennoch in diesem Raum vorstellen. Die Wände standen voller Bücherregale, silberne Fotorahmen verteilten sich auf den freien Flächen. Fotos von Demi gab es keine, natürlich nicht, dafür umso mehr von Victoria und seinem Neffen. An der hinteren Wand hing ein schönes modernes Ölgemälde von einer kornischen Landschaft. Sie trat näher heran. Die Farben waren so lebendig, die Pinselführung kräftig und trotzdem schwungvoll. Schnelle Striche umrissen Felder und eine Landzunge. Sie lächelte, als sie die dick aufgetragene Farbe berührte.

Sie verließ das Arbeitszimmer ihres Vaters und schlenderte am Esszimmer vorbei zur Treppe, um nach oben zu gehen, was sie noch nie getan hatte seit jenem gescheiterten Versuch vor einer Woche, als sie in Boscawen House hatte Quartier beziehen wollen. Sie hatte zwar nichts dagegen, bei Sam zu wohnen. Trotzdem war dies auch ihr Haus. Ein Haus, welches ihr das Gefühl vermittelte, schon einmal hier gewesen zu sein. Aber das war unmöglich. Als sie klein war, hatte Boscawen anderen Leuten gehört, und an Wiedergeburt glaubte sie nicht. Dennoch wollte das Déjà-vu-Gefühl, gepaart mit Furcht, nicht weichen.

Auf dem oberen Treppenabsatz blieb sie stehen und blickte hinab ins Foyer. Wie gerne würde sie es von all der Düsterkeit befreien. Wenn sie die Augenlider halb schloss, konnte sie sich vorstellen, wie es nach der Renovierung aussehen würde, konnte die lobenden Worte der Gäste hören, wenn sie durch die Eingangstür schritten, die Eingangstür, die sie so gut kannte und doch nicht kennen konnte.

Sie öffnete die erste Tür, zu der sie gelangte, und war begeistert über die Proportionen des Raumes. Falls sämtliche Zimmer so großzügig geschnitten waren, müsste man lediglich Änderungen beim Dekor vornehmen. Die Einrichtung war gut, doch die Polstermöbel müssten anders bezogen werden. Sie erweckten den Anschein, als stammten sie direkt aus dem Lager eines Möbelhauses und wären noch völlig unberührt, außer von einem Staubwedel.

Die Aussicht auf die Felder und Wälder war zauberhaft, aber wahrhaft verzückt war sie erst, als sie die Dienstbotenquartiere unter dem Dach betrat und das Meer erblickte. In der Ferne fiel der dichte Wald zum Fluss hin ab, auf dem viele Segelboote lagen. Weiter hinten öffnete er sich zu einer Bucht, vermutlich der Falmouth Bay.

Sie starrte auf das reflektierende Sonnenlicht auf der Wasseroberfläche. »Demi.«

Sie fuhr zusammen. Sam berührte sie an der Schulter. »Ich hatte nicht vor, dich zu erschrecken, wollte bloß sichergehen, dass alles in Ordnung ist.«

»Danke.«

»Was für eine Aussicht.« Er lächelte.

»Ich hatte keine Ahnung, dass Boscawen so nah am Wasser liegt, weil das Gelände so abgelegen wirkt mit seinen Hecken und Wäldern.« Sie drehte sich um und ließ die Augen durch das kleine Zimmer schweifen, in dem sie stand. »Weißt du, ob das Haus unter Denkmalschutz steht?«

»Ich glaube nicht.«

Sie nickte und schlenderte weiter. Hier, im Dachgeschoss, war klar zu erkennen, wo das Gebäude erweitert und die stattliche Frontseite angebaut worden war. Ein paar Stufen führten zu weiteren Räumen, und hier konnte sie die Spuren eines Feuerschadens erkennen, verkohlte Balken und Brandflecken. Sie fragte sich, wann das passiert war – doch die Bausubstanz schien in Ordnung zu sein, die Reparaturen waren nicht neu.

Ein paar Schritte weiter befand sich eine Tür, die aufs Dach hinaus führte. Von hier aus konnte sie meilenweit blicken. Das Land fiel zum Wasser hin ab, der Boden bildete sanfte Wellen. Es war atemberaubend. Wenn sie hier leben würde, dann ganz oben im Haus, weit weg von den Wäldern. Die Wälder, die von hier oben aus betrachtet aussahen wie Moosklumpen, außer an den kiefernbestandenen Rändern. Was lebte in diesen Wälder? Feen oder etwas Unheimlicheres?

»Wow, hier oben bin ich noch nie gewesen. Spektakulär.« Sam drehte sich neben ihr um die eigene Achse. »Was für eine fantastische Aussicht auf die Wälder.« Er trat an die Dachkante und spähte über die Brüstung. »Man kann deutlich die Grenze zwischen den Eichen und dem Holunder erkennen.« Er deutete mit dem Finger in die entsprechende Richtung. Demi trat zögernd neben ihn. Eigentlich hatte sie keine Höhenangst, aber im Augenblick war das anders. Die Welt schien zu schwanken, die Bäume verwischten.

»Die Wälder hier wurden einst wegen der Zinn- und Kupferminen gerodet, aber zum Glück ist das heute nicht mehr der Fall.« Er schwieg kurz, dann fragte er: »Wusstest du, dass das hier eines der ältesten noch verbliebenen Waldgebiete in Großbritannien ist? Die Tregans haben es lange Zeit verwaltet, nur in den letzten dreißig Jahren nicht. Von hier oben aus betrachtet verstehe ich, warum Mrs. Lake das Anwesen so viel bedeutet.« Er drehte sich zu ihr und streckte die Hand aus. »Alles in Ordnung?«

Demi wich ein paar Schritte zurück. Alles fühlte sich seltsam an, verschwommen. Wieder hatte sie den Eindruck, ein Déjà-vu zu erleben. Taumelnd prallte sie gegen die Brüstung.

»Was zum Teufel machst du denn für Sachen?« Sam packte sie und zog sie zurück, dann drückte er sie gegen seine Brust. Das Geräusch seines Herzschlags dröhnte in ihren Ohren. Gefangen. Sie zappelte und versuchte, sich seinem Griff zu entwinden.

»Beruhige dich.« Seine Arme schlossen sich fester um sie. Sie setzte sich heftiger zur Wehr. Nichts ergab einen Sinn.

»Was ist denn hier los?« Victorias Stimme durchschnitt den Nebel der Angst in Demis Gehirn.

»Ein Schwindelanfall, glaube ich«, antwortete Sam ruhig. Er lockerte seinen Griff, aber nicht genug, dass sie sich befreien konnte.

»Man sollte nie über ein Dach spazieren, ohne zu wissen, ob man schwindelfrei ist.« Victoria lachte und trat direkt an die Kante, wo sich die Brüstung zu einer Höhe von einem Fuß verflachte. Allein beim Hinschauen drehte sich Demi der Magen um.

»Mein Bruder und ich haben immer hier oben gespielt.«

Sam sah Victoria nachdenklich an. »Haben Sie einander nahegestanden?«

»Ja, sehr. Uns trennten bloß zehn Monate, wir fühlten uns wie Zwillinge.« Sie lächelte, und zum ersten Mal sah Demi, wie sich ihre Züge glätteten, schön wurden statt hart.

»Sie müssen am Boden zerstört gewesen sein, als er starb.« Sam war voll und ganz auf Victoria konzentriert. Demi beruhigte sich in seinen Armen und fing an, das Gefühl zu genießen. Als ihr das klar wurde, richtete sie sich ein wenig auf.

»Ja, das war ich, aber um ehrlich zu sein, hatte mein Vater zu jenem Zeitpunkt schon längst einen Keil zwischen uns getrieben.« Sie blickte hinaus auf die See. »Das alte Kinderspiel ›King of the Castle‹ bekommt hier oben eine ausgesprochen realistische Bedeutung. Der ›König der Burg‹ stellt sich so nah wie möglich an die Brüstung und versucht, seinen Posten zu halten, während die anderen versuchen, ihn von seinem Thron zu stoßen.« Sie wandte sich zu Demi um. »Demi ...« Sie machte eine Pause, um sicherzugehen, dass diese bemerkte, dass sie sie bei dem von ihr bevorzugten Namen nannte. »Langsam bekommen Sie wieder Farbe. Sam, Sie können sie jetzt loslassen, damit sie Luft bekommt. Ich finde Durchatmen immer hilfreich.«

Achtzehn

Demi saß im Schatten des Torhauses und fertigte erste Entwürfe ihrer Ideen, Boscawen betreffend, an. Ein Wagen näherte sich und hielt an, Sebastian stieg aus. Er winkte ihr zu. Demi ließ den Skizzenblock sinken. Zuvor hatte sie begonnen, Moodboards für den Salon und das Esszimmer zu erstellen – große Kartonbögen, auf denen sie unter anderem Materialien wie Leder, Hölzer und Stoffe präsentieren sowie ihre Vorschläge für eventuelle Umbauten vorstellen wollte. Nach den gestrigen Überlegungen, Boscawen in ein profitorientiertes Unternehmen zu verwandeln, hatte sie sich die Bibliothek vorgenommen, eine Art Bar hinzugefügt und die Terrasse mit einbezogen, um Sitzmöglichkeiten zu schaffen.

»Ich wollte nur kurz vorbeischauen, bevor ich nach London fahre.« Er setzte sich neben sie und warf einen Blick auf ihre Entwürfe. »Das ist gut, sehr gut.«

»Danke.«

Er fuhr sich mit der Hand durchs Haar. »Verraten Sie mir, was Sie für ein Gefühl bei diesem möglichen Unternehmen haben?«

Demi zog eine Augenbraue hoch.

»Im Ernst. Ich möchte wissen, wie Sie darüber denken, unabhängig von Toris Einschüchterungsmaßnahmen.«

»Nimmt sie andere Leute überhaupt wahr? Je mehr ich sie kennenlerne, desto weniger überrascht bin ich, dass mein Vater eine Affäre hatte.«

Er schmunzelte. »Die Dinge sind weitaus komplexer, als Sie denken: Tori war nie ein einfacher Mensch, aber früher war sie freundlicher.« Sein Blick schweifte in die Ferne.

»Warum diese Veränderung?«

»Da kann ich nur raten.«

Sie schüttelte den Kopf. »Dann ziehen Sie es also vor, mich im Dunkeln zu lassen.«

»Ich sage nur, dass Tori nicht so selbstsicher ist, wie es auf den ersten Blick scheint. Sie musste so werden.«

Demi runzelte die Stirn. Victoria machte auf sie einen absolut selbstsicheren Eindruck, und sie konnte sich nicht vorstellen, dass das je anders gewesen sein sollte. Die Frau war mit einem silbernen Löffel im Mund zur Welt gekommen – stammte aus einer wohlhabenden Familie, war äußerst privilegiert aufgewachsen und hatte reich geheiratet. Es hatte ihr an nichts gemangelt. Ihr Leben war das genaue Gegenteil dessen gewesen, was Demi kennengelernt hatte. Nicht dass sie in Armut groß geworden war, aber es war auch nichts übrig geblieben, sodass sie nun auf einem Haufen Schulden von ihren Studienkrediten saß.

Sie schaute auf ihren Entwurf. Auf ihrer kurzen Tour durchs Haus hatte sie darauf geachtet, wo die neuen Stromkabel und Rohre verliefen, welche Wände tragend waren und welche nicht. Als man die neuen Bäder eingebaut und die alten saniert hatte, hatte man großes Geschick bei der Raumnutzung bewiesen, wie Demi anerkennend feststellte. Sie fragte sich, wer wohl der Architekt gewesen sein mochte.

»Ich werde voraussichtlich ein, zwei Tage in London bleiben, um ein paar Gefallen einzufordern und an Sams Geschäftsplan zu feilen, deshalb dränge ich Sie jetzt nicht zu einer Antwort, Demi. Sie verfügen noch nicht über genügend Informationen, um eine fundierte Entscheidung zu treffen, dennoch wüsste ich gern, in welche Richtung Sie emotional tendieren.«

»Sie fragen mich ernsthaft, ob ich bereit bin, eine Partnerschaft mit der Witwe meines Vaters einzugehen, die allein schon bei meinem Anblick an die Decke geht?«

»Ja.« Sein Mund verzog sich zu einem Lächeln.

Der Entwurf auf ihrem Schoß sprach eine Sprache, die Stimme in ihrem Kopf eine andere. »Ich weiß es nicht.«

»Dagegen ist nichts einzuwenden.«

»Ich bin in Versuchung, die Herausforderung, das Haus in ein Hotel umzuwandeln, anzunehmen. Das ist ein Projekt, in das ich mich hineinknien könnte.« Demi holte tief Luft. »Allerdings verspüre ich keinerlei Bedürfnis, Zeit mit einer Frau zu verbringen, die mich hasst. Ich könnte das Geld nehmen und mir davon mein eigenes Projekt kaufen.«

»Verständlich.« Er lächelte. »Sie erinnern mich auf vielerlei Art an Ihren Vater.«

»Inwiefern?«

»Auch er hat sämtliche Seiten abgewogen, bevor er eine Entscheidung getroffen hat, und er hat sich nie zu etwas drängen lassen.«

Ihren Bleistift zwischen den Fingern drehend dachte sie über seine Worte nach. »Warum hat er mich im Stich gelassen?«

Sein Blick blieb in die Ferne gerichtet. »Wie ich schon sagte: Das hat er nicht, es war die Entscheidung Ihrer Mutter.«

»Aber es ergibt keinen Sinn.«

Seine Augen wanderten zu den Torpfeilern. Ohne Demi anzuschauen, erwiderte er: »Es hat sich ein Zwischenfall ereignet, und Morwenna traf eine Entscheidung, gegen die Charles nichts ausrichten konnte. Ihm waren die Hände gebunden.«

»Er wollte seine Frau nicht verlassen?«

»Ich bin mir sicher, das hat zu Morwennas Entscheidung beigetragen. Es war vermutlich der schwerste Entschluss, den Charles je hat fassen müssen, aber er fühlte sich an das heilige Eheversprechen gebunden …«

»Das so heilig war, dass er mit meiner Mutter geschlafen hat«, fiel Demi ihm verächtlich ins Wort.

»Sie haben Recht. Die Menschen sind nicht immer ganz aufrichtig.«

Demi dachte an Matt. Nach außen hin hatte er wie ein Saubermann gewirkt, doch unter der Oberfläche … »Nein, das sind sie nicht.«

»Bleiben Sie unvoreingenommen, was Ihren Vater, Tori und das Projekt anbetrifft.«

Demi presste die Lippen zusammen. Er verlangte eine ganze Menge.

»Vertrauen Sie mir.« Er lächelte wieder, wodurch sich die Fältchen um seine Augen vertieften.

Für einen Augenblick schloss sie die Lider. Ihm vertrauen. Abgesehen von ihrem Großvater konnte sie niemandem vertrauen. Sie musste die ganze Angelegenheit unbedingt mit Grandad durchsprechen.

»Warten Sie mit Ihrer Entscheidung zumindest so lange, bis ich einen Vorschlag erarbeitet habe.«

Sie legte ihre Arbeit auf dem Tisch ab und ging mit ihm zu seinem Wagen. »Einverstanden. Was passiert, wenn ich aussteige?«

Sebastian lehnte sich gegen den Jaguar. »Tori wird verkaufen müssen.« Er stieg ein und ließ die Scheibe hinunter.

Demi trat ans geöffnete Fenster. »Eine Sache noch.«

»Ja?«

»Wenn wir das tatsächlich angehen …« Sie biss sich auf die Lippe. »Ich würde gerne etwas Geld beiseitelegen und nicht alles in Boscawen stecken.«

Er öffnete die Tür und stieg wieder aus. »Darf ich fragen, warum?«

»Mein Großvater ist seit kurzer Zeit in einem Pflegeheim, und ich möchte ihn, wenn irgend möglich, dort herausholen und stattdessen einen Pfleger für ihn engagieren.«

»Es ist schön zu hören, dass er noch unter uns weilt.«

»Sie kennen ihn?« Überrascht schaute sie zu ihm auf.

»Nicht wirklich, doch wir sind uns zu verschiedenen Gelegenheiten begegnet.« Ein Lächeln trat auf sein Gesicht. »Ein liebenswerter Mann – ich werde Ihr Ansinnen in meinen Kalkulationen berücksichtigen. Vielleicht könnte man einen Teil der Remise für ihn umbauen.« Damit wandte er sich ab und setzte sich hinters Steuer.

Demi nickte. »Das wäre ideal. Eine weitere Sache noch.« Sie beugte sich zum offenen Fenster. »Die Lebensversicherung meiner Mutter wurde noch nicht ausbezahlt, und ich habe keine Arbeit. Ist es möglich, dass ich eine kleine Hypothek aufnehme? Es muss nicht viel sein, aber ich möchte mir nicht ständig etwas von meinem Großvater leihen, und Arbeitslosenunterstützung zu beantragen kommt mir in Anbetracht der Umstände absurd vor.« Sie zuckte die Achseln.

»Selbstverständlich. Ich werde mich gleich darum kümmern.« Er ließ den Motor an.

Sie winkte, als er davonfuhr, dann kehrte sie zu ihrem Skizzenbuch zurück und notierte sich schnell ein paar Ideen, doch bevor sie weiterplante, würde sie die Remise und die Stallungen erst einmal genauer ins Auge fassen müssen.

Im Torhaus griff Demi nach dem Telefonhörer und wollte gerade ihren Großvater anrufen, als sie plötzlich innehielt. Die Unterlagen auf dem Dielentisch vor ihr schienen sich mit Boscawen zu befassen. Sie sollte nicht neugierig sein, aber schon ein erster Blick zeigte ihr, dass Sam nicht wirklich ein Gärtner war. Das hier waren nicht die Pläne eines Amateurs. Die Kostenermittlungen und Kalkulationen waren die eines Menschen, der entweder selbst ein Unternehmen geführt oder aber einen Abschluss in Betriebswirtschaft vorzuweisen hatte. Er wusste außerdem verdammt viel über Bodenkunde, speziell über die Bodenökologie. Was hatte er kürzlich erwähnt? Er sei in einer Weingegend aufgewachsen? Mehr hatte er darüber allerdings nicht verlauten lassen, und so wie es klang, hatte Victoria ihn aus einer Laune heraus engagiert. Vermutlich, weil er ein wahrer Augenschmaus war, den sie – so wie sie ihn anstarrte – wohl am liebsten verschlungen hätte. Ja, Sam Stuart war ein Hingucker, aber was hatte er sonst noch zu bieten?

Wenn sie eine Partnerschaft mit Victoria einginge und dabei auf Sam baute, wäre es ihr gutes Recht, ein bisschen mehr über ihn zu erfahren. Sie blätterte die Papiere durch und entdeckte einen Umschlag, adressiert an A. S. T. Stuart aus Australien. Wofür standen das A und das T? Und warum nannte er sich bei seinem zweiten Namen?

Demi hörte, wie das Wasser in der Dusche abgedreht wurde, und schob hastig die Papiere zusammen. Sie würde ihn einfach danach fragen, beschloss sie, dann griff sie erneut nach dem Hörer und rief im Pflegeheim an. Man hatte ihr geraten, dass sie für ein paar Tage auf einen Besuch verzichtete, da sich ihr Großvater erkältet hatte. Sie hoffte, dass er sich inzwischen auf dem Weg der Besserung befände. Der freudige Ausdruck, der jedes Mal, wenn er sie sah, auf sein Gesicht trat, erfüllte sie mit der Hoffnung, dass die Welt doch nicht nur schlecht war. Im Grunde wusste sie das, aber momentan schien die Waagschale eher zum Schlechten hin auszuschlagen. Das Gute war ihr Großvater. Wie schön, dass sie ihn hatte, auch wenn sie sich Gedanken um seine Zukunft machte. Das Schlechte waren Victoria und Matt mit seinen nervenden SMS und E-Mails, die immer häufiger eingingen. Dazwischen lagen Sebastian und Sam. Demi war sich nicht im Klaren, wie Sebastians Beweggründe aussahen. Er schien die Loyalität seinem verstorbenen Freund gegenüber ziemlich weit zu treiben.

Natürlich kannte sie außer ihrem Großvater auch andere gute Menschen. Wundervolle Menschen. Ihre Freunde von der Schule und der Uni zum Beispiel, aber im Augenblick schienen sie so weit weg zu sein. Gott sei Dank verfügte das Torhaus über Internet, ansonsten wäre sie komplett von der Welt abgeschnitten.

»Bitte geben Sie die Durchwahl ein«, ertönte eine automatische Stimme am anderen Ende der Leitung. Demi tippte die Nummer ein. Das Freizeichen ertönte, dann verschiedene Geräusche, bevor sie endlich die Stimme ihres Großvaters hörte.

»Hallo? Hallo?« Er klang ein wenig konfus.

»Hi, hier spricht Demi.«

»Ach, Demi, Liebes, ich komme einfach nicht mit diesem verflixten Telefon zurecht. Wie geht es dir?«

Sie sank auf einen Stuhl und spielte mit einem Bleistift, der auf dem Tisch neben dem Telefon gelegen hatte. »Mir? Ach, so weit ganz gut.«

»Bloß ganz gut?«

»Ja, aber die Dinge verbessern sich.«

»Deine Stimme sagt allerdings etwas anderes.«

Sie lachte. »Nun, da hast du richtig gehört. Ich bin eine grauenvolle Lügnerin.«

»Das ist im Grunde nicht schlecht.«

»Da bin ich mir nicht so sicher.« Sie drehte sich um und sah Sam, der aus dem Badezimmer kam. »Ich glaube, gut lügen zu können ist eine sehr nützliche Fähigkeit.«

»Warum willst du lügen? Das ist doch die Frage.«

»Bist du sicher, dass du nicht Psychologie studiert hast?« Lächelnd dachte sie daran, wie ihr Großvater ihr früher bei den Hausaufgaben geholfen hatte. Erst jetzt verstand sie, dass es dabei weniger ums Lernen als vielmehr um das Aufbauen von Selbstvertrauen gegangen war.

»Über vierzig Jahre als Lehrer zu arbeiten verschafft einem gewisse Fähigkeiten auf diesem Gebiet, würde ich sagen.«

»Da hast du Recht.«

»Also, was macht dir Sorgen?«

»Die anderen.« Sie stützte die Ellbogen auf den Tisch.

»Nun, das ist ein weiter Begriff. Weshalb bereiten sie dir Kummer?«

»So weit würde ich jetzt nicht gehen, aber bislang erweist sich das Erbe meines Vaters als ausgesprochen kompliziert.«

»Das kommt häufig vor.«

Sie seufzte. »Anstatt das Anwesen einfach zu verkaufen, denken sie darüber nach, ein Unternehmen zu gründen, und dafür brauchen sie mich als Partnerin.«

»Aha. Du sollst dich mit dem Feind zusammentun.«

Demi runzelte die Stirn. Sie würde sich mit keinem von denen zusammentun. Obwohl – das stimmte nicht ganz, musste sie sich eingestehen, als sie Sam nachsah, der, nur ein Handtuch um die Hüften, zu seinem Zimmer ging. »Ja, auf gewisse Weise schon.«

»Niemand kann dich dazu zwingen, etwas zu tun, was du nicht willst.«

Demi setzte sich kerzengerade auf. Das stimmte nicht ganz. Sie konnten sie mit einem Trick dazu bringen oder sie auf andere Weise hinters Licht führen.

»Lass dir das durch den Kopf gehen, Demi«, riet ihr Großvater. »Mach einen Spaziergang durch den wunderschönen Garten und denk über die Worte deines alten Großvaters nach. Vielleicht kannst du mich in ein paar Wochen mal dorthin mitnehmen oder mir zumindest in aller Ruhe davon erzählen.«

»Das wäre schön. Ich rufe dich morgen an – und du lernst inzwischen, wie du das Telefon bedienst.«

»Das werde ich.«

»Ich freue mich so sehr, dass du wieder besser klingst. Hast du die Erkältung auskuriert?«

»Fast, noch ein Tag, dann solltest du auch wieder vorbeikommen können.«

»Gut. Ich hab dich lieb.« Gerade als Demi den Hörer auflegte, kam Sam aus seinem Zimmer, das Handtuch noch immer tief auf den Hüften.

»Tut mir leid, die frische Unterwäsche hängt noch auf der Leine. Hab nichts anderes mehr.«

Er ging an ihr vorbei und durchquerte die Küche auf dem Weg zur Hintertür. Demi sah ihm bewundernd nach. Wer oder was immer Sam sein mochte, er war es definitiv wert, dass man ihn anschaute, also hatte sie am Ende doch etwas mit Victoria gemein. Schmunzelnd stand Demi auf und machte sich auf die Suche nach den Entwürfen, die sie von den Nebengebäuden angefertigt hatte. Das Ganze könnte ein ziemlich aufregendes Projekt werden, und auch wenn sie ihre Zweifel hatte, dass es tatsächlich zustande kam, wünschte sich ein Teil von ihr genau das.

Ein toter Baum voller großer schwarzer Vögel ließ Demi abrupt stehen bleiben. Sam und sie machten einen Spaziergang durch die Abenddämmerung, wobei sie darauf achteten, genügend Abstand zum Haupthaus zu halten. Nach dem gestrigen Tag verspürte Demi nicht das Bedürfnis, Victoria über den Weg zu laufen.

Sam folgte ihrem Blick. »Unheimlich, nicht wahr?«

»Ja. Sind das Krähen?«

»Dohlen.«

»Ich frage mich, ob sie wissen, wie sie wirken, wenn sie sich ausgerechnet auf dem Baum dort versammeln.«

Er grinste. »Ich glaube schon, denn sie treffen sich regelmäßig da.« Er kletterte über einen Zauntritt und streckte ihr hilfsbereit die Hand entgegen, dann führte er sie über einen Feldweg, der rund um den Garten verlief.

»Sind das Eukalyptusbäume?«

»Ja.« Er lächelte. »Sie erinnern mich an zu Hause.«

»Vermisst du Australien?«

»Manchmal schon ein wenig, aber das Meer und die Bäume helfen, vor allem der Eukalyptus.« Er holte tief Luft. »Vermisst du London?«

Wieder blieb Demi stehen und dachte an den Trubel, den Lärm und all die Menschen. »Ich habe nicht mehr an London gedacht, bis du mich danach gefragt hast, also denke ich, die Antwort lautet Nein.« Im Schutz der Bäume gingen sie weiter. »Eukalyptus hätte ich hier nicht erwartet.«

»Sie sind importiert. Victorias Urgroßmutter Edith war eine passionierte Pflanzensammlerin und hat eigens zu diesem Zweck zwei große Reisen unternommen. Sie brachte Samen für die Bäume und zahlreiche andere Pflanzen mit, einschließlich der Schmucklilien, auch Liebesblumen genannt. Mrs. Lake ist im Besitz ihrer Aufzeichnungen und Pflanzlisten.«

»Du klingst neidisch.« Demi musterte ihn prüfend.

»Ich würde sie liebend gerne lesen, aber sie hält sie fest unter Verschluss.« Er furchte die Brauen. »Ich nehme an, sie sind für sie eine Art Talisman.«

»Sie will den Garten wieder so herrichten, wie er früher war«, stellte Demi fest.

»Ja, und das ist sicher nicht verkehrt, aber Gärten entwickeln sich weiter.« Er sah sich um. »Für mich ist es schon faszinierend festzustellen, welche Pflanzen trotz mangelnder Pflege überlebt haben, außerdem …« Er hielt kurz inne. »… außerdem ist es im Augenblick so, als würde man bei der Gartenarbeit die Vergangenheit berühren, die früheren Gärtner kennenlernen, aber man muss nach vorne schauen, herausfinden, was zukunftsfähig und vor allem machbar ist.«

Sie setzten ihren Weg fort, bis sie an ein Schwinggatter kamen. Demi ging als Erste hindurch. Ihr Blick fiel auf die Kühe, die auf der gegenüberliegenden Seite der Weide grasten.

»Gehört das zu Boscawen?«

»Ja, Mrs. Lake verpachtet das Land an einen Bauern. Ich glaube, hier würde Sebastian gerne den Golfplatz errichten.«

»Oh.« Demi betrachtete die ländliche Idylle vor sich und fragte sich, ob der Golfplatz eine gute Idee wäre. Sie hatte gehört, dass sich gar nicht weit weg ein weiterer Platz befand. Wie viele Golfplätze brauchte eine Gegend wie diese? »Übrigens, warum nennst du Victoria Mrs. Lake?«

Sam blieb stehen und legte den Kopf schräg, so wie er es immer machte, wenn er nachdachte. Sein Blick schweifte in die Ferne. Er verharrte so lange, dass schon die Kühe anfingen, sich für sie zu interessieren. Schließlich sagte er: »Nun, sie ist meine Chefin.«

»Das ist richtig, aber wenn wir unseren Plan tatsächlich vorantreiben, wirst du in gewisser Hinsicht ebenfalls ein Partner sein.«

»So habe ich das noch nie betrachtet.« Er lächelte. Der Weg vor ihnen führte in die Wälder. Demi zögerte, doch dann rief sie sich zur Vernunft. Was konnte ihr schon passieren, wenn sie mit Sam zusammen war? Nun kamen sie durch ein Holunderwäldchen. Der Weg wurde breiter, und Demi schloss zu ihm auf. Seite an Seite gingen sie weiter. Nichts kam ihr bekannt vor.

Sie deutete auf einen Stacheldraht, der ein Stück weiter hinten eine Lichtung einzäunte. »Was ist das?« Der Farn wuchs dort sehr dicht, aber es führte ganz offensichtlich ein Pfad in diese Richtung.

»Das ist *Men an Skawenn*.«

»Und was ist das?«

Er nahm ihre Hand und duckte sich unter ein paar tiefhängenden Zweigen hindurch, dann unter dem Stacheldraht, wobei er sorgfältig darauf achtete, nicht hängen zu bleiben. Sie folgten dem Pfad und gelangten zu einem großen Stein mit einem Loch in der Mitte. »Das ist *Men an Skawenn*, was so viel bedeutet wie ›Stein beim alten Baum‹, gemeint ist der Holunder. Dieser Stein hier heilt angeblich Kinder, die man durch das Loch reicht, und …«, er machte eine Pause und sah sie mit einem breiten Grinsen an, »… er schenkt frisch Verheirateten Fruchtbarkeit, wenn sie hindurchkriechen – nackt.«

Demi lachte.

»Lach ruhig, aber auch wenn Victoria den *Men an Skawenn* mit Stacheldraht umzäunt hat, kommen doch regelmäßig Paare hierher.«

»Ach du liebe Güte, hast du sie etwa beobachtet?«

»Für wen hältst du mich? Für einen Voyeur?«

Sie schüttelte den Kopf. »Das Loch sieht nicht besonders groß aus.« Sie tat so, als nehme sie Maß an Sams Schultern und vergleiche das Ergebnis mit dem Loch. »Ich bin mir nicht sicher, ob du da hindurchpasst.«

»Ist das eine Herausforderung?«

Sie verkniff sich ein Grinsen. »Tja, wenn du sagst, du machst es, und zwar ohne Klamotten, könnte man wohl von einer Herausforderung sprechen.«

»Und was kriege ich dafür?«

Demi schluckte. »Applaus.«

»Du kriechst nicht durch?« Er zog fragend eine Augenbraue in die Höhe.

»Definitiv nicht.« Sie blickte auf ihre Brust hinab. »Ich würde stecken bleiben, und mit einer solchen Demütigung könnte ich nicht leben.« Demi ging näher an den Stein heran und berührte den Granit. Fast rechnete sie damit, dass die Angst ihrer Albträume, die Angst vor der *Kowres* in ihr aufstieg, aber es trat bloß eine Gänsehaut auf ihre Arme, mehr passierte nicht. Sam stellte sich neben sie.

»Falls du mich heiratest, könnten wir noch einmal herkommen, bewaffnet mit Olivenöl, und gemeinsam durch das Loch glitschen.«

Ihr Kopf fuhr in die Höhe, und sie starrte ihn mit großen Augen an.

»Das ist Tradition, und als die neue Besitzerin von Boscawen solltest du Traditionen wahren.« Seine Augen blitzten vor Schalk. Demi grinste. Das hier war so viel harmloser als die Dinge, die Matt von ihr verlangt hatte. Außerdem würde sie Sam nicht heiraten, genauso wenig wie sie für längere Zeit die neue Besitzerin von Boscawen wäre.

Victoria betrachtete Adam, der neben ihr lag, die Arme hinter dem Kopf verschränkt, ein Lächeln im Gesicht. Amüsierte er sich über etwas, oder war er einfach nur zufrieden nach dem Sex? Vielleicht beides, dachte sie und streckte sich. Der Sex war gut und längst überfällig gewesen, aber sie war nicht befriedigt, obwohl sie zum Höhepunkt gekommen war. Die übliche Erleichterung wollte sich nicht einstellen. Victoria schlüpfte aus dem Bett und trat ans Fenster, um hinunter in den Garten zu schauen. Zwei Personen waren dort zu sehen, die Köpfe dicht zusammengesteckt. Demi und Sam.

»Kommst du ins Bett?« Adam warf die Bettdecke zurück, und Victoria sah, dass er wieder bereit war. Leider war sie es nicht. In Gedanken war sie ganz woanders.

»Nein.« Sie hob ihren Morgenmantel auf und zog ihn über.

»Seit meiner Ankunft warst du noch gar nicht richtig bei mir«, beschwerte er sich, stand auf und trat zu ihr.

»Tut mir leid.«

»Du musst dich nicht entschuldigen. Ich mache mir bloß ein bisschen Sorgen.« Er streichelte ihre Hand.

Sie sah auf. »Danke für dein Verständnis.«

»Kein Problem, ich möchte nur helfen, und ich spüre, wie abwesend du im Moment bist.«

»Merkt man das so deutlich?« Sie zog eine Augenbraue in die Höhe.

»Nicht oft, aber im Augenblick schon.« Er griff nach seiner Jeans und zog sie an, anschließend nahm er ihre Hand. »Lass uns etwas trinken. Dann kannst du entscheiden, ob du über das reden willst, was dir auf der Seele liegt, oder ob du mich noch einmal rannehmen willst – oder beides.«

Sie lachte. »Manchmal bist du sehr viel reifer, als ich dir zugetraut hätte.«

»Ich weiß. Es ist skandalös, dass du mich nur wegen meines Körpers willst.« Er küsste ihren Hals. »Und jetzt erzähl mir von deinen Plänen für Boscawen. Erteilst du mir den Auftrag meines Lebens, oder gehst du einen Handel mit Charles' Tochter ein?«

Gemeinsam gingen sie durchs Haus und in die Küche. »Was soll ich deiner Meinung nach tun?«

»Willst du meine persönliche Meinung wissen oder meine Meinung als Immobilienmakler?«

»Beides«, erwiderte sie und ließ seine Hand los.

»Auch wenn ich das Anwesen liebend gerne für dich verkaufen würde, halte ich den Plan, den ihr ausgetüftelt habt, auf jeden Fall für vielversprechend.« Er öffnete den Kühlschrank und nahm eine Flasche Champagner heraus. »Wenn du verkaufst, wirst du die Gegend und mich verlassen. Das ist gar nicht gut.« Er entfernte die Folie. »Wie dem auch sei, ich würde eine beachtliche Courtage einstreichen und könnte mir das hier leisten.« Er hielt den edlen Tropfen in die Höhe, dann nahm er den Champagnerdeckel ab, umfasste den Korken und drehte die Flasche langsam, bis es ploppte. »Mein Gott, wie ich das Geräusch liebe!«

Victoria lachte. Sie hatte ihm beibringen müssen, wie man eine Champagnerflasche richtig öffnete, ohne etwas von dem kostbaren Inhalt zu vergeuden. Mittlerweile war er ein Experte. Sie reichte ihm die Gläser. »Wo waren wir stehen geblieben?«

»Nun, das Dafür, Boscawen gewinnbringend umzugestalten, liegt auf der Hand: Du würdest dein Zuhause behalten, es würde mehr Jobs in der Gegend geben, und du würdest in meiner Nähe bleiben.« Er füllte die Gläser. »Wenn du dich dagegen zum Verkauf entschließt, springt dabei – wie erwähnt – jede Menge Geld für mich heraus, und du hättest mehr Zeit, die du mit mir verbringen könntest.« Er reichte ihr ein volles Glas. »Außerdem könntest du dir ein anderes Anwesen kaufen.« Er hob sein Glas. »Auf dich, egal, welche Entscheidung du triffst.«

Sie stieß mit ihm an. »Du willst also, dass ich verkaufe?«

»Das habe ich nicht gesagt.« Er grinste. »Auch wenn ich in dem Fall mehr davon profitieren würde.«

Lachend nahm sie seine Hand. »Nimm die Flasche und lass uns wieder ins Bett gehen.«

Neunzehn

Dreihundert Bäume mussten gepflanzt werden. Offenbar hatte sie diese in einem Augenblick geistiger Umnachtung bestellt, und jetzt musste sie damit leben. Victoria schaute hinüber zu Sam und Charles' Tochter. Sam hielt einen Spaten in der Hand, Demi ein Maßband. Sie vermaßen den Obstgarten und schienen ihre Aufgabe im Griff zu haben.

Victoria musste etwas tun. Sämtliche Pläne lagen auf Eis, und nur ordentliche körperliche Arbeit würde ihre Unruhe mindern. Das hatte auch ihrer Urgroßmutter geholfen, mit ihrem Kummer zurechtzukommen. Sie hatte Victoria auf bewegende Weise von ihrem Verlust erzählt, hatte behauptet, dass nur die Arbeit im Garten, den sie und Arthur zusammen angelegt hatten, ihre Trauer gelindert hatte.

Nicht dass Victoria trauerte, im Gegenteil. Mit sechzig Jahren war sie endlich eine freie Frau. Das bedeutete, dass sie noch ungefähr zwanzig annehmbare Jahre vor sich hatte, bevor sie über den Jordan ging und … was hinterließ? Nichts. Sie würde gar nichts hinterlassen. Was wäre ihr Vermächtnis? Als Charles Boscawen zurückgekauft hatte, hatte sie geglaubt, der wiederhergestellte Garten wäre ihre Hinterlassenschaft für die Welt, aber jetzt war ihr dieser genommen worden.

Was hatte sie im Leben eigentlich tun dürfen? Genau genommen nichts. Keine Olympiade, kein Oxford. Kinder hatte sie auch nicht bekommen. Sie schnappte sich die Schubkarre und schob sie zum erstbesten einzupflanzenden Apfelbaum. Schnaufend hob sie ihn in die Höhe, wuchtete ihn auf die Karre und brachte ihn zur nächstgelegenen Pflanzstelle. Sam hielt die Daumen hoch.

Binnen Kurzem schmerzte Victorias Rücken, und ihre Hände waren aufgerissen, aber zu dritt hatten sie nach einer Weile tatsächlich einen Teil der Obstwiese vorbereitet. Morgen würden sie mit der eigentlichen Schwerstarbeit beginnen und die Ballen eingraben. Sie lehnte sich gegen die Hecke, atmete den süßen Duft des wilden Geißblatts ein und versuchte, sich nicht an den Nesseln zu verbrennen. Das hier war eine lohnende Arbeit, selbst wenn das Anwesen verkauft werden sollte. Obstgärten hatten eine Aufgabe, wohingegen sie noch eine finden musste.

Demi bückte sich, um einen Schluck Wasser aus dem Hahn bei der Scheune zu trinken. Sie hatte einen Schmutzfleck auf ihrer sommersprossigen Nase, und Victoria erkannte deutlich den jungen Charles in ihr wieder. Auch er hatte Sommersprossen gehabt. Victoria verspürte einen Anflug von Schuld. Sie wurde das Gefühl nicht los, dass Charles das Testament wegen Adam geändert hatte, auch wenn er nie rachsüchtig gewesen war. Bis zu seinem Tod hatte er ihr nie vorgehalten, dass sie kinderlos geblieben waren, hatte ihr nie einen Vorwurf gemacht, obwohl das ganz offenkundig ihre Schuld war. Sie musste nicht erst Charles' Tochter sehen, um das zu begreifen.

Sie dachte an ihre vielen Liebschaften, aus denen ebenfalls kein Kind hervorgegangen war. Ein Lächeln trat auf ihr Gesicht, als ihr Adam in den Sinn kam. Letzte Nacht hatten sie wundervollen Sex miteinander gehabt, dennoch war der Kick ausgeblieben, den sie normalerweise verspürte. Doch sie wollte jetzt nicht weiter darüber nachdenken, schon gar nicht, wo sie sah, wie Sam sein T-Shirt abstreifte und Demi den Schlauch abnahm, um sich Wasser über Kopf und Oberkörper laufen zu lassen. Wusste er eigentlich, welche Wirkung er auf Frauen hatte? Sie konnte sehen, dass Demi sich alle Mühe gab, ihn nicht anzustarren – vergeblich. Er hatte etwas Faszinierendes an sich, und dabei ging es nicht nur um seinen schönen Körper.

Er drehte sich um und fing ihren Blick auf. Sie zuckte nicht mit der Wimper. Ein bedächtiges Lächeln stahl sich auf sein Gesicht. Es war ein Lächeln, das ihr schon einmal aufgefallen war. Es erinnerte sie an irgendetwas oder irgendwen, doch sie konnte es nicht recht einordnen. Sie musste daran denken, die Fischölkapseln für ihr Gedächtnis einzunehmen, da ihr in letzter Zeit anscheinend immer mehr Dinge entglitten.

»Danke für Ihre Hilfe, Mrs. Lake.« Sam schüttelte den Kopf. Wasser spritzte in alle Richtungen. Demi lachte, als sie etwas abbekam. Victoria wandte sich ab und machte sich auf den Weg zurück zum Haus. Sie gehörte nicht zu den beiden.

Es war der neunzehnte Juli. Der große Tag war gekommen. Victoria wollte nicht zugeben, dass ein Schwarm nervöser Schmetterlinge in ihrem Bauch flatterte. Das hatte gar nichts zu bedeuten, redete sie sich ein, es war doch alles nur Spaß. Sie trat einen Schritt zurück und betrachtete die Schmucklilien. Im sanften Licht des Ausstellungszelts schien ihr Blau zu pulsieren. Sie richtete die vier Blütenköpfe und zog die eine, deren Blütenknospen noch geschlossen waren, nach vorne. Ein Seitenblick bestätigte ihr, dass ihre die besten waren. Zumindest war das ihre Meinung, und sie hoffte, dass die Preisrichter mit ihr darin übereinstimmten. Keine der anderen Schmucklien war so blau, obwohl eine der blasseren einen größeren Blütenkopf vorweisen konnte. Victoria kniff die Lippen zusammen. Das sollte ihr doch wirklich nichts ausmachen, aber das tat es. Endlich, nach so vielen Jahren, war sie wieder zu Hause und Teil der Gemeinde, in der sie aufgewachsen war. Und diese Veranstaltung war ihr erster richtiger Auftritt. Im letzten Sommer war der Garten noch viel zu chaotisch gewesen, als dass sie auch nur daran hätte denken können, an der Blumen- und Gartenschau in Constantine teilzunehmen.

Auf langen Tischreihen wurden so viele verschiedene Kategorien präsentiert. Wie wundervoll die Ausstellungsstücke der Schulkinder waren, die Tiere aus Gemüse gebastelt hatten! Sie beneidete die Richter nicht, die in dieser Gruppe eine Entscheidung fällen mussten.

»Victoria, wie schön, Sie hier zu sehen.« Eine Frau, die sie vage kannte, schlenderte auf sie zu.

»Wie geht es Ihnen?« Verzweifelt bemüht die Frau einzuordnen, schoss Victoria ein ganzer Katalog von Namen, Gesichtern und Häusern durch den Kopf, doch nichts davon passte. Sie verließ das Zelt und warf einen Blick auf die Uhr. Bald würden sich die Richter ein Urteil bilden, und gegen vierzehn Uhr sollte dann die offizielle Schau beginnen.

»Ich bin gerade Großmutter geworden, Sie glauben nicht, wie glücklich ich bin!«

Victoria zwang sich zu einem Lächeln. »Gratuliere.«

»Wir sind einfach hin und weg.« Die Frau ließ sich nicht abwimmeln und folgte Victoria aus dem Zelt. Offenbar war heute nicht unbedingt ihr Glückstag. »Die Richter versammeln sich schon«, plapperte die frischgebackene Großmutter weiter und winkte einem Mann. »Wir sind hocherfreut, dass Sam von Boscawen unter ihnen ist.«

Sam von Boscawen. Gehört Sam zu Boscawen oder zu ihr? Sie hatte ihn angestellt, aber wo lag seine Loyalität? Wie auch immer die Antwort lauten mochte, entweder würde er sich bei ihrer Kategorie enthalten müssen oder sie würde disqualifiziert, und dann wäre die ganze Mühe umsonst gewesen. Ein weiteres Problem war, dass Sam Schmucklilien hasste – nun, vielleicht war hassen nicht ganz richtig, aber er mochte sie nicht. Er hielt sie für Unkraut und betonte immer wieder, dass sie in Australien überall wuchsen. Für ihn waren sie nichts Besonderes. In dieser Hinsicht waren sie völlig unterschiedlicher Meinung. Genau wie bei seinem Rosenspleen. Er schien einfach nicht zu begreifen, dass die klare Luft in Cornwall die Rosen anfällig für Mehltau und Sternrußtau machte. Rosen bedeuteten harte Arbeit, die für gewöhnlich nicht sonderlich erfolgversprechend war, doch er war fest entschlossen, ihr das Gegenteil zu beweisen. »Ja, er ist wirklich sehr gut. Wenn Sie mich jetzt bitte entschuldigen würden, ich habe noch ein paar Dinge zu erledigen.« Sie lächelte. »Sehen wir uns später?«

»Aber sicher.« Die Frau nickte und eilte davon. Victoria atmete tief durch. Vielleicht war das Ganze keine gute Idee gewesen. Hierher zurückzukehren und alte Traditionen wieder aufzunehmen erschien ihr jetzt als Zeit- und Energieverschwendung. Doch wenn sie in diesem Jahr nicht an der Schau teilnahm, war es gut möglich, dass es keine weitere Chance für Boscawen gab, mit einer Tregan als Besitzerin zu gewinnen.

Die Constantine Silver Band traf ein, und Victoria trat zur Seite, um die Musiker mit ihren Instrumenten vorbeizulassen. Als Kind war dies für sie einer der Höhepunkte des Sommers gewesen mit Cream Tea, einer Tombola, Musik und Blumen. Vielleicht konnte man nicht einfach so in die Vergangenheit zurückkehren, doch genau das würde sie heute zweifelsohne herausfinden.

»Victoria, ich bin froh, dass ich Sie treffe.« Jane Penrose, die ebenfalls ein großes Anwesen besaß, trat an ihre Seite. Sie war schon Ende siebzig, aber sie trotzte ihrem Alter, indem sie überall mitmischte, weshalb Victoria sie immer schon gemocht hatte.

»Jane, wie schön, Sie zu sehen.«

»Ich weiß, ich habe geschrieben, aber ich wollte Ihnen gerne persönlich sagen, wie leid mir der Tod von Charles tut.«

»Vielen Dank.«

»In Ihrem Alter Witwe zu werden ist ausgesprochen unangenehm.« Sie schüttelte den Kopf, dann folgte sie Victoria über das Gelände. Die Band begann, sich warmzuspielen. »Ab einem gewissen Zeitpunkt scheinen Männer Mangelware zu sein.« Sie schmunzelte und sah Victoria augenzwinkernd an. »Obwohl ich weiß, dass Sie damit nie ein Problem hatten. Adams Tante kümmert sich für mich um den Wechsel in den Feriencottages.«

»Aha.« Victoria war ein wenig perplex über Janes unbekümmerte Offenheit.

»Ich freue mich, dass Sie dieses Jahr am Wettbewerb teilnehmen.« Jane Penrose sah Richtung Zelt. »Ich war stets neidisch auf Ihre Schmucklilien. Wir haben anscheinend unterschiedliche Böden, denn obwohl ich welche geklaut habe, als das Anwesen im Besitz anderer Leute war, haben sie es nie zu diesem Blau gebracht, dem Boscawen-Blau, wie ich es nenne.«

Victoria lachte und dachte daran, wie ihre Urgroßmutter Ableger von Pflanzen, die ihr gefielen, hatte mitgehen lassen, ohne um Erlaubnis zu fragen. In der Welt des Gartenbaus herrschte große Konkurrenz.

»Ich bin mir nicht sicher, ob Ihnen das liegt, aber der Buchclub ist einfach wundervoll.« Sie legte eine Hand auf Victorias Arm. »Sie sollten uns Gesellschaft leisten – spielen Sie eigentlich noch Tennis?«

Victoria nickte.

»Gut, wir könnten einen Ersatzspieler gebrauchen, vorausgesetzt, Sie werden Boscawen nicht verkaufen, was ich nicht hoffe.« Sie beugte sich zu Victoria hinüber. »Es ist schön, dass es sich wieder in der Obhut einer Tregan befindet.« Jane blickte in die Ferne, wo Sam gerade zusammen mit den anderen Richtern das Zelt betrat.

»Es ist schön, das Anwesen wieder zu führen.«

»Bis später.« Ein kleines Kind, das mit Tennisbällen auf die Kokosnüsse werfen wollte, zog Jane mit sich fort. Kein kleines Kind würde je Victoria zum Wurfstand ziehen, kein Tregan würde nach ihr Boscawen weiterführen. Sie sollte dieses Jahr besser den ersten Preis holen. Eine weitere Chance würde es für sie vermutlich nicht mehr geben.

»Wir sprechen später weiter, Sophie.« Demi schaute auf die Uhr. »Mein Großvater ist gleich mit seiner Physiotherapie fertig, ich muss los.«

»Okay, aber im Ernst: Wenn Matt wirklich so eine Pest ist, solltest du dich an die Polizei wenden oder, wenn möglich, seine Nummer blockieren lassen.«

»Ich werde darüber nachdenken.«

»Ich vermisse dich.«

»Ich dich auch.« Demi seufzte. Sie konnte wegen Matt unmöglich zur Polizei gehen – das wäre einfach zu demütigend. Sie betrat das Gebäude und begegnete ihrem Großvater, der mit seinem Rollator auf dem Weg nach draußen war. »Hallo.«

Demi gab ihm einen Kuss, dann setzten sie sich zusammen auf die nächstgelegene Bank. Er sah müde aus.

»Morgen ist also der große Tag«, stellte er fest.

Sie nickte. »Ich weiß. Allerdings weiß ich nicht, wo die Woche geblieben ist.«

»Wie hast du dich entschieden?« Er sah sie an. »Oder hast du noch gar keine Entscheidung getroffen?«

»Ich glaube, ich würde liebend gern in das Projekt einsteigen, aber …«

»Victoria Lake?«

»Ja.« Sie lächelte ihn an.

»Du solltest das mit ihr klären. Du trägst keinerlei Schuld an der Situation.«

»Das weiß ich, aber abgesehen davon weiß ich kaum etwas.« Sie faltete die Hände im Schoß. Heute, so fand sie, war ihr Großvater bei völlig klarem Verstand. »Was ist zwischen Mum und Charles vorgefallen?«, fragte sie daher. »Ich habe den dringenden Verdacht, dass bei der Geschichte irgendetwas fehlt.«

Er schüttelte den Kopf. »Als wir aus Kapstadt zurückkehrten, wo wir alte Freunde besucht hatten, warst du aus dem Krankenhaus entlassen, und sie hatten Schluss gemacht.« Sein Blick schweifte in die Ferne. »Deine Mutter war nicht mehr dieselbe, nachdem sie dich beinahe verloren hatte. Das zumindest weiß ich.«

»Dann glaubst du also, dass ich fast gestorben wäre, hat sie auseinandergebracht?«

Er griff nach seinem Rollator und zog sich hoch. »Ich kann besser denken, wenn ich mich bewege. Lass uns ein paar Schritte gehen.«

Gemeinsam schlenderten sie durch den Garten. Es war heiß. Alle behaupteten, der ständige Sonnenschein sei ungewöhnlich für Cornwall.

»Hilft dir der Spaziergang, dich zu erinnern?«

»Ich meine, deine Großmutter hätte einmal erwähnt, es sei die Schuld deiner Mutter gewesen.«

»Ihre Schuld?« Demi blieb stehen. »Das ergibt doch keinen Sinn. Bei einem Blinddarmdurchbruch oder unerwarteten Nebenwirkungen kann man doch nicht von Schuld sprechen.«

»Das nicht, aber sie war nicht bei dir.« Er setzte sich wieder in Bewegung und sagte, an den Gärtner gewandt: »In der Mittagszeit gießt man nicht.«

»Wo war sie, wenn sie nicht bei mir war? Hast du nicht erwähnt, es sei während der Ostertage passiert?« Demi runzelte die Stirn. »Und wo war ich?«

»Es bekommt den Pflanzen nicht, wenn du sie mittags gießt, Wenna. Das habe ich dir schon einmal gesagt.«

Demi legte ihm die Hand auf den Arm. »Grandad, ich bin nicht Wenna, ich bin Demi.«

Er blinzelte, und sie sah, wie er sich auf sie konzentrierte. »Habe ich dich Wenna genannt?« Er seufzte. »Ich war in Gedanken. Deine Mutter hat nie auf meinen Rat gehört.«

»Wo war ich, als ich den Blinddarmdurchbruch hatte?«

Wieder blieb er stehen. »Ich wünschte, ich könnte mich daran erinnern. Wir waren in Kapstadt. Ich weiß noch, dass ich die Schmucklilien betrachtet und gedacht habe, dass sie mich an die im Garten von Boscawen erinnerten, aber … Ich weiß, ich sollte mich daran erinnern, aber das kann ich nicht.«

Demi umarmte ihn. »Das ist schon in Ordnung. Vielleicht fällt es dir ja wieder ein.«

Er lächelte. »Das kann sein. Die meisten Dinge kommen irgendwann wieder, aber meistens, wenn ich um drei Uhr morgens wach im Bett liege.« Er nahm ihre Hand.

»Ich werde mir einen Notizblock auf den Nachttisch legen.«

»Danke.« Demi schaute auf die Uhr. Sie wollte sich mit Peta auf einen Kaffee treffen und musste sich beeilen. »Zerbrich dir meinetwegen nicht den Kopf. Bevor ich fahre – steht schon das neue Datum für die Operation fest?«

»Noch nicht. Sie konnten nicht planen, bevor ich diese vermaledeite Erkältung auskuriert hatte.«

»Ich wünsche dir so, dass es nicht mehr lange dauert.«

Er nickte, und sie verabschiedete sich. Hoffentlich würde ihm bald mehr einfallen, denn das war ihre einzige Chance herauszufinden, was damals passiert war.

Das Esszimmer wirkte steif und förmlich und war anscheinend lange nicht mehr benutzt worden. Demi hielt Ausschau nach Spinnweben und Staub, doch sie entdeckte keine. Altbacken war ihr Fazit. Altbacken und muffig. Der Mahagonitisch stach ihr ins Auge. Glänzend hob er sich von allem anderen ab. Die Wände sahen aus, als hätte jemand eine Schicht jagdgrüner Farbe auf die Prägetapete geklatscht. Wenn sie die Augen zusammenkniff, meinte sie, die Umrisse von Bambus zu erkennen. Ähnliches hatte sie in den alten Zeitschriften auf dem Dachboden ihres Großvaters gesehen. Nachdem sie die Möbel heruntergeholt hatten, hatte sie zusammen mit einem Nachbarn stapelweise alte Magazine entsorgt. Erst hatte sie sich gefragt, warum sie dort lagerten, doch sie nahm an, dass das etwas mit ihrer Großmutter zu tun hatte. Ihr Großvater hätte sich wohl kaum für so etwas interessiert. Hätte die Zeit es erlaubt, hätte Demi Stunden damit verbracht, sie zu lesen und Ideen aus vergangenen Zeiten zu sammeln. Stattdessen schaffte sie die Zeitschriften zum Wertstoffhof.

Sebastian saß leicht zusammengesackt am Kopf des Tisches, vor sich einen ordentlichen Stapel Papier inklusive mehrerer Heftmappen. Die Schatten unter seinen Augen zeigten an, wie erschöpft er war.

»Victoria, würdest du dich bitte setzen.« Er sah sie an, und sie hörte auf, zwischen den Fenstern auf und ab zu tigern.

»Na schön.« Sie setzte sich ans andere Ende des Tisches ihm gegenüber. Sam lächelte Demi an.

»Ich habe während der letzten Tage Sams Unternehmenskonzept und die Idee, Boscawen in ein Luxusresort zu verwandeln, verschiedenen Leuten unterbreitet, darunter auch mehreren Investoren.« Sebastian sah sie der Reihe nach an. »Leider waren sie trotz des boomenden Interesses an Cornwall aus verschiedenen Gründen nicht sonderlich begeistert von der Idee, hauptsächlich, weil sie ohne die Erweiterung des Zugangs zum Fluss kein Wachstumspotenzial sehen, außerdem steht das Waldgebiet unter Naturschutz.«

»Komm zum Punkt, Sebastian.« Victoria hatte die Hände auf der Tischplatte verschränkt. »Damit wären wir wieder genauso weit wie zuvor.«

»Nicht ganz. Ich habe mich mit einem anderen Freund zusammengesetzt, der in ähnliche Projekte investiert hat. Er hat mir vorgeschlagen, ein abgespecktes Angebot zu erstellen.« Sebastian schob ihnen die zusammengehefteten Unterlagen zu, und Sam stand auf, um Victoria ein Exemplar zu reichen.

Demi schaute auf ihre Heftmappe hinab und fragte sich, was sie wirklich für ein Gefühl bei der Sache hatte. Sie hatte einen Großteil des Anwesens mit Sam erkundet, und sie hatten begonnen, die Apfelbäume zu pflanzen – eine mörderische Arbeit für den Rücken, die gleichzeitig etwas Befriedigendes hatte. Victoria und ihr war es gelungen, sich nicht gegenseitig umzubringen, indem sie schlicht nicht miteinander redeten.

»Auf den ersten Seiten ist der aktuelle Stand aufgeführt. Die Zahlen sind nicht ganz korrekt, da das Testament noch nicht vollstreckt ist und Victoria von allen Seiten dagegen angeht.« Sebastian blickte von den vor ihm liegenden Diagrammen auf und lächelte. »Doch wenn Victoria und Demi ihre Mittel zusammenlegen, verfügen sie über genügend Kapital, um mit der Umwandlung der Nebengebäude in Feriencottages und mit dem Apfelpressen für den Cider zu beginnen. Sam hat mich darauf aufmerksam gemacht, dass möglicherweise Gelder vom Staat für die Wiederherstellung der Obstwiesen zur Verfügung gestellt werden können.« Wieder sah er die am Tisch Sitzenden der Reihe nach an, bevor sein Blick an Victoria hängen blieb. »Sobald ein weiterer Investor gefunden ist, könnt ihr das Haus in ein Bed & Breakfast der gehobenen Preisklasse verwandeln und die Arbeiten im Garten und an der Kaimauer fortsetzen, denn diese ermöglicht den Gästen Zugang zum Fluss und zum Meer. Vielleicht solltet ihr ein Segelboot anschaffen, wie es andere Ferienresorts getan haben.«

»Wie meinst du das, wenn wir unsere Mittel zusammenlegen?« Victorias Gesicht blieb ausdruckslos.

»Ich meine, ihr solltet das Barvermögen, das ihr geerbt habt, in den Umbau der Gebäude sowie in deren Ausstattung und entsprechendes Personal stecken. Mit dem daraus erwachsenden Profit bezahlt ihr die laufenden Kosten, Gehälter und euren Lebensunterhalt.«

Demi hätte am liebsten laut »Nein!« geschrien. Warum sollte sie Victoria derart unterstützen? Sie hatte sich nicht einmal für ihre Hilfe beim Pflanzen der Bäume bedankt, die sie eigentlich gar nicht hätte anschaffen sollen.

Victoria musterte die »kleine Maus«, wie sie Demelza insgeheim nannte. Es lag auf der Hand, dass sie gar nicht glücklich mit Sebastians Vorschlag war, und nachdem sie einen raschen Blick auf das Angebot geworfen hatte, wusste Victoria, dass es ohne weiteres Geld nicht umsetzbar wäre. Sie würden den Besitz beleihen müssen.

»Sebastian, sogar ich begreife, dass wir selbst in dem unwahrscheinlichen Fall einer Zusammenarbeit – und ob es dazu kommt, ist in der Tat fraglich – knapp bei Kasse sein werden. Bestenfalls schaffen wir es durch den Winter, und bis dahin nehmen wir nichts ein, denn wir werden die ersten Gäste frühestens zur nächsten Saison unterbringen können.«

»Ja, wir brauchen einen weiteren Investor.«

Victoria seufzte. »Du hast doch gerade klipp und klar gesagt, dass du niemanden gefunden hast.«

»Ich sagte, keine der Personen, mit denen ich gesprochen habe, war bereit zu investieren, aber das heißt doch nicht, dass wir niemanden finden werden.«

Die Hände auf die Heftmappe gestützt beugte sie sich vor. »Hör auf, Spielchen zu spielen.«

»Das tue ich nicht. Ich möchte bloß, dass ihr euch der Situation bewusst seid, bevor ich den nächsten Vorschlag auf den Tisch lege.«

»Schieß endlich los.«

Sebastian reichte ein weiteres Papier herum. »Hier ist meine Lösung.«

Victoria wartete, dass Sam ihr auch dieses Blatt brachte. Demi hatte kein einziges Wort gesagt. Verstand sie überhaupt, was da vor ihr lag? Nein, sie war unfair. Charles war ein ausgesprochen cleverer Geschäftsmann gewesen, und Demelzas Mutter laut Sebastian die treibende Kraft einer seiner Wohltätigkeitsorganisationen, die Heldin der

Obdachlosen. Die kleine Maus war mit Sicherheit nicht dumm.

»Wie ihr aus den Unterlagen vor euch ersehen könnt, habe ich jemanden aufgetan, der bereit ist, mit dem erforderlichen Mindestbetrag von zwei Millionen Pfund in das Unternehmen zu investieren.«

»Lieber Gott – das bist ja du!« Victoria starrte Sebastian perplex an. Was um alles auf der Welt dachte er sich dabei?

»Ja, ich könnte euer Partner werden und Sam ebenfalls, aber das steht alles in meinem Papier.«

»Warum?« Sie versuchte, Sebs Gesichtsausdruck zu deuten, doch der verriet nichts.

»Ihr werdet mit Sicherheit Zeit brauchen, mein Angebot zu durchdenken.« Er wandte sich an Demi. »Mit Sam habe ich das Ganze bereits bis ins Detail besprochen.«

Rasch überflog Victoria die Zahlen. Mit den zusätzlichen Geldmitteln könnten sie tatsächlich die abgespeckte Version ihres Plans in die Tat umsetzen. Aber wollte sie wirklich eine Partnerschaft mit Sebastian eingehen, ganz zu schweigen von Demi? Bei Sam war das natürlich eine andere Sache. Ihn wollte sie definitiv zum Partner haben. Blieb nur noch die Frage, was Sam mit einbringen wollte, denn Geld konnte es nicht sein.

»Jetzt ist Juli; wenn wir das Anwesen bis zum Beginn des nächsten Sommers fertig haben wollen, müssen wir sehr bald eine Entscheidung treffen, damit wir die erforderlichen Genehmigungen beantragen und diverse Bauunternehmen beauftragen können. Für die Cider-Produktion gilt selbstverständlich ein anderer Zeitplan.« Sebastian sah Sam an.

»Wir erwarten in diesem Jahr eine gute Ernte, aber die wird nicht genügen«, erklärte dieser. »Ich habe daher mit den Besitzern anderer Obstwiesen entlang des Helford

River gesprochen, die uns ihre Äpfel verkaufen würden, darunter Manaccan Primrose und Tommy Knight. Diese zusätzlichen Sorten werden den Geschmack des Apfelweins verfeinern.«

»Sie haben bereits mit anderen Leuten über unser Vorhaben gesprochen?«

Sam nickte. »Wenn wir in die gewerbsmäßige Cider-Herstellung einsteigen wollen, brauchen wir mehr Früchte, außerdem musste ich herausfinden, ob die hiesigen Restaurants und Pubs unseren Apfelwein auf ihre Karte setzen würden.«

»Heute erwarte ich keine Antwort. Stattdessen möchte ich, dass jeder das Angebot ganz genau durchgeht und mir bis zum Ende der Woche eine Rückmeldung gibt.« Sebastian stand auf und sammelte seine Papiere zusammen.

Victoria lehnte sich zurück. Offenbar hatte sie Sam völlig falsch eingeschätzt. Er war keineswegs ein einfacher Gärtner, der keine anderen Interessen als Gartenarbeit und Segeln hatte, und er hielt definitiv mit etwas hinterm Berg, etwas, was er Sebastian mitgeteilt hatte. Sie schloss die Augen und versuchte, sich ihn bei einer anderen Tätigkeit vorzustellen, aber es wollte ihr nicht gelingen. War ihr Blickfeld inzwischen so eng geworden? Anscheinend ja. Ihre Augen wanderten weiter zu Demi. Was mochte sie für ein Mensch sein? Wie tickte sie? Genau das würde Victoria herausfinden müssen, und zwar schnell, wenn sie in der Lage sein wollte, Boscawen doch noch zu retten und ein Vermächtnis zu hinterlassen.

Zwanzig

Demi bog mit Sams Geländewagen auf den Parkplatz des Pflegeheims ein. Einer der Bewohner schnitt die Blumen in den Körben vor dem Haus zurück. Ihr Großvater war nicht draußen, also ging sie zu seinem Zimmer, das den weitläufigen Garten überblickte. Das Zimmer war nicht groß, aber es war gemütlich eingerichtet. Grandad saß in einem Sessel am Fenster, ein Exemplar von *Stolz und Vorurteil* in den Händen.

»Hallo, mein Liebes. Ich habe gar nicht mit dir gerechnet.«

Sie eilte zu ihm und umarmte ihn. Tränen traten ihr in die Augen, was absolut albern war. Es gab keinen Grund zu weinen, aber der Druck war einfach zu groß. Die anderen brannten darauf, endlich loszulegen, und ein Teil von ihr wollte das auch. Liebend gerne hätte sie das Haus umgestaltet und den Umbau der Nebengebäude geplant, aber sie wollte sich nicht an Victoria binden.

»Mach uns doch eine Tasse Tee und dann erzähl mir, was es Neues gibt.« Er legte sein Buch auf dem Beistelltisch ab.

»Wie läuft's?«, fragte sie.

»Gut. Am dritten November bekomme ich die neue Hüfte, und mit der ganzen Physiotherapie sollte ich bald wieder tanzen können.« Er lachte.

Sie stellte ihm eine Tasse Tee hin. »Das freut mich so.«

»Mich auch.« Er nahm ihre Hand. »Aber für dich haben sich die Dinge nicht geändert, hab ich Recht? Deine Welt steht immer noch Kopf.«

»Das stimmt.«

»Du hast noch keine Entscheidung getroffen?«

»Gestern wurden uns die aktuellen Vorschläge unterbreitet.« Sie schüttelte den Kopf. »Im einen Moment bin ich sicher, dass ich mit an Bord sein möchte, im anderen würde ich am liebsten so weit wie möglich von Boscawen davonlaufen.«

»Das überrascht mich nicht.«

»Wieso?« Sie zog erstaunt die Augenbrauen zusammen. Bei seinem persönlichen Bezug zu Boscawen hatte sie eine andere Erwiderung erwartet.

»Ich dachte, das läge auf der Hand: Victoria Lake.«

»Soweit ich sie einschätzen kann, ist sie kein freundlicher Mensch, aber …« Demi seufzte. »Ich kann nicht ganz glauben, dass sie wirklich so ist, wie sie tut.«

»Das sind nur ganz wenige.« Er nippte an seinem Tee und sah hinaus in den Garten. »Im Grunde ist das niemand, nicht einmal ein so geradliniger Mensch wie deine Mutter.«

Sie vermisste Morwenna so sehr. Im Augenblick hätte Demi nichts lieber getan, als sich mit ihrer Mutter zusammenzusetzen, literweise Tee zu trinken und zu besprechen, was sie tun sollte. »Weißt du, wie meine Eltern sich kennengelernt haben?«

»Über die Arbeit, glaube ich.«

Das hatte sie sich schon gedacht, da Charles so viele Wohltätigkeitsverbände unterstützte. Ach, wie sehr sie wünschte, sie könnte sich an ihn erinnern! Es war, als hätte ihr Leben erst mit diesem Blinddarmdurchbruch begonnen. Ab dem siebten Lebensjahr war Demis Erinnerung klar, in manchen Details fast fotografisch, doch vorher war da nichts. Sie hatte angenommen, die Fotos in Grandads Album würden ihre Erinnerung befeuern, aber das taten sie nicht.

»Ich versuche, mir einen Reim darauf zu machen, allerdings will es mir nicht recht gelingen.«

Er streckte den Arm aus und berührte ihre Hand. »Ich bin dir keine große Hilfe.«

»Das stimmt nicht.« Sie seufzte. »Warum hat Mum behauptet, Charles wäre tot?«

»Ich wünschte, deine Großmutter wäre hier. Sie hätte vielleicht eine Antwort auf deine Frage gewusst.«

»Das wünschte ich auch.« Noch ein Seufzer. Demi zu erzählen ihr Vater wäre tot, passte nicht zu der Mutter, die sie gekannt hatte. Hatte sie das aus Angst vor Victoria getan? Wenn ja, konnte Demi sie gut verstehen, wenngleich sie sonst nichts verstand. »Immer, wenn ich in Boscawen bin, bekomme ich so ein merkwürdiges Gefühl.«

Er sah von seinem Tee auf. »Ja?«

»Es ist fast wie ein Déjà-vu, aber nicht wirklich. In mir steigen keine Bilder auf, sondern Emotionen.«

»Was für Emotionen?«

Demi fuhr sich mit der Hand durchs Haar. »Hauptsächlich Furcht.«

»Verstehe.«

»Ich nicht. Warum sollte ich in Boscawen Angst empfinden? Ich kann doch unmöglich schon einmal da gewesen sein.« Sie musterte ihren Großvater prüfend. Er war ziemlich still. »Oder doch?« Demi stand auf.

Er furchte die Brauen. »Ich glaube nicht.«

»Warum erinnere ich mich nicht?« Sie durchquerte sein kleines Zimmer und ließ sich auf die Bettkante sinken.

»Vielleicht hat der Kampf ums Überleben deine Erinnerung ausgelöscht. Wir wären beinahe früher zurückgeflogen, denn es stand auf Messers Schneide, ob du durchkommst.«

»Und sonst?«

Er schloss die Augen und rieb sich die Stirn. »Ach ja«, sagte er plötzlich, schlug die Augen wieder auf und griff nach dem Notizbuch auf dem Nachttisch. »Deine Mutter übernachtete in einem Hotel, im St. Petroc.«

»Im St. Petroc?« Das war das alte Hotel, das sie bei ihrer Ankunft gesehen hatte. Plätzchen. Kuchen.

»Ja, da bin ich mir ganz sicher. Es war sehr elegant. Charles gefiel es dort, und wir haben euch dort zum Tee getroffen.« Er lächelte. »Wenn die beiden ausgegangen sind und wir nicht auf dich aufpassen konnten, haben sie die Kinderbetreuung des Hotels in Anspruch genommen.«

»War ich bei einem Babysitter, als ich so krank wurde?«

»Das nehme ich an. Aber an mehr erinnere ich mich nicht.«

»Und sonst fällt dir gar nichts ein?« Sie runzelte die Stirn.

»Geht es dir gut, mein Liebes?«

»Ich habe nichts als Bruchstücke, die sich nicht zusammenfügen lassen.«

»Nun, nachdem du krank warst, wollte deine Mutter dich nicht mehr aus den Augen lassen.«

»Das erklärt eine Menge – aber bin ich denn irgendwann einmal verloren gegangen oder Ähnliches?« Sie holte tief Luft, betrachtete ihren Großvater und fragte sich, ob es nicht doch noch etwas gab, was er ihr mitteilen konnte. Er sah erschöpft aus.

»Ich weiß es nicht. Deine Großmutter hätte mit Sicherheit mehr gewusst.«

»Danke, dass du mir so viel erzählt hast.« Sie stand auf und küsste ihn auf die Stirn.

»Ich nehme nicht an, dass dir unser Gespräch bei deiner Entscheidung wegen Boscawen geholfen hat?«

»Nein, aber es hat mir auf andere Art und Weise geholfen. Sollte dir noch etwas einfallen, egal, was, lass es mich bitte wissen.«

»Selbstverständlich. Ich weiß noch, dass deine Großmutter der Ansicht war, deine Mutter hätte sich nie von dem Schrecken erholt. Vielleicht hat sie deinen Vater dafür verantwortlich gemacht, wenngleich ich mir nicht vorstellen kann, warum. Vermutlich hat sie sich selbst Vorwürfe gemacht.«

»Das kann sein.«

Eine Glocke ertönte.

»Das wird das Mittagessen sein.« Er stemmte sich aus seinem Sessel hoch. »Gehst du mit mir hinunter?«

Sie nickte und sah zu, wie er zu seinem Rollator humpelte. Die Hüftoperation konnte gar nicht früh genug stattfinden.

»Du solltest jetzt keinen Kaffee mit Koffein trinken – dein Stresslevel ist eh schon hoch genug.« Peta setzte sich zu ihr an den Cafétisch.

»Woher weißt du das?« Demi musterte sie skeptisch.

»Ich könnte behaupten, du hättest eine schwarze Aura, aber ich sehe es an der Art und Weise, wie du deine Schultern anspannst. Also lass den Kaffee sausen und bestell dir lieber einen Kamillentee oder eine frische Minze.«

»Das klingt in der Tat gut.« Demi stand auf, um am Tresen ihre Bestellung aufzugeben. »Was kann ich dir bringen?«

»Einen doppelten Espresso.«

Demi lächelte. »Kuchen?«

Peta nickte. Nachdem sie das verlockende Angebot begutachtet hatte, beschloss sie, dass sie Peta einen Schokoladenkuchen zu ihrem Kaffee bestellen würde; sie selbst wollte allerdings lieber verzichten. Trotz der harten körperlichen Arbeit, die sie beim Bäumepflanzen geleistet hatte, schien sie zugenommen zu haben, und das war gar nicht gut. Sie war kurvig genug.

Nachdem sie bestellt hatte, ließ sie den Blick durch die großen Scheiben des Wintergartens schweifen, in dem sie saßen. Draußen fiel leichter Regen, aber es war immer noch hell. Ein Stück weit entfernt sah sie mehrere Ateliers. Dies hier war ein fröhlicher Ort, und sie war froh, dass Peta sich hier mit ihr hatte treffen wollen.

»Also, warum bist du so gestresst?«, fragte Peta, als Demi zurückkam, und schaute von ihrem Handy auf.

»Die Zukunft von Boscawen und mehrerer Menschen hängt von meiner Entscheidung ab.«

Peta sah sie durchdringend an. »Okay, vergiss die anderen. Was willst du tun?«

»Das weiß ich nicht.«

»Na schön, was weißt du dann?«

Demi zuckte die Achseln. »Dass dein Kuchen köstlich aussieht.«

»So schmeckt er auch. Warum hast du dir kein Stück bestellt?«

»Ich wollte brav sein.«

»Wie bitte?« Peta legte missbilligend den Kopf schief und griff nach ihrer Kaffeetasse.

»Wenn ich nicht aufpasse, werde ich noch fetter.«

»Wach auf, Mädchen, du bist nicht fett.« Peta sah sie über den Rand ihrer Tasse hinweg an. »Du bist einfach umwerfend.«

Demi lächelte. »Und du bist wirklich lieb.«

»Manchmal.« Peta grinste. »Meistens allerdings nicht.«

Sie teilte mit der Gabel ein Stück Kuchen ab und reichte es Demi. »Wenn du das gegessen hast, berichtest du mir von deinem heutigen Besuch bei deinem Großvater.«

Demi legte trotz des wundervollen Schokoladengeschmacks auf ihrer Zunge die Stirn in Falten. »Wir haben endlich einen OP-Termin bekommen.«

»Ausgezeichnet.« Peta schob sich ebenfalls ein Stück Kuchen in den Mund, dann sagte sie: »Was hat er dir erzählt? Ich sehe doch, dass dich das beschäftigt.«

Wieder fragte sich Demi, woher Peta das wusste. »Na schön, weise Frau, kannst du mir sagen, warum ich das Gefühl habe, ich wäre schon einmal in Boscawen gewesen, oder weißt du vielleicht, was vor meinem Blinddarmdurchbruch passiert ist?«

Peta legte ihre Gabel ab. »Nein, das kann ich nicht, aber du hattest Angst. Und ich verstehe nicht, warum.«

Demi schluckte, als ihr scheinbar zufällige Bilder durch den Kopf schossen. Augen, Blauglöckchen, Riesen …

Peta berührte ihren Arm. »He, komm zurück, egal, in welche Gefilde du soeben abdriftest.«

Sie zuckte zusammen.

»Ich habe keine Ahnung, wo du gerade warst«, sagte Peta und blickte mit zusammengekniffenen Augen in den Regen hinaus, »aber ich weiß, dass du dort Schmerz erfahren hast und Angst.«

»Ich muss wissen, wieso.«

Peta seufzte. »Es wird vermutlich gute Gründe dafür geben, warum du dich nicht mehr erinnern kannst.«

»Kannst du deshalb nicht mehr ›sehen‹? Weil ich mich nicht erinnern kann?«

»Kann sein, kann aber auch nicht sein.« Peta zuckte die Achseln. »Ich kann das nicht beeinflussen. Wenn ich es könnte, wäre ich berühmt.«

»Und du hast keinen Bock, berühmt zu sein, hab ich Recht?« Demi klaute ein weiteres Stückchen von Petas Kuchen.

»Woher weißt du das?«

Demi grinste. »Du bist nicht die Einzige, die den Leuten in die Seele blicken kann.«

»Für diese Bemerkung spendiere ich dir jetzt ein eigenes Stück Kuchen.«

Demi hob abwehrend die Hände. »Ich brauche keins.«

»O doch, und ob. Du mopst ständig etwas von meinem!«

Sie lachte, doch als Peta aufstand und zur Theke ging, um den Kuchen zu bestellen, grübelte sie weiter über die Lücke in ihrer Erinnerung nach.

»So, hier ist dein Kuchen.« Peta stellte einen Teller vor sie auf den Tisch. »Iss und hör auf, dir den Kopf über die Vergangenheit zu zerbrechen. Erzähl mir von deiner Zukunft und wie es ist, bei Sam zu wohnen?«

Demi blinzelte. Manchmal war es schwer, Peta zu folgen, aber es war schön, hier eine Freundin zu haben, mit der sie sich austauschen konnte, auch wenn diese Freundin sie mit Kuchen bombardierte. Sie genoss den Geschmack der dunklen Schokolade, dachte an Sam und fragte sich, wie sie Petas Frage beantworten sollte.

Einundzwanzig

Sonnenschein strömte durch die Windschutzscheibe. Die Glasur auf den Kuchen, die Demi auf ihrem Schoß balancierte, fing an zu schmelzen. Sie hatte sie gestern gebacken, als Sam zwei Päckchen Fertigkuchenmischung aus dem Schrank zog und ihr mitteilte, er hätte sich als Freiwilliger gemeldet. Angeblich erwartete man das von einem Pfundskerl wie ihm. Demi hatte gelacht und sich unverzüglich an die Arbeit gemacht. Sie hatte vergessen, wie sehr sie das Backen liebte. Fast jeden Samstag hatten ihre Mutter und sie zusammen gebacken. Ob Morwenna das Backen von Grandads Mutter gelernt hatte? Sie würde ihn danach fragen müssen.

Sam parkte den Geländewagen, stieg aus und öffnete die Beifahrertür, um ihr einen der Kuchen abzunehmen. Den anderen sorgfältig festhaltend glitt sie vom Sitz. Normalerweise brauchte sie dazu beide Hände, und mit einem Schokokuchen in einer Hand war das eine heikle Angelegenheit.

»Geschafft«, lobte Sam. »Ich gehe jetzt mit dir zum Kuchenstand, dann komme ich zurück und hole die anderen Sachen.«

Demi runzelte die Stirn. Sie wusste nicht, was sie von dieser Regatta halten sollte, an der Sam teilnehmen wollte, aber es war ein wolkenloser Tag, und sie hatte nichts Besseres zu tun. Vom Kamm des Hügels aus blickte sie auf ein Feld, das mit Fähnchen geschmückt war. Dort unten ging es zu wie in einem Bienenkorb. Woher kamen bloß all die Leute?

»Folge mir.« Sam führte sie durch die Menge an einer Reihe von Pavillons vorbei, dann bog er in einen davon ein. Darin stand ein langer Tisch, auf dem sich bereits eine riesige Auswahl köstlich aussehender Backwaren türmte.

»Hallo, die Damen. Es wird heute wohl ziemlich heiß werden.« Er reichte einer der Frauen am Kuchenbuffet den Walnusskuchen, und Demi beeilte sich, auch den Schokoladenkuchen abzustellen. Ihre Kuchen sahen gar nicht schlecht aus, aber im Vergleich mit den anderen konnten sie nicht wirklich mithalten.

»Die haben Sie selbst gebacken, nicht wahr?« Die Frau lächelte Sam an.

»Nun ja, dieses Jahr hatte ich Unterstützung, Jane.« Er zwinkerte und nickte in Demis Richtung. Ohne einen besonderen Grund wurde diese knallrot. Es ging doch bloß ums Backen! Sie war einfach viel zu empfindlich.

»Oh, das hat bestimmt Spaß gemacht. Haben Sie die Schüssel ausgeleckt?« Jane grinste.

»Woher wissen Sie das?«

»Ich war auch mal jung.« Sie wandte sich an Demi. »Sind Sie neu in der Gegend, so wie unser Sam hier?«

Demi schluckte. »Ja, allerdings komme ich nicht aus Australien.«

»Aber Sie wohnen jetzt in Boscawen, also gehören Sie hierher, genau wie Sam. Willkommen und viel Vergnügen bei der Regatta.« Ihr Blick wanderte wieder zu Sam. »Nehmen Sie an der Wettfahrt teil?«

»Aber sicher doch. Hat James trainiert?« Er lehnte sich gegen den Tisch.

»Ja, wenn auch nur für den anschließenden Siegesumtrunk!«

»Freut mich zu hören. Bis später!«

Sam nahm Demis Hand, und zusammen gingen sie an der Reihe von Pavillons vorbei, in denen jeweils eine andere Attraktion angeboten wurde – von lustigen Geschicklichkeitsspielen bis hin zu einer Tombola. »Es geht bald los. Ich schlage vor, du setzt sich hier auf diese Mauer in den Schatten, bis ich wieder da bin und deinen Hut und die Taschen mitbringe.«

Sie nickte, fasziniert von all dem Gewusel. Das Gelände war rappelvoll mit fröhlichen Menschen. Lächelnd beobachtete sie ein Kind, das auf den Kai hinauslief, von wo aus die Aktivitäten per Lautsprecher koordiniert wurden. Der Fluss glitzerte in der Sonne, viele Boote waren mit Wimpeln geschmückt, manche Teilnehmer trugen Kostüme. Alle waren außer Rand und Band.

Eine Frau mit einer Augenklappe und einem gestreiften bauchfreien Oberteil kam ihr merkwürdig bekannt vor. Es war Peta. Sie hatte sich bei einem Mann untergehakt, der ganz ähnlich gekleidet war wie sie. Würde auch Sam gleich als Pirat verkleidet den Hügel heruntermarschiert kommen? Er würde sicher einen guten Seeräuber abgeben.

»Bist du wieder bei den Feen?«, fragte Sam.

Demi fuhr zusammen. »Nein, bei den Piraten.« Sie deutete auf Peta.

»Aye, aye, Kumpel.« Er stülpte ihr ihren Hut auf den Kopf. »Geh'n wir zum Boot.«

»Boot?«

»Komm schon. Du wirst einen wundervollen Tag auf dem Wasser verbringen.«

»Ich? Bei einer Regatta? Bist du verrückt geworden?«

Er grinste. »Jetzt erzähl mir nicht, du hast Angst.«

»Dann erzähle ich es dir halt nicht.« Sie schnappte nach

Luft. »Ich bin noch nie auf einem Boot gewesen – außer auf einer Fähre auf der Themse.«

»Das wird sich heute ändern. Es ist auch keine Regatta, wie du sie kennst oder wie du sie dir vorstellst.« Er hielt kurz inne, dann fügte er hinzu: »Vertrau mir.«

Sie machte ein paar Schritte zurück.

Er streckte die Hand nach ihr aus. »Ich verspreche dir, es wird lustig werden.«

Sie sah erst ihn an, dann das Boot. Es wirkte ziemlich harmlos, und alle anderen um sie herum schienen sich wohlzufühlen. Ihr Handy piepte und kündigte den Eingang einer SMS an. Sie zuckte zusammen. Sie würde von Matt sein, der sie beschwor, zu ihm zurückzukommen. Demi atmete tief durch, dann nahm sie Sams Hand und kletterte an Bord. Das Boot wackelte, und sie plumpste auf einen Sitz.

»Siehst du, du hast den Bogen schon heraus.« Er schaute auf ein Blatt Papier, das er in der anderen Hand gehalten hatte. »Wir müssen erst in einer Stunde los, also lass uns noch einmal aussteigen und uns etwas zu trinken besorgen.«

»Ich werde das nicht essen.« Demi verschränkte die Arme, während sie fasziniert der Frau zuschaute, die Austern aufbrach und auslöste, bevor sie sie an die wartenden Kunden reichte.

»Die Austern aus dem Helford sind die besten, du musst sie wenigstens probieren.« Sam nahm eine offene Schale in die Hand. »Ich zeige dir, wie's gemacht wird.« Er legte den Kopf zurück, ließ die Auster in seinen Mund gleiten, schloss die Augen und kaute. Demi sah, wie er verzückt das Gesicht verzog. Sie musste sich abwenden.

Er berührte ihre Wange. »Ist schon okay. Wohlgemerkt,

es würde noch besser schmecken mit einem blumigen Picpoul de Pinet oder, noch besser, mit einem Clare Valley Riesling.«

»Das ist richtig«, pflichtete ihm die Frau hinter dem Stand bei.

»Ich dachte, man dürfe in Monaten ohne ein R darin keine Austern essen.« Demi betrachtete den glänzenden Klumpen in der Schale. Er lebte noch. Sie würde nichts hinunterbringen, was noch lebte, oder doch?

Die Frau lächelte. »Das trifft durchaus zu, doch wir kennen unsere Austern.«

Sam reichte ihr das Geld für eine weitere. »Jetzt bist du dran«, sagte er an Demi gewandt. »Und denk dran, es ist für einen wohltätigen Zweck.«

Demi rümpfte die Nase. Sie wusste nicht, was sie tun sollte. Peta trat zu ihnen. »Schluck sie einfach ganz runter, wenn du Angst davor hast. Nicht jeder genießt Austern so sehr wie Sam.«

»Aber dann entgeht einem ja der leicht salzige Geschmack«, entgegnete dieser.

»Er hat Recht«, sagte die Frau, während sie Demis Auster aus der Schale löste. »Aber wenn Sie zum ersten Mal probieren, ist das vielleicht gar nicht so schlecht.«

»Trau dich.« Peta schob Sams Hand mit der Auster näher zu Demi.

»Ich sehe dich gar keine essen.«

Peta grinste. »Ich hatte schon drei, und gerade habe ich ein Stück Schokoladenkuchen gefuttert. Das würde jetzt gar nicht passen.«

»Na schön.« Demi nahm Sam die geriffelte Schale aus der Hand. Sie hob sie an die Lippen und atmete den herbfrischen Geruch des Meeres ein. Sam nachahmend legte sie den Kopf in den Nacken, um den feuchten Klumpen in ihren Mund gleiten zu lassen, als sie plötzlich bemerkte, dass sich eine kleine Menschenmenge versammelt hatte, die ihr dabei zusah. Fast hatte es den Anschein, als würden Wetten abgeschlossen, ob sie sich traute oder nicht. Sie begegnete Sams Blick. Seine Augen funkelten vor Vergnügen. Es war eine Herausforderung.

Demi schloss die Augen und zählte stumm herunter. Drei, zwei, eins ... rein damit! Kalt. Salzig. Der Klumpen rutschte von ihrer Zunge und ihre Kehle hinab. Als sie die Augen wieder öffnete, brach die Menge in Jubel aus.

»Das war gar nicht so schlecht, oder?« Sam lächelte.

»Nein.« Jetzt hätte sie liebend gern das Glas Wein gehabt, das er vorhin erwähnt hatte, vielleicht hätte sie dann sogar eine weitere Auster probiert.

»Gut gemacht. Es gibt für alles ein erstes Mal.« Peta lachte. »Und jetzt auf zu deiner ersten Regatta. Sam, ich habe das Boot geholt.«

Demi lachte ebenfalls. Nun, wenn sie eine Auster essen und sogar Geschmack daran finden konnte, dann wäre diese Wettfahrt ein Klacks. Sie sah, wie die Teilnehmer der Eltern-Kind-Ruderregatta ins Ziel einfuhren, und sagte: »Na, dann mal los.«

Victoria schloss ihre Schlafzimmertür und ging nach unten. Sie konnte Seb in der Küche telefonieren hören. Mit seiner tiefen Stimme regelte er irgendwelche Dinge. Alles hing von Demelzas Entscheidung ab. Victoria konnte nur hoffen, dass sie etwas von Charles' Geschäftssinn geerbt hatte, doch vielleicht war das in Anbetracht seiner letzten Fehlinvestitionen gar nicht so erstrebenswert.

Der Tag war nicht so strahlend wie der gestrige, noch hingen Nebelschwaden in der Luft. Die See war deutlicher als sonst zu riechen. Kies knirschte unter ihren Füßen, als sie zu dem langgestreckten Beet hinüberging. Die Schmucklilien standen in voller Blüte. Es war schwer zu glauben, dass all diese Pflanzen aus den wenigen Samen hervorgegangen waren, die ihre Urgroßmutter aus Südafrika mitgebracht hatte. Victoria lächelte. Edith hatte es geliebt, ihr von dem Monat zu erzählen, den sie dort mit ihrem Mann verbracht und darauf gewartet hatte, dass das Schiff repariert wurde. Sie hatte die Zeit genutzt, um Flora und Fauna zu erkunden, und war auf diesen intensiv blauen *Agapanthus* gestoßen. Sie hatte diese Pflanze unbedingt haben wollen, also hatte sie den Besitzer eindringlich gebeten, ihr ein paar Samen zu überlassen. Ihre Urgroßmutter hatte die Schmucklilien zehn Jahre lang gehegt und gepflegt, bevor sie das erste Mal blühten. Die leuchtend blauen Köpfe des *Agapanthus* und der Eukalyptus waren die augenfälligsten Vermächtnisse ihrer Reisen. Als sie im Alter von achtzehn Jahren als Braut nach Boscawen gekommen war, war das Anwesen nicht mehr gewesen als ein bewirtschafteter Hof mit ein paar Rosen und natürlich den Obstwiesen.

Victoria sah sich um. Wässriges Licht fiel auf die Granitfassade des Hauses und ließ sie weicher wirken. Das Gebäude hatte schon damals im Großen und Ganzen so ausgesehen wie heute, bis hin zu den Holunderbäumen, obwohl der, der dicht an der Hausecke stand, nicht mehr derselbe war. Er war ein Ableger einer der Bäume, die Edith in ihr Tagebuch gezeichnet hatte.

»Mrs. Lake.« Sam kam auf sie zu.

»Bitte nennen Sie mich Victoria, Sam. Wenn wir Partner werden, ist Mrs. Lake doch viel zu formal.« Sie lächelte. Er trug eine Handvoll Rosen bei sich, verschiedene Sorten und Farben. Sie nahm an, dass sie aus dem Schnittblumen-Garten stammten.

»Ich habe gesehen, dass sie sich zwischen den Himbeerrahmen breitmachten, als ich die Fruchtruten an den Drähten befestigen wollte. Übrigens wuchert auch Kammgras auf dem Pfad.«

»Danke.«

Victoria wandte sich wieder den Schmucklilien zu. Über hundert Köpfe standen in voller Blüte, und morgen würden sich noch mehr öffnen. Bei der Blumenschau in Constantine war sie der Tregarne Farm unterlegen, doch sie hoffte, im nächsten Jahr zu gewinnen. Sie seufzte.

»Die haben sich dieses Jahr ja mächtig ins Zeug gelegt.« Sam lächelte.

»In der Tat. Sie sind etwas ganz Besonderes.«

»Sie sind ein prächtiger Farbtupfer.« Er bückte sich und zupfte einen verirrten Grashalm aus dem Beet.

Victoria kannte die Schmucklilien Zeit ihres Lebens, für sie waren sie ein fester Bestandteil des Sommers. Es war verführerisch, in die Vergangenheit zurückzublicken, als die Dinge klarer waren und sie sich lediglich entscheiden musste, ob sie segeln oder schwimmen gehen wollte oder vielleicht beides. Sie seufzte erneut. Vielleicht würde sie die Schmucklilien im nächsten Jahr nicht blühen sehen. Der Gedanke erschreckte sie. Wenn sie Boscawen nicht mehr hätte, was hatte sie dann noch? »Soll ich Ihnen die Blumen abnehmen?« Sie streckte die Hand aus.

»Sie tragen keine Handschuhe, und die Rosen sind ziemlich dornig«, wandte Sam ein.

»Damit komme ich klar.« Der Schmerz von Dornen wäre leicht zu ertragen. Der Verlust von Boscawen nicht.

»Wenn Sie das sagen.« Doch sein Handeln strafte seine Worte Lügen, denn er reichte ihr den Strauß zusammen mit seinem Handschuh.

»Danke. Wir sehen uns gleich im Esszimmer.« Victoria

setzte sich in Bewegung, dann blieb sie plötzlich stehen und drehte sich zu ihm um. »Hat sie Ihnen gegenüber etwas verlauten lassen?«

»Nein.«

»Nun, wir werden es früh genug erfahren.« Sie hob den Strauß an ihr Gesicht und atmete tief ein. Sie konnte nur hoffen – und das war das Schlimmste.

Gelächter. Wann hatte sie zum letzten Mal gelacht? Mit Adam zusammen zu sein machte Spaß, doch spaßig war es nicht. Victoria hatte Demi und Sam lachen sehen, als sie gestern Abend zusammen die Auffahrt hinabgeschlendert waren, die Köpfe verschwörerisch zusammengesteckt. Noch waren sie kein Liebespaar, aber Victoria kannte die Anzeichen, und sie waren allesamt vorhanden. Am liebsten hätte sie sie angeschrien, dass sie doch endlich den Schritt wagen sollten. Die gegenseitige sexuelle Anziehungskraft ging ihr auf die Nerven, vor allem, weil ihre Affäre mit Adam seit Sebastians Quasi-Einzug so abrupt unterbrochen worden war. Sebastian ruinierte alles. Ohne ihn hätte Adam bei ihr einziehen können. Obwohl sie ihn natürlich immer noch darum bitten könnte, doch es wäre ihr unangenehm. Allerdings hieß es noch lange nicht, dass Sebastian ein Recht darauf hatte, im Haus zu wohnen, bloß weil er bereit war, Geld in Boscawen zu investieren. Wie dem auch sei – sie konnte ihn nicht einfach so vor die Tür setzen.

Für einen Moment schloss Victoria die Augen und erfreute sich an dem Duft der Lilien, die sie gestern ins Haus geholt hatte. Heute würde sie erfahren, wie Demi sich entschieden hatte. Es würde nicht leicht werden, selbst wenn Demi sich für den Erhalt von Boscawen entschied. Wie sollte Victoria es fertigbringen, mit der Manifestation von Charles' Untreue und Fruchtbarkeit eine Partnerschaft einzugehen? Auf diese Frage fand sie keine Antwort, sie wusste nur, dass sie für Boscawen alles tun würde. Dazu war sie erzogen worden, aber bislang hatte sie nie die Gelegenheit erhalten, sich zu beweisen. Bis jetzt.

»Tori, ich habe dich überall gesucht.« Sebastian hielt einen Stoß Papiere in den Händen. Sie ging zu ihm. Heute wirkte er ausgeschlafen, seine Augen funkelten vergnügt. Das Grau an seinen Schläfen ließ ihn nicht älter erscheinen, eher noch attraktiver. Wo hatte er all die Jahre über seine Leidenschaft gelassen?

»Ich habe einen Plan B und einen Plan C in petto, für den Fall, dass Demi nicht mitmacht.«

Victoria zog eine Augenbraue hoch. »Ich dachte, du wolltest, dass ich das Anwesen abstoße.«

»Nur wenn es dich glücklich macht.«

»Wenn es mich glücklich macht? Wie interessant – du musst der einzige Mensch sein, der sich je über mein wahres Glück Gedanken gemacht hat.«

»Vielleicht.«

Sie trat näher an ihn heran und sah die schwarzen Einsprengsel in seiner Iris. Es passte kaum ein Blatt zwischen sie, aber er wich nicht zurück. »Was willst du, Sebastian John Andrew Roberts?«

»Ich will immer noch dasselbe.« Sein Atem strich über ihre Wange.

»Du hast es nicht genommen, als es dir angeboten wurde.«

»Es stand mir damals nicht zu.«

Sie lachte. »Ich kann mir nicht vorstellen, dass du es jetzt willst.«

»Stell mich auf die Probe.«

»Hmm, ich könnte durchaus in Versuchung geraten,

aber …« Victoria atmete seinen frischen Duft ein und bemerkte die tiefen Falten neben seinen klugen Augen. »Aber es ist das Beste, niemals zurückzugehen.«

»Aber sind wir denn je nach vorne gegangen, oder sind wir einfach hängen geblieben?«

Ein diskretes Hüsteln ertönte. Sam stand in der Tür. »Mrs. Lake, wir sind im Esszimmer.«

»Danke, Sam, und noch einmal: Nennen Sie mich doch bitte Victoria.« Sie trat einen Schritt von Sebastian zurück. Die Vorstellung, wieder in seine Arme zu sinken, war verführerisch, aber Vergangenes war vergangen, und sie alle mussten mit klarem Blick und ohne emotionale Bindungen in die Zukunft schauen.

Demi stand am Erkerfenster. Einer der Schieberahmen war geöffnet, der Wind wehte Rosenduft ins Zimmer. Das Summen der Bienen, die in dem Lavendelbeet direkt unter dem Fenster von Blüte zu Blüte flogen, erfüllte die Luft. Sie dachte an ihr Gespräch mit Peta zurück. Das Erbe ihres Vaters war völlig unerwartet gekommen, und sie musste ihre Chance nutzen, egal, ob sie mit dem Geld um die Welt reiste oder ob sie versuchte, sich hier in Cornwall eine Existenz aufzubauen. Ihr bisheriges Leben war viel zu behütet verlaufen. Sie war weder aus Zucker noch dumm, also musste sie es mit beiden Händen anpacken und etwas daraus machen.

Das Unternehmenskonzept machte Sinn, und es gab Sam die Gelegenheit, sich zu beweisen – und das motivierte Demi mehr als alles andere. Er schien förmlich darauf zu brennen, diese Chance zu ergreifen und hier etwas aufzubauen. Und sie spürte, dass da noch etwas anderes war, was ihn antrieb, doch sie konnte es ihm einfach nicht entlocken. Vielleicht hatte er in Margaret River eine entscheidende Gelegenheit verpasst. Auf der einen Seite war Sam wie ein offenes Buch, doch sie wusste, dass mehr unter der Oberfläche steckte. Er sprach kaum von zu Hause oder seiner Familie, hatte lediglich erwähnt, dass er eine Familie hatte. Im Grunde genommen gab er sehr wenig über sich preis, abgesehen von seiner Begeisterung für Cornwall, das Segeln und der Herstellung von Apfelwein. Sie hörte, wie er mit Victoria und Sebastian sprach.

Ein Schauder lief ihr über den Rücken, als sie sich umdrehte und ein Porträt ihres Vaters erblickte. Beim letzten Mal, als sie diesen Raum betreten hatte, war es ihr nicht aufgefallen. Charles lächelte nicht, aber in seinen Augen war Freundlichkeit zu erkennen. Er war derjenige, der sie in diese Position gebracht hatte, in eine Machtposition. Wie ihr Entschluss auch ausfallen mochte, er würde Auswirkungen auf jeden von ihnen haben. Das hasste sie. Es war schon schlimm genug, sich zwischen einem Cappuccino und einer Latte macchiato zu entscheiden.

Sie setzte sich auf die Fensterbank und schloss die Augen. Wie gerne hätte sie jetzt mit ihrer Mutter geredet! Was würde sie denken, wenn sie Demi jetzt hier sehen könnte, und – noch wichtiger – was würde sie davon halten, dass ihre Tochter in Boscawen investierte? Alles lief darauf hinaus, dass sie herausfinden musste, was sie wollte. Sie betrachtete das Porträt ihres Vaters. Dem Vernehmen nach hatte er genau gewusst, was er im Leben wollte, und dafür hatte er sich eingesetzt. Jede Entscheidung, die sie getroffen hatte, seit sie ein Teenager war, hatte sie mit ihrer Mutter durchgesprochen. Jetzt musste sie sich zum ersten Mal allein entscheiden.

Sie wandte sich ab, um aus dem Fenster auf eines der langgestreckten Blumenbeete zu schauen, die momentan voller tiefblauer Schmucklilien standen. Jeden Morgen schienen es mehr Blüten zu werden. Der Kontrast, den das Blau und das leuchtende Orange der ebenfalls in dem Beet wachsenden Gartenmontbretie bildeten, war überwältigend. Es war eine Freude gewesen, den Garten in den Wochen, die sie nun hier war, zum Leben erwachen zu sehen. Würde sie noch hier sein, um das nächste Stadium mitzubekommen? Wollte sie dann überhaupt noch hier sein?

Wenn sie investierte, würde sie womöglich das Erbe ihres Vaters verlieren. Aber machte ihr das wirklich etwas aus, zumal sie zuvor noch nie Geld besessen hatte? Nein. Sie bekäme die Chance, ihre Fähigkeiten als Architektin unter Beweis zu stellen, und wenn es unerträglich würde, könnte sie immer noch gehen, vielleicht ohne ihr Geld, aber sie wäre bestimmt nicht bis an ihr Lebensende an Boscawen gebunden.

Zweiundzwanzig

Es war, als würde ein Kind am Ende des Tisches sitzen. Victoria verspürte den Drang, loszumarschieren und ein Kissen zu holen, auf das Demi sich setzen konnte, damit sie nicht ganz so klein wirkte. Obwohl ihr vom Verstand her klar war, dass Demelza Charles' Tochter und genau im richtigen Alter war, um auch Victorias Kind zu sein, fiel es ihr schwer, diese Tatsache zu akzeptieren. Charles war so geradeheraus, so integer, so verdammt prüde gewesen, wie hatte er da eine Affäre haben können? Und dennoch … Victoria wusste, warum. Obwohl sie rein körperlich stets für ihn da gewesen war, war sie weder geistig noch emotional bei ihm gewesen. Ihre Unfruchtbarkeit hatte einen Keil in den schmalen Riss getrieben, der sich gebildet hatte, als er sich weigerte, nach ihrer Hochzeit die Tradition, durch den *Men an Skawenn* zu kriechen, fortzusetzen. Er hatte gefürchtet, stecken zu bleiben und nackt auf einem Feld erwischt zu werden. Victoria lächelte. Sie wäre hindurchgeglitten, ohne jedes Problem, genau wie Edith und Gladys. Victoria hatte ihre Mutter gefragt, ob sie das ebenfalls getan hatte, doch sie hatte keine Antwort bekommen. Ihre Mutter war tief errötet, was alles gesagt hatte.

Selbst Perry und seine Frau Julia hatten es getan, allerdings waren sie nicht lange genug verheiratet gewesen, um eine Familie zu gründen. Manchmal überlegte Victoria, ob sie in Erfahrung bringen sollte, was aus ihrer Schwägerin geworden war, wenngleich sie es im Grunde gar nicht wissen wollte. Wenn sie ehrlich war, hatte sie sich ihr gegenüber furchtbar benommen. Eine Sache machte ihrem Gewissen nach all den Jahren immer noch zu schaffen. Sie war auf ihre Schwägerin losgegangen und hatte ihr vorgeworfen, den Holunder ohne dessen Erlaubnis geschnitten zu haben, was ihren geliebten Bruder das Leben gekostet habe. Sie musste geklungen haben wie eine Wahnsinnige. All die Hormone, mit denen man sie vollgepumpt hatte, um ihre Fruchtbarkeit zu erhöhen, hatten Chaos in ihrem Gehirn angerichtet. In gewisser Weise war es keine Überraschung gewesen, dass Julia das »Zu Verkaufen«-Schild aufgestellt hatte.

»Gut, dann wären wir ja alle versammelt.« Sebastian legte den Stoß Unterlagen auf den Tisch, außerdem etwas, was aussah wie weitere Pläne. »Ich hole nur noch schnell den Tee, den ich gekocht habe, dann können wir loslegen.«

»Ich helfe Ihnen.« Sam sprang auf. Victoria konnte spüren, wie nervös er war. Er hatte viel Arbeit in seine Aufgabe bei diesem Vorhaben gesteckt, und sie fragte sich, warum er nicht früher mit ihr darüber gesprochen hatte, aber im Grunde hatte sie ihm nie die Chance dazu gegeben. Sollten sie tatsächlich zusammenarbeiten, wäre er laut Sebastian ein gleichberechtigter Partner, auch wenn sie nicht recht verstand, wieso, brachte er doch lediglich seine Erfahrung im australischen Weinanbau mit ein.

Sie runzelte die Stirn und wandte sich Demelza zu, die aschfahl im Gesicht war. Victoria sah sich nach dem Gespenst um, das ihr offenbar erschienen war, aber außer ihnen befand sich nichts und niemand im Esszimmer. Eine Fliege kam durchs offene Fenster herein, flog über den Tisch und verharrte über dem Papierstapel, dann landete sie direkt vor Demi auf der Tischplatte.

Victoria und Demi sahen einander in die Augen. Ausnahmsweise hielt Demi Victorias Blick stand, ohne mit der Wimper zu zucken. Die Fliege schwebte zwischen ihnen hin und her, dann flog sie wieder hinaus in den Garten. Was konnte Victoria in Demis Augen erkennen? War es Furcht, oder war es Trotz?

Als Sebastian ein voll beladenes Tablett auf dem Tisch abstellte, wandte Victoria den Blick ab. Er hatte ganze Arbeit geleistet. Nicht nur, dass er Tee gekocht hatte, nein, er hatte auch noch Sandwiches hergerichtet und sogar Kuchen aufgeschnitten. Ging er davon aus, dass dies ein längeres Gespräch werden würde?

Sam schenkte Tee ein. Victoria lächelte. Sie mochte es, wenn Männer sie bedienten, vor allem jüngere, gutaussehende Männer, und er wusste, wie sehr ihr das gefiel.

»So. Ich habe zusätzliche Fördergelder beschafft und die Pläne ein bisschen umgekrempelt.« Sebastian verteilte die Blätter, und Victoria verdrängte das Gefühl, sie würde im Examen sitzen. Das hier war keine Prüfung. Sie hatte alles getan, was sie konnte, um Boscawen zu retten. Adam hatte ihr berichtet, dass in Maklerkreisen bereits das Gerücht umging, das Anwesen stünde zum Verkauf; mehrere Leute hätten schon Interesse bekundet.

»Wie ihr den unten stehenden Zahlen entnehmen könnt, haben wir ein Angebot über weitere zwei Millionen in bar von einem stummen Investor, der anonym bleiben, aber Sam an seiner Stelle als Partner einsetzen möchte.«

»Und wer in Herrgotts Namen sollte das sein?«, fragte Victoria. »Wie können wir mit jemandem zusammenarbeiten, der einen so großen Anteil hält, ohne zu wissen, wer dahintersteckt?«

»Du und Demi wärt nach wie vor die Haupteigner.« Sebastian richtete seine Aufmerksamkeit auf Demi. »Wir brauchen heute Ihre Antwort.«

»Ich weiß.« Demi legte die gefalteten Hände auf die Tischplatte.

Großer Gott, merkte sie denn nicht, dass alle Anwesenden auf ihre Entscheidung warteten? Victoria verdrehte die Augen. Das erinnerte sie so sehr an Charles. Er hatte stets das letzte Wort haben müssen, und auf gewisse Weise hatte er das selbst noch im Tod. Er war wütend gewesen und hatte die Entscheidung getroffen, mitten in der Nacht nach Boscawen zurückzukehren, um sie mit Adam zu ertappen. Er hatte das letzte Wort behalten, aber nicht so, wie er es beabsichtigt hatte. Sie sackte auf ihrem Stuhl zusammen. Ein lautstarker Schlagabtausch wäre ihr lieber gewesen. Nicht dass es oft zu Streitigkeiten zwischen Charles und ihr gekommen wäre, aber wenn, dann hatten sie die Luft gereinigt. Seltsam, dass sie nie zuvor darüber nachgedacht hatte. Nach Auseinandersetzungen hatten sie stets den besten Sex gehabt und die besten Gespräche geführt. Nur während solcher Zeiten hatte sie das Gefühl gehabt, ihn zu kennen. Meistens hatte er seine Gedanken für sich behalten.

»Tori?«

»Ja?« Sie schaute auf.

»Ich fragte, ob du noch irgendwelche Fragen zu den überarbeiteten Zahlen vor dir hast?« Sebastian wirkte leicht genervt, aber es war mehr sein Ton, der ihr unter die Haut ging. Warum machte er das? Er hatte keinen Bezug zu Boscawen. Ihr Vater hatte Sebastian und seine Familie nie für gut genug gehalten. Als Sebastian daher nach Afrika gegangen war, um »seinen Beitrag zu leisten« und Entwicklungshilfe zu betreiben, wie es damals so en vogue war, hatte Andrew Tregan eine gnadenlose Kampagne gestartet, um sie mit Charles zu verheiraten.

»Entschuldige. Ich war in Gedanken.« Sie schaute auf. Ihr Blick fiel auf das elende Bild von Charles. Sie hatte die

Idee, dass er sich porträtieren ließ, vom ersten Moment an gehasst. Jetzt hing er an der Wand, weder lächelnd noch grimmig, obwohl sie ein Funkeln in seinen Augen zu entdecken meinte. Ja, er lachte sie aus, dessen war sie sich sicher. Hatte er gewonnen? Hatten sie gekämpft, und sie hatte es nicht einmal bemerkt? Wie hatte ihr entgehen können, dass er eine Affäre hatte? Hatte sie die Anzeichen dafür ignoriert? Sie schürzte die Lippen und fuhr mit dem Finger über die Zahlen. Am meisten schmerzte, dass er die wenige Leidenschaft, die er in sich trug, einer anderen Frau geschenkt hatte.

Sie lachte. Wie konnte sie jetzt nur eifersüchtig sein?

»Ist alles in Ordnung?«, fragte Sebastian.

Victoria sah, wie die anderen drei sie anstarrten. Sie nahm sich zusammen. »Alles okay. Du hast einen Additionsfehler in der dritten Reihe gemacht. Es muss eine Million dreihundertfünfzigtausendfünfhundert heißen.«

Sebastian sah sie finster an. Er war gar nicht amüsiert, aber plötzlich war sie es.

Die Zahlen auf dem Bogen vor ihr sahen gut aus. Wie Victoria auf einen Blick hatte erkennen können, dass die Summe nicht stimmte, ging über Demis Verstand. Alle schauten Victoria an, die absolut ruhig blieb, beinahe zu ruhig in Anbetracht dessen, was sie für Boscawen empfand. Demi sprang auf, öffnete ein weiteres Fenster und schaute hinaus in den Garten. Alle warteten auf ihre Antwort, auch wenn sie so taten, als wollten sie sie nicht dazu drängen. Sollte sie einfach damit herausplatzen?

Als sie sich umdrehte, sah sie die erwartungsvollen Blicke. Der Drang, aus dem Esszimmer zu stürmen, wurde fast übermächtig. Demi wischte sich die Hände an ihrem Rock ab und kehrte zum Tisch zurück.

Sam fing ihren Blick auf. Seine Augen schienen zu fragen, ob alles in Ordnung mit ihr war. Für ihn hing so viel von ihrer Entscheidung ab. Sie schenkte ihm ein zaghaftes Lächeln und setzte sich.

»Hat sonst noch jemand Fragen, abgesehen von dem kleinen Rechenfehler?«

»Die einzige Frage ist doch die: Macht Demi mit oder nicht?« Victoria musterte sie durchdringend. Ihr Gesicht war eine Maske der Höflichkeit. Die Augen leicht verengt suchte Demi nach Anzeichen von Emotionen, aber Victoria gab nichts preis. Könnte sie mit der Witwe ihres Vaters kooperieren? Mit Sam und Sebastian zusammenzuarbeiten dürfte kein Problem sein, aber mit Victoria …

»Nun ja, wir alle würden gerne die Antwort auf diese Frage erfahren.« Sebastian lächelte Demi ermutigend an.

»Ich bin …« Demi verstummte. Wenn sie sich tatsächlich auf diese Sache einließ, müsste man ihr ein Mitspracherecht garantieren, auch wenn sie diejenige war, die Boscawen am wenigsten kannte.

»Ja?« Victoria zog eine Augenbraue hoch.

Demi verschränkte die Hände vor den Knien, froh darüber, dass niemand sie sehen konnte. Ihre Nägel bohrten sich ins Fleisch.

»Ich …« Wieder zögerte sie. Wie sollte sie sich ausdrücken? »Ich bin daran interessiert, Boscawen zu erhalten, aber ich habe Vorbehalte.«

»Was für Vorbehalte?« Victoria beugte sich vor.

Dich. Demi legte langsam die Hände auf die Tischplatte. »Ich möchte, dass meine Rolle klar definiert wird. In dem vorliegenden Plan wird sie nicht aufgeführt.«

»Und was sollte Ihre Rolle sein?« Victoria warf dramatisch die Hände in die Höhe.

»Ich bin Architektin, und ich habe an einem ganz ähnlichen Projekt wie diesem gearbeitet, daher ist meine Bedingung, dass ich die leitende …«

»Nein!« Victoria sprang auf.

»Setz dich.« Sebastians Stimme klang ruhig, doch sie enthielt eine klare Warnung. Victoria funkelte ihn an. Ja, genau das war es, was Demi fürchtete – Victoria.

»Es tut mir leid, Demi.« Sebastian stand ebenfalls auf.

»Wie gesagt, das ist meine Bedingung.« Demi holte tief Luft. Wie hatte sie nur in Erwägung ziehen können, sich hier beruflich zu beweisen? »Dann rechnen Sie bitte nicht mehr mit mir.« Sie erhob sich. Mit zittrigen Knien machte sie sich auf den Weg zur Tür.

»Nein, Demi, ich meinte, es tut mir leid, dass ich Sie nicht zurate gezogen habe. Es war mir nicht klar, wie Sie das Projekt befördern können«, stellte Sebastian klar.

Demi blieb stehen und drehte sich um. »Das ist den wenigsten Leuten klar«, sagte sie und marschierte hinaus.

»Was für ein gnädiges Fräulein.« Victoria lehnte sich auf ihrem Stuhl zurück.

»Nein.« Sebastian stützte den Kopf in die Hände.

»Sie wird sich schon wieder einkriegen.«

Sebastian schaute auf. »Wir haben soeben einen riesigen Fehler begangen, und du sagst, sie wird sich schon wieder einkriegen. Du hast sie von Anfang an abblitzen lassen, und auch ich habe nichts anderes in Betracht gezogen als ihren Anteil an dem Anwesen und ihr Geld.«

Victoria öffnete den Mund, aber Sebastian hob abwehrend die Hand. »Wir müssen uns bei ihr entschuldigen.«

»Wofür?« Diese Vorstellung gefiel Victoria gar nicht. Sie war auf Angriff gepolt, aber es stand so viel auf dem Spiel. Ihr Blick schweifte zum Fenster und über den Garten. Was bliebe ihr, wenn sie das hier nicht mehr hätte? Nichts.

»Entschuldigen Sie mich.« Sam eilte zur Tür hinaus. Würde er Demelza zur Vernunft bringen können? Woher hätten sie auch wissen sollen, dass sie Architektin war? Sie hatte nie ein Wort darüber verloren. Die Luft, die durchs Fenster ins Esszimmer wehte, brachte den Duft von Lavendel mit sich. Victoria atmete tief ein, in der Hoffnung, der Lavendel würde sie beruhigen. Nichts. Ihr würde nichts bleiben. Sie wollte kein Geld – sie wollte Boscawen.

Langsam drehte sie sich um und kehrte zum Tisch zurück. »Seb, ich werde mich bei ihr entschuldigen.«

»Dafür ist es vielleicht zu spät.«

Victoria stieß die Luft aus, die sie unweigerlich angehalten hatte. »Das befürchte ich, aber … ich würde mir nicht verzeihen, wenn ich es nicht wenigstens versuche.« Sie verdrängte die Gefühle, die sie durchfluteten, und fügte hinzu: »Ohne Boscawen habe ich keinerlei Möglichkeit, der Welt etwas zu hinterlassen, etwas Bleibendes, und das ist es, was ich will.«

Dreiundzwanzig

Demi marschierte zur Vordertür hinaus. Sie hatte ihre Entscheidung getroffen, eigentlich sollte sie dies feiern und mit Champagner begießen. Sie war frei. Doch statt zu jubeln seufzte sie.

»Demi!«, rief Sam, der die Auffahrt entlang hinter ihr hergerannt kam. Sie überlegte, ob sie auf ihn warten oder einfach weitergehen sollte, aber das wäre unhöflich, und er war nett zu ihr gewesen. Also blieb sie stehen, bis er zu ihr aufgeschlossen hatte. »Entschuldige.«

»Wofür?«

»Dafür dass ich ein Vollidiot war, weil ich mich einzig und allein auf meine eigene Rolle bei der möglichen Neugestaltung von Boscawen konzentriert habe.«

Sie schaute zu ihm hoch und versuchte zu ersehen, ob seine Worte der Wahrheit entsprachen oder einfach nur dazu dienten, sie auf seine Seite zu ziehen. Als sie sich wieder in Bewegung setzte, legte er die Hand auf ihren Arm. »Im Ernst – vergiss es. Du sollst nur wissen, dass es mir leidtut.« Sie drehte sich zu ihm um. Seine großen blauen Augen bargen keinerlei Geheimnisse. Er meinte es aufrichtig, und er sah sie wirklich an und nicht bloß Teile von ihr.

»Danke.« Demi verlangsamte ihren Schritt. Die Sonne schien durch die Bäume und malte Muster auf den Boden.

»Ich war so selbstsüchtig.« Sam passte seine Geschwindigkeit ihrer an. »Du hast bei mir gewohnt, und ich habe dich nie gefragt, was du eigentlich machst – und wenn doch, dann habe ich dir nicht zugehört. Seit ich nach Boscawen gekommen bin, konnte ich das Potenzial sehen und spüren, welches das Anwesen in sich birgt. Im Pub bekam ich mit, wie die Einheimischen über den Cider sprachen, der in Boscawen hergestellt wurde, nicht bloß gewöhnlicher Apfelwein, sondern ein ausgesprochen guter. Das ging mir nicht aus dem Kopf, deshalb hatte ich vor, meine Pläne Mr. und Mrs. Lake vorzustellen, aber dann ist mir das Schicksal auf eine Art und Weise in die Quere gekommen, wie ich es mir niemals hätte träumen lassen.« Er zuckte die Achseln.

»Oh.«

»Aber du bist diejenige, die eine schwere Zeit durchgemacht hat – erst verlierst du deine Mutter, und dann stirbt auch noch dein Vater, bevor du die Möglichkeit hattest, ihn kennenzulernen. Bei dieser ganzen Sache hat niemand auch nur einen Gedanken an dich verschwendet, und das war falsch.« Er sah sie ernst an. »Auf die Gefahr hin, dass ich mich wiederhole: Es tut mir aufrichtig leid.«

Einer von Demis Mundwinkeln zuckte in die Höhe. Im Moment sah er aus wie ein kleiner Junge, dessen Augen strahlten, obwohl er sich bemühte, zerknirscht dreinzublicken.

»Danke.«

Er grinste. »Das ist schon besser. Lass uns Boscawen für einen Moment vergessen und erzähl mir von Demelza Williams.«

Sie runzelte die Stirn.

»Großes Thema?« Er legte den Kopf schräg.

Sie lachte leise. »Kleine Person.«

»Du hängst dich ganz schön daran auf. Klein, unbedeutend …« Er blieb stehen und musterte sie von oben bis unten. Sie zuckte zusammen. »In meinen Augen bist du perfekt.«

Demi verkrampfte sich innerlich und verzog sarkastisch das Gesicht. »Ja, eine kleine Puppe.«

»Nein, keine Puppe, dafür bist du viel zu real.«

Sie wandte sich ab.

»Anscheinend trete ich heute mit allem, was ich sage, ins Fettnäpfchen. Dabei meinte ich bloß …«

»Hör mal, Sam. Ich weiß, dass du es gut meinst, aber lass bitte mein Äußeres da raus.« Sie seufzte wieder.

»Wenn es denn sein muss.« Er versuchte, ungerührt dreinzublicken, aber seine Lippen verzogen sich zu einem Lächeln. Sie wandte den Blick ab.

»Es muss sein.«

»Na schön. Wie sehen deine Pläne aus, jetzt, da du nicht in Boscawen bleibst?«

Sie lachte. »Gute Frage. So weit hatte ich noch gar nicht gedacht. Eigentlich hatte ich vor zu bleiben, aber das ist ja nun unmöglich.«

Sie kamen am Torhaus an. Demi atmete tief ein. Die Luft war erfüllt von dem Duft der Kletterrose, deren Ranken bereits auf die Zierkirsche daneben übergriffen. Was sollte sie tun? Sie wandte sich Sam zu, der sie mit traurigen Augen betrachtete. Der Verlust seiner Träume spiegelte sich darin, aber sie war weder für ihn noch für jemand anderen verantwortlich. Verantwortlich war sie allein für ihre eigenen Träume. Nun musste sie nur noch herausfinden, wie diese Träume aussahen.

»Was, wenn sie Nein sagt?« Victoria umrundete den Esszimmertisch, bemüht, nicht auf Charles' Porträt zu blicken. Hätte sie etwas Passendes zur Hand gehabt, hätte sie es nach ihm geschleudert. Das alles war seine Schuld!

»Nun, wir sollten versuchen, ein, zwei weitere Investoren zu finden; sollte uns das nicht gelingen, wird Boscawen zum frühestmöglichen Zeitpunkt auf den Markt kommen.«

»Nein, nein, nein«, stieß Victoria hervor, obwohl sie wusste, dass genau das passieren würde. Und wieder einmal war sie machtlos, dem Einhalt zu gebieten. Die Rädchen drehten sich bereits. Selbst wenn sie das Testament erfolgreich anfocht, wäre es zu spät, um Boscawen zu retten, die elenden Apfelbäume zu retten, die sie gekauft hatte.

»Es tut mir leid, Tori.«

Sie wirbelte herum. Es tut mir leid – das hatte sie schon so oft gehört. Eigentlich hätte sie diese Worte zu ihm sagen müssen, doch stattdessen hatte er sie zu ihr gesagt.

»Es gibt nichts, was wir tun können, hab ich Recht?«

»Realistisch betrachtet sind uns in der Tat die Hände gebunden, es sei denn, Demi vollzieht einen Gesinnungswandel.« Er schob seinen Stuhl zurück und erhob sich, bevor er ein paar Schritte auf Victoria zutrat. »Ich habe all meine Ressourcen angezapft. Eine weitere Million könnte ich selbst aufbringen, aber das ist einfach nicht genug.«

Sie standen dicht voreinander, nur wenige Zentimeter voneinander getrennt. Worte von früher klangen in ihnen auf, hallten unausgesprochen in ihnen wider, nur dass sie damals nicht am Esszimmertisch gestanden hatten, sondern auf der alten Kaimauer, an einem Sommerabend, als das Tageslicht der Dämmerung wich. »Es tut mir leid, Tori, dass ich nicht gut genug war.« Er war älter geworden, aber im Innern noch genau derselbe Mann wie früher. Alles an ihm drückte Versagen aus.

Dabei hatte er gar nicht versagt, weder damals noch heute. Er hatte sein Bestes für sie getan. Sie hatte ihre Pflicht erfüllt, aber wie sah ihre Pflicht jetzt aus? Es war immer nur um Boscawen gegangen. Sie schaute in Sebastians Augen, und für eine Sekunde verschwanden die Jahre, die seit damals verstrichen waren. Das Blut stieg ihr in die Wangen. *Komm, sei mein Lieb und leb mit mir …* Geflüsterte Worte der Vergangenheit senkten sich zwischen sie, der Schrei einer Möwe zerriss die Stille.

Boscawen. Das war ihre Pflicht.

»Ich werde mich bei Demelza entschuldigen. Jetzt. Dann sehen wir, wo wir stehen.« Victoria trat einen Schritt zurück und griff nach ihrer Teetasse. Die kalte Flüssigkeit rann ihre Kehle hinab. Sich von den Sirenen der Vergangenheit verlocken zu lassen würde keine Zukunft schaffen.

»Du kannst es versuchen, aber wir alle haben einen gewaltigen Fehler gemacht.«

»Das ist wahr. Wer konnte schon ahnen, dass sie noch etwas anderes kann, als hübsch auszusehen?« Als Victoria ihre eigenen Worte hörte, wurde ihr klar, dass ihr genau das unterlaufen war, was die Leute einst mit ihr gemacht hatten: Sie hatten sie als niveauvoll-elegantes Privatvermögen verbucht. Demi war nicht niveauvoll-elegant, sondern ein Püppchen, hübsch, mit blauen Augen und blonden Haaren. Warum hatte das Victoria zu der Annahme verleitet, sie habe keine Bildung, keinen Verstand und keine besonderen Fähigkeiten? Warum war sie bei ihrer Einschätzung im Grunde demselben Schema verfallen, das die Leute in ihrem Fall angewandt hatten?

Victoria stellte die Teetasse ab. »Was du heute kannst besorgen, das verschiebe nicht auf morgen. Ich werde vor Demi zu Kreuze kriechen. Mal sehen, was ich erreichen kann.« Sie ging zur Tür. »Sagtest du nicht, dass sie momentan kein Dach über dem Kopf hat und deshalb bei Sam wohnt?«

Sebastian nickte.

»Gut. Das ist doch schon mal ein Anfang.«

Er musterte sie mit zusammengekniffenen Augen. Sein Gesichtsausdruck verriet nichts. Ihre Erinnerungen mussten verlorene Fantasien sein, ein schimmerndes Trugbild, das an die Oberfläche drängte.

Sie schloss den Deckel ihres Koffers. Als Nächstes hatte sie vor, das Bett abzuziehen. Demi konnte Sam durchs Haus laufen hören, aber sie wollte jetzt nicht an ihn denken. Sie hatte Peta angerufen und sie gefragt, ob sie ein paar Tage bei ihr unterkommen könnte. Sie musste von Boscawen fort, und das so schnell wie möglich. Sie hätte beinahe eingelenkt, nur um Sam seine Chance zu geben, doch das hätte bedeutet, auch Victoria zu helfen, und das wollte Demi definitiv nicht.

Der Wecker auf ihrem Nachttisch zeigte drei Uhr an. Um vier wollte Peta sie abholen. Ihr blieb also noch genügend Zeit, die Bettwäsche für Sam in die Maschine zu stecken. Demi raffte die Wäsche zusammen, doch plötzlich hielt sie inne. Die Härchen in ihrem Nacken sträubten sich. Victoria. Sie war hier. Es klopfte an der Tür. Demi erstarrte. Was sollte sie tun? Was um alles auf der Welt mochte diese Frau ihr zu sagen haben? Zögernd öffnete sie die Tür. Victorias Haare waren windzerzaust, was weniger dem Bild des bösartigen Drachens entsprach, das sich Demi von ihr im Kopf zurechtgelegt hatte.

»Demi, ich bin froh, dass ich Sie noch erwische. Sam sagt, Sie würden abreisen.«

Demi warf Sam, der die Szene aus einigem Abstand beobachtete, einen finsteren Blick zu. Hatte er Victoria angerufen? Jetzt trat er näher, unschuldig, aber das kaufte Demi ihm nicht ab. Warum war Victoria hier?

»Lass mich dir das abnehmen.« Sam griff nach dem Knäuel Bettwäsche in ihren Armen, womit er Demi ihrer Rüstung beraubte.

»Wollen wir einen Spaziergang machen?« Victorias Stimme gab nichts preis. Sie klang nicht bittend, sondern stellte lediglich eine höfliche Frage.

Demi schaute verstohlen auf die Uhr. »Einen schnellen.«

»Wunderbar.« Victoria schritt zur Haustür hinaus und schlug einen Weg gegenüber dem Torhaus ein, den Demi bislang nicht erkundet hatte. Er führte nach Osten in die Wälder.

Demi ging langsam und sah zu, wie Victoria mit großen Schritten voranmarschierte. Die Sonne stand noch hoch am Himmel, aber im Schatten der Bäume war es beinahe dunkel. Schaudernd sah Demi sich um. Ein Vogel schoss durchs Unterholz, was sie vor Schreck zusammenzucken ließ. Dieser Spaziergang war keine gute Idee. Sie ließ sich noch mehr zurückfallen. Der Abstand zwischen ihnen wurde immer größer. Sonnenlicht fing sich im silbernen Glanz von Victorias Haar. Sie kam ihr vor wie eine Fee, die Königin des Waldes, und dennoch ging etwas Bedrohliches von ihr aus. Als hätte sie Demis prüfenden Blick gespürt, drehte Victoria sich um und bemerkte die Distanz, die zwischen ihnen lag. Sie machte kehrt und schaute skeptisch auf Demis Flip-Flops.

»Nicht gerade die idealen Wanderschuhe, aber es ist nicht mehr weit.« Sie lächelte, doch das Lächeln erreichte ihre Augen nicht. Victoria setzte sich wieder in Bewegung, diesmal allerdings in sehr viel langsamerem Tempo. Die Bäume wurden weniger, der Weg stieg an, bis sie eine Lichtung erreichten, die eher wie eine Narbe in der Landschaft wirkte. In der Ferne konnte Demi den Fluss und die Falmouth Bay dahinter sehen, wenn sie sich ein Stück drehte, kam Boscawen in Sicht. Victoria schlenderte weiter, bis sie zu einem großen Stein kam. Ein eisiger Schauder rieselte Demis Rückgrat hinab. Der Stein sah aus, als stammte er aus dem Neolithikum, und er erinnerte sie an einen Riesen. Die *Kowres.* Sie schaute sich um und entdeckte die Bäume am Rand der Felder. Schlagartig wurde ihr klar, dass sie tatsächlich schon einmal hier gewesen war. Daran bestand kein Zweifel.

»Als Kind bin ich oft hergekommen.« Victoria kletterte auf den Stein. Er kam Demi viel zu hoch vor, um ihn zu erklimmen, aber sie wollte Victoria nicht nachstehen. Also streifte sie ihre Flip-Flops ab und stieg barfuß hinauf. Von oben schien das Land unter ihnen zu wanken.

»Ich habe so getan, als würde das alles hier eines Tages mir gehören, obwohl ich natürlich genau wusste, dass das niemals der Fall wäre.« Victoria setzte sich, das Gesicht der See zugewandt. Demi blieb stehen und drehte sich langsam um sich selbst, nahm das Flickwerk aus gepflügten Feldern, Ernteflächen, Kuhweiden und in der Ferne liegenden Gebäuden in sich auf. Der Wind war frisch. Demi bekam eine Gänsehaut. Der Fels unter ihren Füßen war gleichzeitig warm und kalt. Wie konnte es sein, dass sie schon einmal hier gewesen war? Warum dachte sie bei diesem Felsen an die *Kowres*?

»Gehört das noch zu Boscawen?«

»Leider nicht. Es ist Charles nicht gelungen, das Land zurückzuerwerben.«

»Haben wir es etwa unbefugt betreten?«

Victoria lachte. »Nein, die neolithischen Zeugnisse stehen unter Denkmalschutz und sind seit Jahren für die Öffentlichkeit zugänglich. Niemand weiß mit Bestimmtheit, wozu dieser Stein diente, aber er stammt aus einem der in der Nähe liegenden Steinbrüche, die seit der Frühgeschichte genutzt werden.« Sie deutete mit der Hand hinter sich.

»Hat der Stein einen Namen?«

»Er wird die *Kowres* genannt, die Riesin. Eine lokale Legende besagt, sie habe ihren Geliebten verschmäht. Erst verwandelte sich ihr Herz in Stein, dann der Rest. Seitdem blickt sie für immer dorthin, wo er gelebt hat.«

Demis Mund wurde trocken. Die *Kowres*, Augen, Feen … Ihr Herz schlug schneller, kalter Schweiß bildete sich auf ihrer Stirn. Sie musste sich auf etwas anderes konzentrieren, also drehte sie sich noch einmal um sich selbst, bis ihr Blick auf ein schönes georgianisches Haus fiel. Es war eher ein Bauernhaus als ein Herrenhaus, vielleicht gehörte es einst zu Boscawen. Zumindest war das das am nächsten gelegene große Anwesen. »Wem gehört das?« Demi deutete auf das georgianische Haus.

Victoria seufzte und schaute zu Demi auf. »Das ist Dower House, das einstige Witwenhaus von Boscawen. Nach dem Tod meiner Urgroßmutter wurde es verkauft, um die Erbschaftssteuer zu begleichen.« Wieder stieß sie einen tiefen Seufzer aus, und Demi sah mit zusammengekniffenen Augen zu ihr hinab. Hatte Victoria tatsächlich Tränen in den Augen?. »Es war ein schönes Haus, aber was sein muss, muss sein. Meinem Vater blieb keine Wahl, wenn er den Rest des Anwesens zusammenhalten wollte.«

Sie deutete auf eine Kaimauer weiter unten am Fluss. »Dort wurden die Steine aus dem Steinbruch verschifft, und da drüben …« Sie zeigte ein Stück weiter nach Westen. »… da drüben trieb man Handel mit dem Zinn aus den Minen. Jetzt ist all das bloß noch ein Relikt aus einer längst vergessenen Welt.«

Von ihrem Aussichtspunkt aus versuchte Demi, sich

die damalige Industrie vorzustellen. Es fiel ihr schwer, denn heute war die Gegend nicht mehr als verschlafenes Ackerland und ein Segelparadies.

»Warum haben Sie mich hierhergebracht?«

Victoria hob den Blick. »Um mich zu entschuldigen.«

Demi stolperte, und Victoria sprang auf die Füße, um sie aufzufangen.

»Sie glauben mir nicht.«

»Nein.«

»Das kann ich verstehen.« Sie half Demi, vom Felsen zu klettern. Gemeinsam schlugen sie den Rückweg ein.

»Wir sind natürliche Widersacher.« Victoria sprach leise. »Sie sind die Tochter meines Mannes.« Demi zuckte zusammen in Erwartung dessen, was nun kommen mochte. »Ich war nie in der Lage, Kinder zu bekommen«, fuhr Victoria fort. Sie bogen nach links ab auf einen anderen Pfad, der ebenfalls durch die Wälder führte. »Von Ihrer Existenz zu erfahren zählte nicht gerade zu den glücklichsten Momenten meines Lebens.«

Demi schluckte. »Das kann ich mir vorstellen.«

»Ich hätte nicht überrascht sein dürfen, aber ich war es.«

Victoria schritt als Erste durch ein schmales Schwinggatter. Ein Schild machte sie darauf aufmerksam, dass sie sich nun auf dem Gelände von Boscawen befanden. Für Hunde bestand Leinenpflicht, und man durfte die vorgegebenen Wege nicht verlassen. In einiger Entfernung konnte Demi einen Kreis aus Bäumen sowie einen Stacheldrahtzaun erkennen. Victoria verspannte sich und schwieg, bis sie daran vorbei waren. War es der Zaun, unter dem sie mit Sam durchgekrochen war?

»Ist das …«, setzte sie zu einer Frage an, doch Victoria fiel ihr ins Wort.

»Das ist der Holunderbaumstein oder, auf Kornisch, *Men an Skawenn.*« Sie ging schneller, Demi insgeheim verfluchend, dass sie die Stelle bemerkt hatte. Was hatte sie nur dazu getrieben, ausgerechnet diesen Weg einzuschlagen? Sie hoffte, die kornische Sprache würde Demi ablenken. Victoria presste die Lippen zu einer schmalen Linie zusammen. Charles hatte sich geweigert, durch das Loch zu kriechen, und im Nachhinein betrachtet, hatte er Recht daran getan. Kein Zauber dieser Welt hätte ihr Kinder schenken können.

Sie verließen das Waldstück, und das Haus tauchte vor ihnen auf. Bei seinem Anblick wurde es Victoria eng ums Herz. Sie musste sich diesen Eindruck bewahren – Boscawen House, gebadet im Sonnenlicht des Spätnachmittags. Wenn sie Demi nicht überzeugte, in ihr Projekt einzusteigen, würde es mitsamt seiner Gärten bereits nächstes Jahr um diese Zeit wieder einen neuen Besitzer haben.

Das Ächzen und Schnaufen hinter ihr teilte Victoria mit, dass sie langsamer gehen musste. Wenn sie gewinnen wollte, würde sie ihre Taktik ändern müssen – und sie musste gewinnen. Am Tor zum Garten blieb sie stehen und wartete, dass Demi zu ihr aufschloss.

»Ich habe diesen Anblick immer geliebt – Boscawen House, das gerade über den Baumkronen sichtbar wird.« Sie sah, wie Demis Augen den Umrissen des Gebäudes folgten. Es waren Charles' Augen, und ja, sie spiegelten seine Intelligenz. Charles war ein ausgesprochen kluger Kopf gewesen, was einer der Gründe gewesen war, weshalb sie sich zu ihm hingezogen gefühlt hatte. Das durfte sie nicht vergessen, genauso wenig wie die Zeiten, in denen er sie zum Lachen gebracht hatte. Das Lachen war das Beste gewesen – und die Tatsache, dass er sie geliebt hatte, aufrichtig geliebt. Obwohl das womöglich gar nicht stimmte. Sie schnappte nach Luft, als ein plötzlicher Schmerz durch ihre Brust fuhr.

»Alles in Ordnung?«

Victoria nickte. Es war in bisschen spät für ein gebrochenes Herz. Der Gedanke brachte sie beinahe zum Lächeln. »So wie die Dinge stehen, Demi, gehört das alte Herrenhaus, das wir vor uns sehen, uns beiden.« Sie suchte in Demis Gesicht nach einer Reaktion, doch alles, was sie darin entdeckte, war Skepsis.

»Wir haben ein Geschenk und eine Last geerbt, und ich kann ziemlich gut verstehen, dass Sie das Geschenk nicht sehen.«

»Sie haben keine Ahnung, was ich sehe.« Demi straffte die Schultern, und Victoria versetzte sich innerlich einen Tritt.

»Wie wahr.« Sie lachte trocken. »Sie haben Recht, das habe ich nicht. Doch ich weiß sehr wohl, dass wir beide bei dieser Sache nicht gut davonkommen.«

Demis Schultern entspannten sich, und Victoria fuhr fort: »Sie hätten ein Erbe ohne Bedingungen und persönliche Verknüpfungen bekommen sollen. Sie hätten frei sein sollen, sich von dem Vater zu lösen, der Sie im Stich gelassen hat.«

Demi blinzelte, und Victoria konnte sehen, dass sie einen Nerv getroffen hatte. »Und ich wurde um mein Zuhause betrogen, ein Zuhause, das man mir schon einmal genommen hat, einzig und allein aus dem Grund, dass ich eine Frau bin.«

Sie begegnete Demis Blick und stellte fest, dass deren Argwohn verschwunden war. »Daher frage ich mich: Was können wir tun?« Sie holte tief Luft. »Wir können verkaufen, und ich verliere Boscawen erneut, während Sie Ihr Erbe ausbezahlt bekommen und damit tun und lassen können, was immer Ihnen vorschwebt, oder wir können zusammenarbeiten und etwas aus dem Geschenk machen, das man uns hinterlassen hat.«

Demis Augen schweiften wieder zum Haus. Victoria hätte ihren Ausdruck gern gedeutet, aber das gelang ihr nicht. Charles' Tochter wirkte nicht länger zornig, eher resigniert.

»Soweit ich weiß, haben Sie im Augenblick kein Zuhause, und so, wie sich die Dinge entwickeln, ich bald auch nicht mehr.« Die Augen auf Demis Gesicht gerichtet stellte sie fest, dass das Mädchen in der Tat außergewöhnlich hübsch war. Alles an Demi war perfekt, von den kobaltblauen Augen und Charles' blondem Haar über den elegant geschwungenen Nacken bis hin zu den Kurven, für die die meisten Frauen einen Mord begehen würden, und das Ganze im Miniaturformat. Sie ließe sich nur allzu leicht auf ihren Platz verweisen – so wie man es mit Victoria getan hatte.

»Demi, ich weiß nichts über Sie, außer dass Sie das Zeugnis für die Untreue meines Ehemanns sind. Das ist sicher kein guter Anfang, aber es ist nun mal der einzige, den wir haben. Sollten wir nicht versuchen, noch einmal von vorne zu beginnen und einen neuen Blick auf die Situation werfen, in der wir uns befinden?«

Die blauen Augen schauten weder kalt noch begrüßend drein. Victoria hatte keinen blassen Schimmer, was Demi von ihrem Vorschlag halten mochte, doch sie wusste nicht, was sie dem noch hinzufügen konnte. Dann fiel ihr ein: »Außerdem muss ich mich bei Ihnen entschuldigen.«

Ein Funken Interesse blitzte in Demis Augen auf, daher fuhr Victoria fort: »Ich habe Sie unterschätzt, und das hätte nicht passieren dürfen, schon gar nicht mir. Es tut mir leid.«

»Warum schon gar nicht Ihnen?« Demi lehnte sich gegen den Zaun.

»Mein ganzes Leben wurde ich darauf verwiesen, bloß eine Frau zu sein, eine wohlerzogene Gebärmaschine.« Sie lachte bitter. »Sie, so könnte ich mir vorstellen, haben Ähnliches erfahren, weil Sie so hübsch sind.«

Demi schnaubte. Was ihre Attraktivität nicht gerade unterstrich, Victoria aber alles sagte. Vielleicht mochte sie diese Frau nicht, aber sie verstanden einander.

»Können wir uns zusammensetzen und reden – wirklich reden – über die Situation, in der wir uns befinden?«

Demi legte den Kopf schräg. Charles hatte das ebenfalls getan, wenn er nachdachte. Victoria fing an zu zittern. Normalerweise hatte das bedeutet, dass Charles Nein sagen würde, und genau dafür wappnete sie sich nun.

»Vielleicht«, sagte seine Tochter.

Vierundzwanzig

Demi nahm einen Lebenslauf aus ihrer Computertasche und reichte ihn Victoria. Innerlich zitterte sie, aber sie dachte daran, was ihre Mutter zu ihr gesagt hatte: Niemand kann in dich hineinsehen. Nur du allein weißt, dass du Angst hast. Ihre Stimme klang fest, als sie erklärte: »Bevor wir zu reden beginnen, sollten Sie etwas mehr über mich wissen.«

Victoria nahm ihr den Bogen aus der Hand.

»Lesen Sie ihn, und dann rufen Sie mich an.« Sie hielt Victorias Blick stand, drehte sich um und marschierte ins Torhaus. Ihr Gepäck und Peta warteten.

»Dich kann wohl gar nichts aus der Ruhe bringen. Bitte sehr, junge Dame.« Peta lächelte und deutete dann auf Sam, der neben der Küchentür stand.

Demi ging zu ihm hinüber. »Sam, danke, dass ich bei dir wohnen durfte.«

Er grinste verlegen. »Schön, dass du das sagst. Immerhin gehört dir das Haus.«

»Ja schon, aber so hat sich das für mich nie angefühlt.«

»Was soll ich bloß ohne deine Hilfe mit den Bäumen machen?«

»Du musst Victoria härter rannehmen.« Sie grinste.

Sam trat einen Schritt näher zu ihr. »Was wirst du tun?«

»Abgesehen davon, rund um die Welt zu reisen und Champagner zu trinken?«

Er nickte.

»Nun, ich denke, ich werde einen Spaziergang über den Küstenweg machen, um meinen Kopf freizubekommen, während ich die Schönheit der Natur in mich aufsauge.«

»Klingt nach einem Plan.« Er steckte die Hände in die Taschen.

»Sie wird heute mit mir losziehen, und ich habe fest vor, sie vom rechten Weg abzubringen.« Peta grinste.

»Gib auf sie acht.« Sam strich mit der Rückseite seines Zeigefingers über Demis Wange. »Ich werde dich vermissen.« Er trat näher. Dicht vor ihr blieb er stehen. Demi hielt die Luft an. Sam beugte sich vor und küsste sie sanft. Sie konnte sich nicht rühren, nahm sämtliche Details wahr – seine starken Hände, den Duft nach Pfefferminz, der zwischen seinen und ihren Lippen hing.

Peta griff nach zwei Taschen. »Ich bringe die schon mal zum Wagen.«

Ohne ihm ins Gesicht zu schauen, machte Demi einen Schritt zurück, die Augen auf seine muskulösen Arme und den Kontrast zwischen seinem weißen T-Shirt und der gebräunten Haut gerichtet. Das war wesentlich leichter, als mit dem Ausdruck des Verlusts konfrontiert zu sein, der sich auf seinem Gesicht spiegelte.

»Demi?«

Sie sah auf, was sich sogleich als Fehler entpuppte.

»Noch einmal: Es tut mir leid. Es ist wichtig, dass du das Richtige für dich tust.«

»Ähm, ja. Danke.« So schnell sie konnte, flüchtete sie zu Petas wartendem Wagen.

Zurück am Herrenhaus, setzte Victoria ihren Spaziergang fort, bis sie die alte Kaimauer erreichte. Ein scharfer Ostwind wehte über den Fluss, auf der kabbeligen Wasseroberfläche galoppierten kleine weiße Pferde dem Meer entgegen. Sie winkte einem Fischerboot zu, dem das übliche Möwengeschwader folgte. Victoria streifte ihre Schuhe ab und trat auf eine große Granitplatte. Sie spürte die glatte, kühle Oberfläche unter ihren Fußsohlen. Sie straffte die Schultern und lockerte sie wieder, unsicher, was sie tun sollte. Es fiel ihr schwer, sich eine Meinung über Demi zu bilden. Nachdem sie den Lebenslauf gelesen hatte, war ihr klar, warum diese so wütend auf die Zurückweisung reagiert hatte. Ihre Ausbildung war beeindruckend. Audrey war einst in dem Hotel – Milton House – abgestiegen, an dessen Gestaltung Demi mitgewirkt hatte, und sie hatte erzählt, es sei einfach göttlich gewesen.

Dennoch war Victoria nicht glücklich über diese seltsame Allianz, die Seb zusammengezimmert hatte. Ein Projekt – vorausgesetzt, es gelänge ihr, Boscawen als solches zu verstehen – brauchte eine einheitliche Vision und nicht vier verschiedene Entwürfe.

Sams Interesse lag auf der Hand. Er wollte sich in der Herstellung von Cider versuchen. Sie konnte nicht genau sagen, warum, aber er war ein junger Mann, und das war eine großartige Gelegenheit, ein Unternehmen zu gründen, etwas Einzigartiges zu schaffen, was das Erbe der Region spiegelte.

Unruhig ging sie auf der Kaimauer auf und ab. Nichts war klar, alles hing in der Schwebe. Sie zog sich aus bis auf BH und Unterhöschen und tauchte in den Fluss ein. Ihr Brustkorb zog sich zusammen, die Kälte presste ihr die Luft aus den Lungen. Nach Atem ringend durchbrach sie die Wasseroberfläche. Mit ruckartigen Bewegungen bewegte sie sich durchs Wasser, bis sich ihre Gliedmaßen erwärmten und die Kälte weniger beißend wirkte. Sie schaute sich um, ob Boote zu sehen waren, aber im Augenblick hatte sie diesen Flussabschnitt für sich allein. Das war alles, was sie wollte: Boscawen für sich haben. Doch wenn sie nicht teilte, bliebe ihr gar nichts mehr.

Als sie das Südufer erreichte, hielt sie inne, um zurück auf das Waldgebiet zu blicken. Die Traubeneichen standen dicht gedrängt. Die Sonne brannte auf die Blätter an den knorrigen Zweigen. Sie wollte all dies nicht aufgeben. Wollte die Hüterin all dessen sein, die letzte Tregan, die Boscawen erhielt. Doch damit ihr das möglich war, müsste sie mit Charles' Tochter zusammenarbeiten …

Der Rückweg durch den Fluss war anstrengend, mehrfach schlugen ihr die Wellen ins Gesicht, füllten Mund und Augen mit Wasser. Es brannte, aber das Brennen wirkte beflügelnd, und ihre Züge wurden immer kräftiger. Die Kaimauer kam in Sicht. In gemächlicherem Tempo schwamm sie darauf zu. Sebastian stand auf dem Kai und sah ihr entgegen.

Vor viel zu vielen Jahren hatten sie sich hier getroffen, immer wieder, hatten hier gesessen, bis sämtliches Licht aus dem Abendhimmel gewichen war, und eine Flasche Billigwein geteilt, die er im Dorfladen gekauft hatte. Die Erinnerung an den süßen Geschmack des Weines, vermischt mit dem Salz der See, ließ ihr das Wasser im Mund zusammenlaufen. Unschuld, Hoffnung, Träume – davongespült vom Strom der Gezeiten.

Als Victoria auf die Kaimauer kletterte, kam er mit einem großen Handtuch auf sie zu, das er um ihren bibbernden Körper legte. Er zog sie in seine Arme, und die Jahre glitten davon. Sie war wieder achtzehn, und er war zwanzig.

Ein Zweig knackte. Sebastian ließ die Hände sinken und machte einen schnellen Schritt zurück, wobei er etwas umstieß. Victoria entdeckte eine Flasche Wein. Sebastian bückte sich rasch und stellte die Flasche wieder aufrecht. »Du denkst an alles«, bemerkte Victoria amüsiert.

»Altes Pfadfindermotto: Sei allzeit bereit …« Er zuckte die Achseln und ließ seine Worte verklingen.

Sie warf den Kopf zurück und lachte, während sie sich trocken rubbelte, dann zog sie BH und Höschen aus und schlüpfte in ihre Jeans, Sebastians Blick auf ihrem Körper genießend. Schauder erinnerter Lust brachten ihre Haut zum Prickeln, als seine Augen bei ihren Brüsten verweilten. Sie richtete sich auf, sah ihm direkt ins Gesicht und schob die Arme in die Ärmel. Sie mochte vielleicht keine achtzehn mehr sein, aber die Zeit war gnädig mit ihr umgegangen.

»Wie schön.« Seine Stimme brach.

»Danke.« Ihre kalten Finger machten sich an den Knöpfen ihrer Bluse zu schaffen, und er legte die Hand auf ihre, um diese Aufgabe für sie zu übernehmen. Als er fertig war, schob er sanft seine Hand unter ihr Kinn und hob ihren Kopf an.

»Du zitterst«, flüsterte er.

»Nach dem Schwimmen muss sich erst meine Körpertemperatur regulieren«, schwindelte sie. Seine Nähe berührte sie mehr, als sie zugeben mochte. Es fühlte sich an, als hätte jemand einen in Vergessenheit geratenen Geist aus der Flasche gelassen. »Lass uns den Wein kosten, den du mitgebracht hast.«

Er bewegte sich bedächtig, überlegt, verzichtete auf große Gesten, konzentriert auf das, was er zu tun gedachte. »Ich hoffe, es stört dich nicht, dass ich den Keller geplündert habe.«

Victoria lächelte. »Nicht im Geringsten. Dazu ist er ja da, und wenn ich nicht aufpasse, wird einiges davon verderben.« Sie drehte das Glas in ihrer Hand und bemerkte die samtige Farbe des Weins. »Und das wäre eine Sünde.« Lächelnd sah sie ihn über den Rand ihres Weinglases an und atmete tief das Bouquet ein. »Du hast die Flasche schon vorher geöffnet.«

»Der Wein musste atmen.«

»Wie immer vorausschauend.«

»Ja.« Er trat an ihre Seite und legte einen Arm um ihre Schultern. Wärme breitete sich in ihr aus, das Zittern hörte auf. Zusammen schlenderten sie an den Rand der Kaimauer und setzten sich, Schulter an Schulter. Die Sonne sank langsam tiefer, aber bis sie unterginge, würden noch Stunden verstreichen.

»Bist du sicher, dass du zu Fuß gehen willst?« Peta lehnte sich aus dem Wagenfenster.

»Ja. Ich muss nachdenken, und das kann ich beim Laufen am besten.« Demi schaute zum Küstenweg hinüber.

»Hast du dein Handy bei dir, und ist es auch aufgeladen?«

Lachend zog Demi ihr Telefon aus der Tasche. »Es ist aufgeladen. Danke, dass du dir Sorgen um mich machst, Peta, aber mir geht es gut. Ich brauche bloß einen Ort, an dem ich den Kopf freibekomme.«

»Sicher, aber lass dir nicht zu viel Zeit. Vergiss nicht: Ich habe Pläne für heute Abend.«

Demi runzelte die Stirn. Sie wollte einfach nur gehen, denken und anschließend schlafen.

»Ein Rückzieher gilt nicht.«

»Um wie viel Uhr muss ich da sein?«

»Um sieben. Komm nicht zu spät.«

Demi schaute auf ihre Uhr. Jetzt war es fünf.

»Mit diesen Klamotten und deinen Flip-Flops schaffst du es niemals in zwei Stunden nach Falmouth.« Peta musterte Demi von oben bis unten. »Ich hole dich um halb sieben in Maenporth ab.« Damit stieg Peta in ihr kleines Auto und brauste davon. Unter ihren Reifen spritzte der Kies auf, dann war alles still. Demi schlug den Weg neben der Kirche ein, doch nach ein paar Schritten machte sie kehrt und ging durch das Tor unter dem Säulenvorbau. Der Friedhof war um einiges größer, als sie es an einem so abgeschiedenen Ort wie diesem erwartet hatte. Der Verlust, den sie erlitten hatte, wurde ihr mit aller Deutlichkeit bewusst.

Sie las die Inschriften auf den Grabsteinen, ohne wirklich wahrzunehmen, was darauf stand, und ließ sich von dem Gefühl der Verlassenheit überwältigen. Doch dann ertönte laut und klar die Stimme ihrer Mutter in ihrem Kopf, die ihr mitteilte, sie habe lange genug in Selbstmitleid gebadet, jetzt sei es an der Zeit zu handeln. Lächelnd verließ Demi den Friedhof, ein stummes Gebet für all die Seelen betend, die dort begraben lagen.

Der Weg von der Kirche führte zu einer Reihe von Stufen. Unten fiel das mit hohen Bäumen bestandene Hügelland sanft zum glitzernden Wasser hin ab. Wenn sie das Geräusch ihres Herzschlags ausblendete, konnte sie die Wellen hören, die gegen die Felsen einer der Landzungen schlugen. Sie wandte sich nach links, wo sich der Weg unter dem dichten Blätterdach der Bäume entlangschlängelte. Die Luft war kühl und duftete nach Eukalyptus, Erde und Kiefern. Sie tauchte tiefer ein in die magische Höhle des Waldes, horchte auf das Geräusch ihrer Schritte und die Wellen unter ihr.

Ein frischer Wind wehte, als sie den Schutz der Bäume verließ. Sie schauderte. Ihre Kleidung war in der Tat nicht ideal zum Wandern, wie Peta richtig bemerkt hatte, aber darauf hatte sie nicht geachtet. Sie hatte einfach den

Kopf freibekommen müssen. Als sie mit Victoria auf dem Felsen gewesen war, den sie aus ihrer Kindheit erinnerte, hatte sie auf die in der Ferne liegende See geblickt und sich gewünscht, sie wäre näher. Wenn sie nun den Blick hob, sah sie nichts als Blau, Grün und Grau, durchbrochen nur von einem Segelboot und einem Tanker – offene Weite, die durch nichts begrenzt wurde. Doch das war natürlich bloß Illusion. Sie drehte sich um und betrachtete die Umrisse der verschiedenen Landzungen. Die sanften Rundungen hatten beinahe etwas Sinnliches an sich.

Während Demi auf Falmouth zuhielt, ließ sie ihren Gedanken freien Lauf, anstatt sich krampfhaft einen Plan zurechtzulegen. Wenn sie mit einem Entwurf gekämpft hatte, hatte ein Spaziergang im Battersea Park stets eine Lösung gebracht, es sei denn, sie hatte darum gerungen. Das musste mit dem monotonen Bewegungsablauf und der unermesslichen Weite des Himmels zu tun haben.

Sie trat auf einen losen Stein und knickte um. Besser, sie konzentrierte sich etwas mehr auf den Weg, nicht allein auf die Aussicht, sonst würde sie sich noch den Knöchel verstauchen. Das war das Letzte, was sie jetzt gebrauchen konnte, denn Petas Apartment lag im obersten Stock.

Unter ihr auf einem Felsen breitete ein Kormoran seine Flügel aus und wartete darauf, dass Sonne und Wind sie trockneten. Seine Silhouette erinnerte sie an das Batman-Signal, das Notfall-Zeichen, mit dem Batman zu Hilfe gerufen wurde. Hilfe könnte sie jetzt gut gebrauchen. So vieles schwirrte ihr durch den Kopf – angefangen bei dem beklemmenden Gefühl, schon einmal hier gewesen zu sein, und der damit verbundenen Furcht. Dies wetteiferte mit ihrer Verwirrung, wie es nun weitergehen sollte. Sie hatte den Eindruck, auf einer Tanzfläche zu stehen und der DJ wechselte ständig den Rhythmus, was sie völlig aus dem Takt brachte, dabei wusste sie nicht einmal, mit wem sie tanzte. Ihre Augen schweiften weiter. Auf einem anderen Felsen hockte eine Schar Möwen und betrachtete den Horizont. Was sahen die Vögel? Fische unter der Wasseroberfläche oder bloß die Wellen, die in ihrer Regelmäßigkeit hypnotisierend wirkten?

Ein großes Segelboot kam den Helford River entlang und legte vor einer der Landzungen an. Demi blieb stehen, um zuzuschauen, wie der Spinnaker gesetzt wurde. Mit zusammengekniffenen Augen versuchte sie, die Personen auf dem Boot zu erkennen, aber sie waren etwas zu weit entfernt. Eine von ihnen erinnerte sie an Sam. Sam. Sie wusste so wenig über ihn, deshalb war es im Grunde keine Überraschung, dass er nicht gewusst hatte, dass sie Architektin war. Sie hatten ein Gespräch begonnen, doch nie zu Ende geführt. Was wusste sie von ihm, abgesehen von der Tatsache, dass er Gärtner war, Boote mochte und aus Australien kam?

Ihr Handy piepste. Sie schaute auf die SMS von Peta.

Lass dir nicht zu lange Zeit. Der Weg ist länger, als du denkst. P.

Peta hatte wirklich übersinnliche Kräfte. Demi lachte. Ein Blick auf die Uhr zeigte ihr, dass es bereits sechs war, weshalb sie sich lieber beeilen sollte, anstatt hier zu stehen, Boote zu beobachten und über Sam nachzugrübeln. Sie setzte ihren Weg fort, doch trotz ihres festen Vorsatzes, nicht länger an ihn zu denken, spukte er immer wieder durch ihren Kopf. Sein Lächeln verdrängte den Anblick der wogenden Felder unter dem strahlend blauen Himmel. Sam. Es war einfach zu schön, um wahr zu sein. Er hatte einen großartigen Sinn für Humor, war ein echter

Gentleman, war höflich, freundlich – wo also war der Haken?

Ihr Handy piepste erneut. Was wollte Peta ihr wohl noch mitteilen? Vielleicht, dass sie sich von attraktiven australischen Männern mit Grübchen im Kinn fernhalten sollte.

Vermisse dich, begehre dich und hoffe, du hattest genügend Zeit, um zu begreifen, dass ich Recht habe und du zu mir gehörst.

Wir passen so gut zusammen. Ich sehe uns immer noch als Paar.

Demi ließ das Telefon sinken. Matt. Ihre Finger verkrampften sich, ihre Haut kribbelte. Langsam ließ sie das Handy zurück in ihre Tasche gleiten. Je schneller sie unter die Dusche kam und alle Gedanken an ihn abspülen konnte, desto besser.

Fünfundzwanzig

Demi schaute über den ins Zwielicht der Abenddämmerung getauchten Fluss. Sie konnte Musik hören. »Setzen wir wirklich mit einem Boot über?«

»Ja, es wird eine Wahnsinnsnacht, eine der besten des Sommers, das verspreche ich dir. Unser Boot müsste gleich hier sein.« Peta schaute auf ihr Handy. Sie waren zu spät, und das war Demis Schuld.

Demi warf einen Blick auf das Pub hinter ihr. Es wirkte gemütlich und einladend. Das Letzte, was sie jetzt brauchte, war eine lärmende Nacht weit weg von ihrem Bett.

»Es gibt keinen Rückzieher! Du brauchst ein bisschen Spaß.« Peta tätschelte aufmunternd Demis Arm. »Harmloses Vergnügen.«

Sie fand es schrecklich, dass Peta sie so leicht durchschaute. Seit ihre neue Freundin sie am Strand von Maenporth aufgelesen hatte, behandelte sie sie mit Samthandschuhen. Als Demi ihr von der SMS erzählte, erklärte sie bloß kurz und bündig, Matt sei ein Arschloch, aber deshalb dürfe sie noch längst nicht alle Männer verurteilen. Demi sah ein, dass Peta Recht hatte, aber sie konnte ihr nicht wirklich glauben.

Ein Motorboot näherte sich von der anderen Seite des Flusses. »Da ist ja unser Fahrdienst.«

»Ist das etwa die Fähre?« Demi blinzelte in die tiefstehende Abendsonne.

»Nein. Das ist mein Kumpel Fred.«

»Springt rein, meine Damen, die Party ist längst in vollem Gange.« Grinsend zog er das Boot an den Pontonsteg.

Demi kletterte an Bord und hielt sich gut fest. Sie war nicht ans Bootfahren gewöhnt, schon gar nicht, wenn es sich dabei um kleine motorisierte Schlauchboote handelte.

»Dort würde ich mich nicht hinsetzen, es sei denn, du möchtest einen nassen Hintern bekommen.« In Freds Stimme schwang Lachen mit, und Demi entspannte sich. Es lag auf der Hand, dass er wusste, was er tat.

»Danke.« Vorsichtig schob sie sich in die Mitte der Bank. Peta ließ sich neben sie fallen.

»Fred, das hier ist Demi von Boscawen.«

Sie öffnete den Mund, um zu protestieren, aber wieder einmal hatte Peta ihre Entscheidung gespürt, noch bevor Demi sie ausgesprochen hatte.

»Super. Vor ein paar Jahren hab ich mal meinem Vater geholfen, dort ein paar Aufträge auszuführen. Fantastisches altes Haus.«

»Danke.« Demi funkelte Peta an, die die Achseln zuckte und mit den Lippen die Worte »Tut mir leid« formte. »Was für Aufträge?«

»Ach, neue Bäder, Strom und Heizung – solche Dinge. Kurz gefasst: das Haus modernisieren.«

»Da habt ihr gute Arbeit geleistet. Weißt du, wer der Architekt war?«

»Klar. Mark Triggs. Klasse Kerl.«

»Er hat seine Sache großartig gemacht.« Demi dachte daran, wie er die Badezimmer integriert hatte, ohne die Proportionen der einzelnen Räume oder den Stil des alten Gemäuers zu zerstören.

»Er ist gut. Kennt sich mit alten Häusern aus.«

Demi nickte, dann wandte sie sich ab, um die vorbeiziehenden Boote zu betrachten. Sie fragte sich, ob eine der Jachten diejenige war, die sie heute Nachmittag hatte hinausfahren sehen.

»Da sind wir, meine Damen.« Der Lärm schwoll an, je näher sie dem Pontonsteg am anderen Ufer kamen. »Noch haben wir Flut, deshalb kann ich euch bis etwa zwei Uhr früh zurückbringen. Solltet ihr länger bleiben wollen, müsst ihr euch ein Bett auf dieser Seite des Flusses suchen.«

»Jetzt mach nicht so ein hoffnungsvolles Gesicht.« Peta tätschelte seinen Arm und stieg aus dem Boot, was Demi gegen Fred taumeln ließ. Dieser fing sie auf und half ihr auf den Steg. Nachdem sie das Gleichgewicht wiedergefunden hatte, blieb sie erst einmal stehen, legte den Kopf in den Nacken und betrachtete die bunten Lichter und die Scharen von Menschen, die sich auf der Terrasse vor einem Lokal namens The Shipwrights – die Schiffsbauer – drängten, das sich oben an dem steil abfallenden Flussufer befand. Das war nicht gerade das, was sie sich für den heutigen Abend gewünscht hatte, doch als der Pontonsteg schwankte, weil Fred nun auch hinaufkletterte, wusste sie, dass sie hier gefangen war, bis Peta sich bereiterklärte, die Rückfahrt anzutreten.

»Es wirkt vielleicht etwas einschüchternd, aber glaub mir: Es ist ein Riesenspaß. Komm, ich stelle dich den anderen vor.« Fred deutete auf die Leiter, die hinauf zu einer großen Steinterrasse führte. Darüber befand sich die Terrasse des ausgesprochen einladend wirkenden Lokals. Es gab sogar eine Tanzfläche. Demi beäugte skeptisch ihr Kleid. Eine Jeans wäre hier weitaus angebrachter gewesen.

Victoria streckte die Hände in die Höhe, um ihre Rücken- und Schultermuskeln zu lockern. Es hatte gutgetan zu schwimmen, aber sie schenkte ihrem Körper momentan nicht genügend Aufmerksamkeit, war zu beschäftigt mit anderen Dingen, anstatt für ihr maximales Wohlbefinden zu sorgen – auf allen Ebenen.

In diesem Augenblick sehnte sie sich nach Adam. Sie griff zum Telefon. Es war noch nicht allzu spät und durchaus möglich, dass er zu Hause war. War ihre Lust auf Sex so groß, dass sie bereit war, deswegen nach Falmouth zu fahren? Ihre Finger schwebten über den Tasten. Dann dachte sie an seine unaufgeräumte Wohnung und daran, wie enttäuschend ihre letzte Begegnung verlaufen war. Sie hatte den Blick einfach nicht von seinem Herr-der-Ringe-Poster losreißen können. Mal ehrlich – war man mit sechsundzwanzig nicht zu alt für Filmplakate an der Wand? Es hatte sie völlig aus dem Konzept gebracht, sodass sie sich kaum an seinem nackten Körper hatte erfreuen können.

Sie schickte ihm eine SMS. Sebastian würde morgen gegen Mittag nach London fahren, und um zehn wollte sie sich mit Demi zu einem Gespräch unter vier Augen treffen. Anschließend könnte sie sich mit Adam belohnen oder trösten – je nachdem.

Lass uns um eins in Boscawen treffen. Ich kümmere mich ums Mittagessen. V.

Lächelnd drückte sie auf Senden, dann zog sie sich aus und machte sich fertig fürs Bett. Morgen würde sie ihre Begierde befriedigen können, so lange müsste sie sich nun einmal gedulden. Doch mitunter war die Vorfreude ja ohnehin die größte Freude.

Peta zog Demi auf die überfüllte Tanzfläche, ein Gewirr aus sich verrenkenden Leibern im Alter von zehn bis etwa siebzig Jahren, die meisten davon im Takt der Musik. Es war der helle Wahnsinn, und Demi war absolut nicht in der Stimmung, einfach loszulassen und mitzumachen. Sie hatte heute Abend so viele Leute kennengelernt, dass ihr der Kopf schwirrte. Fred hatte die Wahrheit gesagt: Er kannte wirklich jeden. Sein Bruder stand drinnen hinter der Bar, seine Mutter wiegte sich leicht angeheitert auf der Tanzfläche, nur Zentimeter von ihr entfernt. Peta stieß rhythmisch die Arme in die Luft, während Demi so tat, als würde sie mitmachen. Ja, sie hatte Spaß, aber jetzt reichte es ihr. Zum Glück war das Lied zu Ende, und sie schoben sich durch die Menge zur Bar. Die Temperatur im Innern des Lokals war drastisch angestiegen.

Jemand reichte Peta eine Flasche Wein und Gläser, und sie drängten sich wieder hinaus auf die Terrasse. Obwohl sich mehrere hundert Menschen versammelt hatten, war es hier nicht annähernd so heiß wie drinnen. Demi spähte hinunter auf die untere Terrasse, auf der jetzt mehr Leute standen, weitere trafen unten am Pontonsteg ein.

Mit Handzeichen bedeutete sie Peta, dass sie näher zum Wasser wollte. Peta füllte ihr Glas nach und plauderte weiter mit jemandem, der Demi bekannt vorkam. Als sie die unterste Stufe der Treppe erreichte, welche die Terrassen miteinander verband, fiel es ihr ein: Es war einer der Dartspieler, die sie kurz nach ihrer Ankunft in Boscawen kennengelernt hatte. Wie die Zeit verstrichen war.

Das Wasser stand hoch, auf der Oberfläche hatte sich ein gespiegeltes Muster aus leuchtenden Farben gebildet. Die Musik, wenngleich immer noch laut, klang hier unten gedämpft. Demi wandte sich um und ließ den Blick über das Dorf schweifen, dessen Häuser sich entlang des Flusses drängten. Aus den meisten Fenstern schien Licht. Die ganze Szene sah unglaublich schön aus. Ihre Augen wanderten zurück zum Wasser. Am anderen Ufer war die Helford Passage zu erkennen, und Demi dachte wieder einmal über ihre Entscheidung nach. Dort, auf der anderen Seite, läge ihr neues Zuhause, diese Gegend würde zu einem Teil ihres Lebens werden. Wie hätte ihre Mutter darüber gedacht? Demi nippte an ihrem Wein. Es wäre schön, einen Elternteil zu haben, den man zurate ziehen könnte.

»Hast du dich aus dem Staub gemacht?«

Sie fuhr zusammen. »Sam.« Als sich ihr erster Schreck gelegt hatte, fügte sie mit gerunzelter Stirn hinzu: »Ich habe dich drinnen gar nicht gesehen.«

»Wir haben gerade unser Dart-Spiel in einem Pub ein Stück die Straße hinunter beendet, deshalb kommen wir erst jetzt zu dem Fest.« Er lehnte sich gegen eine Palme, die auf der Terrasse wuchs.

»Da oben geht's ganz schön wild zu.«

Er nickte. »Vergangenes Jahr fand meine Initiation statt. Ich glaube, ich habe den ganzen nächsten Tag geschlafen.«

Sie schaute auf das Bierglas in seiner Hand, doch es war kein Bier darin.

Als er ihren fragenden Blick bemerkte, sagte er: »Das ist Wasser. Im letzten Jahr habe ich meine Lektion gelernt, außerdem bin ich heute fürs Bootfahren eingeteilt.«

»Aha, dann wirst du dich wohl nicht auf der Tanzfläche verrenken.« Sie nickte in Richtung einer Frau, die ausgelassen auf der anderen Seite der Terrasse vor sich hin tanzte.

»Nein, diesmal nicht. Vielleicht im nächsten Jahr.« Er schwenkte unanständig die Hüften und streckte auffordernd die Hand nach ihr aus. Demi schluckte, dann brach sie in Lachen aus.

»Dann bleibst du also in Boscawen?« Demi sah ihn an und blies sich eine Strähne aus dem Gesicht, die sich aus dem lockeren Knoten in ihrem Nacken gelöst hatte.

»Tja, gute Frage.«

»Vermisst du Australien denn gar nicht?«

»Doch. Ich vermisse meine Familie, aber Cornwall ist …« Er hielt inne und blickte zu dem klaren Himmel auf, der voller Sterne hing. »Cornwall ist meins.«

»Du willst also bleiben, selbst wenn aus deiner Cider-Produktion nichts wird?«

»Ja. Und was hast du vor? Um die Welt reisen?«

Demi lächelte. »Das klingt verlockend, aber ich bin mir nicht sicher, ob ich dazu schon bereit bin.«

»Keine Wanderlust?«

»Nicht wirklich, oder sollte ich besser sagen: nicht in der Das-muss-jetzt-sofort-sein-Stimmung?«

»Verstehe.« Er schaute zu der Menschenmenge auf der oberen Terrasse hinauf. »Auch auf die Gefahr hin, dass ich mich wiederhole: Es tut mir leid.«

»Schon gut.«

»Nein, es ist gar nicht gut. Meine Schwester würde mich umbringen.«

»Nun, dafür kann ich nichts.« Sie nippte an ihrem Wein.

»Du bist also Architektin.«

Demi nickte. Nicht dass sie sich wie eine Architektin fühlte. Gut möglich, dass es ihr nach dem Umbau von Boscawen, bei dem sie all ihre Fähigkeiten einsetzen wollte, gelingen würde, diesen Titel wohlverdientermaßen für sich zu beanspruchen. Aber noch war es nicht so weit.

»Haben dich die Leute schon öfter unterschätzt, weil du so hübsch bist?«

»Ich bin mir nicht sicher, ob ich wirklich so hübsch bin«, erwiderte Demi, »aber ich bin blond, und ja, man unterschätzt mich ständig.« Verstohlen senkte sie den Kopf und blickte auf ihre Brüste. Nicht zuletzt deswegen, dachte sie, aber sie sprach es nicht aus. Stattdessen fügte sie mit einem kläglichen Lächeln hinzu: »Entweder geht man davon aus, ich hätte kein Hirn, oder man degradiert mich zum Objekt.« Sie schnitt eine Grimasse. Das hätte sie nicht sagen sollen. Vielleicht sollte sie besser keinen Wein trinken.

»Autsch.«

»Da bist du!« Peta gesellte sich zu ihnen. »Sam ist bei dir, dann muss ich mir ja keine Sorgen um dich machen.«

Offenbar funktionierte ihre Hellseherei nicht, wenn sie betrunken war. Demi machte sich eine mentale Notiz für zukünftige Gelegenheiten.

»Hat sie dir gesagt, dass sie bleibt?« Peta lehnte sich gegen Sam und sah leicht schielend zu ihm auf.

Sam wandte sich Demi zu. »Nein, hat sie nicht.«

»Nun, das tut sie aber. Sie bleibt uns erhalten.«

»Peta, endlich hab ich dich gefunden!«, rief ein großer Mann von der Terrasse über ihnen. »Du schuldest mir einen Tanz.«

»Ich komme!« Peta stieg leicht schwankend die Stufen hinauf, wiegte sich im Takt der Musik und fiel dem Mann in die Arme. Demi hoffte, dass sie später den Heimweg noch finden würde.

»Du hast gar nichts gesagt.« Sam sprach so leise, dass Demi ihn beinahe nicht gehört hätte.

»Nein, das habe ich in der Tat nicht.« Demi biss sich auf die Lippe. »Peta hat gerade einen Frühstart hingelegt.«

»Dann bleibst du also nicht?« Er legte fragend den Kopf schief.

»Wenn ich in diesem Augenblick auf den Helford hinausblicke, könnte ich dir keinen einzigen Grund nennen, warum ich nicht bleiben und Teil dieser Welt werden sollte, aber morgen, bei nüchternem Tageslicht betrachtet, könnte das ganz anders aussehen. Und dann ist da auch noch Victoria.«

»Verstehe.«

»Ich wünschte, das könnte ich von mir auch behaupten.« Sie atmete tief durch. Sam wusste, was er wollte, und sie beneidete ihn darum. Für eine Sekunde schloss Demi die Augen. Was sie jetzt, in dieser Minute, wollte, war einfach. »Sollen wir tanzen?«

Sam lächelte. »Ja.« Er nahm ihre Hand und führte sie die Treppe hoch und durch die wogende Menge zur Tanzfläche.

Sechsundzwanzig

Heute war der Tag der Entscheidung. Heute Morgen würde sie sich mit Victoria treffen, und auf dem Weg nach Boscawen blieb ihr noch genügend Zeit, ihren Großvater zu besuchen. Es war so früh, dass er noch beim Frühstück saß. Demi entdeckte ihn bei zwei Frauen.

»Guten Morgen, mein Schatz. Das ist eine Überraschung, und zwar eine ganz wunderbare.« Er lächelte. »Meredith, Alice, ich möchte euch meine Enkelin Demi vorstellen.«

»Guten Morgen, meine Liebe«, begrüßte sie Alice. »Es muss wichtig sein, wenn Sie zu dieser frühen Uhrzeit hier erscheinen.« Sie stand auf. »Komm, Meredith, lass uns gehen, damit sich die beiden unterhalten können.«

»O wie schade, es ist so nett, jemanden kennenzulernen«, sträubte sich Meredith.

»Du hast sie doch gerade kennengelernt. Und jetzt komm bitte mit mir.« Alice zog Meredith mit sich fort.

Demi setzte sich und warf ihrem Großvater einen fragenden Blick zu.

»Schwestern«, erklärte dieser. »Meredith ist nicht immer ganz dabei, aber Alice ist blitzgescheit. Sie war mal Bankerin.«

»Ich freue mich, dass du Freundschaften schließt.«

Er lachte. »Freundschaften, hm. Als Witwer scheine ich auf die Frauen momentan sehr anziehend zu wirken.«

Demi lächelte.

»Aber für mich hat es immer nur eine Frau gegeben.«

»Ich weiß.« Demi entdeckte eine saubere Tasse auf dem Tisch und schenkte sich Tee ein.

»Ist heute der große Tag? Endgültig, meine ich?«

Sie nickte.

»Du hast eine Entscheidung getroffen.«

»Ich werde es tun.« Sie schüttete Milch in ihren Tee. »Ich weiß, das ist verrückt, aber ich kann mir wirklich vorstellen, Boscawen umzubauen – ein aufregendes Projekt.«

»Es gefällt mir, wie sich dein Gesicht aufhellt, wenn du davon sprichst.«

»Tut es das?«

»Ja.« Er nahm einen Schluck Tee. »Außerdem bedeutet das, dass du in der Gegend bleibst.«

Sie streckte die Hand nach ihm aus. »Ja, das ist richtig.«

»Bist du dir sicher, dass du mit ihr zusammenarbeiten willst?«

»Nein, absolut nicht, aber Sebastian und Sam sind ebenfalls daran beteiligt, und mit ihnen möchte ich zusammenarbeiten.«

Er lächelte. »Ich bin so stolz auf dich. Deine Urgroßmutter würde sich freuen.«

»Glaubst du?«

»Davon bin ich überzeugt. Die Williams fühlten sich Boscawen verbunden, bis ich mit der Tradition gebrochen habe, indem ich Lehrer wurde.« Er nahm ihre Hand. »Und jetzt gehört es dir.«

Demi lachte. »Mir und Victoria Lake.«

»Tja, man kann im Leben nun mal nicht alles haben.« Er lachte leise. »Ach ja, mir ist noch etwas eingefallen.«

»Ja?«

»Am Tag, bevor du so krank wurdest, wurde ein Kind

entführt. Hier in Cornwall. Deine Mutter ging davon aus, dass dich das gleiche Schicksal ereilt hatte.«

»Warum das denn?«, wunderte sich Demi.

»Wegen Charles' Geld. Das kleine Mädchen war das uneheliche Kind eines sehr vermögenden Mannes – eine Parallele, die ihr furchtbare Angst einjagte.«

»Ich glaube, ich verstehe.« Demi fuhr sich mit der freien Hand durchs Haar. »Ich war aber nicht entführt worden, oder?«

»Nein.« Er schüttelte den Kopf. »Da bin ich mir ganz sicher. Daran würde ich mich erinnern.« Er ließ ihre Hand los. »Da ist jemand, der aussieht wie ein Taxifahrer. Kann es sein, dass er nach dir Ausschau hält?«

»Ja.« Sie sprang auf und umarmte ihren Großvater. »Ich hab dich lieb.«

»Ich dich auch. Bleib dir selber treu.«

»Das werde ich.« Damit verließ Demi das Frühstückszimmer, in Gedanken bei der Frage, ob mehr hinter ihrem Blinddarmdurchbruch steckte. Konnte es sein, dass ein Zusammenhang zwischen ihrer plötzlichen Erkrankung und ihren Erinnerungsfragmenten an Boscawen bestand? Vielleicht würde sie dazu etwas in den Krankenhausakten finden. Doch zunächst einmal würde sie sich dem Treffen mit Victoria stellen.

An diesem Morgen würde Boscawens Schicksal entschieden – eine Entscheidung, die Charles' Tochter fällte. Alles lag in den Händen seines unehelichen Kindes. Was würde Demi fordern, oder – was noch viel wichtiger war – was wäre sie selbst bereit aufzugeben, um Boscawen zu erhalten? Victoria lachte. Sie hatte schon alles aufgegeben, was zählte es da, wenn sie noch einmal ihre Seele verkaufte?

»Tori!«, rief Sebastian aus dem Foyer. »Demi ist da.«

»Ich bin gleich unten.« Lächelnd warf sie einen letzten Blick in den Spiegel und eilte die Treppe hinunter. Sie würde tun, was nötig war, um Boscawen nicht wieder zu verlieren.

Sie rauschte an Seb und Demi, die noch im Foyer standen, vorbei in Richtung Küche. »Guten Morgen. Sollten wir uns nicht eine Tasse Kaffee holen?«, flötete sie mit ihrer liebreizendsten Stimme, die sie einst für Charles' zahlreiche Klienten und Investoren reserviert hatte. Im Rückblick wurde ihr klar, dass sie mindestens genauso hart gearbeitet hatte wie er, um sein Vermögen anzuhäufen beziehungsweise um das vorhandene Vermögen noch zu vergrößern. Mit ein, zwei Männern hatte sie sogar geschlafen, um den Handel zu besiegeln. Für sie war es kein großes Opfer gewesen – im Gegenteil, es hatte ihr sogar Spaß gemacht, und Charles hatte nie davon erfahren.

»Habe ich es richtig in Erinnerung, dass Sie Ihren Kaffee schwarz trinken?« Victoria nahm drei Tassen aus dem Schrank, den überraschten Ausdruck auf Demis Gesicht genießend. Trotz der Anspannung bei der Testamentseröffnung hatte sie sich gemerkt, dass Demi um schwarzen Kaffee gebeten hatte.

»Ja, vielen Dank.«

»Sebastian, ich nehme an, du möchtest ebenfalls einen Kaffee, bevor du dich zurückziehst.« Sie sah ihn an, wohlwissend, dass er sie sehr genau beobachtete. Er kannte sie einfach zu gut, als dass er ihr ihre Charmeoffensive abkaufte, auch wenn Demi hoffentlich darauf anbiss.

»Meinen bitte weiß.«

»Auch das erinnere ich.« Dreister Mistkerl, dachte sie. Sie wusste sehr genau, wie er seinen Kaffee trank, genau wie sie wusste, dass er trockenes Rührei mochte. Es gab nur eine Sache, die sie nicht von ihm wusste, und das auch nur, weil sie nie miteinander ins Bett gegangen waren. So oft hatten sie kurz davorgestanden, doch törichterweise hatten sie sich stets zurückgehalten. Damals war ihnen das wichtig erschienen, ihm mehr als ihr. Sie schüttelte den Kopf, um die Gedanken an ihre jungen, miteinander verschlungenen Körper zu verdrängen. Im Augenblick konnte sie sich keine Ablenkungen leisten.

Sebastian trat neben sie. »Benimm dich«, flüsterte er.

Sie riss die Augen auf, dann klimperte sie mit den Wimpern. »Immer.«

»Gibt es noch Kaffee?« Sam kam durch die Hintertür marschiert.

»Selbstverständlich.« Victoria griff nach einer weiteren Tasse. Sie und Seb hätten so gut zusammengepasst.

»Ich wollte Sie nur wissen lassen, dass ich gestern Abend mit Tristan Trevillion von Pengarrock gesprochen habe.«

»Und?« Victoria reichte ihm seinen Kaffee. Sie hatte Tristans Vater Petroc gekannt, einen ausgesprochen gutaussehenden Mann.

»Sie haben drei Apfelgärten, die nicht genug für die Eigenproduktion abwerfen. Wir könnten ihre Ernte kaufen. Tristan hat außerdem erwähnt, dass wir weitere Äpfel von Trevenen beziehen könnten. Damit hätten wir genug, um noch in diesem Jahr einen sagenhaften Cider aus der Helforder Region herzustellen.«

»Ist das nicht etwas voreilig?« Victoria warf Demi einen Blick zu.

»Vermutlich ja, aber ganz gleich, was passiert – wir müssen etwas mit dieser und den zukünftigen Ernten anfangen.« Sam nahm ihr die Tasse ab. »Außerdem habe ich fürs nächste Jahr bereits Bienen bestellt.«

»Bienen?«, fragte Demi erstaunt.

Er nickte. »Um eine optimale Bestäubung zu garantieren.«

»Ach, ich dachte, die würden ihren Weg von selbst finden.«

Sam lachte.

»Da steckt ein bisschen mehr dahinter als Bienchen und Blümchen. Sam weiß offenbar, wovon er spricht.« Victoria warf ihm einen Seitenblick zu. Sie hatte ihren Gärtner definitiv unterschätzt. Der Ausdruck auf seinem Gesicht löste eine Erinnerung in ihr aus, allerdings konnte sie sie nicht recht einordnen, und dann war sie auch schon wieder verschwunden. Entschlossen griff sie nach Demis und ihrer Tasse. »Also, Demi, sollen die beiden darüber fachsimpeln. Wollen wir zwei uns auf die Ostterrasse zurückziehen?«

Demi folgte Victoria schweigend, die mit gerunzelter Stirn den Frühstücksraum durchquerte und durch die hohen Glastüren auf die Terrasse hinaustrat. Das Sonnenlicht war noch gedämpft durch den Nebel, der heute früh gegen acht von der See ins Land gezogen war. Die Luft war warm, aber nicht heiß, es ging ein leichter Ostwind. Der Fluss war aufgewühlt von der abfließenden Flut.

Victoria dachte daran, wie sie gestern Abend schwimmen gegangen und was darauf gefolgt war, wie sie mit Sebastian in einvernehmlichem Schweigen auf der Kaimauer gesessen und auf den Sonnenuntergang gewartet hatte. Im Augenblick gab sich Sebastian äußerst bedeckt, er ließ sich nicht in die Karten schauen.

Sie deutete auf einen Korbstuhl und schüttelte bei ihrem eigenen das Kissen auf. Sie hatte die Stühle heute Morgen hinausgebracht in der Hoffnung, sie könnten ihr Gespräch hier führen, damit sie – sollte es nicht gut laufen – zumindest die Schönheit des Gartens genießen könnte. Die Mauer, die diesen Teil von dem versunkenen Garten im italienischen Stil trennte, war von einer Kletterhortensie überwuchert, der Senkgarten nicht mehr als ein Relikt der Vergangenheit. Einige wenige Pflanzen waren verblieben, mehr nicht. Der versunkene Garten stand auf der To-do-Liste.

»Vielen Dank für den Kaffee.« Demi schaute über den Tassenrand die Auffahrt hinunter in die Ferne, dann wandte sie sich Victoria zu. »Was ist das für eine weinähnliche Pflanze dort drüben?«

»Die weiße?«

Demi nickte.

»Das ist eine Clematis.« Victoria zögerte. »Verstehen Sie etwas vom Gartenbau?«

»Nicht besonders viel. Wir hatten keinen Garten, daher weiß ich nur das, was ich in den Londoner Parks gelernt habe.« Demi stellte ihre Tasse ab. »Mein Großvater ist beziehungsweise war ein begeisterter Gärtner.«

»War?«

»Er ist in ein Pflegeheim gezogen, womit seine Tage als Gärtner beendet sind, doch ja, das war seine große Leidenschaft. Er hat mich in die Parks mitgenommen und mir die Pflanzen gezeigt. Doch nicht nur das …« Demi hielt inne und schaute sich um. »… er hat mir auch viele Dinge über das Anpflanzen erklärt.«

»Geht es ihm nicht gut?«

»Er ist vierundachtzig und braucht dringend eine neue Hüfte. Es fiel ihm zunehmend schwerer, sich selbst zu versorgen. Meine Großmutter ist vor acht Jahren gestorben.«

»Stehen Sie einander nahe?«

»Ja, sehr.« Demi seufzte.

»Wo liegt das Pflegeheim?«

»In Falmouth.«

»Das ist nicht weit von hier entfernt.« Victoria nahm einen Schluck Kaffee, wobei sie Demi nicht aus den Augen ließ, und speicherte diese Information. Das war etwas, was Demi an die Gegend band, egal, ob diese das wahrhaben wollte oder nicht. Demis Großvater könnte sich möglicherweise als sehr nützlich erweisen.

»Nein, das ist es in der Tat nicht«, bestätigte Demi nachdenklich.

»Ich habe voller Interesse Ihren Lebenslauf gelesen. Sie sind eine talentierte junge Frau.«

Demi musterte sie mit zusammengekniffenen Augen. Für ihren Geschmack war das ein etwas zu überschwänglicher Gesprächsauftakt. »Das, was Sie in Milton House geleistet haben, scheint mir genau das zu sein, was wir hier brauchen.« Victoria warf einen Blick über die Schulter auf die massive Ostseite von Boscawen.

»Danke für das Kompliment – ich weiß, dass ich über die nötigen Fertigkeiten verfüge, selbst wenn ich sie noch nicht voll erproben konnte.«

Victoria setzte sich zurück und fasste Demi erneut ins Auge. Sie musste vorsichtig vorgehen. Die Maus hatte sich verändert, auch wenn Victoria nicht genau sagen konnte, inwiefern – außer dass sie zu wissen schien, dass sie die Trumpfkarte in der Hand hielt.

Demi holte Luft. Sie wusste, was sie wollte, und nun musste sie es nur noch darlegen. »Ich freue mich, mein Geld und meinen Anteil des Hauses in diese neue Partnerschaft zu investieren.« Sie machte eine Pause und sah, wie die Anspannung von Victoria abfiel. »Allerdings unter einer Bedingung: Ich möchte die vollständige architektonische Leitung übernehmen und zudem das letzte

Wort haben, was die Umbauarbeiten am Haus sowie an den Außengebäuden betrifft.«

Victoria schnappte nach Luft.

»Wie ich schon sagte: Ich verstehe nichts von Gärten oder Obstanbau.« Mit zitternder Hand hob sie ihre Tasse an die Lippen. Sie hatte es geschafft, hatte ihre Entscheidung in klare Worte gefasst, und nun wartete sie auf Victorias Nein. Diese würde das Heft niemals aus der Hand geben, schließlich war sie wie besessen von Boscawen.

»Ich kann mir nicht vorstellen, dass das funktionieren wird.« Victoria spie die Worte förmlich aus. »Sie haben keinerlei Erfahrung.«

Demi atmete tief durch. Sie hatte mit dieser Reaktion gerechnet. »Sagten Sie nicht gerade, Sie hielten meinen Lebenslauf für beeindruckend?«

»Das schon, aber Sie haben noch nie ein Projekt selbstständig geleitet – Sie haben mit einem erfahrenen Architekten zusammengearbeitet, als Teil seines Teams!«

»Das ist richtig.«

»Wie könnte ich da zulassen, dass Sie die kompletten Umbauarbeiten leiten?« Victoria schlug die Hände in ihrem Schoß zusammen und ließ den Blick über das Anwesen schweifen. »Sie haben keine Ahnung von der Geschichte Boscawens. Was, wenn Ihnen ein Fehler unterläuft?« Sie richtete sich steif auf. »Ohnehin muss am Haus nicht viel geändert werden. Es wurde erst im vergangenen Jahr frisch gestrichen, zudem hat Ihr Vater sämtliche elektronischen Leitungen sowie die Sanitäranlagen erneuern lassen.« Victoria lächelte, doch als Demi in ihre Augen blickte, erkannte sie darin nichts als eiserne Entschlossenheit. Nun, auch sie könnte dieses Spiel spielen, und genau das würde sie tun, um ihrer selbst willen. Ohne ein fest zugesichertes Mitspracherecht würde sie keine Partnerschaft eingehen.

Demi stellte behutsam ihre Tasse auf den Tisch. »Ich dachte mir, dass Sie so empfinden würden.«

»Ich bin froh, dass Sie meine Seite verstehen. Wir können so verbleiben, dass Sie als Beraterin für die Arbeiten am Haus und an den Nebengebäuden fungieren, das letzte Wort allerdings behalte ich, zusammen mit dem Architekten, den wir auch in der Vergangenheit engagiert haben, Mark Triggs. Er ist sehr gut, und er arbeitet ständig mit alten Herrensitzen, daher weiß er, was die Gemeinde sich vorstellt und was sie nicht tolerieren wird. Sie, Demi, kennen sich hier in Cornwall nicht aus.«

Demi schluckte. Diese Problematik war ihr durchaus bewusst gewesen, auch, dass sie damit zu kämpfen hätte, dennoch würde sie auf ihre Bedingung bestehen. Sie würde sich nicht noch einmal ausbremsen lassen.

»Wir können Mr. Triggs Sachkenntnis und Erfahrung sehr gut gebrauchen – ich würde es begrüßen, einen weiteren Architekten an Bord zu haben –, aber Sie irren sich, wenn Sie glauben, ich wäre bereit, das Projekt zu unterstützen, wenn nicht ich das Sagen bei den Umbauarbeiten habe.« Demi erhob sich.

Victoria öffnete den Mund, aber Demi wusste, dass sie gehen musste, wenn sie sich nicht doch noch breitschlagen lassen wollte. »Denken Sie über meine Worte nach, Victoria. Ich werde Teilhaberin von Boscawen, wenn ich die architektonische Leitung übernehmen kann, ansonsten werde ich meinen Anwalt informieren, dass ich meinen Anteil an Boscawen verkaufe.« Damit stolzierte Demi zur Terrassentür.

Sie hörte, wie Victoria ihren Stuhl zurückschob. »Das können Sie nicht!«

Demi wirbelte herum und starrte Victoria entschlossen an. »Doch, das kann ich, und das werde ich!« So schnell ihre wackeligen Beine sie trugen, flüchtete sie in die Küche, griff nach ihrer Tasche und rannte förmlich zum Haus hinaus. Sie hatte sich behauptet, aber das würde wenig Eindruck machen, wenn die anderen bemerkten, dass sie zitterte wie Espenlaub. Und damit das nicht passierte, machte sie sich so schnell sie nur konnte aus dem Staub.

Victoria tigerte auf der Terrasse auf und ab. Sie ballte die Fäuste. Charles' Tochter hatte sie im Stich gelassen, und sie würde Boscawen wieder verlieren. Nur mit Mühe unterdrückte sie das überwältigende Bedürfnis zu schreien. Das würde auch nichts bringen.

Sie fuhr sich mit den Fingern durchs Haar. Was sollte sie tun? Ausgeschlossen, dass sie Demi beim Umbau der Gebäude freie Hand ließ! Victoria wusste, dass Demi lediglich für die Toiletten zuständig gewesen war, so geschmackvoll das Hotel, bei dessen Umgestaltung Demi mitgewirkt hatte, auch geraten sein mochte. Sie wollte auf keinen Fall, dass Boscawen am Ende aussah wie eines dieser herausgeputzten Anwesen, die der Vorstellung der Touristen von altenglischen Herrensitzen entsprachen.

»Was ist passiert, um Himmels willen?« Sebastian erschien auf der Terrasse.

»Sie steigt aus.«

»Wie bitte? Sam hat mir doch gerade erst erzählt, sie wolle mitmachen! Das hat sie ihm gestern Abend mitgeteilt.«

»Nun, sie hat ihre Meinung geändert, und dann ist sie einfach aus dem Haus gestürmt. Sie will ihren Anteil verkaufen.« Victoria ließ sich auf den am nächsten stehenden Stuhl fallen.

Sebastian setzte sich ihr gegenüber. »Erzähl mir, was ihr besprochen habt.«

»Kurz gesagt: Sie möchte die Umbauarbeiten am Haus und an den Nebengebäuden leiten.«

»Ja und?«

»Ich habe Nein gesagt.«

Sebastian lachte, ein tiefes, grollendes Lachen.

»Das ist nicht komisch.«

»Doch, das ist es.«

»Hör auf damit, Seb. Im Augenblick kann ich deinen verqueren Sinn für Humor nicht gebrauchen.«

»Verquer ist hier nur einer, nämlich du. Du hast einen solchen Kontrollzwang, dass du das wegwirfst, was du immer hast haben wollen, bloß weil du jemand anderem nicht die Farbwahl für den Anstrich überlassen möchtest.« Er lachte leise. »Du lernst es nie, Tori. Du trägst Schlachten aus, die längst der Vergangenheit angehören, und du hast keine Ahnung, was du wirklich willst.«

»Hau ab.« Victoria sprang auf.

»Tori, vielleicht ist es jetzt an der Zeit loszulassen und dein Leben zu leben. Werde erwachsen und löse dich von den Träumen deines Vaters.«

Sie funkelte ihn erbost an, dann wandte sie sich von ihm ab und stolzierte in den Garten.

Als sie auf das Holunderwäldchen zustrebte, hallten seine Worte noch immer in ihrem Kopf nach. War all das wirklich nur passiert, weil sie nicht loslassen konnte? Weil sie wütend auf Charles war? Sie trat gegen einen Stein und sah zu, wie er ins Unterholz flog. Dann berührte sie einen Holunderzweig, um dem Baum für seine Anwesenheit hier sowie für die Rolle, die er in der Geschichte des Hauses spielte, zu danken. Durfte sie Demi tatsächlich die Leitung des Umbaus überlassen? War nicht der Plan allein schon verwegen genug, das Haus zu einem Hotel oder einem hochpreisigen Bed & Breakfast umzufunktionieren? Boscawen wäre voller Fremder, da konnte sie es auch gleich von einer Fremden dekorieren lassen. Victoria schlenderte weiter, die Hände in die Hosentaschen geschoben, und plötzlich wurde ihr klar, dass sie diesen Aspekt noch gar nicht wirklich durchdacht hatte. Wenn sie das Haus zu einem kommerziellen Unternehmen umfunktionierte, verlor sie es auf gewisse Art und Weise sowieso. Sie wäre nicht länger in der Lage, um Mitternacht so gut wie unbekleidet die Treppe hinunterzuhuschen, um sich einen Pfefferminztee zu bereiten. Victoria warf einen Blick auf die Uhr und horchte auf. In dem Wagen, den sie hörte, würde Sebastian sitzen, der zu seinem Termin nach London fuhr. In einer halben Stunde würde Adam eintreffen. Unweigerlich musste sie lächeln.

Vor ihr tat sich eine Lücke in den Bäumen auf. Ein breiter Streifen Sonnenlicht fiel hindurch, in dem Pollenstaub kreiste: Die Feen tanzten, und sie sehnte sich danach, sich ihrem Reigen anzuschließen. Ob sie sich sorgten, was mit ihrem Wald geschehen würde? Vielleicht würden sie in den Eichenwald umziehen müssen, der unter Naturschutz stand. Wer würde das Holunderwäldchen beschützen? Niemand. Victoria blieb stehen und drehte sich um. Sie würde Demis Bedingung erfüllen müssen. Was für Victoria wirklich zählte, waren nicht Backsteine und Mörtel, sondern das Land, die Bäume und die Pflanzen. Die Pflanzen von Boscawen brauchten sie. Dieses Land war ihr Erbe, nicht das Haus, und es sollte ihr Vermächtnis sein. Dafür würde sie sorgen.

Siebenundzwanzig

Das Wasser glitzerte hell zwischen den Bäumen. Demi war gar nicht bewusst gewesen, wie dicht am Fluss das Haus lag. In Boscawen House selbst merkte man die Nähe zum Wasser nur am Kreischen der Möwen, die über das Anwesen hinwegflogen – es sei denn, man befand sich im Dachgeschoss. Der Wald schirmte das Haus gut ab, weshalb man kaum glauben konnte, dass gleich dort hinten, hinter den Eichen, der Helford River verlief. Demi begutachtete fachkundig den Zustand der verfallenen Kaimauer und kam zu dem Schluss, dass sie bei ihrer Errichtung größer gewesen sein musste. Man konnte noch die Reste eines Gebäudes erkennen, das einst vermutlich ein stattliches Bootshaus gewesen sein musste.

Sie setzte sich auf einen Granitblock am Rand des Kais. Ihr war leicht übel – eine Nachwirkung des langsam abklingenden Adrenalins. Das Wasser unter ihr war klar, sie konnte kleine Fische sehen, die flink hin und her schossen. Die leichte Brise liebkoste ihre Haut, und sie legte den Kopf zurück und ließ ihr Gesicht von der Sonne wärmen. Mit geschlossenen Augen wünschte sie sich wieder einmal, ihre Mutter wäre bei ihr. Sie hätte gern die Schönheit dieses Ortes mit ihr geteilt. Aber Morwenna hatte diese Schönheit bestimmt mit eigenen Augen gesehen. Sie war ganz in der Nähe aufgewachsen, womöglich hatte sie sogar eine Segeltour mit Charles auf dem Fluss unternommen.

Demi öffnete die Augen. War ihr Vater gesegelt? Sie

wusste so wenig von ihm, abgesehen davon, dass er offenbar zwei Frauen geliebt und viel Geld für wohltätige Zwecke ausgegeben hatte. Kurz kam ihr der Gedanke, dass seine Freigebigkeit womöglich eher seinem schlechten Gewissen als seiner Güte geschuldet gewesen war. Sie würde sich bei Sebastian nach ihm erkundigen müssen, weil sie nicht glaubte, dass Victoria ihr viel Gutes über Charles erzählen würde, zumal sie nun seinetwegen ihr Zuhause verlor.

Oder hatte sie das eher Demi zu verdanken? Ihre Forderung war nicht unangemessen gewesen. Das Gemälde im Zimmer ihres Vaters verriet ihr, dass er ein Auge für Farben hatte, was man von Victoria nicht behaupten konnte. Allerdings traf das nicht auf die Gestaltung des Gartens zu. Die Zusammenstellung der Pflanzen war prächtig und absolut harmonisch. Oder lag das an Sam? Gut möglich. Teile des Gartens standen in voller Blüte, andere entfalteten gerade erst ihre Schönheit.

Ein Motorboot zog vorbei. Lächelnd sah Demi den albernden Kindern an Bord nach. Sommerferien.

Ihr Handy piepste. Sie war überrascht, dass sie hier am Fluss Empfang hatte. Vielleicht stammte die Nachricht von Sam, der sich nach ihr erkundigte. Was sollte sie ihm sagen? All seine Träume wären auf einen Schlag zerstört. Sie warf einen Blick aufs Display und stellte fest, dass Matt geschrieben hatte. Wieder einmal.

Ich brauche dich. Liege jede Nacht wach und träume von dir.

Demi kam die Galle hoch. Das geriet ja völlig außer Kontrolle! Sie löschte die SMS, unsicher, wie sie reagieren sollte. Ihr fiel auf, dass ihr Akku fast leer war. Sobald sie an ihrem Computer säße und halbwegs guten Empfang hätte, wollte sie googeln, wie sie seine Nummer blockieren konnte. Ihr altes Leben in London erschien ihr so weit weg, und jetzt, im Sonnenschein auf dieser Kaimauer, konnte sie sich nicht vorstellen, Cornwall jemals wieder zu verlassen.

Die Heckwelle des Motorboots schlug gegen die groben Steine und spritzte auf Demis Füße. Das Wasser fühlte sich nicht so kalt an, wie sie erwartet hatte. Ihr kurzer Abstecher gestern Abend auf die andere Seite des Flusses hatte sie neugierig gemacht, wie es wohl wäre, bei Tage eine Bootstour zu unternehmen. Als sie in der Nacht mit Sam übergesetzt hatte, blinkten die unzähligen Sterne am Himmel mit den Lichtern der Jachten, die entlang der Ufer vor Anker lagen, um die Wette wie riesige Glühwürmchen. Es war halb zwei gewesen, als sie sich endlich auf den Rückweg gemacht hatten, und die meisten Häuser auf beiden Seiten des Flusses lagen längst im Dunkeln. Es war so friedlich gewesen, nichts war zu hören außer dem Klappern der Takelagen.

Demi stand auf und strich ihr Kleid glatt. Warum hatte sie sich eigentlich für Victoria in Schale geworfen? Sie musste doch kein Vorstellungsgespräch führen! Ihr gehörte die Hälfte dieses Anwesens.

Adam betrachtete die Überreste des versunkenen Gartens, als Victoria zum Haus zurückkehrte. Er hatte die Jacke über die Schulter geworfen und das Hemd einen Knopf zu weit geöffnet. Mit seinem dunklen Haar und dem dunklen Teint hätte er Italiener sein können. Victorias Mundwinkel zuckten, als sie an ihren Monat in Rom vor vielen Jahren zurückdachte – wie aufregend, wie lebendig die Zeit dort gewesen war!

Sie umarmte Adam von hinten, schob ihn in den Senkgarten und drückte ihn gegen die Mauer. Bevor er etwas sagen konnte, küsste sie ihn. Das brauchte sie jetzt – ohne zu fragen, ohne Gegenleistung.

Binnen Sekunden hatte sie ihm das Hemd abgestreift und machte sich an seinem Gürtel zu schaffen. Sie genoss die Wärme der Sonne in ihrem Rücken. Plötzlich vernahm sie ein seltsames Geräusch, ein Knacken, und hielt einen Moment inne. Sam war es nicht, also musste es vermutlich ein kleines Tier gewesen sein. Adam wirbelte sie herum, schob ihr den Pulli über den Kopf und öffnete ihren BH. Sie widmete sich wieder seinem Gürtel, und gleich darauf waren sie beide nackt, und sie spürte den rauen Stein der Mauer an ihrem Rücken, als sie die Beine um seine Hüften schlang. Es war viel zu lange her, seit sie das letzte Mal Sex gehabt hatte, und jetzt ging es viel zu schnell, als dass sie wirkliche Befriedigung empfunden hätte. Sie sanken ins Gras, und Victoria versuchte, ihn erneut zum Einsatz zu bewegen, um doch noch auf ihre Kosten zu kommen.

»Du sprichst tagelang nicht mit mir, und dann erwartest du, dass ich binnen Minuten hart bin.« Er lachte.

»Hm, ja.« Sie strich ihm langsam mit der Hand über die Brust, während er nach Luft schnappte und sich auf sie rollte, seinen Mund auf ihre linke Brust gedrückt, eine Hand auf ihrer rechten. Lust stieg in ihr auf, dann Ärger, als seine Finger ihre Brustspitze vernachlässigten und stattdessen immer wieder über ein und dieselbe Stelle an der Brustseite strichen. Auch seine Liebkosungen mit der Zunge hörten auf.

»Etwas mehr Aufmerksamkeit, wenn ich bitten darf!«

»Ich bin aufmerksam.«

»Unsinn. Du betastest meine Brustseite wie einen Rosenkranz.«

»Was ist das da?« Er runzelte die Stirn.

Sie schob ihn von sich und setzte sich auf. »Ist doch jetzt egal.«

Er streckte die Hand nach ihrer aus, doch sie zuckte zurück.

Nun setzte auch er sich auf, einen ernsten Ausdruck auf dem Gesicht. »Victoria, befühl bitte die Seite deiner Brust.«

Sie zog skeptisch eine Augenbraue in die Höhe. »Ist das ein neues Spielchen, das dich antörnt?«

»Nein, absolut nicht. Du solltest nur bitte deine Brust abtasten. Da ist etwas.«

Seufzend schüttelte sie den Kopf. Das Gras in ihrem Rücken fing langsam an zu piksen. Seinem eindringlichen Blick konnte sie entnehmen, dass er nicht lockerlassen würde, also tat sie, worum er sie gebeten hatte, und berührte ihre rechte Brust. »Da ist nichts.«

Er nahm ihre Hand, führte sie an die Seite und rieb vor und zurück. »Dort.«

Victoria hielt die Luft an. Langsam, aber sicher war sie mit ihrer Geduld am Ende. Plötzlich stießen ihre Fingerspitzen auf einen kleinen, runden Knubbel. »Nein!«, entschlüpfte es ihr.

»Wenn du die Stelle nicht finden kannst, suche ich sie noch einmal.« Seine Stimme klang sanft, als spräche er mit einem Kind.

»Ich hab's gefunden, aber es kann unmöglich das sein, wofür du es hältst.«

Er strich ihr über die Wange. »Wahrscheinlich ist es das auch nicht.«

Tränen traten in ihre Augen. Victoria wandte den Blick ab. »Es ist bloß eine Zyste. Da bin ich mir ganz sicher.«

»Ruf deinen Hausarzt an und mach einen Termin aus,

nur um sicherzugehen.« Er rappelte sich hoch, nahm ihre Hand und half ihr auf.

»Dazu besteht kein Anlass.« Sie schaute sich nach ihrer Kleidung um, die achtlos im versunkenen Garten verstreut lag.

»Victoria, ruf an.« Er nahm ihr Gesicht zwischen die Hände und zwang sie, ihn anzublicken. »Meine Mutter hat auch behauptet, da wäre nichts.«

Betroffen presste sie die Lippen zusammen, dann stieß sie hervor: »Es tut mir leid.«

»Ist schon gut.« Er nahm ihre Hand in seine. »Ich verstehe, dass du nicht an so etwas denken willst, aber das musst du. Du musst etwas tun.« Er zog sie in seine Arme. »Ich will dich nicht auch noch verlieren.«

Victoria schnappte nach Luft, befreite sich aus seiner Umarmung und sammelte eilig ihre Sachen vom Boden, dann flüchtete sie ins Haus. Offenbar lief heute alles schief.

Demi schlug die Hand vor den Mund, um einen Schrei zu unterdrücken. Vorsichtig zog sie sich zurück und versuchte, das Bild von Victoria auszublenden, die im versunkenen Garten, den Rücken gegen die Mauer gelehnt, Sex mit einem Mann hatte, der höchstens halb so alt war wie sie selbst. Sie kannte den Mann. Es war Adam. Sie hatte sich länger mit ihm unterhalten, als sie das erste Mal das Pub besucht hatte.

Erst als sie weit genug weg war, blieb sie kopfschüttelnd stehen. Charles war noch keine zwei Monate tot, und Victoria trieb es mit einem Mann in Demis Alter. Seufzend huschte sie im Schutz der von Kletterhortensien überwucherten Mauer, die den Senkgarten begrenzte, ums Haus herum zur Zufahrt, wo sie außer Sichtweite wäre.

Aufgewühlt schritt Demi aus. Jetzt hätte sie etwas zu trinken gebraucht, aber sie konnte unmöglich ins Haus zurückkehren. Nicht dass sie die beiden auch noch auf den Bodenfliesen des Foyers ertappte. Herrgott, die Frau sollte eigentlich um ihren Ehemann trauern, anstatt sich mit einem jungen Gespielen zu vergnügen. Wenn Charles das wüsste, würde er sich vermutlich im Grab umdrehen, dachte Demi zähneknirschend. Was sie gesehen und gehört hatte, entsprach nicht dem Verhalten eines Paares, das erst vor Kurzem zusammengefunden hatte. Allem Anschein nach hatte Victoria schon seit Langem eine Affäre, weshalb keinerlei Grund bestand, ein solches Theater um Demis Existenz zu veranstalten.

Es würde ihr nichts anderes übrig bleiben, als zum Pub zu laufen. Ihr Blick fiel auf ihre Sandalen. Demi schnitt eine Grimasse. Auch das waren nicht die richtigen Schuhe für einen Landspaziergang. Allerdings hatte sie heute Morgen nicht damit gerechnet, dass sie einen solchen unternehmen würde. Obwohl sie diese Möglichkeit durchaus hätte in Erwägung ziehen sollen. Wieso hatte sie bloß angenommen, Victoria könnte sich ihrer Bedingung beugen und das Heft aus der Hand geben?

Sie musste sich einen Plan zurechtlegen. Ihre Mutter war vor drei Monaten gestorben, ihr Vater vor zwei. Morwennas Lebensversicherung war noch nicht ausbezahlt worden, aber Seb hatte dafür gesorgt, dass sie eine Hypothek auf ihren Erbanteil aufnehmen konnte. Ja, sie war es gewohnt, sparsam zu leben, doch sie wünschte sich so sehr einen Job, eine Arbeit, bei der sie sich beweisen könnte, jetzt, da aus der Sache mit Boscawen nichts wurde. Sie ließ die Schultern hängen. Um einen Job zu finden, würde sie wohl nach London zurückkehren müssen – eine Vorstellung, die ihr gar nicht gefiel. Außerdem bestand die Möglichkeit, dass sie dort Matt wieder begegnete. Allein sein Name ließ sie schaudern. Hier, im Herzen von Cornwall, wäre sie vor ihm sicher. Sie warf einen Blick auf den Wald und fragte sich, ob »sicher« das richtige Wort war. »Frei« wäre vermutlich treffender.

Vielleicht konnte sie sich für den Rest der Saison eine Stelle in Falmouth suchen und bei Peta wohnen bleiben, bis sie sich sortiert hatte. Anschließend könnte sie sich auf die Suche nach richtiger Arbeit machen und ihr Leben wieder auf Kurs bringen. Natürlich müsste sie auf lange Sicht auch an ihren Großvater denken. Wie würde er es aufnehmen, wenn sie wieder fortginge? Sie presste die Lippen zusammen. Die Vorstellung, so weit von ihm entfernt zu sein, behagte ihr gar nicht.

In einiger Entfernung tauchte das Torhaus vor ihr auf. Vielleicht war Sam da, und sie könnte ihn um eine Tasse Tee bitten. Gestern Nacht war er so freundlich gewesen, sie zu Peta nach Hause zu bringen, da ihre Freundin darauf bestanden hatte, bis zum Morgen durchzumachen. Als Demi heute früh nach Boscawen aufgebrochen war, war Peta immer noch nicht zurückgekehrt, aber sie hatte ihr eine SMS geschickt, um ihr mitzuteilen, dass sie gesund und munter war.

Am Torhaus angekommen klopfte Demi an die Tür und machte sich laut rufend bemerkbar, doch niemand öffnete. Ihr Magen hatte sich wieder beruhigt, und jetzt war sie hungrig, aber das konnte sie auch nicht ändern. Sie setzte sich auf einen der Gartenstühle und verfluchte sich innerlich für ihre Dummheit. Sie hätte nicht Hals über Kopf aus dem Haus stürzen, sondern Sebastian oder Sam bitten sollen, sie zu Peta zurückzufahren oder ihr ein Taxi zu rufen.

Aber das hatte sie nicht getan. Bloß weil sie sich in

ihrem aufgewühlten Zustand nicht deren Fragen hatte stellen wollen. Demi rieb sich die Schläfen. Plötzlich fiel ihr der Ersatzschlüssel ein. Ob Sam etwas dagegen hätte, wenn sie die Küche plünderte? Nein, zu der Sorte Mensch zählte er definitiv nicht. Er war eine ulkige Mischung aus tiefenentspanntem Australier und fokussiertem Geschäftsmann, und er konnte von einer Minute auf die andere zwischen diesen beiden Stereotypen hin- und herschalten. Wer war dieser Sam Stuart?

Ihr Magen knurrte, also stand sie auf und ging zur Rückseite des Hauses. Unter dem Geranientopf lag der Ersatzschlüssel. Sie würde sich eine Tasse Tee machen und ein paar Kekse stibitzen, während sie ihr Handy auflud, damit sie sich ein Taxi rufen konnte. In diesen Sandalen würde sie es niemals bis zum Pub schaffen, ohne sich die Füße ein für alle Mal zu ruinieren. An ihrer linken Ferse bildete sich bereits eine Blase.

Sie betrat das Haus durch die Hintertür zur Küche. Sofort blieb ihr Blick an den Rosen und Schlüsselblumen hängen, die in einem Einmachglas auf der Anrichte standen. Sehnsucht stieg in ihr auf. Sie vermisste es, mit ihm hier zu leben. Sein Frühstücksgeschirr war gespült und zum Trocknen an die Seite geräumt. Er war so liebenswert mit seinen großen blauen Augen, seinem tiefen, sexy Lachen, seiner Herzlichkeit. Er konnte sogar tanzen, wie er ihr gestern Abend bewiesen hatte.

Demi nahm sich ein Glas Wasser, dann griff sie nach einer Tasse, während sie daran dachte, dass er sie vor Petas Haustür beinahe geküsst hatte. Sie entdeckte die Kekse und fing an zu knabbern, während sie ihren Tee zubereitete. In ihrem Bauch flatterte es, allerdings war ihr nicht übel. Vermutlich eine Reaktion auf Sam. Schon an ihn zu denken löste Gefühle in ihr aus, wie sie sie bei Matt nie verspürt hatte. Sie errötete und strich sich eine Haarsträhne hinters Ohr. Wie konnte sie einem anderen Mann vertrauen nach dem, was ihr mit Matt passiert war? Er hatte ihr geschworen, dass er sie liebte, und er hatte seinen Schwur gebrochen.

»Hallo.« Eine verschlafen dreinblickende Frau in einem großen weißen Shirt betrat die Küche.

»Hi.« Demi blieb ein Kekskrümel im Hals stecken. Die Frau war mindestens eins achtzig groß, hatte olivfarbene Haut und zerzaustes braunes Haar. Ihre langen Beine schienen endlos zu sein.

»Ich bin Rachel.« Sie streckte ihre Hand aus.

Demi wusste nicht, wie sie sich verhalten sollte, und schüttelte Rachel die Hand.

»Ist noch genug Wasser für eine zweite Tasse Tee da? Ich hab riesigen Durst. Auf Langstreckenflügen trockne ich immer völlig aus.«

Langstreckenflüge? Großer Gott. War Rachel etwa Sams Freundin? Hatte Demi Sam letzte Nacht missverstanden? Gott sei Dank hatte sie ihn nicht geküsst. Sie drehte sich um und nahm eine weitere Tasse aus dem Schrank. »Wasser ist genug da.«

»Danke.« Rachel kam eindeutig aus Down Under. Sie hatte die gleiche nasale Aussprache wie Sam.

»Wie stark möchtest du deinen Tee?«

»Sehr stark.« Sie lächelte. »Und du bist …?«

»Entschuldige. Demi Williams.«

»Ah, die neue Besitzerin.« Rachel setzte sich an den Küchentisch und streckte ihre langen Beine aus. Demi musste sich alle Mühe geben, sie nicht allein dafür zu hassen. »Ich hab schon viel von dir gehört.«

»Ach du liebe Güte, das klingt ja gar nicht gut.« Demi schnitt eine Grimasse.

Rachel lachte. »Ganz im Gegenteil, Sam hat mir nichts als Gutes erzählt.«

Sam kam herein und schaute von Demi zu Rachel und wieder zurück. »Alles in Ordnung?«, fragte er.

Demi nickte.

»Ich habe mir Sorgen gemacht, weil du so Hals über Kopf abgehauen bist, und dann konnte ich dich nirgendwo finden.« Er beugte sich vor und küsste Rachel auf die Wange. »Wie ich sehe, hast du bereits meine Schwester Rachel kennengelernt.«

Demis Gedanken überschlugen sich. Seine Schwester. Abgesehen von der Tatsache, dass beide groß waren, konnte sie keinerlei Ähnlichkeit erkennen. Rachel hatte schokoladenbraune Augen, während die von Sam knallblau waren mit einem leichten Stich ins Violette.

»Schön, dass du dich hierher geflüchtet hast.«

»Ja.« Sie schluckte, ohne den Blick von den beiden lösen zu können.

»Darf ich fragen, warum du dich gegen Boscawen entschieden hast? Gestern Abend hattest du etwas anderes angedeutet.« Er legte den Kopf schräg.

Demis Mundwinkel zuckten, als sie an Victorias Reaktion heute Morgen dachte. Mit einiger Mühe gelang es ihr, die Lippen zu einer schmalen Linie zusammenzupressen. »Ich habe ihr mein Angebot unterbreitet. Sie hat Nein gesagt. So einfach ist das.« Demi zuckte die Achseln, aber sie krauste die Nase, als müsste sie sich zwingen, nicht zu weinen.

»Sie war nicht damit einverstanden, dass du das Haus umgestaltest?«

»Nein, das ist nicht ganz richtig. Ich hätte schon einen Entwurf vorlegen können, aber dazu ist es nicht gekommen. Sie wollte sich partout das letzte Wort vorbehalten und mir auch nicht die architektonische Leitung übertragen.«

Sam nickte. »So ist sie nun einmal, aber man kann ihr aus dem Weg gehen.«

Demi schüttelte den Kopf. »Ich wusste, dass es nicht leicht werden würde. Ich habe keine Ahnung, ob meinem Vater klar war, was für ein Tohuwabohu er mit seinem Testament anrichten würde.«

Sam lachte. »Charles Lake war kein Narr. Ich garantiere dir, dass ihm das durchaus bewusst war.«

»Woher willst du das wissen?«

»Wir haben oft zusammen Schach gespielt, wenn Victoria außer Haus war. Der Mann hat sich jeden einzelnen Zug sehr gründlich überlegt.«

»Und was passiert jetzt?« Rachel stand auf, um den Teekessel erneut zu füllen. »Gibt es hier irgendwo anständigen Kaffee? Jetzt, da ich meinen Tee ausgetrunken habe, könnte ich eine Tasse starken, schwarzen Kaffee gebrauchen.«

»Zweiter Schrank rechts neben der Spüle.« Sam deutete darauf.

»Danke.«

»Ich habe keine Ahnung, wie es weitergeht.« Demi griff nach einem weiteren Keks, da ihr Magen lautstark verkündete, dass einer nicht genug war. »Ich nehme an, das Anwesen wird zum Verkauf angeboten.«

»Das sind ja aufregende Zeiten.« Rachel schüttete kochendes Wasser auf das Kaffeepulver.

»So kann man das auch sehen.« Sam lächelte, während Demi die Stirn runzelte. Unter »aufregend« verstand sie etwas anderes, zum Beispiel den Umbau von Boscawen House.

Achtundzwanzig

Victoria schlug die Beine übereinander und gab sich alle Mühe, nicht die Mutter mit dem Baby im Arm anzustarren, die sie freundlich anlächelte. Sie hätte gleich zu einem Spezialisten in London gehen sollen, aber Adam hatte darauf bestanden, dass sie keine Sekunde länger wartete. Also saß sie hier, in einem Wartezimmer mit mehr Keimen als Sauerstoff. Der alte Mann ihr gegenüber, der ihr vage bekannt vorkam, hustete unablässig, sodass sich Victoria schon fragte, ob sie womöglich an Tuberkulose sterben würde, noch bevor sie einen Arzt zu Gesicht bekäme.

Regen prasselte gegen die Scheiben, die dicken Tropfen erinnerten sie auf besorgniserregende Weise an den Grund, aus dem sie hier war. Ihr Herzschlag beschleunigte sich. Natürlich war sie sich sicher, dass es sich bei diesem Knoten um eine harmlose Zyste handelte. Sie hatte zwar ihre Brust seit mehreren Monaten nicht mehr abgetastet, aber bei der letzten Untersuchung im April war nichts herausgekommen. Konnten Zysten das Resultat von Stress sein? Oder von zu viel Koffein?

Der Summer ertönte, ihr Name wurde aufgerufen. Victoria stand auf und spürte, wie ihre Hüfte protestierte. Ach du liebe Güte, offenbar fiel sie von Minute zu Minute mehr auseinander! Die Helferin am Empfang schenkte ihr ein ermutigendes Lächeln, als sie an ihr vorbeiging. Zum Glück war die Frau absolut diskret, das wusste Victoria.

Das Letzte, was sie im Augenblick brauchte, war, dass ihr Gesundheitszustand für Klatsch und Tratsch bei den Einheimischen sorgte. Außer Adam und der Frau am Empfang ahnte momentan niemand etwas von ihrer Sorge.

Die Tür öffnete sich, und eine lächelnde Frau begrüßte sie. »Mrs. Lake, ich bin Sarah, die Arzthelferin. Ich werde zunächst Ihren Blutdruck messen und Ihnen ein paar Fragen stellen, bevor ich Sie untersuche.«

»Ich dachte, ich hätte einen Termin beim Arzt?«

»Das haben Sie auch, aber da wir Sie dazwischengeschoben haben, halten wir den Betrieb so am besten am Laufen.«

Victoria runzelte die Stirn. Noch eine Person mehr, die davon wusste. Zum Glück war Sebastian gestern nach London gefahren, sodass sie für ihn nicht die Tapfere mimen musste. Adam hatte bei ihr bleiben wollen, aber seine Furcht war ansteckend gewesen, und sie hatte schon genug mit ihrer eigenen zu tun. Also hatte sie ihn fortgeschickt und stattdessen die ganze Nacht lang die Flure von Boscawen durchstreift, bis sie schließlich die letzten Stunden bis Sonnenaufgang vom Dach aus die Sterne betrachtet hatte. Was dumm gewesen war, denn jetzt war sie so müde, dass sie auf der Stelle hätte einschlafen können, trotz Blutdruckmanschette am Arm.

»Rauchen Sie?«, fragte Sarah.

»Nein.«

»Alkohol?«

»Ja.«

»Wie viel?«

»Die Wahrheit oder eine Anstandslüge?«

Sarah lächelte. »Die Wahrheit.«

»Einen Gin und etwa eine halbe Flasche Rotwein pro Abend.«

»Das überschreitet das empfohlene Maß um einiges.« Die Arzthelferin machte sich ein paar Notizen.

»In der Tat.«

»Nun, Ihr Blutdruck befindet sich im oberen Normbereich, aber das könnte auch an den Nerven liegen. War Bluthochdruck schon einmal ein Thema?«

»Nein.«

»Gut. Bitte machen Sie den Oberkörper frei, ich bin gleich wieder bei Ihnen.« Sie zog einen Trennvorhang zu. Victoria hörte, wie sich die Tür öffnete und wieder schloss. Rasch legte sie Oberteil und BH ab, dann setzte sie sich auf die Kante des Untersuchungstisches. Sie hätte gleich nach London fahren sollen, wo sie anonym gewesen wäre. Hier war sie die Besitzerin von Boscawen, das Mädchen, das dort aufgewachsen war und alles verloren hatte. Die Frau, die sich ihren Besitz zurückgeholt hatte und nun kurz davor stand, erneut alles zu verlieren. Gestern Abend hatte sie neben dem Telefon gestanden, den Hörer abgehoben und wieder aufgelegt. Am Ende hatte sie den Zettel mit Demis Handynummer zerknüllt. Wie könnte sie klein beigeben und sagen: Ja, du hast von jetzt an das Sagen über mein Haus, mein Zuhause? Das brachte sie einfach nicht über sich, daher war sie durch die Flure gegeistert und hatte versucht, sich alles so gut wie möglich einzuprägen, damit sie dieses Bild auch in Zukunft vor Augen hätte.

Die Tür ging auf, und Sarah kehrte mit einer Tasse in der Hand zurück. Victoria zog fragend eine Augenbraue in die Höhe.

»So werden meine Hände am schnellsten warm«, erklärte die Arzthelferin, stellte die Tasse ab und wusch sich gründlich die Hände. Victoria fragte sich, ob das ihre Absicht nicht gleich wieder zunichtemachte, doch sie beschloss, lieber nichts zu sagen.

»Soll ich mich hinlegen?«

»Noch nicht. Stehen Sie bitte auf und legen Sie die Hände auf die Hüften, aber lassen Sie die Arme locker. Und jetzt heben Sie bitte den linken Arm.« Victoria befolgte ihre Anweisung. »Jetzt den rechten.« Die Arzthelferin legte Victoria eine Hand auf die Schulter, eine kühle Hand. »Sie können sich nun hinlegen.«

Das Schweigen, das den Raum erfüllte, während Sarah Victorias Brüste abtastete, ließ Raum für deren schlimmste Fantasien, zumal Sarahs Hand immer wieder zu der Stelle zurückkehrte, auf die Adam gestoßen war.

»Ist das der Knoten, den Sie gefunden haben?«

Victoria nickte. »Haben Sie noch andere entdeckt?«

»Das Gewebe an der Seite der Brust ist uneben, aber ich ertaste nur diesen einen Knoten.«

»Was jetzt?«, entschlüpfte es Victoria. Sie wünschte sich nichts mehr, als endlich in ihren Garten zurückzukehren und voller Bewunderung die knallroten Taglilien zu betrachten, die an diesem Morgen aufgeblüht waren. Ihre grelle, beinahe aggressive Farbe vor dem strahlend blauen Himmel spiegelte genau den Tumult wider, der in Victoria toste.

»Ich hole jetzt Dr. Gordon. Legen Sie sich einfach zurück und entspannen Sie sich.«

Entspannen?, dachte Victoria. Das musste ein Scherz sein! Ihre Hand wanderte zu ihrer Brust. Ihre Finger fanden den Knoten und rieben daran, bis die Haut darum herum aufgescheuert war. Die Uhr an der Wand zeigte ihr, dass Sarah bereits seit fünf Minuten verschwunden war. Victoria stieß ein bitteres Lachen aus. Der Stolz, den sie für ihre Brüste empfunden hatte, war auf einen Schlag dahin. Die Arzthelferin hatte nicht ausgesprochen, dass Victoria Krebs hatte, doch ihre Ernsthaftigkeit hatte sie verraten. Die kaum spürbare Veränderung in ihrer Stimme hatte Victoria die Wahrheit verkündet. Sie brauchte Dr. Gordons Einschätzung nicht. Sie wusste es. Sie hatte Krebs.

»Ich habe gehört, dass das Trengilly Bar- und Servicepersonal sucht.« Peta steckte die Sonnencreme in ihre Tasche. Es war ein brütend heißer Tag, und sie genossen am Grebe Beach das schöne Wetter.

Demi trug ein weites weißes T-Shirt über ihrem Bikini. Sie hatte nicht den frivolen Fetzen angezogen, den Matt ihr gekauft hatte, sondern einen, den zu tragen ihre Mutter sie ermutigt hatte. Morwenna hatte behauptet, er stünde ihr sehr viel besser als die Tankinis, die sie bevorzugt hätte. Heute fiel es ihr schwer, das zu glauben. Sie zog die Knie an und blickte auf das funkelnde blaue Wasser, ihren Sonnenhut tief ins Gesicht gezogen. »Das ist ziemlich weit weg von deiner Wohnung. Wie sollte ich zur Arbeit kommen?«

»Gute Frage.« Peta setzte ihre Sonnenbrille auf. »Du könntest wieder bei Sam einziehen. Vom Torhaus sind es nur etwa anderthalb Meilen.«

Demi hustete. »Ich weiß nicht, wie das im Augenblick funktionieren sollte.«

»Ist es dir unangenehm, weil du bei eurem Boscawen-Projekt die Reißleine gezogen hast?«

»Nein. Seine Schwester Rachel ist zu Besuch.«

Abrupt setzte sich Peta aufrecht. »Erzähl.«

»Sie ist gestern aus Perth angekommen.«

»Groß, gebräunt und umwerfend?«

»Du sagst es.« Demi seufzte.

»Nur Mut, *mon amie*, du bist fabelhaft.«

»Klein, blond und rundlich?«

»Herrje, du hast ein völlig falsches Selbstbild. Versteckst deine wundervolle Figur unter einem Zirkuszelt.« Peta warf einen missbilligenden Blick auf Demis T-Shirt.

»Ich kriege schnell Sonnenbrand.«

»Dann trag in Gottes Namen Sonnenschutzfaktor hundert auf, aber schäm dich nicht für deinen Körper. Er ist schön.«

Demi schluckte, dann holte sie tief Luft. Sie würde sich hier, am Strand, nicht zu Gefühlsausbrüchen hinreißen lassen. Warum zum Teufel war sie überhaupt mitgekommen?

Sie warf einen verstohlenen Blick auf Petas perfekte Figur, knabenhaft, schlank. Was hätte sie darum gegeben, so schmal zu sein!

»Hör auf damit, und zwar sofort.«

»Womit?«

»Andere um ihre Figur zu beneiden. Ich weiß, dass wir das alle tun. Im Ernst, ich hätte liebend gern deine Körbchengröße, aber wir müssen das lieben, was wir haben. Meine kleine Demi, du bist perfekt – der Traum fast aller Männer.«

Demi zuckte zusammen.

Peta streckte die Hand nach ihr aus. »Das war taktlos. Tut mir leid. Matt ist ein Arschloch, aber deshalb darfst du doch nicht alle Männer verurteilen!«

Demi riss die Augen auf.

»Du denkst die ganze Zeit daran. Lass los! Glaub mir – Männer können nicht nur Schufte, sie können auch ganz wundervoll sein.«

Demi wollte gerade widersprechen, als ihr Petas Ton auffiel. Natürlich – Peta war verliebt! Demi überlegte, mit wem ihre neue Freundin getanzt hatte, als sie neulich Abend zusammen mit Sam das Fest im The Shipwrights verlassen hatte, aber soweit sie sich erinnerte, hatte Peta mit allen getanzt.

»Raus mit der Sprache: Wer ist es?«

Lächelnd ließ Peta eine Handvoll Kieselsteine durch ihre Finger gleiten. »Das erfährst du noch früh genug.« Ihre Augen waren aufs Wasser gerichtet, und Demi folgte ihrem Blick zu einem Motorboot, das auf den Strand zuhielt.

Vier Personen saßen darin, drei davon waren Männer. Als das Boot näher kam, erkannte sie Fred, und auch die anderen Gesichter kamen ihr bekannt vor, aber sie konnte sich nicht an die dazugehörigen Namen erinnern.

Gleich darauf sprang Peta auf und rannte zur Wasserkante, um das Boot ans Ufer zu ziehen, dann kam sie zurückgestürmt.

»Pack deine Sachen zusammen, wir fahren an einen anderen Strand.«

»An einen anderen Strand?« Demi runzelte die Stirn. Sie war froh, dass hier so wenige Leute waren. So würde sie vielleicht sogar schwimmen gehen können. Wenn sie jetzt mit den anderen davonfuhr, brächte sie es bestimmt nicht über sich, vor deren prüfenden Blicken ins kalte Wasser einzutauchen.

»Komm schon, das wird super, das verspreche ich dir«, drängte Peta und griff nach ihrer Hand. »Ich lasse dich nicht allein hier, und außerdem: Wie willst du ohne mich nach Hause kommen?«

»Da ist was dran«, sagte Demi, räumte zögernd zusammen und folgte Peta zum Boot.

»Audrey.« Victoria drückte sich den Telefonhörer ans Ohr. Audrey war der letzte Mensch, mit dem sie jetzt sprechen wollte, und dennoch wusste Victoria, dass sie die Einzige war, die den besten Onkologen in ganz Großbritannien kennen würde. Ihr Ehemann Hal war eine Koryphäe auf dem Gebiet der Neurologie.

»Tori, wie schön, von dir zu hören. Ich habe oft an dich gedacht und wollte dich heute Abend anrufen. Wie kommst du zurecht?«

Ohne Vorwarnung brach Victoria in Tränen aus, fing an zu schluchzen, ohne auch nur ein einziges Wort hervorbringen zu können.

»Du lieber Gott, Tori, es tut mir so leid, dass ich dich vernachlässigt habe, aber ich dachte, du bräuchtest Raum für dich, um Charles' Tod zu verarbeiten.«

Sie fand keine Worte, um Audrey zu bremsen, konnte nur weinen, deshalb legte sie auf und griff zu einem Taschentuch. Mit diesem Ausbruch hatte sie nicht gerechnet, dachte sie, als sie aufstand, um sich das Gesicht mit kaltem Wasser zu waschen. Das Telefon klingelte. Das war mit Sicherheit Audrey.

»Tori, es tut mir so leid. Soll ich morgen zu dir kommen? Ich könnte mir Zeit freischaufeln …«

»Nein.« Victoria putzte sich die Nase.

»Aber du brauchst mich offensichtlich.«

»Das stimmt.« Victoria schluckte. »Ich brauche dich, aber ich werde zu dir kommen.«

»Einverstanden.« Victoria hörte die unausgesprochenen Fragen in Audreys Stimme.

»Wer ist der beste Brustspezialist in London?«

Audrey schnappte nach Luft. »Du willst dir doch nicht etwa die Brüste machen lassen?«

»Nicht so, wie du denkst.« Victoria holte tief Luft. »Ich habe Krebs.«

»Nein!«

Sie hörte, wie am anderen Ende der Leitung etwas zu Boden fiel. »Audrey?«

»Ich bin noch dran. Entschuldige. Da fällt mir nur einer ein: Philip Perkins. Soll ich ihn anrufen und fragen, ob er dich einschieben kann? Warst du schon bei deinem Hausarzt?«

»Ja.«

»Okay. Überlass alles mir und setz dich in den nächsten Zug. Ich will nicht, dass du Auto fährst.«

»Einverstanden.« Victoria sah sich um. Das Haus kam ihr plötzlich furchtbar leer vor. Fast wünschte sie sich, Seb wäre hier, dann wäre es nicht so totenstill. Seine Anwesenheit würde ihr guttun, zumal er stets so ruhig und zuversichtlich wirkte.«

»Bist du allein?«

»Ja.«

»Das solltest du nicht sein. Wo ist Sebastian?«

»In London.« Victoria starrte blicklos hinaus in den Garten.

»Was ist mit deinem Gespielen?«

Victoria blickte auf den Rubinring an ihrem Finger, dann streifte sie ihn ab und legte ihn neben ihre Schlüssel. Sie dürfte nicht vergessen, ihn in den Safe zu legen. »Ich weiß es nicht.«

»Ruf ihn an oder sonst wen – ich will nicht, dass du heute Nacht allein bist.«

»Gut. Wir sehen uns morgen.« Victoria legte auf und schenkte sich einen sehr großen Gin Tonic ein, dann schritt sie durch das leere Wohnzimmer. Um diese Zeit hatten Charles und sie sich immer hier getroffen, hatten die Erlebnisse des Tages ausgetauscht oder einfach nur zusammen die Zeitungen gelesen. Jetzt war sie wirklich und wahrhaftig allein. Aber hatte sie sich nicht genau das immer gewünscht?

Neunundzwanzig

Sam stand neben einem Grill am Strand, während Rachel ins Meer watete. Sie sah aus wie ein Model, was sie vermutlich auch war. Demi drehte sich der Magen um, und das hatte nichts zu tun mit der Welle, die das Boot ans Ufer schob. Wie sollte sie einen Tag am Strand mit all diesen Fremden verbringen? Es würde die Hölle werden. Zum Glück hatte sie ein Buch eingepackt und könnte sich dank ihrer schneeweißen Haut in den Schatten zurückziehen.

Rachel hüpfte durch die Wellen, um ihnen zu helfen, das Boot an Land zu ziehen, während sich Demi alle Mühe gab, niemandem im Weg zu sein, da sie die Einzige war, die keinen blassen Schimmer hatte, was sie tun musste.

»Perfektes Timing. Der Grill ist so weit, jetzt brauchen wir das Essen.« Rachel schnappte sich mehrere Tüten und trug sie zum Strand. Demi versuchte auszusteigen, doch gerade in dem Augenblick traf eine Welle das Boot, und sie stürzte mit ihrer Tasche ins Wasser. Das Einzige, was verschont blieb, war ihr Sonnenhut, der ihr vom Kopf segelte und im trockenen Sand landete. Rachel half ihr auf die Füße. Entsetzt blickte Demi an sich hinab. Ihr T-Shirt war jetzt durchsichtig und klebte an ihren Kurven. Was nicht gerade von Vorteil war, wenn man unsichtbar bleiben wollte.

Sams Schwester griff nach ihrer Hand und zog sie auf

den trockenen Strand, wobei sie gleichzeitig den Hut aufhob. »Die Felsen dort drüben sind heiß von der Sonne. Lass uns deine Sachen dort ausbreiten, dann sind sie in null Komma nichts trocken.«

»Danke.« Demi versuchte, das nasse T-Shirt von ihrer Haut zu lösen, aber es blieb unerbittlich kleben.

»Zieh es aus, dann ist es dir gleich wärmer. Hier, nimm mein Handtuch.«

Demi hörte die ermutigenden Worte ihrer Mutter in ihrem Kopf. Wenn du dich benimmst, als wärst du selbstbewusst, wird niemandem auffallen, dass du es nicht bist. Also streifte sie das Shirt ab, und Rachel legte es über einen Felsen. Demi hüllte sich ins Handtuch und hoffte, dass keiner ihre Eile bemerkte.

»Dir wird gleich warm werden. Du hast doch Sonnencreme aufgetragen, oder?« Rachel lächelte. »Du hast eine wundervolle Haut, so glatt und sahnig. Wie ich dich darum beneide!«

Mit gefurchter Stirn betrachtete Demi Rachels gebräunte Gliedmaßen, die schier endlos zu sein schienen.

»Ich hatte schreckliche Akne, was noch immer ein Thema ist. Die Sonne hilft, aber sie bringt natürlich andere Probleme mit sich.« Sie zuckte ihre eleganten Schultern und reichte Demi deren Hut. »Was kann ich dir zu trinken bringen?«

Demi beobachtete erstaunt, wie ein halber Hausstand an den Strand getragen wurde, als ein weiteres Boot eintraf. »Wein wäre schön.«

Rachel ging zu einer Kühltasche und zog eine Flasche Rosé heraus. »Ist Rosé in Ordnung? Das hier ist ein guter, trockener.«

»Perfekt.« Wie konnte Rachel nur so entspannt sein? Sie kannte keinen von diesen Leuten, es sei denn, sie war schon einmal hier gewesen. Demi musste sich Mühe geben, sie nicht zu hassen. Entschlossen nahm sie einen Schluck Wein. Wie versprochen war er trocken, doch er schmeckte leicht nach Beeren. Sie nahm einen weiteren Schluck. Der Wein war perfekt für ein Barbecue am Strand.

»Schön, dich zu sehen.« Sam kam auf sie zu. »Es tut mir leid, dass du ein unfreiwilliges Bad genommen hast.« Er grinste.

Demi lachte. »So kann man es auch ausdrücken.«

»So und nicht anders. Wie findest du den Wein? Er ist von Rachels Weingut.«

»Wow, er ist fantastisch.« Rachels Weingut? War Rachel nicht etwas zu jung, um ein eigenes Weingut zu besitzen? »Sam?«

Er drehte sich lächelnd zu ihr um. »Ja?«

»Ich bin verwirrt.« Sie zog die Augenbrauen zusammen. »Wenn dieser Wein vom Weingut deiner Schwester stammt, wieso bist du dann ein Gärtner?«

Sein Lächeln wurde breiter. »Das war ursprünglich gar nicht geplant.« Er zuckte die Achseln. »Ist einfach so passiert.«

Demi strich ihre Haare zurück und musterte ihn prüfend.

»Wie viele Australier habe ich kornische Wurzeln, und als sich die Gelegenheit ergab, für eine Weile herzukommen, habe ich Ahnenforschung betrieben.« Er legte ein paar Würstchen auf den Grill. »Rachel leistete hervorragende Arbeit, deshalb war ich zu Hause für eine Zeit entbehrlich. Sie wollte sich selbst beweisen, und zwar ohne ihren großen Bruder, der ihr doch nur im Weg stand.«

»Aha.« Das Fett der Würstchen tropfte in die Glut und

ließ Rauch aufsteigen, sodass sie seinen Gesichtsausdruck nicht deuten konnte. »Ich sollte besser den anderen helfen.«

»Nein, Rachel und Peta haben alles im Griff. Ich könnte Hilfe beim Grillen gebrauchen.«

»Gern.« Demi vergewisserte sich, dass das Badetuch fest eingesteckt war, und trat an den Grill.

»Bist du immer noch nicht trocken?«, fragte er grinsend.

»Noch nicht ganz.« Sie schaute an sich hinab, wohlwissend, dass sie keinen vorteilhaften Anblick bot. Wahrscheinlich wirkte sie dreimal dicker, als sie war, weil das Handtuch, das ihr von der Brust bis zu den Knien fiel, sie aussehen ließ wie ein kleines Fass. Als hätte sie ihre Gedanken gelesen, kam Peta zu ihr hinüber und reichte ihr einen Sarong.

»Das ist etwas praktischer für die Assistentin des Chefgrillers.« Zwinkernd streckte sie die Hand nach dem Badetuch aus. Zögernd löste Demi den Frotteestoff und griff nach dem Sarong.

»Für Cornwall ist es ziemlich heiß und hier, am Feuer, sogar noch heißer. Da brauchst du doch keinen Sarong«, bemerkte Sam.

Voller Unbehagen hob Demi den Blick, doch zu ihrer Überraschung stellte sie fest, dass er nicht auf ihre Brust, sondern in ihre Augen sah.

»Gutes Argument.« Peta zog die Hand zurück, in der sie den Sarong hielt, und Demi stand da in ihrem Bikini, gut sichtbar für alle. Wenn sie sich nicht lächerlich machen wollte, musste sie da durch. Es wäre besser, sich unauffällig zu verhalten und den Bauch einzuziehen. Bald wäre ohnehin ihr T-Shirt trocken.

Das Taxi setzte sie am Portman Square ab, wo Audrey schon auf den Stufen vor dem Haus auf sie wartete. Victoria hätte sich der Situation gern allein gestellt, aber Audrey hatte darauf bestanden, sie zu begleiten. Sie nahm Victorias Koffer und betrat mit ihr zusammen das Gebäude. Wenigstens hatte Audrey sie nicht in ihre Arme gezogen, wofür Victoria dankbar sein musste. Im Augenblick gelang es ihr, ihre Emotionen halbwegs unter Kontrolle zu halten, zumindest so lange, wie sie ihre Hände so fest zu Fäusten ballte, dass sich ihre Fingernägel tief in die Haut bohrten. Dafür war sie ebenfalls dankbar und dafür, dass Audrey so schnell einen Termin für sie bei Dr. Perkins ergattert hatte – Gott allein wusste, welche Fäden Audrey gezogen hatte. Es war die Unsicherheit, die ihr zu schaffen machte und ihre Gedanken in die absurdesten Bahnen lenkte. Der Schmerz in ihren Handflächen war die einzige Möglichkeit, sich abzulenken und die Tränen zurückzuhalten, die ihr immer wieder in die Augen traten.

»Mrs. Lake hat einen Termin bei Dr. Perkins«, teilte Audrey der Rezeptionistin mit einem breiten Lächeln mit.

»Nehmen Sie bitte Platz und füllen Sie dieses Formular aus. Dr. Perkins wird in wenigen Minuten bei Ihnen sein.«

Audrey nahm Klemmbrett und Stift, dann führte sie Victoria zu einem dick gepolsterten Sofa, in dem sie beinahe versanken. Victoria war froh, dass sie sich heute für einen Hosenanzug entschieden hatte. Auf diesem Ding konnte man auf keinen Fall sitzen wie eine Dame.

»Soll ich das Formular für dich ausfüllen?«

»Nein, das mache ich schon.« Victoria nahm ihr Klemmbrett und Stift aus der Hand, dann blickte sie kurz auf und bedankte sich bei Audrey. Sobald sie die Fäuste löste und der Schmerz in ihren Handflächen aufhörte, schossen ihr diese vermaledeiten Tränen in die Augen.

Zum Glück gab es nicht viel auszufüllen; in erster Linie ging es um ihre Versicherung, nicht um ihre Krankengeschichte. Dennoch machte ihr eine Frage zu schaffen: Schwangerschaften. Ihre Hand fing an zu zittern, doch es gelang ihr, das Feld auszufüllen. Insgeheim war sie dankbar, dass ihre Versicherung bereits bis Februar voll bezahlt war. Hoffentlich wäre anschließend die Situation mit Boscawen geklärt, sodass sie sich auch im kommenden Jahr die Prämie leisten könnte.

Audrey nahm ihr das Klemmbrett aus den Händen und reichte es der Rezeptionistin. Auf dem Weg zurück zu Victoria blieb sie stehen und füllte einen Becher mit Wasser. Victorias Gedanken sprangen zu der Leichenhalle des Musgrove Park Hospital in Taunton – nicht gerade ein positiver Zusammenhang.

Die Knie zusammengepresst saß Audrey auf der Sofakante. Sie trug ein hübsches Wickelkleid, das ihren matronenhaften Busen kaschierte. Ein Busen, der, obwohl groß und hängend, aller Wahrscheinlichkeit nach in Sicherheit war, denn sie hatte vier Kinder gestillt.

»Mrs. Lake.« Ein großer junger Mann trat auf sie zu. Victoria schaute zu ihm auf, dann warf sie Audrey einen fragenden Blick zu. Diese nickte. Dr. Philip Perkins sah kaum alt genug aus, um mit der Schule fertig zu sein, und schon gar nicht wie ein Spezialist für Brustkrebs. Victoria stand auf und schüttelte ihm die Hand, bevor sie ihm in sein Büro folgte. Auf seinem Schreibtisch lag eine ausgedruckte E-Mail, vermutlich von Victorias Hausarzt. Audreys organisatorische Fähigkeiten schienen keine Grenzen zu kennen, was aller Wahrscheinlichkeit nach daher rührte, dass sie seit Jahren eine Großfamilie managte.

»Mir ist klar, dass Sie das Schlimmste befürchten.«

Audrey zog skeptisch eine Braue in die Höhe. »Dass Sie erst zehn sind?«

Er grinste. »Fünfundvierzig.«

»Könnten Sie mir Ihr Geheimrezept verraten?«

»Das liegt allein an meinen guten Genen.« Sein Lächeln war herzlich. »Apropos Gene: Ist Brustkrebs in Ihrer Familie verbreitet?«

»Soweit ich weiß nicht.«

»Ah, das ist also kein Anhaltspunkt.«

»Nein. Meine Mutter starb früh an den Komplikationen einer Lungenentzündung. Woran ihre Mutter gestorben ist, weiß ich nicht, und leider gibt es niemanden mehr, den ich fragen könnte. Mein Vater ist sehr alt geworden, genau wie seine Mutter, die mit fünfundneunzig starb.«

»Nun, ich sehe, dass Sie nicht rauchen, keine Kinder haben und gern Gin und Wein trinken.«

Ihr Mund wurde trocken. »Ja.«

»Darf ich Sie untersuchen, um festzustellen, ob ich mit Ihrem Hausarzt einer Meinung bin?«

Sie nickte.

»Während Sie den Oberkörper frei machen, werde ich meine Assistentin holen.«

Mit zitternden Fingern öffnete Victoria die Knöpfe. Sie verstand nicht, weshalb bei der Untersuchung eine Assistentin dabei sein musste, aber vielleicht war das lediglich eine Vorsichtsmaßnahme. Jung und gutaussehend, wie er war, konnte er bestimmt darauf verzichten, dass sich ihm die Patientinnen an den Hals warfen. Vielleicht hätte sie es unter anderen Umständen sogar selbst versucht.

Dr. Perkins kehrte mit einer kleinen dunkelhaarigen Frau zurück. »Das ist Freda.« Freda lächelte Victoria an, die sich zum ersten Mal in ihrem Leben entblößt fühlte.

Anstatt wie sonst mit geradem Rücken dazusitzen, zog sie die Schultern nach vorne.

»Ich weiß, dass das in Anbetracht der Umstände schwierig ist, aber versuchen Sie bitte, sich zu entspannen.«

Victoria hätte beinahe geschnaubt, doch als er mit seiner warmen Hand begann, ihre Brüste abzutasten, brach ihr innerer Widerstand, und sie ergab sich ihrem Schicksal.

»Bist du sicher, dass du noch einen Drink möchtest?«, fragte Audrey.

»Ja, da bin ich mir ganz sicher.« Warum hatte Victoria nicht darauf bestanden, in einem Hotel abzusteigen, wo sie so viel hätte trinken können, wie sie wollte, ohne die fürsorgliche Audrey im Nacken zu haben, die sie die ganze Zeit über ermahnte, dass sie morgen früh einen höllischen Kater haben würde? Im Augenblick wollte Victoria nicht an morgen denken. Ihre Brüste schmerzten fürchterlich von der Biopsie, bei der man eine Gewebeprobe nach der anderen entnommen hatte. Den Hals einem Vampir hinzuhalten wäre um einiges angenehmer gewesen.

»Na schön, aber dann isst du wenigstens etwas, einverstanden?«

Victoria nickte. Sie saßen in Audreys gut ausgestatteter Küche in Fulham. Die Rückseite des Hauses bestand nahezu komplett aus Glas und öffnete sich auf einen großen Garten, der gerade seine Hauptpracht hinter sich hatte. Nur ein paar Rosen und die Hortensien standen noch in Blüte.

»Geh und mach das, was du abends immer machst. Ich kann mich selbst mit Essen und Trinken versorgen.«

»Vielleicht ist es ja gar nicht so schlimm.« Audrey trat unbehaglich von einem Fuß auf den anderen.

Victoria starrte sie an. »Jetzt tun wir mal nicht so, als ob.«

»Du könntest eine zweite Meinung einholen.« Audrey versuchte zu lächeln, was ihr nicht ganz gelang.

»Das war die zweite Meinung.«

»Die Erfolgsquote bei der Behandlung von Brustkrebs steigt heutzutage beinahe täglich.«

»Audrey, zisch ab und lass mich in Selbstmitleid baden.«

Audrey rang die Hände. »Ich mache mir Sorgen.«

Victoria lachte. »Ich bin in deinem Haus. Das Schlimmste, was passieren kann, ist, dass ich diese Flasche Gin leer mache und mit einem Kater aufwache.«

»Also gut.« Sie strich ihren Rock glatt. »Dann gehe ich jetzt und schaue mir die Nachrichten an. Hal kommt gegen Mitternacht nach Hause.«

»Ich werde ihm nicht in die Quere kommen.« Audrey rührte sich nicht vom Fleck, also fügte Victoria hinzu: »Im Ernst, ich werde nichts Unbesonnenes tun. Und jetzt geh schon und finde heraus, was in der Welt los ist.« Audrey setzte sich tatsächlich in Bewegung, doch nicht ohne Victoria einen Blick über die Schulter zuzuwerfen. Diese musste sich alle Mühe geben, keine Tomate aus der Schüssel vor ihr zu nehmen und auf ihre Freundin zu schleudern. Audrey tat lediglich das, was man von einer guten Freundin erwartete, nämlich sich um Victoria kümmern, aber genau das wollte Victoria nicht. Nicht im Moment. Sie wollte Vergessen in der Flasche Gin suchen und sich in dem Irrglauben wiegen, morgen früh in Boscawen aufzuwachen und festzustellen, dass das Anwesen ganz allein ihr gehörte, dass sie es nicht mit Charles' unehelicher

Tochter teilen musste. Mehr wünschte sie sich nicht. Hoffnungsvoll schenkte sie sich einen weiteren Gin ein.

»Es macht dir doch nichts aus, wenn ich nicht mit dir zurückfahre, oder?« Peta sah Demi voller Hoffnung an. Es war klar, dass sie bis über beide Ohren in Fred verknallt war. »Hier sind meine Wagenschlüssel.« Demi verdrehte die Augen. Warum hatte sie das nicht kommen sehen? Nun hatte sie zu viel von Rachels köstlichem Wein genossen und würde sich ein Taxi nehmen müssen.

»Kein Problem, aber behalte deine Schlüssel. Ich werde mir eine Mitfahrgelegenheit suchen oder vom Fährboot aus mit dem Taxi nach Hause fahren.«

»Sicher?« Peta warf einen sehnsuchtsvollen Blick auf Fred, der die Rückfahrt mit den Booten organisierte.

»Mach dir keine Gedanken. Ich sorge dafür, dass Demi sicher nach Hause kommt.« Sam trat zu ihnen und legte einen Arm um Demis Schultern. »Nur eine Frage: Weiß Tamsin, dass du mit ihrem Ältesten zusammen bist?«

»Nein, und ich gebe zu, das bereitet mir Bauchschmerzen. Aber ich glaube, das ist es mir wert.«

»Wer ist Tamsin?« Demi sah von Peta zu Fred und dann zu Sam.

»Meine Mutter«, antwortete Fred, der nun auf sie zukam und Demis Frage mitbekommen hatte. »Eine beeindruckende, absolut furchteinflößende Frau.«

Sam nahm seinen Arm von Demis Schulter. Sie fröstelte. Die Sonne war hinter einer Wolke verschwunden, der Wind hatte aufgefrischt, und ihr weites Shirt wärmte kaum.

Sam zog eine Kapuzenjacke aus seiner Tasche und reichte sie ihr. »Auf der Rückfahrt wird es kühler, da kannst du die gut gebrauchen.« Er legte ihr die Jacke um die Schultern, die nach Rosmarin, Lagerfeuer und seinem Aftershave roch, und reichte Rachel die Taschen ins Boot. Die beiden waren ein großartiges Team, das sich unablässig neckte, wie Demi eifersüchtig feststellte.

Sam nahm ihre Hand und half ihr ins Boot, das auf den Wellen der auflaufenden Flut tanzte. Wenig anmutig versuchte Demi hineinzuklettern, doch jedes Mal, wenn sie das Bein hob, um es über die Bugwand zu schwingen, wurde das Boot in die Höhe gedrückt. Ehe sie sich's versah, nahm Sam sie in die Arme und hob sie vorsichtig hinein.

»Geschafft.« Er grinste, während sie an ihrem Shirt und seiner Kapuzenjacke zupfte, die ihr bis zur Taille hochgerutscht waren. Sie spürte seine Hände noch immer an ihrer Hüfte. Ihre Tasche an die Brust gedrückt, ließ sie sich auf einen Sitzplatz fallen und von Rachel eine Rettungsweste reichen.

»Du bist an Boote nicht gewöhnt, oder?« Rachel lächelte.

»Ist das so offensichtlich?«

»Um ehrlich zu sein, ja. Aber du wirst den Dreh bald raus haben. Sam ist ganz verrückt nach Booten, immer schon gewesen.« Sie warf einen Blick in seine Richtung, ließ den Motor ein Stück tiefer ins Wasser und startete. Sam stieß das Boot vom Ufer ab, dann sprang er geschmeidig hinein. Wie unverschämt fit er war! Auch er zog eine Rettungsweste an, dann nickte er Rachel zu, die mit hoher Geschwindigkeit in die Falmouth Bay kurvte. Auch sie war ganz offensichtlich im Umgang mit Booten geübt. Demi klammerte sich an der Reling fest, während das Boot über die Wellen Richtung Helford River hüpfte. Die Landschaft raste vorbei, und Demi wünschte sich, sie würden langsamer fahren, damit sie alles in sich aufnehmen konnte. Obwohl sie auf der Nordseite den Küstenpfad entlanggewandert war und die Gegend daher kannte, sah vom Wasser her alles völlig anders aus. Sie schossen an einer grünen Boje vorbei, die den August Rock kennzeichnete, dann entdeckte Demi die Kirche von Mawnan Shere zwischen den Bäumen.

Kurz darauf hatten sie auch diese hinter sich gelassen und legen in Porth Navas an. Demi half den anderen, das Boot auszuladen und alles in Sams Allradwagen zu verstauen.

»Danke fürs Mitnehmen. Von hier aus sollte ich ein Taxi nehmen können.«

Rachel runzelte die Stirn. »Ein Taxi? Unsinn. Wir bringen dich nach Hause, oder, Sam?« Sie gab ihrem Bruder, der gerade die letzte Tasche im Fahrzeug verstaute, einen Schubs.

»Aber sicher doch.« Er lächelte.

Dreißig

Victoria wusste, dass sie am Leben war, denn am liebsten wäre sie gestorben. Alles tat ihr weh, einschließlich ihres Magens, da sie sich wiederholt übergeben hatte. Audrey besaß den Anstand, sich ein »Hab ich's dir nicht gesagt« zu verkneifen. Sie erledigte Anrufe, vereinbarte Termine und sorgte dafür, dass niemand, absolut niemand, davon erfuhr, dass Victoria Krebs hatte.

Natürlich, so beharrte ihr Verstand, gab es dafür noch keinen Beweis. Die Ergebnisse der Biopsie wurden erst in ein paar Tagen erwartet. Dennoch hatte Dr. Perkins für übernächste Woche Montag einen OP-Termin angesetzt. An jenem Tag würde man sie aufschneiden und das Ding entfernen, das in ihr wuchs. Ein Kind war nie in ihr herangewachsen, wohl aber ein Tumor. Die Mammographie hatte ergeben, dass sich in beiden Brüsten tumorartige Knoten gebildet hatten, die der Spezialist für aggressiv hielt. Wie gemein. Wie unglaublich ungerecht. Gerade jetzt, da sie um Boscawen kämpfen musste, wurde sie von Krebs in die Knie gezwungen.

»Ich hab dir etwas Brühe gemacht.« Audrey gab sich alle Mühe, sich ihre Missbilligung nicht anhören zu lassen, doch es gelang ihr nicht ganz. Vorsichtig stellte sie die Tasse auf dem Nachttisch ab. »Seb hat angerufen. Ich habe gesagt, du wärst in der Badewanne und würdest ihn später zurückrufen.«

Victoria verdrehte die Augen. Sie ging nie in die Badewanne. »Was wollte er?« Sie rieb sich die Schläfen. Das Zimmer schwankte leicht. Vielleicht hatte Audrey Recht, und sie hätte nicht die ganze Flasche trinken sollen, aber was machte das schon für einen Unterschied? Alles hing in der Schwebe. Der Chirurg hatte von Lumpektomie und Mastektomie gesprochen, was bedeutete, er würde ihr die Brüste entweder lassen oder nehmen. Wenn ihre Brüste weg wären, hätte sie gar nichts mehr. Boscawen wäre fort und Charles' Geld bei diversen Wohltätigkeitsvereinen. Und nun ließ sie auch noch ihr Körper im Stich. Es war, als wäre eine Zeitbombe explodiert, die in ihrem Leben einen Pfeiler nach dem anderen zum Einstürzen brachte.

Demi sprang aus dem Bus und ging eiligen Schritts in Richtung Pflegeheim. Sie hatte ihren Großvater seit ein paar Tagen nicht mehr gesehen, und sie vermisste ihn. Außerdem hoffte sie, dass ihm noch mehr eingefallen war.

»Hallo, Demi, er ist draußen im Garten.«

Demi lächelte die Pflegerin an und ging hinaus. Es war bewölkt, aber immer noch warm. Sie fragte sich, ob es wohl noch aufklaren würde, wenngleich sie dankbar war, dass die Sonne heute nicht schien, denn sie hatte sich gestern trotz des hohen Sonnenschutzfaktors einen leichten Sonnenbrand geholt. Sogar Bikinistreifen zeichneten sich ab.

Ihr Großvater saß in einem Rollstuhl. Das war neu, aber es schien ihm gutzugehen, denn er erteilte einem jungen Mann, der in einem Blumenbeet kniete, Anweisungen.

»Demelza, mein Schatz.« Er versuchte, sich mit den Armen aus dem Rollstuhl zu drücken, dann zuckte er zusammen. »Entschuldige, ich kann nicht aufstehen – die

Hüfte hat endgültig ihren Geist aufgegeben.« Demi bückte sich und umarmte ihn. Seine normalerweise so fröhlichen Gesichtszüge waren schmerzverzerrt.

»Danke für die Tipps, Mr. Williams.« Der junge Mann richtete sich auf und ging weiter zum nächsten Blumenbeet.

»Wollen wir eine Tasse Tee trinken?«, schlug Demis Großvater vor, woraufhin sie den Rollstuhl in Richtung Gebäude schob. Sie hielt auf den Aufzug zu, damit sie hinauf in sein Zimmer fahren konnten, aber er hielt sie auf. »Lass uns ins Esszimmer gehen. Dort gibt es köstlichen Tee.«

»Gern.« Sie runzelte die Stirn. Er war ihr stets so unabhängig erschienen, aber die Dinge hatten sich geändert.

»Wie immer, Mr. Williams?«, fragte eine Frau, als sie eintraten.

»Ja, aber bitte für zwei.«

»Nehmen Sie Platz. Ich bringe es Ihnen gleich.«

»Ich liebe es, am Fenster zu sitzen.« Er deutete auf einen Tisch. »Nimm dir einen Stuhl, und dann erzähl mir, was es Neues gibt.«

Die Frau stellte ein Tablett mit Tee und Scones auf ihrem Tisch ab und lächelte Demi aufmunternd an. Warum hatten sie sie nicht angerufen? Die Hüftoperation war erst in ein paar Monaten angesetzt, aber da er jetzt im Rollstuhl saß, würde sie vielleicht vorverlegt, damit er nicht seine ganze Kraft verlor.

»Wie läuft es in Boscawen?«

»Ich wohne nicht mehr im Torhaus.« Demi wandte den Blick ab. Sie fühlte sich wie ein Außenseiter, der nirgendwo wirklich hingehörte. Eine Woge der Einsamkeit war über sie hinweggeschwappt, nachdem Sam und Rachel sie vor Petas Wohnung abgesetzt hatten. Dass Peta wieder nicht nach Hause gekommen war, hatte es nicht einfacher gemacht.

»Nicht?« Die Falten auf seiner Stirn wurden tiefer.

»Sagen wir mal so: Die Dinge sind anders gelaufen als geplant.«

Er legte eine zittrige Hand auf ihre. »Wie sehen deine Pläne denn aus?«

»Gute Frage. Ich brauche einen Job, vielleicht auch nur vorübergehend, während ich darauf warte, dass sich die Situation klärt, und dann überlege ich, ob ich ein Aufbaustudium absolvieren soll.« Vielleicht würden sie die Leute mit einem höheren akademischen Grad endlich ernster nehmen.

»Das ist gut. Und worin und wo?« Er musterte sie, dann schweifte sein Blick zum Fenster.

Hatte sie Angst in seinen Augen aufflackern sehen? »Ich bin mir noch unschlüssig, aber ich dachte, vielleicht hier in Falmouth.«

Sein Gesicht hellte sich auf. »Gut.«

Damit war es entschieden. Sie könnte jetzt nicht nach London oder sonst wohin ziehen. Er brauchte sie. Sie hatte ihn nur ein paar Tage nicht besucht, und schon war es bergab mit ihm gegangen. Sie müsste jeden zweiten Tag kommen, wenn nicht gar täglich.

»Wusstest du, dass der Bauernhof, auf dem ich aufgewachsen bin, zu Boscawen gehörte?«

Demi beugte sich vor. »Das hast du erwähnt.«

»Ich glaube, inzwischen ist das nicht mehr so. Meine Familie hat den Hof über Generationen als Pächter bewirtschaftet.«

»Was ist aus deiner Familie geworden?«

»Abgesehen von mir sind wir ausgestorben.«

»Wie bitte?«

Sein Gesicht verzog sich vor Schmerz, und Demi war sich nicht sicher, ob dieser von seiner Hüfte oder von der Erinnerung an seine Familie herrührte. Die Dame, die ihnen den Tee gebracht hatte, trat zu ihnen. »Zeit, Ihre Schmerzmittel zu nehmen, Mr. Williams.«

Demis Großvater nickte und streckte die Hand aus. Demi stellte fest, dass sie sehr viel mehr zitterte als im Mai, als sie so überraschend auf seiner Schwelle gestanden hatte.

Die Frau sah Demi an. »Die Medikamente machen Ihren Großvater ziemlich schläfrig. Möchten Sie ihn in sein Zimmer begleiten, oder soll ich das machen?«

»Das mache ich schon, danke.« Sie stand auf und schob den Rollstuhl in Richtung der Aufzüge. Er griff hinter sich und legte seine Hand auf ihre. »Ich bin so froh, dass du in meiner Nähe bist. Bevor du gekommen bist, war mir gar nicht bewusst, wie einsam ich war.«

Demi schluckte. Am liebsten hätte sie ihn umarmt, stattdessen schob sie den Rollstuhl in den Aufzug. Als sie am Schwesternzimmer vorbeikam, war ihr Großvater schon eingeschlafen.

»Ich werde mich um ihn kümmern«, versprach die Schwester Demi lächelnd. »Er liebt Ihre Besuche, spricht die ganze Zeit von Ihnen.«

Demi erwiderte ihr Lächeln und verbarg ihre Emotionen, dann beugte sie sich vor, um ihren Großvater auf die Wange zu küssen. Als sie sich wieder aufrichtete, begegnete sie dem Blick einer Frau, die knapp vor ihnen stehen geblieben war.

Sie trat auf Demi zu. »Hallo, ich bin Jane Penrose.«

Demi ergriff ihre ausgestreckte Hand und sah sie fragend an.

»Wir haben uns bei der Regatta am Kuchenstand kennengelernt.«

»Jetzt erinnere ich mich.«

Jane Penrose strahlte. »Es war mir nicht klar, dass Sie Hugh Williams' Enkelin sind, aber jetzt wird mir einiges klar.«

Demi machte einen Schritt zurück. »Verzeihung, was wird Ihnen klar?«

»Sie kamen mir gleich bekannt vor. Ich dachte, das läge daran, dass Sie Charles ähnlich sehen, aber da hatte ich noch nicht die Verbindung zu Morwenna hergestellt.« Jane wandte sich der Treppe zu, die sich gleich neben den Aufzügen befand, und ging die obersten Stufen hinunter. Demi folgte ihr leicht benommen.

»Entschuldigen Sie, Jane, könnten Sie mir das näher erklären?«, fragte Demi, als sie unten angekommen waren.

»Selbstverständlich. Begleiten Sie mich ein Stück? Ich habe meinen Wagen unten am Meereskundemuseum stehen, weil ich noch zu Trago Mills muss, um Farbe für eines der Cottages zu besorgen. Im Augenblick gibt es ein unschlagbares Angebot in der Heimwerkerabteilung.«

»Gern.« Demi wusste, wo sich der Discounter befand, und sie wusste, wie sie von dort zu Peta gelangte.

Jane lächelte. »Wo war ich stehen geblieben?«

»Bei meiner Mutter Morwenna und Charles Lake.«

»Ach ja. Als ich Sie bei der Regatta sah, wusste ich sofort, dass Sie Charles' Tochter sind. Die Ähnlichkeit ist unverkennbar, aber erst als ich Sie mit Ihrem Großvater sah, wurde mir klar, wer Ihre Mutter war.« Sie winkte jemandem auf der anderen Straßenseite zu. »Und dann ist mir auf einen Schlag alles wieder eingefallen.«

Demi seufzte. »Was ist Ihnen eingefallen?«

»Die Schmucklilien und wie krank Sie waren.«

Demi blieb stehen. »Schmucklilien und meine Krankheit ergeben für mich überhaupt keinen Zusammenhang.«

»Eine sehr große Dame, die eine Wanderung in der Gegend unternommen hatte, hat Sie nach Boscawen gebracht, gerade als ich ein paar Schmucklilien ausgrub, die mit dem ganz speziellen Boscawen-Blau.«

Die *Kowres*, Augen und die Haustür von Boscawen.

»Sie glühten vor Fieber, und ich habe den Ersatzschlüssel genommen und uns das Haus aufgesperrt.« Jane räusperte sich. »Die Besitzer waren nicht da – nun, sie waren nie da, weshalb ich von Zeit zu Zeit für sie nach dem Haus sah.«

»Und was ist dann passiert?«, drängte Demi.

»Nun, ich habe die Dame und dich mit in die Küche genommen, wo sie dir kalte Umschläge auf die Stirn gelegt hat, während ich den Krankenwagen gerufen habe.« Jane schüttelte den Kopf. »Als ich zurückkam, hatte die Frau dir Ingwerplätzchen gegeben, die ein paar Minuten später in hohem Bogen wieder herauskamen.«

Demi zog die Nase kraus. »Wer war die Dame?«

»Keine Ahnung; auf alle Fälle war sie sehr groß, muskulös, und sie kam aus dem Ausland. Ihre Englischkenntnisse hielten sich in Grenzen, aber wir gaben unser Bestes, um deine Temperatur zu senken, bis die Polizei und der Rettungswagen eintrafen. Ich glaube, die Polizei hat der Frau ziemlich zugesetzt, weil kurz zuvor dieses bedauernswerte Mädchen entführt wurde, nach dem ganz Cornwall suchte.« Jane seufzte. »Das alles war ausgesprochen beängstigend, zumal ich damals nicht ahnte, wer du warst.«

Vor ihnen tauchte das Museum auf, links daneben Trago Mills.

»Vielen Dank, dass Sie mir das erzählt haben. Ich wusste nicht, was damals passiert ist.«

»Wie sollten Sie auch? Sie waren noch klein und in sehr schlechter Verfassung.«

»Wissen Sie, als ich jetzt nach Boscawen kam, wusste ich, dass ich schon einmal dort gewesen war, ich verstand nur nicht, wie und aus welchem Grund.« Demi lächelte. »Ich danke Ihnen sehr, Jane.«

»Gern geschehen, meine Liebe. Zudem freut es mich, dass wieder ein Tregan in Boscawen ist.«

»Ich bin keine Tregan.«

»Das weiß ich, meine Liebe. Seine blauen Augen haben ihn verraten. Die Augen seines Vaters.«

Demi wollte gerade fragen, was sie damit meinte, als Jane auf die Straße trat und sich durch den Verkehr schlängelte. Sie selbst war mit Peta im Second-Hand-Laden verabredet, weshalb auch sie sich auf den Weg machte.

Einunddreißig

Victoria schritt in Audreys Küche auf und ab, während sie darauf wartete, dass Sebastian ans Telefon ging. Er hatte ihr so viele Nachrichten auf dem Anrufbeantworter hinterlassen, dass er sie mit Sicherheit persönlich aufsuchen würde, sollte sie nicht endlich mit ihm reden. Es gelang ihr gerade eben, sich zusammenzureißen, doch wenn er käme, würde sie zusammenbrechen, so viel stand fest.

Heute Abend würde sie in ein Hotel umziehen. Audreys freundliche Fürsorge machte alles nur noch schlimmer. Die Freundin bemutterte sie, und Victoria hatte sich die letzten zwei Tage über beinahe ständig auf die Zunge beißen müssen. Ein Hotel, in dem sie tun und lassen konnte, was ihr gefiel, wäre die einzige Lösung.

»Sebastian Roberts.«

»Hallo, Seb.«

»Tori, wo zum Teufel steckst du?«

»Ich bin in London, bei Audrey.« Sie zögerte. »Ich musste ein paar Einkäufe erledigen und mich mit meinen Anwälten zusammensetzen«, log sie.

»Wozu, um alles auf der Welt?«

»Um das Testament anzufechten und …«, Victoria rieb sich die Schläfe und überlegte, was sie wohl brauchen könnte, das sich nicht auch in Truro besorgen ließ, »… um Schuhe zu kaufen.«

»Schuhe? Im Ernst, Tori, ich hatte dich für eine bessere

Lügnerin gehalten. Außerdem können dir deine Anwälte momentan auch keine nähere Auskunft erteilen. Also raus mit der Wahrheit, bitte schön.«

Warum hatte sie bloß geglaubt, es machte Sinn, ihn anzurufen? »Routinevorsorgeuntersuchung.«

»Aha.« Sebastian schwieg, und Victoria überlegte, was sie sagen sollte.

»Und warum lügst du deswegen?«

Verdammt. Verdammt. Verdammt. Sie holte tief Luft. Das war schwerer, als sie gedacht hatte. »Normalerweise spricht man nicht über solche Dinge.«

»Aha«, sagte er wieder, dann: »Hast du dir Demis Angebot noch einmal durch den Kopf gehen lassen?«

Victoria lehnte sich gegen die Küchenanrichte. Nein, lautete ihre Antwort, doch die durfte sie nicht aussprechen. Er würde wissen wollen, warum nicht, wo sie doch ständig an Boscawen dachte – nur jetzt, da die Killerzellen in ihrem Körper verrücktspielten, tat sie das nicht, aber genau das konnte sie ihm nicht sagen. »Ich denke noch darüber nach.« Auch das war gelogen. Sie hatte schon seit Tagen nicht mehr an Demis Angebot gedacht. Momentan hatten andere Dinge Priorität.

Die Biopsie-Ergebnisse waren positiv gewesen, doch das volle Ausmaß des Krebses würde man erst bei der Operation erkennen. Dr. Perkins zeigte sich verhalten optimistisch, wobei sie sich nicht sicher war, was das bedeutete. Verhalten optimistisch. Hm. Sie konnte seinen Optimismus nicht teilen. Ihr Körper hatte sie wieder einmal verraten. Zuerst hatte er ihr die Fruchtbarkeit versagt, und jetzt produzierte er Killerzellen.

»Tori, bist du noch dran?«

»Entschuldige, was hast du gesagt?«

»Wann fährst du zurück nach Boscawen?«

Sie biss sich auf die Lippe. »Ich bin mir noch nicht sicher. Zunächst muss ich hier noch ein paar Dinge erledigen.« Sie sah sich in der Küche um in der Hoffnung, ihr würde ein Grund einfallen, dieses Gespräch zu beenden. »Ich muss auflegen«, sagte sie schließlich. »Audrey wartet auf mich.« Sie ließ den Hörer sinken. Audrey war beim Bridge-Spielen. Victoria würde ihre Sachen packen, ihrer Freundin eine Nachricht schreiben und deren Haus in Fulham verlassen, ehe sie jemand daran hindern konnte.

Im Hotel wurde Victoria höflich begrüßt und dann nicht weiter beachtet. Ihr Zimmer war luxuriös eingerichtet und anonym. Genau das, worauf sie gehofft hatte. Sie musste für Montag noch ein paar Dinge besorgen. Vielleicht sollte sie einfach die Nummer der Krebsberatung anrufen, die man ihr gegeben hatte. Beratung. Sie hasste dieses Wort. Sie brauchte keine Beratung, sie brauchte Informationen. Doch das meiste, was sie wissen wollte, konnte man ihr nicht mitteilen. Genauso gut hätte sie sich an eine Wahrsagerin wenden können wie vor so vielen Jahren auf einem Jahrmarkt. Unfassbar, wie meilenweit die Frau danebengelegen hatte! Sie hatte Victoria vorausgesagt, dass diese ihre wahre Liebe heiraten und in dem Zuhause glücklich werden würde, das sie sich immer gewünscht hatte. Ha, und jetzt würde ihr ebendiese Wahrsagerin vermutlich weismachen wollen, alles würde gut und sie würde ihre Brüste behalten. Victoria blickte an sich hinab. Hass stieg in ihr auf. Wie konnten diese Dinger, die ihr und anderen so viel Freude geschenkt hatten, sich plötzlich als tödlich erweisen? Dr. Perkins hatte sie gebeten, ihm zu vertrauen. Vertrauen!

Sie sank aufs Sofa. Er würde nur so viel entfernen, wie wirklich nötig war, doch Genaueres konnte er erst während der Operation ausmachen. Victoria sprach das Wort langsam laut aus, als würde sie es gerade lernen. »O-pe-ra-ti-on.« Verstümmelung wäre passender. Sie zog ihren Pullover aus und öffnete ihren BH. Das Tageslicht, das durchs Fenster ins Zimmer fiel, war wenig schmeichelhaft, dennoch starrten ihr ihre Brüste beinahe keck aus dem Spiegel entgegen. Sie kniff in ihre Brustwarzen, bis sie schmerzten. Nie wieder würde sich ein Liebhaber daran erfreuen können. Sie sank auf die Knie. Was bliebe ihr, wenn ihre Brüste fort waren? Was hätte sie dann noch zu bieten? Sie wäre nicht mehr als eine vertrocknete alte Schachtel mit Narben – dort, wo einst die Quelle des Vergnügens gewesen war.

Brustrekonstruktion? Wäre das eine Möglichkeit? Doch wozu? Sie war eine sechzig Jahre alte Witwe. Das wäre doch lachhaft. Sie konnte sich das Szenario lebhaft vorstellen: Sie verführte einen jungen Gespielen, und alles, was er zu sehen bekäme, wenn sie ihre Kleidung ablegte, wären zwei riesige x-förmige Narben, dort, wo einst zwei schöne Brüste gewesen waren.

Ihr Handy klingelte. Sie schaute aufs Display. Es war Adam. Entschlossen drückte sie den Anruf weg. Sie konnte jetzt nicht mit ihm reden. Als sie das letzte Mal Sex gehabt hatten, war er auf den Knoten gestoßen, und das würde sie niemals vergessen. Nie.

»Kennst du eigentlich eine Jane Penrose, Großvater?« Demi nahm neben dem alten Mann Platz. Er saß in seinem Rollstuhl und las, diesmal Chaucer. Als ehemaliger Englischlehrer hegte er eine tiefe Leidenschaft für die englische Literatur.

»Eine liebenswerte Frau. Besitzt ein Herrenhaus und einen großen Bauernhof in der Nähe von Gweek. Warum fragst du?« Er rollte durch den Garten, und Demi stand auf und ging langsam neben ihm her. Die Blumenbeete hatten den Großteil ihrer Farben eingebüßt, nur die Hortensien und Montbretien blühten noch. Der August hatte mit großer Hitze begonnen, was der Flora gar nicht guttat.

»Jane hat mir erzählt, eine Spaziergängerin hätte mich gefunden und nach Boscawen gebracht, von wo aus sie die Rettung informiert habe.«

Er runzelte die Stirn, dann hellte sich sein Blick plötzlich auf. »Ja, jetzt fällt es mir wieder ein! Du warst vor der steinernen *Kowres* zusammengebrochen. Zusammen mit einer Kindergruppe hattest du einen Naturlehrpfad besucht.« Sein Blick schweifte in die Ferne. »Soweit ich mich erinnere, bemerkte man dein Verschwinden erst, als die Gruppe schon den Kleinbus auf dem Parkplatz beim Pub erreicht hatte.« Er wandte sich wieder seiner Enkelin zu. »Die Polizei dachte anfangs, du wärst dieses andere Mädchen, das, das ebenfalls verschwunden war. Man hatte die Kleine entführt. Ihr wart beide im selben Alter und blond.«

Demi berührte ihn sanft am Arm.

»Seltsam, wie viel mir plötzlich wieder einfällt. Ein Puzzleteil hilft dem anderen, sich ins Ganze zu fügen. Du warst in einem so schlechten Zustand, dass man dich in der Klinik sofort mit sämtlichen zur Verfügung stehenden Mitteln behandeln musste. Man hat dir Penicillin gegeben, was dich beinahe umgebracht hat.« Er schüttelte den Kopf. »Als die Polizei deine Mutter informierte und diese ins Krankenhaus kam, hing dein Leben an einem seidenen Faden.« Er sah sie über den Rand seiner Brille hinweg an. »Hilft es dir zu wissen, was damals passiert ist?«

Demi lachte trocken. »Ich weiß nicht, ob ›helfen‹ das richtige Wort ist, aber wie du schon sagtest: Ein Puzzleteil hilft dem anderen, sich ins Ganze zu fügen.«

In der Bar war weniger los, als sie sich gewünscht hätte. Wahrscheinlich wäre es besser gewesen, am Freitag herzukommen anstatt an einem Samstag, aber ihr blieb keine Zeit mehr. Sie schwang sich auf einen Barhocker und schlug die Beine übereinander, wobei sie ein Stück Oberschenkel entblößte. Zu ihrer Rechten saßen zwei attraktive Männer in Lederclubsesseln, doch sie waren zu sehr ins Gespräch vertieft, um sie zu bemerken. Der Barkeeper sah gut aus und würde als Notfallkandidat taugen, sollten keine anderen Optionen eintreffen.

Victoria war fest entschlossen, noch eine Nacht wilden Sex zu haben, bevor sie mehr Ähnlichkeit mit einem verschnürten Grillhühnchen hatte als mit einer Frau. Noch einmal wollte sie die Macht spüren, einen Mann verführen zu können, wollte sich selbst genießen, bevor das für immer vorbei wäre. Das Leben wäre so viel einfacher gewesen, wäre sie als Mann geboren. Sie hätte Boscawen geerbt, und Brustkrebs hätte sie auch nicht bekommen.

Die Tür ging auf, und ein gutaussehender Mann um die dreißig betrat ohne Begleitung die Bar. Seine Schuhe hielten ihrem kritischen Auge stand, die Sohlen hatten genau die richtige Stärke. Nicht dass das heute Abend ausschlaggebend wäre, aber ihr Vater hatte stets behauptet, man könne einen Mann nach seinen Schuhen beurteilen. Die Schuhe dieses Mannes waren poliert, aber nicht zu sehr. Er hatte ein Leinenjackett über die Schulter geworfen und die Ärmel auf modische Art aufgerollt, etwas, was zu ihrer Zeit ein Ding der Unmöglichkeit gewesen wäre, heutzutage allerdings war es absolut in. Er wirkte ausgesprochen fit. Unter dem gestreiften Hemd verbargen sich wohldefinierte Muskeln. Soweit alles gut.

Er schaute in ihre Richtung. Lächelnd löste sie die Beine und schlug sie erneut übereinander, sodass ihr Rock noch ein Stück höher rutschte. Sein Blick wanderte ihren Oberschenkel hinauf. Gut. Er war nicht schwul, wie sie es einst bei einem anderen, extrem attraktiven Mann hatte feststellen müssen. Heute wäre sein Glücksabend. Er würde die Nacht seines Lebens verbringen, genau wie sie. Dies wäre das letzte Mal, dass sie als ganze Frau Sex hätte, und sie war fest entschlossen, jede Sekunde zu genießen. Und das würde er mit Sicherheit ebenfalls tun.

Victoria lag nackt auf der Bettdecke. Er war eingeschlafen. Sein Name wollte ihr nicht einfallen. Sein Haar fiel ihm ins Gesicht, und sie stellte fest, dass sie sich bei seinem Alter verschätzt hatte. Er war höchstens fünfundzwanzig und hatte einen schier unstillbaren sexuellen Appetit. Leider hatte er für ihren Geschmack ein paar zu viele Pornofilme gesehen und war überzeugt, das Richtige zu tun, weshalb sie ihn immer wieder korrigieren musste. Am Ende waren sie sich auf halbem Wege entgegengekommen. Nun war sie erschöpft, aber sie konnte nicht einschlafen. Sie wollte, dass er aus ihrem Bett verschwand.

Ein Kloß bildete sich in ihrer Kehle. Sie sehnte sich nach einer liebevollen Berührung, nicht nach einer lustvollen. Seine Hand landete auf ihrer rechten Brust. Sie starrte darauf. Am Montagnachmittag wäre sie nicht mehr da. Sein Griff wurde fester, und sie dachte schon, er wachte auf, aber das tat er nicht. Er strich über ihre Brustwarze, und obwohl sie es nicht wollte, verspürte sie einen Anflug von Lust. Sie presste die Oberschenkel zusammen und schob seine Hand weg.

Es war vorbei. Victoria stand auf, ging ins Bad und drehte die Dusche auf. Sie hatten beide eine Nacht verbracht, die sie niemals vergessen würden, doch momentan wünschte sie sich verzweifelt genau das.

Zweiunddreißig

Demi winkte der Frau, die sie mitgenommen hatte, dann ging sie am Torhaus vorbei die Zufahrt nach Boscawen entlang. Sebastian hatte ihr eine merkwürdige Nachricht geschickt, in der er ihr mitteilte, Victoria habe es sich anders überlegt. Sie hatte versucht anzurufen, aber niemand war ans Telefon gegangen. Victoria arbeitete wahrscheinlich im Garten, deshalb hatte Demi beschlossen, sie persönlich aufzusuchen. Nach dem gestrigen Besuch bei ihrem Großvater war sie noch einmal den Küstenweg entlanggewandert und hatte sich den Kopf zerbrochen, was sie wirklich wollte. Als Erstes war ihr Sams Bild vor Augen getreten, aber das hatte sie erst einmal zur Seite geschoben. Als Nächstes erschien ihre Vision von Boscawen. Sie konnte deutlich die klaren Konturen der Zimmer vor sich sehen, wenn sie erst einmal die überflüssigen Gegenstände entfernt und für mehr Licht gesorgt hätte.

Beim Abendessen hatte sie mit Peta darüber gesprochen, und dann war plötzlich die SMS von Sebastian eingegangen. Wenn das nicht Schicksal war. Sie musste Victoria umstimmen. Vielleicht könnten sie sich in der Mitte treffen. Deshalb war sie jetzt hier, in Boscawen, aber die Haustür war verschlossen, kein Wagen parkte auf dem Vorplatz. Seltsam. Es war Sonntag, also war Sam vermutlich mit seinem Boot unterwegs oder hatte sich ein Segelboot geliehen.

Die Rosen an der Südseite waren fast verblüht, aber die

Schmucklilien erstrahlten in voller Pracht. Wie hatte Jane die Farbe noch gleich genannt? Boscawen-Blau. Die Blüten hoben sich so lebhaft von dem grauen Stein ab. Eine Clematis mit großen weißen Blüten bedeckte einen Teil der Mauer, dennoch konnte man die großen Granitsteinblöcke noch gut erkennen. Die Farbübergänge und Kontraste waren absolut gelungen. Warum brachte Victoria das nicht auch im Haus zustande?

Demi schlenderte durch das Tor in den Küchengarten. Keinerlei Lebenszeichen. Um sicherzugehen, spähte sie durch die Terrassentür, doch alles war aufgeräumt, der Blumenstrauß, der stets auf dem großen Tisch stand, fehlte. Wo waren alle? Ihr wurde unheimlich zumute, auch wenn sie inzwischen wusste, woher ihr merkwürdiges Déjà-vu-Gefühl rührte. Allerdings wusste sie noch immer nicht, was zwischen ihren Eltern passiert war, und vermutlich würde sie das auch nie erfahren.

Es war ein warmer Tag, und Demi streifte die leichte Strickjacke ab, die sie trug. Was sollte sie jetzt tun? Sam und Rachel waren nicht im Torhaus. Sie schnupperte an der Kletterrose, dann beschloss sie, einen Abstecher zu den Obstgärten zu unternehmen und nachzusehen, wie sich die neuen Apfelbäume machten. Was würde aus den Obstgärten werden, wenn sie das Anwesen verkauften? Nein, korrigierte sie sich selbst, *falls* sie es verkauften. Es musste doch eine Möglichkeit geben, gemeinsam nach vorne zu blicken! Wenn sie und Victoria den emotionalen Ballast außer Acht lassen könnten, der sich zwischen ihnen auftürmte, sollten sie das Projekt meistern können. Und Sam brannte doch so sehr darauf, mit der Cider-Produktion zu beginnen!

Kein Lüftchen regte sich, und Demi spürte, wie ihr der Schweiß den Nacken hinabrieselte. Sie drehte ihr Haar zu einem Knoten und fand in ihrer Tasche einen Bleistift, mit dem sie ihn befestigen konnte. Das half ein bisschen gegen die Hitze, aber ihr dünnes Kleid klebte trotzdem an ihrem Körper. Wer hätte gedacht, dass es in Cornwall so warm werden könnte? Demi machte kehrt und ging Richtung Scheune, die hinter den Holunderbäumen stand. Hier war es merklich kühler. Ein Schauder rann ihr über den Rücken, als plötzlich hinter ihr ein Zweig knackte. Sie wirbelte herum, doch sie konnte nichts sehen. Ihre Einbildung ging mit ihr durch.

In der Ferne konnte sie den großen, aufrecht stehenden Felsbrocken erkennen, die *Kowres*. Sie ging näher heran. Nun wehte der Wind vom Fluss herauf und ließ Ähren und Gräser wogen. Der Trampelpfad um den Felsen herum war ausgetreten. Demi berührte den Granitstein und dankte der *Kowres* dafür, dass sie ihr geholfen hatte. Wäre die Spaziergängerin nicht vorbeigekommen, hätte sie dort wahrscheinlich den Tod gefunden. Lächelnd blickte sie auf, dann begab sie sich wieder unter das schützende Dach der Bäume, um nicht in der Mittagshitze zu verbrennen.

Demi erinnerte sich nicht, dass der Stein so dicht bei der Scheune war. Sie musste eine falsche Abzweigung genommen haben. Als sie sich umsah, meinte sie, zum Haus zurückzugelangen, wenn sie sich links hielt. Das wäre die Route, die Victoria und sie bei ihrem Spaziergang genommen hatten. Wenn sie dagegen rechts weiterging, müsste sie in der Nähe der Obstgärten herauskommen. Zumindest hoffte sie das.

Sie zog die Strickjacke wieder an und stieg vorsichtig über die Wurzeln, die den Weg überzogen. Die Bäume standen immer dichter, immer weniger Licht drang durch das Blätterdach. Der Holunder wich einem Eichenwald, vermischt mit Strauchkiefern und hier und da einem Eukalyptusbaum, der alle anderen überragte. Nichts kam ihr vertraut vor. Der Weg führte hügelabwärts. Bald war sie nur noch von Eichen umgeben, dicht gedrängt und knorrig. Sie zog die Strickjacke enger um die Schultern und versuchte, sich Orientierungspunkte einzuprägen, anhand derer sie falls nötig den Rückweg finden würde.

Wieder knackte ein Zweig. Abrupt blieb Demi stehen und horchte, aber es war kein weiteres Geräusch zu vernehmen. Völlige Stille umhüllte sie und ließ Furcht in ihr aufkeimen. Wo war sie? Lauf weg!, war der einzige Gedanke, den sie fassen konnte, und sie schoss den schmalen Pfad entlang, bis sie aus den Bäumen hervorbrach und der Fluss vor ihr lag, friedlich, glitzernd, beruhigend. Sie schnappte nach Luft und schaute sich um. Am anderen Ufer erblickte sie ein Haus mit schönen großen Fenstern. Aus dieser Entfernung konnte sie nicht erkennen, ob es sich um ein frühviktorianisches oder ein georgianisches Gebäude handelte, nur dass es im warmen Sommersonnenschein ausgesprochen einladend wirkte. Mehrere Menschen kamen heraus, darunter ein Mann im Anzug. Demi kniff die Augen zusammen, da er ihr vage bekannt vorkam. Ja, es war Adam, diesmal zum Glück vollständig angezogen.

Das Lachen einer Frau drang übers Wasser zu ihr. Demi lehnte sich gegen einen Baumstamm und beobachtete die Szene. Einer der Männer hielt Papiere in der Hand, die Frau zog ein Maßband aus der Tasche. Offenbar stand das Haus zum Verkauf. Es war nach Westen ausgerichtet und hatte etwas Anheimelndes an sich – ein glücklicher Ort, ganz anders als der Wald hinter ihr.

Demi warf einen Blick über die Schulter und sah das Sonnenlicht durch die Bäume fallen. Es bildete ein hübsches Mosaik auf dem Pfad, trotzdem lief ihr ein Schauder über den Rücken, wenn sie an den Rückweg dachte.

Ihr Handy vibrierte in ihrer Tasche. Sie zog es hervor und warf einen Blick aufs Display. Sie hatte einen Anruf von Sebastian verpasst, außerdem war eine SMS eingegangen. Demi zögerte. Womöglich eine weitere unschöne Nachricht von Matt. Eine ganze Weile war keine mehr eingegangen, sodass sie schon hoffte, er hätte damit aufgehört, ansonsten müsste sie seine Nummer tatsächlich blockieren. Zum Glück würde sie sich deswegen nicht an die Polizei wenden müssen. Sie hatte aus dem Internet erfahren, wie so etwas ging.

Mit einem letzten Blick aufs Haus straffte sie die Schultern, drehte sich um und marschierte den Pfad hinauf, wobei sie ihr Handy wie einen Talisman umklammert hielt. Es würde ihr nicht viel nützen, denn kaum hatte sie sich drei Meter vom Flussufer entfernt, hatte sie keinen Empfang mehr. Sollte tatsächlich ein Axtmörder im Wald auf sie lauern, bliebe ihr nichts anderes übrig, als ihr Schicksal zu akzeptieren.

So geräuschlos wie möglich bewegte sie sich vorwärts, immer wieder angestrengt lauschend, ob wirklich niemand mit ihr im Wald war. In der Nähe hörte sie Geräusche, aber es war niemand zu sehen. Ihre Fantasie ließ die schrecklichsten Szenarien in ihrem Kopf entstehen, was natürlich albern war, doch als sie bei der Scheune ankam und Stimmen hörte, zitterten ihre Beine.

»Du hast Recht. Wenn wir die alten Weinbrandfässer verwenden, wird der Apfelwein von dem Aroma profitieren.« Sams Aufmerksamkeit war voll und ganz auf Rachel gerichtet.

»Du könntest auch Whiskey- oder sogar Weinfässer verwenden.« Seine Schwester steckte sich einen Bleistift hinters Ohr. Vor ihr stand ein provisorischer Tisch, auf dem Papiere ausgebreitet waren. Demi versuchte zu erkennen, um was es sich handelte, aber sie war zu klein. Die beiden hatten ihre Ankunft noch nicht bemerkt. Sie steckten die Köpfe zusammen, Sam kreiste etwas ein.

»Das ist es, was wir brauchen.«

Demi schluckte.

»Du hast Recht.« Rachel streckte die Hand in die Luft, und Sam klatschte sie ab. »Du bist verdammt clever – aber das warst du ja schon immer.«

»Hi.« Demi ging zu ihnen hinüber in der Hoffnung, dass dies kein ungünstiger Zeitpunkt war.

»Hallo, Demi. Komm und sieh dir das an.« Rachel bedeutete ihr, an den Tisch zu treten, auf dem Bauzeichnungen von der Scheune ausgebreitet lagen, die in eine kommerzielle Cider-Brauerei umgewandelt werden sollte. Demi sah Rachel fragend an.

»Bist du der stumme Investor, der sich durch Sam vertreten lässt?«

Rachel lachte. »Ich und stumm – das passt nicht zusammen, aber sagen wir einfach, ich bin ebenfalls seine Repräsentantin.«

Demis Blick wanderte weiter zu Sam. Seine Augen funkelten, während er ein paar Notizen an den Rand des Plans kritzelte.

»Was hältst du davon?«

Sie kaute nachdenklich auf ihrer Unterlippe. Die Entwürfe sahen großartig aus, aber warum trieben die zwei das Projekt voran, wenn es zweifelsohne gar nicht erst zustande kam?

»Du bist dir also nicht sicher. Stimmt etwas mit der Zeichnung nicht?« Sam musterte sie fragend. »Es tut mir leid, dass wir nicht dich damit beauftragt haben, aber wir hielten es für das Beste, jemanden zu engagieren, der mit einem Umbau dieser Art bereits Erfahrung gesammelt hat.«

Demi schüttelte den Kopf. »Nein, das ist schon in Ordnung. Ich hätte gar nicht gewusst, wie ich eine Cider-Presse entwerfen sollte oder wie sich das nennt. Allerdings weiß ich, dass solche Pläne nicht billig sind, und im Augenblick lässt sich ein solches Vorhaben ohnehin nicht realisieren.«

Sams Lippen verzogen sich zu einem Lächeln. Sein Handy klingelte. Er warf einen Blick aufs Display und runzelte die Stirn. »Entschuldigt, da muss ich drangehen.«

Demi ließ die Schultern hängen, als sie ihm hinterhersah.

»Jetzt guck nicht so besorgt, mein großer Bruder hat einen Plan.«

Demi blinzelte. »Ihr seht euch gar nicht ähnlich.« Sie musterte Rachel, dann sah sie zu Sam hinüber. Beide hatten dunkle Haare, aber Rachel hatte schokoladenbraune Augen und einen Oliventeint. Sams Augen waren blau.

»Nein.« Rachel lachte. »Wir sehen uns in der Tat nicht ähnlich, wir sind nämlich bloß Stiefgeschwister. Mein Pa hat seine Ma geheiratet, der Rest ist Geschichte. Zwei Familien, die zu einer wurden.« Sie grinste. »Meistens funktioniert's. Sam und ich waren damals noch sehr klein, deshalb kennen wir es nicht anders.«

»Verstehe.« Demi musste an Janes rätselhafte Bemerkung denken. Ob sie Sam gemeint hatte? Doch warum sollte sie ihn für einen Tregan halten?

»Alles in Ordnung? Soll ich dir ein Glas Wasser oder etwas anderes holen? Du bist ja ganz blass geworden.«

»Es geht mir gut, danke.«

Rachel betrachtete sie eindringlich. »Die meisten Leute, die uns nicht kennen, halten uns für ein Paar.« Sie lachte. »Im letzten Semester seines BWL-Studiums in Sydney habe ich ihm ein paarmal geholfen, wenn ein Mädel ein Auge auf ihn geworfen hatte.«

Sam hatte Betriebswirtschaft studiert? Na schön, Sam Stuart war in der Tat nicht der, der zu sein er vorgab.

»Damals hatte er schrecklichen Liebeskummer. Das Miststück hatte ihn verlassen und sich mit seinem besten Freund eingelassen, aber inzwischen ist er längst darüber hinweg.« Rachel lächelte, dann stellte sie fest: »Du siehst immer noch besorgt aus.«

»Ich versuche bloß zu verstehen, wie ihr weitermachen könnt, wenn Victoria und ich keinen Frieden schließen.«

»Ach, Sam ist total versessen auf dieses Projekt. Mehr als auf alles andere, an dem er je gearbeitet hat, und das will etwas heißen.«

»Auf etwas versessen sein bedeutet doch noch lange nicht, dass man es auch in die Tat umsetzen kann.«

»Das ist richtig, aber ich habe gelernt, ihn niemals zu unterschätzen. Er hat einen Plan. Ich weiß zwar nicht, wie dieser aussieht, aber er wird funktionieren, das garantiere ich dir.«

Dreiunddreißig

Schwaden von Weihrauch empfingen Victoria, als sie die schwere Tür aufstieß. Der Gottesdienst war vorüber, der nächste würde erst einige Zeit später beginnen, trotzdem hielten sich noch viele Menschen in der Kirche auf. Das letzte Mal war sie bei Charles' Beerdigung hier gewesen. Warum sie nun hier stand, war ihr selbst nicht klar, sie wusste nur, dass sie plötzlich das überwältigende Bedürfnis verspürt hatte, eine Kerze anzuzünden. Von allen katholischen Riten sprach sie dieser am meisten an, die Vorstellung, mit dem Licht Christi die Dunkelheit zu durchdringen und Gebete gen Himmel zu schicken – wenn es denn einen solchen Ort gab. Sie stand am Sockel der Statue des heiligen Judas, dem Fürsprecher in schwierigen und ausweglosen Situationen, und überlegte, worum sie ihn bitten sollte. Nachdenklich warf sie eine Ein-Pfund-Münze in den Behälter für die Kerzen und nahm sich drei heraus. Drei Wünsche – nein, sie würde für Charles beten. Er fehlte ihr. Sie hätte nie gedacht, dass sie ihn einst vermissen würde, aber seine ruhige, bedächtige Art war genau das, was sie im Augenblick brauchte. Er wäre nicht allzu optimistisch gewesen, aber er hätte auch nicht zugelassen, dass sie sich vor lauter Angst verrückt machte. Und sie hatte Angst, furchtbare Angst, die unangenehm in ihrem Bauch rumorte.

Die Zukunft hatte stets so klar vor ihr gelegen, und doch hatte sie keinen einzigen Schritt auf diesem Weg bewältigen können. Eine Frau trat zur Seite, und Victoria stellte ihre erste Kerze auf und zündete sie an. Diese war für Charles. War sie verantwortlich für seinen Tod? Lastete diese Schuld auf ihrer Seele? Sie zögerte. Nein, so durfte sie nicht denken, das würde sie im Augenblick nicht weiterbringen. Die nächste Kerze war für Boscawen. Konnte man für ein Anwesen beten? Es hatte keine Seele, für sie allerdings schon. Die letzte Kerze galt ihrer eigenen unsterblichen Seele. Unsterblich. Sie hätte sich nicht sterblicher oder lässlicher fühlen können als in diesem Augenblick. Morgen früh würde man ihr die Brüste abnehmen. Was würde dann noch bleiben? Und wäre es wert, gerettet zu werden?

Sie verschränkte ihre Hände. Angst. Herr im Himmel, sie hatte solche Angst, und sie war allein. Wobei Letzteres ihre eigene Wahl war. Sie hatte Audrey zurückgestoßen, und außer Adam wusste niemand Bescheid. Allerdings wollte sie auf keinen Fall, dass sich ihre Ängste mit seinen vermischten. Den Kopf gesenkt sprach sie ein stummes Gebet. Lieber Gott, falls es Dich gibt – und da bin ich mir nicht sicher –, ich weiß nicht, warum ich hier bin, außer dass ich Trost suche, Antworten, Zuversicht, aber ich finde keine. Ihr fehlten die Worte, daher besann sie sich auf das, was sie auswendig kannte.

Vater Unser im Himmel,
geheiligt werde Dein Name …

Victoria drückte ihre Finger auf die Tränen, die ihre Wangen nässten. Es musste der Weihrauch sein, auf den ihre Augen reagierten. Ihre Schultern sackten nach vorn.

»Tori.« Sebastian berührte ihre Schulter. Sie sah auf. Das konnte nicht sein. Er konnte unmöglich in dieser

Kirche stehen. Er besuchte den Gottesdienst in der Farm Street.

Seb zog sie in seine Arme und hielt sie fest. Während sie an seiner Schulter weinte, hatte sie nur einen Gedanken: Endlich. Behutsam führte er sie in eine abgeschiedene Ecke, weg von den anderen Menschen, und reichte ihr sein Taschentuch. Nachdem sie sich die Nase geputzt und die Augen abgewischt hatte, hob er ihr Kinn an. »Erzähl.«

Sie schüttelte den Kopf. Wenn sie jetzt etwas sagte, würde sie nur wieder anfangen zu weinen. Er nickte und nahm sie bei der Hand, um sie hinaus in den hellen, sonnigen Morgen zu geleiten, während die Menschen zur nächsten Messe hereinströmten.

Demi saß auf der Terrasse von Boscawen House, ein Glas von Rachels Wein vor sich, und setzte die Informationen zusammen, die sie von Sams Schwester erhalten hatte. Dann war Sam also gar kein Gärtner. Er stammte aus einer Familie, die Wein produzierte – einen sehr guten, diesem Sauvignon blanc sowie dem Rosé nach zu urteilen, den sie am Strand getrunken hatte. Und er war irgendwie mit Victoria verwandt, wenn Jane Recht hatte. »Glaubt ihr, Victoria hat etwas dagegen, dass wir ihre Terrasse benutzen?«, fragte sie und blickte sich unsicher um, als erwartete sie, dass jeden Augenblick jemand auftauchte, um sie anzuschnauzen.

Sam kam aus der Küche, ein Tablett mit Salami und Babytomaten in der Hand. »Die Terrasse gehört auch dir.«

»Das nehme ich an, aber diese Tatsache ist bei mir noch nicht ganz angekommen.« Demi nahm einen Schluck Wein. »Ich meine, ich erinnere mich nicht an meinen Vater, weshalb mir das Ganze hier mehr als irreal vorkommt.«

»Finde dich damit ab!« Rachel hob ihr Glas. »Das hier gehört dir. Nutze und genieße es.«

Demi lachte. »Ich werde es versuchen, zumindest für diesen Moment.«

»Gut. Haben wir etwas, was wir auf den Grill legen könnten?« Rachel nahm sich eine Tomate.

»Im Torhaus mit Sicherheit«, sagte Sam. »Ich flitze mal schnell hin, bevor ich euch beiden beim Weintrinken Gesellschaft leiste.«

»Tu das.« Rachel sah ihm grinsend nach, als er verschwand. »Er ist gut erzogen.«

»Das sehe ich.« Demis Handy klingelte. Erschrocken fuhr sie zusammen. Sie hatte hier noch nie Empfang gehabt. »Hallo?«

»Ich bin froh, dass ich Sie erwische. Ich habe versucht, Sam zu erreichen.« Sebastians Stimme klang schroff.

»Gibt es ein Problem?«

»Nun, ja.«

»Kann ich helfen?«

»Vielleicht.« Sebastian schwieg, und Demi überlegte schon, was sie sagen sollte, als er fortfuhr: »Ja, das können Sie in der Tat.« Sie hörte, wie eine Tür geschlossen wurde. »Victoria wird sich morgen einer größeren Operation unterziehen. Sie hat Krebs, Brustkrebs.«

»O nein.« Demi drückte das Handy fester ans Ohr. »Das kommt ein bisschen plötzlich.«

»Ja. Könnten Sie bitte Sam ausrichten, dass er ein Auge auf das Anwesen hat?« Er hielt inne, dann sprach er weiter. »Ich weiß nicht, wie lange sie in London bleiben muss. Um ehrlich zu sein, weiß ich ohnehin nicht viel, aber ich gebe mir Mühe, mehr in Erfahrung zu bringen.« Seine Stimme verklang, und sie dachte schon, die Verbindung wäre unterbrochen, doch dann hörte sie, wie er sich räusperte. »Ich würde es für gut halten, wenn solange jemand im Haus wohnte. Wäre es Ihnen möglich, dort einzuziehen?«

Demi schluckte. In Boscawen wohnen – ganz allein?

»Demi, sind Sie noch dran?«

»Ja. Gut, ich werde es tun, auch wenn ich nicht glaube, dass es zu Victorias Genesung beitragen wird.«

Er lachte. »Ich verstehe Ihre Bedenken, aber ich werde ihr klarmachen, dass das dem Schutz von Boscawen dient.«

»Das wird sie Ihnen nicht abkaufen, aber ich freue mich, wenn ich Sie unterstützen kann. Bitte lassen Sie mich wissen, wenn ich noch etwas tun kann.«

»Ich komme darauf zurück. Wir bleiben in Verbindung.«

Demi drückte auf die Aus-Taste und setzte sich.

»Scheinbar waren das keine guten Nachrichten.« Rachel füllte Demis Glas auf.

»Nein … Victoria hat Brustkrebs und wird morgen operiert.«

»Wie schrecklich. Die arme Frau.«

»Das ist wahr, aber wenigstens hat sie Sebastian.« Noch während sie diese Worte aussprach, wurde Demi klar, wie Recht sie damit hatte. Der Mann war bis über beide Ohren in Victoria verliebt.

Victoria öffnete die Augen. Wo war sie? Graue Wände, getupfte Gardinen. Nicht zu Hause. Mist! Mit einem Schlag kehrte die Erinnerung zurück. Sie war am Leben. Sie blinzelte. Sämtliche Konturen waren verwischt, nichts schmerzte. Das musste an den Medikamenten liegen. Sie versuchte, auf ihren Oberkörper zu schauen, aber sie sah nur die Bettdecke. Waren ihre Brüste noch da? Dr. Perkins hatte etwas zu ihr gesagt, bevor die Narkosewirkung eingetreten war, irgendetwas über ein Gen.

»Hallo.« Eine Schwester lächelte sie an. »Sie sind aufgewacht.«

Victoria öffnete den Mund, um etwas zu erwidern, doch er war zu trocken. Tränen liefen über ihr Gesicht. Woher um alles auf der Welt kamen sie bloß? Den trockenen Mund machten sie bestimmt nicht besser.

»Kein Grund zur Sorge«, sagte die Schwester. »Viele Menschen weinen nach einer Narkose.«

»Mein Mund ist trocken.« Victoria erkannte ihre eigene Stimme nicht.

Die Schwester schaute auf den Tropf an ihrem Bett und klopfte mit den Fingern dagegen. »Das dürfte ein bisschen helfen, aber wenn Sie möchten, hole ich Ihnen einen Eiswürfel.« Die Schwester wandte sich zum Gehen.

»Und ein Taschentuch.« Victoria versuchte zu schlucken. »Bitte.« Furcht ergriff sie bei der Vorstellung, die Arme zu bewegen. Sie wusste, dass man die Lymphdrüsen entfernt hatte, weshalb dort Nähte wären. Die Schwester kehrte zurück. Sie wischte Victorias Gesicht ab und säuberte ihre Nase.

»Danke.«

»Hier ist ein Eiswürfel.«

»Wie ist die Operation verlaufen? Was ist geblieben?«

»Sie haben den Eingriff gut überstanden, Dr. Perkins wird bald nach Ihnen sehen, jetzt, da Sie wieder wach sind. Ihr Gatte ist die ganze Zeit über auf dem Gang auf und ab gewandert. Er war ausgesprochen geduldig.«

Gatte? Charles? War sie etwa doch nicht am Leben? Sie schloss die Augen. Großer Gott. Sebastian war hier. Sie hatte ihn gebeten, nicht zu warten, aber er war ein sturer alter Dickkopf.

»Sie sehen gut aus, und Ihr Mann liebt Sie. Das ist alles, was zählt.«

»Er ist …« Sie beendete den Satz nicht, da soeben der muntere junge Arzt das Krankenzimmer betrat, dicht gefolgt von Seb. Sie wollte ihn bitten zu gehen, aber sie brachte die Worte nicht über die Lippen.

»Victoria, ich habe gute Neuigkeiten für Sie«, begann Dr. Perkins. »Der chirurgische Eingriff ist gut verlaufen.«

Sie zog eine Augenbraue in die Höhe, zumindest glaubte sie, das zu tun. Nichts schien so zu funktionieren, wie sie es wollte.

»Ihre Lymphknoten sahen gut aus, aber um sicherzugehen, habe ich sie ins Labor geschickt. Allerdings …«

Victoria hielt den Atem an. Es gab immer ein Allerdings.

»Beide Brüste waren durchsetzt mit kleinen Tumoren, deshalb habe ich sie entfernen müssen, außerdem eine beträchtliche Menge des umliegenden Brustgewebes, um mit Gewissheit sagen zu können, dass wir alle erwischt haben.«

Entfernen. Brustgewebe. Erwischt. Sie schloss die Augen und sah kleine Knoten, die auf kurzen Beinen davonrannten, verfolgt von dem Chirurgen, der ein Netz schwang.

Er sprach weiter, aber sie hörte nicht mehr, was er sagte. Ihre Brüste waren fort, entfernt, komplett verschwunden. Sie könnte genauso gut ein Mann sein. Ihre Brüste waren das Einzige, was sie als Frau ausgezeichnet hatte, und jetzt waren sie im Abfall oder auf dem Weg ins Labor.

»In Anbetracht dessen, dass wir bei Ihnen das BRCA1-Gen entdeckt haben, hielt ich das für die beste Entscheidung. Schließlich wollen wir kein Risiko eingehen.«

»Entschuldigung?«

Er legte eine Hand auf ihre. »Keine Sorge. Ich werde morgen alles noch einmal mit Ihnen durchgehen. Sie sollen nur wissen, dass es gut aussieht, und jetzt ruhen Sie sich aus.«

Victoria blinzelte. Ihre Augen hatten sich schon wieder mit Tränen gefüllt, aber sie wollte nicht weinen. Wollte viel lieber schreien. Warum hatte Adam den Knoten entdeckt? Warum war sie zu den Ärzten gegangen? Lieber hätte sie tot sein wollen als verstümmelt. Durch ihre Tränen hindurch sah sie Sebs Kopf dicht neben dem des Spezialisten. Das alles war so falsch. So absolut falsch.

Vierunddreißig

Demi stellte die Vase auf den Tisch im Foyer und richtete die Fuchsien, sodass sie besser zur Geltung kamen. Victoria hätte die Blumen komplett anders arrangiert, trotzdem hoffte Demi, sie würde sich freuen, wenn sie bei ihrer Rückkehr Blumen in den Zimmern vorfinden würde. Sebastian hatte angerufen, um ihr mitzuteilen, dass Victoria sich gut von dem Eingriff erholte. Demi war sich nicht sicher, was genau das bedeutete, aber sie hoffte, es wäre positiv. Wann Victoria nach Hause zurückkehren durfte, stand allerdings noch nicht fest.

Mit einem letzten Blick auf das Arrangement stieg Demi die Treppe hinauf. Es war Zeit, dass sie Boscawen House besser kennenlernte, außerdem bot sich ihr jetzt die wunderbare Gelegenheit, die Räume akkurat zu vermessen und weitere Zeichnungen anzufertigen. Selbst wenn nichts aus ihren Plänen würde, könnte sie diese ihrer Mappe hinzufügen.

Oben angekommen schaute sie nach unten und erinnerte sich an das erste Mal, als sie diese Stufen mit Sebastian hinaufgegangen war. Sie hatte keinen blassen Schimmer, welches Zimmer Victoria bewohnte oder in welchem Sebastian schlief, wusste nicht einmal, ob und wo ein Bett für sie bereitstand. Waren die Betten stets gerichtet, falls Gäste über Nacht bleiben wollten, wenn man ein Haus mit zehn Schlafzimmern besaß? Das wären ja Berge von Bettwäsche!

Nach einigem Hin und Her entschied sie sich, den Raum direkt vor ihr zu betreten. Der Knauf drehte sich quietschend. Das große Bett darin war nicht bezogen, und sie wusste auf der Stelle, dass dies das Schlafzimmer ihres Vaters gewesen war. An den Wänden hing eine vielfältige Mischung an Gemälden. Sie trat näher an eine große Leinwand voller Blautöne heran, die sie an einen Fluss mit einem strahlend blauen Himmel darüber erinnerte. Ein schlichtes »J« stand in Purpurrot in der Ecke. Ehrfürchtig trat sie einen Schritt zurück. Ihr Vater besaß ein Gemälde von Jaunty Blythe. Es musste einiges wert sein. Nicht weit davon entfernt hing ein weiteres Bild, das mit seinen strahlenden Gelb- und frischen Grüntönen Fröhlichkeit ausstrahlte – eine Landspitze im Frühling, nahm sie an –, dann folgte, in absolutem Kontrast dazu stehend, die unsignierte Bleistiftskizze einer nackten Frau, vermutlich viktorianisch.

Als sie sich umsah, verstand sie, warum die Vollstreckung des Testaments so viel Zeit in Anspruch nahm. Allein all die Kunstgegenstände aufzulisten wäre eine umfangreiche Aufgabe. Sie trat ans Fenster. Das Zimmer ihres Vaters überblickte das Holunderwäldchen im Osten, dahinter erstreckte sich ein Feld mit reifem Mais. Das gute Wetter hatte die Ernte vorangetrieben.

Etwas widerstrebend verließ sie das Zimmer und öffnete die nächste Tür. Dieser Raum, ein Eckzimmer, war doppelt so groß wie der ihres Vaters und hatte zwei Fenster in zwei verschiedene Himmelsrichtungen. Victorias Parfüm hing in der Luft. Die Tapete war altmodisch, aber hübsch, alles war aufgeräumt, nicht die kleinste Delle verunzierte die straff gespannte Tagesdecke. Große Schränke säumten die Ostwand. Victorias Bett war hoch, sodass sie von dort aus den Blick in den Garten genießen konnte.

Trotz ihrer Differenzen wünschte Demi niemandem, was Victoria gerade durchstehen musste.

Behutsam zog sie die Tür wieder zu und ging weiter ins nächste Zimmer. Auch dieses war geräumig und blickte auf den Garten hinaus, aber die dunkle Tapete wirkte abschreckend auf Demi. Mit Ausnahme des Zimmers ihres Vaters mit den weißen Wänden und den farbenfrohen Gemälden machte das Haus auf sie einen eher düsteren, um nicht zu sagen, erdrückenden Eindruck.

Demi stieg eine Treppe höher. Hier oben waren die Räume kleiner, aber heller. Demi entschied sich für einen, von dessen Fenster aus man in der Ferne das Meer sehen konnte. Sie suchte in verschiedenen Schränken, bis sie auf Bettwäsche stieß, dann entdeckte sie den Boiler, der das Badezimmer mit heißem Wasser versorgte, und packte die wenigen Dinge aus, die sie mitgebracht hatte.

Ihr Handy piepste. Demi warf einen Blick aufs Display für den Fall, dass Sam, Peta oder vielleicht auch Seb ihr geschrieben hatten, aber die SMS stammte wieder von Matt.

Ich vermisse dich. Ich brauche dich. Ich will dich so sehr, dass es wehtut. Du bist grausam. Warum antwortest du mir nicht?

Nein, nein, nein! Ihm zu antworten, ihm zu sagen, dass sie nichts mehr mit ihm zu tun haben wollte, funktionierte nicht. Sie löschte die Nachricht, dann setzte sie sich an ihren Laptop, den sie auf einen kleinen Tisch im Zimmer gestellt hatte, und rief die Anleitung auf, wie man eine Nummer blockierte. Das Maß war voll. Sie hätte das schon viel früher tun sollen.

Einen Tag nach der Operation hatte Victoria den Eindruck, überall an ihrem Körper wären Drainagen gelegt, während aus dem Tropf unaufhörlich Flüssigkeit in ihr Handgelenk lief, um die Schmerzen in Schach zu halten. Draußen prasselte der Regen, aber sie konnte vom Bett aus den Himmel nicht sehen, nur die rote Ziegelmauer des Gebäudes nebenan. Ob es auch in Boscawen regnete? Sie schloss die Augen. Was bedeutete das schon noch?

»Victoria.« Dr. Perkins betrat ihr Krankenzimmer, munter und mit forschem Blick. Sie hasste ihn.

»Hallo.«

»Wie geht es Ihnen?«, erkundigte er sich.

»Möchten Sie wirklich eine ehrliche Antwort hören?«

Er blickte von seinem Klemmbrett auf und lächelte. »So gut?«

»Ja.«

»Wie viel von dem, was ich vor der Operation und gestern mit Ihnen besprochen habe, erinnern Sie?«, fragte er und zog sich einen Stuhl heran.

»Mal sehen. Sie haben mir Ihre unsterbliche Liebe gestanden und mir mitgeteilt, dass Sie beide Brüste plus so viel Fleisch, wie Sie in die Finger kriegen konnten, entfernt haben.«

»Richtig, ein paar Dinge sind also angekommen.« Seine Mundwinkel zuckten. »Sie tragen das BRCA1-Gen in sich.«

»Was bedeutet das?« Sie legte den Kopf schräg.

»Das bedeutet ein erhöhtes Risiko, an Brust- und Eierstockkrebs zu erkranken.«

»Wundervoll.«

»Ich weiß, das ist etwas viel auf einmal, aber in Anbetracht der großen Anzahl von Tumoren, die wir gefunden haben, sollten Sie in Erwägung ziehen, eine prophylaktische bilaterale Salpingoophorektomie vornehmen zu lassen.«

»Wie bitte?« Sie runzelte die Stirn. »Klingt das auf Englisch besser?«

»Eine bilaterale Salpingoophorektomie ist eine vorbeugende, risikoreduzierende Operation, bei der die Eileiter und Eierstöcke entfernt werden.«

»Eine Hysterektomie?« Sie blickte hinaus in den Regen.

»Nicht ganz, aber die Gebärmutter könnte durchaus mit einbezogen werden.«

»Ah, das ist eine Zusatzoption?« Die Augen fest auf sein Gesicht geheftet fügte sie hinzu: »Im Grunde möchten Sie also alles entfernen, was mich zur Frau macht.«

»Das ist eine seltsame Art der Betrachtung, aber auf gewisse Weise könnte man das bejahen. Ja, ein solcher Eingriff böte die beste Aussicht auf eine vollständige Genesung.«

»Ich verstehe.«

»Lassen Sie sich meine Worte durch den Kopf gehen.« Er erhob sich und reichte ihr einen Stoß Papiere. »Ich habe Ihnen weitere Informationen mitgebracht. Lesen Sie sie gründlich durch, ich bin mir sicher, Sie werden danach viele Fragen haben.«

Sie ließ die Unterlagen in ihren Schoß sinken.

Dr. Perkins berührte ihre Hand. »Es sieht gut aus. Das mögen Sie im Augenblick vielleicht nicht glauben, aber ich bin überzeugt, dass die Untersuchung der Lymphknoten ohne Befund sein wird. Das ist ein gutes Zeichen. In ein paar Tagen wissen wir Genaueres.«

»Danke.« Sie schluckte gegen die Trockenheit in ihrer Kehle an, dann sah sie ihm nach, wie er den Raum verließ. Audrey trat ein. Großer Gott, wer hatte die denn hier hereingelassen?

»Du siehst gut aus«, erklärte Audrey fröhlich.

Victoria schloss die Augen. Sie sah alles andere als gut aus. Das wusste sie, und Audrey wusste es auch, warum also lügen?

»Ich habe dir ein paar von meinen Hortensien mitgebracht, weil ich mir vorstellen kann, wie sehr du Boscawen vermisst.«

Victoria betrachtete die Blüten, so zart und doch so kräftig. »Danke«, stammelte sie.

»Hal und der Rest der Familie lassen dich ganz herzlich grüßen.« Sie setzte sich auf den Stuhl, auf dem eben noch der Spezialist gesessen und ihr ihr Schicksal verkündet hatte. BRCA1. Victoria trug eine tickende Zeitbombe in sich.

»Ich werde nicht lange bleiben. Du musst erschöpft sein.«

Victoria fragte sich, was wohl der Grund für diesen Besuch sein mochte. Audrey rang ganz offensichtlich mit sich, ihr etwas zu sagen. Warum rückte sie nicht einfach mit der Sprache heraus?

»Zunächst einmal möchte ich mich bei dir für all deine Hilfe bedanken.«

Audrey streckte die Hand aus und berührte die Freundin am Arm. »Das war doch selbstverständlich.«

Victoria holte tief Luft und wappnete sich für das, was immer Audrey ihr mitzuteilen hatte.

»Ich weiß, es ist ein absolut unpassender Zeitpunkt, dieses Thema anzuschneiden, aber hast du dein Testament aktualisiert?«

Sie riss die Augen auf. Hatte sie richtig gehört? Das konnte doch nicht Audreys Ernst sein!

»Hast du dir überlegt, was aus Boscawen werden soll, jetzt, da Charles tot ist und seine Tochter einen Teil seines Erbes antreten wird?«

Ob sie sich überlegt hatte, was aus Boscawen werden sollte? Genau darum hatten sich ihre Gedanken doch ihr ganzes verfluchtes Leben gedreht!

Bei Audrey zu bleiben wäre das kleinere der beiden Übel gewesen, aber Sebastian hatte darauf bestanden, dass sie zu ihm kam. Genauer gesagt hatte er auf so einigem bestanden. Sie hatte immer schon gewusst, dass man sich darauf verlassen konnte, dass er bekam, was er wollte. Sie seufzte. Außer als es vor so vielen Jahren darum gegangen war, um sie zu kämpfen. Er hatte sie einfach gehen lassen.

»Tee.« Seb stellte eine Tasse auf einem Beistelltisch neben ihr ab. Sein Haus war anders, als sie erwartet hatte. All die Jahre hatte sie nie seine Schwelle übertreten, bis zum Abend vor der Operation. Nicht dass sie in ihrem aufgelösten Zustand viel davon wahrgenommen hatte. Sie hatte die ganze Nacht über geweint.

Als sie sich jetzt umsah, stellte sie fest, dass klare Linien und moderne Kunst vorherrschten, mit Ausnahme des Gemäldes, das Charles ihm hinterlassen hatte. Das Meisterwerk der Renaissance hing über dem Kamin. Warum war sie nie hergekommen? Hatte das an ihm gelegen oder an ihr? Sie presste die Lippen zusammen. An ihnen beiden.

»Fühlst du dich wohl?«

Sie lachte trocken. »Machst du Witze?«

»Nein. Wenn du Schmerzen hast, sollten wir den Arzt informieren.«

Sie schloss die Augen. Für ihn war das so einfach. Wie sollte sie den Schmerz beschreiben, den die Nähte ihr bereiteten, ganz zu schweigen von dem Schmerz über ihren Verlust? Das konnte sie nicht, und das wollte sie auch gar nicht. »Das vergeht schon wieder«, log sie. Der Schmerz konnte gar nicht vergehen. Niemals. Sie war nur noch eine leere Hülle, zumindest würde sie das sein, wenn sie sich in der kommenden Woche dem zweiten Eingriff unterzog. Sie würde die paar Tage hier hinter sich bringen und mit Sebastians Mitleid leben müssen, dann würde sie darauf bestehen, in eine private Pflegeeinrichtung zu ziehen, wo sie ihr Elend anonym durchstehen könnte. Im Grunde begriff sie noch immer nicht, warum sie eine neuerliche Operation auf sich nahm. Ein präventiver Eingriff – wofür? Damit sie länger lebte, auch wenn es mit Sicherheit leichter wäre, einfach zu sterben, als ein Leben weiterzuführen, in dem es nichts Lebenswertes mehr gab.

Herbst

Alle Erbinnen sind schön.

John Dryden

Fünfunddreißig

Demis Besuch bei ihrem Großvater war alles andere als befriedigend verlaufen. Er schlief, als sie eintraf, und er schlief, als sie wieder aufbrach. Sie fuhr durch das Tor von Boscawen. Sam hatte ihr für die Besuche im Pflegeheim seinen Allradwagen geliehen. Demi musste sich während der Fahrt auf ein Kissen setzen, um gut sehen zu können, doch das Fahrzeug hatte auch sein Gutes: Man saß darin so hoch, dass man über die Hecken auf die Felder und sogar in die Gärten der Leute blicken konnte.

Hier, hinter dem Torhaus, blickte sie auf einen der Obstgärten. Die Bäume hingen voller Früchte, glänzende rote Äpfel drückten die Zweige nieder. Die Ernte stand unmittelbar bevor. Zum Glück war der Umbau der Scheune zur Cider-Brauerei das Einzige, was in Boscawen Fortschritte gemacht hatte. Bald wäre alles fertig. Sie konnte kaum glauben, wie schnell das Ganze vonstattengegangen war, sogar mit der Erteilung der Baugenehmigung hatte es keinerlei Probleme gegeben. Nicht zuletzt hatte alles in einem solchen Tempo passieren können, weil Victoria außen vor gewesen war. Nun käme sie nach zwei Monaten zurück.

Während sie die lange Auffahrt zum Herrenhaus entlangfuhr, dachte Demi daran, was für einen Schrecken ihr der Anblick der Haustür bei ihrem ersten Besuch eingejagt hatte, doch jetzt, da sie mehr über die Vergangenheit wusste, empfand sie sie als einladend. Natürlich wäre

Victoria alles andere als erfreut, wenn sie feststellte, dass Demi wochenlang in Boscawen gewohnt hatte. Sie parkte Sams Wagen in der Garage und biss sich auf die Unterlippe, dankbar, dass sie zurück war, bevor Sebastian und Victoria eintrafen.

Als sie die Küche betrat, hörte sie Sam singen. Lächelnd warf sie einen Blick ins Blumenzimmer, dessen Tür weit offen stand.

»Hallo, Schönheit.« Sam stand vor dem Arbeitstisch und sortierte Schnittblumen.

Demi errötete. Um ihn nicht ansehen zu müssen, heftete sie die Augen auf das Arrangement vor ihm. »Das sieht toll aus.«

»Ein kleiner Gruß, um sie zu Hause willkommen zu heißen.«

»Und zu besänftigen?« Demi lehnte sich gegen die Wand und musterte ihn durchdringend.

Er grinste. »Vielleicht, aber Seb sagte, er habe sie auf dem Laufenden gehalten.«

»Hm.« Sie stellte die Tüten mit den Lebensmitteln auf dem Küchentisch ab. Sie wusste, dass Victoria all dem zugestimmt hatte, aber vielleicht war sie nicht ganz bei sich gewesen. Victorias Schweigen all die Wochen über war ohrenbetäubend gewesen, und Demi war überzeugt davon, dass Victoria nach dem, was sie durchgemacht hatte, ein neuer Mensch geworden war. Zumindest hoffte sie das.

Sam trat mit einer großen Vase voller leuchtend blauer Hortensien aus dem Blumenzimmer und warf einen Blick auf die Lebensmittel, die sie in den Kühlschrank räumte. »Anscheinend bin ich nicht der Einzige, der sie milde zu stimmen versucht.«

»Da magst du Recht haben.« Demi schloss die Kühlschranktür. »Ich gebe zu, dass ich ein bisschen Angst habe.«

»Sie ist nicht wirklich bösartig, nur ein Hitzkopf.«

»Dir gegenüber ist sie nicht bösartig …«

Sam runzelte die Stirn.

»Ich hoffe, sie hat Adam angerufen. Er hat schon seit einer Weile keine Nachrichten mehr für sie hinterlassen.« Demi faltete die Einkaufstüten zusammen. »Er kam mir so traurig vor.«

»Sie hätte sich gar nicht erst mit ihm einlassen sollen.«

Demi drehte sich zu ihm um, einen ungehaltenen Ausdruck im Gesicht. »Warum nicht? Weil sie sechzig ist und er noch keine dreißig?«

»Aber nein.« Er legte den Kopf schräg. »Weil das zwischen den beiden angefangen hat, als Charles noch am Leben war.«

»Oh.«

»Und er war nicht der Erste.«

Sam verließ die Küche. Demi würzte das Hähnchen und schob es in den Ofen. Sie war sich nicht sicher, ob Sebastian und Victoria schon gegessen hatten oder nicht, aber vorsichtshalber wollte sie ihnen etwas anbieten.

»He, du hast dein Handy im Foyer liegen lassen. Du hast tonnenweise Nachrichten von Matt bekommen.« Er sah sie fragend an.

»Danke.« Sie nahm das Handy und steckte es in die Tasche.

»Wer ist Matt?«

Demi holte tief Luft. »Ein Exfreund.«

»Anscheinend ist er ziemlich scharf auf dich.«

»Das kannst du laut sagen.« Ihre Hand zitterte, als sie anfing, Kartoffeln zu schälen.

Sam trat näher. »Ist das ein Problem?«

»Nein. Ich habe seine Nummer blockiert, aber offenbar habe ich nicht alle Nachrichten gelöscht.«

Er legte ihr die Hand auf die Schulter. Demi zuckte zusammen.

»Demi ...« Das Geräusch von knirschendem Kies draußen auf der Auffahrt ließ Sam verstummen.

Sie ließ die Kartoffeln in einen Topf Wasser fallen und trocknete sich die Hände ab, die sofort wieder schweißfeucht wurden. Während sie Sam ins Foyer folgte, wischte sie sie an ihrer Jeans ab. Sie wollte Victoria nicht mit verschwitzten Handflächen begrüßen – das würde sie verraten. Durch die offene Tür konnte sie sehen, wie Sebastian Victoria aus dem Wagen half. Der glänzende silberne Bob war verschwunden. Sie trug jetzt einen modischen Kurzhaarschnitt, der sie jünger aussehen ließ. Damit hatte Demi nicht gerechnet. Sie hatte erwartet, Victoria würde zerbrechlich wirken, doch momentan schien sie in guter gesundheitlicher Verfassung zu sein. Demi ging zur Tür hinaus, innerlich gewappnet.

»Willkommen zu Hause.« Sam beugte sich vor und küsste Victoria auf die Wange.

»Danke.« Victoria wandte sich Demi zu, die neben der Haustür von einem Fuß auf den anderen trat. »Seid ihr das Empfangskomitee?« Ihr Gesicht zeigte keinerlei Emotionen.

»So was in der Art.« Demi zwang sich zu einem Lächeln.

Victoria schaute am Gebäude hoch, dann kehrte ihr Blick zurück zu Demi. »Es ist schön, wieder hier zu sein. Wie ich hörte, sind wir nun Hausgenossen?«

Demi sah Seb an, dann Sebastian, bevor sie antwortete: »Ja.«

»Ich nehme an, das war unvermeidbar.« Sie drehte sich

zu Sam um. »Wie ich sehe, sind die Schmucklilien verblüht.« Ihre Augen schweiften über das Beet. »Worauf kann ich mich sonst noch freuen?«

Sam half Sebastian, das Gepäck zu entladen. Demis Blick begegnete Victorias. War diese verärgert, oder fügte sie sich in ihr Schicksal? Demi schaute zu Boden. Keine von ihnen sagte ein Wort, und sie wusste nicht, ob sie die Stille ausfüllen sollte oder nicht. »Haben Sie schon gegessen?«

»Nein, aber ich bin nicht hungrig.«

»Gut.« Demi stellte sich gerader hin. Es würde nicht leicht werden, so viel stand fest.

»Haben Sie etwas verändert?« Eine Augenbraue schoss in die Höhe.

Es könnte auch sehr schnell schiefgehen. Die Antwort lautete definitiv ja, aber jetzt war nicht die beste Zeit, damit herauszurücken. »Ein paar Dinge«, antwortete sie daher ausweichend.

Victoria schlenderte ins Foyer. Ihre Augen wanderten über sämtliche Flächen, bis sie schließlich an den Blumen hängen blieben.

»Nettes Arrangement.«

Demi zuckte zusammen. Der Strauß war atemberaubend, er brachte Helligkeit und Farbe in das ganze finstere Foyer.

»Danke, Victoria.« Sam stellte ein Gepäckstück ab. »Er reicht nicht an Ihren Standard heran, aber ich habe mich bemüht.«

Im Bruchteil einer Sekunde änderte sich Victorias Gesichtsausdruck. Sie lächelte. »Das Arrangement ist wirklich schön, vielen Dank.«

Blöde Kuh. Demi biss sich auf die Lippe. Das war nicht fair. Anstatt zu kontern, zog sich Demi in die Küche zurück. Ob Victoria etwas essen wollte oder nicht – die Kartoffeln mussten fertig gemacht werden.

Sam folgte ihr. »Atme einfach mal tief durch.«

Demi drehte sich lächelnd um.

»Wir brauchen sie, wenn wir weitermachen wollen, selbst wenn es uns gelungen ist, das Cider-Geschäft durchzuboxen.«

»Du hast Recht.« Demi schürzte die Lippen. »Ich weiß, dass ich nicht sauer sein sollte, aber das gerade war einfach zickig.«

Sam zuckte die Achseln. »Sie war krank.«

»Sie war auch vorher schon eine Zicke.« Demi schlug die Hand vor den Mund.

Sam lachte. »Du überraschst mich.«

»Ich überrasche mich selber. Eigentlich wurde ich dazu erzogen, mich besser zu benehmen.«

»Nun, du hast auf alle Fälle Recht, dass du hier weitermachst. Victoria mag vielleicht nicht hungrig sein, aber ich bin es. Brauchst du Hilfe?«

Demi lächelte dankbar. Sie musste ihre Emotionen wirklich in den Griff bekommen und sich auf das konzentrieren, was sie erreichen wollte. Belanglosigkeiten hatten da nichts zu suchen. Trotzdem sagte ihr ihre innere Stimme, dass dies eine gewaltige Herausforderung werden würde.

Victoria sah, wie Demi sich entfernte, und wünschte sich inständig, sie würde einfach immer weitergehen, dabei wusste sie genau, dass das niemals passieren würde. Sie wohnte mit ihr zusammen unter einem Dach, das musste man sich mal vorstellen! Nicht dass sie auch noch ihr Zimmer okkupiert hatte! Victoria holte tief Luft. Nein, so weit würde Demi nicht gehen. Sie war ein anständiger Mensch, wie Sebastian zu betonen pflegte, und Victoria wusste, dass er Recht hatte. Aber jedes Mal, wenn sie Demi ansah, sah sie Charles, und damit kam das Schuldgefühl. Tief im Herzen wusste sie, dass Charles noch am Leben wäre, hätte er sie nicht mit Adam gehört. Er hatte nicht vorgehabt, in jener Nacht nach Hause zu fahren. Es war absolut verrückt gewesen, am selben Tag die Strecke zweimal zurückzulegen.

Was sie nicht wusste, war, ob er zornig oder traurig den Rückweg angetreten hatte. Immer wieder war sie Charles' geändertes Testament durchgegangen und hatte versucht, einen Anhaltspunkt zu finden. Was hatte er damit bezweckt? Sie wusste, dass Sebastian die Antwort kannte, diese aber für sich behielt.

»Ich bringe nur schnell die Sachen in dein Zimmer.« Seb stand dicht bei ihr. »Alles in Ordnung?«

»Um ehrlich zu sein, ich bin mir nicht sicher.« Sie lächelte schief und ging ins Wohnzimmer, wo Demi ganz offensichtlich am Werk gewesen war. Aufstellbare Zeichenbretter mit Moodboards und Entwürfen standen zwischen den Möbeln, überall lagen Stoffmuster. Nichts davon passte zum Haus. Alles wirkte klar und steril und ganz und gar nicht so, wie es dem Geschmack von Edith, Gladys oder ihrer Mutter entsprach. Sie warf einen Blick auf den ersten Entwurf, fegte ihn hinunter, doch dann hob sie ihn auf und betrachtete ihn genauer. Sie benahm sich wie ein Kleinkind. Sie hatte gewusst, was sie tat, als sie die Papiere vor ein paar Wochen unterschrieb. Victoria legte den Entwurf zurück aufs Zeichenbrett. Er war gut, sehr gut, und noch dazu ausgesprochen feinfühlig, was das Alter des Hauses betraf. Trotzdem kam der kommerzielle Aspekt nicht zu kurz.

Victoria setzte sich in ihren Lieblingssessel. Sie könnte

das durchziehen, vorausgesetzt, sie fand die nötige Energie. Die Operation und die Chemo hatten ihren Tribut gefordert. Ihre Kraft würde zurückkehren, hatte man ihr versichert, allerdings hatte ihr niemand verraten, wie lange das dauern würde. Der Duft von gebratenem Hähnchen zog zu ihr ins Wohnzimmer. Vielleicht war sie ein wenig voreilig gewesen, als sie behauptet hatte, sie sei nicht hungrig. Zuerst würde sie sich einen Gin Tonic mixen und anschließend vielleicht etwas zu Abend essen. Sie schaute auf die Uhr. Es war noch zu früh fürs Essen, aber in der Pflegeeinrichtung waren die Zeiten anders gewesen, und sie hatte sich daran gewöhnt. Das Abendessen wurde um Punkt achtzehn Uhr dreißig serviert, ob sie wollte oder nicht, gerade dann, wenn es sie stets nach einem Gin gelüstete, der selbstverständlich streng verboten war. Stattdessen gab es Eintopf beziehungsweise irgendeinen Einheitspampf. Ihr war nie bewusst gewesen, wie viel beziehungsweise wie wenig man aus einer Mahlzeit machen konnte. Alles schmeckte gleich, selbst wenn es gar keinen Eintopf gab.

Ein knuspriges Brathähnchen, dazu Gemüse aus dem Garten – das war richtiges Essen. Aber zuerst wollte sie einen Drink. Als sie aufstand, sah sie Sebastian mit einem Eiskübel ins Zimmer kommen.

»Du hast meine Gedanken gelesen.«

Er lächelte verschmitzt. Ihr Herz machte einen Satz, dann wurde es schwer. Sie konnte flirten, mehr nicht. Mit der bitteren Erkenntnis, dass sie nicht mehr zu bieten hatte als verbale Tändeleien, ließ sie sich in den Sessel zurücksinken. Das war wahrhaftig ein armseliger Ersatz.

»Hast du dir die Pläne angeschaut?« Er deutete auf die Zeichenbretter im Wohnzimmer.

»Flüchtig.«

»Und?« Er mixte ihnen einen Drink, gab Eiswürfel hinein und reichte ihr ein Glas. Victoria runzelte die Stirn. Es war nur halb voll.

»Du hast seit Wochen keinen Alkohol mehr getrunken. Du solltest vorsichtig sein.«

»Spielverderber.«

»Ja, das bin ich, aber du hast meine Frage nicht beantwortet.«

Ein Hauch Rosmarin wehte durchs Zimmer. Victoria war definitiv hungrig, und sie stellte fest, dass sie offenbar vergessen hatte, was richtiger Hunger bedeutete. Die saft- und kraftlose Kost hatte ihre Geschmacksknospen verkümmern lassen.

»Stimmt. Aber könntest du Demi bitte erst kurz ausrichten, dass es mir leidtut und ich ihre Einladung zum Abendessen gern annehme? Das duftet ja göttlich!«

Sebastian trat zu ihr. »Das solltest du eigentlich selbst tun, aber da ich davon ausgehe, dass du erschöpft bist, lasse ich dich diesmal vom Haken. Sie ist ein nettes Mädchen.«

»Sie ist kein Mädchen.«

»Das weiß ich, allerdings ist sie sehr viel jünger als wir beide.«

»In ihrem Alter war ich eine verheiratete Frau.«

»War das gut?« Er blieb an der Tür stehen.

Victoria lachte freudlos. »Aus der Distanz heraus betrachtet mit Sicherheit nicht.«

»Und?«

»Ja, du hast ja Recht, aber jetzt geh bitte und sprich mit ihr, bevor sie es sich anders überlegt und mich wieder auslädt.«

Sie sah ihm nach, wie er in die Küche eilte, und wandte sich wieder Demis Entwürfen zu. Sämtliche Räume im

Haus waren fertig. Widerstrebend musste Victoria zugeben, dass sie genau die Klientel ansprachen, die sie erreichen wollten – und zwar ohne Wenn und Aber. Entweder sie akzeptierte Demis Vorstellungen, oder Boscawen würde verkauft. Jeder einzelne Rechtsanwalt, den sie konsultiert hatte, hatte ihr klipp und klar mitgeteilt, dass sie mit einer Testamentsanfechtung nicht durchkäme. Nicht einer hatte den Eindruck, ihr Ehemann habe sie übervorteilt.

Victoria nahm den Plan fürs Esszimmer zur Hand. Demi hatte offenbar Charles' Gemäldesammlung auf dem Dachboden entdeckt und hatte vor, die Kunstwerke im Haus zu verteilen. Die meisten der jüngeren Erwerbungen stammten von Künstlern aus der Gegend. Victoria hatte seine Anschaffungen als Geste der Wohltätigkeit verstanden, als eine für Charles typische Geste, um die hiesige Kunst zu fördern, aber inzwischen fragte sie sich, ob er nicht in Wirklichkeit ein wahrer Connaisseur gewesen war.

Demis Farbgebung korrespondierte mit den Tönen der Landschaft und des Gartens. Für jedes Zimmer hatte sie Blumengemälde vorgesehen, hatte sogar sämtliche Schlafzimmer nach den am häufigsten im Garten vorkommenden Blumen benannt und die Farben entsprechend angepasst.

Victoria ließ den Entwurf sinken. Er war gut, aber er war nicht das, was sie wollte. Sie füllte ihr Glas nach. Egal, was Sebastian dazu sagte, sie brauchte jetzt noch einen Gin. Als sie die Flasche abstellte, entdeckte sie Immobilienanzeigen auf dem Tisch. Dower House stand zum Verkauf. Victorias Herz fing an zu rasen, als sie die Details überflog.

Wehmütig strichen ihre Finger über die Fotos. Der

Wunsch, das Witwenhaus zu besitzen, wieder dort zu sein, keimte mit aller Macht in ihr auf, doch sie musste akzeptieren, dass sie keine sechshunderttausend Pfund besaß, um es zu kaufen, selbst wenn sie die glücklichsten Erinnerungen daran hatte. Die einzig traurige Erinnerung war der Abschied. Als ihr Vater einen Käufer gefunden hatte, war ihre Urgroßmutter schon ein Jahr tot gewesen. Mit dem Verkauf konnte die Erbschaftssteuer entrichtet und Perrys und ihr Schulgeld bezahlt werden. Warum war ihr Vater bereit gewesen, sie auf eine gute Schule zu schicken, wenn sie anschließend nicht nach Oxford gehen durfte? Sie hätte es trotzdem tun sollen. Sie hätte so vieles anders machen sollen.

»Alles erledigt. Demi sagt, in einer halben Stunde ist das Essen fertig.« Sebastian trat neben sie und räusperte sich missbilligend, den Blick auf ihren Drink geheftet. Er griff nach der Anzeige. »Du hast das Haus geliebt. Ich weiß noch genau, wie ich mich dort mitten in der Nacht herumgetrieben habe, damit du es mir zeigen konntest.« Er lachte. »Das war, nachdem wir zusammen am *Men an Skawenn* gewesen waren, weil du sehen wolltest, ob meine Schultern durch das Loch passen. Ich meine mich zu erinnern, du hättest mich überredet, meine Kleidung abzulegen, und zwar komplett.«

Ein Lächeln breitete sich auf ihrem Gesicht aus. »Ich hatte auch nichts an.«

»Du warst ein echter Quälgeist.«

»Ja.«

»Du hast behauptet, du würdest mich nur heiraten, wenn ich dir beweise, dass ich durch das Loch passe, weil wir sonst keine Kinder bekämen.«

Sie schnaubte. »Du hast hindurchgepasst – gerade eben, aber das hätte auch nichts genutzt. Ich war unfruchtbar.«

Victoria biss die Zähne zusammen und straffte die Schultern. Sie würde nicht in sich zusammensacken. Das lag hinter ihr. Jetzt sollte es nicht mehr wehtun.

»Es hätte anders sein können.«

Sie lachte. »Seb, du weißt genauso gut wie ich, dass das nicht stimmt.« Sie trat ein paar Schritte von ihm weg. »Als ich von Charles nicht schwanger wurde, habe ich mit so vielen anderen Männern geschlafen, nur um sicherzugehen.« Sie zwang sich zu lächeln. »Es hat mir ganz gut gefallen, und ich hatte stets die Hoffnung, dass einer von ihnen mich schwängern würde.«

»Sag das nicht.«

»Es macht nicht länger Sinn, damit hinterm Berg zu halten. Jene Tage sind vorbei, ein für alle Mal. Ich bin ja nicht mal mehr eine richtige Frau!« Sie holte tief Luft und atmete langsam wieder aus, als sie plötzlich unterbrochen wurden.

»He, ihr zwei, das Abendessen steht auf dem Küchentisch. Seid ihr bereit?«, rief Sam aus der Küche.

»Wir sind schon unterwegs.« Trotz aller Anstrengung zitterte ihre Stimme nicht.

Sechsunddreißig

Victoria knallte die Schranktür zu, den Tränen nahe. Wo zum Teufel waren der Kaffee und die Cafetière? Die Suppenschüsseln standen dort, wo zuvor die Tassen verstaut waren. Sie lehnte den Kopf gegen den Schrank. Das schaffte sie nicht. Brachte es schlichtweg nicht über sich. Das hier war ihre Küche.

»Alles in Ordnung?«, fragte Demi.

»Nein, gar nichts ist in Ordnung.« Victoria wirbelte herum. Demi stand, ein Maßband in der Hand, einen Bleistift hinter dem Ohr, in der Küchentür, ohne Zweifel damit befasst, weitere Veränderungen im Haus vorzunehmen.

»Kann ich Ihnen helfen?« Sie betrat die Küche und legte ihr Maßband auf dem Tisch ab. »Ich wollte gerade Kaffee kochen. Möchten Sie auch einen?«

Victorias Augen weiteten sich, als sie sah, wie Demi den Schrank öffnete, in dem vor gar nicht langer Zeit die Frühstückscerealien aufbewahrt wurden, und das Kaffeepulver herausnahm. Dann machte sie einen anderen Schrank auf und griff nach den Tassen.

»Heißt das ja, oder möchten Sie lieber einen Tee?« Demi stellte den Kessel auf und drehte sich zu Victoria um.

»Was haben Sie sich dabei gedacht?«, fragte diese.

Demi legte den Kopf schief, die Lippen geschürzt. Das war Charles, der sie da anblickte. Victoria ballte die Fäuste.

»Was meinen Sie?«

»Sie haben die Küche umgeräumt.«

»Ach.« Demi presste die Lippen zusammen. »Es tut mir leid, aber ich konnte an kaum einen Gebrauchsgegenstand kommen, ohne zuvor auf eine Trittleiter zu steigen, deshalb habe ich ein paar Dinge geändert.«

»Ein paar Dinge?« Victoria holte tief Luft. »Jeder Schrank ist komplett anders!«

»Ich …«

»Sie haben nicht einmal gefragt, Sie haben es einfach getan!«

Der Kessel summte, und Demi schüttete Wasser auf das Kaffeepulver in der Cafetière. »Hören Sie, Victoria, Sie waren nicht hier, und es musste ja weitergehen.« Auch sie holte nun tief Luft. »Außerdem wird sich ohnehin bald alles ändern, wenn die Renovierungsarbeiten beginnen.«

»Sie werden die Küche nicht anrühren!«

Demi blinzelte. »Haben Sie sich nicht den Schriftverkehr und die Pläne angesehen?«

Victoria verkniff den Mund zu einer schmalen Linie. Es war eine Sache, Pläne zu studieren, aber eine ganz andere, hier in der Küche zu stehen und hinzunehmen, dass bald nichts mehr beim Alten wäre.

Demi drückte den Satz nach unten. »Kaffee?«

»Nein. Kein Kaffee. Und keine Veränderungen. Keine einzige.«

Demi legte die Hände auf den Tisch. »Ich will mich nicht mit Ihnen streiten, aber Sie waren einverstanden. Es wurden Bauunternehmen engagiert, Pläne genehmigt, und alles beginnt schon nächsten Monat.«

»Nein.« Das konnte sie nicht. Sie konnte keine Fremden in ihrem Haus ertragen. »Ich steige aus.«

»Wie bitte?« Sämtliche Farbe wich aus Demis Gesicht. Sie wusste nicht, was sie sagen sollte.

»Ich will das nicht.«

Kopfschüttelnd stand Demi in der Küche. Am liebsten hätte Victoria laut gelacht, aber das gelang ihr nicht. Soeben hatte sie sich für immer von Boscawen verabschiedet.

»Sie können nicht aussteigen.«

»Das kann ich und das werde ich.«

»Was wirst du?« Sebastian kam in die Küche. »Hm, der Kaffee riecht wunderbar. Ist noch eine Tasse für mich da?« Er erstarrte und schaute von Victoria zu Demi und wieder zurück. »Was ist denn hier los?«

»Ich steige aus.« Victoria griff haltsuchend nach der Stuhllehne. Obwohl seit der letzten Operation sechs Wochen vergangen waren, verspürte sie noch immer Schmerzen, sobald sie müde war. Obwohl sie eigentlich nicht müde hätte sein sollen. Es war Vormittag, und sie war endlich zu Hause.

»Demi, wären Sie so freundlich, uns allein zu lassen?«, bat Sebastian mit einem Lächeln.

»Selbstverständlich.« Demi nahm ihre Tasse und floh aus der Küche.

»Setz dich, Tori, bevor du mir umfällst, und dann erzähl mir, was das soll.«

Sie sackte auf den Küchenstuhl und sah zu, wie er ihnen Kaffee einschenkte.

»Nun?«

»Ich kann das nicht.«

»Warum nicht?«

Victoria stützte den Kopf in die Hände. Warum nicht? Gute Frage. »Ich könnte behaupten, weil sie die Cafetière verräumt hat, aber das wäre nur die halbe Wahrheit.«

Er lächelte. »Sie ist klein.«

»Das ist mir schon aufgefallen.« Sie atmete das Kaffeearoma ein. »Seb, ich bin erschöpft.«

»Verständlich.«

»So einfach ist das nicht.« Sie nahm einen Schluck. »Ich dachte, ich würde mit den Veränderungen in Boscawen klarkommen.« Sie blickte zur Terrassentür hinaus auf die Gemüsebeete. »Als ich den Kaffee nicht finden konnte, wurde mir klar, dass ich das nicht kann. Entweder gehört Boscawen mir oder nicht. Halbe Sachen sind nichts für mich.«

»Verstehe.«

»Tatsächlich?« Sie schüttelte den Kopf. »Da bin ich mir nicht sicher. Auf alle Fälle möchte ich aussteigen.«

»Dann kannst du also mit all diesen Gerätschaften umgehen?« Demi sah Sam fragend an.

Dieser grinste. »Soll ich's dir beweisen?«

»Das dürfte nicht nötig sein.« Sie setzte sich auf eine Zementmauer.

»Das klingt gar nicht gut. Was ist los?«

»Victoria steigt aus.«

Er setzte sich neben sie und trommelte mit den Fingern auf den Zement. »Nur damit du's weißt: Das hier wird die Waschanlage für die Äpfel.«

»Aha.« Sie drehte sich um und betrachtete das lange Rechteck an der Rückwand der Scheune. Am anderen Ende befand sich eine große, nach oben zu öffnende Klappe, auf ihrer Seite führte ein Fließband in die große Anlage. »Es tut mir so leid für dich. Ich weiß, dass die Cider-Produktion ein separates Unternehmen ist, gegen das sie nichts einzuwenden hatte, allerdings kann ich mir nicht vorstellen, wie es laufen soll, da sie ebenfalls daran beteiligt ist.«

Sam zuckte die Achseln. »Das kriegen wir schon irgendwie hin.« Er nahm sie bei der Hand und führte sie an der Apfelwaschanlage vorbei zu einem weiteren Becken. »Hier werden die Äpfel zu einem groben Brei zerstoßen und durch ein Rohr in diese Bottiche befördert.«

»Aha.« Sie strich über das Holz eines der Bottiche.

»Er ist aus Akazienholz und Kupfernägeln gefertigt.« Er lächelte. »Wenn wir sieben Bottiche voll haben, wandern sie in die Presse.« Er zog sie weiter durch die Scheune, ohne ihre Hand loszulassen. So gern sie sich auf die Herstellung des Apfelweins konzentriert hätte, konnte sie doch nur daran denken, dass er ihre Hand hielt.

»Hier wird der Apfelbrei ausgepresst. Der Saft fließt in ein großes Fass.« Er drehte sich um und deutete auf die andere Seite der Scheune. »Und anschließend in einen Gärbehälter.« Er verstummte, dann sagte er: »Du hörst ja gar nicht zu.«

»Ich habe zugehört, aber ich war ein wenig abgelenkt. Gärung.«

Er lachte. »Wir lassen den Großteil davon fünf, sechs Monate reifen, aber natürlich zweigen wir etwas davon ab, um den Apfelwein schon vorher zu verkosten.«

Demi verzog das Gesicht. »Wie in dem alten Weihnachtsbrauch? Das klingt ja wie aus einem Charles-Dickens-Roman.«

»In der zwölften Nacht nach dem Weihnachtsabend trinken wir auf die Gesundheit der Bäume, um die Ernte des nächsten Jahres sicherzustellen.«

»Aha.« Demi fragte sich, ob sie dann noch hier sein würden.

»Es wird schon alles gutgehen.«

»Da bin ich mir nicht so sicher. Sebastian ist bei ihr.«

Er nahm ihr Gesicht zwischen seine Hände. »Sieh mich an.«

Sie schaute zu ihm auf.

»Victoria hat in letzter Zeit so viel durchgemacht, dass es mich nicht wundert, wenn sie verunsichert ist, aber sie ist eine Tregan, und sie wird alles für Boscawen tun.«

»Eine Tregan – und das erklärt alles?« Demi runzelte die Stirn, ohne den Blick von Sams schönen Augen zu lösen. Jane Penrose hatte an seinen Augen erkannt, woher er stammte. Sie waren unverwechselbar.

»Die Tregans sind die Hüter von Boscawen.«

»Ist es das, was du tust? Boscawen hüten?« Sie legte den Kopf schräg und musterte ihn durchdringend.

Er lächelte.

»Warum hast du es ihr nicht gesagt?«

Er zuckte die Achseln. »Gute Frage.« Seine Hand strich über den Bottich aus Akazienholz. »Mum hat erwähnt, dass sie nicht im Guten auseinandergegangen sind, und sie wusste, dass der Verkauf des Anwesens Victoria verletzt hatte, daher dachte ich, es wäre keine gute Idee, das aufs Tapet zu bringen.«

Demi zog die Augenbrauen zusammen. »Sie hat ihren Bruder geliebt.«

»Inzwischen weiß ich das. Allerdings hörte ich von meiner Mutter, wie erzürnt sie war, dass mein Vater Perry Boscawen erbte und sie praktisch leer ausging.« Er seufzte. »Seit du hier bist, hat sie viel von ihm erzählt. Es ist wunderbar, etwas über die Kindheit meines Vaters zu erfahren.«

»Das kann ich mir vorstellen.«

»Entschuldige.«

»Du musst dich nicht entschuldigen. Ich habe Zeit mit Charles verbracht. Ich kann mich nur nicht mehr daran erinnern.« Obwohl sie letzte Nacht von ihm geträumt und das Gefühl gehabt hatte, die Erinnerungen kehrten langsam zurück.

»Das ist richtig. Wie dem auch sei – als ich den Job angetreten habe, hat sich Victoria ausführlich über meine Mutter ausgelassen und darüber, wie das Haus und die Gärten mit den Jahren verkamen.«

Demi kaute nachdenklich auf ihrer Unterlippe. »Ist deine Mutter die stumme Investorin?«

Sam nickte. »Aber das darf Victoria auf keinen Fall erfahren.«

Demi lachte. »Wirst du ihr das jemals erzählen?«

»Wenn ich den Eindruck habe, dass der richtige Zeitpunkt dafür gekommen ist.« Er nahm ihre Hand und führte sie in den Obstgarten. »Bald können wir mit der Ernte beginnen.«

Demi rieb sich den Rücken. Seit drei Stunden hatte sie Fallobst aufgesammelt und war mit ihrer Arbeit gut vorangekommen. Sam war in einem der beiden anderen Obstgärten beschäftigt, zusammen mit den beiden Leuten, die sie zur Unterstützung eingestellt hatten. Später käme noch Peta vorbei, um ihnen zu helfen. Der knappe Zeitplan wurde ihnen von dem heißen, trockenen Wetter und dem Sturm vorgegeben, der letzte Nacht über Cornwall hinweggefegt war. Für die Ernte war das gut, aber es hatte sie unvorbereitet getroffen, um nicht zu sagen, überrumpelt, da sie sich darauf konzentriert hatten, den Umbau der Scheune abzuschließen. Rachel kümmerte sich um den organisatorischen Teil. Sie war erst gestern aus Perth zurückgekommen, und ausnahmsweise sah sie einmal gar nicht strahlend aus. Der Jetlag machte ihr höllisch zu schaffen, aber es blieb ihr keine Zeit, sich zu erholen.

Demi rückte ihren Sonnenhut zurecht und bückte sich erneut. Niemals wäre sie auf die Idee gekommen, dass sie einst Äpfel vom Boden auflesen würde, um daraus Apfelwein herzustellen, selbst in ihren kühnsten Träumen nicht. Sie verscheuchte eine träge Wespe und ging weiter, um in der Hitze langsam einen weiteren Korb zu füllen. Jetzt könnte sie wahrhaftig eine Abkühlung gebrauchen. Der Pfad hinunter zu dem kleinen Fluss, einem Seitenarm des Helford, war nicht weit. Das kalte Wasser war so verlockend, dass sie überlegte, hineinzuspringen und eine Runde zu schwimmen, obwohl sie ihre Badesachen nicht dabeihatte. Ohnehin war der Fluss durch die dichten Bäume entlang des Ufers vor unerwünschten Blicken geschützt und nur vom Witwenhaus her einsehbar, aber das stand leer. Adam hatte erwähnt, es sei verkauft worden, als sie ihn am Vorabend im Pub getroffen hatte.

Fünf Minuten später streifte sie ihre Kleidung ab und sah sich um, um sicherzugehen, dass niemand in der Nähe war. Dann fing sie an zu lachen. Das war absolut verrückt und fühlte sich rundherum befreiend an, als sie auf Zehenspitzen in das kühle Nass tappte und die milde Brise auf ihrer nackten Haut spürte. Im Schatten der Bäume war der Fluss eiskalt, ein Segen für ihren aufgeheizten Körper. Wusste der Himmel, was man denken würde, wenn man sie so sah – ein strahlend weißer Körper vor dem dunkelgrünen Wasser. Eine Libelle schwirrte vorbei. Demi wich ihr aus, doch dann sah sie, wie die Libelle auf einem Zweig landete, gebadet im Licht der Septembersonne.

Das einzige Geräusch war das Brummen eines Traktors in der Ferne. Sie ging weiter in den Fluss hinein, bis zur Taille. Ihre Körpertemperatur war erheblich gesunken, und sie fragte sich, ob ein Bad wirklich eine so gute Idee war. Was, wenn irgendwer mit einem Boot vorbeikam? Vielleicht sollte sie lieber kehrtmachen.

Jemand hustete, und sie tauchte ins Wasser. Sie wurde beobachtet! Sie wusste, dass Geräusche weit über den

Fluss getragen wurden, aber dieses war nah gewesen, sehr nah. Nach Luft schnappend durchbrach sie die Oberfläche, sorgfältig darauf bedacht, dass ihr Körper unter Wasser blieb. Sie schwamm ans Ufer und hielt nach dem Voyeur Ausschau. Das Husten hatte definitiv männlich geklungen. Ihr Herz raste, während ihr Körper langsam taub vor Kälte wurde. Wenn sie nicht an Unterkühlung sterben wollte, musste sie bald rausgehen. Sie fing an, Wasser zu treten, in der Hoffnung, der Übeltäter würde sich zeigen. Wie sollte sie aus dem Fluss herauskommen? Lange konnte sie wirklich nicht mehr drinbleiben.

Wieder hörte sie ein Husten, dann tauchte Sam auf dem Pfad auf. War er der Voyeur? Das passte so gar nicht zu ihm. »Wie ich sehe, hatten wir dieselbe Idee.«

Demi nickte.

»Hast du was dagegen, wenn ich auch reinkomme?«

Sie schluckte. Was sollte sie sagen? »Ich weiß nicht.« Ihre Stimme klang unsicher.

»Super.«

Anscheinend hatte er ihre Antwort nicht richtig verstanden. Eilig zog er sein Shirt aus. Wie gebannt starrte Demi auf seine Bauchmuskeln und spürte, wie ihre Körpertemperatur abrupt in die Höhe schnellte, als er seinen Gürtel öffnete und Hose und Shorts abstreifte. Rasch tauchte sie unter, um der Versuchung zu widerstehen, ihn nackt zu betrachten.

Als sie wieder auftauchte, war er nur etwa einen Meter von ihr entfernt.

»Genau das hab ich gebraucht.« Er lächelte. Das Licht auf der Wasseroberfläche spiegelte sich in seinen Augen wider. Sie durfte gar nicht daran denken, dass sie splitterfasernackt waren, nur ein winziges Stück voneinander entfernt, und doch war ihr diese Tatsache nur allzu bewusst.

Ein Niesen drang zu ihnen hinüber, gerade als sich Demi mit Brustschwimmzügen von Sam entfernte.

»Gesundheit!«, rief er.

Sie hielt inne. »Das war ich nicht.«

Sam drehte sich um und starrte mit zusammengekniffenen Augen in das Eichenwäldchen auf der linken Seite des schmalen Pfades, dann kraulte er geschmeidig auf Demi zu. Als er dicht genug bei ihr war, flüsterte er: »Da steht ein Mann im Wald, der uns beobachtet. Er ist blond und etwa eins fünfundachtzig groß. Kennst du ihn?«

Demis Herz setzte einen Schlag aus. Das konnte doch nicht etwa Matt sein? Wie hatte er sie hier gefunden? »Ich kenne jemanden, auf den diese Beschreibung zutrifft, aber er ist in London.«

»Diese Person dort drüben ist nicht gerade passend für eine Wanderung in den kornischen Wäldern gekleidet. Er trägt eine braune Hose und ein gestreiftes Hemd, ziemlich auffällig.«

Das war Matts Alltagskluft: stets adrett, niemals underdressed. »Das könnte tatsächlich mein Ex sein.«

»Anscheinend steht er immer noch auf dich.«

Sie seufzte. »Das ist eher gelinde ausgedrückt.«

»Soll ich zu ihm hingehen und ihm drohen?«

Sie runzelte die Stirn. Obwohl ihr insgeheim die Vorstellung gefiel, dass Sam Matt die Faust ins Gesicht schlug, war das keine gute Idee.

»Nein, noch besser: Wir machen ihm klar, dass du dich anderweitig verliebt hast.«

»Wie bitte?«

Noch bevor sie Einwände erheben konnte, spürte sie bereits Sams Lippen auf ihren. Nicht zart oder zaghaft tastend, sondern mit einer solchen Leidenschaft, dass sie nicht wusste, wie ihr geschah. Ihre nackte Haut an seiner, das kalte Wasser, das sie streichelte, verlieh diesem Augenblick eine ungeheure Intensität. Sie wusste, dass sie sich von ihm lösen sollte, aber sie war in ihrem ganzen Leben noch nie so heiß gewesen. Jeder einzelne Nerv war bis zum Zerreißen gespannt ob des erregenden Gefühls von Sams hartem Körper, der sich an ihren presste. Sie schlang die Arme um seinen Nacken und die Beine um seinen Leib, damit sie nicht unterging, und erwiderte seinen Kuss, befeuert von den Gefühlen, die in ihr tobten. Er stöhnte. Oder drang das Stöhnen aus ihrer eigenen Kehle?

»He, ihr zwei! Hört auf, euch zu vergnügen, und kommt her! Sofort!« Peta stand am Ufer und winkte hektisch. Sam stöhnte erneut, dann entließ er sie aus seiner Umarmung. Kaltes Wasser strömte zwischen sie und ließ Demi nach Luft schnappen.

»Alles okay?« Sams Stimme klang heiser und mehrere Oktaven tiefer als gewöhnlich.

»Nein, aber damit komme ich schon klar.«

»Nun kommt schon! Es ist dringend!«, rief Peta drängend.

Sam griff nach Demis Hand und zog sie vorwärts. Sie selbst hatte keinen Boden unter den Füßen und ruderte mit den Beinen, um nicht unterzugehen.

»Ich meine es ernst.« Peta stemmte die Hände in die Hüften. »Ich versuche schon seit einer Stunde, euch zu erreichen.«

Endlich spürte Demi Schlamm unter sich. Sam marschierte weiter, doch Demi zögerte. Sie war nackt, da konnte sie doch nicht einfach so aus dem Wasser spazieren! Er würde sie sehen, Peta würde sie sehen und auch Matt, falls er sich immer noch in dem Eichenwäldchen versteckte – nicht dass er nicht schon genug von ihr gesehen hatte. Sie würde lieber im Wasser bleiben, bis die anderen fort waren.

Peta zuckte nicht mit der Wimper, als Sam tropfnass ans Ufer stieg.

»Was gibt es denn so Wichtiges?« Er klang nicht sonderlich erfreut.

»Es geht um Demis Großvater. Er wurde ins Krankenhaus eingeliefert. Man hat versucht, sie zu erreichen, und dann hat man mich angerufen, weil Demi ihnen meine Nummer für den Notfall gegeben hat.«

Demi richtete sich abrupt auf und eilte ans Ufer, wo sie das Wasser abschüttelte wie ein nasser Hund und so schnell in ihre Klamotten sprang wie noch nie in ihrem Leben.

Matt trat hinter den Bäumen hervor. »Demi …«

»Du liebe Güte, nicht jetzt! Ich habe keine Ahnung, warum du hier bist, aber ich muss zu meinem Großvater. Er braucht mich.« Sie wandte sich an Peta. »Bring mich zu ihm, bitte!« Zu dritt rannten sie den Pfad entlang Richtung Haus und ließen Matt allein im Eichenwäldchen zurück.

Siebenunddreißig

Als Erstes wollte Demi duschen, dann ein Glas Wein und etwas zu essen. Es war schon nach neun, und obwohl sie schrecklichen Hunger hatte, musste sie zuvor sorgfältig das trockene Salz von ihrer Haut spülen. Es bröckelte bei jeder Bewegung. Sie wollte lieber nicht daran denken, was im Fluss geschehen war, doch sobald sie es tat, fing ihre Haut an zu kribbeln. Irgendwie glitt ihr in letzter Zeit alles aus den Händen, was keine Überraschung war, wenn man bedachte, wie hart sie alle gearbeitet hatten. Genau das hatte zu dem geführt, was zwischen Sam und ihr passiert war, daran bestand kein Zweifel. Mehr steckte nicht dahinter.

Das Wichtigste war, dass man ihren Großvater stabilisiert hatte. Er war gestürzt und hatte sich den Kopf angeschlagen. Dabei hatte er sich eine Gehirnerschütterung zugezogen und die schlimme Hüfte sowie einen Arm gebrochen, aber der Arzt hatte ihr versichert, es würde ihm bald besser gehen. Morgen früh könnte sie mit ihm reden.

Am Fuß der Treppe blieb sie stehen, da sie meinte, ein Schluchzen zu hören. Das war doch nicht etwa Victoria? Demis Überzeugung nach war die Frau aus Stahl, allerdings war Sebastian am Nachmittag zu einer Konferenz nach London gefahren, sodass nur sie und Victoria im Haus waren. Leise ging Demi auf das Arbeitszimmer ihres Vaters zu. Die Tür stand einen Spalt offen. Victoria saß am Schreibtisch, über die Platte gebeugt. Ihr Schluchzen klang so schmerzerfüllt, dass Demi die Tränen in die Augen traten. Was sollte sie tun? Weggehen und Victoria ihrer Trauer, oder was auch immer sie quälte, überlassen?

Zögernd machte sie einen Schritt nach vorn, um zu sehen, ob diese aufhören und sie anweisen würde zu gehen, aber das tat sie nicht. Was um alles auf der Welt machte sie so traurig? Allem Anschein nach hatte sie Charles nicht wirklich geliebt, also musste etwas anderes dahinterstecken. Demi streckte die Hand aus, um Victorias bebende Schulter zu berühren, doch dann zog sie sie wieder zurück. Sie hatten einander nie berührt, abgesehen von einem Händedruck. Und dennoch ... Victorias Schmerz war beinahe greifbar. Sie streckte erneut die Hand aus, und diesmal legte sie den Arm um Victorias Schultern. Niemand sollte einen solchen Kummer allein ertragen müssen.

Demi war sich nicht sicher, wie lange sie dort stand und Victoria umarmte. Schließlich verebbte das Schluchzen. Charles' Witwe holte tief Luft und drehte sich zu ihr um, aber sie entzog sich ihr nicht.

»Danke«, stieß sie atemlos hervor.

Demi nickte, da ihr nichts einfiel, was sie darauf erwidern sollte. Sie hätte liebend gern gefragt, was diesen Ausbruch ausgelöst hatte, aber Victorias Gesichtsausdruck ließ sich entnehmen, dass sie ohnehin keine Antwort bekommen würde.

Victorias Atmung normalisierte sich wieder, und sie setzte sich auf. Demi trat zurück und streckte ihren steifen Rücken. Vielleicht sollte sie ein Bad nehmen, anstatt zu duschen. Ihre Muskeln hatten den Großteil des Tages in völlig falscher Position verbracht.

»Du siehst schrecklich aus.« Victoria musterte sie mit zusammengekniffenen Augen.

Demis Hand fuhr zu ihren Haaren und berührte die strohigen Strähnen, die ihr in den Nacken fielen. »Es war in der Tat ein seltsamer Tag.«

»Ich dachte, du hättest bei der Ernte mitgeholfen?«

»Das habe ich auch.« Demi errötete. »Doch dann wurde ich zu meinem Großvater gerufen, weil er böse gestürzt ist.«

»Das tut mir leid. Ist alles in Ordnung mit ihm?«

»Abgesehen von einer Gehirnerschütterung, einer gebrochenen Hüfte und einem gebrochenen Arm geht es ihm gut.«

»Das ist eine interessante Definition von gut.«

»Im Augenblick ist das Leben nun mal so.«

»Wirklich?« Victoria zog die linke Augenbraue in die Höhe. »Ach, übrigens. Heute Morgen hat sich ein gutaussehender junger Mann nach dir erkundigt. Ich habe ihn zu den Obstgärten geschickt. Hat er dich gefunden?«

Demi spürte, wie ihr sämtliche Farbe aus dem Gesicht wich. »Ja.« Über die Sorge um ihren Großvater hatte sie Matt völlig vergessen.

»Du siehst aus, als wäre dir ein Geist erschienen.«

Demi hielt sich an der Schreibtischkante fest. Alles schien aus den Fugen zu geraten. »Das ist sehr viel schlimmer als ein Geist.«

Victoria stand auf und ging zu einem niedrigen Schränkchen, auf dem ein Tablett mit Flaschen und Gläsern stand. Sie schenkte ihnen einen Cognac ein und reichte Demi ein Glas. »Trink das. Und jetzt erzähl mir von diesem Mann und warum du dich so wenig freust, ihn wiederzusehen. Abgesehen von seinen kleinen Augen wirkte er doch ganz anständig.« Victoria atmete das Bouquet des Cognacs ein. »Ich habe Männern mit kleinen Augen noch nie getraut.«

Demi wusste nicht, wohin sie schauen sollte. Das könnte ja heiter werden, dachte Victoria, aber sie wollte Charles' Tochter nicht quälen. Ihre fürsorgliche Berührung hatte Victoria vor dem Abgrund gerettet. Noch nie war sie so am Boden zerstört gewesen; selbst auf dem Höhepunkt der Fruchtbarkeitsbehandlung war sie sich nie so wertlos vorgekommen wie jetzt, da sie Morwennas Brief entdeckt hatte. Wie hatte sie mit Charles zusammenleben und dabei so wenig über ihn wissen können? Sie nahm einen Schluck Cognac. Ihre Affäre mit Adam hatte ihn umgebracht, daran gab es nichts zu rütteln.

Sie sah Demi an. Er hatte sie beinahe verloren, und das hätte ihn um ein Haar zerstört. Es war die Angst gewesen, Demi zu verlieren, die Morwenna und ihn auseinandergebracht hatte.

Jetzt war seine Tochter hier. Er hatte offenbar gewollt, dass sie Demelza kennenlernte. Er hatte sie damals aufgegeben, um ihrer eigenen Sicherheit und um seiner Ehe willen, die er achtete, obwohl er sich in eine andere Frau verliebt hatte. Blinzelnd blickte Victoria hinaus in die Dunkelheit. Wusste sie wirklich, was Liebe war?

»Es tut mir leid, dass Matt hergekommen ist.« Demi spähte ebenfalls aus dem Fenster, als erwartete sie, ihn dort zu sehen. Dahinter steckte mehr als der normale Zank unter Liebenden.

»Was ist zwischen euch passiert?«

»Ich …« Demi schloss fest die Augen, dann öffnete sie sich wieder und musterte Victoria, als versuchte sie, diese einzuschätzen.

»Ich weiß, dass ich nicht unbedingt die Person bin, die du am liebsten ins Vertrauen ziehen würdest, aber ich bin eine Frau, und ich glaube kaum, dass du mich mit irgendetwas schockieren könntest.« Sie lächelte bedrückt. »Ich bezweifle, dass du etwas getan haben könntest, was ich nicht selbst getan habe.«

»Ich habe die Beziehung mit Matt beendet, nachdem ich ihn dabei ertappte, wie er …« Demi rang die Hände.

»… mit einer anderen Frau geschlafen hat?«

»Nein, um ehrlich zu sein, wäre mir das lieber gewesen.«

Victoria blickte skeptisch drein. Einen flotten Dreier hätte sie Demi nicht zugetraut.

»Nein, nicht so, wie du denkst. Er hat mich immer wieder dazu gedrängt, Dinge zu tun, bei denen ich mich nicht wohlgefühlt habe. Ich hatte klipp und klar Nein gesagt!«

»Aha. Da kommt doch jetzt ein großes Aber, hab ich Recht?«

Demi nickte. »Ich bin so ein Dummkopf. Er sieht gut aus, ist charmant und hat einen anständigen Job. Verglichen mit den meisten Männern, die ich an der Uni kennengelernt habe, war er wie ein frischer Wind für mich.« Demi nahm einen Schluck Cognac, was ihr die Farbe in die Wangen trieb. Victoria musste zugeben, dass Charles' Tochter schön war, allerdings fehlte es ihr an Selbstvertrauen, und Selbstvertrauen war das, was einen Menschen sexy machte. Was ihn von der Masse abhob. Woher rührte ihr eigenes Selbstvertrauen? Vielleicht, so überlegte Victoria, hatte sie es beim Schwimmen aufbauen können, denn dabei hatte sie ein gesundes Bewusstsein für ihren Körper entwickelt, was ein guter Anfang gewesen war.

»Er hat eingelenkt, und ich dachte, das wäre in Ordnung. Er war sehr lieb zu mir, als Mum starb, hat mir bei all den Dingen geholfen, die der Tod nach sich zieht. Und dann bin ich eines Tages früher nach Hause gekommen und habe ihn dabei ertappt, wie er …«

»Pornos schaute?«

»Ja, aber nicht mit fremden Darstellern. Er hatte uns ohne mein Wissen gefilmt. Er hatte mich ziemlich betrunken gemacht und dazu überredet, Dinge zu tun, die ich, nun ja, normalerweise nicht tun würde.« Demi sackte auf einen Stuhl. »Da war ich, auf dem riesigen Bildschirm.«

»Scheißkerl!« Victoria spuckte das Wort aus. Sie spürte Demis Schmerz. »Nun, wir werden dafür sorgen, dass er sich nicht hier herumtreibt. Ich werde die Polizei rufen und ihn wegen widerrechtlichen Betretens unseres Grundstücks festnehmen lassen.«

Demis Kopf fuhr in die Höhe. »Danke, aber – aber dann müsste ich womöglich eine Erklärung abgeben.«

»Das ist richtig.« Victoria seufzte. Sie wusste, dass mehr hinter dieser Geschichte steckte, doch in Anbetracht der Tatsache, dass Demi zutiefst erschöpft und – Victoria runzelte die Stirn – salzig aussah, würde sie es dabei belassen. »Warum gehst du nicht unter die Dusche, und ich wärme dir unterdessen etwas Suppe auf?«

Demi stand auf, zögernd. »Klingt wundervoll.« Sie rieb sich den Rücken. »Ich bin ein bisschen lahm vom Äpfelaufsammeln.«

»Das kann ich mir vorstellen. Nimm ein Bad und komm runter, wenn du fertig bist.« Victoria sah Demi hinterher, die wie eine alte Frau davonhumpelte.

Vor der Küchentür blieb Demi zögernd stehen. Sie konnte Victoria reden hören. Um diese Uhrzeit musste es sich um ein Telefonat handeln, denn sie hatte niemand anderen ins Haus hineinkommen hören. Ihr fehlte die Kraft, Victoria erneut ihr Herz auszuschütten. Im Grunde konnte sie immer noch nicht fassen, dass sie ihr Geheimnis preisgegeben hatte. Auch wenn es gutgetan hatte, darüber zu sprechen. Matts Besessenheit war außer Kontrolle geraten. Sam und sie zusammen im Fluss zu beobachten hatte seine Begierde vermutlich nur noch mehr befeuert. Ihre eigene Begierde dagegen hatte die Beziehung zwischen Sam und ihr schwierig gemacht. Wenn sich Leidenschaft so anfühlte, hatte sie all die Jahre über nie Leidenschaft verspürt.

»Danke, Seb. Bis morgen. Ich hole dich in Falmouth ab.«

Demi wagte den Sprung ins kalte Wasser und trat ein. Es wäre schön, Sebastian wieder im Haus zu haben. Er bewahrte stets einen kühlen Kopf, und es wäre gut, um seine Unterstützung zu wissen. Nein, das stimmte nicht ganz, denn das würde voraussetzen, dass sie ihn einweihte, und das brächte sie nicht über sich.

»Du siehst schon besser aus.« Victoria lächelte. »Möchtest du ein Glas Wein?«

Demi nickte, doch dann überlegte sie es sich anders. »Lieber nicht, nach dem Cognac vorhin.«

»Verstehe.« Victoria schenkte sich ein Glas Wein ein und setzte sich an den Tisch. Gegenüber hatte sie ein Gedeck für Demi aufgelegt. Die Suppe im Teller dampfte. Demi nahm Platz, dankbar, dass jemand die Mahlzeit für sie zubereitet hatte. Sie griff nach einem Stück knusprigem Brot und tauchte es in die Tomatensuppe. Victoria musste sie heute aus den Tomaten gekocht haben, die in Hülle und Fülle im Garten reiften. Das war eines der Dinge, die Demi an Boscawen so schätzte: die hausgemachten Produkte. Nie hätte sie sich träumen lassen, dass ein Stadtmädchen wie sie es lieben würde, sich die Hände bei der Gartenarbeit schmutzig zu machen.

»Die Suppe schmeckt köstlich, Victoria, vielen Dank.«

Victoria lächelte sie über den Rand ihres Weinglases hinweg an. »Wie war deine Mutter eigentlich?«

Demis Augen weiteten sich. Das war die letzte Frage, die sie von Victoria erwartet hatte. »Das ist nicht leicht zu beantworten.« Demi tauchte ein weiteres Stück Brot in die Suppe. »Sie war willensstark, aber liebenswürdig.« Ein Lächeln trat auf ihr Gesicht. »Sie war meine beste Freundin, aber zu beschützend.«

»Wie meinst du das?«

»Nun, ich war fast sechzehn, als sie mich das erste Mal alleine in die Schule gehen ließ, und auf dem Rückweg musste ich immer mit einer größeren Gruppe zusammenbleiben.« Demi strich sich eine feuchte Haarsträhne hinters Ohr. »Damals habe ich nicht weiter darüber nachgedacht, obwohl die meisten meiner Freundinnen schon mit zwölf alleine gehen durften.« Sie blickte von ihrer Suppe auf. »Sie hat nie ein großes Tamtam darum gemacht, aber sie fand immer einen Grund, um bei mir zu sein.«

»Das macht Sinn.«

Demi legte die Stirn in Falten.

»Ich habe einen Brief von deiner Mutter an Charles gefunden«, erklärte Victoria.

Das also hatte den Weinkrampf ausgelöst. Demi blies vorsichtig auf die heiße Suppe und beobachtete, wie sich kleine Wellen zum Tellerrand zogen.

»Warst du alt genug, um dich an ihn erinnern zu können?«

»Ich erinnere mich gar nicht an ihn. Als mein Großvater mir Fotos von ihm zeigte, war ich völlig perplex. Es ist, als wäre da ein großes schwarzes Loch in meiner Erinnerung.«

»Hm.«

Demi legte den Kopf schräg. »Was weißt du, was ich nicht weiß?«

»Ziemlich viel, nehme ich an.« Victoria nahm einen Schluck Wein.

»Da hast du vermutlich Recht.« Sie grinste. Victoria konnte tatsächlich verschmitzt sein.

»Ja, aber jetzt mal im Ernst. Ich habe etwas gelesen, was mich berührt hat.« Sie fuhr mit dem Finger über den Rand ihres Weinglases, dann blickte sie auf. »Etwas, was dich betrifft – dich und die Trennung von deiner Mutter und Charles. Ich frage mich, wie du das damals verkraftet hast.«

»Soweit ich mich erinnere, hatte ich eine ganz normale Kindheit mit einer alleinerziehenden, überfürsorglichen Mutter.«

»Verstehe.«

»Was verstehst du?«

»Vielleicht ist es besser, du liest das.« Victoria reichte Demi einen Bogen Papier. »Doch vorher solltest du wissen, dass ich diesen Brief inmitten von Zeitungsausschnitten entdeckt habe. Ich weiß nicht, ob du dich daran erinnerst, dass damals die kleine Tochter eines vermögenden Mannes entführt wurde. Der Mann war ein Geschäftsfreund deines Vaters. Ich kannte ihn nicht persönlich. Das Ganze hat kein gutes Ende genommen.«

Demi blickte auf das Blatt.

Mein geliebter Charlie,
nach einem weiteren schrecklichen Albtraum schläft dein Engel tief und fest. Seit wir meine Eltern besucht haben, sind diese Albträume schlimmer geworden. Ich dachte, der Aufenthalt in Cornwall würde ihr helfen, aber sie war wie ausgewechselt, mürrisch und verschlossen. Seitdem wird es jede Nacht schlimmer, weshalb ich mit ihr zu einem Psychologen gehe, der auch Hypnose anwendet. Ich werde alles tun, um meiner Demi zu helfen.

Auch ich kann nicht gut einschlafen. Ständig muss ich daran denken, dass wir sie um ein Haar verloren haben, und alles, was ich empfinde, ist Schuld. Sie war nicht bei uns, weil ich Zeit mit dir alleine verbringen wollte. Ich war selbstsüchtig, und das hat mich beinahe mein Kind gekostet. Und erst einmal die Vorstellung, dass wir mit John Samson, Vanessa und der bedauernswerten Abigail zusammen waren, nur einen Tag, bevor sie entführt wurde! Einen Tag später, und es hätte genauso gut Demi treffen können.

Ich liebe dich so sehr, doch je mehr ich darüber nachdenke, desto klarer wird mir, dass wir so nicht weitermachen können. Ich respektiere deine Entscheidung, Victoria nicht zu verlassen. Ich verstehe, was sie dir bedeutet und was ihr gemeinsam durchgemacht habt. Daher werde ich dich auch nicht um diesen Schritt bitten.

Demi hob den Kopf und schaute Victoria fragend an. Was hatten Charles und sie gemeinsam durchgemacht?

Ich wünschte, ich könnte behaupten, das wäre nobel von mir, aber es ist dem Bedürfnis geschuldet, Demi zu beschützen. Die Entführung von John Samsons Tochter steht in sämtlichen Zeitungen, und wenn die Leute erfahren, dass Demi deine Tochter ist, wird womöglich auch sie in Gefahr sein – du hast noch mehr Geld als er. Ich weiß, dass wir diskret waren, aber seit ihrer Krankheit werde ich ständig von der quälenden Vorstellung heimgesucht, sie zu verlieren.

Demi holte tief Luft. Nun wusste sie es. »Victoria, was ist mit dem Kind passiert?«

»Es war schrecklich. Ich war zu jener Zeit in Rom, aber selbst die italienischen Zeitungen berichteten über die Entführung.« Victoria schauderte. »Das Mädchen wurde umgebracht, obwohl der Vater das Lösegeld bezahlte.«

»Oh.« Demi schluckte. Ihre Mutter musste außer sich gewesen sein vor Angst. Das erklärte so viel, dennoch wünschte sich Demi, Morwenna hätte ihr die Wahrheit gesagt. Doch vielleicht war es einfach zu schmerzhaft für ihre Mutter gewesen.

»Wo ist es passiert?«

»Leider ganz in der Nähe. Das Mädchen war mit einer Kinderfrau an einem der Strände, sie wurden beide gekidnappt.«

»Hat man die Entführer je gefasst? Was ist aus der Kinderfrau geworden?«

»Sie hatte einen Nervenzusammenbruch. Irgendwann hat man die Kerle geschnappt.«

Charlie, ich liebe dich von ganzem Herzen, und ich werde dich immer lieben. Ich weiß, dass es dich umbringen wird, dir Demi wegzunehmen, aber es ist zu ihrem eigenen Wohl. Ich weiß, dass du alles für sie tun würdest. Daher bitte ich dich, uns nie wieder zu kontaktieren. Ich werde ihr sagen, du wärst gestorben. Das ist die sicherste Erklärung, denn dann wird sie keine Fragen stellen.

Ich möchte, dass du all deine Liebe Victoria schenkst und deinen Reichtum dazu verwendest, anderen zu helfen. Mir ist klar, dass du das bereits tust, aber tu mehr. Wann immer du etwas Gutes tust, weiß ich, dass du an Demi und mich denkst.

Lebewohl, mein Geliebter. Versuche nicht, mich dazu zu bewegen, meine Meinung zu ändern. Wenn du uns liebst, und ich weiß, dass du das tust, wirst du uns gehen lassen.

In Liebe, Wenna

Victoria griff nach einem Glas, füllte es und reichte es Demi. Sie legte ihr eine Hand auf die Schulter. »Es tut mir leid.«

»Was denn?« Demi sah sie an.

»Es tut mir um so vieles leid«, erklärte Victoria, »doch am meisten um deine Kindheit. Charles und ich hätten uns scheiden lassen sollen.« Sie setzte sich. »Charles war von der alten Schule. Er lebte nach der Maxime, was man sich eingebrockt hat, muss man auch auslöffeln.« Victoria seufzte. »Der Brief deiner Mutter hat mir gezeigt, um was uns das alles gebracht hat, ihn, dich und mich.«

»Er hat dich geliebt.«

»Auf seine Art mit Sicherheit, aber nicht so, wie er deine Mutter und dich geliebt hat.« Victoria schluckte. »Er war damals schon ein erfolgreicher Mann, und ich kam aus bestem Hause und war eine gute Partie – allerdings konnte ich ihm nicht die Familie schenken, die er sich so sehnsüchtig wünschte.« Sie nahm einen Schluck Wein. »Das ließ uns beide in verschiedener Hinsicht verkümmern. Charles fand schließlich deine Mutter, und ich – nun, ich nahm alles mit, was ich kriegen konnte.« Ihr Mund verzog sich zu einem schiefen Lächeln. »Interessanterweise wusste keiner von uns beiden, dass der andere ihn betrog – zumindest ging ich davon aus.« Sie lachte trocken. »Ich hätte nicht gedacht, dass er dazu fähig wäre, aber ich war auch viel zu sehr mit mir selber beschäftigt, um mich wirklich mit ihm zu befassen, und eine Zeitlang führten wir im Grunde zwei verschiedene Leben. Ich glaube, er hatte mich auf gewisse Weise idealisiert.«

»Aber du bist bei ihm geblieben.«

»Ja, das bin ich. Ich sah keine Alternative, und ja, um ehrlich zu sein, hat mir Charles' Geld das Einzige beschert, das ich wirklich wollte: Boscawen.«

»Oh.« Demi blickte an die Küchendecke mit ihren dicken Balken. Sie war schön, aber war es das alles wert, was Victoria dafür aufgegeben hatte?

»Boscawen ist für mich viel mehr als Ziegelsteine und Mörtel. Es ist mein Erbe, meine Seele. Ich kann nicht erklären, wie ich mit diesem Ort verbunden bin, aber ich bin die Letzte in der langen Reihe von Menschen, die es mit ihrem Schweiß und Blut aufgebaut haben.«

»Eine Tregan.«

»Woher weißt du das?«, fragte Victoria erstaunt.

»Sam hat es mir erzählt.«, Sie nippte an ihrem Wein und wich Victorias Blick aus. »Daher verstehe ich, was du meinst.«

»Das glaube ich kaum. Macht es mehr Sinn, wenn ich behaupte, dass es stellvertretend für diese Menschen steht?«

»Ein bisschen.«

»Charles hat begriffen, was Boscawen für mich bedeutet.«

»Hast du ihn geliebt?«

»Ja, auf gewisse Weise schon.«

Demi zog die Nase kraus. Entweder man liebte jemanden, oder man liebte ihn nicht. Das Telefon klingelte. Victoria warf einen Blick auf die Uhr an der Wand. Die Zeiger standen auf elf. Stirnrunzelnd nahm sie den Hörer ab.

»Oh, hallo, Sam. Ja, sie ist hier, und es geht ihr gut.«

Victoria reichte Demi lächelnd den Hörer. Diese griff mit klopfendem Herzen danach. Was um alles auf der Welt sollte sie zu ihm sagen?

»Hallo.« Der Klang seiner Stimme ließ sie erbeben. »Ich rufe nur an, um zu hören, wie es dir geht und was mit deinem Großvater ist.«

»Es geht ihm den Umständen entsprechend gut. Danke der Nachfrage.«

»Und wie geht es dir?«

Die Frage schien so viel zu beinhalten, ganz ähnlich dem Trommelfeuer, das Peta auf dem Weg ins Krankenhaus auf sie abgeschossen hatte. »Ganz okay, ich bin nur müde.«

»Bis morgen.«

»Ja. Tschüs und danke.« Demi legte den Hörer auf und stellte fest, dass Victoria sie beobachtete.

»Du brauchst Schlaf. Wir können morgen reden.«

Demi nickte und stand auf, um abzuräumen. Sie musste über so vieles nachdenken.

»Lass es gut sein. Das ist das Mindeste, was ich im Augenblick tun kann.«

Demi unterdrückte ein Gähnen.

»Übrigens, ich bin weiterhin dabei.«

»Das ist großartig.« Demi grinste erleichtert. »Sam hatte das schon vermutet.«

»Tatsächlich?«

»Ja. Er sagte, du würdest einlenken, weil du eine Tregan bist, und ein Mitglied der Familie Tregan würde alles für Boscawen tun.«

»Interessant.« Ein Lächeln stahl sich auf Victorias Gesicht.

»Gute Nacht.« Nun gähnte sie doch, verließ die Küche und ging durch das Foyer zur Treppe. Das war heute der seltsamste Tag ihres ganzen Lebens gewesen. Aber endlich hatte sich das letzte Puzzleteilchen eingefügt: Ihr Vater hatte sie nicht kontaktiert, weil er sie so sehr liebte.

Das ging beinahe über ihren Verstand.

Achtunddreißig

Victoria lächelte, als Seb auf ihren Wagen zuging. Er war beim Frisör gewesen und sah umwerfend aus. Nun öffnete er die Beifahrertür, glitt auf den Sitz und küsste sie auf die Wange. »Du sieht gut aus. Ist es das erste Mal, dass du wieder hinter dem Steuer sitzt?«

Sie nickte. Das war die geringste ihrer Sorgen. »Ich habe Morwennas Brief gefunden.«

Er runzelte die Stirn. »Es geht mir gut. Danke der Nachfrage.«

»Was ist passiert?« Victoria warf einen Blick in den Rückspiegel, bevor sie aus der Parklücke setzte.

»Morwenna hatte den Eindruck, ihre Beziehung würde Demi gefährden, und Charles hat nie wieder Kontakt zu den beiden aufgenommen.«

Victoria warf Seb einen Blick zu. Seine Augen waren auf einen Punkt in der Ferne gerichtet. »Sie haben nie wieder miteinander gesprochen?«

»Nie mehr. Jeglicher Kontakt, ganz gleich, welcher Art, stellte ihrer Hinsicht nach ein zu hohes Risiko für ihre Tochter dar.«

»Verstehe.«

Sebastian legte eine Hand auf ihre. »Ist sie zu Hause?«

»Nein. Sie ist bei ihrem Großvater im Krankenhaus. Er wurde heute früh operiert.« Sie hielt in einer Ausweichbucht an. »Wie haben sie ihre Affäre vor mir geheim halten können?«

Sebastian lachte. »Ich würde sagen, sie waren diskret – aber ich würde auch sagen, es hat dich nicht interessiert.« Er räusperte sich. »Deine Aufmerksamkeit galt anderen Dingen.« Victoria sah sich um und entdeckte ein Pub, das sie von früher kannte, ein Stück die Straße hinauf. »Lust auf Mittagessen?«

»Gute Idee.« Er lächelte, und Victoria fuhr weiter, dann bog sie auf den Parkplatz des Pubs ein. Es war Jahre her, dass sie das letzte Mal hier gewesen war, aber das war ihr egal. Irgendwann würde sie sich wieder unter Leute mischen müssen, selbst wenn sie nur wenig Lust dazu verspürte. Sie blickte auf ihre Brust hinab. Ihr BH täuschte etwas vor, von dem sie wusste, dass es nicht da war. Sie hatte überlegt, ob sie ihn vielleicht gar nicht erst tragen sollte, aber dann würden die Leute erst recht schauen. Sie unterdrückte das Lachen, das in ihr aufstieg. Früher hatte sie sich gewünscht, dass alle sie anschauten, und nun wollte sie am liebsten unsichtbar sein. Sie würde sich an vieles gewöhnen müssen, denn Boscawen war kein abgeschiedenes Kloster, sondern sollte zu einem Boutique-Hotel umgebaut werden. Am besten stellte sie sich den Dingen jetzt gleich, mit Seb an ihrer Seite.

Das Pub war gut besucht, aber sie fanden einen freien Tisch. »Was kann ich dir bringen, Tori? Ich würde mich freuen, das letzte Stück nach Boscawen das Steuer zu übernehmen.«

»Die ganzen zwei Meilen?« Sie grinste. »Dann hätte ich gerne einen kräftigen Roten und etwas von der Wildpastete, die ich auf der Extrakarte entdeckt habe.«

»Wie du möchtest.«

Sie lehnte sich auf ihrem Stuhl zurück und stellte fest, dass sie heute nicht mehr allzu viel tun konnte. Allein die Fahrt nach Falmouth und zurück hatte sie erschöpft. Der

Nordwind frischte auf. Sie würde im Wohnzimmer den Kamin anzünden und es sich mit einem guten Buch auf dem Sofa bequem machen, sobald sie zurück wären. Sie musste die leeren Räumlichkeiten in Boscawen genießen, solange sie noch leer waren. Schon im nächsten Frühjahr würde sie mit Demi in die einstigen Dienstbotenquartiere unter dem Dach einziehen.

»Victoria.«

Der Klang von Adams Stimme ließ sie herumfahren.

»Bleib bitte sitzen.« Er beugte sich vor und küsste sie auf die Wange. »Du siehst gut aus.«

Sie musterte ihn. Er war ein hübscher Junge, und er hatte sie gerade auf die Wange geküsst, als wäre sie seine altjüngferliche Tante. Wie schnell sich alles verändert, dachte sie. Der letzte Kuss war voller Leidenschaft gewesen. Ihr Blick fiel auf die Frau, die wartend an der Tür stand. Ja, die Dinge veränderten sich in der Tat mit rasender Geschwindigkeit.

»Alles ist gut.« Sie legte ihre Hand auf seine und sah ihm direkt in die Augen. »Lass die nette junge Frau dort drüben nicht warten.«

»Danke, Victoria.«

»Es war mir ein Vergnügen.«

Er grinste. »Das Vergnügen war nicht allein auf deiner Seite.«

Sie lachte und sah ihm nach, als er davonging. Sebastian kehrte mit ihrem Wein zurück.

»War das nicht dein Geliebter?«

»Mit der Betonung auf war.« Sie hob das Glas und prostete Seb zu. »Jene Tage sind vorüber.«

»Traurig?«

Nachdenklich nahm Victoria einen Schluck Wein. War sie traurig? »Einerseits ja, andererseits nein.«

»Du wirst erwachsen.«

»Du solltest nicht so begeistert klingen.« Einer ihrer Mundwinkel zuckte in die Höhe.

»Ich werde mir Mühe geben.«

»Gut. Und jetzt erzähl mir von diesen Anweisungen, die mein verstorbener Ehemann – dein bester Freund – dir erteilt hat.« Sie sah ihn fragend über den Rand ihres Glases hinweg an.

»Hm, das ist vertraulich.«

»Schluss mit diesem Unsinn. Ich kenne Charles, er war ein Mann, der alles in seinem Leben sorgfältig geplant hat. Warum wollte er Demi und mich zusammenbringen?«

»Ich dachte, das wäre dir inzwischen klar geworden.«

Sie schwenkte den Wein in ihrem Glas. »Nein.«

Seb griff nach dem Besteck und fuhr mit den Fingern über den Messergriff. Victoria lächelte. Sie hatte seine Hände immer schon geliebt. Er sah auf und ertappte sie, wie sie ihn musterte. »Gleich nach Morwennas Tod wollte er dir von Demi erzählen.«

Sie lehnte sich zurück, verschränkte die Arme vor der Brust und spürte, dass dort etwas fehlte. »Er hat erwähnt, dass er etwas mit mir besprechen wolle, aber dazu ist es nicht gekommen.«

»Nun, ihm war klar geworden, dass er zunächst mit Demi reden wollte – musste. Er wusste, dass sie ihn für tot hielt.« Die Bedienung kam mit dem Essen, und er hielt inne.

»Das kann ich nachvollziehen«, sagte Victoria. »Mehr aber auch nicht.«

Seb zuckte die Achseln. »Ich kann es dir nicht erklären, aber ich denke, Charles hat bewusst oder unbewusst begriffen, dass auch sein Leben endlich ist, und wollte gewisse Vorkehrungen treffen. Als Morwenna starb, hat er den Mut verloren.«

Victoria wurde blass. »Seb, wann hat Charles dir diese Anweisungen erteilt?«

»Als ich nach London zurückkehrte, fand ich sie in der Post.«

»Von wann war der Poststempel?«

»Warum fragst du das?« Er legte die Gabel zur Seite.

»Ich muss das wissen, Seb.«

»Er muss sie unmittelbar vor seiner Rückfahrt nach Cornwall in den Briefkasten geworfen haben, denn sie wurden am Samstag abgestempelt.«

Victoria schob ihre Wildpastete von sich und nahm einen großen Schluck Wein. »Bitte sag mir, was darin stand.«

»Tori ...«

»Sag es mir.« Sie verschränkte die Hände vor sich auf dem Tisch.

Er seufzte. »Ich darf dir nicht alles mitteilen.«

»Dann erzähl mir, was du kannst. Erzähl mir von Demi.« Aber Victoria wusste bereits, was er sagen würde.

»Er wollte euch zwei zusammenbringen. Er wollte, dass du sein Kind bekommst, das Einzige, was er dir niemals hatte schenken können.«

Victoria sackte auf ihrem Stuhl zusammen. Es fiel ihr schwer zu atmen. Nachdem er seine Frau mit ihrem Liebhaber gehört hatte, hatte er nicht Rache, sondern Vergebung gesucht.

Sam aus dem Weg zu gehen war keine Option und schon gar nicht die Antwort auf ihre Verlegenheit wegen der Szene im Fluss. Er war einer ihrer Geschäftspartner, weshalb sie ihn jeden Tag zu Gesicht bekäme. Damit müsste sie klarkommen. Aus diesem Grund marschierte sie nun zur Cider-Scheune in der Hoffnung, er wäre allein. Wenn

Rachel ebenfalls dort wäre, würde Demi ihr Gespräch mit ihm verschieben müssen. So liebenswürdig Sams Schwester auch war, sie musste nicht hören, was Demi zu sagen hatte, auch wenn diese im Grunde selbst noch nicht recht wusste, was sie ihm überhaupt mitteilen wollte.

Leicht angespannt betrat sie die Scheune. Die glänzenden Oberflächen reflektierten die helle Deckenbeleuchtung. Die Maschinen liefen bereits auf Hochtouren, damit beschäftigt, das Fallobst zu verarbeiten, dabei hingen die Bäume noch voller Äpfel. Äpfel von benachbarten Anwesen lagerten in großen Behältern, ihr süßer, durchdringender Duft erfüllte die Luft.

»Sam?« Demi ging weiter hinein, aber sie entdeckte ihn nicht. Draußen parkte sein Geländewagen, also musste er in der Nähe sein. Sie wollte gerade wieder hinausgehen, als sie ein Husten hörte. Erschrocken wirbelte sie herum und nahm im Augenwinkel Matt wahr.

»Matt, was zum Teufel machst du denn hier?« Sie stemmte die Hände in die Hüften, damit sie nicht anfingen zu zittern.

»Ich suche dich. Ich musste dich unbedingt sehen.« Die Hände verschränkt, die Schultern nach vorne gezogen, stand er da, einen betretenen Ausdruck im Gesicht. »Du hast meine Nummer blockiert, stimmt's? Ich habe mir Sorgen um dich gemacht.«

Demi furchte die Stirn. »Es geht mir gut, danke.«

»Das habe ich gestern gesehen. Du hast dich anderweitig orientiert.«

Sie stieß die Luft aus, die sie unwillkürlich angehalten hatte. »Das habe ich.« Nein, sie würde nicht an das denken, was sie gestern mit Sam erlebt hatte. Dafür war definitiv nicht der richtige Zeitpunkt. Jetzt müsste sie erst einmal Matt überzeugen loszulassen. »Matt, ich habe dir mehr als einmal klar und deutlich zu verstehen gegeben, dass es zwischen uns aus ist. Vorbei.«

Er machte einen Schritt auf sie zu, Demi machte einen Schritt zurück. Hinter sich spürte sie eine frische Brise. Sie saß nicht direkt in der Falle, aber sie wollte hier auf keinen Fall mit Matt allein sein.

»Ich vermisse dich so sehr.« Er streckte die Hand nach ihr aus. »Und ich möchte dir sagen, dass es mir leidtut.« Jetzt war er nur noch etwa einen Meter von ihr entfernt. Sie konnte sein Aftershave riechen. Zu viele schlechte Erinnerungen waren mit diesem Duft verbunden.

»Danke.«

»Bitte komm zu mir zurück, Demi. Ich liebe dich.« Er umfasste ihr Kinn, und sie musste sich alle Mühe geben, nicht zurückzuzucken.

»Aber ich liebe dich nicht. Es ist vorbei.«

Er strich ihr mit dem Daumen über die Wange. Demi drehte sich vor Abscheu der Magen um.

»Wir haben doch so gut zueinander gepasst …«

»Nein, das haben wir nie. Ich habe nie gemocht, was du von mir wolltest.« Sie trat einen Schritt von ihm weg. Jetzt durfte sie bloß keine falschen Signale senden. »Es ist das Beste, wenn du nun gehst.«

»Du kapierst es nicht, oder?« Er hob sein Handy und machte ein Foto von ihr.

»Es ist *vorbei.*« Zähneknirschend rang sie nach Fassung. »Lösch die Aufnahme von mir.«

»Sicher.« Sie sah zu, wie er das Foto löschte, dann versuchte er, sie in seine Arme zu ziehen, doch sie stieß ihn weg.

»Ich meine es ernst, hau ab, Matt! Geh und such dir ein Mädchen, dem gefällt, was du tust, denn mir hat es nicht gefallen.«

»So warst du früher nie.«

»Nun, ich bin erwachsen geworden. Und jetzt geh.«

»Nur ein Foto, um der alten Zeiten willen.«

»Nein. Schluss, Matt. Es ist aus.« Sie ballte die Hände zu Fäusten.

Seine Augen weiteten sich. »Du meinst es tatsächlich ernst.«

»Selbstverständlich.«

In seinen Zügen spiegelte sich Enttäuschung. »Falls du deine Meinung doch noch änderst …«

»Das werde ich nicht.«

»Na schön. Also dann …« Er verließ die Scheune, und sie schickte ein Stoßgebet zum Himmel, dass das das Letzte gewesen war, was sie je von Matt gesehen oder gehört hatte. Ihre Knie gaben nach, und sie sackte zu Boden. Genau in dem Augenblick erschien Sam auf der Bildfläche.

Er griff nach ihrem Arm und half ihr auf. »Alles in Ordnung?«

»Ja.« Endlich war sie frei. Frei von Matt.

»Wer war das?«

»Mein Ex.« Sie lächelte. »Endlich hat auch er kapiert, dass es vorbei ist.«

»Dann bist du also frei für eine neue Beziehung?«, fragte er, ohne ihren Arm loszulassen.

»Das könnte schon sein.«

Er zog sie an sich. »Ich freue mich so, das zu hören.« Zärtlich strich er mit dem Daumen über ihre Unterlippe. »Sollen wir losziehen und uns durch das Loch vom *Men an Skawenn* schlängeln?«

»Ist das ein indirekter Heiratsantrag, um Boscawen auf legale Art und Weise in deinen Besitz zu bringen? Immerhin bist du ein Tregan …« Demi gab sich alle Mühe, ernst dreinzublicken.

»Hm.« Er gab ihr einen langen Kuss. »Vielleicht, vielleicht will ich dich aber bloß noch einmal nackt sehen.«

Demi lachte. Sie liebte Cornwall, und sie liebte Sam.

Neununddreißig

Victoria rieb sich den Nacken. Obwohl man sie darüber aufgeklärt hatte, dass die Erschöpfung eine Folge der Chemo sein würde, hatte sie nicht wirklich geglaubt, dass diese so lange anhalten und dass sie sich dermaßen ausgelaugt fühlen würde. Sie lehnte ihren Kopf gegen die Fensterscheibe und schloss die Augen. Wann kehrte endlich ihre Kraft zurück? Ohne war sie komplett nutzlos, nicht nur für die anderen, sondern auch für sich selbst. Sie griff nach der Schwarz-Weiß-Fotografie auf ihrer Frisierkommode. Warum war ihr das zuvor nie aufgefallen? Sie strich mit dem Finger darüber. Es war stets eines ihrer Lieblingsfotos gewesen. Es zeigte ihre lachenden Gesichter an seinem einundzwanzigsten Geburtstag. Sie war bereits verheiratet, allerdings noch ziemlich glücklich. Das Foto in den Händen, eilte Victoria die Treppe hinunter und hinaus in den Garten, wo Sam einem der angeheuerten Jungs erklärte, wie er den Pflaumenbaum vor der Mauer zurückschneiden sollte.

»Sam, hast du eine Minute Zeit?«

Lächelnd drehte er sich um. Die ganze Zeit über war sie da gewesen, die Ähnlichkeit, in seinem Lächeln und in seinen Augen. Er hatte Perrys Augen. Sie setzte sich auf die Bank neben der Küchentür.

»Sie sehen aus wie eine Katze, die Sahne geleckt hat«, stellte Sam grinsend fest. Sie reichte ihm das Foto.

»Du musst mich nicht siezen. Warum hast du eigentlich

nichts gesagt? Du hast doch sicherlich gespürt, dass ich keine Ahnung hatte.«

Er betrachtete die Aufnahme. »Ich dachte, das wäre nicht wichtig.«

Sie zog die Brauen zusammen. »Nicht wichtig? Du bist ein Tregan. Das hier war das Zuhause deines Vaters.«

»Die Betonung liegt auf war.« Er reichte ihr das Foto zurück. »Meine Mutter hat Boscawen verkauft.«

»Warum bist du hergekommen?«

»Wir alle wollen etwas über unsere Vergangenheit erfahren.«

»Das ist richtig.« Sie betrachtete sein Profil. »Wann hast du erfahren, dass Boscawen ein Teil deiner Vergangenheit ist?«

»Vor drei Jahren hat Mum das Haus im *Country Life Magazine* entdeckt. Sie war empört, als sie feststellte, was sie beim Verkauf bekommen hatte und zu welchem Preis es nun angeboten wurde.« Er schüttelte den Kopf. »Sie hat mir erzählt, dass sie es verkauft hatte, weil sie mich durchbringen musste.«

»Ich muss mich bei ihr entschuldigen.«

Sam lachte. »Vielleicht solltest du das tun, aber sie hat auch erwähnt, dass sie erst in der zwölften Woche schwanger war und dass niemand außer ihr und meinem Vater davon wusste.« Er stand auf. »Wie hast du es herausgefunden?«

Victoria grinste. »Demi hat es mir erzählt.«

»Tatsächlich?« Er legte den Kopf schräg.

»Sie hat es allerdings nicht direkt ausgesprochen.«

»Wie dann?«

»Sie sagte, du hättest behauptet, die Tregans seien die Hüter von Boscawen und würden alles für Boscawen tun. Also sag mir, Sam Tregan, bist du deswegen hier?«

»Mein Name ist Andrew Samuel Tregan Stuart.«

»Andrew … nach meinem Vater?«

»Ja, und Samuel nach dem Vater meiner Mutter. Und ja, aus diesem Grund bin ich hier.«

»Danke.« Victoria stand auf und küsste ihn auf die Wange. Nun wäre sie doch nicht die letzte Tregan in Boscawen.

Victoria traf an der Kaimauer ein. Es war viel zu heiß für Anfang Oktober, kein Lüftchen regte sich. Sie krempelte ihre Jeans hoch, setzte sich auf die Kante und ließ die Füße im Wasser baumeln. Sie sehnte sich danach, schwimmen zu gehen. Das würde sie kräftigen, aber ihr Badeanzug passte logischerweise nicht mehr – und nackt baden würde sie jetzt auch nicht mehr. Diese Freude gehörte unwiderruflich der Vergangenheit an. Sie lachte traurig. Sie, die sie sich immer gerne nackt gezeigt hatte, konnte den Anblick ihres eigenen Körpers nicht ertragen. Er war vernarbt wie eine aufgelassene Diamantenmine. BRCA1. Vielen Dank, ihr lieben Gene. Jetzt war sie nicht mehr als ein Neutrum. Brüste, Gebärmutter, Eierstöcke, Eileiter – alles, was sie zur Frau machte, war entfernt worden, um ihr Leben zu retten, aber war dieses Leben tatsächlich lebenswert? Laut Dr. Perkins durfte sie nach acht Wochen wieder Geschlechtsverkehr haben, aber das war mit Sicherheit ein Witz gewesen. Wer wollte schon mit ihr schlafen, es sei denn, er würde dafür bezahlt?

»Hi.« Sebastian setzte sich neben sie.

»Wie schön zu sehen, dass du wieder eine Flasche Wein mitgebracht hast.« Sie lächelte.

»Wie schade, dass du nicht schwimmen gegangen bist.«

Sie lachte. »Ich habe keinen Badeanzug.«

»Das hat dich bislang nie davon abgehalten.«

»Jetzt schon.«

»Warum?«

»Du nimmst mich auf den Arm, oder?« Sie schüttelte den Kopf.

»Nein.«

»Ich will nicht, dass irgendwer diesen vernarbten Körper zu Gesicht bekommt. Ich würde ihn zu Tode erschrecken.« Ihre Stimme zitterte.

»Tori, du bist eine schöne Frau.« Er schaute ihr in die Augen, doch sie wandte sich ab.

»War, Sebastian.«

»Nein, du bist schön. Daran hat sich nichts geändert.«

»Da irrst du dich gewaltig.« Tränen rollten über ihre Wangen. Sie wischte sie unwirsch mit den Fingerknöcheln ab. Seb nahm ihr Gesicht in seine Hände und fuhr ihr mit den Daumen über die Wangen.

»Ich irre mich nicht, Tori. Du bist immer noch du, mit all deiner Leidenschaft und deiner Intelligenz. Das, was deine Schönheit ausmacht, hat sich nicht verändert.«

Sie versuchte, den Kopf zu schütteln, aber seine Hände hinderten sie daran. »Wer sollte mich denn jetzt noch begehren?«

»Ich.«

»Nein, das stimmt nicht.« Sie nahm seine Hände fort und wandte ihr Gesicht dem Fluss zu.

»Ich habe dich immer begehrt. Das hat sich nie geändert.«

Victoria versenkte die Zähne in ihrer Unterlippe, um sich mit diesem Schmerz vom eigentlichen abzulenken. Es gelang ihr nicht. »Glaub mir, Sebastian, jetzt würdest du mich nicht mehr begehren.« Sie schaute ihn an und entdeckte das Verlangen in seinen Augen. Nein, das konnte nicht sein, sie täuschte sich.

»O doch, das tue ich.« Er fuhr zärtlich mit dem Daumen ihren Wangenknochen nach.

»Sebastian, ich bin nicht mal mehr eine Frau.«

»Du bist eine Frau.«

»Nein. Ich bin leer, hohl, nutzlos.«

»Nein, du bist klug, witzig und ach so wunderschön.«

Sie schüttelte den Kopf. Er begriff es einfach nicht. Heute hatte sie den nutzlosen BH weggelassen. Sie knöpfte ihre Bluse auf und schob den Stoff zur Seite, um die Narben zu enthüllen. Dabei behielt sie sein Gesicht genau im Blick, um nach Anzeichen von Abscheu zu suchen.

Doch Sebastian streckte nur die Hand aus und liebkoste die Narben, dann beugte er sich vor und küsste sie. »Es ging mir nie um deine Brüste oder darum, ob du Kinder bekommen kannst. Ich liebe dich, Tori, habe dich immer schon geliebt.«

»Aber du kannst doch unmöglich mit dieser vernarbten Hülle schlafen wollen.«

»Es ging mir auch nie um Sex.« Er zögerte und lächelte schief. »Das ist gelogen; als ich zwanzig war, ging es mir vor allem um Sex, aber ich habe mir alle Mühe gegeben, mich zu beherrschen. Wenn ich dich ansehe, Tori, sehe ich die Frau, die ich liebe, nicht die Narben, die sie innerlich und äußerlich davongetragen hat.«

Victoria schluckte. »Du darfst mich nicht immer noch lieben, Sebastian. Du hast mehr verdient.«

»Ich will dich, und ich habe nie jemand anderen gewollt als dich.«

»Du hättest mich vor vielen Jahren haben können.« Sie errötete bei der Erinnerung an die Zeit, in der sie versucht hatte, ihn zu verführen, mehr aus Zorn, denn aus Liebe.

»Ich hätte dich damals haben können, ja, aber es genügte mir nicht, nur einen Teil von dir zu bekommen.«

»Aber genau das bekommst du jetzt auch.«

»Nein. Ich bekomme alles von dir. Du bist operiert worden, aber dadurch bist du nicht weniger geworden.«

»Ich …« Victoria konnte nicht sprechen. Sebastian verschloss ihren Mund mit einem Kuss. Erinnerungen und neue Gefühle durchfluteten sie. Sein Kuss war sanft, aber sie konnte die Leidenschaft darin spüren. Hier, an dieser Stelle, hatten sie sich zum ersten Mal geküsst.

Dicht an ihren Lippen flüsterte er: »Ich liebe dich.«

»Das darfst du nicht.« Sie entzog sich ihm. Das war falsch. Er durfte sie nicht lieben. Sie sah in seine Augen, die das bestätigten, was seine Worte und Lippen gesagt hatten. »Nein, Sebastian, nicht.«

»Doch, Tori, ja. Ich liebe dich.«

Victoria stand auf. Sie hatte diese Liebe nicht verdient.

Er erhob sich ebenfalls und nahm ihre Hand. »Sieh mich an.« Sie schaute auf seine Hände, die ihre Hand umschlossen hielten. Sie hatte von diesen Händen geträumt, hatte davon geträumt, dass sie zusammen alt wurden, nach einem langen gemeinsamen Leben. Einem fruchtbaren Leben.

»Sieh mich an«, bat er erneut.

Langsam hob sie den Blick. Ihre Blicke trafen sich.

»Ich liebe dich, Victoria. Ich habe dich immer geliebt, und ich werde dich immer lieben. So viele Jahre habe ich gewartet, um dich zu fragen, ob du meine Frau werden willst.«

»Nein.« Victoria schlug sich die freie Hand vor den Mund, als Sebastian vor ihr niederkniete.

»Heirate mich und mache mich zum glücklichsten Mann auf Erden, bitte.«

Das »bitte« gab ihr den Rest. Zu ihrer Verlegenheit strömten ihr die Tränen über die Wangen.

»Ich warte auf eine Antwort, und ich habe eine sehr

lange Zeit gewartet; also lass mich nicht noch länger zappeln. Bitte sag Ja.«

Sie schüttelte den Kopf. Das durfte sie ihm nicht antun. »Nein.«

»Warum nicht?« Noch vor einem Moment hatten seine Augen geglänzt vor freudiger Erwartung, jetzt reflektierten sie den grauen Himmel über ihnen.

»Ich bin versehrt.«

»Du bist schön.« Er stand auf und streichelte ihre tränennasse Wange.

»Du wirst Ekel empfinden, nicht Lust, wenn du mich nackt siehst.«

»Und du wirst mir vertrauen müssen.« Er küsste sie. »Sag Ja, und ich werde dich auf der Stelle lieben.«

Sie lachte und warf einen Blick auf den kalten Granit unter ihren Füßen.

»Du hast Recht, sehr viel lieber würde ich dich mit in mein Bett im Witwenhaus nehmen.«

Sie runzelte die Stirn. »Wie meinst du das? In dein Bett im Witwenhaus?«

»Nun, ich dachte, in Dower House könnten wir besser leben als auf dem Dachboden von Boscawen, wenn dein Zimmer erst einmal von den Gästen belegt ist.«

Sie lächelte. Er kannte sie so gut. Sollte sie es riskieren? Was, wenn er sie abstoßend fand? Machte Liebe wirklich blind?

Er beugte sich vor und flüsterte: »Komm, sei mein Lieb und leb mit mir, und neue Freuden kosten wir …«

Sie schauderte. »Dann wirst du mich also erst dorthin bringen und lieben, wenn ich Ja gesagt habe?« Mit funkelnden Augen stemmte sie die Hände in die Hüften.

»Genau. Ich habe Jahre darauf gewartet, dass du endlich mein wirst.« Er lächelte.

»Ich hoffe nur, dass es das wert war.«

Er zog eine Augenbraue in die Höhe. »Dann heißt das also Ja?«

»Ja.«

»Das Warten hat sich gelohnt, das weiß ich.« Er zog sie in seine Arme.

Endlich war sie zu Hause.

Winter

Kein Mensch kann etwas nehmen, wenn es ihm nicht vom Himmel gegeben ist.

Johannes 3,27

Epilog

Demi betrachtete ihren Atem, der in der eiskalten Luft kleine Wölkchen bildete. Obwohl sie ihren wärmsten Mantel trug und ihre hohen Absätze gegen Gummistiefel eingetauscht hatte, fror sie noch. In der Kirche war es nicht warm gewesen, aber sie hatte sich darauf konzentriert, bloß nicht zu stolpern, als sie den Mittelgang entlangschritt, um sicherzustellen, dass die Braut glücklich war. Und dem Lächeln nach zu urteilen, das auf deren Gesicht erstrahlte, war sie das, wenngleich auch sie zu frieren schien.

Es war die zwölfte Nacht nach dem Weihnachtsabend. Alle drängten sich dicht unter einem der ältesten Apfelbäume zusammen. Um die Dämmerung zu vertreiben, wurden Fackeln entzündet. Die Frischvermählten, der König und die Königin des Wassail – des keltischen Bechers der Fülle – nahmen ihre Kronen, gefertigt aus immergrünen Zweigen, entgegen. Der Wassail-Kelch, von Pengarrock ausgeliehen, war mit heißem Cider gefüllt, nach Jahrzehnten der erste, der wieder in Boscawen hergestellt wurde.

Sam hielt den Kelch mit dem dampfenden Apfelwein in den Händen. »Heute feiern wir die letzte der Weihnachtsnächte, die zwölfte Nacht. Daher werde ich Mr. und Mrs. Sebastian Roberts, unseren König und unsere Königin des Wassail, bitten, die Festlichkeiten zu eröffnen.«

Sebastian hob den Kelch in die Höhe. »Auf dich, alter Apfelbaum, mögest du üppig blühen und uns viele Früchte schenken. Füll die Hüte, füll die Kappen, füll drei Scheffel in die Taschen, alles unter einem Baum. Der Baum lebe hoch!« Er nahm einen Schluck und reichte den Kelch seiner Frau weiter.

Victoria lachte, dann sagte sie: »Auf dich, alter Apfelbaum. Quell der Knospen, Quell der Fülle! Füll die Hüte, füll die Kappen, füll auch meine Taschen! Der Baum lebe hoch!« Sie nahm einen Schluck, dann gab sie Sam den Kelch zurück.

»Bevor wir nun alle etwas trinken, nehmen der König und die Königin dieses geröstete Brot und tauchen es in den Cider, dann legen sie es in die Zweige des Baumes, um sich bei ihm zu bedanken und um eine gute Ernte in diesem Jahr zu bitten.«

»Dann werden wohl ziemlich viele betrunkene Vögel durch die Gegend flattern.« Fred legte einen Arm um Petas Taille. »Ganz zu schweigen von dem schönen Cider, der auf diese Art verschwendet wird.« In der Menge ertönte Lachen.

»Pscht.« Peta stieß ihm den Ellbogen in die Rippen. »Du darfst die Geister der Bäume nicht verärgern.«

»Entschuldige.« Er küsste sie auf die Wange.

Demi sah zu, wie Victoria und Seb das in Apfelwein getränkte Brot in den Bäumen platzierten. Sam nahm den Kelch und hob ihn erneut in die Höhe. »Auf die Äpfel, und auf dass wir eine gute Ernte bekommen!« Er trank einen Schluck und reichte ihr den Kelch.

»Auf die Äpfel.« Der heiße Cider schmeckte köstlich. Sam grinste und nahm ihr den Kelch aus der Hand, doch bevor er ihn weitergab, flüsterte er ihr ins Ohr: »Ich kann es gar nicht erwarten, dich unter den Mistelzweig zu ziehen!«

»Du musst nicht auf den Mistelzweig warten.«

»Dann werde ich das auch nicht tun.« Er beugte sich vor und küsste sie. Demi schmeckte den süßen Apfelwein auf seinen Lippen.

»He, nehmt euch ein Zimmer! Her mit dem Cider, Kumpel.« Fred nahm Sam den Kelch ab, der nun beide Hände frei hatte und Demi in seine Arme zog. Lächelnd stimmte ihr Großvater ein kornisches Wassail-Lied an. Alle fielen mit ein und machten sich auf den Rückweg nach Boscawen House, wo die Hochzeitstafel auf sie wartete.

Die Weihnacht ist vorüber, das neue Jahr zieht ein
Öffnet eure Türen und lasset uns hinein
Mit unserem Wassail, Wassail, Wassail, Wassail
Wir bringen euch Freude mit unserem Wassail!

Dank

Eine Geschichte muss irgendwo ihren Anfang nehmen, und diese hier begann während eines Workshops zum Thema Figurenentwicklung bei der Dozentin Sue Moorcroft bei der Romantic Novelists' Association – kurz RNA – in Leicester. Ich kann Ihnen nicht genau erklären, wie es dazu kam, aber unsere Aufgabe war es, aus drei Details einen Charakter zu formen – so wurde Charles Lake geboren. Danke, Sue. Vielen Dank auch Beryl Kingston für den Titel.

Als ich den ersten Entwurf dieses Buches verfasste, wusste ich bereits, dass Schmucklilien eine wichtige Rolle spielen würden, weshalb ich entsprechende Informationen darüber benötigte. Die Chelsea Flower Show stand kurz bevor, dort würde ich sicherlich Antworten auf meine zahlreichen Fragen finden. Natürlich schaffte ich es nicht hinzugehen. Ich erwähnte meine Enttäuschung darüber auf Twitter, und eine Frau, mit der ich bis dato noch nie Kontakt hatte, schlug mir vor: »Sagen Sie mir, was Sie wissen möchten, ich werde morgen dort sein.« Danke, Claire Maycock.

Wenn ich mir einen wissenschaftlichen Mitarbeiter aussuchen dürfte, der mich bei meinen Recherchen unterstützt, dann würde ich ganz sicher den wundervollen John Jackson nehmen. Ich glaube kaum, dass es einen besseren gibt als ihn. Sobald ich bei meiner Suche nach dringend benötigten Informationen verzweifelte, trieb er diese auf. Er ist brillant und schlichtweg einer der besten Aufmunterer an jenen trüben Tagen, an denen ich ans Aufgeben dachte.

Anscheinend kann ich kein Buch schreiben, in dem kein Begräbnis oder irgendein juristisches Problem vorkommt. Zum Glück habe ich Anne Rodell, die mich in diesen Dingen berät. Wie immer gehen sämtliche Fehler auf meine Kappe.

Schreiben ist eine zauberhafte Angelegenheit. Ja, es ist harte Arbeit, aber manchmal hat man auch einfach mehr Glück als Verstand. Eines Tages suchte ich nach Material für das vorliegende Buch, und die großartigen Menschen von der Falmouth University und dem Penryn Campus der University of Exeter, die aus den Archiven und besonderen Sammlungen twittern, brachten die *Kowres* ein – der Rest ist Geschichte. Sie haben mich auch mit Matthew Clarke in Kontakt gebracht, der mir den kornischen Brauch mit dem aufrecht stehenden Stein neben einem Holunderbaum erklärt hat. Die Hilfe dieser Menschen hat dem Buch seine ganz besondere kornische Note verliehen, und dafür bin ich dankbar.

Es gibt Tage, an denen es nichts Schöneres gibt, als ein Buch zu schreiben, und dann gibt es diese Tage, an denen das Gegenteil der Fall ist. Zu ihrem Pech erlebte mich Cesca Major ausgerechnet an einem meiner schlechten Tage. Cesca und ihre Mutter mussten sich anhören, wie ich gegen ein Buch wetterte, aus dem ich einfach nicht schlau wurde. Ich glaube, ich habe sie stundenlang in dem wunderschönen Down-By-The-Riverside-Café festgehalten, während ich versuchte, eine Lösung zu finden. Es hat geholfen, danke sehr!

Als ich im Oktober langsam, aber sicher Panik bekam, eilte mir der fantastische Jan Campbell zu Hilfe und warf ein Auge auf die Dialoge mit Sam und Rachel, um sicherzugehen, dass ich den Australienaspekt nicht völlig falsch darstelle – auch hier gilt: Ich nehme sämtliche Fehler auf mich!

Ungefähr zur selben Zeit wusste ich, dass ich es nicht schaffen würde, rechtzeitig nach Cornwall zu reisen, um meine Recherchen in Falmouth abzuschließen. Sue Kinder rettete mich, indem sie mir hervorragende Fotos besorgte, die mir die fehlenden Details lieferten. Danke, Sue.

Da Boscawen am nördlichen Ufer des Flusses liegt, musste ich unbedingt eine Szene mit Austern einfügen. Ich konnte Sam kaum irgendeinen alten Wein aussuchen lassen, daher suchte ich auf Twitter Hilfe und bekam sie von den Wright Brothers, die die Duchy Oyster Farm am Helford River besitzen, außerdem mehrere Restaurants in London. Vielen Dank für die Unterstützung!

Ein großes Dankeschön geht zudem an Julie Hayward, die den Text mit Adleraugen auf Unstimmigkeiten und Fehler geprüft hat, an Sarah Callejo, deren gründliche Lektüre sehr wichtig für mich war, und natürlich an Brigid Coady, ohne die ich nicht schreiben würde. Sie ist die beste Kritikerin, die ich je hatte.

Der beruhigende Einfluss und die weisen Worte meiner Agentin Carole Blake haben mich auf Kurs gehalten, während meine Lektorin Kate Mills stets versucht, eine noch bessere Geschichte aus mir herauszuholen. Ich danke euch beiden, und ich danke den Teams bei Blake Friedman und der Orion Publishing Group für alles, was sie für mich getan haben.

Am Schluss gilt mein größter Dank wie immer meiner stets toleranten Familie, einschließlich meiner Eltern, ganz besonders aber Sasha, die den Großteil ihrer Oktoberferien damit verbracht hat, mein Buch zu redigieren.

Sie alle sind einfach wunderbar, und ohne ihr Verständnis könnte ich all das nicht tun. Vor allem aber könnte ich nicht ohne die Liebe und Unterstützung meines Ehemannes Chris schreiben. Er ist der Beste.

Anmerkung der Autorin

Wie in der Vergangenheit habe ich mir auch in diesem Buch gewisse Freiheiten hinsichtlich der Landschaft genommen. Ich habe Granitfelsen versetzt und Legenden aus anderen Gegenden entwendet, ich habe Kais hinzugefügt und verschoben, ganz zu schweigen von den von mir erfundenen oder an andere Stelle versetzten Häusern. Die Gegend rund um den Helford River ist ausgesprochen geschichtsträchtig und voller Schönheit. Ich bin dankbar für die Inspiration, die sie mir liefert.

Autorin

Man könnte sagen, dass Liz Fenwick schon als Weltbürgerin geboren wurde: Als Tochter irischer Eltern erblickte sie in Boston das Licht der Welt. Nach neun Zwischenstopps in verschiedenen Ländern lebt die dreifache Mutter nun mit ihrem Mann und zwei verrückten Katzen in Dubai. Wirklich zu Hause fühlt sie sich allerdings nur in ihrem Cottage in Cornwall, wo auch ihre Romane beheimatet sind.

Außerdem von Liz Fenwick bei Goldmann lieferbar:

Sterne über Cornwall
Ein Sommer in Cornwall

(beide auch als E-Book erhältlich)

GOLDMANN
Lesen erleben

Unsere Leseempfehlung

608 Seiten
Auch als E-Book
und Hörbuch
erhältlich

Viele Jahre sind vergangen, seit Helena Beaumont einen wunderbaren Sommer auf Zypern verbracht und dort ihre erste große Liebe erlebt hat. Nun kehrt sie zum ersten Mal, um dort mit ihrer Familie die Ferien zu verbringen. Unbeschwerte Tage sollen es werden, doch schon bei ihrer Ankunft empfindet Helena ein vages Unbehagen. Sie allein weiß, dass die Idylle bedroht ist – denn es gibt Ereignisse in ihrer Vergangenheit, über die sie stets eisern geschwiegen hat. Als sie dann plötzlich ihrer Jugendliebe Alexis gegenübersteht, ahnt sie, dass diese Begegnung erst der Anfang einer Verkettung von Ereignissen ist, die ihrer aller Leben auf eine harte Bewährungsprobe stellt ...